青稞

青稞青稞

向春 著

作家出版社

卓尼辞典

南赡部洲：佛教四大部洲之一

嘉波：王，土司，首领

加卡卜：朝廷，国家，政府

碌曲：洮河，黄河上游支流之一

卓瓜：牧民，北山一带以放牧为生者

绒洼：农民，洮河两岸半农半牧者

掌嘎：部落，村落

嘛呢康：部落、村落念经议事聚会的场所

拉章：活佛住所

旗：大于部落的行政区域

长宪：旗长

号纸：政府颁发的印信

执把：执照，契约

尕书：任命状，衙门发放的指令

达汉尕书：抚恤证明

草洼：家族，部落

嘎乌：盛放护身符的银质盒子，挂在胸前

隆达：纸风马

转古拉：围绕寺院白塔转圈

嘛呢：六字真言，装有六字真言的经筒

阿古：叔叔

阿克：和尚

戈什：随从、侍卫（满语）

下巴子：汉人，外来人

尕房子：外来的定居者

曼巴：医生，郎中

娜扎：新娘

油萨玛：寡妇

乌拉：公差，义务长短工

三格毛：卓尼藏族女性服饰，也是卓尼藏族女性的代称

阿珑银钱：卓尼三格毛女性银饰

上头：藏族女孩成人礼

拉伊：情歌

乔德莫：打招呼，你好

洛萨：新年，春节

毛兰木：正月祈愿法会

娘乃节：闭斋节

羌姆：法舞

竹索其玛：供奉粮食的器物

那扎那：厨房

骆蹄：藏靴

多脑：头，脑袋

阿尼闹：惊呼，天哪

窝曳：舒服，满意

谝旦工：说闲话，聊天

麻达：麻烦

寻口：讨吃

芫根：蔓菁

油股：油炸面食

架窝子：驮轿

乃宝：暖炉

荡牛：放牛，放牧

热头：太阳

白雨：冰雹

白灾：雪灾

丛拉：集市

头口：牲畜

塞隆：鼢鼠

电壶：暖壶

麻浮：河里的冰凌，又称洮河流珠

窝奶：酸奶

曲拉：奶渣

塞门德：洋灰，石灰（音译）

引 言

　　人世间最高的那个地方，一只猴子变成了人，人变成了一些人。可是野草始终没有变成青稞，更没有变成一些青稞。青稞总是那么少，果实那么小。

　　上一个年景，也许赤日行天，青稞没有灌浆，草地干成牛毛。也许白雨横降，所有长着穗儿的长着毛的都被拦腰砸断。这一年土地没有收成，女人们的肚子也瘪着。熬过漫长的冬天，春天来了。二月二的黄昏，青龙星象从东方的地平线上抬起了龙头，那是播种的讯息，遥遥地送来季节的暗示。男人们脾气很大，为下种的事发愁呢！

　　一说，赞普从雅砻河谷派出来的藏人到遥远的东部做税收官；一说，布谷鸟托梦了，说东边的青稞粒拇指那么大，从雅砻河谷出来的藏人想去寻找这种青稞。

　　一个藏民的手臂指向东方，应声而来的有几个部落几百号人。那个振臂一呼的人，后来成了他们的嘉波（王）。

　　男人们背起冰冷的兵器和衰弱的姆妈。女人们把孩子揣进氆氇，把珊瑚挂在颈上，临了还不忘摘下挂在拴马桩上的弯镰——它们也饿了，韬光养晦，掩藏起日月之光。迁徙的人们背对帐圈，面向东方，装着一腔子两肋巴的雄心和悲壮，一步一回头啊——身后的故乡已经拾掇得干干净净，如混沌初开，洁净如新。人走了，神还在啊！

　　总之男人们挈妇将雏，带着一身的力气，一头的浓发，急切的呼吸，还带着狼、虎豹、麝香和旗帜。开疆拓土，需要这样的阵势！

　　背井离乡，是为了青稞吗？

　　打仗，征服，生产，繁殖。幕天席地，向风而泣。

他们碰到各色人等，也厮杀，也融合，也反目，也相爱。一路奔走，不耽搁祭祀祖先婚丧嫁娶生儿育女。不远不远，反正就在南赡部洲，直到走近青藏高原与黄土高原的接续地带，传说中的安多木。他们把箭插上了迭山，鸟瞰四下，洮河蜿蜒如青龙。

达高坡，雷马沟，树枝搭起窝棚，桑烟驱赶瘴疠。浩浩荡荡，广结亲缘。茶里搁了盐，青稞炒面搅上热酥油，说不清谁是藏谁是汉谁是氐谁是羌。说实在的，他们成了响当当的"番"。

实际上，他们已经忘记了此行的初衷，或者他们已经找不到回家的路了。可是脚找到了水土，镰刀找到了青稞，只是此青稞还是彼青稞。当地人看到他们的错愕，上前问道，听说西边的青稞粒拇指那么大，真的吗？

有一年嘉波的坐骑走失了。头人出去找马，半年后才返还。嘉波心爱的坐骑膘肥体壮，它清澈如水的大眼睛里，反射出人间仙境香巴拉。

你在哪里找到马？

长着两棵马尾松的地方找到马。

牵着骏马，顺着洮河，看到桑烟，寺院的金顶，就找到了两棵马尾松——"卓尼"。

看到了白色庄窠，听到了梵呗之音。

嘉波说："我来统驭这个地方，途中遇到大水的洪峰。"这个地方是洮迭之地。

他们在洮河边建了船形的城。

卜居卓尼，一定是为了青稞。这么多的女人和男人，这么强大的生殖能力，需要水和粮食。女人们左手割青稞，右手做酥油。割一茬青稞就多一坡牛羊就多一群子孙。

明朝永乐，藏历第七绕迥火鼠年，中原王朝钤束地方，羁縻边地，以本土之人司本土之民。卓尼嘉波被敕封，汉人称作土司。部落和加卡卜（朝廷、国家）合为一体。从此卓尼嘉波为国征战，保境安民。即便是国家的一个小拇指，十指也是连着心。

十二个掌嘎（部落）围绕在船城的周围，斗转星移，人口增殖，地盘扩大。从洮河到迭山又到白龙江，征服边地各族，又多出了四十八旗，五百二十族，一百零八寺院。

这样的日子过了五百年。一次次改朝换代，青龙旗、五色旗、青天白日满地红，城头变幻大王旗。改土归流！改土归流！周边的小土司改流官，阶上座下，领地消失。可是对于卓尼领地的藏人，只知嘉波，遑论朝廷。慑于五百年政教合一的根深蒂固，还没有人聚集足够的力气把两棵马尾松连根拔起。

满目疮痍的卓尼，饥饿的卓尼，成了断了脐带的婴儿，与母体游离……彼时的卓尼土司领地：洮河与白龙江之间，迭山北麓的卓尼，包括洮河两岸船城及北山地区，迭山南麓的迭部及舟曲部分地区。卓尼与岷州相邻，与临潭插花。

卓尼第十九代嘉波，政教合一，既为土司又为僧纲。

1

阿乃日扎神山上的雪，像一群白牦牛，千姿百态。站着，卧着，倚着，与草地上的牦牛们终年遥遥相对。有阳光的时候它们看着呢，有月光的时候它们想着呢！

洮河水流着，河边的城像一只船，搁浅着。谁也没有看见河水停止过流动，也没有看见船城驶进河里。可是听嘉波阿妈的阿妈说，掌嘎（部落）里有神灵飘走的时候，洮河水会倒流，她们背在木桶里的河水，会打着水涡儿，返回刚刚汲水的洮河，逆流飞到西边钢蓝的天空里。西边，是船城人的出处。

第一缕新鲜的阳光像一抹酥油涂在鳞次栉比的碉楼上。人间有了太阳像藏人有了酥油，心就暖和了。卓尼人睁开眼的第一件事是说梦。梦是神谕，趁梦没有走远，掰开来，看一看，说一说，明天会被新的梦代替，像洮河里的水被洮河里的水替代。掌嘎里说梦的声音随着炊烟漾出来——姆妈，姆妈，我梦见银子啦！娃儿啊，你等于没做梦，那结冰的东西不能吃不能喝，还会像水一样流走。这么暖和的一个晚夕，你什么梦都没有做，真是可惜了满天的星星。

船城在洮河北岸。卓尼嘉波官寨坐落在船城的中心，西边是卓尼大寺，十二个掌嘎围绕着官寨。远远地从阿乃日扎神山上看，卓尼官寨是一件精致的女红，是哪一个高贵女人陪嫁的妆奁。沉稳的砖雕墙壁和檀木回廊在风的搧掇下，发出天籁之音，与卓尼大寺的诵经声暗相交合。

侍女脸蛋儿从一床棉花被子里醒来，惺忪的凤眼瞄了一眼窗棂上的曦光，一个鲤鱼打挺跳起来，嘴里喊着，天老爷啊！

脸蛋儿是临潭汉人，八岁时她抱着一床棉花被子陪太太嫁过来，她是太太的陪嫁丫头。太太走后，这床棉被自然成了脸蛋儿的棉被。脸蛋儿金贵得不行，谁动了棉被犹如动了她的身子。汉人喜欢盖着棉花睡觉，棉花是枝叶上开出的花，盖着一种花来睡觉，自然是奢侈的。仅这一点，就把脸蛋儿和官寨外的任何藏人女子区分开来。在官寨里做乌拉（义务短工）的菩萨女儿是个裁缝，她会做精美的袍子，会做獐子皮翘尖靴。她说，棉花哪能靠得住，花是凉的，最暖和的还是氆氇，牛羊是热的。比如到了冬天，花都冻死了，牛羊可活着呢。脸蛋儿噘着嘴不服，她说，太太喜欢棉花，太太说棉花是天上的白云，只有我们汉人才能穿着天上的白云，盖着天上的白云……脸蛋儿嘴上不敢轻易挂着太太，太太走了以后，她有一次失口提到太太，即刻就挨了嘉波阿妈啪啪啪三个嘴巴子。

脸蛋儿慌忙地往麻花辫子上抹了麻油，急匆匆往南杰嘉波的寝房走。她穿着细布袄裤，碎布衬底的方口布鞋，屁股蛋子上颠来颠去的辫子，比起卓尼女子繁复的三格毛服饰，身段轻得像一根燕麦。她绕过回廊，探头看下面，下人们忙忙叨叨。套院里的马号最热闹，骡马埋头吃着精料，可能是豆子，可能是燕麦，如果吃的是粗草，腮帮子们不会甩得那么斯文。嘉波阿妈开始念经了，唵嘛呢叭咪吽，唵嘛呢叭咪吽……嘉波阿妈只要一睁开眼睛，嘴巴就张开了。说话，念经，说话的空儿念经，念经的空儿说话，中间再穿插吃糌粑啃羊腿啜窝奶（酸奶）喝大茶。阿妈说她累了的时候一定是嘴累了。再看一眼楼下的那扎那（厨房），炊烟跟过去不同了，以前烹饪用的是硬材，炊烟粗黑冲旺。可今天的炊烟像牦牛的尾巴。因为今天新来了一个厨娘，她的茶饭做得细发。没有看到总管，往天这个时候，总管拖着油腻的羊皮袍子，攥着两只胖手。他对下人眼光是严苛的，一个长相温和的人眼光凌厉，就有点装腔作势，像一只披着狼皮的牛。往远处看，沐浴在春光里的船城醒了，树木和花草又长出了新的枝芽，白色庄窠里嘤嘤嗡嗡地有着娃娃们长大的声音。洮河边的庄窠，卧在柳树上的马鸡一打鸣，就传出叽哩咕噜说梦解梦的声音。那是一天里活着的预兆，晚上梦见的，在白天应验呢，这里的人对此深信不疑。

南杰嘉波的寝房永远弥漫着香樟木的气味，太太在的时候只用香樟木的箱箧。床榻前放着嘉波老爷的皮窝子，就是一块两巴掌大熟好的牛皮，边缘用针线收了口。脚伸进去穿上两天，牛皮窝子就随了脚的形状。这种鞋冬暖夏凉，隔水解潮，走在松木地板上，无声无息。太太用汉人的针线绣上各种花样的鞋垫，衬在牛皮窝子里，老爷从脚底舒服在心底——他实在是太心爱太太了，以至太太在小经堂念经的一个时辰，他就想念。他站在木楼上，托着栏杆，穿过一廊的紫斑牡丹，跳过被风吹得嘚嘚作响的檀木风珠，看几十步之遥的小经堂，看经堂墙壁上华美沉稳的砖雕。有时等不住，他穿着牛皮窝子无声无息走进经堂，站在太太身后。也许是从清水供碗里看到了人影，太太嫣然转过脸来——久别重逢，娇嗔，欣喜，惊异。多少次了，太太看到老爷，脸上总是现出惊异，仿佛她没想到，仿佛眼前的人总是从天上掉下来。她的眼睛里慢慢地蓄满了泪水。后来那只清水供碗就再没有被别人动过，清晨的南杰嘉波用青盐洗净牙齿，就到小经堂换清水，他总可以在清水里看到太太的脸。

若在三年前，皮窝子的旁边还放着一双缎子凤头鞋。太太是临潭人，是应天府来临潭军屯者的后人。她穿偏襟长袄，梳蝴蝶头。她会染缬，会刺绣。嫁给南杰嘉波后，她开始吹口弦。她的口弦一响，桐树上的枝叶就抖动起来，嘉波即刻魂不守舍。嘉波阿妈皱起了眉头，嘴里连说，孽障孽障！嘉波阿妈天生就不喜欢太太。

太太曾给南杰嘉波做了一幅人像堆绣，她先用胡麻秸做了骨架，用细葛做了肌肤，用细羊绒做了衣裳，用桑蚕丝做了面貌——一个活脱脱的南杰嘉波呼之欲出。只是还没有绣眼睛。她想用她头上的秀发绣出丈夫的眼睛，她把头发穿进针鼻，这时她临盆了。后来这幅没有完成的堆绣放进她的木棺里，随葬了。

现在嘉波的卧房墙上，挂着南杰嘉波的一张照片，几乎和那幅堆绣一模一样，只多了两只潮湿的眼睛。

三年前，通过几年的努力才在木耳落下脚的罗杰斯神甫，送了南杰嘉波一架照相机和一套显影系统，南杰嘉波一下就迷上了这个神奇的东西。他很神秘地给官寨上下的人照相。第一次在暗室里看到胶片上的显影，一股凉气从脊背蹿上来，啊，原来这东西能看到人的前世。他给他两个心爱的娃儿拍过很多照片，但他不敢看胶片上的显影，从那里仿佛能看到他们的母亲，那个总是睡在他脚下把他的双脚焐在怀里的汉族女人。

温好漱口水，准备好嘉波老爷洗牙的青盐，脸蛋儿对帐幔轻声说，老爷，天亮啦！

自从太太走后，老爷就很少说话。尤其是早晨，嘉波老爷不用青盐清洁牙齿是不会说话的。老爷的声音是干净的，干净的声音穿过干净的早晨，如洁白的桑烟洗过天空。

脸蛋儿跪在床榻前，双手伸进皮窝子，她要把皮窝子焐热了，待老爷把双腿从帷幄里伸出来，脸蛋儿的一双手握住老爷的脚，小心翼翼地揉、搓。

这是过去太太每天一睁眼做的第一件事，现在是脸蛋儿来做。老爷的脚是卓尼嘉波的马蹄，要奔跑，要打仗，要跨越十二掌尕四十八旗，因此，从早晨开始，就要注入热能和力量。嘉波阿妈说，一个男人的力量在腿上，腿的力量在脚上，因此南杰嘉波的一天从脚开始。

南杰嘉波从来没有自己穿过鞋。他有很多鞋，有穿藏装时配的登云翘尖靴，穿汉装时配的贡缎布鞋，还有外出打仗时配绒装的铁钉马靴。给南杰老爷穿鞋的人，过去是太太，现在是脸蛋儿。

老爷，热头爬在窗棂上了，大车道爬进船城里来了，戈什（侍从）在下面候着呢。

帷幄里没有动静。老爷在用青盐洁牙之前，是不说话的。经房里阿妈在念经，唵嘛呢叭咪吽，唵嘛呢叭咪吽。念完饭前经，脸蛋儿已经闻到了从那扎那飘出来的饭香。

老爷，今天的饭一定很香，新来了一个汉人厨娘，是总管从洮州找来的。厨娘是一个苦命的女人，因为她做的饭太香了让男人休了。老爷你不知道，汉族女人如果让男人休了，就得找一块石头碰死啊！她的男人逢人就说，那个败家娘们儿，把饭做得那么香，一年的粮食三个月就光了，再跟这个败家娘们儿过下去，就得啃墙上的泥了。

脸蛋儿微微抬起头看一眼帷幄，她猜想老爷听到她的话，表情一定有一点忍俊不禁。能让老爷高兴，脸蛋儿心花怒放啊。

脸蛋儿接着说，庄子上的人听了厨娘男人的话都心酸得背过脸去，厨娘男人是个半茶汉，一个循化的有钱汉看上厨娘了，厨娘不愿意，那个有钱汉都有孙子了，太老了么，所以到官寨来避着……大车道修好了，马来了，牛来了，车来了，马和牛和车不会自己来，是人骑着它们来，赶着它们来，那我们卓尼的青稞和青草们，让那些长着胡子的没长胡子的戴着笼头的没戴笼头的嘴，咔嚓咔嚓地都吃光了，我们就得啃树上的皮了……

哈哈哈哈……

嘉波老爷的笑声从屏风后面传来。自从太太走后，老爷就没有笑过，如此嘹亮的笑声，惊得脸蛋儿掉出半截舌头。脸蛋儿嗅到"竹索其玛"（供奉粮食的器物）里熟青稞的香味。哦老爷早醒了，他已经给竹索其玛添了新炒的青稞。她小心翼翼绕过屏风，看到老爷背对着站在回廊上。他穿着豹皮领的青色藏袍，有着淡淡的樟木的香味。只是脚上还没有穿獐子皮登云翘尖靴，腰带没有系在腰里而是提在手上。早晨的太阳从肩膀上斜射过来，看上去一半是雪豹，一半是青山。

脸蛋儿弯下腰给老爷换上登云翘尖靴，又站起来系腰带，她的双手从后面环过去，迟疑了一下，还是把腰带结打在了前面。家里有亡故的人，腰带要系在前面。脸蛋儿每次给老爷系腰带动作都特别慢，她在延宕这一段时光。她的脸贴着嘉波的后背，听这个男人的心跳。今天嘉波的心跳得像一只麝，侍女脸蛋儿即刻感觉到哪一个地方疼，她的嘴里细微地嘶了一声。

侍女脸蛋儿从他身后退出去了。汉族的女人都像羊羔一样，她们眼神轻，呼吸轻，她们羞怯的时候，身子一下子就小了许多，如她们身上穿着的棉花，天上的白云，可以瞬间缩小。

南杰嘉波面对这个一尘不染的早晨，用晨光沐眼，用干净的眼睛极目眺望他的河山。洮水清泠泠的流淌声银子似的扑过来，他自言自语地说，南赡部洲醒来了。他管他生活了二十多年的这个世界叫南赡部洲。每天睁开眼睛他都说这句话，因为这一天是南赡部洲给他的。

十岁那一年的一个凌晨，他还没来得及说南赡部洲醒来了，母亲就把他从牛毛褐子里掏出来，塞进一匹走骡背上的架窝子（木头轿子）。他拧了拧脖子，不高兴，他瞌睡，想睡觉。可是骡子身上的草料味儿呛得他直打喷嚏，他就呜哇呜哇地哭。门外站着一个人，个子像杨树一样，脸还稚嫩，他是牦牛掌嘎的江措，是个比南杰年长几岁的会驯马的小男人。南杰指着江措说，我要他背着我！我要在他的背上睡觉！再醒来就是临潭的新城，一个土墙院落，据说这是汉人的学堂。母亲给先生也是他的远方娘舅缴了束脩，让江措在门外喂骡子，就把南杰按在一张条凳上。那个先生长得很怪异，身子瘦成奶杵子，脸像两片汉人房顶上的瓦片。南杰拽拽母亲的袍子说，姆妈，他多脑（脑袋）后面有一根马鞭子。母亲伸手捂他的嘴，扇过来腥膻的酥油味。最可笑的是坐在南杰前面的一个娃，和那位怪异的先生一样，脑袋后面也吊着一根鞭子。"关关雎鸠，在河之洲。窈窕淑女，君子好逑。"所有的人都在摇头晃脑唱歌。他伸手拽前面那个娃的辫子，那个娃转过脸来，给他做了一个鬼脸——原来这是一个女娃，她的脸上散发出鲜草的气息。原来这个地方男的和女的脑袋后面都有辫子。

汉人有一种东西叫作诗，是一些高低起伏的声音，一行一行的文字，像一把整整齐齐的柴捆在一起。背诵它的时候，舌头和两腮不停地聒噪，一天下来，腮帮子酸得要掉下来。当你读懂诗的意思的时候，有时心跳，有时心酸，有时心热，眼泪就掉下来。每当这时，南杰就用眼睛找江措。闲的时候江措也席地坐在学堂的最后面，用一根树枝在地上画着汉字。他把江措的手放在自己胸口说，我这里病了，我这里病了。江措递上一碗酥油茶说，主子，你渴了。主子说，我饿了！南杰喜欢汉语的声音，像唱歌。不喜欢汉字的形状，汉人的文字像一块块砖头，呆头木脑。而藏人的长足文，是云彩和风，会飞起来。

南杰至今不明白，木曼（木碗）大的字都不识一个的母亲，为什么在那个早晨，把他带进汉人的学堂里。在呜哩哇啦的朗读声中，你如果不张嘴，能把你的耳朵吵碎，于是南杰吃了酥油糌粑的嗓音更嘹亮了。他看到前面那个女娃，用长着酒窝的手捂住了耳朵。因此他想看那些酒窝的时候，他的声音大得能震荡房梁上的吊吊灰。他也听到门外喂骡子的江措也在呜哩哇啦地唱"参差荇菜，左右采之。采之不得，左右流之"。

后来母亲又把他塞进走骡架窝子，他们要回到船城里去。母亲好像很急，咻咻地喘气。他坐在架窝子里，探头看那个女娃，那个女娃垂着眼睛不看他，嘴里读着"沧海月明珠有泪，蓝田日暖玉生烟"，她反复读着，不能停下来。母亲犏雌牛一般粗壮的身子挡住了他的视线，母亲说，呸，那个小羊羔还是个小羊羔呢！江措凑在他的耳朵上，学着阿妈的语调说"那个小羊羔还是个小羊羔呢"，嘻嘻嘻嘻。南杰在江措的胳肢窝里捅了一下，两个人嘎嘎地笑。骡子的腿迈开了，南杰的眼睛还是往那个女娃的身上瞟。骡子的腿阿么走得那么快呢？骡蹄子嗒嗒嗒的声音直敲在南杰的心上。一路上，江措看着南杰的脸色，为了给他开心，江措把嗓子挤细了，学着女娃的声音，高一声低一声地喊："沧海月明珠有泪，蓝田日暖玉生烟。"进了船城，架窝子上的南杰睡醒了，他对阿妈说，我以后不要骡子不要架窝子，我要一匹河曲马，马鬃上着火的河曲马。我要让江措给我挑一匹河曲马！阿妈说，卓尼的儿子娃十六岁才鞴马呢。南杰说，我十三岁就要，我和船城里的儿子娃不一样！

唵—吽—嗡—唵—吽—嗡，母亲在楼上的经堂里念经呢。

母亲在没有做嘉波阿妈前本来是个快乐的人，她念经随心所欲，像唱歌一样。可是做了官寨里的阿妈，她变得事事不如意起来。她说她眼睛有时候什么也看不见，她说一个死了丈夫的油萨玛（寡妇）还没有把眼睛哭瞎，那还是个什么油萨玛。不窝曳（如意）啊不窝曳！在南杰看来，母亲没有不窝曳，母亲是太窝曳了，她怕亲房里的人尤其是四房的索郎阿古说闲话，他们二房占了天大的便宜，所以她哭穷呢。

那一年老嘉波眼看着就老了，他把中原给历代卓尼嘉波颁发的号纸放在眼前，必须得下人拨拉开他的眼皮，他才能看到上面的满汉蒙藏文字的印信。

历代卓尼嘉波管敕封他们疆域的朝廷叫"加卡卜"（藏语，朝廷，国家）。

虽然紫禁城里的加卡卜岌岌可危，可是这一个加卡卜没有了还会有另外一个加卡卜代替，三皇五帝到如今，没听说啥时候没有了朝廷。垂垂老矣的十八代卓尼嘉波管不了加卡卜的事儿，他膝下无子，急着为卓尼官寨找下家儿呢。他要把他的河山交到下家儿手上，才能安然离去。他执意管他的地盘叫河山，河山是江山的一部分。

暮色四合时，老嘉波看到院子里的一只最老的马鸡，在地上跳来跳去，怎么也跳不到桐树上。他心里有了不祥的预兆。这只马鸡每个晚夕都在桐树上打瞌睡，热头（太阳）在地底下拱来拱去的时候，它就站在树枝上直着脖子打鸣，那此时它为什么就跳不上桐树了呢？他把四房的侄子三十多岁的索郎叫到他的榻前，让他坐在卡垫上为他念般若经。让二房的侄孙十三岁的南杰给他挠背。南杰在夜里给老嘉波挠背是索郎阿古（叔叔）的主意。索郎阿古也是膝下无子，他的几个婆娘约好了似的，生下一水儿的丫头。他非常疼爱二房的侄子南杰，一见面就把手伸进南杰的袍子说，阿古摸一摸阿古摸一摸。他把南杰扛在肩头说，掏出来，尿水！男人就要尿得比天高！他经常骑在马上，南杰趴在他的背上，马风驰电掣飞奔的时候，南杰在阿古的背上飞翔。阿古对南杰说，娃儿啊，老嘉波的正房没有儿娃，自然也没有孙娃。我索郎阿古以后要代替老嘉波做新嘉波啦，你能为老嘉波做什么呢？你什么都不能做，卓尼官寨要你做啥呢？娃儿，挠痒痒，你会吧？会吃饭的人就会挠痒痒，你就给老嘉波挠痒痒吧！

星辰满天的夜晚，听着他的下家为他念经，侄孙子给他挠背，他无法睁开的眼睛打瞌睡，是老嘉波在人世间最舒坦的事情了。

常常是老嘉波辗转难眠，而小南杰偎在老嘉波的大腿上瞌睡了。老嘉波就摸着他的光脑袋说，孙娃啊，爷想让马鸡跳在桐树上睡觉，爷想听到早晨马鸡挺着脖子打鸣，爷舍不得瞌睡，想这样一直活下去，就不行吗？小南杰说，行啊行啊太行了！

索郎念一阵经打一阵呼噜，那呼噜比牛毛绳子还粗，让老嘉波对索郎产生了无比的羡慕。他从连锅楄上下来，摸索着伸出手来，在未来卓尼嘉波的身上捏，捏他的骨头，捏他粗糙的毛发。他甚至生出了妒忌，他说，长着一身的石头啊，山一样的气力啊，以一当十啊！窝在连锅炕上的南杰正昏昏欲睡，听到老嘉波的话，惺忪地说，嘉波阿爷啊，豹子比嘉波阿爷有力气，那豹子皮还不是在阿爷的身下铺着呢。阿爷用一只手掰开一只眼睛，看着正卧在豹皮褥子上的侄孙，用另一只手拍了拍自己的脑袋。

拍完脑袋的第二天，年仅十三岁的南杰就成了卓尼第十九代嘉波。

与官寨遥遥相对的卓尼大寺，是开在洮河畔上的金莲花。日夜不停的诵经声，像牛羊不慌不忙吃着一坡青草，一阵急一阵缓。阿乃日扎神山上白色的嘛呢石垒向天际，五彩经幡，插箭台，直冲云霄。今天，阿乃日扎神山上煨的是素桑、香柏、白艾、糌粑、酥油、牦牛奶，桑烟像一条白牦牛尾巴向天空甩开。

楼梯上传过来吱吱呀呀的声音，那不是侍女脸蛋儿，汉族的女人轻得像一缕闪电。这是阿妈提着袍子上来了。他已经听到阿妈在叨咕了，嘉波就是嘉波阿么叫作土司呢，洋芋就是洋芋阿么叫作土豆呢……这几年周边的下巴子（汉人）来得多了，从海里钻出来的胡子眉毛长在一起的洋人也时常出现。阿妈总是不明白，同在一个南赡部洲，那些人阿么就长着那个样子，阿么就说着那么奇怪的话。

土司是汉人的说法，藏人叫嘉波。

　　南杰嘉波感觉到藏楼在微微颤动了，从迭部方向和北山方向来的马蹄声已经分别过了大峪沟和红石崖。是他的两个大头目和四十个旗的长宪从不同的方向赶到了。大车道开通了，正好是卓尼领地一年一度的青苗会。

<h1 style="text-align:center">2</h1>

　　江措大头目胯下的海骝马，是一匹跑马。它背对着迭部一奋蹄，直到穿过大峪沟扎进洮河南岸，马尾终是一条线。

　　双手能举起两只岩羊的江措大头目，虽然在迭部娶了女人生了娃，可他把马背当成了他的家。他在卓尼官寨和迭部之间奔跑，在两碗酥油茶之间奔跑。迭部的上下迭共十四个旗，是卓尼嘉波领地的半壁河山，他得管好这半个家。他甚至经常在马背上休憩，海骝马驮着他和天上的白云往返于迭部和卓尼之间。

　　上木耳桥了，海骝马嘶叫了。每到木耳桥，海骝马就撒欢儿。载着十二个掌嘎的船城扑面而来了。

　　洮河北岸的船城住着十二个掌嘎。船城的东边是百灵掌嘎，供着官寨的祖业田。船城的西边是牦牛掌嘎，供着官寨的水夫田。这两个不同寻常的掌嘎，五百年前从卫藏随同嘉波部落来到两棵马尾松的卓尼，历来被当作嘉波家的亲房，可以出入卓尼官寨和嘉波家的陵寝。掌嘎里的每一户种八份田，收成就是口粮。两个掌嘎免缴粮租，承担着官寨内外一应当差事务。东边的百灵掌嘎先照到太阳，阳气足，世袭着卓尼大寺的大总管，僧俗都称作"百灵八班"。西边的牦牛掌嘎在大神山脚下，地势高，风水好，历来都是官寨大头目的不二选择。可以说，百灵掌嘎掌管着卓尼大寺尤其是印经院，而牦牛掌嘎江措大头目统领着两千内兵还有迭部的十四个旗。另一个大头目四老爷索郎，是官寨里的阿古，也只是掌管着卓尼大寺的香火田和北山的十几个旗。索郎四老爷心里自然不服，本来是做嘉波的，结果上驷改下乘，心里一直不窝曳（舒服）。于是他给自己洮河边上的府第封了衙门——索郎衙门，与洮河北岸的卓尼官寨对峙。两个掌嘎一东一西，加上南边的索郎衙门，像三只臂膀守护着卓尼官寨，或成鼎立之势。

说不清楚牛毛绳绳是什么时候打上死结的。牦牛和百灵两个掌嘎每隔几十年就有一次械斗。由于两个掌嘎五百年的亲缘，他们基本不通婚。番规里，如果近亲成婚，河水要断流，草地要干枯。十几代嘉波甚至不娶掌嘎内的藏人为妻。不通婚的两个部落应该矛盾是少的，不会因为夫妻反目亲家失和，以及草洼亲房之间的龃龉伤和气。也许正是因为互相不通婚，彼此之间没有血亲，所以矛盾激化时用不着闭上眼睛也能下得去手。藏人男人本来就是用刀剑维护尊严和生命的，刀是冷的，可是别着刀鞘和剑鞘的腰是热的，对自己人也不会轻易下手。那百灵掌嘎和牦牛掌嘎到底为什么动了刀剑呢？

自从第十一代卓尼嘉波动用几千人工几万方木材历时二十多年镌刻了大藏经印版，卓尼大寺就有了印经院。百灵掌嘎上百年把持着印经院。卓尼嘉波领地内外包括安多藏区的信徒都来卓尼大寺印经，把一生的积蓄做了寺院的布施，因此，印经院是寺院的钱袋子。百灵掌嘎的男丁都希望进寺院做阿克（和尚），进了寺院便有了承继寺院印经官的可能。进寺院的人多了，在家族顶立门户的人就少了，后继的人丁自然稀了。所以百灵掌嘎虽然富裕，可是人丁不兴旺。

牦牛掌嘎呢，伙同其他掌嘎的人种着官寨的衙门田，衙门田打的所有的粮食进了官寨的义仓。遇到年景不济的时候，卓尼大寺上千个僧侣的粮食不够用，义仓里的粮食就进了寺院大茶坊。而卓尼嘉波领地上的寺院有一百零八个。上千人的寺院大茶坊，有一口大得让人仰望的铜锅，每做一顿饭，僧人要踩上独木梯子到锅沿上去，倒进五十桶水三十桶粮食两头牛。牦牛掌嘎里的人由于终年劳动，农牧两作，看上去苍老，疲惫。汉人说穷汉儿多，男人多了娶回来的女人就多，女人多娃就多，所以人气旺盛。

牦牛掌嘎的人说，是牦牛掌嘎供养了寺院，寺院里百灵掌嘎的人多，自然是牦牛掌嘎供养着百灵掌嘎。可百灵掌嘎的人不领情，说牦牛掌嘎供养着百灵掌嘎的胃肠，而百灵掌嘎供养着牦牛掌嘎的灵魂。藏人说，肉身的事饭来治，灵魂的事经来治。吃了糌粑肚子不饿了，念了经心不慌了。就是说百灵掌嘎供养的是人心，牦牛掌嘎供养的是肉身。显然百灵掌嘎是高高在上的，牦牛掌嘎是卑微的。

每隔几十年，等掌嘎里的男人长出一茬了，就会生出一些龃龉。比如冬天杀了蕨麻猪，掌嘎里的人就会煮了肉送给邻居，如果把哪一个落下了，这就是极大的轻慢，就可能引起一场械斗，掌嘎里就要死一些人。死了的人为了捍卫尊严死了，死得其所，活着的人活得更加义正词严，甚至随时准备继续捍卫尊严。两个掌嘎离得太近了，像两只眼睛，太近了彼此看不见。可是船城里有老一辈的明眼人，他们发现，只要牦牛掌嘎里的男人比百灵掌嘎的男人多起来的时候，百灵掌嘎的头口（牲畜）蹄子上烙着梅花印，当阳坡上的牛羊大多都留下梅花蹄印的时候，两个掌嘎哪怕只有牛鼻子绳绳那么小的一点冲突，洮河里就会泛起血腥味。每次都是牦牛掌嘎里死的人多，百灵掌嘎里赔的命价多。结果是牦牛掌嘎里的男人减少了，百灵掌嘎里的牛羊减少了。此消彼长，这两个掌嘎，就这样。

地里的青稞长了几茬之后，老一拨的人上了天藏台之后，被新的太阳月亮照耀之后的两个部落，似乎淡忘了过去的仇怨。风可以把一切都吹得变了样，比如把草吹黄，把人吹老，把风马一次次送到天上。两个掌嘎的娃娃们也就像青稞和燕麦似的混在了一起。只是在祖业田和水夫田中间的一个地带，依然长着一人高的荨麻草，墙似的巍然地站着。

几年前，百灵掌嘎和牦牛掌嘎里，有两个叫江措的孩子长成了男人。十二掌嘎里每出生一个男丁，就可能是未来掌嘎头人、寺院八班、印经官或者四十八旗的长宪总管。所以两个喜气洋洋的江措经常在清澈的洮水里看自己苗壮的身影，他们已经瞭到了自己美好的将来。

据说百灵江措一生下来就口含风珠，他和风跑得一样快，他是头人的儿子，寺院八班的侄子。他家的牛很多，他在山坡上荡牛，他可以在成群的牛背上奔跑。牦牛江措力气大得惊人，他的两只胳膊能同时举起两只岩羊，他擅长驯马，牦牛江措给土司官寨驯的河曲走马，又快又稳，像一座奔跑的山。两个江措是十二个掌嘎里最攒劲的小伙子，是人里头的尖尖呢。这头江措的阿妈唤江措回家吃饭，那边的江措就应了，所以啊，两个江措好得能共用一只木曼，共穿一双骆蹄（皮靴）。

那一年刚刚袭位的南杰嘉波要从十二个掌嘎里选一个贴身戈什（侍卫），两个江措成了最佳人选。头一天百灵江措侍候小嘉波下马。意气风发的南杰嘉波勒住高头河曲马，百灵江措弓着腰蹲上去，把身体蜷成一只蜗牛，候在马肚子下面——世世代代的娃子都是这样侍候卓尼嘉波下马的。这一天百灵江措穿着簇新的袍子，像一个要去相亲的小男人带着羞涩。卓尼嘉波的登云翘尖靴犹豫了一下，没有踏在他的脊背上，他撇腿从另一侧跳下了马，扬长而去。第二天，牦牛江措侍候南杰嘉波下马。南杰嘉波勒住高头河曲马，牦牛江措阔步走上去，一个结实的弓步。南杰嘉波的登云翘尖靴在牦牛江措的大腿上一弹就跳下了河曲马。南杰嘉波甩了一声响鞭说，就是他了！

于是牦牛掌嘎的江措成了南杰嘉波的戈什。南杰嘉波出行，江措戈什就如影随形。南杰嘉波在官寨，江措戈什就陪南杰读书，或在马号里给嘉波驯马。可是百灵掌嘎的人有点不窝曳了，谁能知道新的卓尼嘉波不喜欢娃子的脊背而是喜欢娃子的大腿呢？几百年来卓尼嘉波上下马都踩着娃子的脊背，谁能想到大腿呢？但是，牦牛掌嘎的江措怎么就知道新的嘉波的爱好呢？这里显然有一点不可言传的意味，嘉波对牦牛掌嘎有些偏心了。可牦牛掌嘎的人不这么想，卓尼嘉波把掌管灵魂的差事都给了百灵掌嘎，牦牛掌嘎的人多了一个戈什算什么，况且百灵江措是要进寺院做阿克的。问题的关键不仅仅是一个戈什的问题，卓尼嘉波的戈什就是卓尼官寨未来的总管或者大头目。

船城里的人都知道，做不了戈什的百灵江措准备进寺院了，年龄一到就修比丘戒。进了寺院的百灵江措一定会承袭阿古的八班僧职，因为他的阿古确实老了。卓尼大寺的八班只在一人之下，同时作为僧官的南杰嘉波，对五百年前就形影相随的百灵家族十分倚重，对聪明伶俐的百灵江措也甚是喜欢。

两个江措倒是相安，依然在一起掰手腕，下六子棋，除了眼睛不怎么对视，跟以前一个样。

两个江措都喜欢漂亮的菩萨女儿。菩萨女儿住在隔河的木耳，她的巧手会做精美的藏靴，只要她看上一眼你的脚，或者看一眼你留在地上的足印，她就会做出合脚的靴子，她甚至能看得出你的一只脚比另一只脚大一点点。用獐子皮鞣制底靴，用氆氇绣十字花做成靿子，船城里的人说，哎，菩萨女儿做出来的靴子是靴子里的尖尖呢！

天到三伏的时候，卓尼的热头也像青稞芒一般扎人呢，荡牛或者驯马的两个江措嗓子眼儿冒烟呢。这时漂亮的菩萨女儿就从摇摇晃晃的木耳桥上过来了，手里提着窝奶（酸奶）。菩萨女儿的窝奶跟别的姑娘做的窝奶不一样，她把做好的窝奶放了冰糖，冰在阴坡的溪水里，在热头最大的时候，把窝奶包在氆氇里，甩开连把靿子绣花靴往木耳桥上跑。百灵江措跑得快，展翅迎上去，所有的云雀就叫了。而菩萨女儿的眼睛直往后面的牦牛江措的身上瞄。天性羞涩的牦牛江措双脚总是不由自主地往后退。在跳跃的阳光下，虚幻的菩萨女儿像一缕火苗，飘来飘去总是飘不到牦牛江措的身边来。

牛毛绳子的死结是那个春天的娘乃节打上的。娘乃节是闭斋节，女人们孩子们从凌晨开始一天一夜不说话，水米不打牙。为了打发枯燥的时间，姑娘小伙到嘛呢康（部落里议事念喇嘛的地方）戴着傩具做游戏。就这样，牦牛江措的藏袍里就多出了一双崭新的靴子。这是一双獐子皮鞣成的翘尖靴子，十字花镶鲁勒子，里边塞着柔软的胡麻秸。

百灵江措看到，他的伙伴驯马的时候，不再是身子骑在马背上，靴子插进马镫里，而是双手撑在马鞍上，一截松树似的身子倒立在马身上，一双漂亮的藏靴直入云霄。再看他下面的那匹紫红色的河曲大马，鬣鬃飞扬，状如虎狮。生存在南赡部洲的牦牛江措，不再是双脚踏在泥土上的俗人，而是在空中飞翔的神，那一双獐子皮翘尖靴就是翅膀。有了一双漂亮藏靴的牦牛江措，甚至不在马背上的时候，也舍不得把那双靴子踩在地下，他仍然双手着地，倒立着，把靴子举在天上。每当这个时候，天地便倒过来，他脚踩着白色的云，头顶着金色的土，头发裹着蓝色的风，怀里揣着红色的火，南赡部洲的光明变成了菩萨女儿的眼眸，把他的全身照亮了。他用双手行走在十二掌嘎，行走在菩萨女儿背水往返的路上，他的脸离地那么地近，离菩萨女儿走过的路那么近——他爱着菩萨女儿，他不敢张开嘴说出他的爱，怕被风吹跑了。

以后的几十年里，只要他倒立在南赡部洲，他就回到了过去，回到菩萨女儿十七岁的那一年。十七岁的菩萨女儿背上木桶里的泉水溢出来了。在她羞涩地奔跑着的路上，路旁的一棵柳树上，挂着一双獐子皮翘尖靴。

牦牛江措和百灵江措终于等到菩萨女儿上头（成人礼）了。菩萨女儿的父母给她搭了草房，她可以在草房里接纳她喜欢的男人了。菩萨女儿梳着三格毛的辫子，上面缀着珊瑚，她丝线绞过的脸，像剥了皮的芫根。两个江措仰起脸看菩萨女儿的草房，谁也不敢看对方的眼睛。

而沉默的百灵江措只做一件事，他白天黑夜只在菩萨女儿家的草房附近荡牛。

一个傍晚，百灵江措家的牛丢掉了，求牦牛江措一同去找牛。百灵江措的骆蹄踏水湿透了，要借穿牦牛江措的獐子皮翘尖靴。他不由分说就把那双新靴子套在脚上，拉起牦牛江措说，快走，要不牛走远了。这样他们就路过了菩萨女儿的新草房。草房上的独木梯是用一棵合抱的松木新锯出来的，树心白得耀眼，散发出苦腥的味道让人心慌。

百灵江措说：你是不是喜欢菩萨女儿？

牦牛江措说：我喜欢菩萨女儿。

百灵江措说：那你为什么不浪她的草房？

牦牛江措说：我想让她坐上我家的连锅炕。

百灵江措说：你替我去找牛，我把你的心思去告诉菩萨女儿。

牦牛江措的心跳得厉害，嗫嚅着说，锅盖揭早了会生的，皮子没熟好会裂的……

牦牛江措认得百灵江措家牛的蹄印。两个掌嘎虽然一东一西，可他们领种的祖业田和水夫田在一起，他们放牧的草场连在一起，都在洮河南岸的阳坡上。百灵江措家的牛羊是最多的，怕丢掉怕走散，他家的牛羊蹄子都烙着梅花印，走到天边都能顺着蹄印找得见。

牦牛江措顺着梅花蹄印，在百灵江措家的牛圈里找到了百灵江措丢掉的牛。虚惊了，心地笃实的牦牛江措赶着牛去找百灵江措。他站在菩萨女儿的草房下，在牛耳朵上掐了两把，牛哞哞叫了。

百灵江措像一只影子从崭新的独木梯上飘下来，皎洁的月光下，他腰里系着菩萨女儿的彩色氆氇腰带。

牦牛江措惊呆了，难道百灵江措要吃着干糌粑吹笛子，又想当喇嘛又想当女婿？

百灵江措改变主意了。他要娶媳妇儿了。

菩萨女儿坐上了百灵江家的连锅炕。

可是就在婚礼的那一天，唱完哭嫁歌的菩萨女儿眼泪都没有干，百灵江措就揪她的头发，打她的脸，还让她光着脚穿过船城去背水。夜深人静时，人们听到菩萨女儿压低哭声叫着江措江措……牦牛江措疯狂地转古拉，眼泪揩也揩不完。他知道一切都是因为那双靴子。

那是两个掌嘎的一场械斗，直到此时洮河里的血腥味还没有散尽。五百年前从雅砻河谷走来的腿和胳膊，握着生铁嵌进对方的血肉。事情由两个江措引起，最后演变成两个掌嘎的仇杀。年纪大一些的人又回想起过去曾发生的多次械斗，痛心疾首。这是命数啊，命数像一个圈子，人就是拉磨的驴，走着走着就转回来了。痛心疾首不是因为又死了人，而是这些人是为什么死的。不是像过去的斗争，为了肉体和灵魂的争执，而是为了一个女人。这是卓尼藏人的耻辱！那一夜天上没有星星，洮河边黑得像一只锅底。两个积怨已深的族落都怨恨嘉波给了对方太多的恩惠，自己得到的少了。男人们怕伤着自己人，牦牛掌嘎的人穿着黑氆氇，百灵掌嘎的人穿着白氆氇，他们高声喊着牦牛牦牛，百灵百灵，震得洮河水决了岸。

百灵阿妈扑向儿子百灵江措，砸着他的肩头说，不要打了不要打了，你娶了这么好的媳妇，菩萨女儿没有跟牦牛江措跟了你，是牦牛江措让着你，你怎么能以怨报德？

百灵江措一把推开阿妈说，我不稀罕女人，我不想娶媳妇！我就是看不惯牦牛江措得意的样子，看不惯他把獐子皮翘尖靴举在天上！他的脚真高贵啊，让他的脚上天藏台吧！

一场厮杀让两个掌嘎死了一半的男人。头人的儿子百灵江措举着一根点燃的桦树枝，直戳牦牛江措的眼睛，牦牛江措俯身躲过了。他没有还手，他为了还那一双靴子的账，更不想让菩萨女儿失去男人。接着一块生铁劈过来，牦牛江措的一条腿失去了知觉。

剩下来的事情是，两个掌嘎长老们捋着胡子挂着树枝，搬了烧锅，支了灶火，在嘛呢康盘腿大坐，开始谈命价。百灵掌嘎死了七个人，牦牛掌嘎死了十二个人，不是牦牛掌嘎的人瓢，是百灵掌嘎的人狠。七个性别、年龄、地位所差无几的相互抵消了，百灵掌嘎给牦牛掌嘎要赔五条命价。百灵掌嘎的牦牛、犏牛、尕鲁巴几乎都吆进了牦牛掌嘎的牲口圈。百灵江措家把几十头藏绵羊塞进了牦牛江措家的羊圈，理由是他的命还在，只是赔个腿脚。

牦牛发了脾气是要挣断牛皮绳子的！牦牛江措把几十只藏绵羊一个个扔回百灵江措的羊圈里。他说，我死的不是腿，是心！一个人心死了，人就死了。牛和羊赔不起我牦牛江措的命价，我要让百灵江措永远离开船城，他只要出现在我面前，我会送他上天藏台！

在番地的番规，甲部族的人打死打伤了乙部族的人，甲部族的全体都有集约责任，要给受害者赔命价。如果受害者不接受赔命价，可以要求行凶者离开生活的地方"避凶"，年限依情节而定，一般都是三年五年，不足年限不得返庄（返回家乡）。如果行凶者在规定期限内擅自返庄，受害人或者家属可以取其性命。期限满了，行凶者返庄，要送给受害人家牛马等贵重礼物，以示和解的诚意。受害者家属领受了，从此便既往不咎。

在卓尼，对一个人最重的惩罚不是让他死，而是让他永远离开家！

藏人好辩，糌粑一拌，大茶一喝，嘴皮子上沾着酥油，说上个三天三夜舌头也不燥。两个掌嘎的长老把牦牛江措一只腿的事掰开了揉碎了说了个底朝天，吃掉了一头牛三只羊，一口袋炒面，喝光了十坛锅烧，还是没有令双方满意的结果。

最后是卓尼嘉波敲了惊堂木。

哪一个掌嘎或部落里出了人命官司如果惊动了官寨，那是耻辱的，那就说明掌嘎或者部落里没有秉持公道的威望人了。看来十二掌嘎里几百年还没出现过这么棘手的事。可能因为第一次在官寨断案，卓尼嘉波的手有一点发抖。依后来百灵掌嘎的人说，南杰嘉波看到牦牛江措受伤的腿，皱了眉头。用汉人的话说，打狗还要看主人。这牦牛江措是嘉波的戈什，没有下人的时候，他们头对着头看汉人的书，写汉人砖头似的字，他是南杰嘉波的影子，或者就是嘉波的一条腿至少是一条胳膊。掌嘎里的人对他下手就是对南杰嘉波的胳膊下手，对南杰嘉波的腿下手。刚刚做了嘉波的南杰，胡子楂才坚韧起来，他的眼睛里蓄满了悲愤，举起了惊堂木——

跪在大堂一侧的百灵江措说，牦牛江措执意让我离开卓尼，是因为他看上了我的妻子菩萨女儿。

跪在另一侧的牦牛江措把双手摊开面向前方说，我将迎娶上迭长宪的女儿为妻，我今生今世将与菩萨女儿保持一箭远的距离。

仅仅十几岁的南杰嘉波拿出土司的口气，说，让百灵家的淘气娃子永远离开卓尼吧！

一个"娃子"，出大事了。在卓尼，娃，娃儿，是对未成年人惜疼的称呼。而"娃子"是下人，奴隶，甚至是有罪之人。对于百灵掌嘎来说，要杀要剐都行，但不能说掌嘎里的人是娃子呀！这一个"娃子"，把掌管灵魂的百灵掌嘎打进了半个地狱。

于是在一个风雪交加的夜晚，汹涌的风雪流把船城搅成一条白龙，百灵江措推开了碉楼的门。正好百灵家的马圈里一匹老马下驹了，羊水流出来，差点把百灵江措滑倒。百灵阿妈把炒面口袋放在儿子的背上，说，三年，最多五年，南杰嘉波的气消了，牦牛家也气消了。你看这个漂亮的马驹子马上就会长大，马驹子长大了你就返庄，百灵家把这匹马送给牦牛家，牦牛家会领受的，牦牛江措也管我叫阿妈……

从此百灵江措离开了卓尼川。牦牛掌嘎里最攒劲最仁义的江措跛了一条腿。

木耳桥是一座伸臂木桥，总是在吱吱呀呀地响。已经成为大头目的牦牛江措把双手放在马背上，像十年前那样，用双臂霍地支撑起自己的身体，一双漂亮的獐子皮藏靴直入云霄。他倒立在六月清亮的曦光里，他的双手变成了一双厚实的大脚，他异常粗壮的胳膊变成了两条腿。他眼里的船城倒过来了，洮河水倒着流回去……他的眼泪流进头发里。

他看到菩萨女儿家的碉楼炊烟升起了，风马旗向天疾飞。这炊烟这风马旗多少年都没有变，多少年里风都没有把它们吹散。变了的是菩萨女儿，一块金子放生锈了。

3

斯巴宰杀小牛时
砍下牛头放哪里
我不知道问长老
斯巴宰杀小牛时
割下牛尾放哪里
我不知道问长老
斯巴宰杀小牛时
剥下牛皮放哪里
我不知道问长老

斯巴宰杀小牛时
砍下牛头放高处

　　　　所以山峰高耸立

　　　　斯巴宰杀小牛时

　　　　割下牛尾放山阴

　　　　所以森林葱郁郁

　　　　斯巴宰杀小牛时

　　　　剥下牛皮铺平处

　　　　所以大地平坦坦

　　从上卓梁到洮河边，船城里人头攒动。

　　四月八，卓尼川一年一度的青苗会。十二掌嘎头人、四十八旗长宪总管、税官、仓官、北山带兵官、朱扎大总承，齐聚船城。向官寨汇报各旗各族农牧林及兵马人口情况，之后赛马射箭敬山神转古拉。

　　河谷和阳坡上的青稞漾出绿波，布谷鸟叫得乏了。百灵掌嘎和牦牛掌嘎的头人举着簇新的插箭，箭头上挑着一只果子。在这块土地上的生灵，像这只果子，同根同枝，万众一心。不同的是两个掌嘎人的衣裳，百灵掌嘎的男人们都穿着白氆氇，牦牛掌嘎的男人都穿着黑氆氇，像白天和黑夜一样分明。

　　远处的山野地传来拉伊（情歌），藏人男女用歌声和格桑花交欢。老人们手里捻着牛毛线羊毛线，不断旋转的纺锤把阿乃日扎神山转晕了。线要往上捻呢，心要往上想呢。这是边地番家最好的季节，到明年的这个时候，新一茬的娃娃们就诞生了，牛毛线羊毛线变成娃娃头顶的帐篷和身上的褐衫。

　　一条平展展的大车道从上卓梁逶迤而下，新鲜的泥土味一头扑进船城里来。

　　南杰嘉波的登云翘尖靴踩在大车道上，极目远眺路的那一端，一眼望不到头。去年冬天少雪，今年又是一个旱年，周边那些被改土归流的地方，缴不起粮租钱租的，或者更远地方的那些寻找活路的人，躲避战乱的人，会从各个暗门和隘口钻进卓尼地界。卓尼仍然是一个站立了五百年的土司领地，相对来说还是一个世外桃源。索性修一条大车道，让人们大摇大摆地走进来。天底下有了人，如草地上有了草，河床里有了水，一切都会茂盛起来。外面的人进来的时候会带来一些新鲜的事物，凡是新的东西，就是卓尼人和卓尼嘉波喜欢的。

　　修路的男人都是四十八旗兵马田上的壮劳力，经过半年多的劳作，力气都铺进大车道，已经筋疲力尽。远处阳坡上的青稞灌浆了，阳光和雨水让青稞的肚子逐渐饱满，青稞会变成糌粑，糌粑又会变成男人的力气，天地万物与生灵，在这里融合转换得如此自然。眼下他们三五成群地在道路的两侧睡着了，他们贴着胸靠着背，像一簇簇长势喜人的蘑菇。

江措大头目在他的身后，气定神闲。索郎大头目有一阵不在船城了，他说他在船城待上一个月胡子就会发霉，此刻他不知道在哪里游荡。

当初决定修大车道的时候，索郎大头目不停地摇头，左耳垂上的一只银耳环在腮帮子上甩来甩去。索郎大头目对什么事情持反对意见时，就用银耳环敲打自己的腮帮子，因此他的一只腮帮子总是瘀青的。他说，把"上头"颁发的号纸可以扔进牛圈里了，"上头"没了，他们封的什么土司也没了，我们要做卓尼王国。把所有的暗门和隘口封锁起来，连一个人影子都不要进来。哪一个地方的人想归顺我们，带着他们脚下的土地来。嘴进来了地没进来，嘴们吃啥呢？

南杰嘉波说，上善若水，水善利万物而不争。地形低的地方，自然有水汇聚。卓尼的地形就是大车道！

可是索郎四老爷听不懂南杰侄儿的话。他正在兴头上，说得天花乱坠。天下没有王，人人都是王。把我们的腰刀和火绳枪扔火塘里当牛粪烧了，我们要"汉阳造"，要大炮，要冒着烟儿的铁。像几百年前开疆拓土那样，我们再开辟十个卓尼十个迭部……南杰嘉波明白索郎大头目的意思，有了枪有了炮，就可以百步穿杨，就可以攻城略地，就可以占山为王，称孤道寡。他要把卓尼领地打造成江山。

索郎四老爷不明白，这是一个土司最忌讳的，是老嘉波最担忧的。土司是什么，以本土之职司本土之民。吃着碗里还想着锅里的，甚至想把锅砸了，最后碗就碎了。索郎四老爷就是不明白，他山一样的骨头松柏一样的四肢，怎么就输给了一个身子还没有长全的小儿。他怀疑有人给老嘉波下了蛊，那个人就是红笔师爷。红笔师爷给小南杰的脑袋里灌了汉人的东西。藏人的锅里炒的是青稞，汉人锅里煮的是草。汉人的东西到了藏人的脑了里，就是蛊。

索郎大头目一度夜郎自大，他骑着快马用一个月的工夫把卓尼土司领地跑了一遍，茅塞顿开。认为南赡部洲只有四个地方，拉萨、紫禁城、金城、卓尼。红笔师爷对索郎大头目的无知很无奈，只得摇头叹息。索郎大头目是南杰嘉波的亲阿古，他有一口洁白的牙齿，不说话的时候就磕嘴里的牙，像咀嚼着一把碎银子。他哂笑着露出白森森的牙，对红笔师爷说，猪尾巴爷啊，我说什么你都晃脑袋，你脖子上的多脑（脑袋）风大得很！红笔师爷是南杰远方娘舅，索郎四老爷是南杰阿古，算是儿女亲家，藏地风俗，这两种角色是可以互相戏谑的。

索郎四老爷把汉人脑后的辫子称作猪尾巴。红笔师爷是南杰在临潭学堂的开蒙先生，是南杰袭位后用八抬大轿请来的，连同他脑后的辫子。红笔师爷与索郎四老爷第一次会晤就结下了梁子，原因是，索郎大头目捏了捏十三岁的南杰的胳膊说，唉，细得像一根树枝。红笔师爷反驳说，治大国若烹小鲜，用的是智慧不是力气，如果拼力气，狮子应该是我们的嘉波。索郎四老爷拂袖而去，从此彼此不悦。

红笔师爷对索郎大头目的愚昧很有耐心，让他看制作在牦牛肩胛骨上的中国地图，一只秋海棠叶。"出东海，如叶之茎；西至葱岭，如叶之尖。"卓尼嘉波领地位于秋海棠叶的中心，像一枚青稞那么大。索郎头目有点不耐烦，一只手掌拍在牛肩胛骨上，就覆盖了整个地图。他哈哈大笑，甩着牙叉骨说，我以为我们的江山比三界还要大呢，原来也就一只骆蹄（皮靴）的地方，最多也就四个卓尼领地。红笔师爷无语，顾左右而言他，继续晃着头说，天地不仁，以万物为刍狗，圣人不仁，以百姓为刍狗……索郎大头目失去耐性了，用汉语骂了一句脏话，大概意思是秀才的屁文绉绉的。洮河两岸的熟番大多都会说汉话，索郎头目骂人的时候多用汉话。一是因为藏语里本身就没有脏话，二是用汉话骂人有的藏人听不懂等于没骂藏人，汉人听得懂那骂的就是汉人，谁要汉人造出那么多脏话呢。所以他常说滥汉人，滥汉人。

南杰嘉波望一眼天上的云，今年又是春旱，可到了秋天就会涝，一场白雨就会把到嘴的糌粑还给土地爷。可是外面来的人会带来粮食，换走卓尼土地上长出的皮毛药材，或者外面的人带来先进的生产技术，让当地的藏人改头换面。嘉波放眼张望大车道。

南杰嘉波的旁边是嘉波阿妈，阿妈的身上黏着两个黄口娃儿，一会儿吊在脖子上一会儿钻进袍子里，阿妈直喊，我的宝气啊我的宝气啊。身后是大总管和红笔师爷。大总管和红笔师爷都住在官寨里，一个管吃喝拉撒一个管之乎者也。总管胖，像一只奶桶，师爷瘦，像奶杵子，站在一起，真是天生的一对儿。南杰嘉波的左边是江措大头目，大头目的身后是穿黑氆氇的牦牛掌嘎的人。右边是寺院八班，百灵掌嘎的阿古，他的身后是穿白氆氇的百灵掌嘎的人。他们一白一黑，从远处看像阴阳双鱼。

今天，谁第一个从这条路上走进卓尼呢？

桑烟飘起来了，风马旗飞起来了。

木头桌几一字摆开，坐垫是崭新的羊毛氆氇。与以往不同的是，桌几上苫了细葛布的桌布，细得像女人的脸蛋，啧啧。在桌几上苫桌布，是几年前来卓尼传教的洋人罗杰斯教给官寨的。他说粮食是上帝赐予的，吃饭是一件美好的事情，所以饭桌上要有漂亮的桌布，就像天上有美丽的云彩。吃饭时要面带笑容，但不能说话。嘴是灵魂的入口，同时管着吃饭和说话。吃饭时不能说话，说话时不能吃饭。他的意思是同时享受两样美好的事情太奢侈了，太阳出来月亮就要躲起来，这是所有人都知道的道理。此后官寨里的桌几上就有了好看的桌布，进食时就不说话。卓尼嘉波向往一切美好的事物，大车道会把美好的东西带进番地来。

大总管俯下身子，把耳朵贴在地皮上，皱着眉头听，之后爬起来，在南杰嘉波耳边说了什么，大家安静了。南杰嘉波端起酒碗，大家一齐举杯，拉嘉雷，拉嘉雷……

人们先听到了马蹄声从大车道上响起，接着就是飞扬的尘土，遮天蔽日。船城的人没见过这么大的阵势，南杰嘉波的戈什向主子靠近成合围之势。黑氆氇们和白氆氇们的阴阳鱼骚动起来。渐近时，人们发出了惊叫，嗷吼吼……嗷吼吼……提起来的心放下了，可是嘴张大了。人们看到，是索郎四老爷站在一辆三匹马拉着的大车上，他拽着缰绳，身子向后仰着。风大，把他的头发胡子和金属耳环吹得纷纷扬扬，像站立着一头狮子。他的身后是一个黑乎乎的庞然大物，比房子小一些，比柜子大一些。大车后面是几百人的北山骑兵队，一色枣红马，还没有长出胡子的娃子们，身后都背着叉子枪，看上去像新长出的一片林子。在离南杰嘉波一百步的地方，索郎四老爷"吁"的一声，所有的长腿的东西都戛然停下。"吁"的这一声，中气十足，如唱热巴的前奏。

嘉波阿妈闭上眼，一只手捂着胸口，唵嘛呢叭咪吽。唉，谁不知道卓尼川上有个爱出风头的四老爷呢！

索郎四老爷从车上跳下来，给南杰嘉波和嘉波阿妈行过礼。

哈哈，南杰侄儿，看到阿乃日扎神山上的素静桑烟，就知道大车道修好了。猜个谜语啊，说长可以到天边，说短到不了河对岸，说的就是这路啊，如果能过了河对岸，那就是桥了，哈哈哈！四老爷我一双旧骆蹄是不敢第一脚踩上这新车道的。喏，这辆车是新的，大车道上的第一位客人是这辆胶轮大车！

他转过身，在车子的橡胶轮子上踹了两脚，说，瞧一瞧，胶皮轮子，里边装的是气。气这东西，软绵绵的，看不见摸不着，可它一旦变成风，摧山折树，力大无比。瞧瞧，这胶皮轮子里装的是风啊，它跑得跟风一样快啊，嘎嘎嘎！四老爷的笑脸转向嘉波阿妈说，这辆车我送给官寨，是我孝敬嘉波阿嫂的。

嘉波阿妈睁开眼，冷笑着说，我领受不起，还是你受用吧。

四老爷热脸贴了冷屁股，但他不在乎。转向南杰嘉波说，南杰侄儿，你猜这辆胶轮车是哪来的？捡的，哈哈，捡来的！我去土门关外换烟土，在客栈里喝了一壶老徽烧锅，睁开眼，拴马桩上我的马不见了。我四下一看，有辆车，于是顺手就捡了。哈哈，鸟枪换炮，哦呀就是。

南杰嘉波对四老爷的车不感兴趣，他的眼睛还是往云上瞟。他想，卓尼的天气就不能倒过来吗，春夏雨多一些，秋天雨少一些，这样青稞的日子就好过了。很多事情都能倒过来，比如，江措大头目的身体，他穿着獐子皮翘尖靴倒过来立在马背上，他就能看到过去曾经发生的一切，看到他心爱的女人菩萨女儿还是十六岁的样子，手里提着窝奶。那个被迫离开卓尼嘉波领地的百灵江措，永远回不来了，有人给百灵掌嘎带回来他的嘎乌（装护身符的银质盒子），嘎乌离开了人，说明人不在南赡部洲了。想到那个聪明伶俐跑得像羚羊那么快的百灵江措走了，南杰嘉波觉得把他终身驱逐出卓尼，确实有点重了。本来想着过几年他就会回来，两个掌嘎寻求和解，可是他却死在了外头。可怜他的阿妈，不相信儿子死在了外头，她每年磕长头出去寻找她的儿子，回到船城人们就发现，她戴着儿子过去的狐皮帽子，一张脸展括了，并且长得越来越像亲儿子，她倒着走进儿子的身体里，并且她说话的口气、手势，活脱脱是她的儿子！南杰嘉波给看林家发放了掌嘎公益金，可是看到孤独的两个老人，心里还是充满了愧疚。

索郎四老爷的手气好是出了名的，经常能"捡"到好东西。他的几个老婆都是在别人送亲的路上顺手牵羊捡来的。在四老爷这儿有个规矩，捡来的女人如果不想在索郎衙门里过，完全可以不声不响地离开。想留下来的，当然是看得起四老爷的，再不喜欢也会养着，封到索郎衙门名下的衙门田，能养得起卓尼川上所有四老爷捡回来的女人。捡女人的时候，一般都是他醉酒并且正好撞到别人娶亲的时候，大部分的时间等他醒了，女人已经走了，他连脸面都想不起来。于是铁打的营盘流水的兵，四老爷不缺女人，来得早去得快，落在手头其实也没几个。他在衙门里待上三天骨头就痒痒，他睡在连锅炕上，嗷嗷地叫。踢一脚炕头上的婆娘，骂骂咧咧地说，一年吃我几驮子酥油，连一个长橛子的都没养出来。所以索郎四老爷到处游荡，他说男人在碉楼里待久了，就会拔不出刀来。

现在连锅炕上的女人都是他从迭部捡回来的。迭部地界是江措大头目的管辖范围，当然索郎四老爷不可能在乎那个掌嘎里出来的江措大头目，官寨里亲亲的响当当的嘉波的阿古，跟爹差不多，江措大头目自然不能跟索郎大头目相提并论。但是作为长辈，在迭部做这种事情还是有失颜面。其实江措大头目对索郎四老爷恭敬有加，只是索郎四老爷不能容忍在卓尼川有两个大头目。嘉波只有一个，大头目为什么要有两个？这也是没有办法的事，祖上留下的规矩，一个人有一个脑袋就会有两个肩膀，没有办法。还有一点让索郎四老爷不能忍受，南杰侄儿和江措大头目情投意合，他们仿佛交了心换了脑袋，不对，他们是长着一个脑袋，一根肠子，一拍即合。这让四老爷感觉备受冷落。索郎四老爷就是不高兴，谁都无法阻挡四老爷的不高兴。

有一次四老爷进了迭部沟上了电尕，就听到了风声，说电尕台子上最漂亮的一个女人要出嫁。四老爷的手痒痒了，就着三斤牛肉两坛烧缸的蛮劲儿，抹着嘴说，是酒干的不是我干的！捡来的这个女人身体很结实，性情很温顺。漂亮女人都应该害羞吧，她一直背对着他，没转过脸来。她解腰带，咕咚，掉下来一个东西，一看是个娃娃。脱袍子时，咕咚，又掉下来一个东西，一看又是一个娃娃。女人把松亮扑灭了，搂着俩娃上了连锅炕，一下子就把大半个炕占了。四老爷都没想好怎么下手，女人就开始扯呼噜，震得窗棂子直响。一大早起来，四老爷看到，有一个女人腚有磨盘那么大，正在那扎那吆喝下人做酥油茶。等她转过脸来，四老爷看到一个丑女人，惊诧地问，这个是谁呀？女人龇着牙笑着，牙齿和眼白雪白，脸和眼珠漆黑。从她的袍子里又溜出那两个娃娃，扑过来拽着他的袍襟喊阿爸阿爸。四老爷不知怎么地，脸红了。他两只胳膊把两个娃撸起来，放在眼前瞅，是两个小子，瓷实得像两颗碌碡。他对眼前的那个女人说，喂，那谁，猜个谜语，"上身木法轮，下身铁坛城"，你说那是个什么东西呢？女人转身进了那扎那，用木头锅盖敲着铜锅说，那谁，那谁，吃长饭了，吃长饭了。长饭就是白面细面条，擀得像麻纸一样薄，切得像羊毛线线，上面浇着肉臊子，再泼着油辣子。四老爷一口气吃了八碗，香得天灵盖发麻。也是奇了怪了，自从有了这个女人，他顺手牵羊的毛病就收敛了许多，几乎再没有往家领女人，甚至有时候说什么话还看一下女人的脸色。那个一盘磨似的四平八稳的女人只要看他一眼，他扬起来的嗓门儿突然就放低了。

嘉波阿妈把身上的两个娃推给侍女脸蛋儿，正了正衣襟说，啊呀，四兄弟啊，我这眼睛什么也看不见，你这胶皮轮子的大车捡得好啊，哪天你给咱再捡一个卓尼来，咱们不就两个官寨了吗？那车上放的是什么呀？是不是什么金银财宝或者是一个女人呀？嘉波阿妈在这个时候说什么两个官寨，是对索郎四老爷把自己的府第也称作衙门不满。听下人倒舌头说，索郎四老爷醉酒后，让他的戈什称呼他为嘉波，或者干脆让下人称他为"上头"。

阿妈在不认可什么的时候就说眼睛什么都看不见。她说不干净的东西就不会入嘉波阿妈的法眼。

索郎四老爷心情不错，没有计较嘉波阿妈说的话。他撅起胡子嘎嘎大笑。索郎四老爷在无话可说的时候，总是朝着天嘎嘎大笑。他说，天上的神啊，伸手不打笑脸人。他把一只手伸进皮袍子里，掏出一卷羊皮纸，在南杰嘉波面前抖开说，南杰侄儿啊，咱们的领地又大了，岷山脚下的大草滩是一块飞地，我本来只想去大草滩买一匹良马，结果他们的头人带领二十户近百个藏人归顺我们，求得我们的庇护。课税我也拍板做了主，大草滩出骏马，我要求他们每年两匹两岁良马，二十户轮着来，哈哈，他们画了押。这不，我已经把大草滩放进了我们的羊皮地图，转眼就到年下，大草滩的头人就会拉着两匹好马来纳税了，官寨的马号要有一点拥挤了。

南杰嘉波示意江措大头目接过羊皮地图，江措大头目站起来刚伸手，索郎四老爷就把羊皮地图塞进袍子里，顾左右而言他。他说，今天天气真是好，猜个谜语，开头看着不觉得美，瞅到最后不觉得丑，那是什么呀，谁知道那是什么呀？嘎嘎嘎，那就是连锅炕上的婆娘。

在南杰嘉波一侧一直打坐的寺院八班站起来，为眼前的尴尬解了围。他把左手放在心房上，弯腰给南杰嘉波行礼。细心的人会发现，他的这个动作有点别扭。行这个礼的正确姿势是，右手放在左心房上，弯腰颔首。这里有一点秘密，住在十二掌嘎里的人知道，百灵家族里有的男人右手长着六个手指头。不是百灵家族的男人都长着六个手指头，是长着六个手指头的一定是百灵家族的男人。这是百灵家族的一个忌讳，所以百灵八班的右手总是放进衣衩。由于百灵八班经常在寺院念经，在闭关洞修行，经常不见天日，他的右手白得像霜，说话的舌头僵得像冰，脸白得像墙。嘉波阿妈可能看不惯这么白的男人，闭上了眼睛。

百灵八班说，佛陀的南杰嘉波，寺院的大茶房飘来了饭香，让娃子们去用舍饭吧。南杰嘉波给了大总管一个眼色，总管就挪动着酥油桶的身子吆喝娃子们吃舍饭。那些四十八旗的娃子，大部分人都没见过卓尼嘉波，他们睁着惺忪的眼睛，弯着腰，乜着眼，边走边往嘉波身上瞟。

嘉波阿妈怀里的两个娃娃已经爬到了胶轮车上了。车上放着一个漆黑的筒子，一抱粗，一股寒气。好奇的嘉波阿妈有点纳闷，这个庞然大物是个什么物件呢？她侧过身子仔细端详，突然闭上眼睛喊道，啊，阿尼闹（老天爷），这个东西黑得看不见底，这不是汉人说的地狱吗？快快快，把这个不干净的东西给我抬走抬走！

四老爷嘎嘎嘎地笑着，摸着绵羊尾巴的大胡子说，亲嫂子，这是一台废大炮，不知道是哪一路的军爷打了败仗扔在了洮狄道，我拉回来就放在这大车道口，辟邪。嘉波阿妈捂着鼻子，耷拉着眼皮说，还是拉到你的衙门里辟瘴疠吧！

嘉波阿妈托着脸蛋儿站起来，对南杰嘉波说，我的儿子，赶紧把你两个小祖宗塞进我的袍子里来，这风口上戾气重，娃的骨头还酥着呢。

已经趴在胶轮车上的小少爷把妹妹拽到车上，双手卷成喇叭喊，阿爸，阿爸，照相机！

南杰嘉波从总管手里接过照相机，对准少爷和姑娘。卓尼人管大户人家的小姐叫姑娘。

掌嘎里的人听说过这个东西，据说先把人的骷髅照出来，再把皮肉贴上去，再吹一口气，一个人就在一张桦树皮上活了，活得一丝不苟。但很多人没有亲眼见过，也不敢让这个东西照出自己的骷髅，现出原形。男人们缩着脖子往后退。

嘉波手里的所谓照相机"轰"的一声冒了一股白烟。

后面立着的白氆氇和黑氆氇趴下一片，尘土扬起来。

嘉波阿妈顺手就给了脸蛋儿一个耳光。脸蛋儿踉跄着扑过去护两个娃娃。嘉波阿妈一脸的愠怒，同侍女脸蛋儿抱着两个娃起身离开。四老爷拱手送嘉波阿妈，之后一屁股坐在阿妈的座位上，宽大的羔羊皮袍子甩在江措大头目的肩头上。

嘉波阿妈的座位上铺着一张雪豹皮，四老爷在雪豹皮上拧巴身子，一抬头，脸上现出尴尬。因为他看到，南杰嘉波盯着他看，他一下子不知道下巴上的绵羊胡子往哪里放。索郎四老爷其实一直都是惧怕南杰佺儿的眼色的。

突然听得有人唱花儿呢：

哎哟——
打马的鞭子闪断了
阿哥的肉呀
走马的脚儿乱了
阿哥出门者三天了
一天么赶一天远了呀
前半夜想你者没瞌睡
后半夜想你者天亮了呀

南杰嘉波看到，有一个怪异东西从那只黑炮筒里钻出来，似乎是一个人模样的东西。

索郎头目惊得绵羊尾巴胡子抖动着，他冲上去，把那个人模样的东西拽起来，又杵在地上，说，你是谁，你怎么在我的炮筒子里？

4

这个人黑得像一截木炭。他的脑袋套在半截子裤腿里，挖了几个眼儿，露着眼睛和嘴巴。他后背上一个大背锅，连同身子装在毛褐袍子里，肩膀上斜搭着一块鲜艳的东西，彩色风马旗一般。

原来第一个从大车道进船城的客人是个寻口的，一个叫花子。他身上搭着的那块五颜六色的东西煞是耀眼。

卓尼嘉波微微闭上眼睛。他听到远处隐隐约约有人唱拉伊。五年前也是这个季节，凤毛菊开得疯了一般。他骑着马去会那个会唱风雅颂的汉人女子。"你从哪里来，我从南京来。你带得什么花儿来，我带得茉莉花儿来"。那个耳边插着茉莉花的头发柔软的女子，会吹口弦的女子，来得像花开一样慢，走得像流星一样快。

大总管窸窸窣窣地忙乎着什么，哦，是那些娃子在茶房里吃了舍饭，等待嘉波放头（摩顶）呢。这些娃子大多来自四十八旗，也许这一辈子只有这一次见卓尼嘉波的机会。他们来做乌拉（差事），出自己的力气带自家的干粮，最大的愿望就是能被卓尼嘉波摩顶了。他们一个挨着一个，弯着腰低着头，头上冒着热气。南杰嘉波把手放在他们的头顶上，根据头发的稠密软硬大概判断他们的年龄。他还用一只耳朵听着索郎四老爷与那个头顶上戴着一截裤腿的人说着什么。他心里琢磨着这个人的身份。坐在他旁边的江措大头目想必也在仔细听着什么，江措大头目头脑敏捷，言语不多，牛睡着，角醒着。

你是谁？

我……是个人。

你是个人？

噢……嘞。

还是个结巴。

四老爷退后一步打量着说，哦，你是个人啊？说的是人话？还是我们番人，还会说"噢嘞"？你几年没吃饭了，骨头瘦成了刀子？

说人话的这个人转向南杰嘉波的方向，弯腰匐地，磕了三个响头，双臂始终没有从毛褐里拿出来。总管急忙在南杰嘉波的前面泼了一碗酥油茶，意思是隔断了生人带来的瘴疬。

四老爷扬起了鞭子。

那人跪下来等待鞭子，可是鞭子没有落在他的脊梁上。南杰嘉波给索郎四老爷摆了一下手，对总管说，给他一碗青稞酒，暖身子。总管端着一碗酒直着腰过来，嗫嚅着说，暖身子，他哪里还有身子，一副鸡骨架。身子如一盘磨似的总管最看不起瘦儿麻秆的男人，连自己的肚子都喂不饱的人是懒惰的人，他认为。

南杰嘉波的手伸向了一个娃子的头顶。他突然睁大眼睛，打量眼前的人。这是一个体格小巧的娃子，身子缩在宽大的褐衫里，脑袋埋在胸前，脖子上用一根牛毛绳挂着一只口弦，耳根后面的皮肤干净白皙。他身上有一种味道，不是别的娃子身上的腥膻，是一种草被风远远地吹过来的涩味，黄芪？党参？地黄？艾草？香柏？关键是他的头发，柔软滑爽，与南杰嘉波的手心触碰时，让这个二十多岁的男人想起了一个女人。他仰起头看天，一朵白云飘来。哦，她来了吗？弥留时，她对南杰说，在南赡部洲，有另外一个我活着。比如天上的白云，比如草地上的凤毛菊，比如一只口弦，或者一个长得与我不一样的女人……南杰嘉波的手放在这个娃子的头顶不想挪开。就在南杰迟疑的时候，这个娃子抬起头给他做了一个鬼脸。南杰嘉波看到，这个娃子长着一双凤眼，眼白干净得如白云。

索郎四老爷伸出鞭杆子挑那个人头上的半截子裤腿。那个人脑袋着地磕响头，说，四……老爷饶……了小的，小的面貌丑陋无……比，冲……撞了各位活……神仙。

索郎四老爷说，你怎么知道我是四老爷？

小的是循化……洮狄道上的……驿官。

索郎四老爷没想到，眼前这个骨头架子，顶着一颗驴头，背上扣着一口锅，还是个驿官人，难道洮狄道上没有能捋直溜的男人了吗？他撇着嘴说，回四老爷的话，你当真做过驿官？

裤腿说，噢嘞，回四老爷的……话，小的就是……在驿道上跑腿，挣个锅盔。爹……娘老子死之前告诉我，这个营生最……好了，腿勤手勤嘴勤就饿不死。可现在兵荒马乱……没生意好做了。先给大户人家顶……壮丁，被打断了一条胳膊，后来又让土匪抓去砍了……脖子。他歪着头示着脖子说，是一个同伴看我可……怜，地下捡了个脑袋才和我的血……脖子缝在了一起，这才接上了一……口气。

这回该索郎四老爷惊奇了，咋，你脖子上的脑袋不是你以前的脑袋？

裤腿哭丧着说，说实话，我也不……知道是不是我以前的脑袋。掉在地上……的脑袋都现了前……世的原形，有的像个狗……头，有的像个驴……

头，趁热赶紧安……上一个，只是为了能喘……口气，吃个……锅盔，说个人话，顾不了好看难看了。只是自……从接上了这个脑袋，我就成了……个结巴，想必那个人舌头短一截……

哈哈，真是个碎嘴子！明知道是编的，可四老爷很开心。朝他屁股蛋子上踢了一脚。四老爷忍着笑说，你这个宝气，你咋知道我是四老爷的？

裤腿说，夜夕个在……土门关，我听……到有人叫你四老爷。安多木（安多藏区）哪个不知道四……老爷，四……老爷的大胡子真威武，里边能生出银子来。我已经一年没……吃一顿长饭了，我想跟上四……老爷，四老爷的海骝马放一个……屁，都够我三……天的荤腥了。所以趁四老爷解……手，就爬进这个无……底洞，一路上就坐着车来了……咋！

四老爷笑得胡子抖作一团，高兴得地下胡旋哩。

正在喝酥油茶的江措头目手里的茶碗顿了一下，他听出了这个人的一点口音。只有临潭卓尼人说话的时候尾音带着"咋"，这个人难道是临潭人或者卓尼人吗？

不知什么时候，一只藏獒靠近了"裤腿"。这只獒有一点特别，它的腰上搭着一条褐子褡裢，此褡裢有两个用处：一是这是一只老獒，身子骨不结实了，褡裢当褐衫保暖的；二是褡裢里可以装一些东西，是帮主人驮物的。船城的人都知道这是菩萨女儿家的獒。獒在"裤腿"的身边蹭来蹭去，"裤腿"的眼睛里现出惊恐。他跪着躲避着，脑袋窝在双腿上。

索郎四老爷说，你瘦得像只马鸡，看来是来我们卓尼寻口的。你长得这么丑，放羊荡牛可不行，羊和牛嫌你丑，母羊母牛会落羔掉犊呢。干脆你去做屠夫吧，不用动刀子畜生就被你吓死了，反正你一个光棍儿也不怕断子绝孙。在我卓尼地面上做"尕房子"（外来定居者），饿不死人。

"裤腿"说，我靠自己的力气吃饭，我要做个生意人。

看来四老爷的高兴劲儿过去了，肚子也叫了，坐在南杰嘉波旁边吃肉喝酒，顺便把一块骨头扔给了"裤腿"。可是瘦得一把刀似的结巴并没有接那块骨头，他甚至把脸别了过去。那只獒叼起那块骨头有声有色地吃，舌头拍打腮帮子的动静让"裤腿"痛苦地闭上眼睛。

江措大头目看到百灵八班坐卧不安，脸色煞白，终于耐不住起身了，匆匆地给南杰嘉波行礼，转身离开。他的双手放进衣衽，宽大的僧袍瑟瑟发抖，他踉跄着，走远。

百灵八班确实老了。

可是菩萨女儿的獒还是不放过那个人，用嘴叼住"裤腿"身上的那块五颜六色的布，这块布再一次引起了人们的注意。一个女人的声音在唤獒，那獒丢开那块布跑了。在番地，嘉波和头目出现的地方，女人是要回避的，所以那女人的声音听起来比较远。江措大头目手里的茶碗又顿了一下。他知道菩萨女儿在离他一箭远的地方。

南杰嘉波放头结束了，他又闭上了眼睛，他还在想那个娃子的头发、耳朵，还有胸前的口弦。

他听到身后的红笔师爷说，哦，南杰嘉波，那是一面国旗，那是一面国旗！

秀才不出门，便知天下事。红笔师爷曾在金城的文高登学堂准备考取功名，无奈临近考试，上头宣布废除科考，让红笔师爷有了壮志未酬身先死的失落。虽然足不出户，他依然准确地判断这是一面国旗。

大总管把斜搭在裤腿身上的那块布抖开。这是一面红黄蓝白黑的五色旗帜，在风中猎猎作响。四老爷嘴里嚼着羊腿，叽哩咕噜地说，我见过这玩意儿，叫什么"五猪共和"。咱不管它"五猪"还是"五狗"，我侄儿就是卓尼嘉波，我就是索郎大头目，响当当的武状元，哦啥就是！

红笔师爷忍俊不禁，俯首对南杰嘉波说，这是中华民国五色旗，红黄蓝白黑，金木水火土，汉满蒙藏回……

索郎四老爷把手里的酒碗往大腿上一扣，黑着脸对红笔师爷说，什么国旗国旗，没有加卡卜哪里来的加卡卜旗？加卡卜和亲爹老子一样，只能有一个，现在南边有人说自己是加卡卜，北边也有人说自己是加卡卜，金城说自己是加卡卜的人，秦州说自己也是加卡卜的人。要我说，卓尼就是安多的加卡卜。金木水火土在阿搭，汉满蒙藏回在阿搭，谁看见了？说眼前，说卓尼，不要扯那些驴蹄子挨不着马蹄子的事。

南杰嘉波从总管手里接过五色旗，用手摸上面的五种颜色，摸到黑色时停下了。这颜色黑得纯正，它代表着黑头藏民。南杰嘉波说，有了国才有了国旗，有了国才有卓尼，有了手才有了手指头，有了锅才有了碗。他看了一眼那个客人，带来五色旗的客人，又和江措大头目交换了一下眼神。大总管明白了主子的眼色。

大总管用木盘给裤腿端了肉，放在他面前说，吃完这盘肉你就是卓尼丛拉里的客商了，坐商也行，候商也行，把外面的东西带进来，里面的东西带出去，免你三年的赋税。要公平交易，不能哄骗坑人。你要懂得藏人的规矩，吃谁家的糌粑不要砸谁家的磨盘。

那个人愣怔了一下，高兴得跳起来，喊了一声"哦呀"！一个东西从他身上的毛褐口袋里滚出来，奇怪的是他后面的背锅没有了。

一个黑不溜秋的东西，冰冷，坚硬，被裤腿忙不迭地从地上捧起来，说是献给卓尼嘉波的礼物。

江措大头目想，这个人知道卓尼嘉波的喜好啊，卓尼嘉波喜欢一切从没有见过的新奇东西。

卓尼嘉波站起来，把这个奇怪的东西放在眼前，对面的阿乃日扎神山一下子就扑到了眼前，仿佛撞到了他的眼睛，他下意识向后躲闪了一下。南面迭布的森林绿得箭都插不进，天上的云仿佛都是绿的。迭山上的雪，那些雪雕的牦牛，有的拥吻，有的角斗，也许为了爱情也许为了真理，因洁白而冰冷。喇嘛崖的上空盈蕴着紫气，那里有会唱歌的绿石头，浸润了千百亿年的天地精华，坚如铜，绿如蓝，温如玉。紫禁城里的"加卡卜"在的时候，洮砚作为贡品，迢迢地赶赴紫禁城，有一只驷马难追的狼毫等待发墨呢。一场新雨之后，北山上的牛角羊角梅花鹿角，雨后春笋地长出来，夏窝子里的草葱绿得此起彼伏。女人们赶着生娃呢，男人们赶着接羔呢，锅里的酥油茶等着主人呢。洮河像一条哈达从碌曲奔跑而来，到卓尼境地歇气儿呢，沿途带来的泥沙逐渐沉淀在洮河两岸，肥得流油的河谷地种着高贵的麦子，骄傲的麦芒金光四射。那个种河滩地的汉人在两棵云杉间搭了一个木头阁子，他像一只老鹰蹲在上面，眺望洮河的上面，观察着天气和水势。无独有偶，对面的山上，卓尼的看霤人站在石崖上，遥望霤路，像只敬业的猴子。呵呵。

索郎四老爷凑到跟前米，说，南杰侄儿，这是个"千里眼"，让我看看里边的卓尼川。他把这个"千里眼"放在自己的眼睛上，环视四周，他急促地磕着牙齿，像一串马蹄声。最后他停在了西南方向上，说，汉人的麦子种在咱的河滩上，虽然说河滩有时是河有时是滩，那汉人会看天象，种上去的种子十有八九是有收成的。既然河滩是咱的，那不管河上的东西还是滩上的东西都应该是咱的。你看看你看看那麦浪，风都吹不动，眨眼就黄了。麦子一黄我就派娃子们收粮食去，卓尼川上长出的麦子要吃到卓尼人的嘴里。

南杰嘉波说，四老爷何以如此小肚鸡肠呢？这个汉人没来卓尼的时候，河滩不都是空着的吗？洮河两岸自古就有河滩，又有哪一个藏人去撒种子碰运气呢？我们阳坡上的地都撂荒着呢！海纳百川，有容乃大，不管汉人还是藏人，到了我们卓尼川就是卓尼人。心中容得下百人的，是个头人，能容下千人，是个百户长，能容下万人的是土司，能容下天下的，是加卡卜！

南杰侄儿总是比他站得高，看得远，在他十三岁的那一年，他四老爷就已经不是南杰的对手。当着这么多的人，四老爷面有难色，乜着眼睛说，你对你的阿古好一点，山高高不过天，儿大大不过爹，哼！

南杰嘉波对总管说，四老爷辛苦了，给四老爷敬一碗酥油茶！

这时大车道上走来一班人，有二三十口，有的背着口袋有的挎着行李，还有一挂二饼子车。他们都是汉人，穿着布衣，衣服上打着一肘长的补丁。看着眼前这么多的人，站下了，不敢进前。大总管迎上去询问，一个带头的操着口音说，来投奔二后生的，二后生给老家带来口信儿，要红桎麦种子呢！

5

后来，就是到船城十年后，卓尼嘉波称他为汉人地主，于是卓尼人都跟着叫他汉人地主，管他的婆娘叫地主婆娘。而此时他们还不是地主和地主婆娘，刚趔趄摸到洮河边时甚至是个"寻口的"，才迈开四条腿满世界找嘴呢。

女人管男人叫二后生，男人管女人叫老命。船城人知道那是他们的名字。男人在地里受的时候，女人挎了篮子来送饭。男人就"老命""老命"地唤着。女人离开地头时，男人就喊，欢欢儿往家走，阳婆晒了你的白脸脸，黄风呛了你的毛眼眼。船城里有些细心的女人意识到了，汉人男人是疼女人的，汉人女人是要男人养的。那个被唤作老命的女人，很少出门，在搭起来的土坯房里做针线，打哈欠，养娃。那脸蛋白得像剥了皮的芫根。等他们生下孩子后，船城人奇怪了，他家的孩子也叫老命。娘叫老命，娃也叫老命，汉人反正就是这么日怪。

那么这些日怪人是从哪里来的呢？

汉人男人很好说，就是船城人说喜欢谝旦工（说闲话）。这么喜欢谝旦工的汉人男人着实不多。汉族男人要弯腰撅腚使力气干活的，嘴上漏了气身子不乏么。这和寺院里的喇嘛不一样，喇嘛嘴上念经用了力气，可是省下了身子。寺院外的男人身子乏，就应该省下嘴。可是汉人男人把烟锅子往后脖领子上一插，吊在烟锅子上的烟袋子甩来甩去，他摇头晃脑地谝开了。每说完一个段落，就加两个字：日塌。

俺那个地方人稠地少，女人们又会生娃，所以啊地上的人像荷包里的针，插得满满的。为了给家里省出一分地，俺扎上白羊肚肚手巾，一匹瘦骡子驾起了二饼子车，装了半口袋红矬麦籽种，两瓢葫芦白菜胡麻大豆籽种，临出门又扢了两碗棉花籽种，出去寻地去。日塌！本来想往北走，上银川，下河套，到黄河边暨摸个活命的地界。可是不知咋了，转向了，腿肚子转筋了，迷路了。骡子杀了，吃了肉，车上的种子一颗也不敢动。可恨的是一些讨吃要饭的一路上跟着我，眼红我的二饼子车和半口袋籽种。日塌！有一夜大家住在一个破庙里，用顶门棍把门顶死歇下了。可是半夜听到有人敲窗，脑袋凑在窗台上借着月亮一看，一只狼，吓得我一个跟头栽下去，大气不敢出。快到天亮时，看到那条狼还趴在窗棂上，呻唤哩。原来啊，这条狼前腿中了夹脑子，疼得活不了，想让人救它哩。吃狼肉哩还是救狼命哩，思谋再三，还是伸出手把夹脑子从狼腿上拽掉了。天亮了从窗上往外瞄，看到那条狼瘸着一条腿，叼着一只羊角，把一只肥山羊放在庙门口，瘸着腿走了。再走近这只山羊一看，羊肚子大得快耷拉在地上了，乖乖，肚子里还有一只羊哩。羊羔落地后，老羊死了。吃了老羊，养了小羊继续赶路。日塌！那几年人年轻攒劲，到路旁冒烟的人家要了口水喝，叨啦了狼和羊的故事，那一家的闺女就跟上了我。我就把她拉在车上，她怀里抱上种子口袋和山羊，妥妥的。就这么个走着走着，屁股后头还跟着一群饿眼皮虮子，我们就看到了一条河。一个兄弟趴下身了闻了闻河里的水，说，咋也是黄河的味道？难道我们又转回家了吗？呵呵，这个瞎货，这是我们那条河的上面么，味道自然有点一样，就像是一只母鸡下哈的蛋么……日塌。

这样番人就听出来了，汉人二后生是从一条河上来的。跟着他进了船城的汉人是一路上吆喝来的，婆娘是喝了一碗热汤倒贴来的，羊是狼报恩送来的。咋有这么好的事情呢，酥油往油碗里淌呢。卓尼人心实，别人说啥都信。可是嘛呢滩上的尕房子不以为然，听口音倒像是河套的人，胡拐哩。汉人二后生就是这么一说，别人也就是这么一听，管他是从哪来的。来船城的尕房子越来越多，有的是来寻口的，有的是逃壮丁的，也有的在原地犯了事，跑到山大沟深的地方躲命，都是来哄肚皮的，哄脑袋的，谁还会对每一个外来的人刨根问底呢？来的都是人，住上几年都会吃糌粑，喝大茶，念佛经，没几年就成了半番子。

洮河两岸会说汉话的，藏人俗称熟番子。和汉族通婚的后代或者有了和藏人一样生活习惯的汉人，称作半番子。从外地来的汉人通称"下巴子"。从另一个南赡部洲来卓尼传教开福音堂的叫洋人或者毛子。有的下巴子在卓尼大寺旁边做小买卖，成了船城的"尕房子"。尕房子吃了嘉波的份田，就成了兵马田领主，给官寨缴银纳粮，做乌拉（义务长短工），出兵打仗，再攒下几头牛羊娶上番人婆娘，就一锅成了嘉波的人，和当地人一起做起了半番子。卓尼嘉波对外来的汉人很是眷顾，这也许出于藏人好客的本性，外人就是客人，这客人来了还不走了，那简直就是看得起咱的自家人。还有，汉人吃的是麦子，穿的是棉布，点的是清油灯。吃白面的人和吃糌粑的人是不一样的，总是能给当地带来新鲜的过去没有听说的事情，让卓尼人的日子过起来跟以前不一样。那些内地来的汉人，如果愿意入赘番家，卓尼嘉波就免一年该番家的粮租。卓尼的男丁大部分都进寺院，这样寺院外的男人越来越少，顶门户的男人越来越少，那就是女人的丈夫越来越少，生的娃儿越来越少。很多外来的男人便成了番家的女婿。

索郎大头目对汉人很是不以为意，他说，难道卓尼要变成下巴子（汉人）的卓尼了，我们没有先人吗？

刚开始汉人说"阿弥陀佛"。比如有人问他们，隔了千山万水，怎么就到卓尼来了，他们就说阿弥陀佛天知道。可是后来"阿弥陀佛"变成了"唵嘛呢叭咪吽"。遇到不明白的事情，他们也说"阿么了阿么了"，卓尼人认话不认人，听这口音，真好听。这么着三顿烧缸喝过，一个连锅炕上倒过，妥了，跟一个草洼（家族）的亲人似的。

那后来的汉人地主和一起来的"虮子"们做什么呢？他们来到洮河边时，

正好赶上布谷鸟叫，他们在洮河边搭了几间茅庵房。二后生白天晚上的披着一件老棉袄，在洮河两岸胡尿转，布谷鸟叫一声他也跟着叫一声。一起来的人跟着他转或者圪蹴在阳坡上，等待他的上下嘴皮子发出指令。他的婆娘有点急，这么多张嘴，吃的是野地里的陈蕨麻，掌嘎里的人撂了的牲口下水。有的人惦摸上了头上缠着红布条的放生牛或者放生羊，可是汉人二后生的婆娘说，天麻爷呀，饿了宁可啃自己的胳膊，可不敢打那些活神仙的主意。眼看着清明了，仅剩下的半口袋红矬麦籽种，到底种在哪里呢？二后生抽着旱烟咂吧着嘴，用烟杆子敲了敲两条腿。意思是他长着两条腿，急个甚。日塌！

他相中了卓尼大寺的香火地。那是洮河南岸的河谷地，十份田，就是撒一斗籽种能收十斗粮食的田地。

这些香火地本来由卓尼人租种，可是缴了租子后佃农总是食不果腹，或者遭了天灾后又蚀了籽种，第二年再从寺院高利贷借上籽种，驴打滚儿，鸡上架，永远还不清。所以藏人种地是朝天一把籽，春秋去两回。收的粮食多，给寺院缴得多，落自己手里还是没多少，十份地能种成五份地，刨去种子，对半一分，只有两份种子的收获。渐渐地，地越种越瘦，人越来越懒，肚皮是瘪的，肠花是空的，阿么做呢！

于是寺院八班咬了牙根，索性包租给汉人。寺院总管说，那我们藏人干什么呢。八班说，念经！

汉人二后生接手了寺院的一百石香火地，就是能撒一百石籽种的地。这一百石的河谷地，几乎是寺院香火田的一半，一头牦牛来回跑一遭牛毛梢梢上都会冒汗珠珠。按照以往的规矩，寺院出籽种，包租者出农具和劳力，收场后，扣除籽种，五五分成。如果遇上天灾，籽种都不能收回，租种者承担一半的籽种损失，下一年继续偿还。正好上一拨包租的临潭的汉人欠了籽种还不清，本想一走了之，无奈没寻下出路，正犹豫着。不知怎么就对嘛呢滩上的孕房子们说，寺院放籽种用的是小斗，收粮食时用的是大斗，一下惹恼了寺院的八班和全卓尼的藏人。番家种地看老天眼色，遇上天灾蚀本也是常事，一场白雨或者一场旱灾涝灾，就颗粒无收，蚀了籽种，包租的人拍屁股大摇大摆走人也是常事，谁能把连裤子都没有了的人怎么样呢。番家认为，人把握不了天和地的事，人把天地奈何？可是说藏人小斗出大斗进，超出了藏人祖祖辈辈的想象，就是说只要是个藏人，做梦也想不出天地间可以有大斗小斗的事情。这个下巴子戳了藏人的心窝子。男人们向他举起了腰刀，女人们向他吐口水。他种过的香火田也仿佛被他种臭了，路过的人绕着走。

汉人二后生承租河谷地时，惊动了寺院八班。八班可能是想把一把关，看一看这个下巴子与那一个有什么不同。"执把"（执照）上签字画押时，八班出了面。因为后来的汉人地主不愿意按老规矩缴租，不同意除籽种之外的五五分成。汉人地主的意思是，在没有天灾人祸的情况下，一百石地缴寺院四百五十石粮食，剩下不管多少都是包租人的。

百灵八班坐在一套宽大的黄色僧衣里，一只手插进衣襟。他双眼半明半昧，无法判断有没有看那个下巴子。有一点明确的是，他时不时地抽着鼻子嗅着什么。据说，百灵八班的嘴一股香火气，它除了念经外，只和嘉波老爷说话。他感应外部世界的触角是鼻子。一个比丘僧把后来的汉人地主的意思用藏语传递给百灵八班后，八班点了点头，闭上眼开始打坐。小比丘往"执把"上盖印，自言自语说，一百石地收一千石粮食，除掉一百石籽种，还有九百石，五五分成各四百五十石。这四百五十石和那四百五十石有什么不同呢？这新规矩和旧规矩有什么不同呢？这个下巴子汉人算的是哪一门的账，他脑子里装进麻浮（冰凌）了吗？寺院八班睁开眼睛看了一眼执把，在小比丘耳边说了什么。

汉人二后生迈出了一条腿。他向船城的人打听，去年冬天天气冷不冷。船城人说，去年卓尼是暖冬。他用犁铧翻开了香火地，撒下了青稞种子。冬天不冷夏天就不热，他下了生长期短的青稞。和他一起进卓尼的下巴子成了他的长工，那些过去种香火地的卓尼人成了他的短工。过去卓尼人只给官寨和寺院做乌拉，而现在，得给下巴子汉人做活计。他们长着浓密黑头发的脑袋凑在一起合计了一下，在下巴子手下种地有一些好处，不管老天下不下雹子，每天两顿饭能塞到肚子里。不用担惊受怕还能混圆肚子，天大的好事。可是等青苗从地上冒出来，卓尼人马上就明白了，这两顿干饭不是从天上掉下来的。他们要和那些下巴子一起弯腰撅腚，松土，拔草，上肥，浇水。他们说，阿尼闹（天哪），青稞下了地是靠自己熟的，就像婆娘下了娃要靠自己长的，这是天和地要做的事，阿么要人来做呢？可是汉人二后生在他们的沟子（屁股）上踹上一脚说，赶紧，像侍候月婆子那样侍候青稞，日塌！

汉人二后生在船城下面的大族矗摸了一片地。他把婆娘泥在土炕里的半口袋小麦籽种掏出来。提起口袋觉得有点轻，一问婆娘，说她饿得不行吃了几瓢。二后生一听火蹿上了天灵盖。天老爷给我们送地来了，你咋把籽种从屁眼里屙了？提了一把扫帚扑在炕上就把婆娘抽了一顿。婆娘一头撞在他怀里，顶着揉着，说你今儿不把我打死就不行。二后生提了口袋就跑，婆娘倒着小脚追出来，就摔了一跤。这就碰到了背着水桶的菩萨女儿，菩萨女儿扶起她说，阿嫂，到我的碉房里歇歇，给我剪个鞋样子，阿嫂。

红锞麦一粒一粒地点进了地里。他双腿站在河岸上，双手卷成喇叭，对着他的土坯房喊，老命，命蛋蛋，赶紧上炕哇，把衣裳脱了等着我。我二后生两条腿站住了，以后跟上你男人享福哇！

麦子灌浆后渐渐由绿变黄时，又在地塄上点了白菜籽。内地有农谚说，割了麦子种菜，尿事不碍，可是这里霜降早，割了麦子再种菜就迟了。白菜冒头时，掌嘎里的人找牲口，才发现了这一片地。阿尼闹！阿尼闹！几十年都在这里饮牲口，没见过这块绿油油的地，这是从天上掉下来的还是地里钻出来的，阿尼闹！

那这片地到底从哪里冒出来的呢？

汉人二后生喜欢水，在老家的时候，为了和邻村的二板头家争黄河里引来的二黄河水，人脑子打出了狗脑子。水不像地，地主家才有的。河里的水天上的雨，也属于穷人家的，只是如果没有地这些水没有用，水里长不出麦子的。可是洮河两岸的人种地不用水，洮水哗哗哗地白白地流走了，让二后生心疼不已。洮河开河以后，迎来了一场春雨。他披了门上的草帘子从茅庵房里出来，沿着洮河往上游走，边走边看水。他发现，洮河北岸的水是黄色的，南岸的水是黑色的，它们翻滚在河床里，像两条阴阳鱼。他以为自己眼花了，揉了揉眼睛，远远近近上上下下地看，依然如泾渭水一般分明。他趔趄打滑地过了大族桥，自南向北瞭，咦，还是南岸黑北岸黄。太阳出来，地干了，把南北岸的土攥在手心里，明白了。北岸是沙土和栗钙土，颜色自然发黄。南岸森林茂密，腐殖质厚，土质又肥又黑，颜色自然发黑。他直起酸痛的腰，肚子饿了，心想婆娘还没米下锅哩。心里慌着，发现自己迷路了。怎么他脚下有一块平展展的地，前后左右看了参照物，前一阵这里还是一个回水湾，眼下咋成了地了？踩了踩脚，结结实实的。

这就是传说中的河滩地！

雨水大河水大的年份是河道河床，天旱水少的年份就是河岸。前晌是地，后晌可能就是河。这就是来无影去无踪的河滩地。种河滩地不如说赌河滩地，赌注就是种子，最多再搭点力气。此刻二后生脚下的河岸沉淀了泥沙和森林黑土，手里一握，渗出油来。

天上掉下了肉馅饼。按照内地的规矩，谁先种上或者谁敢种上河滩地，那地上收的粮食就是谁的。他小心翼翼地犁了垄，均匀地点了籽，抖干净了口袋的四个角，用潮湿的黑土覆盖了宝贝种子。汉人二后生披着夹袄叉着瘦腰，肚子尽量向前挺着，像一个吃饱了饭的人。他还给自己的这块地取了个名，就叫老命地。他拍着腔子向着老家的方向喊，爹娘老子啊，我现在是有地的人了。又对着香喷喷的地垄说，老命，命蛋蛋，欢欢儿长哇。他圪蹴在塄干上，吧唧吧唧地吮着旱烟嘴儿，仿佛已经吃到了香油辣水的好东西。

有苗不愁长，麦子灌浆了。离河滩地不远的阳坡上有两棵杉树，二后生锛锛斧斧地忙活，打了一只木头阁子，架在两棵树之间，远远看像一顶轿子。他嘿嘿地笑，打心眼儿里笑，如果当了地主，自然是要坐轿子的，嘿嘿嘿嘿。他从独木梯上去，站在木头轿子上，瞭望洮河上游。或者躺进木头轿子睡觉，等他的麦子成熟。他的婆娘给他送饭时，他再不说"阳婆晒了你的白脸脸，黄沙眯了你的毛眼眼"了，他板着脸说，不要二后生二后生地瞎叫，我现在也是有地的人了，以后你得叫我掌柜的，日塌！

婆娘说，这河滩地说有就有说没就没，咋能说你就是个有地的人。

他不看婆娘，手搭凉棚瞭望洮河上游。

婆娘说，掌柜的，你瞭谁哩，这地方又没有你的相好的。

掌柜的说，养狗的就要知道狗脾性，我瞭狗哩。我先看它的脸色，再听它的声音，再闻它的味道，还要把它的脉，日塌！

婆娘说，那你是个郎中哇，给洮河看病哩？

后来的汉人地主，一拍大腿说，哦啥就是，我相当于个曼巴！曼巴给人看病要看尿哩，你看这一河的水尽冒泡泡，多半是要下雨了。说话间，西头的黑云就压过来。

婆娘说，阿弥陀佛，我掌柜的男人顶神着哩。

由于是个旱年，卓尼人饮牲口的河岸，现在变成了一块河滩地，上面长着大穗头的麦子。

藏人说，八月的青稞，黄不黄割过。番地的天总是热不起来，太阳死是个亮堂，但是不滚热。藏人懒得很，庄稼也懒得很，慢性子，死是个不动弹。汉人二后生提心吊胆地守着他的河滩地，看着天上不争气的日头，急得像夹着一泡尿。麦色马上由青变黄了，麦芒锋利起来了。摘下一头穗子，对着手掌搓了，麦粒有点水有点软。数一数，三十多颗。呵呵，半口袋麦子就要变成三十个半口袋了，呵呵。他咬着牙根想，娃在娘肚子里长，出了娘肚子还长，可这麦穗子离了麦秆子就不长了，再等三天，就三天。

在两棵杉树间的木头轿子上打了个盹儿，一个激灵醒了，雷声起了，感觉到身上的湿气重得很。头向外伸出来看，阿乃日扎神山上桑烟滚滚，看雹人手执铜钹，用声音撕裂天空。再把目光收回来，看他的河滩地——眼前汤汤洮水，汪汪洋洋，他的河滩地不见了！

什么都没有发生，河岸还原了几个月前的样子，"老命地"不翼而飞。天的还给天，地的还给地。什么都没有发生！二后生一头就从树上栽下来，日塌！

香火地的青稞成熟了。正午的阳光下，青稞芒子飞扬跋扈，挑衅着磨石上的镰刀。收割后的青稞扎成束子，头对头排在地里，做最后的厮磨，等待风干。小比丘还记得寺院八班在他耳边说的话，到香火地察看。他背着一筐豆子，去数下巴子收好的青稞束子，数一百个束子，就把一百颗豆子从筐倒进牛毛口袋里。浅秋的卓尼川飘着青稞的香味，让小比丘的肚子叫起来。他在地塄上烧了几颗洋芋，等待熟，靠在地头就睡了一觉，醒来时洋芋熟了，天也黑了。口袋里的豆子又倒进筐子里，一连几天都没有数清到底有多少束子。着什么急呢？卓尼人的规矩，要经寺院择吉日，请"拉代"（车把式），择犏牛，画牛轭，阿克念经，才能集体搬场（搬运地里的粮食）。可是卓尼大寺的铜锣还没响，小比丘发现，香火地里的束子没有了。同时人们发现，汉人下巴子的屋后，浓烟滚滚，卓尼人知道那不是桑烟。惊慌失措的卓尼人赶紧往汉人下巴子的家门口逡巡。着火的是青稞秸子，上面伏着土坷垃，和在一起烧焦，和青草拌在一起，埋进地坑。原来青稞秸子已经做了下一年的草木灰肥料。

此时香火地的租子进了寺院的粮仓，四百五十石，一升都不少。而另外一部分种香火田的卓尼人前念经后煨桑，牛头上戴好了牛轭子，天上就过来了锅盖云，已经干透了的青稞束子又泡进雨水里。缴了寺院的租子，自己家的牛毛口袋大半都是瘪的。

那汉人下巴子到底收了多少粮，谁也不知道。只看到汉人婆娘的蓝阴丹裤子嫌紧了，撑得沟子后面的裤缝子曲里拐弯的。

小比丘跪在百灵八班僧房的墙下，他被禁食三天。

秋天过后，洮河水浅了，汉人二后生的那块河滩地又冒出来了。分别了几个月，又看到他的老命地了，汉人二后生热泪盈盈。他圪蹴在他的地上抽旱烟，脚心里升起了暖意。他双手抚摸他的地，自言自语地说，我的老命地啊，我千里迢迢来投奔你，我掏出我的心肝肺来侍候你，你就不能成全我当个地主吗？日塌！

第二年春天，二后生在香火田下了小麦种。卓尼人猜测说，二后生种一年青稞种一年小麦，再种一年青稞，倒茬呢。二后生摇着头说，明年种豌豆。那后年呢？二后生高深莫测地说，后年啊，甚也不种。哦，卓尼人明白了，让地歇口气么，不停地让地长庄稼，不把地累死吗？

二地主有了土坯房，有了院子，有了粮，有了粮仓。在卓尼，只有嘉波官寨和寺院才有义仓和香火仓，番家大多寅吃卯粮，最多只有粮口袋和粮木箱，哪里有私人的粮仓。可是汉人二后生此时只有粮仓还没有地。

二后生站在两棵云杉间的木头阁子上，向洮河上游眺望。想起那半口袋红矬麦籽种，心里疼。那是他所见到的最好的麦种，筋度高，产量大，耐旱涝，可惜了。本来想着半口袋变成五十个半口袋，把收成再变成籽种，并推广给种地的半番子，用不了两年，卓尼可以种小麦的河谷地上都变成红矬麦。仿佛麦浪滚过来了，他闭上眼睛，头晕。远远地看到婆娘拧着小脚走来了，手里提着什么。

原来地主婆娘藏起了半口袋红矬麦籽种。她噘着小嘴说，男人就是个耙耙，女人就是个匣匣。赶紧抱着婆娘亲了几口，女人不领情，呸呸呸！

他又在河滩地里下了红矬麦种子。他在塄干上磕着旱烟锅子说，和天老爷再赌一把，日塌！

麦子灌浆后，他上了木阁子。那边的山头上，看雹人喇嘛保出现了，他黑着脸看雹路呢，看到看雹人，汉人二后生后背就发凉。还好，太阳从云层里钻出来，看雹人嘎嘎地笑。

这一年雨水少，洮河不旺，太阳又大又亮，铜钹似的挂在天上。麦一见黄，夫妻俩就挥镰割麦。阳坡上晒干，就地找了个空场，打麦，扬场，神不知鬼不觉。婆娘缝了几个粗毛口袋，用一双细嫩的手把口子撑开，让男人把圆丢丢的红稞麦装进去，提起来，敦实。二饼子木轮车装着口袋和婆娘往家走，二后生甩着嗓子唱：

二个套套牛车拉呀拉白菜

小个妹妹坐在车呀车辕外

婆娘戳着他的后巴子说，卖了粮，我想回老家，我想家了。二后生"吁"地停下车，梗着脖子说，咋？你要把粮食铺在路上？这些红稞麦是下一年的籽种，你想把它撒在路上，你这个败家的货。他伸出肘子就把婆娘从车辕上捋了下去。婆娘袖口抹着鼻子，吸溜吸溜地哭。男人心软了，连抱带哄把婆娘扶在车上，说，老命，可不敢再提回老家，这儿就是咱的家，回老家咱脑袋就得搬家。婆娘伸手捂住他的嘴说，贼不打三年自招。女人说，那我想要几尺洋布做个大襟袄。男人说，好好好，闲了我到下边买一些棉花种子，咱试着种棉花，这地种棉花可能熟不了，试一下呗。如果种出了棉花，织细布，做大襟袄。婆娘噘着嘴说，我还是想俺娘，听说官寨里有个"千里眼"，放在眼睛上就能看到天边的人。男人在牛背上抽了一鞭子说，世界上要是有这么个东西，你娘早瞭见你了，日塌！

后面的几年，寺院八班不信这个邪，难道卓尼的香火田不认卓尼人偏认汉人下巴子，也停止过与汉人的包租合同，重用卓尼人。可是结果都是一样的，租子锐减。就这样停停用用，虽然如此，汉人的粮仓还是越来越实了。

百灵八班对南杰嘉波说，藏人会念经，汉人会种地，各取所长吧！南杰嘉波说，念经就能活命，要青稞做啥呢？！

6

藏历十五绕迥木虎年的卓尼川，黄绸子花吵吵闹闹开过后不久，凤毛菊汹涌而至，坡地和谷地一路金黄绽放，浸染了半个天地。

自从那些穿布衣的汉人在船城多起来之后，船城就像一箩被孵化的鸡蛋，每天都有新鲜的事情冒出来。让船城人奇怪的是，整天在洮河畔上踅摸营生的汉人二后生，他在一块时有时无的河滩地上种了一种花木，刚发芽像洋芋的叶子，后来开了花，有淡粉的，有淡黄的，后来结出了桃子，娃的拳头那么大。哦，卓尼人明白了，原来这是一种果木，结果子了。有人摘了一颗尝了一口，呸呸呸，又苦又涩，哦，原来不是吃的。船城人纳闷了，果实不能吃，种这玩意儿做什么。人们一直在猜测这到底是一种什么东西。

藏历木虎年的这个秋天，南杰嘉波在官寨的木廊上，看到古雅山上站着一只鹰，正在石壁上甩它的喙。一只鹰活到四十岁的时候，鹰喙长得又长又弯，直抵前胸，鹰爪子长出厚厚的茧。翅膀上的羽毛又浓又厚，沉重得无力飞翔。它必须在岩石上甩打它的喙，鲜血横飞，直到完全甩落，在静静地等待新的喙诞生。当新喙长出来，拔掉爪子上的老茧。新的指甲长出来，拔掉翅膀上的羽毛。历经半年的疼痛和等待，一个新的生命浴火重生，鹰又开始后半生的飞翔——二十年后，卓尼嘉波躺在血红的卓尼川上，回想木虎年秋天的这个早晨，大总管扬着柳条棍鞭打掌嘎里的看雹人，因为这个看雹人仇视会种粮食的汉人，卓尼嘉波用一根柳条棍杀一儆百。就在看雹人号叫声中，一个新的"加卡卜"从大车道上走来，飘着经幡一样的旗帜。从那天起飘着各样旗帜的"加卡卜"走马灯似的光顾卓尼川，拿走森林、粮食、牛羊、药材、洮砚石，古雅山太沉了，不然他们会把山搬走。剩下的这片河山逐渐空洞乃至破碎。二十多年后，南赡部洲还在，他躺在血泊中，最后看一眼卓尼川，看迭山上越来越稀疏的林木，零散的骨头已经握不成拳头。他站在南赡部洲的尽头，环视他的领地，同样看到了古雅山上的一只鹰，在石壁上甩它的喙。它是那么决绝那么执意，带着血把自己从自己身上甩出去，为的是再次的新生。而做了三十多年卓尼土司的南杰嘉波，只剩下一点闭上眼睛的力气了。洮河水倒着流回去了，流向五百年前他来的地方。他的身边有急促的脚步声经过，有红色的旗帜猎猎作响。他永远不知道，这个才是卓尼真正的"加卡卜"，绕过他的身体，绕过洮河，向着另一条河流走去。

卓尼大寺的金顶光芒四射，磕长头的女人挂着刻着天槽的树枝进了船城。看林家的女人跪在官寨大门口的石头狮子下，等待嘉波阿妈认她。她走的时候，向嘉波阿妈讨了一个护身符，编进她的头发里。

那一个早晨，脸蛋儿撕扯丝绸的声音，像极了一个妇人牙疼的呻吟。阿妈捂着半边脸下了楼，自言自语地说，我生病了我生病了。这是嘉波阿妈想晒太阳了，晒太阳和念经是南赡部洲最好的药，可以包治百病。

嘉波阿妈的脸迎着太阳，面色虔诚地红润起来，她说，热头啊，祛除我心头的病啊，我的儿子老是想着那个已经投了胎的女人。那个女人的脸在小经堂的清水供碗里，身子在侍女脸蛋儿的身上，我讨厌她们，不窝曳啊不窝曳……大总管跟在她的后面说，百灵掌嘎看林家的女人磕长头回来了，在外面候着呢。嘉波阿妈说，让她进来吧。

嘉波阿妈看到那个女人匍匐在地，拱起的身子像个土堆。这个女人瘦了。

看林人本来是百灵掌嘎的头人，是百灵八班的胞兄弟。在百灵掌嘎和牦牛掌嘎的两个江措引起两个掌嘎的械斗后，百灵江措被官寨驱逐出卓尼领地。失去儿子的百灵掌嘎的头人，不愿意抬头低头地看到牦牛掌嘎的人，看到跛了脚的牦牛江措，就主动请求做古雅山的看林人。百灵掌嘎有了新的头人，人们便管他们叫看林人和看林家阿妈。看林人常年在山上看林，看林家阿妈常年出去磕长头。

看林家的女人给嘉波阿妈磕头呢，之后看着阿妈，笑，她的牙齿白得像一岁羔子的骨头。看林家的说，嘉波阿妈啊，我给你带来了一个礼物，能温暖你的心。她从袍子里掏出一个罐子，递给嘉波阿妈说，这是我磕长头的路上接的神水。

嘉波阿妈接过坛子说，哦，这神水是热的？

女人说，水是冷的，晒了热头就是热的了。水不是多好的东西，热头也不是多好的东西，只有热头加上水才是南赡部洲最好的东西。有了这东西才有了青稞、牛羊和人。人不是多好的东西，佛也不是多好的东西，只有人是佛佛是人的时候才是好东西……

说到这里她顿了一下，她想听到嘉波阿妈的呵斥。一个不想要命的人才敢对佛说三道四。嘉波阿妈哼哼了两声，没有别的声音。看林家的听出来，嘉波阿妈见老了，没有了动气的力气了。

看林家的继续说，这坛子里的水是好东西，嘉波阿妈嘴里养的三十二只羊，现在剩二十八只了，以后会变得一只都没有。用了坛子里的水，又会变回三十二只……羊们会倒着走回来的，尊敬的嘉波阿妈啊，心跳着就不会冷，水流着就不会腐。

嘉波阿妈盯着女人看，女人的脸和身上的袍子一个颜色，看不出来年龄甚至性别。其实卓尼川上了年纪的男人女人的脸都是一个样子，人老了，像刚生出来的婴儿是一样的，分不出性别。但是她的神情是独特的，但凡磕长头回来的人，就是从外面走一遭回到卓尼的人，眼睛跟过去就不一样了，眼睛不一样了人就不一样的，不是过去的那个人了。他们眼睛里装回来了外面的东西，自己的东西加了外面的东西，相当于窝奶调了冰糖。嘉波阿妈对这个女人刮目相看了。被嘉波阿妈盯着看的女人，脸上现出了羞赧，让嘉波阿妈想起了她年轻时的样子。她曾经是一个很好看的女人。

嘉波阿妈抬头看热头，张着嘴打了一个响亮的喷嚏。说，我记得你是看林家的女人吧？

女人说，我是看林家的女人，也是看林家的儿子，瞧，你给我的护身符还长在我的头发上……我看上去跟我的儿子一模一样。我磕了三年的长头，喝了三年的神水，我倒着活回来了，我活进了我儿子的肉身里。尊敬的嘉波阿妈，请看我身上的这件狸子皮大氅。有一天我病了，差点冻死在路边。我梦见了我的儿子，他杀了一匹马，把我塞进马肚子里取暖。我醒来后，身上披着狸子皮大氅。

看林家的儿子百灵江措死在了外头，有好心人捎回来他的嘎乌（装护身符的银质盒子）。看林家的没有看到儿子死去的肉身，不死心。她出去磕长头，寻儿子，她是想儿子想疯了。

嘉波阿妈把坛子里的神水掸在自己身上，说，人在南赡部洲活着，就是走出去折回来，也许走出去时是人折回来是牛羊马猪，也许走出去是虎狮狗兔，折回来是人。三十二颗牙一个个没有了，另找一个肉身，再一个个长出来，无所谓年轻和衰老，也无所谓儿子和姆妈。

磕长头的女人说，哦呀，我听明白了，我就是儿子儿子就是我，我就是看林人的女人和儿子，噢嘞！

阿妈说，儿子和儿子的阿妈有什么区别呢？磨道里等驴，早晚的事儿，早晚会轮回，你在我身上我在你身上。赶紧让道吧，别忘了今天是望日，头目总管们要进官寨了。

每年的四月六是青苗会，四十八旗长宪总管要到船城聚合，上下沟通，骑马娱乐。八月望日，是约定俗成官寨议事会，汇报各地收成。这一天钱粮总管要上报税收，大头目要上报疆域扩减、人马兵丁增减情况。掌嘎里的长老们穿戴停当，他们抬头看着官寨的义仓。无论年景丰歉，义仓是不能空的，义仓空了，官寨就空了。只要义仓不空百叟宴是要做的。嘉波阿妈掌管着官寨的义仓，天气好的时候，翻晒青稞和干肉，粮食和肉食的香味飘出来时，船城里的人心里是踏实的。掌嘎里的长老们等着这一顿百叟宴。

官寨的大堂，南杰嘉波一身汉服，坐在汉式的樟木椅子上。红笔师爷、江措大头目和索郎大头目坐在下方左右。大总管、钱粮总管垂手立在旁边。通常这样的集会，红笔师爷兼任书记官，同时他还有另外的职责，那就是两个大头目针尖麦芒相对时，当然大部分的时候是索郎头目倚老卖老，既是针尖也是麦芒，红笔师爷从中起承回转，调停说合。今天索郎大头目手里握着马鞭，一脸的不高兴。索郎大头目的马鞭放在哪里直接表明他的情绪。如果索郎大头目把他的马交给马号头儿去填料，鞭子挂在高高的拴马桩上，整个船城的人都知道四老爷在官寨喝酥油茶呢，那他的心情是好的。如果马鞭不离手，说一句话就抽一下自己的大腿，那他的心情正好相反。

他先是怄气不说话，三碗酥油茶下去，肠子捋顺了，嘴就张开了。他说，我活了四五十年，就没见卓尼川这么孽障。口外十几个旗上万口人几个月没闻着糌粑了，更不用说钱粮。我看啊，卓尼川的两个粮仓很快就要底朝天了。大车道一开，流进来的不是粮食和银子，而是汉人的血盆大嘴。他们用我们卓尼的地皮种粮食，把自己个个吃得滚瓜溜圆，而我们的人给他们当娃子混饭吃。官寨对新来的汉人薄赋轻税，咱薄了人家厚了，道理很简单，税缴得少了，留在人家的就多了么。过去，只有官寨才有粮仓，番家的碉房里至多有个粮柜。现在可好，汉人的粮仓比我们的义仓要大了，汉人的苫子房比我们的官寨要阔了，这五百年的卓尼川很快就要姓汉不姓番了！按理说，孕房子们种我们的地要加倍收租子，可咱倒好，吃我们兵马田的第一年免租子，入赘番家的一年免租子，咱的女人给人家生娃哩我们给人家免租子，"下巴子"（汉人）用屁股笑我们是勺子（傻子）呢。如果上头对我们也要改土归流，船城里的汉人会鞴马带枪跟我们去打仗吗？哼哼，说不定里应外合戳我们的后心呢，捣我们的老窝呢！

北山牧区，去冬的雪灾和今春的干旱，五畜瘦弱，草地干如牛毛，卓瓜

（牧民）苦不堪言。迭山之南的上下迭十四个旗，森林大面积虫害，山民掠抢
之风日甚。洮河两岸的卓尼川宜农宜牧，有了大车道后，周边的汉人和回人进
来种地经商，而种地和经商正是番藏人的弱项，汉人包租寺院的田地，过去的
十份田种成了二十份三十份田，汉人大获其利，而卓尼当地人无所事事更是食
不果腹。回族的骡商蒙古人的驼商带来盐茶粮米，换走皮毛药材，一张羊皮换
得五根针，一头牛换得一坨茶，这样下去，卓尼人只能越来越穷困。更重要的
是卓尼人不知道自己为什么穷困。

南杰嘉波张开两只手掌，手心里分别放着两撮麦子。

左手是藏人种的小麦，麦粒小而瘪。右手是汉人种的小麦，麦粒胀得把
麦衣都憋破了。

索郎头目说，汉人天生就会种粮食，像我们藏人天生就会骑马打仗。如
果让藏人都去种粮食，就失去了藏人的阳刚。藏族男人都撅着腚锄草拔青稞，
那谁去开疆拓土，谁去抵御外侵，那我们的领地会越来越小越来越弱。进官寨
的路上，我碰到了博峪沟的东芝，前几年东芝家死了婆娘，人手不够，就收留
了个寻口的汉人做佃工荡牛。汉人的骨头跟我们不一样，他们不念唵嘛呢叭咪
吽，他们念阿弥陀佛。自从下巴子汉人进了东芝家，东芝家鼻子就流进了眼窝
里，日子倒过流了。短短几年的工夫，东芝家的碉房成了汉人家的，牛羊成了
汉人家的，闺女成了汉人家的媳妇，现在，呵，东芝提着羊铲放羊呢，他成了
人家的羊倌了。

索郎大头目的马鞭抽在自己的大腿上，大总管赶紧凑过来说，四老爷，
你抽老奴吧。

大总管手里的蝇刷子瑟瑟发抖，这时官门外传来嘈杂声。大总管趁机猫
着腰从大堂出来，甩着一双罗圈腿要到官门口看个究竟。大总管提起袍子跨出
门槛，就有一颗又干又瘦的多脑（脑袋）撞进大总管的怀里。

喇嘛保是牦牛掌嘎里的看辔人，按理说是没有出入官寨的资格的。船城
里的人只有牦牛掌嘎和百灵掌嘎可以出入官寨，掌嘎里的头人也可以出入官寨
议事。喇嘛保的阿爸随索郎头目出兵马战死，喇嘛保刚刚领到嘉波官寨的“达
汉孕书”（抚恤证明），因此啊他可以有头人的待遇。

喇嘛保慌里慌张地走近官寨时，才想起来自己好久没洗脸了。在照壁前
立住，呸呸呸地往手心里吐了口水，双手抹了脸，袖口子蹭蹭。墙垛上值守

的哨兵和喇嘛保是一个掌嘎的，用叉子枪比画着他的脑袋，意思是不许高声说话，你肩膀上只有一个吃糌粑的"木曼"。喇嘛保夅着双手说，哦呀！这个提醒是对的，喇嘛保的嗓音总像一个打鸣的公鸡。其实他是个半聋子，他做镇雹法事的时候，铜钹震天价响，时间久了耳朵就有点背了。聋子声音自然高，不然听不到自己说了啥么。

大总管说，呀，这么急的做啥呢，有人认你做活佛呢？

喇嘛保说，大总管呀，大总管呀，又出怪麻达了！

总管说，阿么了？阿么了？到底阿么了？难道是汉人下巴子种的青稞长出三头穗了吗？

喇嘛保一拍大腿说，哦啥就是。我要见嘉波老爷，我要是不把这么大的麻达告诉嘉波老爷，那就是我的不是了。我领受"达汉夃书"的时候，嘉波老爷摸着我的多脑说，有什么事儿只管和老爷说。喇嘛保甩了帽子绕开总管的阻拦，几下就蹿到大堂前。他双腿一跪，伸出双手把盘在头顶上的头发拽下来，散在脸上，把脸埋在地皮上——

嘉波老爷啊，出大麻达了。还是那个种河滩地的汉人下巴子，开春他种了一种草，后来开了花，后来挂了果子，再后来那果子就变成了羊毛。一句话，汉人种的草上长出了羊毛。我真真切切地看到了，用手摸到了，是羊毛！

总管嘴里掉出半截舌头。

喇嘛保说，草上长出了羊毛，那你说要羊做啥呢？如果以后草身上长羊毛，羊身上长草，这卓尼川成什么样了，南赡部洲成什么样了，阿尼闹！喇嘛保被自己的情绪感染了，用手拍地皮，嚎！

站在一侧的红笔师爷说，你说的话我可都记下了，如果胡说就割你的舌头。去年你说汉人种的麦子长着两头穗子，你忘记了柳条棍上的血了吗？

喇嘛保说，我没有胡说，是我亲眼看见的，船城里的很多人都看见了，我敢对嘉波老爷说，草上长出了羊毛！

今天卓尼川虽然歉收，可看雹人喇嘛保似乎吃饱了酥油糌粑，他打了一个嗝说得上气不接下气。草上长出羊毛，叫羊做啥呢，再长出牛毛让牛做啥呢？这听起来确实是让人惊慌啊。就是去年的这个时候，也是这个喇嘛保，他不明白，汉人把十桶地种成三十桶地是因为松土施肥浇水拔草，他执意认为汉人种的麦子长着两头穗。他拍着大腿说，麦子能长两个头，人吃了两个头的麦子保不住也会长出两个头来，让人怎么活呀。总之船城里的汉人比卓尼人的日子过得滋润，喇嘛保气得活不成了！

索郎大头目乜着一只眼睛晒笑，始终不紧不慢磕着一嘴的牙齿，银铃似的响着。他一脸讥讽地说，好啊好啊，咱藏人如果长出两个脑袋，打起仗来就更厉害了。可惜的是再厹的汉人一进咱船城就三头六臂了，我们唯一的多脑也要被人家打进腔子里去了。

南杰嘉波和江措大头目交换了一下眼色，两个人同时调换了一下坐姿。

总管看到江措大头目挥了一下左手。

可怜喇嘛保就被拖了出去，拖到了官寨的外面。柳条棍抽动身体发出嘭嘭嘭的声音，喇嘛保呵呵呵地叫唤，似乎在笑。明眼人都知道，这不是真的鞭打，是作势。聪明的总管在喇嘛保的耳边说，大声叫，学驴叫。喇嘛保不明就里，就咳咳咳地叫着，喊着，不疼，不疼，不疼！

这么一叫，掌嘎里的人放下手里的农具，扔下捣奶的杵子，向着官寨围过来。

班头打累了，总管示意班头停下了手里的柳条棍。他回头看了一眼南杰嘉波，看到的是一个后背。他乜眼瞅着江措大头目的脸色，不知道下面应该阿么做了。索郎大头目冷笑着说，打死算了，藏人的命比八十头牛贱。一个卓尼男人的命价是八十头牛。

看雹人喇嘛保是个人来疯，他想让柳条棍换来全掌嘎人的注目。看到掌嘎里的老人们穿戴得齐齐整整，来官寨吃百叟宴呢。还有十二掌嘎的很多人都站在不远处，脖子从袍子里伸出来张望，像一只只褪了毛的长颈鹅。他看到里边没有他喜欢的菩萨女儿，菩萨女儿背水去了吗，她如果到洮河边去背水，也应该听到官寨因他喇嘛保而发出的响动。于是他直着嗓子喊，拿出古雅山上镇雹的力气喊叫——不打了吗？不打了吗？咱船城里没有柳树条了吗？官寨的柳条就是看雹人的天梯，死在官寨的柳条下是看雹人的福气。就是打死我，我也得说，汉人种下了草长出了羊毛！羊毛！羊毛！

红笔师爷走出来了，他将直了身上的长袍马褂，清了清嗓子说，看雹人喇嘛保，你趴直了，我有话问你：

汉人种的麦子一斗收三十斗，我们藏人种的麦子一斗收五斗，你说这是为什么？

喇嘛保一看是红笔师爷问话，胆子就大了。喇嘛保知道，如果回红笔师爷的话，加上"之乎者也"，他就高兴。喇嘛保不懂什么叫"之乎者也"，反正他知道红笔师爷听到这四个字，就什么事都好办了。喇嘛保拧着脖子说，回红笔师爷的话，小的说的是羊毛，之乎者也，小的可没说麦子，之乎者也！

红笔师爷愣了一下，忍俊不禁。他又清了清嗓子加重语气说，喇嘛保，你趴直了，我再问你一遍，汉人种的麦子一斗收三十斗，我们藏人种的麦子一斗收五斗，你说这是为什么？

喇嘛保想都没想就说，他们的麦子长着两头穗儿，之乎者也！

你看见汉人的麦子长着两头穗了？卓尼人谁看见长着两头穗的麦子啦？说话要有凭据，君子慎言，知之为知之不知为不知是知也。

喇嘛保狡辩，没看见的东西就没有吗？谁看见天绳了？那么多的上师还不是登着天绳升遐了？你敢说他们没有升天吗？

红笔师爷摇头，没见过如此饶舌的娃子，都是因为老看甭人出兵马死了，小看甭人料官寨不可能要他的性命。红笔师爷秀才遇见兵，没话说了。

大总管撩起喇嘛保的皮袍子，班头抢起柳树条。抽打的响动没有前面亮了，闷不腾腾的，但是痛彻骨髓。可怜喇嘛保号着，看来"之乎者也"不管用，他就喊"仁义礼智信""仁义礼智信"。掌嘎里的人都知道，红笔师爷是个大善人，嘴里常挂着仁义礼智信，他会救喇嘛保的。渐渐地喇嘛保就没有了声息。站在不远处的一个老叟忍不住了，说，喇嘛保娃呀，你阿爸的魂儿还没找着肉身呢，你死了你们这支就断了，你就舌头拐个弯儿，说个绵话吧！

看林家的女人气喘吁吁地跑来了，她扑上来用身子护住喇嘛保说，娃呀，你的帮子咋那么硬呢，你嘴上不会勒个嚼子吗？要死也得死在磕长头的路上呢，咋能死在柳条棍子底下呢？你心里应该明白，人家汉人尕房子用汗珠子和肥料侍候庄稼呢，人家把庄稼当爹娘老子养呢，咱们吃不上糌粑怪咱自己没动手，咋能怪人家汉人长着两只手？你本来知道的，为什么不这样说呢？你阿爸让你气得再死一次呢！

麦子长两头穗是诳语，但草上长出了羊毛，喇嘛保此次说的真的是实话。那个汉人，开春时在洮河谷地的阳坡下，种下一种草。喇嘛保不看甭的时候，喜欢溜达，喜欢晒热头。这一块阳坡地很特别，洮河水大的年头，它是河床，水小的时候，是一块地。这个地方背靠着山，是一个弧形的避风湾，喇嘛保在这里晒热头时,总有旱獭盯着他看,直起身子给他作揖。因此喇嘛保认为这块时有时无的地方,是一无所有的喇嘛保的风水宝地。后来那个汉人在这块地上下了种,喇嘛保不高兴,问他要种什么,汉人地主说,种的什么花。喇嘛保嘲笑他,花儿还用种吗,卓尼川上到处是格桑花,都不是人种的。汉人真是个勺子,看到地就想下种子,不能让地闲着。反正汉人的心思不好捉摸也就索性不捉摸。起初喇嘛保真的没在意,种上花也好,晒太阳的时候还可以闻着花香。这种花果然开了花还结了果,那果子桃子一般,可是有一天那果子炸开了,果子里头长出了羊毛,真的一夜之间长出了羊毛。喇嘛保恍然大悟,怎么可能种花呢,汉人从来不干没有利的买卖,花不能吃不能喝的,怎么可能种花呢?

喇嘛保挨了打着实气不过,他抬起头环视围观的人,便发现菩萨女儿戴着鲜红的珊瑚帽也站在人群里。他羞赧地埋下头,咬着牙叉骨说,汉人用我们的地长出他们的粮食,他们给地皮下了蛊,每到夜里他们就拍着他们的娃说,一二三四五,上山打老虎。这是蛊语,我们地里的青稞都长了脚跑到他们粮仓里了,跑到他们肚皮里了,我们越来越饿了,我们越来越穷了……越说越孽障,越说越伤心,喇嘛保放声大哭起来。

这是一场苦肉计,官寨内外的人都心知肚明。站在官寨木楼上的嘉波阿妈说,咱们藏人的骨头就是硬,喇嘛保屁股烂了是值得的,最起码掌嘎里的人知道卓尼人为什么吃不上糌粑了。可是不能打了呀,打死他谁来看雹啊,赶紧收场吧。铜锅里的肉煮得嫌烂了,百叟宴快开始吧!

木楼上的阿妈先看到了上卓梁上的尘土,顷刻船城骚动起来了。墙垛上值守的哨兵发出了警报。江措大头目几步跨上城楼,一声令下,兵营里的士兵们呼啦啦地列队向官寨四周布阵。马号里的马惊动了,揪着脖子咴咴地叫,官寨的木楼晃动了。鞭打喇嘛保的嘭嘭嘭,夹杂着马蹄的嘚嘚嘚,便有看守暗门的藏兵驰进船城了。

南杰嘉波上了木楼举起了望远镜,一队人马已过离官寨最近的隘口,一面鲜艳的旗帜向他的眼睛扑过来。守卫暗门的藏兵驰马而来,大车道上黄尘蔽日。

首先走进官寨的人是通司(翻译)。他远远地给木楼上南杰嘉波行了礼,他从怀里掏出一份号纸。庄严地说,尊敬的卓尼嘉波,从四匹马的金城方向,"加卡卜"来了。四匹马的金城,指的是从金城到卓尼的距离,要跑乏四匹马。

索郎大头目走近通司，通司马上弓下身子，把脸埋在胸前，他是一个安多藏人。接过号纸，倒过来看，正过来看，说，哟，上面还有一坨猪血。之后他在通司的肩膀上拍了一马鞭，说，你咋长得这么丑啊，丑陋的人会带来坏消息。索郎大头目用马鞭戳了戳他的脑袋，说，他们来了多少人，吃糌粑的家伙可安好？通司低着头，揣摩四老爷话的意思。他说，回四老爷话，他们掉进……索郎大头目仰天大笑。看来他们没有绕过索郎四老爷设下的陷阱。

船城的人都知道，四老爷最喜欢挖陷阱。陷阱里可以装狮熊虎豹，也可以装四老爷不喜欢的人。四老爷的陷阱不可能伤到卓尼人，因为四老爷的陷阱上面做了卓尼人都知道的记号。

红笔师爷用藏汉两种文字写下：藏历第十五绕迥木虎年某月某日，金城方向，"加卡卜"来了！

7

卓尼嘉波从木楼上下来，江措大头目迎上去，两个人说着什么，用手比画着。

索郎大头目看上去很兴奋，好像家里来亲戚了，红光满面。他手里弄着马鞭说，呵呵，有好戏看了。他吩咐总管，百叟宴照常进行，要多加几锅肉，还要烧一缸洗面的热汤。说完怪异地笑。

侍女脸蛋儿猫着腰从木楼下来进前堂，手里提着两双鞋，一双靴子，一双布鞋，她不知道嘉波老爷穿汉装呢还是穿藏装。侍女脸蛋儿跪着换下嘉波老爷脚上的皮窝子，套上尖口布鞋。侍女脸蛋儿埋着头，咻咻地喘着气，全身发抖。她看上去很害怕，她怕阿妈，怕老爷，怕站在不远处那个带来坏消息的人。抖抖索索地给老爷穿好了鞋子，猫着腰退着离开，没承想被什么绊倒了，急促地叫了一声。

江措大头目命令传号鸣炮。在官寨，嘉波和头目为重要的公务出行，或者迎接重要的客人，都要鸣炮。南杰嘉波踏着炮声迎了出来，步伐有点拘谨，仿佛见一个久别的人，有些忐忑和羞涩。

所谓的"加卡卜"是一队灰头土脸的人，马匹东倒西歪的，有的人和马还都瘸着腿。后面有一挂胶轮车，和四老爷捡回来的那挂差不多，上面架着一台轿子。这台轿子颜色很怪，是蔫巴了的绿色，仿佛夭折了的汉人用的棺材。更怪异的是棺材上还插着一杆旗子，是传说中的五色旗，旗杆子折了，耷拉着脑袋。那个一会儿说着藏语一会儿说着汉语的通司，撩开轿帘，扶出一男一女两个人来。噢……嘞，加卡卜还带着女人。

男人戴着烟囱高的帽子，干瘪的身子装进树皮一般僵硬的制服里，像在身上套着一副铠甲。身后的女人呢，一双小脚。汉族女人一双小脚不奇怪，奇怪的是一双鞋，鞋底子下有两坨木头，缠裹过的一双脚，半拃长，站在两坨木头上，左右前后看，都活脱脱地像一对牲口蹄子。再往上看就吓死人了，她竟然没穿裤子！她露着半截子腿，仔细看，那腿上裹了一层什么东西，像肉上粘了一层羊肠子。再上面，有一些鲜亮的绸缎苫着她的屁股和腰身，领子一直矗在脸颊上。一张脸像一棵卷心菜，嫩，白，脆，仿佛是假的。啧啧啧！

军人坐着一顶轿子本来就很怪异，他不说话，不看人，向着蓝天翻着眼皮，一脸愠怒。原来他们进土门关往卓尼走，好端端的人马平展展的车道，突然路就陷了，人仰马翻。那位长官吊着一只胳膊，板着脸闭着嘴，像个泥胎。身边的通司一通藏语，替他表达了愤怒。

而他们面前的卓尼土司抱拳作揖，一口流利的汉话。通司马上噤了声，吐吐舌头。原来通司是多余的。

通司称呼那位长官为"国代表"。

赶紧请来寺院里的曼巴，伸出手一摸，只是脱臼。摁着肩，把胳膊往上一推，尖叫的是那个女人，像门缝里夹了只塞隆（鼢鼠）。

卓尼土司与"国代表"并排坐在大堂，旁边是那个女人。前面的桌几上摆着大茶和肉条。下面一个挨一个的卡垫，乌泱泱地一直坐到门槛外，有钱粮总管、迭部仓官、北山带兵官。还有十几个白发老叟，都是船城里超过七十岁的老人。他们看到了生人，尤其看到那个没穿裤子的女人，羞赧地脑袋窝进袍子里，手里摇着嘛呢嘴里念着经。他们的腿上放着条几，条几上的烧锅和肉条热气腾腾。有两个老叟把身子挤在一起，一个说，又是羊肉，又是窝奶。另一个说，阿么没有糌粑，阿么没有糌粑？青黄不接，他们已经有一阵子没嗅着糌粑的香味了。

羊肉的腥膻让"国代表"和那个女人用手捂住了鼻子。只要身体一动，他的嘴里就嘶地叫一声，这声音即刻让几位老叟后背发麻。有几个开始搔痒，索性手伸进袍子摸虱子。还有两个在嘛呢康里管水打嘛呢的老人，每隔一阵就把手伸出来，下意识地做拽动嘛呢绳的动作。他们心里有些不满，好不容易来一趟官寨，要把掌嘎里的一些难肠说道说道，阿么就来了这么多的人，难怪没有糌粑，哪有那么多的粮食。这些老人他们祖祖辈辈只认嘉波，什么"国代表"，没听说过。所以心里有些烦躁。

人们还没见过像"国代表"这么瘦的人，骨头架子上搭着一张皮，眼窝陷进去，能放两只卵子。可他的眼光是凌厉的，从深远的地方射出来，像鞘里拔出了刀。这个像铁匠铺子里打出来的"国代表"竟然叹了一口气，他的脸上呈现出了汉人的忧愁。他是"国代表"，所以他的忧愁就是"加卡卜"的忧愁。一进土门关，藏人就给了他下马威。进卓尼的路上，一个接一个的暗门和隘口，兵马林立。难怪只有卓尼土司领地没有改土归流，原来这是一只烫手的山芋。惊魂甫定，一进城门，就有一架大炮筒子杵在路边，他即刻认识到了这次卓尼之行的凶险。

他转过脸打量南杰嘉波。这个五百年土司家族的继承人，一个俊朗的年轻人，一身汉装，说着流利汉话，不像是一个藏地土司，倒像是一个汉人书生，一个聊斋故事里心事重重的秀才。

南杰嘉波对上了对方的目光，袭位十年他从未见过"加卡卜"，在他的经验里，"加卡卜"应该是印玺、号纸，眼前这个肉身，离得太近，显得失真。无论如何他的脸上现出了失望。

所谓的"国代表"，一直不说话，隔一阵就皱着眉头"嘶"的一声，旁边的女人呼应着就呻唤。女人噤若寒蝉，那声音是讨好和依附，仿佛他们长着一个身子。坐在下面的老叟们缩着头吃完了条肉喝完了烧锅，他们乏了，一个接一个地打哈欠。

这个活神仙才伸出一根又细又长的指头，指了指天。

南杰嘉波试探着回应说，普天之下莫非王土，率土之滨莫非王臣……卓尼嘉波明白，"国代表"从金城方向来，带着驻甘督军的号纸，但他暂时还不知道这个"国代表"此行的意图。他说得很慢，好有机会调头。

没等南杰嘉波说完，"国代表"就把食指换成大拇指，他咧开嘴笑了，露出一口烂牙，像一窝发霉的黄豆。他示意侍从打开一面红黄蓝黑白的旗，交给卓尼嘉波。

他终于张开了嘴，说，中华民国，五族共和，废除专制，人民民主。这五色旗就是国家，你们就是人民。民主，就是人民做主，人民的事情人民说了算。

人民！南杰嘉波是"加卡卜"的人民，卓尼川的人是南杰嘉波的属民。人民民主，人民的事情人民说了算。南杰嘉波在心里说，哦呀！释了口气。共和也好，民主也罢，只要不派流官来，他就可以守土保民。

"国代表"说话的口音和南杰嘉波以前见过的汉人不一样，声音在舌头尖尖上搁着，喳喳喳的，像极一种鸟鸣，或者是妇人喂鸡时发出的叽叽声。

听到这种怪异的声音，吃完了条肉腮帮子亮晶晶的老叟们像一只只老龟，纷纷把脑袋从袍子里伸出来，听。有一个老叟是念过经的红教徒，能识字会说汉话，他听懂了"国代表"的意思。他拧了拧脖子说，我们不想说了算，都说了算就是都说了不算，我们听嘉波的，我们不知道"加卡卜"是谁。后面的人也附和着，噢嘞噢嘞，哦哈就是。

"国代表"听不懂下面的老叟说什么。他又从怀里掏出一枚银币，放在嘴上嘶溜地吹了一声，放在了南杰嘉波的面前。他说，这是国币，这个玩意儿不长脚，东西南北遍地跑。

南杰嘉波拿起国币，仔细端详。银元的正面一个肥硕的头颅，上面六个汉字：中华民国三年。过去的龙币改成了现在的"袁大头"。青龙旗变成了五色旗。改朝换代三年了，民国是年号，这颗姓袁的脑袋就是藏人所说的"加卡卜"。南杰嘉波的眼眶还是湿了——羊皮地图上，那个青稞粒般大小的卓尼，找到了秋海棠叶，犹如一个幼儿的手拉着了母亲的衣襟。这枚银币在他手心里很快就热了，但是他还是不明白，眼前的这个"国代表"，代表着"加卡卜"吗？他带着百十号人马进船城，来做什么，是为了告诉他民国这个消息吗？

空气很安静。南杰嘉波是个语讷的人，不说话的时候就显得局促。南杰嘉波环视，江措大头目不在他的视线之内，不在他的视线之内不要紧，他一定是在离他不远的地方为即将发生的事情做着准备。江措是南杰的手足，南杰嘉波不能分身的时候，江措大头目就会去做南杰想到的事情。随同"国代表"来的百十号人马，都是不能怠慢的，江措大头目应该正在安顿他们，从另一个侧面打探"加卡卜"此行的深意。

红笔师爷站在他的身后，手里的羊皮纸刺棱棱地响。他此时是一个书记官，是行走的藏文和汉字，所以没有张开嘴说"有朋自远方来……"。

索郎大头目呢？那个饶舌的四老爷呢？看不见四老爷，只听得四老爷磕打牙齿的声音，银子似的响着。四老爷在哪儿呢？不知下面哪个不争气的放了个屁，有人嘎嘎嘎地笑起来。南杰嘉波望过去，索郎大头目坐在老叟们中间，条几上的肉已经吃光了，酒壶也底朝天扣着，埋在胡子里面的大脸蛋油光锃亮，正伸出舌头舔几个手指头呢。

"国代表"问，何许人也？

没等南杰嘉波张嘴，索郎大头目一舌头把话勾过去说，回大人的话，以前我是老土司的老土司的钱粮官，现在开始我是"加卡卜"的人民，嘻嘻！

"国代表"呵呵了两声，显然他没听懂"加卡卜"是什么意思，但他听懂了"钱粮官"，即刻对这个老土司的老土司的钱粮官产生了兴趣。把他木头匣子似的身子向前一倾，用很亲民的语气说，你贵庚啊？

四老爷哪里听得懂什么"贵庚"，摇着头把眼珠子翻白了，答非所问。大人啊，青稞越来越贵了，今天是官寨一年一度的百叟宴，连一碗糌粑都没有，大半年没吃到糌粑了。

南杰嘉波知道四老爷又要装神弄鬼了，就提醒他说，四老爷，大人在问您多大年龄了。

哦呀哦呀，我多大年龄了？南赡部洲的人都不知道，我也不知道。我爹妈知道，可是我的爹妈死了。我为什么活得这么长呢，卓尼川上长着一种草叫荨麻，沾在身上奇痒无比，可是秋天草干了，和阿乃日扎神山上的雪莲揉在一起吃了，一泡烟的工夫，就感觉五脏六腑着了火似的。火着完了，心肝脾肺像换了一副新的，打一个舒服的喷嚏，能把地里的芫根（蔓菁）掀出来。哈哈，只消一泡烟的工夫，想飞多高飞多高，想活多长活多长……

一泡烟！一泡烟！呵呵，听到一泡烟，"国代表"的脸和身子抽巴着，几乎背过气去，也没打出一个喷嚏，眼泪流下来了。他看上去是那么忧伤，只有在汉人的脸上才能看到如此迷人的忧伤，像吟诵一首伤感的诗，国破山河在，城春草木深……哎哟哟，身上的骨头忧伤得要散架了。

南杰嘉波打断说，四老爷，你说远了。

索郎大头目手里的鞭子拍拍自己的脑袋说，老了老了，吃一条肉就夹不住屁了。但是卓尼领地四十八个旗五百多族，每一年的钱租粮租，我了然于心。今年春夏干旱，庄稼就没长出脑袋。看星象，秋天又会淫雨。拉卜什旗缴野鸡五十只，羊腔四个。车马沟旗缴狼肚菌五十斤，酥油二十驮，是羊肚子的二十驮，不是牛肚子的二十驮，我们卓尼的酥油是用牛羊肚子装的。拉力沟缴大松檩五根，烧柴十捆。阿夏旗缴白蕨菜一口袋，烤乳猪四个。上冶五个旗河曲马两匹，大峪沟酥油两驮……

"国代表"皱了下眉头，打了几个喷嚏，鼻涕流着。那个女人坐不住了，拧着身子，屁股底下压了塞隆一般。

索郎老爷怕"国代表"不相信，手伸进旁边钱粮官的袍子里，摸出了一卷熟羊皮，向"国代表"传递上去。这不知是哪一年的陈年旧账，皮子上长满霉斑，漾出一股腥臭。"国代表"转过脸去，那个女人捂住了鼻子。

"国代表"不耐烦了，不高兴了，把蕨麻米饭一推，站了起来。揩着鼻涕说，哪个朝代不纳粮，哭穷也没用。

索郎大头目一听只是纳点粮，心生喜悦。好啊，这个所谓的"国代表"还是个大烟鬼。摸清了软肋就好下手了，摸清了毛病就好下药了。索郎大头目瞥了一眼南杰嘉波，他还是一贯的淡定老沉，眼神忧郁。这个"加卡卜"让他失望了，他的四肢显得茫然失措。他皱了下眉头，提起袍襟抖了抖，随客人站起来。这是他下意识的一个动作，有什么东西不能让他接受或什么事情与他格格不入时，他用这个动作年抖落一些什么，隔离自己与外部的关系。

索郎大头目从卡垫上跳起来，说，哦呀哦呀，哪个朝代不纳粮！他几步蹿到"国代表"的身后，动作有点猛，全然忘了自己是老土司的老土司的钱粮官了。他扯了一下"国代表"的后衣襟，触到一个硬邦邦的东西。他靠近"国代表"的耳朵说了一句什么，"国代表"即刻喷嚏连天，嘴里发出类似山猫发情时的声音。这怪异的动静把卡垫上的老叟们从瞌睡里惊醒，抻着脖子说，阿么了？阿么了？

"国代表"住在了官寨里。他要吃老母鸡、狼肚菌、白米饭，喝鹿血、雪蜜、虫草汤，还要吃索郎大头目提到的荨麻灵芝草。索郎大头目所谓的荨麻灵芝草其实是锁阳，即刻让"国代表"嘴上蹿起了燎泡。

索郎大头目还差人从岷州换了烟土，亲自给"国代表"煎烟膏。火候正好的时候，让丫头脸蛋儿往锅里尿水。脸蛋儿羞得捂着脸蹶在地上。四老爷说，不尿水就吐口水。脸蛋儿战战兢兢，不敢往跟前去，索郎头目一把就把她拎到炉子沿，说，你们汉人最讲究药引子，吐。浑身紧张的脸蛋儿吐不出口水，索郎大头目就说，你想想五月的黄杏、梅子、沙棘，脸蛋儿的口水就流出来了。索郎大头目看着脸蛋儿粉嫩的嘴皮儿，自己的口水也流出来了。他也往烟膏里吐了一口痰说，公母神涎引子，绝配。说完，摸一把脸蛋儿的脸蛋儿，笑得大胡子抖作一团。心下一高兴，就从胡子里捋出一块碎银子塞进脸蛋儿手里说，去，打个碎耳环。卓尼人都知道四老爷的胡子会下银子，像马下驹子一样。

"国代表"和那个女人躺在榻上云山雾罩不知今夕何夕。看见索郎大头目，这个快乐的源泉，脸上竟有了谄媚。他说，我知道你稀罕我腰里的枪，我的这个宝贝跟你们的叉子枪不一样，你们那玩意儿跟烧火棍子一样，支吾着瞄准了目标早像兔子一样跑了。我的这个宝贝摸都不能让你摸一下，这个东西在谁的手里，"加卡卜"就在谁的手里。他用下巴颏指了指那个女人说，那个想要可以拿去，可我腰里的这个东西不行啊。索郎头目看了一眼那个女人，女人并没有愠怒，非但没有愠怒，还向四老爷递了一个媚眼。离近了看，其实这个女人不年轻了，身材瘦弱得如同一只煺了毛的马鸡，马鸡也没长一嘴黑牙啊，因为马鸡没有沾烟土。索郎四老爷心想，我可看不上你的女人，比起我番家的女人差远了，跟这样的女人睡觉等于跟一只马鸡睡觉，这样的女人生下娃只有骨头没有肉。可是四老爷就想摸一下"国代表"腰里的东西，于是他说，大人啊，我给你变个戏法，你如果笑了，就得让我摸一下你腰里的好东西。四老爷在木榻上盘腿坐定，闭上眼睛，开始磕牙。大概半泡烟的工夫，他把嘴和胡子一抹，张开手心，上面是半把碎银子。"国代表"和那个女人同时张大了嘴。四老爷说，你笑了。"国代表"说，我没笑。四老爷说，你没笑张开嘴做什么？一连几天四老爷都给这一对男女变戏法，那个女人的包袱里已经装满了碎银子，四老爷也没摸着那个好东西。四老爷没有生气，嘱咐下人给"国代表"烤一只羚羊下酒。"国代表"晃着头说，人活着不能光惦记着肉啊酒啊，还要有一点脑袋上的讲究。"国代表"所说的脑袋上的讲究，可能指的是那个女人的嘴，因为嘴就长在脑袋上。

天一擦黑，就传出一个女人咿咿呀呀的声音，"树上的鸟儿成双对……"。

官寨里的马鸡们就从桐树上跳下来飞上去，官寨外的土拨鼠像一条条蛇蹿来蹿去。过去卓尼川从来没有过这样的声音，所有的耳朵都竖起来听。首先是马鸡们疯了，白天在树下打盹儿，天黑以后，那个声音一响，鸡就开始打鸣，引得船城里的鸡鸣此起彼伏。那些汉人是闻鸡下地的，这样阴阳颠倒，惊得人直叫阿弥陀佛。更骇人的是，官寨里的人发现，那个尖利得能扎出血来的声音，不是从那个女人的嘴里发出来的，而是那个男人。就是说，每天咿咿呀呀唱着的是那个"国代表"。汉人真是怪物啊，原来是女人投胎，喉咙眼子没转过来，阿尼闹！

受到惊吓的首先是嘉波阿妈。阿妈请来经忏师在大经堂里念经，诵经声和那唱戏的声音混合在一起，让整个官寨漂浮起来。阿妈摇着嘛呢说，我头晕啊，我的头不在身子上了，我的身子不在南赡部洲上了。漂远了漂远了，洮河上游的水到下游了，下游的水不知去向，船城漂到哪里了，不知道，阿尼闹！

烟雾缭绕过后，"国代表"终于想起了他的使命。

他迈开八字步在官寨里走，房科、那扎那、马号、磨房、班房。走到一个开阔处，看到一个高大的建筑，那应该是官寨的义仓了。"国代表"站在义仓前说，仓廪实而知礼节。绕了两遭之后，"国代表"相对南杰嘉波站定，伸出一根手指头，指了指地。

南杰嘉波微笑着，目光朗朗。南杰嘉波身材高大，能把对面的"国代表"装进去，说实在的，"国代表"有些惧怕这个言语不多的卓尼土司，没有嘴的葫芦里往往不知道装的什么药。南杰嘉波盯着他看，不说话，"国代表"的眼神赶紧拐个弯，看别的地方，可见他心里是虚的。官寨的地皮上种了一些花草，养了一些马鸡，别的就没有什么了。南杰嘉波说，卓尼的所有都长在地上，地下除了十八代祖宗别无长物。

"国代表"的手指缩回去了，略显尴尬地背到后面。跟在身后的索郎大头目心急了，伸出一颗大脑袋说，"国代表"没听说过吧，"岷州的女人没屁股，卓尼的土司没银库"。我们番区的人都知道。说完，索郎大头目自顾笑了。他的不合时宜，让他的笑显得有点突兀。于是他索性夯起绵羊胡子嘎嘎大笑起来。

义仓的下面是官寨的练兵场，"国代表"的兵们穿着灰不溜秋的军装，挂着枪东倒西歪站着。江措大头目一连几天都在练兵场上，他已经摸清了"加卡卜"的兵是一群乌合之众，如果抛开双方手里的枪，和藏兵一交手三个回合之内肯定会趴下。卓尼嘉波的两千常备兵轮流守护四大暗门二十五个隘口和嘉波官寨，轮流在练兵场上厮杀，加上种兵马田的民兵就是上万人。瞧，一群壮马奔跑过来，靠近人群时，贴在马肚子下的人突然翻在马背上，即刻刀光剑影。北山的藏骑兵挥动着冷兵器，金属相碰撞发出的声音，把湛蓝的天哗哗哗地撕开一道道口子。那个江措大头目的目光向他扫过来，他的四肢禁不住收缩了一下。这阵势让"国代表"闭上了眼睛，一只手捂住了胸口。这个没有银子的地方着实让他发愁了。他叹了口气，把眼光拉出去，像一个忧国忧民的人，眺望远方。

远方是古雅山上的森林，绿得没心没肺。"国代表"似乎无奈地伸出手指，从东指向西。他对卓尼嘉波晃动着一根手指说，合抱粗的松木，一个数！

8

"国代表"在卓尼官寨里寻欢作乐的日子里，古雅山上的一千棵树倒下了。倒下的树依然绿着，它们被扎成排，从山上滚进洮河里。紧接着一万棵树倒下了，"国代表"没有停止的意思。"国代表"的一个手指头代表着多少棵树啊？这些树被推进洮河里，在河岸上、河里的石头上左奔右突，跌跌撞撞地顺水漂下去。远远地看，洮河里漂满了前赴后继的骨头。看林人背着一条牦牛毛口袋，倒下一棵树就往牛毛口袋里放一个松塔。眼前的树桩越来越多了，白森森地龇着牙，装着松塔的毛褐口袋又满了。看林人和看林家阿妈奔跑在林子里，挥着手喊，别砍了，流血了！别砍了，流血了！

卓尼官寨木楼上的南杰嘉波，推翻了酥油茶碗，摔碎了手里的望远镜。跪在官寨外面的老叟们说，砍了我们的多脑吧，我们的多脑十个月就长成一个，可是树成百上千年才长成啊，树神已经流血了，南赡部洲要倒悬了。

卓尼大寺的诵经声，从早到晚，如涌向卓尼川的一波又一波的蜜蜂。江措大头目频繁出入焦躁不安的官寨，他从南杰嘉波脸上看出了焦虑和悲伤。

"国代表"手下的人全部滴酒不沾，包括藏人通司，都看兵头儿的眼色，噤若寒蝉。他们个个像木桶上的木板，紧紧箍在一起，似乎总是小心桶里的水溢出。越是这样，越是引起南杰嘉波和江措大头目的怀疑。索郎四老爷说，树会长出来的，最重要的是我们还是卓尼土司。卓尼嘉波说，这不是我们想要的"加卡卜"！索郎大头目说，我们什么样的"加卡卜"都不想要，我们就是"加卡卜"，干脆把他们做了！

事情的转机起于"国代表"带来的那个通司。通司是个安多藏人，来到藏地做营生本来应该有主人派头。可是士兵们都是汉人，兵头儿是"国代表"的亲戚，他说卓尼土司一口流利的汉话，这个通司在吃白饭。他吆喝兵们包括通司在一起耍钱，他们下套赢通司的银钱，通司输光了铜板急了眼，就押上了身上的裤子指望翻本，心想即使输了兵头儿也不能让他没有裤子穿，可他又输了裤子。兵头儿让他光着腚给弟兄们放哨，弟兄们继续耍钱。一气之下，这个士兵就起了逃跑的念头。他看到一个藏民的碉房墙上搭着一张湿羊皮，还滴着血呢。趁着天黑，他扯下羊皮裹住下身，从马圈里牵出一匹马，就奔向上卓梁。可能这匹马一直睡着，出了城风把它吹醒了，到了红石崖，发现胯上的不是主人，一个蹶子就把士兵尥进草窠里，调头往回跑。风大天凉，通司想折回去很可能会送了命，蹲下来寻思办法。可能是那张血羊皮腥气太重，不远处狼嚎叫了。

江措大头目带着戈什尾随着通司出城，风很大，吼叫着。江措大头目的马蹄上裹了氆氇，除了马尾掀起的风，奔跑的马几乎没有声响。

南杰嘉波在官寨的木栏上目送他上了上卓梁，燕子飞得很低，空气湿重，雨就在路上呢。只有卓尼嘉波能够感觉到，整个官寨在微微震动，整个的船城偎在洮河北岸，汹涌的河水让船城晃动着。十二个掌嘎和嘛呢滩上的尕房子没有一盏灯，但他知道人们没有睡，姆妈怀里搂着娃儿和羊羔等待天明。他们在黑暗里望着官寨，祈祷卓尼嘉波保护他们。刚过午夜，嘉波阿妈开始念晨经了，唵嘛呢叭咪吽。嘉波阿妈又牙疼了，念经的声音近似啜泣。

南杰嘉波说，南赡部洲醒了吗？

江措大头目穿过红石崖，迎面两箭远的地方传来呼呼呼的声音。江措大头目知道，这不是风声。由于不想暴露自己，江措大头目赶紧在一旁躲避。风声渐近时，他胯下的海骝马突然嘶鸣，对面的那匹马也对应着嘶鸣。更奇怪的是，空气中漾出刺鼻的味道。擦身而过时，借着天光，江措大头目和戈什同时看到，马背上并没有人，一匹健硕的马疾驰而过。

江措大头目明白了，两匹马都是从官寨的马号里驯出来的，或者是有血缘的亲马。两匹马的马蹄上都裹了毡氇，只有近了才有沉闷的马蹄声，这个人也不想暴露自己。骑马的人具有高超的马术，可以在黑夜里贴着马肚子行走。马上的驮子里带着一种东西，这种东西发出刺鼻的怪味。

这让江措大头目好生纳闷，来不及细想，眼下最要紧的是通司。循着血腥味和狼的嚎叫，找到了通司，把一件藏袍套在通司身上，给他怀里塞了一串钱，说，兄弟，给爹娘养老去，别提着脑袋混饭吃了。通司给江措大头目作了揖，转向戈什说，兄弟，我想和你磕头做连手。戈什说，咱们可能一辈子都再见不上面，做连手有什么用，如果把我当连手看待，你有什么话对我们大头目说了吧。通司犹豫了一下说，通司有通司的本分，我是对佛发过誓的，这样，我思量思量，你们先把我送到临潭新城。戈什抽出短剑搁在通司的脖子上说，与其让狼叼了，不如让我的连手死得痛快一点。江措大头目挡开戈什的短剑说，他没有错，送他到新城。戈什把通司拽上马，踹了马肚子，两匹马三个人转眼就到了目的地。

分手时，通司用藏语唱歌：

> 锅里的冷粥烧滚了
> 是假的
> 娜扎（新娘）上马时掉眼泪
> 是假的

他一遍遍地唱着，越走越远了。

江措大头目跨上马，到就近的北山调兵。带上北山领兵官的骑兵队向临洮的沙楞码头飞驰。沙楞码头是古雅山上木头顺洮河而下的站点。江措大头目派戈什调转马头回船城向卓尼嘉波报信。

官寨里，马鸡已经上了桐树，没有半夜打鸣。索郎大头目正给两个活宝变戏法。他把三只茶碗在手里上下倒换着，最后变成三只银锭。他说，孝敬您的！"国代表"明白了索郎大头目的意思，上下嘴唇巴咂了几下，打了一个龇牙咧嘴的哈欠，嘿嘿干笑着说，我稀罕的是那一缕烟，这银元宝硬得硌舌头。索郎大头目说，大人有所不知，船城里没有烟土，卓尼嘉波见烟土见人头，想必你也听说过。我派人到岷州换烟土，路上又被人劫了，还死了一个头人，正给碉房里的没法交代呢。

"国代表"板着脸说，没想到番子也这么狡猾，你们的嘉波是要送客吗？请神容易送神难啊。索郎头目也嘿嘿地笑，说，是我们的嘉波请你来的吗？话说到此，气氛有点僵持。那个女人倒是聪明，看看这个笑一笑，看看那个笑一笑，捯着一双小脚，把一只包袱抱在怀里。无聊的三个人此起彼伏打哈欠，双方似乎达不到目的誓不罢休。这时官寨的房科送进来一个包袱，之后背着身子退出去了。"国代表"急不可耐地翻开，一看是个马鞍，并没有烟土，他气急败坏地把烟枪掼在地上。那个女人转动着眼珠，端详这只马鞍，突然明白了什么，战栗着附在他耳边说了什么。"国代表"的身子打了个激灵，脸色变了，他神色慌张地站起来，趿拉着鞋说，如厕如厕。那个女人再一次把她的包袱抱在怀里。趁着没人，索郎老爷捏了一把女人的脸蛋，讥笑着说，这么嫩的肉啊，吃什么长成这样啊，你屎拉不拉啊，屁放不放啊……"国代表"提着裤子进来，一只胳膊伸进袖子里，挥着另一只胳膊说，我烟瘾犯了，必须马上出城！

拉着绿呢轿子的三匹蒙古马，已经喂足了料，三个马屁股一撅一撅的，像憋了几坨屎。索郎大头目举着雪亮的松明子火把，神秘地拍了拍马屁股。"国代表"装着无可奈何地摇着头，把一个硬邦邦的东西放进四老爷的袍襟里，小声说，不要动歪心思，我身上这东西不止一把。我烟瘾犯了，送我顺利出城。你要开路，如果耍花招，一百杆"汉阳造"不认人！四老爷捋一把胡子说，保证把大人囫囵着送出卓尼地界，我还巴望着大人在"上头"跟前说几句索郎四老爷的好话呢！

南杰嘉波颇感蹊跷。房科刚刚禀报，"国代表"的兵头送进来一只马鞍。房科把马鞍上下里外地察看了，除了马鞍本身什么都没有。马鞍送到"国代表"手里没有一泡尿的工夫，"国代表"半夜鸡叫，要即刻离开卓尼。

把守隘口的门兵还没有送来江措大头目的消息。"国代表"的突然离开与他们发现通司逃跑了有关系，与江措大头目的出城有关系。那只马鞍相当于一支鸡毛信，他们败露了什么，他们得迅速离开。

两位特使带了红笔师爷草拟的汉藏两文的羽毛信，分别飞驰北山和朱扎，江措大头目可能需要北山骑兵和朱扎兵马护翼。

南杰嘉波在拖延时间，命脸蛋儿把阿妈房里的一对梅瓶拿来。这对梅瓶是阿拉善香曼公主嫁卓尼十二代嘉波的陪嫁。脸蛋儿领会了南杰嘉波的意图。自从太太走后，南杰嘉波很少说话，脸蛋儿总看他的眼色行事，因此，在太太离世之后青冈太太出现之前，脸蛋儿是最懂南杰嘉波的眼神的。她把梅瓶抱在怀里，小心拂拭，仔细包裹。可是阿妈恨不得他们赶紧滚蛋，脸蛋儿慢腾腾的动作让她心焦，她伸手给了脸蛋儿两个耳光。所谓的"国代表"看到梅瓶眼睛绿了，为了掩饰他迅速闭上眼睛，还深深地叹了一口气，好像看见梅瓶让他想起什么伤心的事情。南杰嘉波示意总管，数一数士兵的人数。细心的总管发现，他们的兵少了一个人，他从左到右从右到左数了两遍，少了一个人。因为军装和口粮是从他这里派发的，他记得他们的人数。总管担心他们留下人会留下后患，于是提醒说，大人，你们少了一个人！

听到少了一个人，"国代表"异常紧张，伸手从后腰上摸枪。士兵们忽拉拉地端起了长枪，相对应地藏兵们忽拉拉地端起了叉子枪。其实叉子枪是摆样子的，跟树枝差不多，叉子枪必须要燃着艾绒才能发射。索郎大头目用身子挡住南杰嘉波，举起一把手枪。这只手枪是如此威武，即刻让索郎四老爷有了万夫莫开的骄傲。

谁都没有看见卓尼嘉波眼睛里蓄满泪水，他的眼前全是枪杆，像古雅山上的那些树木，直戳他的心窝。他不能流泪，卓尼川不需要一个忧伤的土司。在他的身后是船城，船城的身后是四十八旗，他没有理由慌张。他用一双白皙的还没有沾染过鲜血的手，提起镶着豹皮的藏袍抖动了几下，想甩落一个土司对"加卡卜"的绝望。

"国代表"佯装着用公鸭嗓子喝退了他的士兵，向南杰嘉波拱起双手说，"国代表"代表着国家，"加卡卜"是不会向人民开枪的。你还做你的嘉波，我还做我的"国代表"，近日多有叨扰望多海涵。请索郎大头目送驾，嘉波安歇自便，就此别过！

"国代表"钻进绿呢大轿，车马冲进沉沉的夜色里。船城里的碉房颤动起来，长着毛的都叫了。风吹着风马旗哗哗地响，古拉嗡嗡地转动了，洮河的水溢出河岸。

　　马鸡仿佛比以往叫得更早，马鸡的鸣声一定与以往不同的，它不像鸡叫更像马鸣。

　　每天清晨南杰嘉波的第一件事，是绕过一墙的檀木风珠走进大经堂，为他心上的那个女人换一盏清水供碗。酥油灯很亮，他看到了清水里的一张脸，忧郁，焦灼，伤悲。我是一个土司，我只是一个土司，卓尼十九代土司从来都是领受"加卡卜"的封赐，司土安境。可是这不是我要的"加卡卜"，也许他们根本不是"加卡卜"！想到这里，南杰嘉波心头一震。

　　一道雷电划过船城，大经堂的窗棂哗哗作响，他手里的供碗突然裂了，只有清水还掬在他手上。卓尼嘉波噌地转过身，看到小经堂外面的天上划过闪电。他对守在门外的大总管喊，琼雪！

　　卓尼嘉波的坐骑是一匹河曲马，嘉波给他取名"琼雪"。主人的一只手放在琼雪后臀部，发现他的马瘦了。琼雪见到了他的主子，立起双蹄便是一声嘶鸣，主子立即觉得这声音是从自己的喉咙里发出的，声音像一把刀把卓尼的夜色豁开了一道伤口。船城里桑烟四起，碉楼里的女人们提着奶桶，向天空扬洒滚热的牦牛奶，男人们往马嘴里添马料，抱着马头窃窃私语。身后的藏兵黑压压一片，仰着脸望着卓尼嘉波。红教阿古们在作法，身上腾腾冒着热气。

　　这是出征前的阵势，谁告诉他的属民们要征战了，那敌人又是谁呢？

　　南方层层迭山条条沟岭，有他的上下迭十四旗，有他的果子沟和大粮仓，他的属民亦农亦猎，下马为民上马为兵，只要羽毛信一到，所有的马头一致向北，马尾巴一字向南。北方是辽阔的北山，上冶下冶口外十二旗，无数的冬窝子和夏窝子，变幻莫测的天上的白云和地上的牛羊。他眺望着北方，北方从来都是"加卡卜"的方向。此时江措大头目在泛着青色天光的北方，那里乌云密布，下雨了，不知道江措大头目的马蹄会不会打滑。雨大了，顺着他的脸颊往下淌。再看一眼船城，官寨里的嘉波阿妈又点燃了一只酥油灯。总是佯装糊涂的阿妈心里有一盏酥油灯，她会说，哪一个土司不经过千万寒曝才能成为"加卡卜"的手指头？

　　一道闪电划过南赡部洲，照亮了整个卓尼川，红石崖暗门附近传过来噼噼啪啪的枪声。卓尼嘉波举起了手里的剑，指向红石崖。卓尼嘉波的琼雪劈开船城向前奔跑，藏兵翻身上马，发出呼儿呼儿呼儿的叫声。

　　藏兵的马队裹挟着黎明前的寒冷冲向红石崖时，远远地就闻到刺鼻的味道。卓尼嘉波看到，红石崖比过去矮了一截，像一个喇嘛摘掉了帽子。进了红石崖口，一片狼藉，这里似乎刚发生一场鏖战。受伤的人马挤在一起取暖，索郎大头目正在大发雷霆。

一个时辰前，索郎大头目带着藏兵给所谓的"国代表"送驾。出了官寨他回头看了一眼忧心忡忡的南杰佫儿，举起松亮火把，同时举起一只握紧的拳头，向他传递必胜的信心。同样松亮照耀下的南杰佫儿做了"放行"的手势，神情说不上坚决也说不上犹豫。他感觉了一下风向，风很大，是顺风，心想，这是个送人的好时辰，马跑起来省劲。好大喜功的索郎大头目一马当先，和两个戈什走在最前面，他践行对"国代表"的承诺。但是他心里犹豫着，要不要把这一干人在卓尼地界上干掉，他在心里打着算盘，权衡利弊，他有些烦躁。干掉他们，也许违背南杰嘉波意志，会给官寨闯祸。不干掉他们，马屁股里的"白老虎"和女人包袱里的"小老虎"就肉包子打狗了。

出了上卓梁天就开始下雨，再往前就是红石崖，红石崖有一块红岩石，上有自生咒语，是船城的护身石，几百年前就矗立在这里，保护着船城的平安。红石崖是一箭远的一段崎路，两侧石丘嶙峋，围绕着自生咒语红岩，上面垒着不计其数的嘛呢石。外面回来的人一进红石崖就算平安回家了，在嘛呢堆上放一块嘛呢石。外出的人一进红石崖就祈祷一路平安，在嘛呢堆上放一块嘛呢石。就形成一个连着一个的嘛呢堆。

进红石崖，路变得逼仄，雨急了。闪电过后，索郎大头目感觉到红石崖的颜色跟以前不一样，黑压压的，像戴了一顶硕大的黑帽子。接着便飘来一股刺鼻的味道。索郎大头目"吁"地勒住马，正要观察究竟，山崖上的石头就轰隆隆地响起来。

索郎大头目第一个反应是：泥石流！

与索郎大头目几乎并行的"国代表"一行本来可以调转马头退避的，索郎大头目感觉到有类似石子儿的东西从上方嗖嗖飞过来，不偏不倚砸在绿呢大轿的辕马屁股上，辕马昂着头扬着马尾向前冲出去。索郎人头目的坐骑也受到袭击，前蹄腾空，几乎站立起来。索郎大头目"忽儿"一声向藏兵发出信号，那些猴子就拽紧缰绳贴在了马肚子的下面。

山崖两侧的嘛呢石滚泻下来，轰隆隆地响。"国代表"们的马儿们失惊，在泥水乱石间乱窜，"国代表"坐的绿呢大轿横飞竖撞，狼奔豕突，鬼哭狼嚎。

人们没有听到那个女人的尖叫声，难道那个女人吓死了？

"国代表"的绿呢大轿竟然通过了红石崖，轿子身后的士兵们不知道遇上了天灾还是人祸，不明就里地朝着身后的藏兵放冷枪，朝着土门关方向狼狈逃窜。

藏兵的坐骑不同程度地受了伤，索郎四老爷也受了伤。天大亮了，索郎四老爷察看地势，红石崖逼仄的通道上堆满了嘛呢石，嘛呢石上斑驳地沾染着油污和血污。用手沾了油污放在鼻子下一嗅，是桐油。雨水、嘛呢石、桐油，是肇事者。雨水是天管着的，嘛呢石是日积月累垒在红石崖上的，桐油是推手，那桐油是天上掉下来的吗？

是谁设计了这一场阴谋，目标是"国代表"还是索郎大头目，或者二者皆有？

索郎四老爷发现了沾着马屎的大元宝。他掂着银元宝，在袍子上蹭了几下，揣进袍子里。几个宝贝在马屁股里待了几个时辰，就孵出了挂在他腰上的一个硬邦邦的盒子。他摸摸自己的腰，还是禁不住仰起头嘎嘎嘎地笑了几声。

比四老爷早几个时辰通过红石崖的是江措大头目！

南杰嘉波到来时，藏兵们正在给受伤的战马敷藏药。索郎大头目正捂着额头生闷气。

南杰嘉波发现，藏兵们的褐衫上和马身上沾着黑乎乎的桐油，地上的乱石沾着油渍和血渍。

南杰嘉波看到，索郎阿古的额头受了伤，烧了马毛灰止血了，看上去像一块发了霉的锅盔。他的眼睛通红。索郎阿古眼睛通红，通常是两种情形，一是想杀人的时候，一是受了委屈的时候。索郎阿古单腿跪下去说，南杰侄儿是想置阿古于死地吗？南杰侄儿嫌弃阿古把卓尼川上的糌粑吃多了吗？南杰嘉波伸出手把索郎阿古扶起来说，索郎阿古受委屈了。南杰嘉波知道，"国代表"们之前进卓尼地界时人仰马翻，那是索郎大头目干的，眼前红石崖的事情与索郎阿古无关。也不可能是江措大头目，他出城时只带了一个戈什，根本不知道"国代表"一行会深夜出城。

这时马蹄声从暗门方向来了，南杰嘉波急切地迎上去。江措大头目的戈什翻落下马，由于心急，被脚下沾了桐油的石头绊了个马趴。嘉波老爷，嘉波老爷……索郎大头目看到江措大头目的戈什气儿不打一处来，断喝道，慌什么，退回去！从地上爬起来的戈什愣了一下，看到眼前一片废墟，到处是油污和血渍，索郎大头目站在嘉波老爷旁边，眼睛血红。可怜戈什一夜跑塌了两匹马，汗水浸透的褐衫能拧下水来。他转身折回去又上了马，再下马，他尽量压稳脚步从容不迫地走到嘉波老爷跟前行了礼，说，禀报嘉波老爷，那个"国代表"是假的！江措大头目与北山骑兵赶往沙楞码头，追截古雅山的木材，朱扎七旗部分兵马及时赶到作为护翼后方防护。江措大头目命我速速回来禀报嘉波老爷，要在官寨里好生款待"国代表"一行，他随即赶回卓尼。

南杰嘉波的心忽忽悠悠地掉下去了，"加卡卜"还有假的吗？心地笃实的藏人无论如何不相信，"加卡卜"是假的！

索郎大头目的心也忽忽悠悠地掉下去了。索郎大头目的心掉得不是和南杰嘉波在一个地方。北山和朱扎的兵马一定是南杰嘉波提前做的布防，接应江措大头目，就是说南杰嘉波对所谓的"国代表"早有防范。南杰嘉波早已摆好一盘棋，只有他猪油蒙了心，被一把枪眯了眼，差点送了命。就在昨天早上他派人通知朱扎大总承，秘密到山里割烟，南杰嘉波突然调兵，事情难免暴露。南杰嘉波有一句话，割烟就割头。他看了一眼南杰侄儿，摸了一下自己的脖子。

索郎大头目从腰上拔出手枪说，他们是朝着土门关方向跑了，我手里有枪，我骑马率人去追吧！索郎大头目说话的声音很夸张，他并不是想去追所谓的"国代表"，他是想抽身，派人速去解决朱扎的事情。

南杰嘉波摇着头说，没有必要追了，追不上了。

南杰嘉波在红石崖周遭仔细察看，他不急不躁的样子，直让索郎四老爷心里打鼓。他从乱石中拾起一只弹弓，这只弹弓与众不同，弓身厚实，弓弦强韧，威力堪当一副弓箭。比弓箭更厉害的是，它携带方便，杀人不留痕迹。

江措大头目的戈什一听那些人已经走了，脸憋得通红，要哭了。

索郎大头目拔出腰里的剑，抵在戈什的额头上，说，你们是不是早就知道对方的底细，是不是你的主子早就知道"国代表"要出城，你们深更半夜像贼一样在红石崖上做了手脚，如果灭了"国代表"就立了大功，捎带着灭了我四老爷就除了心腹大患？如果送行的是南杰嘉波呢，你们居心何在？你身上怎么有桐油？快说是不是你们干的？

藏人的剑只能指向敌人，指向自己人则是侮辱。戈什歪了一下脑袋躲开了剑头，说，回四老爷话，我们出城的时候红石崖完好如初。

为什么不早点来报，你说话吞吞吐吐的，喉咙里堵上塞隆啦？我想知道，这是谁干的这是谁干的！

南杰嘉波厉声喝道：索郎大头目！

索郎大头目胡搅蛮缠是想激怒南杰嘉波。他好生纳闷啊，红石崖这么攒劲的事情是谁干的呢，是谁这么先知先觉呢？

南杰嘉波在私底下唤他索郎阿古，有外人的时候唤他索郎四老爷，商议官事的时候唤他索郎大头目，用沉静有力的口气唤出索郎大头目时，就传递出了对他行为的警示。

马上收敛太没有面子，索郎大头目梗着脖子说，古雅山上死了那么多的树，那些树下落不明，我们连卓尼的树都保护不了，更何况卓尼的人。现在贼也跑了，如果让我四老爷出马，不可能人财两空。我早看出来那个人是假的，"加卡卜"难道没有钦差了派这么个棺材瓢子？我看现在根本没有什么"加卡卜"，谁手里有枪谁就是"加卡卜"。咱卓尼现在也有驳壳枪了，哈哈。索郎大头目举起驳壳枪朝着天扣去扳机，想抖个威风，可是枪没有响。原来里边根本就没有子弹，他被那个屄人耍了。索郎四老爷一下子泄了气，想把手里的劳什子扔了，又没舍得，塞进皮袍里，戳在银元宝上，哐当作响。想着也是白来的，气消了一大半。他的脚边是一团像毪氇似的东西，上面沾了桐油和血渍，为了发泄愤懑，他上去就踹了一脚。哦，咋是软的？他上去又一脚，一个女人尖叫了。

从毪氇里抖出一个女人来。

9

先出来的是一只驴蹄子，女人一见天日就惊叫着抱住自己的一双脚，仿佛那是她的祖宗。

她说她是土门关驿站附近的民女，开一间面馆，有一手羊肉臊子拉条子的好手艺。人们一说起她做的面食，腮帮子就流口水，十里八庄的人只要有了钱，脚板子就像跟了鬼似的往土门关走……后来，后来就来了那个活死人，瘦得像个棺材板子，用一把枪逼着她陪他喝酒吃面，吃了面喝了酒的女人就人事不省，被扔进轿子里，到了卓尼。活死人不是个人，到了夜里，他要当女人，让女人做男人，她不依，活死人说回去就要把她卖进狄道的窑子里……

索郎四老爷说，什么？窑子？

女人自知失言，眨了眨眼睛说，哦，就是窑街，金城附近的一个地方。

四老爷听说过窑街，那里出上好的砂锅，窑街的砂锅那叫一个好，洋芋扔进去，出来就是肉。

女人继续说，趁着马惊人乱，她从轿子上滚下来，落在卓尼的地界上也算捡回了一条命。

南杰嘉波一直在观察这个女人，听了这么多有点不耐烦，挥了挥手。大总管甩着蝇刷子说，别说那么多废话，那个男人是谁？

女人说，怎么，他不是你们的"国代表"吗？你们难道不认识他？那为什么每天给他好吃好喝好抽，砍了那么多树送他，临走还马屁股里塞银子？

索郎大头目霍地跳起来，从腰里拔出了剑。

索郎四老爷说，你胆敢跟卓尼嘉波饶舌！我经常出入土门关，没见过你这样把腿子穿到裤子外面的烂货。你不知道他是谁？让谁日了你都不知道吗？你们都是一伙的，是我们的敌人！我的剑素了很久了，想吃肉喝血了，今天就用你这个小牲口祭古雅山上的树神。

女人吱吱叫着缩进氆氇里。

索郎大头目跨前一步说，把你糊了白面的脸露出来，我要把你的脑袋不斜不歪从中间劈开，别让卓尼川的人说我四老爷手艺生了。

四老爷是个讲究人，藏族人杀人有个讲究，要从对方的头盖子中间劈下去，才算做了一件漂亮营生。索郎大头目作势举起剑，一只眼瞟南杰嘉波，他其实是不敢贸然下手的。就在他装腔作势的时候，他看到女人伸出一只惨白的手，手心里是一把亮晶晶的东西，之后迅速地把手收了回去。

南杰嘉波厉声喝道：索郎大头目！

索郎四老爷顺势收回了剑，咣当一声掉在地下，他跳着脚尖笑起来，两只胳膊扇动得像一只蝙蝠。

相传四老爷腋下长着一块旱獭的肉，只要被动了这个地方，他就会像女人一样尖笑，一拌糌粑的工夫才能停下来。这个毛病在他的姆妈走了之后就只有南杰侄儿知道了。南杰侄儿刚袭位的时候，索郎阿古背着南杰侄儿在草地上奔跑，几次他都想借着飞奔的力量把背上的南杰嘉波像一支箭那样射出去。总是在这个致命动作之前，十三岁的南杰侄儿调皮地伸出一根手指头。四老爷笑成一摊泥之后慢慢积蓄着气力，伸出一根手指戳一下南杰的额头说：阿古还是舍不得，阿古没有儿子，想当你的爹呢！

可是这一次并没有人靠近他的身体，没有人动他的软肋。南杰太了解四老爷了，他在装疯卖傻呢！为什么要装疯卖傻呢，他举起剑时看到了女人手里亮晶晶的金属。

笑到筋疲力尽的四老爷全身瘫软，他没有棱角地瘫在一块石头上，乜眼看着那个女人，盘算着女人手里那些亮晶晶的子弹。他手伸进袍子摸了摸，那是没有子弹的驳壳枪。奇怪的是这个女人胆子真大，她也乜眼看着四老爷，竟然给他递了个媚眼。这种眼神是四老爷没有见过的。卓尼川上的女人对四老爷都是畏惧的，她们没有人敢看四老爷的眼睛。只有最后"捡"回来的这个婆娘，敢盯着他看，她的眼神总是挑衅的，这种卓尼川上比较稀罕的表情一次次燃起四老爷的激情。眼前这个女人的眼神是那么新鲜，那么诡异，像一只凤毛菊撩得他脚心发痒，他忍住笑，脸上竟有了羞赧。

卓尼嘉波对大总管说，送江措大头目的戈什回城休养，受伤的兵马回城将歇。我们往临洮方向接应江措大头目。大总管应着，哦呀！总管回头看一眼那个女人，附在嘉波耳边说，那个……

女人向前爬了两步，磕着头说，不要让我出土门关，那些人饶不了我的。卓尼川这么大，嘉波老爷这么仁慈，不多一个走投无路的女人。我会做长饭，会搓猫耳朵，我能养活自己。

索郎四老爷说，把她交给我四老爷处理吧。说着一只手就把这个女人提过来，女人扭动着四肢，像一只土拨鼠吱吱吱地叫着。四老爷用另一只手在她的身上摸，找他想要的东西。女人哼哼唧唧地往四老爷怀里钻，四老爷撒开手又大笑起来。

南杰嘉波说，南赡部洲情器世界初成时，不分好人坏人，好人可以变成坏人，坏人也可以变成好人，卓尼川难道还容不下一个女人吗？我们没有权力左右任何一个人的活路，让她自行其便吧！

女人磕着头说，嘉波老爷仁慈，民女愿把船城当安身之地，凭自己的力气谋一碗饭吃。愿嘉波老爷保民女平安。

大总管明白了南杰嘉波的意图，女人留在卓尼是一根长线。他一脸嫌弃地对女人说，你去留自便，多脑长在自己脖子上自己看管。

南杰嘉波转向索郎四老爷说，索郎大头目年逾不惑但仍心浮气躁，大千世界，理可顿悟，事须渐修，念几天经就好了，正好养伤。

说这话的意思很明了，四老爷要坐禁闭了。四老爷虽然受了伤受了委屈，但需要马上坐禁闭。索郎是南杰的阿古，南杰在阿古的脖子上长大，对付阿古的办法，只能是禁闭念经。

四老爷这个人在专执一念的时候没有谁可以改变他，在官寨的经忏房里面壁七天，什么都不用说，一切将迎刃而解。四老爷是个绝顶聪明的人，回官寨念经正合四老爷的心意。一是让江措大头目独自棘手，他隔岸观火。二是抽开身去处理朱扎，朱扎的事露了馅儿就麻达了。他摸了一下额头忍着痛，对着他的坐骑向后退了几步，之后腾空跃上马背。他挺挺胸脯，拧拧脖子，以示廉颇不老。此时的气势特别适合喊一句汉人的诗，他想起红笔师爷说过的一句，仰天长笑……后面的还想不起来了，吾辈岂是……又想不起来了，他双脚弹了马腹说，吾辈岂是嘎嘎嘎！

四老爷一骑绝尘，他的后面跟着两匹马，一定是他的两个贴身戈什，他们是四老爷的影子。将进船城，他才调过头来看后面。戈什是戈什，但不是他四老爷的戈什。他们两个蒙着面，一左一右挟持四老爷进官寨，四老爷爹起的大胡子即刻夺拉下来。

卓尼嘉波率藏兵向北行进，在康多峡与江措大头目相遇。江措大头目看到，高头大马上的卓尼嘉波一头的浓发飞扬成火焰，急切地向他奔驰。两匹马靠近，两匹河曲马是一对兄弟，在一个马号里长大，两只马头往一起厮磨。可是马背上的两个男人眼光不敢碰撞。

所谓的"国代表"是驻甘督军指派的狄道驻军的马弁，外号麻秆儿，与驻甘督军同属皖系。他们拿着号纸印信，打着"加卡卜"的旗号四处掠夺。顺洮河而下的木材早已变成了银子。银子是长着腿的长着翅膀的，银子是会变戏法的，已变成了房子、粮食或者女人，或者也可能上了督军府姨太太的麻将桌，早已不是古雅山上的树。所以穷追不舍不会有什么结果，反而会导致兵马伤亡造成更大损失。一路上兵荒马乱，只要手里有枪的就说自己是"加卡卜"，江措大头目不能恋战，只能退回从长计议。有一个情况引起江措大头目的警觉，据沙楞码头上的伙计说，在码头上接货的不是说着鸟语的蛮子，是一个二十多岁的男人，说着汉话穿着棉布，听口音是临潭卓尼人。

南杰嘉波环视眼前的藏兵，有几个受了轻伤，人没有他预想的那么多，大部分是北山的骑兵，朱扎旗的护翼五十个人都不到，老的老小的小。有一匹马相当出众，红鬃黑尾，毛色亮得像缎子，马的眼睛清亮如水。这就是车巴沟里有名的车巴马。卓尼川的人都知道，车巴沟的马脚力不是最好的，但是外形最漂亮，据说车巴沟的人很是宠马，夏天要用滋阴的六味草药喂马，冬天要用温阳的八味矿石饮马，车巴沟的男人们每天要先给马洗脸再给自己洗脸。漂亮的车巴马马头旁边倚着它的主人，这个小伙面皮白净得像个丫头。仿佛哪里见过，与南杰嘉波目光交错时，还调皮地吐了一下舌头，像是做了个鬼脸，又像是打了个招呼，随即几分羞涩地低下头。

天色向晚，峡谷里的风从前心后背袭来，南杰嘉波感觉浑身无力，脚底绵软，他已经一个昼夜没有合眼水米没沾牙，脚一离开马镫，身子就跌落下来。赶紧扎帐烧茶，就地休整。

夕阳西照，以南杰嘉波的帐篷为中心的帐圈像一群蘑菇静卧在冶木河畔。藏兵捡来干牛粪支锅烧茶，从袍子里掏出木碗，盛了炒面酥油拌糌粑。北山的小伙从驮子里掏出一块猪膘，在汤里涮了，撒了盐，就是肉汤了。精肉掺了麦仁煮了肉粥，给嘉波和江措大头目用餐。夜幕四合时，值守在帐圈外轮流放哨。

人们发现少了一个兵。

值守的藏兵站在坡上的一棵果树下，能够看得清帐圈和远处的动静。空气渐渐凉了，他裹紧袍子靠着一棵树想歇息片刻。这时听到背后不远处窸窸窣窣的声音，他赶忙睁大眼睛搜寻，能感觉到五十步外的树枝在晃动。哨兵有些紧张，壮着胆子说，你出来吧，我都看见你了。你出来吧，我把你看得清清楚楚！他说这话是蒙的，荒山野外哪里来的人么。哨兵听到有人跑过来了，跑得很急，喘气声都听到了。他想起少了的那个兵，是不是找不着路又跑回来了。他赶紧压着嗓门儿喊："鱼身上剪不下羊毛。"对方踉踉跄跄地边跑边说：

"水里打不出酥油。"暗号对上了，就着松明一看，就是车巴沟的那个小伙子。他抱着一捆药材说，快快煎药，南杰嘉波发热呢，再迟了就要打摆子了。

原来小伙子还是个小曼巴。小伙子把煎好的药送进嘉波帐篷，江措大头目正搓着掌心焦急呢。小伙子顾不了平日里那么多的礼数，仓促地给江措大头目行了礼说，快给嘉波喝药！

江措大头目看着这碗药有些迟疑。小伙子说，我阿爸是车巴沟的仁钦曼巴。南杰嘉波下马小解离开后，我观察了他的尿液。小伙子把碗里的汤药喝了两口说，此地空气清新水源洁净，我从阳坡上取了芳香的药材，浸透了春夏秋三季的日月光华，快给南杰嘉波服药吧。江措大头目接过木碗说，你还是个小曼巴？

仁钦曼巴，卓尼川的人都是知道的，一个半路还俗的云游曼巴，能把死人医活了。哪怕是蒙着他的眼睛，他可以凭着嗅觉找到他想要的药材。看来他的儿子也有这个本领。

帐篷里燃着松明，烧着火盆，裹在两个皮袍里的南杰嘉波身体在打战。小曼巴跪在他身边，一只胳膊搂着他的脖颈扶起他的头。

南杰嘉波睁开眼睛，松亮噼啪作响。他看到一张热乎乎的脸，蜷缩着的小小的身材，裹挟着药材的味道，当归、党参、黄芪、独活、亚菊……他顺从地张开嘴，汤药一点都不苦，喝完之后，舌根上还泛着一丝丝甜。一只绵软的手反复搓揉他的胳膊，用一根带子绑紧了他的胳臂，感觉浑身的血液都涌向他的手臂，手指尖一个个疼过之后，热汗从四肢涌向发梢，全身像有温暖的溪水流过，四肢舒展了。南杰嘉波长长叹了口气，闭上眼睛睡过去。

南杰嘉波退热了。脸上汗津津的小曼巴才正式向江措大头目行礼，说，南杰嘉波睡上两个时辰就好了，这里有我，请江措大头目歇息。江措大头目悬着的心才放下，他伸出一只手按了一下小曼巴的肩膀，走出帐篷。他想，这个小曼巴最多十六岁，他的骨头还很软，皮肉还很嫩。

夜半寒气最重，小曼巴摸了南杰嘉波的双脚，冰冷。在火盆里添了木炭，用滚烫的大茶拌了酥油糌粑，在南杰嘉波下肢搓来搓去，直到出汗。把自己身上的皮袍也盖在南杰嘉波身上，他偎在南杰嘉波脚下，用自己的身子贴着他的下肢。正是贪睡的年纪，松亮灭了，鸟们醒了，在帐篷外喊喊喳喳地叫，也没听见。

早晨的第一缕阳光，穿过牛毛帐篷的缝隙照在南杰嘉波的脸上。他想伸展一下四肢，动一下脚，可下身被什么东西裹着，热乎乎的，软绵绵的，像踩进热酥油里，真舒服啊。他不敢睁开眼睛，怕打破这一场梦。他听到野画眉和雪鸡扇动彩色的羽毛交替合鸣，他心里在说，你来了吗？

五年前，每一个夜晚都会有一个女人睡在他的下面，用身体最柔软的地方裹住他的双脚。她是那么疼爱他的双脚，仿佛他的心就长在他的脚上。

他揭开身上的皮袍，看到一个粉色的女人和一对雪白的乳房。

女人惊叫一声，扯好粉红色的衣衫，一骨碌跪下来。

你是谁！

我是车巴沟仁钦曼巴家的……姑娘。

你怎么在这里？

南杰老爷知道花木兰的故事，仁钦曼巴家无子，阿爸只会看病，手无缚鸡之力，小的是替年衰的仁钦阿爸出兵马的。赶上南杰老爷风寒，特采草药煎熟服侍南杰老爷……

南杰嘉波站起来，活动了一下筋骨，说，此次朱扎的护翼人马不整齐，你知道朱扎的壮丁哪里去了？小曼巴说，回南杰老爷的话，听朱扎的人说，都到迭部采药去了，半月有余不曾归来，大总承说那种药包治人间百病……南杰嘉波又活动了一下筋骨，打断她说，你的医术不错，以后免仁钦曼巴家的兵马差役，算是我赏你了。南杰嘉波挥了一下手，意思让她走吧。

女子跪着，低着头，不动。

南杰嘉波又挥了一下手。

女子突然哭了，说，我不走，我是南杰老爷的人了，我不能离开南杰老爷！

此时南杰嘉波才发现，此女子称呼他为南杰老爷。只有官寨里的人才这样称呼他，官寨外的人称作南杰嘉波。

女子边说边跪着拿起獐子皮卷鼻靴，要给南杰嘉波穿。卓尼川的人都知道南杰嘉波是从来不自己穿鞋的。

南杰嘉波皱了一下眉头说，大胆，怎么你就是我的人了？

女子说，你把我什么都看见了，我也把你什么都看见了，我就是南杰老爷的人了！做丫环做戈什做厨子做曼巴都行，我是南杰老爷的人了！

　　南杰嘉波正哭笑不得，江措大头目端了酥油茶从外面进来。他撩起门帘，放进来一块三角形的阳光，正照在女子粉红色的衣衫上。他下意识地转身，以为走错了地方。听到南杰嘉波唤他，他又转过身来，手里的酥油茶洒了一半。

　　南杰嘉波说，这是车巴沟仁钦曼巴家的闺女，替父亲出兵马的。你带她出去吧，以后免去仁钦家的兵马差役。我们马上返回卓尼。

　　女子脸上吊着泪珠穿上皮袍，扎上腰带，又跪下来给嘉波老爷穿靴子。南杰嘉波迟疑了一下，还是伸出了脚，就范了。南杰嘉波看到，女子柔软的头发覆着半只淡粉红色的耳朵，胸前挂着一只嘎乌一只口弦。

　　凤毛菊的香味再次袭来。

　　南杰嘉波想起来了，他见过这个女子。大车道开通的时候，那个胸前挂着口弦的娃子。她长着一双凤眼，眼白干净得像白云。

　　返回的路上，女子骑马走在最后面，她的马头上拴着一捧凤毛菊，她在吹口弦。江措大头目看到，南杰嘉波的坐骑琼雪的马蹄有些乱，琼雪的主人几次侧过身子聆听背后的口弦，神情兴奋悲伤甚至羞怯。进了卓尼地界，江措大头目慢行退到最后，靠近女子说了什么。女子不停地点头，哦呀，哦呀。

　　晌午了，烧茶进餐，南杰嘉波坐在一个树桩上。口弦声没有了，那个女子也没有了。

　　南杰嘉波与江措大头目摇辔并行，在红石崖驻足。

　　在"国代表"离开前的半个时辰，"国代表"的兵头儿为主子送进来一只马鞍。那兵头发现通司跑了，船城里有人出了城，于是立即送马鞍暗示主子马上离开。

　　江措大头目出城时遇到的那个回城的人，马驮子里装着桐油。那个马术高超的人是谁呢？这个人与"国代表"有着千丝万缕的联系，他想置"国代表"于死地，还是想置送行"国代表"的人于死地？他用的是桐油、嘛呢石、弹弓和天上的雨水，是一个非常熟悉红石崖地势和卓尼物候的人。到此刻，隘口的值守再没有放出去一个人，这个人就在船城里！

　　进船城时，马蹄迟疑。卓尼大寺的诵经声像一条暗河涌动。月光下的洮河，像一条白色的皮鞭抽在他们身上。洮河水涨了，船城摇摇晃晃地，像一个被抛弃的襁褓。

　　掌嘎里的女人们捣着酥油茶，男人们多半都喝醉了。掌嘎里的女人没有呵斥淘气的娃，男人也没有打骂婆娘。他们更没有从碉房里出来，是不想让他们的嘉波更加伤心。只有离他们一箭远的地方，一只桦皮灯忽明忽暗。他们进灯就退，一箭远的距离。

敢大声说话的只有嘉波阿妈。阿妈在官寨里唤她的裁缝，菩萨女儿啊，菩萨女儿啊，我的新皮袍呢，我的身子好冷。当儿子南杰不在官寨里的时候，阿妈心里是空的，她必须要发出一点声音或者闹出一点动静，不然她就觉得官寨不在了。掌嘎里的姑娘婆娘中，她最喜欢菩萨女儿，她是一个心里长着星宿的好姑娘。她知道菩萨女儿此刻不在官寨，可怜的菩萨女儿早早地就听到了那马蹄声，她早已藏在离归来的那个人一箭远的地方。她可以一天不吃糌粑，但不能一天不等那个人。

古雅山上的伐木声真的停止了，卓尼川安静如初。卓尼嘉波与江措大头目眺望古雅山，稀疏的松林不再葱郁。

像嘴里掉了牙，空荡荡地疼。

10

唵嘛呢叭咪吽……南杰被念经的声音吵醒。谁把经念得像吵架一样凶，自然是索郎阿古。

第十八代老土司的继承人索郎一夜之间变成四老爷后，胸腔里就生出一只塞隆（鼢鼠），它蛰伏在黑咕隆咚的地方，有一只看不见的嘴在噬咬。他认定自己上了老土司的当。老土司那时候捏着他的肩胛骨咬着牙根说，侄儿啊，你这骨头是山做的啊，我第十九代卓尼嘉波就应该是一座山啊……只是峣峣者易折，太威猛的山不长树木啊。而我们的河山既需要阿尼玛卿神山更需要松柏红桦啊。老嘉波的咬牙切齿不是恨他，是恨他身上的戾气，是对他行事鲁莽、一家独大、贪婪好色的恨铁不成钢。作为一个五百年土司家族的继承人，一定要明白自己是一个土司，以本土之人司本土之事，保本土之民。有了"加卡卜"（国家）才有土司，有了手才有手指头，越过土司的本分，任何额外的觊觎都是自掘坟墓。冗长的夜晚，索郎坐在老土司的脚下念经，老土司用心良苦，想矫正他的性子。太枯燥了，索郎说，我不喜欢经文，我喜欢铁，喜欢坚硬，喜欢一切有锋刃的东西。"嘻嘻，嘻嘻"，给老土司挠痒痒的南杰在笑呢。他说，阿古啊，天下之至柔驰骋天下之至坚，说的是阿古念经用的舌头和牙齿。牙齿尖利可以咬碎舌头，可牙齿早早就掉了舌头一直都在啊。阿古索郎打了一个哈欠，说，我的肚子叫了，我的舌头和牙齿想念肉了。我的心跳了，我的身子想念女人了。老土司无奈地叹了口气，还是有点不死心。他说索郎侄儿啊，你说做一个土司，你领地上的什么最重要啊？索郎又打了一个哈欠说，土司最重要啊，领地是土司的，领地上的一切都是土司的，女人、头口（牲畜），都是土司的。没有土司就没有领地，自然土司最重要。小南杰嘴里啜着窝奶，说，领地上的人最重要啊，青稞最重要啊，如果没有属民，你给谁当土司啊？如果没有青稞，属民们都跑到有青稞的地方了，你给谁当土司啊！桐树上马鸡打鸣的时候，那个舌头与牙齿的夜晚过去了。热头再升起时，那个舌头和牙齿还没有长全的南杰成了第十九代卓尼嘉波，索郎阿古成了索郎大头目。

四老爷不服，背了糌粑去找"加卡卜"评理，可那时掌控加卡卜的是个女人。大清王朝四面楚歌，这个女人自身难保，谁管索郎四老爷这点屁事儿。四老爷折腾得也有些累了，银子花完了，身子困乏了，也想家了。返回船城后，一倒头睡了十来天，把过去的过节就睡没了。四老爷有一点好，过去的恩怨都像一场梦，喝上一坛酒，吃上两扇羊肋巴，再睡上几个女人，天亮了就没事了。他收拾衣冠进官寨，觐见南杰嘉波和嘉波阿嫂。外面走了一遭，他的面皮白了，差点都认不出来了。他说，外面真大啊，紫禁城、金城、巩昌府，都比咱卓尼大。说什么话的人都有啊，长什么样的女人都有啊，吃什么饭的人都有啊，个个都和卓尼不一样啊，热头也比卓尼大啊。他看上去那么兴奋，他忘记了与卓尼官寨的龃龉，出去那么多天不是去告状，而是去看南赡部洲有多大，他长见识了。他端详着南杰嘉波，他确实对南杰侄儿有些想念，他发现，南杰一下子长大了，尤其是眼睛长大了，足以盛得下整个卓尼。他嘎嘎笑了几声，其实是心里有些愧疚不安。作为亲阿古，不砌炉子还拆台，不应该啊！

南杰对自己的阿古是又头疼又心疼。

索郎阿古在官寨木楼下面的经忏房念经，七天的时间要断食断酒，有的只是喝不完的米汤。南杰嘉波用辟谷的方式耗尽他的力气和戾气，用水、佛经与日月光华淘洗他的身心。每次从经忏房出来，船城的人都发现，索郎大头目像换了一个人——他清癯了，面白了，慈祥了，甚至年轻了。他目光纯净，下巴上的胡子由鸟窝瘦成了马尾。于是，四老爷进去之后，船城的人总是对经忏房里出来的四老爷充满期待。

南杰嘉波甚至有些想念索郎阿古了，索郎阿古受了伤，心里受了委屈。可是怎么才能让索郎阿古不要和江措大头目作对，不要倚老卖老，尝试多种办法之后，南杰还是选择了禁闭，以静制动。他常常觉得，索郎大头目是他应该敬重的阿古，但更多的时候他更像一个调皮的晚辈，不时得敲打敲打。

南杰嘉波睡眼惺忪，把脚伸进床边的皮窝子里，侍女不在皮窝子旁边。青盐洗牙时，看到侍女跪在卧房的门槛外，背对着门。他心想，可能又是阿妈责罚脸蛋儿了。

阿妈不喜欢脸蛋儿，不是脸蛋儿不好，而是阿妈不喜欢脸蛋儿的主子，南杰前面的太太。南杰想过，既然阿妈不喜欢脸蛋儿，可以让她回临潭的娘家，也可以从掌嘎里说个人家嫁出去。可是少爷和姑娘离不开脸蛋儿，他们把脸蛋儿当姆妈，甚至记不得亲姆妈的样子，以为脸蛋儿就是他们的亲娘。脸蛋儿对他的心意，他也不是不懂。南杰曾经送给太太一只小小的金麒麟，在她的身体渐渐僵硬后，金麒麟还攥她手心里。可是下葬的时候，她的手心里空了。一直在守灵的脸蛋儿看到南杰疑问的眼神，赶紧把脸埋进臂弯里。唉，她还是个孩子。南杰说不上对她喜欢还是不喜欢，只是觉得她还是个孩子。

他对着门外的侍女说，茶溢了！

侍女跳起来扑向茶壶。她的动作有点猛，南杰听到木炭火上的铜壶嗡嗡地响，像飞起了一窝蜜蜂。

他坐在楠木圈椅上，接过侍女举过头顶的酥油茶。他看见，侍女低着头，头发黑密，耳根雪白。

她不是脸蛋儿。

卓尼官寨历来有个规矩，侍奉主子的下人从来不是固定的。十二个掌嘎头人的亲属轮流当差，不当值的时候不能擅自出入官寨。十二掌嘎的头人，多半是掌嘎里的部落轮番做的，对于掌嘎里的人南杰基本都是面熟的。

她穿着一身汉装裤袄，新的，是从箱底拿出来的，褶痕犹在，有淡淡的花椒味。齐肩的黑发，淡粉色的耳朵。

南杰嘉波叹了一口气，阿妈就从门外进来了。

阿妈笑盈盈地说，儿子啊，我等不及你给我请安了。你这次出暗门啊跟以前都不一样，我奶桶里的牦牛奶泼啊泼啊怎么都泼不完。我知道就有好事来了，这不天上掉下个儿媳妇！我昨个就派仁慈的大总管到卡车沟提亲，一大早，仁慈的大总管就回来禀报，仁钦曼巴应允了这门亲事。仁钦曼巴家的独生女身子像青冈木一样结实，脸蛋像苏鲁花一样美丽。仁钦家世代曼巴，配得上卓尼官寨的那扎那。当然我也舍不得让她出入厨房，厨房里有厨娘，端茶有脸蛋儿，她以后只管给你穿靴子，暖炕，生娃。呃，当然，最要紧的是，你很喜欢她……

南杰愕然，阿妈，我没说过……

垂立在一旁的女子抢过来说，当着阿妈的面老爷肯定不好意思说喜欢我。昨夜在帐篷里，换第二盏松亮的时候，老爷说，"青冈直上玄真观，即是人间小洞天"。换第三盏松明子的时候，老爷唤青冈青冈……我的名字就叫青冈。

阿妈说，哦，青冈，是我喜欢的名字。

南杰无奈地别过脸去，叹了一口气。按说，卓尼嘉波管领地内，上到人头，下到马头牛头羊头，是不是能长在脖子上，都是南杰嘉波说了算。不会有人在他说话的时候敢打断他。可是对这个女子，他有些无奈。

善于察言观色的聪明阿妈呵呵呵地笑起来。呃，我也年轻过，喜欢不喜欢不在舌头上全在眼睛里。我的儿啊，这个姑娘阿妈很喜欢啊，她全身上下都是真的，完完全全，明明白白。不像那些汉人女子，羞羞答答，遮遮掩掩，虚虚实实，心口不一。我喜欢我们番家的姑娘，豁亮，实在。我这就请卓尼大寺的活佛来订日子，中秋……

南杰和青冈同时叫了一声，阿妈！青冈是惊喜。南杰是责怪。

南杰瞪了一眼青冈，转向阿妈说，儿子没有想好，再等等。

阿妈说，等什么呀，现黄的麦子现割上！呃，我知道了，你是嫌她头发短，不能梳蝴蝶头，也不能佩阿珑银钱。这样吧，等她头发长长一些，齐胸吧。也就半年的时间，等来年风毛菊一开，我卓尼官寨就要添口了。定了就这么定了，如果什么都由不着阿妈，阿妈阿么活呢？

南杰没有说话。楼下的大堂传来压低嗓门儿的说话声，是总管和红笔师爷。总管是个性急的人，红笔师爷一遇到事眼睛就发红，一定是很多事情等着南杰嘉波处理呢，大堂前的他们已经候不住了。正好，南杰嘉波逃跑似的下楼了。接着少爷和姑娘就咚咚咚地跑上来，看到陌生的青冈，调皮地吐舌头。后面跟着的是侍女脸蛋儿。

脸蛋儿和青冈对视。昨天骑着一匹骏马的小伙子进了官寨，脸蛋儿正带着少爷和姑娘在庭院里抽毛嘎。当时脸蛋儿没有在意那个小伙子，倒是被那匹马吸引了。这是一匹漂亮的车巴马，身子上的枣红色过渡到马后毛色逐渐变黑，尾巴像一尾水亮的貂。马的脸是有表情的，俊美，温驯，眼睛水灵灵的，吧嗒吧嗒地能掉下水珠。马鞍上不是粗糙的氆氇，而是手绣的凤毛菊，与此相呼应的是，马头上也别着一只凤毛菊。脸蛋儿想，真是一匹好马，马的主人更应该是一位女子。

马的主人从嘉波阿妈的房间出来就变成了一个女子。她的身子就穿上了太太在世时还没来得及上身的衣裳。她盯着脸蛋儿看，咧着嘴笑，牙齿白得耀眼。是脸蛋儿先挪开了眼睛，不然被对面的人看化了。汉人女子大多是羞涩的，对第一次谋面的人，只用半个眼睛，充其量用眼梢瞟。

脸蛋儿在阿妈跟前跪下说，嘉波阿妈身边有了新的侍女，脸蛋儿粗鲁笨拙，请阿妈准许脸蛋儿告假回返娘家……她说得很慢，这样有利于阿妈中间插话，挽留，她要斟酌着随时拐弯。

果然阿妈打断她的话说，家里没有来新的侍女，站在我身边的人叫青冈，再过一个洛萨节就会成为官寨里的太太。官寨里不缺下人，每个掌嘎的女人轮流劈柴烧炕打扫洗衣端饭添茶，都是长宪和头人的女眷，手心贴着手心。你在官寨里五六个年头了，上上下下没人把你当下人看，你从一个八岁的小丫头长成大姑娘了，你想走，我能理解，女人不能留。这里终究不是你的家，我这就派人送你回临潭。

脸蛋儿没想到，阿妈没有一点挽留的意思，顺水推舟了。甚或是，这一番话是早就准备好的，单等眼前的一幕出现。她抬起头来看阿妈，她不用怕她了，她马上就不是官寨里的人了。不争气的眼泪扑簌簌地流下来。

阿妈显然动了恻隐之心，她一手捂着下颌，呃，你有什么要求，只管跟我说，我让总管筹备就是了。

在脸蛋儿听来，阿妈是要贴上一些什么让她赶紧离开。话已至此，脸蛋儿站起来说，我来官寨的时候是坐着轿子的，我是缠足的……

阿妈即刻说，我差人用轿子送你回去，保证你脚不沾地。

按照汉人的习俗，陪嫁丫头在主子过世后，是要被男主子收房或者续弦的，如果被送返娘家，就有了被休退的意味。如果是被轿子送回来的，也就就坡下驴了。脸蛋儿流着泪退出去。两个孩子看着脸蛋儿孃孃哭了，抱着孃孃的腿哭起来。

阿妈把两个孙儿拽到青冈前面，对两个孙儿说，少爷，姑娘，以后这个孃孃才是你们的亲娘。青冈，带少爷和姑娘到那扎那，厨娘做好了酥馍。两个孩子突然意识到，脸蛋儿孃孃的离开与眼前的这个孃孃有关系，他们敌意地瞪着青冈，向她吐口水，之后哭叫着磕磕绊绊地下楼追脸蛋儿了。

嘉波阿妈心疼自己的孙子孙女，捂着脸颊说，牙疼啊牙疼啊，这么大个船城，连个治牙疼病的曼巴都没有。我还做什么嘉波阿妈，早点投胎省心，不窝曳啊不窝曳！

青冈哄着阿妈靠在窗前的木榻上，仔细检查了阿妈的牙齿，又让阿妈卷起舌头看了舌根，说，阿妈，你牙齿没有毛病，病不在牙上。

阿妈又不高兴了，牙长在我嘴里，疼不疼我还不知道？我生气了，我一生气，下面的所有牙齿都疼，牙岔股疼，肩膀疼。整个官寨就我一个女人，有那么多的事情要我来管，爱操心的人能不生气吗？

青冈搓着阿妈的胸口说，就是，这么大个官寨，这么大个船城，都要阿妈操心，所以啊，青冈点了点她的后心说，嘉波阿妈，你的病在这里。

哦？那里是什么？我的牙疼！

青冈说，这是隆病，黑脉瘀堵，疼痛在左肩和下颌。

什么黑脉白脉，我牙疼！

青冈说，我用热酥油给你搓搓身子，你闭上眼睛丢个盹儿，醒来就好了。

阿妈说，天上有热头我眼睛里没有瞌睡，热头还在天上呢眼睛里就有了瞌睡，那不是娃儿就是老人，我还没老呢！

青冈说，阿妈没有老，你看热头从窗上进来了，你躺下，晒晒热头。今天的热头真好，坡上的一群羊，在喳喳喳地吃草，吃饱了就晒热头，长膘。

阿妈说，我的眼睛看不见。

青冈说，阿妈呀，坡上一只羊两只羊三只羊……

阿妈的身子被热酥油搓得热乎乎麻酥酥的，她嘴里数着一只羊两只羊八只羊，她开始打鼾了。青冈从头发上取下一根针，火上烤了，刺了肘窝。阿妈停住鼾动了下胳膊说，虫子叮我了，九只羊十只羊，接着又打鼾。

说实话，青冈的手是发着抖的。稠黑的血从阿妈的血管里涌出来的片刻，她吓得闭上了眼睛。她无数次地看阿爸给病人放血，亲自动手还是第一次。她的大胆和冲动缘于她太想让阿妈即刻脱离病痛。她早晚要给阿妈解除病痛的，因为卓尼川上的任何一个曼巴都不敢在嘉波阿妈身上下针，这仿佛是一个使命，只有她敢于承担。

阿妈身上流出来的血渐渐鲜红。可怜的阿妈翕动地数着几只羊的嘴唇有了血色，脸上泛起了红晕。青冈擦干净最后一滴血，阿妈突然睁开了眼睛。可能是楼下大堂正在处理公务的南杰嘉波和江措大头目动静有点大，或者小经堂里索郎四老爷念经的声音有点高，总之阿妈被惊醒了。

她伸手甩出一个耳光。

阿妈是个壮硕的女人，耳光风驰电掣。可挨了耳光的青冈身子纹丝未动，只是脸侧了一下。她的体格虽然不大，但她是有准备的，她甚至还咧着嘴笑了笑。因为她相信，能扇出如此响亮耳光的人一定牙不疼了。

吃了熊胆的娃子，你敢在我身上放血。接着又是一个耳光。

在嘉波阿妈看来，给下贱的人治病才能放血，因为他们贪、嗔、痴，心里有邪念，接受不干净的东西和水源，这些东西积攒在身体里，就是灾病。只有把这些脏东西放出来，才能还原干净的肉体。嘉波阿妈身体是洁净的灵魂是高贵的，所以，所有的曼巴都知道阿妈的病在哪里，就是不敢治本。

阿妈的气撒完了，青冈跪着一动不动，脸红得像蓝马鸡的冠子。先反应过来的是阿妈，她磕了磕上下牙，动了动臂膊，拍了拍胸口，说，我不疼了？我真的不疼了？阿妈走到窗前，往远处看，坡上一群雪白的羊，一个两个十个一百个，阿尼闹，我哪儿都不疼了，眼睛亮得能看到光盖山上的白牦牛！

初生牛犊的青冈咯咯咯地笑了，笑根本不足以表达她的兴奋，她在地上翻了个跟斗。进官寨几天没敢翻跟斗，憋坏了。

嘉波阿妈摸着青冈的脸蛋说，阿妈打你了吗？打你的是阿妈吗？青冈说，阿妈没有打我，打我的是坡上过来的一只羊，呵呵呵。阿妈一拍巴掌说，哦啥就是，流血的是一只羊，得病的是一只羊，羊的牙不疼了，哈哈哈。

阿妈是真的高兴了，阿妈很容易高兴起来，当然也很容易不高兴。阿妈要下楼晒热头，可是天突然阴了，天色猛然暗下来，门口的风马旗嘭嘭地响。

阿妈嘴里唤着大总管,木楼梯吱吱吱地响起来。青冈过来扶她,她用胳膊挡了,她没有老,最不喜欢别人把她当老人扶着。大总管慌慌张张地迎过来,说索郎四老爷在经忏房里大喊大叫,桦木门窗就要把索郎四老爷的脑袋撞破了,说再不给他酒喝,天就要塌下来了。

嘉波阿妈说,索郎四老爷的脑袋破了也不是一次了,旧的不去新的不来,你慌什么?

大总管垂着手说,哦呀!旧的不去新的不来,哦呀!

嘉波阿妈说,你就知道哦呀哦呀,我问你,这天是阿么了?

大总管看了看天,黑云像一只黑锅扣在船城上,马鸡们扑腾腾地到处乱飞。嘉波阿妈,天是阿么了,天是要下雨了,我吩咐劈柴的娃子赶紧藏一些干柴。嘉波老爷该吃药了,哦呀!

青冈随着阿妈进了大堂边上的耳房,耳房的门通着大堂。青冈看到南杰嘉波和江措大头目都皱着眉头,在说一件重要的事,眼前放着一只马鞍,一支弹弓,脚下还有几只黑乎乎的皮囊,散发着桐油的气味。

南杰嘉波:兵头发现通司不见了,马上意识到不妙,事情可能败露,于是他给"国代表"送进来一只马鞍,暗示他马上离开。

江措大头目:我出城那个人进城,他从外面带来了桐油。从我夜晚出城这一反常举动,判断城里出事了,"国代表"会连夜出城。"国代表"出城,南杰嘉波和索郎大头目一定出红石崖相送……

南杰嘉波:这个人非常了解红石崖的地势地形。利用了桐油,嘛呢石,雨水。他身手不凡,在飞沙走石风雨交加的黎明,能准确地用弹弓射中"国代表"和四老爷的马,让马失惊。

江措大头目:我问询过把守暗门的值哨,那一夜并没有人通过暗门进卓尼地界,那这个人一定非常熟悉周边地形,绕过暗门抄了小路进红石崖。

南杰嘉波:密切关注那个女人的动静,不要打草惊蛇。

江措大头目:沙楞码头频繁出入地接应木材的那个……

南杰嘉波和江措大头目说话的声音小了。阿妈急得脖子一抻一抻的,就看见总管端着一碗汤药屁颠颠地从那扎那走过来,怕吹进沙子,一只袖子遮着汤药碗。阿妈向总管招了一下手,示意他把碗交给身边的青冈。

青冈端着汤药从耳房慢慢地走近大堂。

沙楞码头上的那个人……南杰嘉波和江措大头目没有察觉到有青冈从耳房走近。

端着汤药的青冈说，他们是同一个人，他们肯定是同一个人！

空中一个闪电过后就是一声闷雷，眨眼间噼哩啪啦的声音从房顶从地面从更远的地方传过来，像有一万匹马从天上踏下来，整个船城仿佛要塌陷了。

白雨！杏子大的白雨！桐树的枝叶瞬间落地，站在桐树上的马鸡扑哧扑哧掉下来。掌嘎里所有长着嘴的都哭爹喊娘乱成一锅粥。

11

硬着头皮下了山的喇嘛保肚子里像有马驹子叫。他不敢进船城。刨开地皮寻了些蕨麻塞到嘴里，饮了几掬洮河水，敞开肚皮晒了一会儿热头，力气才像虫子一样爬回身子里。

喇嘛保是卓尼的看雹人。喇嘛保为什么是看雹人呢，因为他死去的阿爸是看雹人。每年雨季到了的时候，喇嘛保就在古雅山上结庐而居。青稞快熟时，雹最猖獗。藏区有雹走旧路的说法，就是说去年雹子从哪条路上来的，今年十有八九从老路上来了，仿佛这雹子是一匹老马或者一个念旧情分的人。当雹云拱起的时候，他就要判断雹子从哪条雹路上来，雹路不同雹子的凶险程度不同，套路也是不一样的。从锅底上抹上一把黑灰，往手心里吐一口吐沫，把一张脸抹得锃黑瓦亮。再把一头乌云黑发散开，扬起，打起嘹亮的铙钹。披发跣足，口念咒语，张牙舞爪，捶胸顿足，面目狰狞。他点了雹的死穴，雹畏惧了，妥协了，就改道别处或者化为和风细雨，彼此和解了。可怜的喇嘛保有一半的时间是幸运的。幸运的喇嘛保喝退雹子后，就摇摇晃晃地从山上下来，可怜人耗尽了所有的精气，再没有了悲壮的力慨。他面目黧黑，形容枯槁，他真的饿了，身子比空了的炒面口袋还要轻。他把头上的烟筒帽拿在手里，摸出里边藏着的一块羊骨拐大小的干肉，打着火镰，把肉烤一烤，鼻子凑上去嗅一嗅，再用渗出油的肉在嘴皮子上来来回回蹭几下，把肉扔进嘴里咬牙切齿地咀嚼。他回到他的墙包房，牵起他的瘦驴，披上褡裢，吆喝来那只看家的土拨鼠。他虔诚地端着烟筒帽，挨家挨户去收一升青稞的雹子费。他说，别家给的肉都吃烦了，你看这嘴皮子油渍麻花的，你家青稞只长着一头穗儿，就少给点炒面酥油吧。运气不好的时候，雹子没买他的账，他的烟筒帽空空如也。有时他也蹭到人家里念念白经，为人祈求平安攘灾去难。可是多半不招人待见，别人不待见多半是因为长相。由于他降雹时总是做出面目狰狞的样子，渐渐地长相就变了。掌嘎里的老人说，喇嘛保小时候长得不是这个样子啊，他长着一张酥油嘴巴，见人说人话，真惜疼呢。念白经的人家不待见，他就去念黑经的人家。黑经是降魔镇物咒人灭亡的，他在哪一家念了黑经，想做白经的人家就更不待见他，因此他经常是孤独的。要么他就蹴在嘛呢康的墙根下，烟筒帽套在一只膝盖上，晒太阳，打喷嚏，打哈欠，放屁，打盹儿。下巴瘦得如瓦片，支在另一只膝盖上。

嘛呢康在船城的中心，是十二掌嘎议事的地方，有水打嘛呢，也有锃亮的经筒，人们有事儿没事儿可以念喇嘛。掌嘎里事情，大到赔命价，小到给娃儿喊魂儿，都在嘛呢康。喇嘛保靠在嘛呢康的墙上打瞌睡，墙都让他靠热了，感觉自己是个有依靠的人。当然更多的时候他躺在草地上，看天上的云，看天上的星星，看天上的雹路。对于看雹人他应该最仇恨雹子吧？不是，他对雹子充满敬畏之心。如果南赡部洲没有了雹子，看雹人阿么活呢？他经常和天上的云说话，不知道哪一朵云会变成雹，他的眼神有时愤怒有时讨好，那颗孤独的心啊，想对每一朵云彩恩威并用。他也想他的阿爸，传给他手艺的那个人。同时他更需要一个女人，给他生出下一个看雹人。因此啊他对生活充满了希望。一个对生活充满希望的人心跳得就特别有力，像有个小拳头咚咚咚地砸，这时他就想起菩萨女儿，他就嘎嘎嘎地笑。他摸着胸前的嘎乌，对着天上一朵漂亮的云彩喊：

给我的嘎乌找个伴儿啊
给我的嘎乌找个伴儿啊

只是肚子叫的时候有点惆怅。百灵家阿妈，百灵掌嘎的活菩萨，可怜儿子死在了外面。儿媳妇菩萨女儿侍候他们茶饭，整日抬头不见低头见，觉得对不起儿媳菩萨女儿，所以老两口就离开掌嘎，到古雅山看林子。人们就管他们叫看林人和看林家阿妈了。喇嘛保的阿爸出兵马前给看林家阿妈托付过，如果他死了，就把喇嘛保过继给他当儿子。喇嘛保下山的时候，看林家阿妈就在掌嘎外等着他呢。

喇嘛保娃，饭吃了没有？

……吃了！

吃的什么？

……吃的是阿乃日扎神山上的风，呼呼呼啦啦啦。喇嘛保鼓着腮帮子像一只风囊。

看林家阿妈掏出怀里的油股说，赶紧吃上，我的娃，吃饱了，去帮菩萨女儿铲羊圈吧！

噢嘞噢嘞亲亲的阿妈！可是我阿么好意思进船城呢？青稞让雹打了！

掌嘎里的人看见他就喊，喇嘛保，你的屁股还疼不疼了，雹子没把你的多脑砸烂吗？

喇嘛保，来我家收保费吧，给你准备了一箩羊粪蛋。

因为汉人在河滩地种羊毛的事儿，他被打烂了屁股，他摸一下后面，还是疼着。他的屁股瘦得聊胜于无，心里还是疼着。他是由衷地讨厌汉人的，在他想来，卓尼的地皮上长多少青稞长多少牛羊长多少树木，是神给的一个定数，这些刚好养活这片地上的人。看见下巴子们在地头吃饭，他振振有词：你们的嘴们来了，我们的嘴们就空了！下巴子们脾气好，对着他笑，笑话他哩。我们没来卓尼的时候，你喇嘛保的肚子也是空的，因为你没有长手，只长了哇哇乱叫的嘴。喇嘛保生气了，一脚踢翻了地头上的饭罐子，泼出了一罐子菜汤，绿汪汪的。踢了饭罐子是汉人最忌讳的，即刻就有人把他一脚踢踹进暗井里——汉人就着地头挖了井，能喝水也能浇地。喇嘛保伸出湿淋淋的多脑，直着脖子喊：下巴子，头口（牲口），吃草的货！

喇嘛保气不过也打不过，生闷气。他还是想不通，他们为什么要在地上种羊毛。羊毛应该长在羊身上，青稞应该长在地身上，地里种羊毛，羊毛就占了青稞的地方，天不高兴了，能不下白雨（雹子）吗？他明白官寨的意思，学汉人种地的样子，精耕细作，可是撅起屁股干实在是太累了，累了就饿了，饿了吃得就多，长出来得多，吃下去的也多，那不等于白干么。但是扪心自问，他真的讨厌汉人吗？讨厌汉人穿着的细葛布衣裳，讨厌他们锅里香油辣水的长饭吗？讨厌汉族女人雪白的面皮、身上胡麻油的香味吗？不是，不是，他心里其实是嫉妒。

肚子饿其实不是最难熬的，最难心的是天上的雹子越来越不听人话，越来越胆子大。最近的这一场雹灾，正值青稞熟的时候，一眨眼的工夫，青稞烂在了地里，让他失尽了颜面。开春时，名叫"肚里黄"的青稞种子好不容易在带着冰碴的土里发了芽，挣死扒活地抽穗灌浆。越到成熟的时候越怕，怕功亏一篑。人们整天提心吊胆，怕雹子怕雹子，娃生在地里了，能不怕么？今年干旱，青稞瘦着，近八月了，伸出手用拇指和食指捻，粒子还像饿肚子的虱子。盼着穗子赶紧黄，再等两天再等两天，粒子不饱满就割了，终究是不死心。俗话说，八月的青稞，黄不黄割过。人们开始磨镰刀了，寺院的喇嘛们呼呼啦啦从寺院里出来，拉开架势念经了。各家都把犏牛犏雌牛喂足料，拿出了牛轭。牛轭上的颜色淡了，请来巧匠在上面涂金描彩。各家开始预定"拉代"（搬运的车把式），如果慢一步，干散的拉代就被别人家请走了。寺院的铜锣"咣""咣""咣"地敲响了，收割的仪式开始了。喇嘛们走向地头，镰刀们走向地头，可是眨眼间，船城的天空有一片黑云飘过来，起初人们以为是一只鹰，一只大鹰，翅膀遮天蔽日。人们看着天呼呼呼地叫起来。

本来已经大功告成的喇嘛保靠着白石头打了个盹儿，甚至梦见了船城里的人往他的烟筒帽里放酥油疙瘩，都盛不下了。雹来得太急了，没有任何征兆，怕处就有鬼，鬼就来了。这次雹没从任何一条雹路上来，而是天兵天降，轰隆一声，放一个屁的工夫，青稞的脑袋们就落了地。野地里的牛羊没遮拦，多脑直往地里扎，如果牛羊会说话，一定都在哭爹叫娘哩。

巨大的惊吓过去是巨大的绝望，巴望了一年的眼睛流不出一滴眼泪。

船城人看到南杰嘉波和江措大头目的坐骑走向洮河两岸，怕马蹄在泥泞里打滑，马蹄上裹了毡氆。他们匆匆忙忙的身影，更增加了人们的恐惧。船城里的人围住官寨，望着官寨高大的义仓，看着官寨木楼上的嘉波阿妈嗡嗡嗡地转嘛呢。总管甩着蝇刷了呵斥着，慌个啥，雹子打了青稞穗子，也没把卓尼川的地打漏了，明年地上还会长出青稞，慌个啥！地上的青稞没了，地下面的芄根和洋芋还在呢，还有蕨麻、虫草，慌个啥！

远远地看见菩萨女儿背着水桶从泉眼上返回来，喇嘛保眼睛变得很亮，即刻像马鸡一样张开了翅膀。他决定狐假虎威，跟在菩萨女儿身后回船城。

路上碰到熟人喇嘛保也不脸红了，还自己给自己壮胆，高声唱着：给我的嘎乌找个伴儿啊给我的嘎乌找个伴儿啊，啊啊啊！有人冲他吐口水，往他身上扔稀牛屎。他就狡辩着，噢……嘞我喇嘛保是领了达汉尕书的人。噢……嘞我喇嘛保是能进官寨的人。菩萨女儿刚才对我说，谁都会有马失前蹄的时候，就是，哦啥就是！大家骂他坏尿，杂疙瘩，就再吐口水。没人相信喇嘛保的鬼话。

菩萨女儿穿着三格毛新娘袍子，头上戴着徐如斑玛帽，脚上蹬着连把鞡子靴，脑后的阿珑银钱一直垂到腿弯。她的这身三格毛新娘装每年的这个日子都要穿一次，每年要做一次自己的娜扎（新娘）。她背着水桶，牛毛绳绳牵着獒。菩萨女儿是个心灵手巧的裁缝，每到换季她就到官寨做乌拉。嘉波老爷和嘉波阿妈喜欢菩萨女儿做的汉服和藏靴。

菩萨女儿喜欢汉人阿嫂，他家的男人在河滩地上种汉人的棉花，就是喇嘛保说的，草上长出的羊毛。卓尼川不适合种棉花，他们又改种麦子。他们总在尝试，他们总想着把日子过得更好。菩萨女儿向汉人阿嫂学织布，染布。她喜欢汉人的棉布，喜欢汉人阿嫂纤细的手指，喜欢她打哈欠伸懒腰的样子，那是番家的女人学不来的姿态，菩萨女儿喜欢。明天她就要进官寨做更季的衣裳，她背水路过汉人阿嫂家，串个门子，跟汉人阿嫂学着做汉服的盘扣。官寨里的嘉波老爷家居只穿汉服。

她知道该死的喇嘛保跟在她身后。他拉着一匹瘦驴，驴背上站着一只土拨鼠，这小畜生一副很受宠的样子，昂着头吱吱地叫。这三个瘦得只剩下骨头的货，看上去还雄赳赳气昂昂的。这三样雄赳赳气昂昂的东西，是看霎家所有的家当。他终年光着脚，他说他的脚等着菩萨女儿的藏靴呢。卓尼川的人都在嗤笑他，他是牛屎在等苏鲁花呢。

喇嘛保紧赶几步跟在菩萨女儿后面说，菩萨啊菩萨你急着去投胎呢？我是惜疼你又不要生吃你，你跑那么快做啥呢。菩萨啊菩萨，我听说嘛呢滩上的尕房子开了银楼，我要把我的金牙拔下来给你打一副金耳环。金耳环你知道吧，嘉波太太的耳朵才配金耳环。

哦对了，官寨里来了个嘉波太太，是骑着一匹漂亮的车巴马进的官寨，是大总管亲自拉了马缰绳拴在马桩上的，啧啧。前面太太的陪嫁丫头即刻就凄惶了，被嘉波阿妈的轿窝子送回临潭。你猜阿么了，少爷和姑娘追着轿窝子跑，哭得闭过气去。你猜最后阿么了，脸蛋儿孃孃低着头出了官寨又昂着头进了官寨，比以前还嬝哩！

菩萨女儿深吸一口蓝色的空气，挪着碎步，身后的银子叮叮当当。今天她走得不紧不慢，她知道喇嘛保光着脚，就专门往石子上走。路过百灵掌嘎的水夫田和牦牛掌嘎的祖业田，她放慢了脚步。水夫田和祖业田本来是连在一起的，是牦牛掌嘎和百灵掌嘎的口粮田。两个掌嘎的人和睦的时候，春天看青，可以出一个看青人就把两个掌嘎的地都照应了。可是现在，两片田的中间长了一人高的草墙，结实得风都不能把它们分开。他们各家的牛羊也不会穿过这片草地往对面的田里跑，这一片是咬人的荨麻草，人畜触碰了，会即刻肿得像猴子的屁股。再看两边田里的青稞，被雹打得蔫头耷脑东倒西歪。指望了一年的粮食烂在地里了。几天前的一场雹灾断送了今年的收成。

只有那些从天边跑来卓尼的汉人，种在地里的麦子在雹来的前一天全部收割了。一开春儿汉人的麦子早早就冒了头，之后就急燎燎地往高蹿，生长得嚣张跋扈，仿佛要长出几个头来。汉人嘛，总是那么急，麦一见黄，一夜间就收进场，仿佛是偷更像是抢。就在几个时辰后，雹就来了，他们的庄稼躲过了劫难。因为他们租着寺院的香火田，香火田没受损失，香火仓满着呢。寺院的阿克们不用担心肚子里的酥油糌粑，也不用外出走布施，在热头下面念经，懒洋洋的。

汉人真是一些怪人，他们晚上点灯熬清油，早上比热头起得早，再种油菜打清油。自从有了大车道，周边那些缴不起粮钱缴不起银钱缴不起草钱的孽障人，还有逃壮丁躲人命的强人，都往卓尼跑。操着各种口音的人陆陆续续来到卓尼，汉人们肩膀上总是扛着镢头，回族肩膀上搭着褡裢。他们盖起了里外都是土坯的房子，更有意思的是他们的房子都有一个院子，方方正正，仿佛那是他们的官寨。他们铜锅里煮着草，房子里点着灯。如果藏人的锅里煮着草那一定是药。而汉人和回族锅里每天都煮着草，他们说那是菜。藏人吃草是治病的，汉人吃青草是治饿的。在菩萨女儿看来，番家和汉家的最大区别是，番人吃的是肉和乳，穿的是皮和毛。汉人穿的是棉布，吃的是青菜。单从人们身上的味道就可以辨别，一个是腥膻的，一个是青草味儿的。起初卓尼人把这些汉人当成客人，心里是稀罕的。可是时间长了，发现他们不走了。卓尼地皮上长出的粮食进了他们的粮柜，吃进他们的肚里，生出他们的娃，他们的娃一个个红火圆实的，噌噌噌地往高蹿，几年就能认牛蹄印了。

自从喇嘛保的屁股烂了后，卓尼人也不迷茫了。官寨的意思还不明了吗？卓尼的地皮不是认人而是认汗珠子的。种一桶收十桶还是几十桶全在于人的双手。人家咋干你咋干都不会吗？说实话，船城尕房子多起来之后，卓尼的男人确实没有过去懒了。人学人，人看人么，人家过得比你好，你不着急吗？其实喇嘛保也知道这个，就是嘴犟，手懒。

菩萨女儿走得很快，喇嘛保甩着一双罗圈腿尽着赶，他喘着气说，菩萨啊菩萨，我和索郎四老爷学了几个谜语，你猜猜。"嘴里吃饭，头上拉屎"，你猜猜是个啥呢？

菩萨啊菩萨，我从新城的丛拉给你买了两根大号针，在怀里揣着，腔子都扎出血了。这样好的针船城里的女人见都没见过。针这个东西啊，多了不算是财富，少了可万万不行。你用这样的针给嘉波老爷做藏靴，嘉波老爷肯定得赏你银子。嘉波阿妈更是喜欢你，说你做的袍子才叫袍子，别人做的袍子么叫……叫麻袋，对麻袋。那我们用赏银再去新城买大号针，你再做靴子做袍子再得银子……再说个谜语你猜猜，"墙头一棵草，怕风不怕刀"，你猜猜是个啥？

菩萨女儿突然转身站下了，惊得喇嘛保向后退了一步。獒叫了。墙头一棵草，怕风不怕刀，那是做饭的炊烟。喇嘛保家里很久没有升起炊烟了。菩萨女儿知道喇嘛保不是个坏人，他虽然穷得前腔子贴着后脊梁，可是遇到天争气的时候，烟筒帽里的炒面装不下。他会接济嘛呢康里没有糌粑吃的老人，他会说，糌粑吃上，糌粑吃上，谁都有老的时候，吃不了几顿了。可大部分的时候天不给他长脸，他像一只空口袋在船城里飘。菩萨女儿和掌嘎里的人对他是恨铁不成钢。

菩萨女儿给她的獒取名江措。那个血流成河的夜晚，这只可怜的獒出世了。它嗷嗷地叫着，从母獒身下的一摊鲜血里颤巍巍地站起来，拽断脐带的一瞬，满手血污的菩萨女儿放声大哭。她失去了两个江措，船城失去两个最攒劲的小伙子，两个掌嘎再一次加深了芥蒂。

百灵掌嘎和牦牛掌嘎里的两个江措她都喜欢。百灵江措小她三岁，牦牛江措大她三岁。百灵江措热情，牦牛江措腼腆。百灵江措追着她，牦牛江措躲着她。挖虫草的时候，她把两只最大最胖的虫草放在手心里，端详。她把红眼睛的那只当成百灵江措，把黑眼睛的那只当成牦牛江措，她把两只虫草在手心里摇一摇，向空中一撒开，接住其中的一只。她慢慢收回打开掌心，是黑眼睛的那一只。菩萨女儿的心跳了！从那一刻开始，她更倾心牦牛江措。她和牦牛江措就是这一只吉祥的冬虫夏草，是长在一起的。她把这只虫草放进纯银嘎乌里，挂在胸前，宝贝着。

两个最好的葫芦总得选一个做瓢吧？两个人尖尖总得拔出来更高的吧？百灵掌嘎的男人大多要进寺院做阿克，百灵江措是百灵八班的亲侄子，一定是要进寺院继承百灵八班的职位的。娘乃节，菩萨女儿送了牦牛江措獐子皮翘尖靴，还在掌嘎里放出话去，浪菩萨女儿草房的人必定是穿着菩萨女儿做的獐子皮翘尖靴的人。

可是后来，却是百灵江措穿着獐子皮翘尖靴踏上新鲜的柏木独木梯，走进菩萨女儿的草房。百灵江措对草房里的菩萨女儿说，牦牛江措不喜欢你，他把獐子皮翘尖靴送给我了。他的阿爸给他去上迭长宪家提亲，姑娘的陪嫁是八十头白牦牛。

喇嘛保不死心还是跟在后面。菩萨啊菩萨，你不要死心眼。热头每天都要从东边出来西边下去，碉楼里每天都有男人出来女人进去。两只犏牛配了对，能把大地的肝花翻出来……卓尼不是只有叫江措的才是男人。况且过去的两个江措都没有了，百灵江措永远回不来了，听说他死在了循化。江措大头目永远跟你隔着一箭远，他的心已经交给了迭部的八十头白牦牛。你看看鼋人喇嘛保把啥差下了？你看我"黑黑胖胖，牛牛朝上"，呵呵，这又是个谜语，我是一个黑茶壶，嘴短一点，肚里有酥油呢。白牦牛挤出的是白牛奶，黑牦牛挤出的也是白牛奶……

做百灵家娜扎（新娘）的那一天，菩萨女儿的心飞到了天上。百灵江措改变了主意，不进寺院了，她要做百灵江措的娜扎（新娘）了。百灵家的牛羊撒在山坡上数也数不清，牦牛江措再娶来上迭长宪的姑娘和八十头白牦牛，那两个·掌嘎的牛羊像天上的星星一样多了。说实在的，她更喜欢牦牛江措，可是牦牛江措能娶着比她菩萨女儿更好的姑娘，还带着八十头白牦牛，菩萨女儿心里为牦牛江措欢喜呢！

草原上的犏雌牛，赶到哪里哪里就是她的家。可是当她晃晃悠悠从木耳桥上走近百灵掌嘎，坐上了百灵家的连锅炕，百灵江措的脸上突然长出了狗毛。他把那双獐子皮翘尖靴扔进火盆里，还在火盆里浇了一碗酥油，让菩萨女儿脱了衣裳从火头上跨过去。她才知道，百灵江措根本不喜欢她，他娶她，是为了让牦牛江措难过。菩萨女儿不明白，两个这么好的连手，为什么百灵江措要仇恨牦牛江措呢？

看雹家喇嘛保的驴咴咴咴地叫了，土拨鼠站在驴头上，惊得獒蹖起来。

菩萨女儿说，没有公鸡了驴打鸣呢？你没把雹看好，打了地里的青稞，你到谁家收炒面去？掌嘎里的大小男人都去打草收芫根，女人们打酥油织褐子，只有你喇嘛保甩着四个蹄子到处闲逛悠。你的烟筒帽里自己会长出青稞吗？

喇嘛保讪讪地摸了一下脑袋说，他们做的是地上的活计，我做的是天上的营生。他们做的是人的事情，我做的是神的……

菩萨女儿转过身说，那只有另一个神配你了，你就娶个神坐你家的连锅炕吧，可惜你家连个连锅炕都没有。

看雹家以前是有连锅炕的。到了喇嘛保这一代，看雹人在卓尼的威望大不如前。原因嘛，做不了天的主了，事与愿违，不是人进雹退，大部分时候是雹进人退。还有，外来的人多了，藏人的想法不像过去那么顽固了。娘要嫁人天要下雨，一个百十来斤的肉身怎么能管得了无边无沿的天的事情。你把脸抹得再黑，把铙钹击得再响，天不买你人的账奈何。尤其是那个身上长着牛毛的洋人，把娘胎里的毛带到尘世里来了，所以嘴里说的话南赡部洲的人听不懂。他在木耳桥那边开了个什么教堂，整天看着天预测什么气象。他看见喇嘛保就喊，主啊，救救这个可怜人吧！他的嘴那么笨，总像含着一疙瘩羊骨拐。他拽喇嘛保到他的教堂洗脸（洗礼），还要给他吃面包。喇嘛保知道，吃了人家的嘴软，面包一下肚就得念人家的经了，死了以后一定转成长着毛的牲口了。所以喇嘛保看到罗杰斯就像撞见罗刹了，没命地跑。

因此啊，老看雹人说，这个营生不好做了，给喇嘛保娶个女人吧，好有个连锅炕。可是看雹家家徒四壁，真的连一根针都没有。好在大峪沟的拉毛草不嫌看雹家穷，说成亲后慢慢地补上一套阿珑银钱，就会给看雹家生十二个娃娃，就是阿珑银钱上的十二个生肖。心明的人听得来，这是给一个没有阿珑银钱做了娜扎（新娘）的女人下个台阶。拉毛草是想嫁进掌嘎里来。掌嘎是卓尼川藏民心中的圣地，掌嘎离官寨近，是嘉波的亲戚。即使不是嘉波家的亲戚，能住在洮河边上，穿三格毛衣裳，说着河边话，那就是河边船城人了。船城周围的人是半农半牧的熟番，住土房子的，藏人称作"绒洼"，能做绒洼，是藏人的骄傲。再说喇嘛保的阿爸，他是个好强人，想早一点了这个心愿，早一天抱上看雹家的后人。看雹家终于等来了一个机会。瓜子沟的两个二货脑袋上长虫草了，他们发现了一个长着猪耳朵的儿子娃，便以为真龙天子出现了，就拥立大耳朵娃为"上头"，并自封为左右丞相，对真龙天子山呼万岁。他们集结了上千兵马，自封瓜子沟为安多藏区的"加卡卜"，要一统天下。索郎大头目率兵马出兵平息。看雹家是百灵掌嘎里的人，没有出兵的义务。可是卡车沟头人家不想做兵乌拉，出十头牦牛找替补。喇嘛保的阿爸去卡车沟看了一眼头人家的十头牦牛，在十个牛耳朵上拴了白牛毛绳绳，就跟着索郎大头目上马了。看雹家就会看雹，并不会骑马打仗。他只会挥动铜锣铁钹，他不会拔刀，当然有去无还。

喇嘛保收到官寨的"达汉孕书"和抚恤金，成了看雹家的继承人。用命换来的十头牦牛本应该变成拉毛草发辫上的阿珑银钱和一个连锅炕，可是没有，喇嘛保把自己的嘴里的一颗门牙拔了，做了一颗大金牙。上山镇雹或者去番家念经，总是龇着牙。这样拉毛草就闹到了嘛呢康。到了这种地步，事情本来也可以挽回的，金子比银子值钱得多，把嘴里的金牙抠出来，再换成银子，打成阿珑银钱就是了。喇嘛保说，你个罗刹么，等我把金牙的瘾过了，再给你换成阿珑银钱么，咱们俩就都把人做了么，你急得很咋不站着尿水呢？可这拉毛草性子躁，事情至此，不是阿珑银钱的事了。拉毛草逢人就说，一个男人言而无信，阿么做男人么。她跪在官寨的大门口，抱着官寨的石头狮子，要跟喇嘛保离婚。彼时"离婚"一词在卓尼还有点新鲜，甚至有点时髦，因为官寨里刚发布了一个孕书，领地内哪一对夫妻离婚要缴一串铜钱的离婚税。拉毛草把两串铜钱塞进总管手里，总管推辞着说，一串就够了，一串就够了，可是得另一方点头才能离婚。拉毛草确实是个急性子，她说，我缴两串钱，我把喇嘛保的那串也缴了，我替他把头点了。税也缴了，就算我离婚了，今个晚夕我就嫁给蒙古喇嘛哥。蒙古喇嘛哥说秋后就给我打阿珑银钱，我看他说话算不算数，我看南赡部洲有没有真男人，哈！喇嘛保恼羞成怒，拽着拉毛草头上的一把辫子，转了几个圈，说，赶紧滚蛋吧！我喜欢的是百灵掌嘎的菩萨女儿，我根本不稀罕你，你就是一坨稀牛粪。

菩萨啊活菩萨，你看你今天穿得像个娜扎（新娘），不如我今天就入了你家的碉楼，看林家阿爸阿妈也是我的阿爸阿妈，把他们接回来，我们孝顺他们，咱们百灵掌嘎的人亲上加亲。你给官寨做裁缝，我给官寨降雹，说不准我哪天也能做个头人做个长宪，那咱们的日子，那就是蜂蜜里头搅蜂蜜酥油上头抹酥油……

喇嘛保眯起眼睛摇着脑袋憧憬着，嘴里咂吧着，像吃了香油蜜水的好东西。

菩萨女儿从地上掬起一捧黄土，冲着他脸上甩过去。趁他噗噗噗地吐吐沫揉眼睛，她使劲把他向后一推，可怜的喇嘛保就跌进身后的草丛里。他身后是一堵墙似的荨麻草。荨麻草又叫咬人草，皮肉碰着它马上着火，痛痒难熬。瘦几麻秆的喇嘛保被荨麻草咬住了，嗷嗷叫唤起来。他赶紧擤了鼻涕往脸上抹，这是治荨麻的一个土法子。皮肉受了苦的喇嘛保嘴上不吃亏，他扯着嗓子喊，你这个蹲女、罗刹、油萨玛！我终究要把你这头黑牦牛舔白了！

喇嘛保总是把菩萨女儿的心情弄糟。她抬头仰望古雅山，那里的森林稀疏了。所谓的加卡卜其实就是一些发着寒光的铁，那些铁相中了那些树。那些树长了上千百年，一俟挨上那些铁，瞬间倒地。那些剩下树桩的地方，空落落的，像掉了嘴里的牙，空落落的，让人心慌。好在他们走了，被红石崖的石头砸得屁滚尿流仓皇逃窜，呵呵，树神发威了。对于红石崖的事情，船城人的普遍认知是，犯了树神的人必死无疑。

快到汉家阿嫂的家了。

那些穿着天上白云做成衣裳的下巴子娃，有一个是阿嫂家的，七八岁，吊着绿鼻涕，官名叫王卓尼。见到菩萨女儿，上来拽她的阿珑银钱，跳着脚拍着手唱：

> 新媳妇新媳妇
> 裆里夹着块红布布
> 新媳妇新媳妇
> 裆里夹着块红布布

菩萨女儿的脸羞得通红。

汉家的茅草房变成了土坯房，木头门，双扇。四周围着矮墙，院子的中央，是一个奇怪的东西，像一个锥形的土堆，下面用木头支着，上面还戴着个瓦片帽子。菩萨女儿正纳闷着，又看到了双扇门上一个更奇怪的东西。那是半个拳头大的物件，吊在门上，黄灿灿的，像金子一样闪闪发光。菩萨女儿张大了嘴，汉人是有钱汉啊，门上都吊着金疙瘩。

那是锁子！

锁子？番家的锁子不是这样的，番家小户人家都不用锁子，只有官家或者社仓，才会用番人锁子匠做的木头锁子，像一把汉人的锄头挂在门扇上。

一个声音从菩萨女儿的背后传过来。

菩萨女儿以为喇嘛保又跟过来了。

獒叫了。獒挣脱了主人。菩萨女儿转过身来，看到一个长着四肢的人，头上戴着半截裤腿。獒向他扑过去，前腿架在他的胳膊上，舌头舔来舔去。

菩萨女儿听说过，有一个戴着半截裤腿的候商，来往于卓尼与外面的世界之间。他健壮的马蹄带来女人们用的香胰、胭脂、牙粉、绣花线。掌嘎里的女人害怕他又期盼他。他从裤腿里发出的声音不高，嗡嗡嗡的，像后背上抽过来的鞭子，让人脊梁发冷。

那个人低着头对着獒说，是我把铜锁子带进了卓尼，带进卓尼的丛拉。

菩萨女儿愣着。这个声音在哪里听过呢？

12

急遽的白雨过后是暴雨，天暗得像盖过来一只生铁锅。南杰嘉波和江措大头目离开官寨的时候，慌张的值守都没来得及鸣炮。

洮河两岸的庄稼全部倒伏。煮熟一锅牛肉的工夫，热头就出来了。天气越来越闷热，地里蒸发着热气，散发出粮食沤烂的酸腐。

南杰嘉波和江措大头目站在洮河岸边。

汉人租种的香火田都收割了，麦子茬青稞茬豆子茬齐齐地摆在田地里。成捆的束子扎成垛子，性子急的已经搭上麦架，或者连夜搬场了。汉人是把粮食当成命的，提前磨好镰刀，带上干粮，一到时辰刻不容缓，像一群强盗扑进地里，所以汉人管收割叫抢收。

汉人们出没在田野里，没来得及搬场的垛子摊开晾晒，或者搭上架杆去潮。看不到卓尼人，他们都躲进碉楼里。他们的青稞烂在地里了，不忍心看巴望了两个季节的粮食在腐烂，他们懊悔没有早一天磨镰刀。也许就是请喇嘛念经的工夫，做仪式的工夫，牛轭头上描彩的工夫，如果省略这些工夫，或者提前一天做这些没有用的事情，庄稼就收割了。牛们在坡上吃草，它们是搬场的牛，牛轭上涂红描绿，被雨水打得七零八落，面目全非。此时用不着它们搬场了，自顾低着头吃草。

去往寺院的路上，有人出现了。藏人们不顾地上泥泞，往寺院的方向磕着长头，背上驮着家里仅有的一点粮食一些皮张一些酥油或者一串铜钱送往寺院，求得神的护佑。

卓尼川都绝收了，他们还是把家里仅有的一点家当去做布施。南杰嘉波和江措大头目心酸了。

近几年，卓尼种兵马田的绝户的人家多起来了。一直以来的习惯就是家里的男丁除一个顶立门户外，其余的都进寺院。顶立门户的如果生育旺，家族烟火延续。如果生育不旺或者遭遇天灾人祸，这一门就绝户了。就在前几天，临潭来的汉人吃了木耳次仁家的田地。牛毛绳绳从细处断，次仁家本来人口稀少，次仁夫妇没走几年，唯一的儿子为了一头牛跟人决斗，让刀捅死了。次仁家绝户了。木耳的头人牵线，带一家临潭汉人入官寨，吃田地。

卓尼官寨南杰嘉波签发执照：

  木耳次仁一族绝户，移交兵马田土壹份。有临潭汉民马尕怂在嘛呢滩经营稀油铺小本生意不得维持，愿耕种自足，央头人旺金再三恳求，将木耳次仁兵马田一份准予投食。所有纳粮、出兵、乌拉公差一并承揽，不得有误。房屋许盖不许拆毁，田地不准典卖，倘有不法情事，唯保人旺金是问，保人愿负其责。

               此照
            藏历木兔八月十三

吃兵马田的马尕怂前脚一走，另一汉民在头人引领下匆匆入官寨，又一番家绝户，又有人要吃田地。

　　眼前是一大片树桩，年轮清晰，树心洁白。这些曾经在古雅山生长了上百年的松柏，不明不白地挨了斧头。它们在洮河里跌跌撞撞一路下去，这片土地上的人听到了它们的哀号。看林人看到这一片树桩，疼得闭上了眼睛，再睁开时，他目光涣散，心如死灰。

　　南杰嘉波和江措大头目坐在两只树桩上。在这两只树桩上，他们谈到了卓尼土司领地的属民怎么活下去的问题。比如寺院僧侣待遇优渥，生有男丁的部族对寺院趋之若鹜，顶立门户的越来越少，念经走布施的阿克（和尚）越来越多。卓尼土司领地人口减少，负担加重；比如藏民全民信奉藏传佛教，今生所有的苦都是前世的业障，都是为了修得来世的福报，所以不重现世生存只寄托希望于来生，但是来生谁也没看见，今世却活得苦不堪言；比如天气物候，风雨雷电，只能预防，未雨绸缪，不可能靠某一个人的力量改变天上的雹子地上的霜冻；比如必须改变藏民的生产生活方式和陈规陋习，红笔师爷说，有恒产者有恒心，卓尼土司领地地广人稀，开辟荒野者是否可以拥有私田……可是卓尼土司属民几百年来都是这样活着的，给他们脑袋里装进和过去不一样的东西，他们认为就不是过去的他们了，变成了另外一个人，一些人，不认识自己也不认识别人了……

　　……

　　不远处的山梁的后面，发出呵呵呵的声音，像是在笑又像在哭。南杰和江措看到，百灵掌嘎的看林家阿妈身上裹着狸子皮大氅，向他们一拃一拃地挪动着。大氅宽大，人瘦，身子在大氅里晃荡着。她手里还牵着一匹马，马头上缠着红色的牛毛绳绳。这匹马皮毛油光水滑，昂扬地举着头，像一个被女人宠坏了的新郎。这是一匹放生马。马太高，人太小，可怜的看林家阿妈真的像是一只狸子。看林家阿妈丢开缰绳，那匹骄傲的马头也不回地跑了。

　　看林家阿妈呜呜呜地哭起来，追着马哭喊着江措江措……阿妈跌倒了。

　　江措大头目赶紧跑过去把阿妈扶起来，扶她坐在一个树桩上。

　　看林家阿妈看到了南杰嘉波和江措大头目。她赶忙把头发往脸前拽，可是头发太稀了，遮盖不住她的老脸。卓尼嘉波的属民在见到嘉波头目和上师的时候，要把头发散开遮住脸面。看林家阿妈说，呵呵呵，给南杰老爷行礼了，给江措大头目行礼了……你们主仆好得一个人似的啊，你们好着呢，活着呢，可是，呜呜呜……那一匹马，我养了十年，当儿子养的，是准备在我儿子返庄后，送给江措大头目的礼物，这匹马是让他们连手两个和解的……现在用不着了，放生了……一匹再没有用的马，也应该有一条生路啊！南赡部洲每一个长多脑的，都应该有条生路啊！

南杰想起那个风雨如晦的夜晚，牦牛江措身体上喷射出的鲜血。刚刚袭位的南杰嘉波把行凶者永久性地逐出卓尼土司领地，这是卓尼官寨几百年来最严厉的惩罚。可是百灵江措死在了外面，面对可怜的阿妈，南杰嘉波心中愧疚。

江措大头目想说，阿妈，牦牛江措给阿妈阿爸养老……

南杰嘉波想说，阿妈，那时南杰年轻，不知轻重，确实有些过了……

这些话说出来也没有用。阿妈只想念自己的儿子，任何语言无法替代一个母亲想念自己的儿子。

看林家阿妈哆哆嗦嗦地从身上摸出一个东西，她伸出手心，上面放着一只羊骨拐。这是两个江措一起玩耍的羊骨拐，一边涂着红色，一边涂着蓝色，每人手中各两只。这一只是放在嘎乌里带回来的。看林家阿妈托着树桩站起来，摇摇晃晃地离开。

看着可怜的看林家阿妈，两个人心中五味杂陈。江措大头目要到迭部，南杰嘉波要到北山，他们就此分手，一南一北去察看灾情。北山本来应该是索郎四老爷去的，可是四老爷在经忏房里念经。江措大头目上马了又跳下来，与南杰嘉波拥抱。卓尼川上的两个男人的拥抱，像两座山碰撞在一起，两颗心在轰鸣——

南杰嘉波啊，卓尼川上的属民又要过苦日子了，一片凋零的卓尼川，一千多户食不果腹的人，必须要我们结实的肩膀扛起来。

江措连手啊，卓尼土司领地需要我们三个人团结一致，六个肩膀，少一个都有倾覆之虞。四老爷总是让你受委屈，是因为我们俩太亲密，他备感冷落。他是把对我的气撒在你身上，你还须多隐忍。

南杰嘉波啊，我得到卓尼官寨太多的恩泽与信赖，由于我的执拗，百灵家失去了江措，使南杰嘉波一直自责。我想做看林家阿妈的儿子，可是阿妈看到我心里会更难受，我无所适从……我只有做得多一些承担得多一些心胸再开阔一些，才能消弭我内心的不安……

他们望一眼远处的山峦和草地，卓尼的天太低，地太厚，河曲马在风里飞，羊群在天上飘。骑马的汉子刀鞘里的刀在韬光养晦，番家的女人们像蝙雌牛，从热头一出来，她们就拖着结实的身子，夏窝子里挤不完的奶，冬窝子里织不完的毡子。他们望一眼官寨，那里有阿妈在木栏上眺望他们。官寨里有吹口弦的青冈和做裁缝的菩萨女儿，她们怀着对南赡部洲的热爱，无怨无悔。两个如此美好的女人，像一季长势喜人的青稞没有人收割，像一片肥沃的谷地，放荒了。

阿妈站在木楼上，目送南杰嘉波上了上卓梁。地是泥泞的，琼雪的四蹄飞起来没有激起烟尘，这让儿子很快走出了阿妈的视野。阿妈念经的声音转为啜泣，楼下传过来嘈杂的声音。

又是那个四老爷。青冈穿上进官寨时的藏袍，头上按了一顶狐皮帽，下楼，她打算给索郎四老爷治治病。

卓尼川上的四老爷，青冈是知道的。四老爷是个有本事的人，北山骑兵队骁勇善战，是四老爷训练出来的。卓尼官寨出兵打仗的时候，北山骑兵是先锋，朱扎七旗兵马是护翼，二者珠联璧合，所向披靡。索郎四老爷经常出入朱扎七旗，是朱扎大总承的天呢。

朱扎七旗在洮河南岸卡车沟，背靠迭山，面向船城，卡车河淌过六十多个村落，上千户人家。与其他几十个旗不同的是，朱扎七旗是大总承制，是从乾隆爷时定下的规矩。就是每年六十多个村落千户人家的租税要缴到大总承那里，由大总承缴卓尼官寨。大总承的产生不由嘉波认定，而是通过选举。每当轮选大总承的时候，索郎四老爷就到了朱扎七旗。索郎四老爷的马拴在哪个旗的拴马桩上，哪个旗的哪一户的哪个人很快就当上了大总承。选举的仪式是庄严的，九个旗的有头脸的威望人从卡车河走来，唯索郎四老爷的马首是瞻。抱着索郎四老爷的翘头藏靴磕了头，从袍子里哆哆嗦嗦地掏出一块绿松石，放进一只奶桶里。这只奶桶是多吉家的，多吉就是大总承，奶桶是扎西家的，扎西就是大总承。做了大总承的人抠一疙瘩酥油抹在拥趸者的额头上，就算封住了他们的嘴，就算对神发了咒，对此事守口如瓶。

没有不透风的墙。仁钦曼巴阿爸给朱扎的一个丢了瞌睡的人去看病，施以催眠术后，病人的瞌睡找回来了。这个病人直睡了一天一夜，不停地说着梦话，就把绿松石的事情说出来了。原来绿松石是有人提前发给他们的，并对他们做了暗示。能得到绿松石的人都成了各个旗的小总承，像一串蚂蚱和大总承拴在一根绳子上。仁钦曼巴阿爸很伤心，朱扎七旗善良贫穷的人不会有绿松石，因此他们不会成为朱扎的大小总承。时任大总承是什哈村的多吉。这话传到了多吉大总承的耳朵里。有一次索郎四老爷到什哈村着了风寒，直喊胸窝疼，大总承找来了仁钦曼巴阿爸。仁钦曼巴阿爸用尿诊判断他得了什么病。这时大总承在四老爷的耳边说了什么，大总承便强迫阿爸品尝四老爷的尿溲，说，给四老爷诊病不能用眼睛得用舌头。倔强的阿爸被打断了两根肋骨。这样，每次出兵马独生女青冈就代父亲披挂上阵，渐渐车巴沟的人都忘记了仁钦曼巴家还有一个姑娘。

一场白雨过后，整个船城被打蒙了。官寨里的下人猫着腰各行其事，听到经忏房里的四老爷一呻唤，一个个像乌龟缩回了脖子。

青冈顺着声音绕到经忏房，她用一棵桐树作掩护，瞄小经房四四方方的木棱窗子，看到了四老爷一张鏖黑的脸。

四老爷呻唤着，酒啊，酒啊！那个飞扬跋扈的索郎大头目不见了，他的声音是苍老的，一声比一声低，仿佛一个濒死的人叫着自己的魂儿。

青冈想恶作剧。她趱进那扎那，厨娘偎在炉膛前的柴火上睡着了。青冈踮着脚拎了一桶烧锅，顺着墙根儿走到经忏房的窗下，放下酒桶，把酒塞子拔了。孱弱的四老爷闻到了酒香，即刻眼睛瞪成铜铃，翕着鼻子东闻闻西嗅嗅，伸着脖子就看到了窗子下的酒桶。他把胳膊伸出窗外，怎么能够着呢，他干号一声，头往窗棂上撞。

青冈躲在桐树后面，偷笑。你四老爷也有今天啊，这酒是用眼睛看的，不是用舌头咂的，好酒啊好酒啊，顶风十里香啊！青冈心里实在是窝曳，攀上一个树杈，用双脚钩着倒挂下来，忽悠忽悠地打秋千。片刻的工夫，倒吊着的青冈听到了一个声音，吧唧吧唧的，从木窗上传过来，好像是舌头打着腮帮子吃着香油辣水的好东西。奇怪了，四老爷的胳膊就是根树枝也不能长得那么快。她从树杈上翻下来，朝着窗子定睛一看，四老爷正抹着大胡子上的酒水，已经喝饱了。她猫着腰，顺着墙根溜过去，酒桶空了！

青冈纳闷着，就听到哐当当的巨响。索郎四老爷有如神助，几下就把木门撞开了。青冈知道闯祸了，吓得呆若木鸡。四老爷摇摇晃晃地出来，完了，他伸出两只手就能把青冈当一根树枝撅断，青冈在心里叫了一声阿爸就闭上了眼睛。

一股酒气冲过来直扑到青冈的脸上。娃子，你是哪个掌嘎的？你救了四老爷，回头来给爷当戈什。他还在青冈肩膀上拍了一巴掌，青冈咧了一下嘴。四老爷晃着身子进了马号，总管连滚带爬跟在身后说，四老爷，四老爷，今儿才是朔日……总管的意思是四老爷七天的禁闭还没有住够。四老爷在老总管的脚下甩了一鞭子说，什么朔日望日，船城不能一天没有大头目，船城的天塌下来你顶着呢吗？你这个狠心的老旱獭，我要了一整天的酒你耳朵长到屁眼上了吗？老总管赶紧搬了马凳放在马肚子旁边，请四老爷上马。四老爷说，老旱獭，你说今天的船城里谁是你的主子？总管说，今天嘉波不在船城里，天是我的主子。这句话索郎四老爷问他不是头一次，他这样回答也不是第一次，彼此说的都是一句废话。索郎四老爷说，你说的是屁话，爷要处罚你。你是给爷当一回马凳呢，还是挨爷一马鞭呢？大总管没有说话，把屁股调给四老爷，把皮袍撩起来。索郎四老爷一踹马镫，走了。

虚惊一场的青冈端起那只酒桶，酒桶里真的一滴酒都没有了。阿尼闹，这酒长上了腿跑进索郎四老爷的嘴里了吗？

螳螂捕蝉，黄雀在后。在另一棵桐树后面，脸蛋儿撇着嘴笑呢。青冈的心一沉，闯下祸了，她的一举一动都被仇人脸蛋儿看见了，阿尼闹阿尼闹，嘉波太太恐怕做不成了！

多年之后，青冈已成了嘉波太太，她经常着男装随着索郎阿古出去打仗。宿营酒酣时，索郎阿古唤着"侄儿"，经常一巴掌拍在她的肩膀上，她就疼得咧一下嘴。多年之后，索郎阿古要离开南赡部洲了，他说青冈侄儿呀阿古要走了。从他第一眼看见青冈起，就没有把青冈当女人看，他把她当南杰侄儿的兄弟看待，当另一个侄儿看待。弥留之际，青冈摇着他的肩头喊，四老爷醒醒四老爷醒醒，你不能死，聪明的天上的四老爷，永远不能死！四老爷醒醒啊，青冈有话要问你，木虎年那场白雨过后，你在经忏房里，酒桶在窗子外，你隔着两个奶桦子高的窗子喝了酒桶里的酒，聪明的四老爷啊……索郎阿古嘎嘎嘎地笑，笑，骄傲地笑，他抬起手把腰里的镪氇腰带在青冈眼前晃晃，咽下了最后一口气。

自由了的索郎大头目策马直奔嘛呢滩，那是人最稠的地方，先打听一下朱扎的消息。

汉人们租种的香火田庄稼收割一空，粮食进了香火仓。洮河都向着汉人哩，今年的河水很小，河边的河滩比哪一年都宽阔，汉人种的河滩地平展展的，粮食收得很干净，连麻雀吃都没有留下，汉人的狠不露声色。而卓尼人种的青稞都没有收割，被雹子打烂在地里，横七竖八，都开始腐了。收割前遭雹打的事情在卓尼发生不是第一次，这一次不同的是，只有藏人种的庄稼被雹打了。这狗日的下巴子能掐会算呢。

唉，汉人把人活下了，藏人就没活下个人么！

他的马到之处，人们都回避着，有的弯腰背过脸去，有的干脆急速走开。他能看得出来，人们是忧伤的，这让四老爷心里也涌起了忧伤。船城里的人怕四老爷，更何况他今天刚从经忏房出来，额头上磕着碗大的包，一脸凶煞。

汉人种着藏人的地，汉人收了粮食藏人饿了肚子，汉人这不是抢吗？哼哼，四老爷会把属于藏人的东西抢回来。想到抢，一股力量或者激情从脚底升起直冲脑门囟，让他喉咙焦渴，他想喝一口水。

洮河边上，一个女人正在洗脸。她穿着簇新的三格毛长袍，红色的斑玛帽，健壮的身姿显得红火圆实。待女人转过脸来，脸色黑里透红，乜着眼睛看她。索郎四老爷在马背上摇摇晃晃地说，大胆民女，还不赶紧给四老爷行礼，还不赶紧给四老爷敬一碗茶来？女人提起身边的水桶朝着四老爷泼过去。四老爷抖了抖大胡子上的水，清醒了。哟，这不是自己家的婆娘么。四老爷这才想起他是个有婆娘的人，他溜下马扑倒在婆娘身上，哎哟老乖乖，想死你了。

索郎四老爷从婆娘的袍子里钻出来，便看到了一个人。

喇嘛保让荨麻草咬了，脸肿得像个驴蹄子，又遭菩萨女儿不待见，心里自然不高兴。他拐了一个弯，想去连手家去喝个哑酒。不巧连手的碉房里没有人。没有人就没有人，连手可能到丛拉换粮食了。可是让他不高兴的是，连手家的门关着。连手家的门关着也不要紧，怕牲口拱开或者风吹开，要紧的是连手家的门上挂着一把锁子。连手是个种香火田的，没有牲畜，代种着寺院的几亩二阴地，还了寺院的种子和粮租，最多赚得一季的糌粑。到了这个季节，米柜里差不多已底朝天。只能到丛拉做个牙子，给四川来的川客子和当地的番家说合个牲畜买卖，中间拿一串牙钱换粮食。他的腿跑得很细，但是家里最粗的还是他的两条大腿，任何长腿的东西都没有。可是他很好面子，出门前会用酥油抹亮嘴皮子，碰到熟人，赶紧用舌头撮着牙花子，发出嘣嘣啪啪的声音。所以啊，他把一把锁子挂在家门上，纯粹是为了显摆。大车道没有伸进卓尼之前，藏人是没见过金属锁子的。住牦牛帐篷的，门上最多拴着牛毛绳绳。住碉房的，门上别个木头橛子，都是防牲畜和风雨的。至于官寨，官门里边用的是合抱粗的顶门柱，里边三从四仆，守门打更，永远有人的，外面自然不用锁的。只有官寨的义仓有一扇结实的木头门，木头门上有一把大木锁，是番家锁匠做下的，在祈愿大会上开了光才装在了义仓的大门上，像个木头橛子顶在大门上，占了筛子大的一块地方。船城的人都知道，斧子那么长的一把钥匙放在阿妈的枕头底下。在喇嘛保看来，木锁这玩意儿是聋子的耳朵骒子的屎，纯粹就是显摆的。船城的人就是要饿死了也不敢伸手去动义仓的大门，卓尼领地以外的那些人想动义仓的粮食，一把火连大门烧了，谁还有工夫撬你的木锁。喇嘛保站在金光闪闪的锁子前，还是四顾茫然。如果他到哪个连手家喝个酒，或者去收个保费，连手家里没人，他完全可以进去坐下来，先喝一碗茶。可是如果到了门口看到这个劳什子挂在门上，就表明主人把你当成贼了。他很生气，他没把雹看好，雹打了青稞，相当于他把青稞偷了，这锁子是防他喇嘛保的。他伸出手在他的瘦驴脸上扇了一个饼，驴不服还尥了个蹶子。土拨鼠就跳到他的肩膀上。喇嘛保不死心，走上去，想把锁子拽下来。他的手在锁子上摩挲，摩挲，心想，好东西啊，沉甸甸亮晶晶的，如果这是一疙瘩金子，能打多少个金牙呀。一把钥匙一把锁，用这把钥匙就开不了那把锁，这玩意儿不知道是下巴子发明的还是毛子洋人发明的，总之不是藏人发明的，藏人不会动这个歪心思。藏人非要得到什么东西只会去抢，不会去偷，而这个孽障东西只能挡得住贼。物以稀为贵，和所有的藏人一样喇嘛保喜欢金属，那锁子让他摩挲得出汗了。唉，东西是个好东西，但也是个惹人的东西，谁到你家来谝旦工（说闲话）看到门上吊着这么个东西，心里能窝曳吗？他拉着驴转过身到洮河边饮驴，水很清。洗脸的时候他发现，他的脸上胖乎乎的，像官寨里的大总管，大总管脸上冒出的油能拌一碗糌粑。他对自己的脸非常新鲜，呵呵呵地笑起来。再转过身来，便看到四条粗壮的马腿，和两条健硕的人腿。

树活的是皮，人活的是脸。你还有脸活着？

喇嘛保赶紧趴下，脸埋进土里。

天上的四老爷啊，我的脸埋进了土里，我的脸已经死了，你就饶了我这个死人吧四老爷！

天上的四老爷！真窝曳！四老爷看到喇嘛保撅起来的屁股瘦得像两把三棱刀，心生怜悯。喇嘛保的阿爸跟着四老爷出兵打仗，死在了黑番地，留下这个孤单的娃子，再细也是一条根。这娃子把我四老爷当作天呢，天上的事我四老爷都管不了，一个娃子能管得了吗？于是他口气缓和下来，说，这几天南杰侄儿孝顺我，我在官寨里喝酒吃肉昏昏然。你给爷说说，最近这几天有什么新鲜事？比如有没有听说，朱扎的兵马护卫江措大头目出去打仗，仗打赢了没有啊？

喇嘛保把嘴从土里露出来，眼珠子在眼眶子里转了几圈说，天上的四老爷，朱扎的兵马怎么样小的不太清楚，倒是船城里有很多新鲜事儿呢。古雅山上砍树的"加卡卜"原来就是狄道的一些贼娃子。外面可乱了，拿着枪的就说是什么"加卡卜"，想抢就抢想砍就砍。掌嘎里的人都说，他们惊动了我们的神山圣水，在红石崖遭了现世报，被崖上的石头砸得屁滚尿流，吓得魂儿都死了，跑了的是肉身空壳子。

喇嘛保嘴角喷着吐沫沫子，跪着向索郎四老爷靠近一些，一只手捂在嘴角上说，聪明的四老爷啊，红石崖上的嘛呢石一直都在红石崖上呢，阿么就自己掉下来了，小的心里最清楚，是……是……江措大头目让那些石头掉了下来……

索郎四老爷不高兴了，这个大快人心的事情是江措大头目干的，让他心里不窝曲。他鼻子哼着说，你看见江措大头目让那些石头掉下来了？小心爷割你的舌头！

喇嘛保在自己的腮帮子上扇了一巴掌，地上抓了一把土塞进嘴里，自罚。

索郎四老爷说，听说还有一个女人？

噢嘞噢嘞，还掉下来一个女人，住在嘛呢滩了。大总管传下话来，说她是一个受害的民女，谁都不能动她一根毫毛。这女人真是个罗刹，她没穿裤子，半截子屁股在外面露着呢。她在客栈边上开了个面馆，听说她在雪白的大腿上和面呢，一碗面要二两银子呢，那面可能是银子做的，香塌脑门囟呢！

索郎四老爷笑得嘎嘎嘎。说，你吃过吗？

喇嘛保说，小的哪有钱吃她的骚情面，小的有钱只会给菩萨女儿打阿珑银钱，小的喜欢菩萨女儿。

索郎四老爷说，你把雹看到青稞地里了，船城的人都嫌弃你呢，还有女人跟你？

看着四老爷的脸色好了，喇嘛保的胆子也大了，他跪着向四老爷的马腿蹭近了一点，说，天上的四老爷啊，这次的雹子没有从雹路上来，是从天而降的，这是天神惩罚卓尼的汉人呢。他们不念经就动土，他们在河滩上种麦子，河滩是水神的，他们用麦子占了水神的地方，水神能不怒吗？他们还在地上种羊毛，他们不让寺院里的喇嘛念经就动镰刀，那镰刀是铁，不念经就动铁器，天神能不发怒吗？天上的四老爷啊，天上的四老爷啊，天神水神都发怒了，小的一个看雹人能撑得住天撑得住地吗？

四老爷抬头看了一眼汉人家的苫子房，院子里的粮仓高到天上去了。

索郎四老爷眉头上挽了一个疙瘩，他说，你给爷起来，一个个的尻包，门牙上打马掌子嘴上的功夫。你们身上的骨头是树枝吗，你们的脖子上长的是尿罐吗？你们的拳头是土坷垃吗？

喇嘛保愣了一下，马上明白了索郎大头目的意思。他叩着头说，小的是官寨的看雹人，身上流着卓尼族的血。小的可以把脑袋提在手里去投胎，可是小的在南赡部洲就是放不下一个人，那就是百灵掌嘎的菩萨女儿……

索郎大头目瞄了一眼喇嘛保的一双赤脚，嘴角现出鄙夷。他说，真没出息，你是掌嘎里的看雹人，她只是掌嘎里的一个寡妇，油萨玛。好了，你只要做一件让爷满意的事情，爷会给你指婚，你就把你的鼻涕擦干净吧。

喇嘛保瞪着眼睛愣了片刻，随即叩头，感激涕零，哇哇地哭。再抬起头，索郎四老爷的马走了。他爬起来，跟在四老爷的马屁股后面跑，一路上的人纷纷闪开，一派狐假虎威的阵势。马蹄腾起的灰尘即刻让他一头黑发变得灰白。进了丛拉，马蹄慢了。他看见菩萨女儿和官寨里的侍女脸蛋儿进了嘛呢滩。看见他的连手们包括碉房门上挂锁子的那个，在丛拉里逡巡，可能是想趸摸一点什么。

他的眼睛开始寻那个汉人地主。

13

丛拉越来越大，尕房子们的店铺沿着卓尼大寺下面的坡地一字排开。坡上面是裁缝铺、车马店、杂碎店、稀油铺子、烧缸坊。坡下面是骡马会、唱戏台，最下面是铁匠铺和屠宰场。在藏人看来，铁匠和屠夫是下等的，下一世要转成畜生的。铁匠打了铁，屠夫用铁屠杀牲畜，这是对生灵充满预谋的两个营生。冰冷，血腥，他们倒是一对好搭档。所以铁匠铺子和屠宰场在偏僻的地方。

那些做生意的尕房子永远是比热头起得早。卓尼大寺的金顶一涂上阳光，他们就升灶开斛，叫卖声喊得山响。在船城里做生意的人，分为坐商和候商。坐商就是长年生活在船城的做生意的"尕房子"，候商是随着季候来船城做生意的人。主要有从临潭临夏来的回商，他们大多赶着走骡，货驮子架在宽大的骡背上，四平八稳。还有从北边库伦和阿拉善来的鞑子客，大多赶着骆驼。库伦的蒙古人叫喀尔喀，他们称白人毛子为"俄罗斯"，所有白皮肤蓝眼睛的人都叫"俄罗斯"。他们带来的俄罗斯玻璃头绳，四肘长，就要五张羊皮。他们带来的面包，又黑又硬，像羊圈里的粪砖，甩开来能打死人，也要一筐药材。

寺院旁边的嘛呢滩是约定俗成的丛拉，坐商和候商在这里会集。见了面行礼作揖，双手放在前胸，不停地晃动，宝号？贵姓？意思是商号叫什么名字，本人是什么姓氏。在番家眼里，汉人是斯文的、含蓄的。他们把双手叠加手心内向，一脸的客套。就是做生意谈价钱，也是把手筒在袖子里，在里边掰。而藏人致礼时，躬身颔首，双手摊开，露出真诚的手心。汉人和回族为什么要捂起手心呢，多半是他们的手心里攥着银子。他们为什么在袖筒里掰价钱呢，那是他们赚了黑心钱，人不羞，钱还羞呢。喇嘛保这么想。

这是嘛呢滩的八月集日，船城及周边倾城出动，从上卓梁到嘛呢滩人山人海。空气里漾着花椒味道，那是女人们把箱底的漂亮衣服穿出来了，花椒是藏衣服的时候裹在里边打蛀的。卓尼的女人们着三格毛衣饰，集满藏汉为一身的艳丽衣袍，俏丽的石榴帽，三根发辫后缀满银质生肖和珊瑚松石。她们走到哪里都五彩缤纷，环佩叮当，仿佛一场大戏开演了。

阿拉善喇嘛在叫卖毡窝子和喇嘛帽，嘴里喊着：毡疙瘩！毡疙瘩！拉着瘦驴的喇嘛保站下了，直着脖子说，你们说什么你们说什么，你们骂谁是"杂疙瘩"？喇嘛保要跟汉人下巴子找事。他坚信汉人种羊毛。他的屁股因此再烂十次也不会改变这个看法。还有，他从汉人那里根本收不到保费，他们对他嗤之以鼻——怎么？你是看雹的？你的手那么长能管得了天上的事？他也讨厌阿拉善喇嘛，他前面的婆娘跟一个蒙古喇嘛相好着呢。他对阿拉善喇嘛瞪起了眼睛，要撸胳膊抹袖子。露出来的胳膊细得像根棍子，他挥动两只胳膊的样子像一只立起来的蚂蚱，惹得阿拉善人笑弯了腰。

阿拉善人算是卓尼人的亲戚。第十一代卓尼嘉波迎娶阿拉善公主香曼，由于阿拉善与中原王朝的世袭姻缘关系，香曼的陪嫁是宫廷里的瓷器。卓尼嘉波曾派活佛到阿拉善创建索莫（蒙古语寺庙），僧人喇嘛来往不绝，最终有些阿拉善人变成了戴着喇嘛帽的骆驼客，来往于蒙古与卓尼之间。这些喇嘛只是戴着喇嘛帽，时而也到寺院里念经，嘴上说自己是喇嘛，除了那半肘长的脑袋戴着喇嘛帽外，别的地方干的都是俗人的营生。他们尤其喜欢卓尼的姑娘，卓尼人说追姑娘叫谝姑娘，对，他们最会谝姑娘，就用一根俄罗斯头绳或者一块香胰子。

喇嘛保心里不窝曳脸色就阴沉，挂着霜。阿拉善喇嘛手里提着一只毡靴在喇嘛保眼前晃着，毡疙瘩，毡疙瘩，听清了吗？哦，原来是毡疙瘩，不是骂人的"杂疙瘩"。这真是一只好毡靴，白白胖胖的，蒙古鞑子的地方可能比卓尼冷，脚装进这样的毡疙瘩里头，踹进二尺厚的雪里也会暖和得孵出鸡娃子。他挪挪一双光脚板，有点痒。一到冬天，他的脚上长满冻疮，肿得像个蹄膀。他咧开嘴舔了舔牙花子，露出一颗大金牙。蒙古喇嘛好像挺喜欢喇嘛保，又拿起一只喇嘛帽扣在喇嘛保头上喊，喇嘛的帽子，一屎号子，喇嘛的帽子，一屎号子。意思是喇嘛的帽子不分大小，比喻两个物件不相上下。惹得喇嘛保嘎嘎地笑。看到女人们过来了，喇嘛保赶紧捂住嘴，在蒙古喇嘛的耳边说，我嘴里的金牙你看到了吧？我要用这颗金牙娶那个姑娘，就是穿水红考子的那个姑娘。

官寨里的侍女脸蛋儿和掌嘎里的裁缝菩萨女儿，你推我搡，走过来了。今天脸蛋儿心情似乎特别好，到丛拉去，听说那个"裤腿"带来了香粉，据说那香粉比白面还要白，抹在脸上像瓷人一样，顺着风十里香。在杂货摊上，拿起绣线，放下头绳，喜欢得嘴里啧啧啧。脸蛋儿在讨价还价，争得脸都红了，最后从身上摸出碎银子。这让旁边的人羡慕不已。在船城里有个规矩，只有官寨里的人才使银子，官寨外的人大都是物物交换。从尕房子坐商那里多用成串的铜钱买回生活用度。对于候商都是物物交换。五张羊皮换一升粮食，一笸箩虫草换六肘粗布。或者当年赊欠，头人作保，下年再还，那卓尼人会付出得更多。

前面是一家客栈，连着一家银楼。那个戴着裤腿的怪人常住在客栈里，那个走南闯北的男人带来女人用的香粉和胭脂，还有鸡蛋大的珊瑚，颜色鲜艳得刺眼。旁边就是那家面馆。他看到了四老爷的马站在那里，马上没有人。四老爷一定去吃大腿上和的面了，四老爷吃得起，嘻嘻！他张望着，他看见那个种羊毛的汉人了，戴着一顶瓜皮帽子，旁边是一个稀奇古怪的东西。他思谋着，舌头撮着前门牙，打着那个汉人的主意。

穿着水红考子的菩萨女儿和官寨里的侍女脸蛋儿进了银楼。银楼不过是一个作坊，门头很小，里边有两个匠人埋头做活计。两个匠人一个是半哑巴，一个是个半聋子，哑巴呜哩哇啦地说话，聋子也呜哩哇啦地打岔。菩萨女儿和脸蛋儿半个时辰就看出了匠人的门道。过去卓尼的银匠用火和一个锤子一个锉子做出各种银饰。而这个银楼用的是模子。货架上摆着很多样品，看上哪个款式的东西，把递上去的银件放在一个泥罐子里，加热化成银水。留出一份抵工钱，叫贴水，剩余的倒进模子里。泥罐子顺手扔进身后的木桶里，身后的木桶里已经扔满了泥罐子。一拌糌粑的工夫，从模子里取出银件，再把银件打磨抛光，得了，一件漂亮的银饰耀得人眯上了眼。哦，这家银楼做生意亮豁！脸蛋儿当即就摸出银子，要打一副碎耳环。

喇嘛保眼睛瞟着那个汉人。他坐在几口袋粮食上，打盹儿呢。他的婆娘半截子屁股在男人身上半截子屁股也在口袋上，数钱呢。喇嘛保手里牵着的驴打了个响鼻，老驴认人呢。汉人二后生是早些年老驴的主人。那一年雹子快到卓尼时就拐弯了，拐到岷州去了，喇嘛保收的粮食就多，因此呢他就想用多余的粮食换个长蹄子的。家里除了他，也算有个会喘气的。他相中了一匹马，他的那点粮食只够两个马蹄子，退而求其次，就换个驴。那一年，那个狗日的后来的汉人地主，当然那时他还不是地主，是个寻口的，一个破木轮子车还驾着个东倒西歪的驴，真是驴死了架子还不倒。那汉人饿得四眼麻灵，就用驴换了喇嘛保的四斗青稞。眼下，喇嘛保没糌粑了，自然打起老驴的主意。

这时他的连手相跟着另外几个连手向他围过来，拍着他的肩膀说，喇嘛保连手，刚才我们看见索郎大头目带你进了丛拉，看你嘴皮子上还沾着一层层酥油哩，你是官寨里真正的亲戚，亲戚尖尖呢。喇嘛保真受用，咧开嘴笑，回身摸了摸驴的头，对几个连手说，这一次雹子不是从雹路上来的，是天神惩罚动了土的汉人，天兵天降的雹子，索郎四老爷都说不关我的事呢。我把这头老驴换了粮食，晚夕个我请连手们吃一碗糌粑喝一碗烧锅，连手们看得起我喇嘛保！

喇嘛保转过脸对汉人地主说，掌柜的，我要用你的驴换回我的青稞！

汉人地主笑眯眯的，思谋了思谋，摸着胡子说，没麻达，四升青稞，炒熟的花青稞。

喇嘛保瞪大眼睛说，咋？当初你这驴换走我四斗青稞，驴是你的的时候就值四斗，驴是我的的时候就值四升，还是炒熟的花青稞，你以为我们船城人是半瓜子？

汉人地主还是笑眯眯的，说，驴老了自然跌价了，只值一张驴皮的价了。买卖买卖，愿买愿卖，不愿意赶紧让开，让开，别挡我的生意。

喇嘛保说，呸，你个谝匠，坏尿，心脏得很，掉茅坑里了。当初我用四斗青稞救了你的命，你活转过来了，就在我们卓尼的地上又种麦子又种羊毛，你成了有钱汉了啊，翻脸不认人了啊！我们卓尼人是吃亏长大的，你们汉人是吃屎长大的，你个杂疙瘩！

接下来的事情是，喇嘛保的几个连手不由分说，撸胳膊抹袖子，一哄而上，解开口袋抢粮食。丛拉里的人一看，不知道是咋回事，不拿白不拿，转眼工夫，汉人连粮食口袋都没有了。

这时喇嘛保喊了一声，抢！粮食是我们卓尼地上长出来的，卓尼地皮上长出来的东西都是我们卓尼嘉波的，嘉波老爷的就是我们这些娃子的，去汉人地主的粮仓里把我们的粮食抢回来呀！一些没有抢到粮食的恍然大悟，拔腿就往汉人二后生家跑。汉人二后生一着急，向着瘦几麻秆的喇嘛保扑过来，喇嘛保跌倒了，身上挨着噼哩啪啦的拳头。喇嘛保咧着嘴叫唤着，看见一个稀奇古怪的架子上吊着一个铁疙瘩，在他的上头晃悠着。他伸出一只手拽下这个铁疙瘩，就砸在了汉人二后生的头上。一股黏稠的东西热乎乎地喷在喇嘛保的脸上，他嘴里扑扑地吐着。汉人倒下了，他趁机站起来，看一眼四周，人们都往汉人二后生家的方向跑了，呵呵，汉人二后生家的粮仓马上要空了。

哈哈，空……了，空……了，汉人有粮仓的都空……了！

他干了一件漂亮事情，他要去找四老爷。他跑到银楼前，旁边就站着索郎四老爷的马。脸蛋儿和菩萨女儿看到一脸鲜血的喇嘛保，惊叫起来。

索郎四老爷从那家面馆子里出来了。一只雪白的胳膊替他打起了门帘。四老爷满面红光，舌头嘬着牙花子，一定是吃了那种大腿上和的面，窝曳死了。看着丛拉里闹哄哄一片混乱，喇嘛保满脸鲜血，明白发生了什么。索郎四老爷摸了摸怀里的东西，吧唧着嘴，说，阿么了，阿么了？

看见四老爷，所有的人都行礼，脸蛋儿和菩萨女儿躲避不及，也跪下来。只有那个戴着半截裤腿的候商从客栈里出来，把他迎到一只板凳上。看到这个人，菩萨女儿和脸蛋儿把脸埋得更低了，恨不得钻到地里去，他们都感觉到了这个男人身上的戾气。这个候商只要在卓尼就住在客栈里，船城的女人都害怕这个外来人，但是喜欢他带来的东西。

索郎四老爷最喜欢断案了。他坐在一只马凳上，磕了一阵牙齿，说，百灵掌嘎的喇嘛保，你的多脑谁打破的？

听了四老爷的问话，喇嘛保灵机一动说，汉人下巴子打破了百灵掌嘎喇嘛保的多脑。

索郎四老爷说，卓尼地面上的多脑都是卓尼嘉波管着的。现在卓尼嘉波不在官寨，那就由我索郎大头目管着的。汉人尕房子砸了掌嘎里的藏民的多脑，如果四老爷还视而不见，要我四老爷做啥呢？

喇嘛保应和着说，哦啥就是！

可以看得出来，索郎四老爷今天心情相当不错。他的一只手时不时地伸进皮袍里揣摸着，还对偶然抬起头来看他脸色的喇嘛保挤眉弄眼。

所有的人都跪着，只有一头瘦驴站着，驴背上还卧着一只土拨鼠。这只土拨鼠如此淡定，在正午的热头下，眼睛吧唧吧唧地看着四老爷，还立起身子作揖，憨态可掬。到底是卓尼川的土拨鼠啊，是认四老爷的了，索郎大头目忘记了心中的烦恼，嘎嘎大笑起来。

看着四老爷的心情大好，喇嘛保胆子大了。不知怎么就拐到了百灵掌嘎菩萨女儿身上。喇嘛保说他喜欢菩萨女儿，菩萨女儿是白度母，如果卓尼川上没有菩萨女儿，他喇嘛保活着就是个行尸走肉。他想变成菩萨女儿的獒，菩萨女儿的牛，菩萨女儿的羊，菩萨女儿的一根手指头，说着说着竟然失声痛哭，咧开的大嘴，金牙闪着金光。

四老爷似乎被感动了，他将着大胡子说，思忖着。四老爷虽然在卓尼川高高在上，可也是对菩萨女儿与两个江措甚至两个掌嘎的龃龉有所耳闻，那个饱受诟病的女人至今与江措大头目保持着一箭远的距离。为什么要保持一箭远的距离，那是因为心总是想往一起走呗，哼哼哼……

四老爷装模作样地说，这个菩萨女儿是哪个掌嘎的啊，她也喜欢你吗？

喇嘛保说，回四老爷话，菩萨女儿是百灵掌嘎的，她当然喜欢我喇嘛保了。卓尼川只有喇嘛保一个看雹人，我们祖祖辈辈做的是天上的营生，她当然喜欢看雹人了。

菩萨女儿抬起头说，回四老爷话，我就是百灵掌嘎的菩萨女儿，我不喜欢喇嘛保。做天上营生的人到天上要媳妇吧，我是地上的人。

四老爷差点笑出声来。

喇嘛保说，天上的四老爷啊，她个女人家咋好意思说喜欢谁么。四老爷做主啊，我的阿爸死在了战场上，我刚领了官寨的达汉尕书，我的多脑让汉人下巴子打破了，天上的四老爷给小的做主啊！

四老爷摸着胡子似乎在定夺。他看到面馆的门帘动了一下，门框上倚着一个女人的半个后背。薄薄的身子，脑后的头发稀油一般亮。索郎大头目喉头有点燥，肚子咕咕叫了，这才想起来怎么没有吃一碗传说中的女人大腿上和的臊子面。在出那个门之前，他和那个马鸡似的女人做了一笔交易，他拿到他想要的东西，对着卓尼大寺的金顶发誓，保证卓尼的任何人都不能伤害她。

四老爷有点不耐烦，又瞄了一眼门框，女人侧过半个脸，跟他笑呢。他真的只是肚子饿了。他知道这个女人是干什么的，走南闯北的四老爷见过这样的女人，他绝不会碰她。他想到那个带她进卓尼的棺材似的男人，就想作呕。他真的是饿了，心不在焉地摆着手说，行了行了，本老爷做主，百灵掌嘎的喇嘛保与菩萨女儿结为夫妻，到嘛呢康让长老给你们做个婚。散了吧，都散了吧！

喇嘛保高兴得从后面翻了个跟头，老驴咴咴咴地叫起来，驴背上的土拨鼠站起来给四老爷作揖。先跑着离开的是菩萨女儿，后面追过去的是喇嘛保。他磕磕绊绊地跑着，嘴里喊着，给我的嘎乌找到伴儿了给我的嘎乌找到伴儿了……

人们都散尽了，四老爷再转过脸看那个门帘，女人不见了。"裤腿"弓着腰在离他十步远的地方。如果索郎四老爷能看上他一眼，便能发现，那个人从裤腿里射出的愤怒的目光。

这个怪异的人从来不和人近距离接触，也许忌惮自己的相貌丑陋。

索郎大头目的酒劲过去了，才想起了朱扎。肚子叫着，他微闭着眼睛磕着牙齿。索郎大头目是卓尼官寨的索郎大头目，有着高贵的血统和纯净的身子，他不能吃那个女人大腿上和的面。

目中无人的索郎大头目跨上马，他的方向是朱扎。他是朱扎大总承的靠山，朱扎是他的摇钱树。洮河边勒马，木耳桥没有了，木耳桥阿么没有了？河水很急，木排在河边晃悠着。突然想起他的两个戈什。两个狗日的难道不知道四老爷出来了吗？他看到他衙门里的一个娃子正在荡牛呢，就喊，咳，我的两个戈什死了吗？荡牛的娃子跪下来说，两个戈什去朱扎了，四老爷不知道吗？四老爷拍了拍自己的后脑勺，两个狗日的不白养，平时他们跟着我吃香的喝辣的，我不想睡了的女人也会送给他们受用，关键的时候确实顶用，嘎嘎嘎！

返身回到官寨，找那个偷偷给他送酒的娃子。远远地看到阿妈站在木楼上。索郎四老爷嘴里嚼着松胶，扑哧扑哧，像麻雀拉屎。他抬着头对着阿妈笑呢。阿妈不高兴了，背过身子去。

进了官寨，看到一个女娃子跪在堂前受罚呢。四老爷手里晃动着鞭子踅进经忏房，装模作样地转了个身出来，眼睛张望，寻那个娃子。哪里都没有那个戴着狐皮帽子的男娃子。他对着木楼上的阿妈行了礼说，官寨里的阿嫂，兄弟可是刚刚从经忏房里出来，整整七天的工夫啊，中间出去了一趟，相当于上了个茅房，嘿嘿。阿妈转过脸去，又给了他一个后背。四老爷的心情比较好，他冲着阿妈的后背说，官寨里的阿嫂啊，一人之下万人之上的阿嫂啊，小的离开了，阿嫂好好活着啊！

索郎四老爷走出官寨的时候，又回头看了一眼前堂跪着的那个女娃子。那个女娃子对他喊，四老爷，你是怎么喝了墙根下的那桶酒的？他又看了一眼那个女娃子，好胆大的一个女娃子，面熟，在哪儿见过。他将了腮上的胡子寻思，这不是戴着狐皮帽的那个给他送酒的男娃子吗，怎么变成女娃子了？他抬头望了望天，天还是蓝的云还是白的，男娃子咋变成了女娃子，他好生纳闷。他说，你给我做戈什怎么样？女娃回答说，我不给你做戈什，我要给嘉波做太太啦！

14

南杰嘉波回到船城已是秋天，成片的红桦燃烧着山坡，没有了木耳桥的洮河水流得悄无声息。掌嘎里旌幡猎猎，架杆森森，架杆上搭满了草束子，芫根捆子，有的青，有的黄，这是头口（牲畜）过冬的食料。嘴上能挂一只奶桶的蕨麻猪嘛着嘴从野外回来了，公的带着母的，母的带着小的，一窝一窝的。猪们长肥了，主人不认识它们了，可是猪们认识自己的猪圈，分别进了主人的碉楼。天一上冻，主人就要杀蕨麻猪了。猪们年年春出秋回，年年挨宰。不是它们没有记性，哪里都是死，不如死回自己的猪圈里心里踏实。

南杰嘉波从来没有这么久地离开官寨，阿妈挽着青冈站在木楼的最高处，面向上卓梁，望穿秋水。

这个绝收了的秋天，船城不像以往的那些秋天那么平静。船城里的藏民哄抢了尕房子们的粮食，汉人二后生的头被喇嘛保打破了。汉人尕房子们操着铁锹镰刀锄头，藏人举着藏刀火铳在嘛呢滩对峙。官寨的门兵出面阻止事态恶化，可门兵显然偏向掌嘎里的人，他们异口同声，在卓尼地皮上长出来的粮食就是卓尼的。按照番规，如果抢回来了外族的东西，掌嘎里的人通常是有福同享有难同当。可是尕房子是卓尼的尕房子，已经住在船城了，有的娶了卓尼的女子有的当了卓尼的女婿，那就是自己人了，哪有自己人抢自己人的道理。自己人损害了自己人，那就是调解赔偿。于是十二个掌嘎的十二个头人集结了十二个掌嘎里的十二个长老，在嘛呢康调停。

入乡随俗，无奈。汉人二后生在嘛呢康里熬了酥油茶，支了烧锅，十二个长老加上所有参与者的嘴，吵得整个船城都在摇动呢。三天三夜，最后才达成了共识，抢来的那些粮食除了吃进肚里的，路上撒了糟蹋的，都退还汉人。比如汉人二后生是损失最大的，抢的时候整整一仓粮食，还回来只剩下半仓了。十二个掌嘎都翻了个底朝天，都说没有抢来的粮食了。这里有一个问题，抢来的粮食又没写汉人尕房子的名字，哪里分得清是谁家的。

那谁是挑起事端的人呢？当然是喇嘛保，所有的人都看见他抢了两口袋麦子，是用瘦驴驮走的。喇嘛保一定是把两口袋麦子埋在了什么地方，他咬着牙握着拳头不肯交出来。于是百灵掌嘎头人的鞭子就落在了喇嘛保的屁股上。喇嘛保说，打死我我也不会交出麦子，我要把那些麦子磨了面给菩萨女儿做长饭。索郎四老爷金口玉言把南赡部洲最好的女人给了百灵掌嘎的看電人，我要每天给她吃长饭。菩萨女儿对我那么好，早上给我煮酥油茶，晚上让我睡热乎乎的连锅炕，菩萨女儿还要给我做一双獐子皮翘尖靴呢。我的金牙，我阿爸用命换来的金牙，我亲手交给了菩萨女儿，她要到嘛呢滩上的银楼换阿珑银钱，我要让菩萨女儿做掌嘎里最漂亮的女人……呜呜呜，说着说着，喇嘛保被自己编造的故事感动了，他放声大哭起来。

有人调侃说，你的脚还光着呢，你的金牙还在你嘴里呢，我们都看见了。

奇怪的是嘛呢康里的女人还有汉人二后生的婆娘都跟着喇嘛保掉眼泪了。掌嘎里的人们都知道，菩萨女儿不喜欢喇嘛保，只要喇嘛保进她的碉楼，她的獒就张开血盆大嘴。他把他的金牙扔进菩萨女儿的奶桶里，菩萨女儿给他扔出来，几次三番，有一次还差点把金牙丢了，后来在一坨稀牛屎里找到了，真悬。晚夕里喇嘛保的连手去找喇嘛保喝烧锅，看见喇嘛保睡在菩萨女儿碉楼墙根下的一个柳条筐子里，要不是搂着老驴，人就冻僵了。可怜的喇嘛保啊，没爹没娘没人疼，活得孽障。汉人二后生的女人扯了扯男人的袖子说，要不就算了。

汉人二后生不依不饶，他头上的伤口结了疤不疼了，可他疼在心上。如果不惩治喇嘛保，每年收了粮都要被抢，日子咋过呀。最可恶的是喇嘛保不讲理，他说，不是我砸你的，是你自己的秤砣砸破了自己的脑袋，因为秤砣是你的。喇嘛保还说，你们刚到船城来，用一头驴换了我喇嘛保的四斗青稞，那你把老驴拉走吧，只当我们当初没做过这个买卖。

汉人二后生和不讲理的喇嘛保较上劲了，伙同几个汉人尕房子去喇嘛保家里去搜。喇嘛保的阿爸留下一间夯土房，好赖里墙也贴了木头，算是一间外不见木里不见土的墙包房。里边有个连锅炕，塌了半边，很久没添炕了很久没煮茶了，炕上堆着干牛粪。前后里外都寻了，连个粮食影都没看见。二后生拨拉炕上的干牛粪，喇嘛保就像他的瘦驴似的叫唤起来。原来炕塌了个坑，一口袋东西藏在炕洞子里。人赃俱在，喇嘛保干号一声差点闭过气去。

菩萨女儿从人群里出来，抢起柳条抽在喇嘛保的身上。喇嘛保龇了几龇牙，蹴在地上，一声不吭了。口袋被拽出来，牛毛绳绳解开，人们都傻眼了。里边并不是粮食，而是一口袋蒺麻。随后官寨义仓看仓人发现，官寨义仓的墙根下站着两口袋麦子，是喇嘛保家的牛毛口袋，里边是红矬麦。人们冤枉喇嘛保了！

喇嘛保深信，嘉波地皮上长出的粮食就是嘉波的，所以他把粮食放在官寨的义仓墙根下。喇嘛保的行为感动了船城的人，人们唏嘘着说，喇嘛保看上去刁蛮泼皮，其实是个好人，人尖尖么。

虽然喇嘛保没有动抢来的粮食，可他是始作俑者，如果不是他带头吆喝，就不会发生哄抢。可是喇嘛保只有炕上的一堆牛粪，你把他怎么样呢，没有办法，光脚的不怕穿鞋的。无奈汉人二后生提走了那口袋蒺麻，牵走了那头老毛驴，赶进马圈里。天黑以后，他发现驴不在了，咬断麻绳跑了。原来驴跑回喇嘛保那里了，喇嘛保每天挨着驴睡觉，彼此取暖，没有喇嘛保驴就睡不着。

对于汉人二后生来说，问题的关键是，继续这么掰扯下去，十二个长老每天要吃掉一碗酥油半块大茶半斗粮食一个羊，悲伤的无奈的汉人尕房子们做不过，罢手了。

中元节月圆之夜，木楼上阿妈看到洮河边人头攒动，河面上星火点点，汉人尕房子们放河灯呢。他们齐刷刷地站在洮河边，唱着一种家乡的歌，悲凉而酸楚。这河灯会带着他们的心愿顺河而下，带给家乡的亲人他们的消息——他们撅起屁股汗珠子摔八瓣儿得来的粮食被藏民抢了。男人们开始啜泣，女人们开始哭叫，像给那些丢失的粮食叫魂儿。

掌嘎头人跑进官寨禀报：大总管啊，那些汉人下巴子好像要一起跳河呢！

又过了两天，那些人把家当搬在了二饼子车上，他们的二饼子车不是来时的二饼子车了，鸟枪换炮了。柏木的高大车身，车轮一个娃子高，上面能放一个家，前面还有三匹骒马驾着车。不像来的时候，人就是骒马，最多有一头瘦驴。汉人二后生和他拉扯来的汉人们不想做河滩地上的地主了，他们从洮河边的河滩地上小心翼翼地包了一些土带走，一步一回头。显然他们舍不得离开这个地方，但他们在这里不是真正的主人，收上一年粮食还会被抢的，所以一咬牙，走！

二饼子车吱扭吱扭走动了。

各个掌嘎的房顶升起桑烟，女人们一手提着奶桶一手扬着牦牛奶，发出呼呼呼的声音。寺院里的诵经声越来越高越来越急，像从远处滚过来的雷。有一些哭声传来，是那些已经在船城成了家的人，亲人离别的哭声。桑烟和滚热的牦牛奶告诉人们，卓尼人对这些汉人是不舍的，他们像青稞和豌豆已经长在了一起。

麦和糠，风才能把它们分开。邻里故人，死才能把他们分开。

船城是忧伤的。来了不觉得多，走了就觉得少了。这些人一走，今世可能就见不到了。

草地上有人在唱歌：

> 无意中射出的箭，箭不能收回了
>
> 无意中跑失的马，马不能收回了
>
> 无意中伤害的人，心不能收回了

大总管和红笔师爷在官寨内外团团转。

木楼上的嘉波阿妈坐不住了。儿子南杰嘉波修了大车道，就是想让外面穿布衣的人进入卓尼。那些会种地的人，那些手巧的工匠，七行八作，对他们减免租税，鼓励通婚，想让卓尼藏人过的日子变个样儿。想让卓尼人也住上风不吹雨不淋的苦子房，穿上细葛衣裳，吃上细粮锅盔和长面。青冈抓住阿妈的双手说，阿妈，让我去劝阻这些伤心人吧，你看他们目光涣散，脚步迟疑，你看他们一步一回头，其实他们不想走，阿妈让我去试试吧！

可是你无法留住一心想离去的伤心人，就像你无法收回泼出去的清水。

其实没等到阿妈点头，青冈已经飞奔下楼，没来得及进马号牵一匹马，就向着大车道飞跑。

红笔师爷和大总管紧随其后。官寨里的两个男人有点老，一个像个碓杵一个像个碓臼，相携着好半天才赶到。远远地就看见仁钦曼巴家的姑娘站在道旁的大炮筒上，靠前的是那些要离开的汉人，靠后的是掌嘎里的人，乌压压的一片。

叫作青冈的女娃子穿着男式的藏袍，腰里系着鲜艳的腰带，头上一顶豹皮帽子。她说着什么，挥动着一只胳膊。

总管和红笔师爷靠近时，听到青冈说：卓尼嘉波修大车道就是要接纳汉人进船城。汉人和藏人是大茶和盐巴，谁也离不开谁。进了卓尼的汉人可以吃田地，可以种河滩地，可以种荒地，一应租税和卓尼人一样相待。若再发生藏人对汉人财产抢掠，卓尼官寨当严惩不贷……

相信我说的话，大家一定要相信我说的话！

有人喊话说，你是谁呀，凭什么让我们相信你说的话？

叫作青冈的女娃子说：明年一开春，我就是官寨里的嘉波太太！

人们先是愣怔，后来就大笑，这个男娃子脑袋里长出虫草了。有的人认出他了，他是车巴沟仁钦曼巴家的娃子，上次到临洮出兵马，他采了草药治好了南杰嘉波的风热病，他的名字好像叫青冈。

青冈甩掉头上的狐皮帽，把黢黑的头发握在手里说，等我的头发长到胸前，我就是你们的嘉波太太！

人们这才仔细端详这个人，哦，这是个女娃，她面皮白净，头发柔软，眼睛黑得像刚从豆荚里剥出的豆子。

汉人二后生显然犹豫了，在人群里发现了红笔师爷，喊话说，让红笔师爷把你说的话写在羊皮纸上，我们就相信你说的话！

有人躬下身子，红笔师爷把羊皮纸搭在脊背上，用一根木炭写了一遍藏文又写了一遍汉文。红笔师爷板着脸，俨然一个书记官。人们的脑袋都凑到书记官跟前，看羊皮纸上的字。

喇嘛保混在人群中看热闹，他巴不得汉人二后生赶紧离开船城，其余的么，他还真有点不舍。他对着汉人二后生直着脖子喊，还我的四斗青稞，还我的四斗青稞，你个下巴子！

汉人们看见了喇嘛保，火气又冲上了天灵盖。一个汉人喊了一声"打"，喇嘛保被扑了个马趴。喇嘛保是百灵掌嘎的人，掌嘎里的人从来都是部落行动，不管青红皂白，百灵掌嘎的人和汉人们厮打起来。趁着混乱，又有人搬汉人二饼子车上的东西。喇嘛保撩起袍子往粮食口袋上撒尿。天哪，往庄稼上吐口水往灶堂上扔垃圾都是番家的大忌，更何况是往粮食上便污，大总管的鞭子愤怒地扬起来。

一泡黄尘，沸反盈天。

青冈不慌不忙地坐在被人们摸得锃明瓦亮的炮筒上，依然慢悠悠地掏出口弦，吹，还是那只古老的曲子。后来南杰告诉她，这只曲子叫《阳关三叠》。

她看到上卓梁的上空一朵白云变成红色了，像悬着一朵朵新开的格桑花。哦，他回来了！她的心跳得很快，捏着口弦的手在发抖，但是她心里踏实了。绕到炮筒后面，继续吹口弦，如果停下来她的心就会跳出来。不知哪一个喊了一声，南杰嘉波回来了！人们从混乱中抬起头，吓得掉出了舌头。藏人稀里哗啦地跪下。汉人们看见二后生原地杵着，也就一个个站立着，一个个鼓着腮帮子。

青冈的口弦真的把南杰嘉波的心吹乱了。南杰嘉波拉着他的琼雪，看着眼前的场面，心里明白了八九分。他侧过脸循着口弦的声音，那个特立独行的女子一定像一尊白度母吹得旁若无人。

跪着的藏人微微抬起头，偷觑他们的嘉波。其实他们不是单单看他们的嘉波，他们的嘉波身边有一个人，让他们备感惊奇。虽然他们埋着头，也能感觉到那个人像一团火在前面燃烧着。那是一个洋人，就是教南杰嘉波照相的在木耳开教堂的洋人罗杰斯。可能与季节有关系，像红桦在冬天就会变得更红一样，这个洋人身上的红毛，像一只被火燎了的犏牛。

卓尼人对洋人是这样理解的：洋人是一种鱼，身上长着羊毛的鱼，是从海洋里生出来的，所以眼睛是蓝色的。由于他们不是人养的，所以身上流着的血不是红色的，是蓝色的，是凉的，像海水一样凉。他们不是人养的，自然不会说人话，他们说话像蝼蛄叫似的。卓尼人当然没见过海，他们是听走南闯北的回商们说的，海是蓝色的。

罗杰斯神甫是一个流着蓝色血液的犏牛。"犏牛"的身后是一个驼队，一溜骆驼，骆驼身上是宽大的驮子，压得骆驼吱吱地响。其中一个骆驼身上驮着一个很长的柱子，如果立起来，有寺院的金顶那么高。到了第二年春天人们才知道，自从这个柱子立在了船城上，喇嘛保就不再是看臺人了，这个柱子成了看臺人。此时的喇嘛保跪在人群中，傻不拉叽地翻着眼皮还往前张望呢，他不认为自己闯了祸，他一脸无辜地向前张望骆驼身上那个奇怪的东西，心想，这是登天的梯子吗？

大总管和各个掌嘎的头人分别上前，陈述近日船城发生的事情。汉人二后生代表孖房子们申诉他们受到的委屈。喇嘛保眨巴着眼睛，从南杰嘉波的表情中看出了对自己的不利，他趴着向后退着，想找机会溜掉。

红笔师爷双手把羊皮纸呈上去，南杰嘉波看到了上面的藏汉两种文字。

藏历木牛年暮秋初吉。卓尼船城大车道。车巴沟仁钦曼巴之女青冈口录:

卓尼嘉波修大车道就是要接纳汉人进船城。汉人和藏人是大茶和盐巴,谁也离不开谁。进了卓尼的汉人做尕房子可以吃田地,可以种河滩地,可以种荒地,一应租税和卓尼人一样相待。若再发生藏人对汉人财产抢掠,卓尼官寨当严惩不贷……

卓尼嘉波嘴角现出一丝微笑。这个名叫青冈的藏人女子不简单哪!他环视着眼前的藏人和汉人,提高声音说:

从即日开始,卓尼领地不强迫入寺人口,最好每户男丁只一人入寺,其余均顶门生子。寺院僧侣自愿还俗者众人不得歧视。还俗者相应拨给兵马田地,同步减少寺院香火田地。课税等同旧例。

减少兵丁征用,减少暗门隘口兵丁把守,减少官寨内服侍杂役。

使用洮河两岸河滩地者,丰年课税十之有二,歉年免收租税。鼓励番汉开垦荒野,前三年生地免粮税,三年后变为熟地后,开垦者可拥为私田。开春丈青纳粮税十之有二,私田可传承可自由买卖,汉番等同。

禁止抢掠,一人犯罪一人受罚,不再连累本族。无赔偿能力者不再放逐,依据轻重判处班房或为受害者补偿劳役。禁止藏人抢夺汉人财物,若有发生严惩不贷。

红笔师爷换了几张羊皮纸,脸上沁出薄汗。一旁的红毛洋人张开大嘴打了个木曼大的哈欠。他举起两只毛乎乎的手鼓掌,似乎说了一句人话,人都没听懂。

红笔师爷凑到主子跟前,蚊子叫似的提醒说,卓尼土司五百年,船城内外还没有除土司官寨之外的私田。

南杰嘉波补充了一句说,无恒产者无恒心,从今天开始,允许卓尼川上有私田!

卓尼人有的听懂了有的没听懂。汉人尕房子们彻底听懂了这一句:

鼓励番汉开垦荒野,前三年生地免粮税,三年后变为熟地后,开垦者可拥为私田,开春丈青纳粮税十之有二,私田可传承可自由买卖,汉番等同。无恒产者无恒心,从今天开始,允许卓尼川上有私田!

汉人朵房子们吁吁吁地调转了车头。一脸懵懂的藏人向后退去，让出一条道，卓尼嘉波和洋人的骆驼驮子穿过船城走近洮河。

天上有一朵红云，飘忽不定。口弦的声音停止了。青冈向着官寨跑，她要告诉阿妈好消息，她和南杰嘉波想在一起了！心在一起才能想在一起，她和南杰嘉波是同心同德的！

青冈自从来到南赡部洲从来没有像今天这么高兴，天上的那朵红云一直跟着她，像变幻着的绽放的格桑花。经过卓尼大寺时，迎面跑来一个娃儿，头发剃了一半留了一半，脸上挂着泪蛋蛋，但嘴是咧开笑着。这是个受沙弥戒的娃儿，头剃了一半，就得到卓尼嘉波不强迫入寺的指令。想来娃儿是不愿意进寺院的，脸蛋上的泪还没流下来，就还俗了。

一群娃跟在她身后，拍着小手跳着小脚唱着：新媳妇新媳妇，裆里夹着块红布布。新媳妇新媳妇，裆里夹着块红布布。

她兴奋喜悦羞涩，扭着两条腿几乎不会走路了。阿妈不在木楼上，阿妈是出来迎她了吗？她从小没有阿妈，官寨里的阿妈就是她的亲阿妈。她仰起脸对着天上的那朵红云说，天上的彩云啊，让青冈的头发快点长长吧！卓尼大寺的金顶啊，让青冈的头发快点长长吧！白度母的阿妈啊，让青冈的头发快点长长吧……这样她就摔了一跤。心里高兴一点都不疼，她爬起来，哦，已经是官寨的门口，阿妈在她面前站着。

可是阿妈怒视着她，后面是脸蛋儿，捂着嘴笑呢。

嘉波阿妈说，我卓尼官寨的酥油糌粑把你的胆子喂肥了，你做起卓尼嘉波的主来了。来人，叫两个汉人婆娘来，把她的双脚裹起来，裹成一只粽子！

嘉波阿妈认为，汉女人裹足是因为惩罚。

15

江措大头目进船城时，菩萨女儿在河边取水。牦牛江措的海骝马沿着河边走过来了，菩萨女儿把一双獐子皮翘尖靴挂在河边的一棵柳树上。她背起水桶就往河下头跑，水桶里的水晃出来打湿了她的后背。跑出一箭远，蹲下来喘息。

她把脸埋进臂弯，流眼泪。哭累了，站起身，四周很安静，回头望那棵柳树，树枝上的靴子没有了，海骝马也没有了。菩萨女儿背起桶又往那棵树跟前跑，她想看看牦牛江措在柳树下站过的地方，伸手摸摸他摘走靴子的树枝。她跑得急，木桶里的水全部泼出来，打湿了她的袍子。

柳树的叶子落了，金黄色的一圈，树叶上面放着那双靴子，靴子上压着一块白色的石头。菩萨女儿跪下来看这块石头，发愣。一块白石头，是怕风把靴子刮走吗？是说牦牛江措的心像石头一样硬吗？是菩萨女儿的心应该像石头一样死了吗？

看林家阿妈在菩萨女儿的身后出现了。

看林家阿妈正拄着一根棍子，背着一些虫草，她又在攒盘缠哩。她的脸老得像个皮窝子。看林家阿妈老得很快。百灵江措离开卓尼后，她老了一层皮。后来一个好心人带回来百灵江措的嘎乌，说她的儿子死在了循化，她死了一层肉。百灵江措捎回来的嘎乌里放着一样东西，是一只羊骨拐。这只羊骨拐一边抹了蓝色，一边抹了红色，是小时候两个江措一起玩耍的物件，一个人手里两只。

看林人看管的古雅山，倒下了很多树，这些树从洮河里漂走后，她的腰就弯了，抽巴着的一张脸离地越近了。她又要去拉萨磕长头，说要寻回那些走了的树。在看林家阿妈想来，什么东西丢了都能从磕长头的路上寻回来，包括百灵江措的魂魄。她自言自语地说，你走得太远了，不认得回家的路了，你就跟着阿妈回来，跟着阿妈回来。

看林家阿妈远远地看到牦牛江措进了船城。自从百灵江措死在外面的消息传回船城后，每每牦牛江措进船城，第二天早晨，看林家碉楼的门口就放着一口袋青稞，或者一驮子酥油，两坨大茶。看林家阿妈不怨恨牦牛江措，即使是一个母亲，心也不能偏在胳肢窝上。牦牛江措如果有错的话，那就是他太拔尖了，把百灵江措比下去了。两个番家男人比个高低，像两把刀子比谁的锋利，比刀鞘上的珊瑚松石哪个漂亮，是再正常不过的事。如果百灵江措进寺院继承八班，牦牛江措做嘉波戈什做大头目，本来是两全其美。可是贪，人心的贪，他的儿子两个都想要，结果就是什么都没有了。

可怜了菩萨女儿！儿子百灵江措离开卓尼的那个夜晚，阿妈把菩萨女儿的手塞进百灵江措的手里，让菩萨女儿跟他一起走。可是百灵江措甩开了，他说，我从来不喜欢到手了的东西！阿妈扑进夜色里送他的儿子，说，三年就回来，最多五年，阿妈给你养一匹马，等你回来就送给牦牛掌嘎……

看林家阿妈在菩萨女儿身边坐下来，抚着她的肩胛说，可怜的娃儿，你心里咋就是不明白呢？牦牛江措是卓尼川上的大头目，他在嘉波面前咬着后牙槽子说，永远和你菩萨女儿隔着一箭远的距离。两个人隔着一条河能蹚过去，隔着一座山能爬过去，隔着一支箭你能迎上去吗？对于一个番家男人，他的舌头比女人重要！

因为你，掌嘎里死了那么多人，你让我的儿子死在了外头。百灵江措是百灵掌嘎里的人尖尖，是百灵八班世袭人，自从百灵江措离开船城，百灵掌嘎烟囱里的炊烟都变细了你没发现吗？百灵掌嘎的人怨你啊！

百灵江措走了，南杰嘉波心生愧疚，给百灵八班送了酥油灯，以示歉意呢。卓尼川的人是看嘉波老爷眼色的，嘉波老爷愧疚就是卓尼川愧疚。索郎四老爷红嘴白牙许了你的婚配，四老爷说天是蓝的就是蓝的，说屎是香的就是香的，你不要想让四老爷的舌头翻过来。你现在是喇嘛保连锅炕上的人，这是你的姻缘，你争不过。

此时你心里再装着牦牛江措，你是想让两个掌嘎再把牛毛绳绳挽上疙瘩吗？如果再让牦牛江措对你有眷顾之心，你让两个掌嘎的人阿么活呢？你对牦牛江措牵肠挂肚的，是想让你心上的人难过吗？是让百灵掌嘎的人仇恨牦牛掌嘎的人吗？是想让百灵掌嘎的人仇恨牦牛江措吗？不管哪一个掌嘎的人都是卓尼嘉波的人，你是想让卓尼嘉波为难吗？

菩萨女儿不说话，她用手挖树下的土，挖出一个坑，把一双靴子埋进去，上面压上白石头。她嘤嘤地哭。

看林家阿妈说，娃儿，你看那就是天藏台，离我们三箭远。这一辈子磕不了几回长头就老了，就要上那儿去了。别像一根绳子那样拧着活。一个男人总比一堵墙好，墙不会喘气么。那喇嘛保人丑心善，他是个人，心也是肉做的，你这样待他，他比挨刀子都难受啊。你没有杀人，但是你杀腔子里的心，阿么对佛说么！

菩萨女儿望一眼官寨。喇嘛保因挑动藏民抢了汉人的粮食，进了官寨的班房。菩萨女儿每天要把茶饭送到班房交给班头，不管她愿不愿意，她是喇嘛保唯一的家人，她得给他送饭。

菩萨女儿看着看林家阿妈，阿妈的脸老得像个羊肚子，可她的眼睛像一汪水，亮着，深不见底。那是被痛苦洗濯过的，她眼睛里泛着卓尼人眼睛里没有的光。阿妈说的话是在理的。

可菩萨女儿心里也有自己的理，菩萨女儿咬着嘴唇还是哭出声来。她说，阿妈啊，我从热头没升起来就挤奶煮茶捣酥油做曲拉煨桑扫圈切粪砖，我春夏种粮食秋冬浪羊荡牛，我白天做靴子做缝纫晚夕摇经筒转古拉，我所做的这一切，我在南赡部洲活一回，就是想要一个我想要的人，阿妈啊……

看林家阿妈把水桶放在菩萨女儿后背上说，娃儿啊，你每天转古拉难道没听见佛祖对你说的话？佛祖把谁给了你，谁就是你想要的人。你看阳坡上的麦子阴地上的青稞，高地上的牦牛草地上的羊，这些都是我们的食物，佛祖给你什么你就吃什么。你听到过牛和羊抱怨过吗？作为人，难道你还要挑肥拣瘦吗？你每天挤奶煮茶捣酥油做曲拉煨桑扫圈切粪砖浪羊荡牛做靴子做缝纫摇经筒转古拉，娃儿，你再苦命你也活着呢，可是我可怜的江措都死了。老了你就明白了，佛祖给你的是最好的，离你最近的是最好的。回家吧，我看见喇嘛保从班房里出来了，喇嘛保是你的人，不要让自己的男人在南赡部洲活得不像个人！娃儿啊，从了你的命吧，一只马鞍不能架在两匹马身上！

从班房里出来的喇嘛保反倒比以前胖了，两只腮帮子像被人抽了一鞋底子，肉乎乎的。他每天吃着菩萨女儿送来的饭，心里美滋滋的。要不是想念菩萨女儿和獒，他心想在班房里住一辈子算了，这个营生比看碉的营生省事多了。临离开班房，他还给对他横眉竖眼的班头行了大礼。班头在他头上扇了一巴掌说，有本事外面去抢，卓尼的尕房子也是卓尼嘉波的人，你记下了？

喇嘛保频频点头说哦呀哦呀。他的心情很不错，一路小跑到了菩萨女儿的碉楼。菩萨女儿肯给她送饭，就是接受他这个人了，好歹也是个看碉人么，好歹也有达汉尕书么，好歹抢了粮食立在义仓门口了么，得意着就趄到了碉楼前。没看到菩萨女儿，獒在门口蹾着。

菩萨女儿背着水桶回来，他赶忙迎上去接水桶。菩萨女儿嫌弃他沾了水桶，把一桶水泼在了他的身上。喇嘛保抖动着头上的水，心有点凉了。饭没有了，茶也没有了，屋檐下的柳条筐子里堆着干牛粪。喇嘛保后悔了，不应该从班房里出来，在班房里菩萨女儿对他好着呢。

阿么做呢？他舔了舔嘴里的大金牙。这颗金牙比百十来斤的看匾人值钱，没有哪个女人能拒绝阿玗银钱。他下决心要用金牙给菩萨女儿换阿玗银钱了。

往嘛呢滩走，路过一大片场地，过去是十二掌嘎四十八旗开青苗会时，人们赛马摔跤跳锅庄的地方。掌嘎里的很多人都在这里，他掐了掐手指头想了想，今个不是什么六月节，不是青苗会，也不是骡马会，人们凑在这搭做啥呢。刚从班房里出来，还有点不好意思见人，隔着一箭远往前瞭，原来人们弯腰撅腚地做活呢！用木锨和了泥巴，塞进木头框子里，再把木框提起来，一个方方正正的土坯。人们在做土坯。湿的颜色深，像一坨牛屎在地上趴着，干了的颜色浅，像罗杰斯的面包垒成高高的墙垛。看来要在这里盖汉人的土坯房了，这些土坯能盖不少的房子呢！喇嘛保不明白，盖这么多汉人的土房子干什么呢，难道又有很多汉人要住在卓尼了吗？可是他寻不见一个汉人，都是掌嘎里的人。他还看到掌嘎里的头人和他们的婆娘支起一口大锅，煮青稞面汤呢，那汤里放了酥油，香死个人呢。喇嘛保咽了口口水，绕开走了。

嘛呢滩上人不多，汉人二后生换粮的摊子空的，他冲着那个地方吐了口口水。对面，是官寨的义利社，门面大了很多。掌嘎里各户的皮毛药材通过这里换取粮食和日杂，这里有挂着铁疙瘩的秤，那铁疙瘩就是他砸烂下巴子脑袋的秤砣。还有一肘长的木板，叫作尺子。喇嘛保东摸摸西瞅瞅，他住了个把月的班房，船城就发生了这么大的变化，大有山中方一日世上已千年的感觉。

他碰到他的连手，他笑着迎上去说，乔德莫，乔德莫！连手对他很冷淡，说，噢……嘞你寻汉人尕房子要跟人家做事（闹事）呢是不是，噢……嘞人家没有工夫，都到纳浪养地去了。纳浪荒地多，离船城远，掌嘎里的人都不愿意去那个地方撒种子，收那两桶粮食还不够脚上的一双鞋。

哼哼哼！喇嘛保冷笑着对连手说，汉人都是半茶汉么，把一块荒地养熟了要三四年的工夫，一户人都要脱一层皮。种地是要看天的脸色的，天不给脸种子都收不回来。别以为卓尼的地是好种的，土地神的头上就让你尕房子在上面瞎捣鼓？尕房子连我看匾人都惹不起，到了秋天，我把匾子往尕房子的青稞上一引，呵，让他们号去吧！

连手呵呵笑着说，噢……嘞你要是能把匾子想引哪儿就引哪儿，今年的这场鸡蛋雹还能打了自己地里的青稞？噢……嘞人家尕房子地里的庄稼一收，你雹子就来了，烧熟的麻雀嘴还是硬的，闲得没事住你的班房子去吧！

喇嘛保原以为连手能叫他到碉房里喝两口，可他的连手脸上挂着霜，看上去对他很是不齿。奇了怪了，抢下巴子的粮食的时候，他们一个个身手不凡。粮食搬进碉楼，烟囱上的烟一夜没断，现在对喇嘛保头不是头脸不是脸了。喇嘛保气得满脸通红，头发乄着，想打人，可是一天没吃饭胳膊是软的。他撇了一下嘴说，你不就是有了一把锁么，就不正眼看人了，我嘴里的金牙换你一筐箩锁子。再说了，你让你的锁子看着屋里的啥呢，看连锅炕呢？有人偷你的连锅炕呢？我不就是坐了一阵班房么，当时抢尕房子的粮食，你们都把粮食搬回自己的碉楼，连夜地煮麦仁饭，连牲口圈的牲口吃的都是麦仁饭，只有我喇嘛保一人把粮食口袋放在了义仓的门口。最后喇嘛保屁股烂着进了班房，你们都囫囵着呢。你们没有一个人为我喇嘛保说上一句话，你们腔子里长的是心吗？杂疙瘩！杂屄！

喇嘛保是个不会记恨的人，又往前走了几步，仰脸看热头，打了个响亮的喷嚏，心里的块垒就消除了。

他看到银楼了，赶紧舔嘴里的金牙。今儿集市上人少，银楼也有点冷清。银匠打瞌睡，没有招呼他。可是银楼旁边的面馆撩开绣花门帘，一个女人对他笑。他看了看四周，没有别人，女人真的是在对他笑。他的肚子咕咕叫，声音大得像六月的蛙鸣，他的脸红了。女人还在对他笑。他有点不尴不尬地踅上去，讪讪地说，你认识我吗？女人还是笑。喇嘛保说，你不认识我咋跟我笑呢？女人还在笑，撩起的门窗不放下，喇嘛保就进了女人的门。

再从这扇门里出来时，天是黑的，天上的星星离他很近，伸手能摘下来。船城是那么安静，寺院里没有经声，掌嘎里的犏牛倒嚼的声音也听不到。他往菩萨女儿的碉楼跑，脚板啪啪啪的声音让他惊心。他口渴，嗓子着了火，他跑到了洮河边，蹴下来喘气。他的脸烫得像乃宝（手炉），可双腿冷得像冰柱，他摸一把下身，没穿裤子。他口干舌燥，捧起河水喝。喝饱了，舌头在嘴里搅了搅，他的嘴里空荡荡的……金牙没了！

阿尼闹，金牙没了！

那个女人撩起裙子，女人的大腿雪白，她在上面揉面。她一直笑盈盈的，仿佛他是她们家来的亲戚。揉好的面在女人的手里变成一根根的绳子，在沸水里打旋儿。一个细瓷大碗，肉臊子，葱花，香油。嘴一挨着碗沿就从喉咙上冲进去，掉下去了，深不见底。瞅着碗底，瞅着碗底，后来就不知道了。再睁开眼，满眼漆黑，不知道身在何处。摸索着摸到了女人的一条腿，女人尖叫一声。就有一双钳子似的手把他提起来，把他从窗上扔出来。

咣当一声！女人不可能有这么大的力气，是另外一个男人。

洮河边上的喇嘛保干号一声，对面的古雅山传过来回声。可怜的喇嘛保提起双脚往嘛呢滩跑。面馆到了，他扑在那扇门上喊，我的金牙呢我的金牙呢？

里边的女人打着哈欠说，你吃了我的面，可能是吞到肚里去了吧，到你的肠子里寻吧。你别喊了，可别给你的女人说在我的炕上睡了一宿。你听说了吧，我是个不正经的女人。你也别给你的女人说吃了我的面，我的面不是白吃的，我的面值二两银子，你欠着。

再回到菩萨女儿的屋檐下，喇嘛保抽巴成一张干羊皮，他蜷缩着偎着老驴，死去了一般。

天就亮了。他看见阿乃日扎神山上的雪了，雪山还是那个雪山，而喇嘛保不是过去的喇嘛保了，他的金牙没有了。他掐了掐自己的大腿，疼。他做了一场噩梦，醒了。

他爱的女人在连锅炕上睡着，她还不知道她的阿珑银钱没有了。他伸出手在自己的脸上扇，扇，嘹亮的声音惊得獒支棱起耳朵。他看到，獒在看他，盯着他看。奇怪的是獒今天的表情跟以前不一样，它的眼睛水汪汪的，和善，慈悲，仿佛他受委屈时看林家阿妈看他的眼神。喇嘛保的眼泪哗地淌下来，止也止不住。

獒在这个早晨，热头徐徐升起的早晨变了。它朝着喇嘛保凑过来，嘴里叼着一双獐子皮翘尖靴，脸对着脸看他呢。喇嘛保抱住獒的头说，獒啊，这是菩萨女儿给我做的靴子吗？我要穿着这双靴子把菩萨女儿的阿珑银钱挣回来。獒啊，我发誓把我的金牙挣回来，不然我就死在外头，再不到菩萨女儿的碉楼来。

卓尼的冬天到了，喇嘛保怀里揣着达汉尕书，走了。在船城里他颜面尽失，只好到远一点的地方去念经。喇嘛保好坏也是百灵掌嘎的人，不看僧面看佛面呢。

　　可是那场白雨过后，看雹人喇嘛保在卓尼川的名声一夜之间就馊了。有钱的人家大多不待见，说我家没有什么大事不要人念经。没钱的人家呢反倒对他好一些，说他离天上的神近得很，不能得罪，给他的烟筒帽装些青稞和蕨麻。

　　不知不觉走到了大峪沟，走到了前妻拉毛草家的夏窝子。其实喇嘛保对拉毛草是好的，只是他的金牙不舍得给拉毛草换阿珑银钱。他恨的是入赘拉毛草家的蒙古喇嘛。狗日的鞑子，没给拉毛草阿珑银钱就娶了拉毛草，杂厌！

　　几乎所有人家都没有青稞了，官寨义仓也快要底朝天了，可拉毛草家还在炒青稞磨炒面。他的蒙古男人带着皮张去岷州换了药材，又去临夏用药材换了粮食。蒙古男人脑子灵光，会算账，越倒腾越多。

　　喇嘛保在拉毛草藏板房门前的坡上逡巡了几日，看见麦架上还搭着几条干肉。几块石头扔上去，掉下一块肥膘，口水跟着淌下来。他往牲口圈里扔了一把草，蹴在一个旮旯里吮猪膘，等着牲口们吃光这些草。

　　天亮了，他踅到拉毛草的板房跟前念经。拉毛草从独木梯上下来了，扔了一块干肉说，你走吧！

　　喇嘛保摸着自己滚圆的肚皮说，我碉房里的肉吃不完呢。

　　拉毛草撇着嘴说，你有碉房？全卓尼川的人谁看见你的碉房啦？

　　喇嘛保把一只穿着獐子皮翘尖靴的脚跷在拉毛草眼前说，全卓尼川的人见过菩萨女儿的碉房吧，她的碉房就是我的碉房。菩萨女儿待我好啊，我出门前她给我穿上獐子皮翘尖靴，还往我怀里塞猪膘。喇嘛保说着从怀里掏出一块干肉扔在草垛上。他说，你家两日内有血光，我看在过去的情分给你禳灾，我念我的经，信不信由你。

　　拉毛草不信喇嘛保的鬼话，对他吐口水翻白眼。一拌糌粑的工夫，拉毛草家的牛羊口吐白沫四肢抽搐，一只母羊还落羔了。难道吃了闹羊花了？不可能啊，拉毛草家的牛羊都认得闹羊花，蒙上它们的眼睛都能用鼻子嗅得出来草地上的闹羊花。即使是误食了，也不可能　圈的牲畜都误食了，八成是中邪了。

　　拉毛草早上念嘛呢的时候心中念了咒语，让可恶的喇嘛保口吐白沫四肢抽搐不省人事，没想到黑咒现世报应到她家的牲畜身上了。赶紧去寻喇嘛保，喇嘛保还没有走远，在另外一户殇了娃儿的家里念经呢。喇嘛保自然没有推辞，他让拉毛草在牲口圈里放了一个油锅、一桶酒、一些"多玛"青稞供品。他把头发散在脸上，脸上抹了牛粪灰，手摇铜钹震天价响。油锅烧红了，把酒泼进去，即刻火光冲天，围观的人吓得魂不附体，纷纷闪开。混乱之中，把酥油青稞捏的"多玛"塞进自己嘴里。泼一回酒起一次火吃几个"多玛"。"多玛"吃完了，灾就禳完了。再看圈里的牛羊，从稀湿的粪土上站起来，眼睛睁得铜铃一般，嘴往草垛上拱，开始吃草了。

拉毛草是个痛快人，直性子，知道自己错了，不该咒喇嘛保。二话没说当即拉了一头犏雌牛，把牛鼻绳绳塞到他手里，当是报酬。

这报酬确实有点大了，喇嘛保不相信是真的，张着嘴看拉毛草的脸色。他嘴里有个黑窟窿，过去是金牙待的地方。拉毛草说，牛是你的了，我这头犏牛命不好，很快不知道要投胎在哪里了。喇嘛保，我告诉你，挣够一只金牙就回家吧！

听到"金牙"两个字，喇嘛保赶紧捂住了嘴。看来喇嘛保丢了金牙的事在卓尼川传开了，这简直让喇嘛保痛彻心扉。

拉毛草酸溜溜地说，那菩萨女儿是掌嘎里的人，是个活菩萨，人好命贵。你脚上的骆蹄如果不是骗来的，说明她对你好了。好好待她吧，好好过日子比什么都强。

喇嘛保转身拉着犏牛走，后脊梁冷飕飕的。

这真是一本万利的买卖。喇嘛保心急着想回到船城，让船城的人看看他挣的犏牛。他拉着犏牛回船城，走了大半天工夫，为了早点赶到船城，他抄小路，从一个鹦哥架上过峡谷。鹦哥架就是栈道，一般建在依山傍水的峡谷中或者绝壁上。喇嘛保拉着他心爱的犏牛站在鹦哥架的一头。鹦哥架面宽不足三肘，上面是绝崖峭壁，下面的河水正旺，惊涛翻滚，震耳欲聋。过鹦哥架是有规矩的，两边的入口的石壁上都挂着一只牛角，进鹦哥架之前要吹响牛角号。道面狭窄，只能容得一匹驮畜单行，不能有两匹牲畜相向而过。热头西斜，喇嘛保吹响牛角，可能是肚子饿了，底气不足，声音不够嘹亮。上了鹦哥架，过了一个弧弯，眼前突然就出现了一匹马，马身上驮着驮子。对面的人看到他也愣住了。天哪，人可以避让一下，或者调头返回，可是牲畜是不会倒着走的呀。这种事情也是常有的，解决也有规矩，那就是双方商议，将一方的牲畜推下栈道，另一方赔付对方一半损失。两个窄路相逢的人开始吵架了，先是抱怨对方没有吹响牛角号，抱怨没有用，眼看天黑了，抱怨下去双方都会被冻死。又开始争吵把谁的牲畜推到崖下，自然是便宜的牲畜推到崖下。马自然比牛贵，况且马身上还驮着驮子，驮子里装着粮食。喇嘛保的犏牛保不住了，他伸出手摸着他心爱的牛，从牛头摸到牛尾，像摸着当年睡在连锅炕上的拉毛草，悲痛得直掉眼泪。摸完了，喇嘛保背过身子蹲下去，捂住耳朵闭上眼睛。再睁开眼睛，他心爱的犏牛不见了，下面的河水还在翻滚。转过身往回返，身后是那匹可恨的马和那个可恶的人。下了鹦哥架，喇嘛保要拿走对方一半的财物。半匹马，半驮子粮食。粮食可以分开，可是马不能从中间劈开。喇嘛保要马，对方不干，对方要马，喇嘛保不干。争执着就拔出了刀。喇嘛保瘦得像一只马鸡，在山野荒外，最后的结果一定是喇嘛保人财两空。想想牛也是白来的，喇嘛保妥协了，瞪着眼睛让人家骑着马走了。

牛没了，可以再挣。喇嘛保不辞劳苦，如法炮制。可是，不是哪一家都像拉毛草那么出手阔绰，他有点心急。

有了来钱的"手艺"，手就痒痒得不成。这时喇嘛保突发奇想，又想起了一个挣钱的法子。

大族的一户人家，家里的人接二连三地病倒，喇嘛保自告奋勇，不要报酬去禳灾。他身后插着五色的旗子，披挂上阵，手里鼓锤铃钹，咚呛铿锵。他装模作样念着一种谁都听不懂的经文，口若悬河，翻江倒海。身体大幅度摇摆着，背后的旗翻腾着，闹得人耳鼓嗡嗡目眩心迷。他摘下胸前的铜镜，一边念经，一边在镜子里窥视，看见了银嘎乌、银奶钩、珊瑚松石的刀子……主人大骇，从佛龛的后面拿出这些东西。此物系恶凶寄附之所，马上驱除。埋进包房后面的粪堆，让鬼秽不得翻身。紧接着禳灾解祸。支起一口油锅，坐在油锅前念念有词。趁人不备，掏出怀里的酒囊冲着油锅洒酒，火光冲天，把生病的人头发都烧着了。几次三番，围观者魂魄尽失。手里举起一把长刀在油锅里浸了，放在舌尖上一划，舌尖上冒出淋淋鲜血，滴入油锅，哧啦哧过后，把剩下的热油浇到粪堆上。宅内凶秽尽除，喇嘛保打了个哈欠。最后粪堆里的东西到了喇嘛保的手里。

如法炮制。喇嘛保变得很忙。终于有一次在纳浪露了马脚，让人打得鼻青脸肿，把所有挣来的钱搭上了，才保住一条命。受害的人说，官寨里的嘉波说了，不让我们藏民抢夺部落的财物，你难道想早点死吗？喇嘛保鼻青脸肿地说，不让抢，没说不让骗！接着又被打了一顿。

他想回船城把那个大腿上和面的女人杀了！

此时是隆冬，洮河上结了冰。半夜他从冰桥上进船城，整个船城一片死寂。他身上的袍子单薄，冻得全身的骨头像麻浮嚓嚓嚓地响。眼前是离卓尼大寺五里远的伏藏山洞，寺院里闭关修行的高僧大德可以出入这里，像喇嘛保这样的人从来没有进去过。平时掌嘎里的俗人是不可以到这里的，是不是官寨定下的规矩不知道，反正掌嘎里的人都不敢到藏着伏藏的闭关山洞。

喇嘛保要冻死了，要死的人还管那么多吗？他想到山洞里避一避，等他缓过来，去把那个女人杀死。

靠近山洞口时，听到一点声音，是牲畜打响鼻的声音。这声音很怪，只有把牲畜的嘴扎上了才会发出的鼻子里的叫声。他有点害怕，脚下一软就跌倒了。正好跌在一个草堆上，他赶紧钻进草堆里，露出头来，继续听。这时他就看到了一柱光，在他前面闪了几下。喇嘛保身子抖着，感觉魂儿从天灵盖上吱溜一声出去了。那匹用鼻子叫唤的马走近草垛，拱草。一个人轻手轻脚地往马背上的驮子里装东西，那东西是硬的，发出叮叮当当的响声，像洮河里漂浮碰撞的麻浮。那一束光是那么刺眼，耀得眼睛什么都看不见。

喇嘛保想，马驮子里装这么多麻浮做什么呢？在这个冷彻骨髓的夜半，这匹被绑住嘴巴的马要去向何方呢？

喇嘛保真的太冷了，身子僵硬。他伸出一只手，放在马的脖子上，插进马鬃里。一股热流传导进他的身体，从手臂到肩膀到心脏，真暖和啊！喇嘛保感觉到身子又活了。他突然有个想法，他想记下这一匹马，如果今夜不死，这匹马就是他的救命恩人。他用另一只手掏出腰刀，割了马脖子上的一撮鬃毛。

驮子可能是装好了，那个人调转马头，跨上马，随着那缕刺眼的光，走了，从阿乃日扎神山的脚下走了。据喇嘛保所知，那个方向根本没有路，可是那个人和那匹马转眼什么都没有了。

喇嘛保甩甩头，刚才难道看见鬼了？喇嘛保头皮发麻，甩开腿往船城里跑，心里害怕还出了一身冷汗。他已经忘了要杀那个女人的事了，他不敢杀人，他连土拨鼠都没有杀过，看氆人被船城人耻笑为不会拔刀的人。

天快亮了，他不敢去菩萨女儿的碉楼，跑回自己的土包房。他倒在半截炕上的一堆牛粪上，死人一般。

喇嘛保的魂儿被那一柱光摄去了。

拉毛草家的犏牛没有了，强巴家的酥油没有了，央金家的羔子没有了，占堆家的银饰没有了，挣来的钱都没有了。直不起腰的土包房里只有一桶水。他挺在自己的土包房里，等死。睡起一个长觉，不知几天过去了，他夜游似的把手伸进水桶里，水已经结了冰，他用腰刀戳了几下，放进嘴里几块冰，又不知几天过去了。

看林家阿妈把狸子皮大氅盖在喇嘛保身上，给喇嘛保烧了茶煮了尕汤，她坐在喇嘛保的身边。她说，娃儿啊，要听人说话呢，听不见人说话，身子不动弹，那不是人那是木头。娃儿啊，你要说话呢，说话才是人呢，死人才不说话呢。人不说话就是死了，嘴先死了，耳朵死了，眼睛死了，心就死了。

喇嘛保娃儿啊，我们再不能嫌弃汉人，我们得跟汉人学呢。汉人尕房子们浑身长的都是心眼子，他们去北山去收一些被牧人放弃了的羸羊弱牛，不用花一串钱，拉回洮河两边。喂一些干草和豆子，那些牲口马上就活转过来了。开春儿草长出来了，他们就赶着牛羊进土门关里头去卖呢，卖个好价钱呢。羊一路吃着草不掉膘，羊肉比天鹅肉还嫩呢。

喇嘛保娃儿啊你可不能死，你死了我阿么跟你的阿爸交代呢。

喇嘛保你不能走啊，你走了，可怜的菩萨女儿第二次当了油萨玛，难道她天生就是个寡妇吗？

喇嘛保你听着没有，你倒是说一句人话呀！

喇嘛保手里一直握着一撮马鬃，好赖不松手，死活不说话。看林家阿妈说，如果佛赐我的狸子皮大氅还救不活喇嘛保，那他的大限就应该到了。把菩萨女儿叫来，给可怜的喇嘛保叫个魂儿吧。可菩萨女儿进了官寨准备春季的衣服，只带来了菩萨女儿的獒。獒凑近喇嘛保，舔他手里的马鬃，喇嘛保睁开了眼睛。

16

开春儿了，卓尼官寨沐浴在乍暖的春光里，庭院里的马鸡新换了羽毛，太阳初生时，为自己亮丽的毛色振翅而鸣。

起先是阿妈的木楼里传出嚣杂。

事情是由侍女脸蛋儿引起的。脸蛋儿早晨起来给南杰老爷拾掇床榻，她伸手摸一下棉花被子，触到了滑溜溜的东西，脸蛋儿惊叫了一声。卓尼人认为，灵魂是软绵绵滑溜溜的东西，一不小心会从人的身体里掉出来，像太阳晒化的一块冰，瞬间没有了踪影。魂儿走了，人就走了。

魂魄是一缕滑溜溜的东西，用手摸是羽毛或者鲵鱼的感觉。人出生从脑门囟进来，人离世从鼻孔飞走。脸蛋儿又颤巍巍地伸进手，把那一缕滑溜溜的东西一点一点往外拽。哦，原来是汉地丝绸，是一件漂亮的丝绸衣裳。脸蛋儿见过太太生前的好多衣裳，但是这一件没见过，这件丝绸袍子一定是太太在床榻上穿的，除了老爷谁都没见过的。脸蛋儿小心翼翼把丝绸袍子披在自己身上，瞬间，像泼过来一瓢牛乳。她浑身绵软，面色潮红，她终于明白，为什么太太一穿上汉地的丝绸，就温软得像一团糌粑。尝到了汉地丝绸的感觉，还想尝尝躺在嘉波老爷棉花被子里的滋味，于是脸蛋儿靠在黄花梨床榻上……

正是贪睡的年龄，脸蛋儿睡着了。

老爷，我梦见银子了。

看不见的银子不是银子，是水。

老爷用青盐把牙齿洗得雪亮，说，女大三六一十八，能从牛奶里分出酥油和曲拉。犏雌牛都要有个家呢。

脸蛋儿的脸红了，悠悠地说，太太陪嫁的东西很多，没听老爷要把它们送给谁。难道官寨就多脸蛋儿一个人吗？

老爷说，太太在的时候经常说，一把好刀要找到一棵树配个木柄呢。

脸蛋儿说，太太在的时候也经常说，一个腔子里掏不出两颗心脏呢。

……

当嘉波阿妈掀开儿子的棉花被子时，脸蛋儿尖叫着蜷作一团，把脚抱在怀里——她裹着汉人的小脚，如果脚让人看见了，就是身子让人看见了，那就活不成了。嘉波阿妈看到，脸蛋儿穿着一件丝绸袍子。

脸蛋儿从黄花梨床榻上滚下来，把两只粽子小脚藏在屁股后面，连滚带爬扑过来，拽住嘉波阿妈的衣衽。

嘉波阿妈给了脸蛋儿一个耳光，声音清脆得如打碎一只龙碗。

阿妈伸手捏着脸蛋儿的腮帮子说，你这一坨孽障，就像犏牛吃的芫根。

你想变成嘉波太太？嘉波太太是酥油，你是曲拉（奶渣），呸！

阿妈不是不喜欢脸蛋儿，而是不喜欢汉族女人，不喜欢前面的太太。汉族女人动不动就脸红，扭怩作态，说话像苍蝇叫。这一切男人们也许是喜欢的，因此，汉族女人是作出来的，作给男人看的。这让人生厌。汉族女人也不都这样，只是原来的太太完全是这样的，她让南杰神魂颠倒魂不守舍，她到官寨后，南杰眼里就没有了别人。所以阿妈也不是不喜欢汉族女人，主要是不喜欢前面的太太。

脸蛋儿的一双大眼睛吧哒吧哒地掉眼泪，哽咽着，说，嘉波阿妈，早上我给老爷拾掇床铺，我就看见了魂儿一样的丝绸，我只想摸一摸，不知怎么这魂儿就粘了我的身上，木榻就粘在我的背上了……

呵呵呵，呵呵呵。嘉波阿妈捂着嘴笑，这笑是脸蛋儿以前没有听到过的，仿佛不是从阿妈身体里发出来的，脸蛋儿害怕，身子筛子似的抖。

其实阿妈也不算老，五十多岁，头发还是黑的。每天晚上睡觉前，脸蛋儿会给她捏一团糌粑，在她的脸上滚来滚去，最后扔给了炕下的猫。那只猫油光水滑，眼波如蜜，偎在人怀里就差张嘴说话了。她没做过土司太太却做了土司阿妈，占了便宜的人总是喜盈盈的。即使阿妈喜欢半睨着眼睛，笑意也会从眼眶里溢出来。可是她经常说她的眼睛什么也看不见，尤其是看到不喜欢的人和事的时候，阿妈的眼睛什么都看不见。阿妈经常说，不窝曳啊不窝曳。她说，人要在不老不少时死最好，肉要在不老不嫩时吃最香，不窝曳啊，不窝曳！仿佛她嫌自己活得太长。

阿妈长长地释了一口气。由愤怒转为嘲笑的阿妈，声音变得熟软。她退后两步坐在黄花梨椅子上，伸手摸着釉里红，慢条斯理地说，原来你是一只猫，也许和我养的那只家猫是一个娘生的呢。

呵呵呵，哼哼哼。

侍女脸蛋儿领会了主子的嘲笑。被言语嘲弄，真不如挨几个耳光舒服。羞恼，让她弯下的腰更塌了，那些粘在她身上的丝绸抖抖索索的，像一块冰在消化。在卓尼人心目中绿度母似的嘉波阿妈，何以对一个下人如此嫌恶呢？

嘉波阿妈说，撕了！

那一个早晨，汉人侍女脸蛋儿撕扯丝绸的声音，像极了一个女人生产时的呻吟。阿妈皱了眉头，双手放在胸口上，唵嘛呢叭咪吽……南杰！南杰！

她想念南杰，只要南杰不在她眼皮底下，她就想念南杰。

嘉波阿妈传青冈到她的木楼上来。青冈被裹着双足，扶着木梯伶仃地站着，她看上去瘦了，脸白得像个汉人。可她的眼睛是属于卓尼川的，明朗，无邪，里边什么都没有，里边什么都有，阿妈不喜欢的什么都没有，阿妈喜欢的什么都有。

阿妈看了一眼青冈的双足，说，要想做官寨里的女人，就得听嘉波阿妈的话。

阿妈让你缠足只是一时的气话，可是阿妈说出去的话就是泼出去的水，不然官寨里的人还谁听嘉波阿妈的话呢？

汉人说一山不能容二虎，所以啊，你在阿妈面前不得不时常低一下头。

你看那是官寨的义仓，里边已经没有粮食了。让大家看到的满满当当的样子，其实里边充填着草籽。官仓不能空啊，官仓空了卓尼人的心就空了。

江措大头目很快从迭部运来种子，洮河两岸都是十桶地，春天下种，秋后官仓就满了。东方不亮西方亮，卓尼遭灾还有迭部呢，还有江措大头目呢。土司，汉人管嘉波叫土司是有道理的，有土地的人就叫土司，有土地就会有青稞和牛羊，愁啥呢！

青冈娃儿啊，那个时候你已经是嘉波太太了，官仓的钥匙就交到你手里。只有嘉波最信任的女人才能配得上这把钥匙，不过配上配不上还是我阿妈说了算。

嘉波阿妈的话说完了。她摸了一下青冈长长了的头发，说，这样的头发才配得嘉波家的阿珑银钱。唉，马上到寺院给你们择个日子，日子一定就齐了，唉！

阿妈的叹息是喜悦的，阿妈太喜悦的时候看上去是忧愁的。她怕喜悦太满了，有人说她占了便宜。

阿妈对大总管说，那个娃子回来了吗？总管说，回阿妈话，娃子回来了。

一早，阿妈指使一个娃子去看旱獭。当地有个说法，洮河开河后，如果旱獭从洞里露出头，那再有二十天就要下种了。

那个娃子跑回来了，他跑得那个欢势，脚后跟刨起了一溜烟尘。进了官寨，他仰着脸捯着气儿，都忘记给嘉波阿妈下跪了。他说，嘉波阿妈，洮河北岸上长出一个高塔。那高塔是石头做的，上面还戴着个帽子。嘉波老爷和那个红狮子洋人站在石塔跟前，他们说的话小的听不懂，好像说什么气象，好像有了那个石塔就不用喇嘛保看雹了，敢情那个石塔是镇雹的。整个船城的人都远远地围着那个石塔看，喇嘛保那个宝气活过来了，跪在柱子前哭爹叫娘呢。唉，活命的细细给拽断了，他阿爸死了他也没哭那么伤心。

那个戴着帽子的石塔可以看雹？稀罕！

娃子说，噢嘞，实话稀罕！

阿妈说，凭它是什么，南杰嘉波做的都是好的！

娃子说，哦呀就是！

阿妈问，你看到旱獭的脑袋从洞里伸出来了吗？

娃子这才想起旱獭的事，挠挠后脑勺，龇龇牙。

青冈的脚放开了，还是有点一瘸一拐。阿妈和青冈相携着上了官寨的木栏，眼前一下开阔了。只见洮河北岸的草地上，兀然矗立着一个庞然大物。还有一个人爬上去，好像要从上面往下跳，下面的人们仰脸看着，劝说着什么。

青冈说，可怜的看雹人喇嘛保饭碗没了，不想活了。

马蹄声在洮河岸边自东向西响起来了，那是南杰嘉波的坐骑琼雪。阿妈说，南杰嘉波一定做了一件漂亮的事情，南杰做的任何事都是对的。

南杰嘉波在洮河岸边策马奔腾。

每当一件新鲜的事情出现在卓尼川并且能改变卓尼的样子时，南杰嘉波就用策马奔驰表达他的喜悦和向往。琼雪的蹄子深沉而稳当，它敲击的每一块地方都连在他的心上。

卓尼有了气象塔。他从秦州请了气象官，气象塔和气象官取代了古雅山上的石庐和看雹人。"气象"这一个崭新的词语进入卓尼，进入早晨说梦人的嘴里。但是人们头脑里固有的东西不会一阵风就能刮走，这一切都需要时间。

南杰嘉波的眼前是平展展的寺院香火田。精明的寺院八班把香火田租给了外来的汉人，并且一租就是五年十年。汉人在地上打了堰子，修了排水的沟壕，远远地看上去是一望无际的棋格。去年种了青稞和麦子，今年可能倒茬，种胡麻和豆子。汉人种的香火田收成马上提高几倍，十桶田就能成了二十桶田三十桶田，粮食集中进了寺院香火仓。汉人们忙乎得脚后跟打着后脑勺，可船城的藏人更加懒散更加贫困。雹灾之后，洮河两岸绝收，官寨发孥书减少入寺人口，令寺院香火仓给种香火田的卓尼人平价放贷，渡过难关。寺院往年放贷是三成利，眼下平价放贷显然影响到寺院的利益。

卓尼大寺的百灵八班似有不满，在此时突然提出闭关修行。离上次出关还不到一年。

寺院八班是百灵掌嘎的灵魂。百灵八班的势力随着入寺人口的限制开始削弱，百灵掌嘎一茬茬长大的男丁不能入寺了，要和别的掌嘎的男丁一样，领地种田辖马出兵。这就意味着，百灵八班上百年统治寺院的历史进入拐点。百灵掌嘎入寺人口减少，与别的掌嘎进寺人数均衡。他们的眼睛终于要从脑门上面移到鼻子上面了。百灵掌嘎的人明显地对官寨不满。对官寨不满就是对南杰嘉波不满。

不破参，不住山；不开悟，不闭关。百灵八班在卓尼大寺举行隆重的闭关仪式。此次闭的是生死关，闭关没有期限，直到修行者能够完全把握生死才能出关，反之，将在闭关洞了却此生。

近千名僧人集中在大殿，念经，焚香，煨桑，转古拉。

百灵八班身着宽大的半月形大氅，上面绣着藏文"卓尼嘉波吉祥"。上百年来，百灵掌嘎世袭着这一件僧袍，他们一代代恪尽职守，几乎没有职权旁落的理由。

百灵八班走近南杰嘉波，双手合十之后，把一条黄色哈达献给南杰嘉波。他靠近南杰嘉波，用很小的声音说，印经院积银千两，多为印经者布施，官寨若有需用，即取之。

南杰嘉波点头。卓尼的土司没银库，印经院是卓尼最富有的地方。印经院的布施从来都是一笔良心账，轻重多寡，在于人心。寺院的管理很严格，出入寺院的僧俗不可能带出寺院的一根针。

僧人们每人手执一支香送百灵八班入关房。从卓尼大寺到闭关洞，浩浩荡荡。

闭关洞坐落在山根下，碧草连天，一条泉水注入山洞，淙淙琤琤。除了闭关的高僧大德，鲜有人出没。

清净六根身意，超脱三界污染，珍惜殊胜因缘。

石门打开，移步前，百灵八班上前执手南杰嘉波，踮起脚，前额碰了前额。

南杰嘉波感觉到，百灵八班的额头生冷如冰。

洮河开河了，自上而下的洮水流珠，卓尼人称作"麻浮"，你拥我挤，银子似的哗啦啦地响。洮河发源于西倾山，流至卓尼境内，两岸山形陡峭险峻，地势百转千折。秋冬之际，河水在石崖上左右奔突，水花飞扬，气温骤降，水花凝成冰珠散落河水。一团团一片片一堆堆前推后拥，时散时聚，洋洋洒洒。远看，似堆雪，似梨花，近看，似琉璃，似翡翠。

精明的汉人歪房子们像惊蛰后的虫子早已动起来了，其实他们从来都没有闲着。汉人讲究，常将有日思无日，莫待无时思有时，汉人这种人，有的时候也发愁，没的时候也发愁。庄稼出苗后，汉人说，春夏不晒背，秋冬要后悔。因此他们总是脊梁上背着热头，一直背到秋后。秋后也不闲着，他们就贮青草。虽然没多少牲口，他们也贮存大量青草，牲口吃不了就沤肥。汉人讲究有备无患，吃不吃留着肚，走不走留着路。

开河了，洮河两岸的土地就醒了。那个最勤劳的汉人二后生是歪房子的头人，远远看到南杰嘉波，他放下手里的石块，向南杰嘉波鞠躬。他在干什么呢？南杰嘉波走近，发现他伙同一些人其中也有掌嘎里的人，在把一些石块垒在岸边，一堵长长的结实的石头墙。站着弯腰致意的是汉人，跪下来垂首埋面的是藏民。看来给汉人二后生做活的藏民还不少。南杰嘉波明白了，汉人二后生用石头阻挡河水，给他开垦出的河滩地加了一道保险，加了保险的河滩地成了永久地。河滩地是最肥的，汉人可以种成五十斗地甚至六十斗地。看到卓尼人和汉人一起劳动其乐融融的场面，南杰嘉波突然热泪盈眶。这是他决意修大车道的初衷，这是他一心想看到的场景。身后跟上来的官寨钱粮官说，报南杰老爷，河滩地成为永久地后，比照香火田惯例，除籽种之外收成对半。

寺院里的诵经声没有了以往的阵势，寺院里的人少了，晌午饭的炊烟也没有过去那么雄壮。通往寺院的路上，人们磕着长头，后背上依然背着家里唯一的一点炒面、一点干肉，给寺院布施。听到南杰嘉波的马蹄声，他们纷纷躬身避让。只有一个人站在路中央，茫然不知所措。

南杰嘉波看到这个人面目呆痴眼光涣散，他认出来是看林人。看林人过去是百灵掌嘎的头人，寺院八班的兄弟，百灵江措的父亲。他失去了儿子，又失去了古雅山上大量的树木，魂魄随着这些去了。留下的肉身，已经没有南赡部洲的苦难。南杰嘉波跳下马，把一串松石挂在他的脖子上。在卓尼川只要看到这串松石，就有人保护他。

寺院的下面嘛呢滩是丛拉。由于淡季，表面上不像赶集日那么热闹，但已发生了实质性的变化。官寨的义利社率先使用秤和尺子，带头规范度量。整个番区过去几百年都是物物交换，以物易物就存在不平等交易。尤其是番民生性质朴，免不了被高利盘剥。一只羊仅换一盒火柴，一张羊皮换两根针，十斤酥油换一把糖。还有一些候商春季运货而来，通过部落头人担保把生活用品赊给番户，秋季结算牟取更大利润。为了改变番民总是吃亏的现状，义利社任用汉人总管，从山西陕西四川大量买进茶糖盐布，换取番民皮张药材，再统一外销。义利社总管用一只算盘来平衡丛拉的物价，番民从中受益。

丛拉总管是一个小眼睛的桃日掌嘎的人，几代人都对嘉波忠心耿耿。他哈着腰夋着两只手迎上来，用脸贴了一下嘉波的马腿以示他的卑微与忠诚。南杰嘉波私下嘱咐过他，密切注意丛拉里候商与面馆女人的交往，一丝一毫的动静都要向官寨禀报。丛拉总管这次说的话和过去说的一样，候商和那个面馆的女人从来没有交往，他们的眼睛都没往一起碰过，在对方的眼里他们像风一样从来没有存在过。南杰嘉波知道，对于一个独来独往的男人，从来没有往一个女人身上看一眼，这是他们之间最大的秘密。丛拉总管的眼睛小得聊胜于无，又不敢直视南杰嘉波，就像是闭着眼睛一样。

南杰嘉波说，你看着我说话！

丛拉总管的身子哆嗦了一下，他不敢抬头，只能翻起眼皮，眼珠子像两只鸟卵。

据南杰所知，那个候商每次从外面回来，都带回珍贵的珊瑚琥珀，卓尼及周边妇女趋之若鹜。而这些珊瑚琥珀的颜色越来越新鲜样式越来越精巧。嘉波阿妈从看林家阿妈的口中得知，这些妇女喜好的珍宝，其实是一种叫"怀宁"的赝品。还有，裁缝菩萨女儿对阿妈说，那家银楼，汉人银匠的做工好，收的手工少，奇怪的是，当着面做好的阿珑，就比原来轻得多。那家银楼左边是女人的面馆，右边是候商住的客栈，但不知道谁是银楼的掌柜，谁都不知道。

南杰嘉波叫来问丛拉总管，说，官寨里的银匠做的银器手工是好，可式样总是没有更新，丛拉里哪家银楼手工做得好，官寨里要做一些供碗。

丛拉总管说，回老爷话，丛拉里只有一家银楼手工好成色足，一年要缴钱粮百个银元……在卓尼，用钱纳税的叫钱粮。

南杰嘉波说，好了，让掌柜的带上银匠到官寨来。

回老爷的话，银楼没有掌柜的，哦回老爷的话，小的没见过银楼的掌柜。

没有掌柜？那你跟谁收的百个银元的钱粮？

丛拉总管即刻掉出了舌头。

抬起你的头说话！

丛拉总管浑身哆嗦着抬起头，赶紧把眼睛闭上。

南杰嘉波说，伸出自己的手给自己的嘴里塞一瓢羊粪，直到明天太阳升起来，不许吐出来也不许咽下去。

丛拉总管扑在地上说，老爷，小的没说假话，是伙计缴的钱粮。哦呀！

船城人谁都没有注意到，嘴里塞着羊粪的丛拉总管不见了。丛拉里客栈的对面开了一家稀油店。一个伙计终日坐在店里，除了上茅房，几乎不离开半步。

河上的伸臂握桥被去年秋天的大水冲掉了。藏谚说，说长伸到拉萨，说短到不了对岸，前面说的是路，后面说的是桥。桥是如此重要，可眼下国贫民困，修一座永久性桥梁谈何容易。洮河边的大族有一座浮桥，江措大头目正把迭部的粮食种子运往船城。

惊蛰了，桃始华，仓庚鸣，布谷鸟叫了，洮河两岸该下种了。洮河两岸的绒洼（半农半牧者）已经学会了汉人尕房子的做法，用林叶肥伴种。藏人已经明白，白籽下种和肥料伴种收成相差两成。

南杰嘉波策马往大族走，去迎江措大头目，他要告诉江措大头目，卓尼川有了气象塔。走到闭关山洞附近，有一只鸢在上空盘旋。这是一只强壮的鸢，在蓝色的天空展翅，长时间地悬停。他看了一眼闭关洞口，想起了百灵八班，百灵八班闭关修行已经百天，洞口快被野草淹没了。

南杰嘉波听到了海骝马的嘶鸣，江措大头目扬鞭奋蹄正与他相向而来。

在洮河与白龙江之间隔着迭山，迭山山脉是卓尼官寨的脊梁，卓尼与迭部是前胸与后背。南杰与江措如一个碉楼里的两根柱子，用两个身躯支撑着卓尼土司领地。不远处的草地上，一群牦牛正驮着沉重的驮子，像一座座移动的山，走向远处。

海骝马与琼雪彼此靠近时，突然天上掉下一只鸢，跌在两匹马之间。

南杰嘉波迅速查看四周，周围没有动静，只有闭关山洞门上的草晃动着，仿佛穿过风。二人翻身下马，江措大头目拿起那只鸢查看——这是一只白尾鸢，黑白分明的羽毛，明亮的红眼睛没有闭上。奇怪的是，鸢身上没有明伤，更没有箭伤。那这只白尾鸢是受到什么打击从天上掉下来的呢？

弹弓，一只强劲的弹弓！

南杰嘉波和江措大头目同时想到，红石崖的那个黑夜，飞出去的石块，精准地落在马后臀上，用的就是一只强劲的弹弓。据派去沙楞码头的探子说，那个在沙楞码头接应卓尼木材的人，是一个攒劲的后生，能说会道，打得一手好弹弓，石头弹出去，能让最坚硬的脑袋殒命。那么，设计红石崖事件的人和在沙楞卖木材的是同一个人。他一石二鸟，一是杀人灭口独吞古雅山上树木换来的银子，二是给卓尼官寨送行的人造成伤亡。他此时就在船城，眼下，就在闭关山洞附近。

周围真的没有任何人，没有任何动静。

从上卓梁的方向驰来一匹快马，腾起一路烟尘。

把守暗门的门兵急报，又来了一个"加卡卜"！

17

从东边方向，又一个自称"加卡卜"的进了卓尼领地。

他们沿着洮河溯流进入卓尼。

他们可能是从另一条河流上来的，进卓尼地界了，还在两匹马上讨论泾渭分明的事情。一个说，泾清渭浊，另一个说，泾浊渭清。一个引用的是《邶风》，"泾以渭浊，湜湜其沚"。一个引用的是谭嗣同，"泾涨渭涸，则泾清渭浊。泾涸渭涨，则泾浊渭清"。这可能是一个说不清楚也没有必要说清楚的问题，只是为了解闷儿。一路上引经据典，最终形成的答案是，夏天泾浊渭清，与泾河发源于黄土有关，冬天泾清渭浊，与泾河结冰期长而渭河结冰期短有关。过了暗门进了卓尼境内，远远地看到一座山崖，像极一顶喇嘛僧帽，这就是长着绿漪石的喇嘛崖。

走在前头的马弁举着黄底青龙旗，脑后吊着一根辫子。看到洮河，大吃一惊。洮河是黄河上游的支流，黄河的支流原来是蓝色的，像蓝天上掉下来的一根带子。后面的马背上杵着的可能是两个大员，花翎红顶，蟒袍补服，腰玉带，足厚靴。他们装在散发着霉腐的朝服里，泥胎一样挺着身子，板着脸。

他们看到洮河谷地上残留着一片上一年的棉花枝杈，显然是种植失败，放弃了。但这足以让人匪夷所思，在天高地瘠的番地，竟有人试着种植炎热之地的棉花。看来这里远非想象中的蛮荒之地。其中一个捋着胡须说，匡复清室，偏安西北，在此地做皇家避暑之地，天作之合。哈哈哈哈！

纸糊的童男女过河，衣服湿了架子不倒。摆驾喇嘛崖，令官寨的土司和大头目疾行喇嘛崖迎驾。他们的人并不多，但阵势大，龙旗蔽日，钟鼓和鸣。卓尼官寨里的人行礼甫毕，那些红顶蟒袍就鼓起腮帮子，唱歌：

巩金瓯，承天帱，民物欣凫藻，喜同袍，清时幸遭。真熙皞，帝国苍穹保，天高高，海滔滔。

音调不一致，声音怪异。说实在的，吓人倒怪的。

拖着厚重的不怎么合体的蟒袍好不容易坐定了，净手，净口，讲究得一丝不苟，煞有其事。

前面的桌几上，齐齐整整放着金黄的酥皮点心，上面似乎还点了朱砂。

红笔师爷本来是个畏缩的人，树叶掉下来怕砸了头顶。可是看到一个个顶戴花翎，竟忘了规矩，第一个冲上去，扑倒，叩首，像见到了久别的爹娘老子，涕泗交流。

吾皇……想说吾皇万岁万万岁，但又突然想到，吾皇到底是谁呢，怕说错话，赶紧闭嘴。

这样，站在后面的南杰嘉波看上去就显得很犹豫。为什么呢？南杰在十三岁那一年，从老土司的嘴里听到大清王朝，紫禁城，那是一个遥远的地方，那是一些虚幻的人，那个地方那些人对于南杰嘉波，就是一封印信。前面的那些土司其实也只见到印信没见过人。眼见为实，这难道就是曾经册封他为卓尼第十九代土司并呼图克图的"加卡卜"吗？

这个朝代不是不复存在了吗？青龙旗不是被五色旗取代了吗？

南杰嘉波迟疑着，不知应该给来者行什么礼。自袭位以来他只给阿妈行过叩首礼，祭山神时给山神行叩首礼。一直以来都是全卓尼领地的属民给他行叩首礼。此时他的身子像一棵树，没有为这些来路不明的人弯曲的理由。

来者并没有注意到后面的南杰嘉波，他们把红笔师爷当成当地的土司了。因为他们对卓尼土司有所耳闻，卓尼土司是一个精通汉学穿着汉服的人。

来者自称清朝大员。此时已无清朝，何来清朝大员。红笔师爷清末曾在金城文高登学堂就学，文高登学堂是新式学堂，但里边网罗的是一些秀才，其实是新瓶装旧酒，准备乡试考取功名。光绪三十一年，年近不惑的红笔师爷志得意满，他是学堂里学问最好的，他意气风发，准备挥动如椽大笔，一举考中。可是临近秋闱，却迎来光绪皇帝停止科考的诏书。陕甘总督曾莅临文高登学堂，红笔师爷见过总督大人真容。民国之后听说总督大人搞什么宗社党，死保逊帝复位，难道来者是……

红笔师爷双膝跪着，从怀里掏出一张羊皮纸，三分敬畏三分羞涩，羊皮纸捂住半个脸，颤颤巍巍往前挪动，想看看来者是谁。他看到补服蟒袍朝靴，看不到脸。顶戴还是冬天的暖帽，顶珠的颜色是红色的，一定是珊瑚。没看到花翎，可能是一路风尘刮掉了。黄盖大伞上的流苏在正午的阳光下火焰似的跳动着，亦虚亦幻，人看上去是那么不真实。其实他什么也没看清，不是他老眼昏花，而是他脸热心跳不能自持。如果皇帝复位，科举可能恢复，那他就可以再入金城秋闱，考取梦寐以求的举人。到中国的任何一个地方去做官，升堂退堂之乎者也，书中自有黄金屋书中自有颜如玉……他至今还是一个童男，不取功名誓不娶妻。想起金榜题名时，洞房花烛夜，他双手发抖，老泪纵横，羊皮纸掉在地上。

大员们肚子饿了，有一点不耐烦。着侍从尝了点心，片刻之后，鼓着腮帮子用膳。可能有点不相信化外之地有这么好吃的点心，频频地点头，脑袋上的暖帽东倒西歪。

便听到朝廷大员要给卓尼土司赐青龙旗。

身后的南杰嘉波弯腰捡羊皮纸，迅速地在红笔师爷耳边说了什么。红笔师爷愣怔着，南杰嘉波的命令不可违。他迟疑着，不敢上前接旗。屁股后面被谁踢了一脚，才懵懵懂懂伸出双手。

南杰嘉波在羊皮纸上写下：藏历木虎年三月朔日，清朝大员至卓尼土司领地喇嘛崖，唱诵《巩金瓯》，大清国歌，赐予卓尼土司青龙旗。

此时卓尼嘉波尚不知大员一行的来意。正是正午，初春的阳光已初露锋芒，正襟危坐的大员脸上渗出一层汗油。大员说话了：巩昌府井、鬼分野，甘肃在西南，而鹑首在天，其亦光照之所射欤。时若恒若，庶征如响。洮之民俗，淳和朴素，畏威而远罪，此盖列圣之德化入之者深，故老幼有存本之呼！

意思是洮州的上方是井宿与鬼宿，井宿亦称鹑首，为二十八宿南方朱雀七宿之首。此星明亮，国富民安天下太平。在天成象在地成形，各种征候如音之回声必应时而发。洮州地方民风淳朴，敬畏权威远离罪恶，道德教化深入人心，存续国家正统保全根本为全民所思。

南杰嘉波听出来了，洮州地方天时地利人和，恢复正统，一统天下，不可能看上这块弹丸之地。直接摆驾喇嘛崖，意在洮砚石？他看了一眼旁边的江措大头目，江措大头目抬了下颌，指了一下不远处的喇嘛崖。

将错就错的红笔师爷睨眼瞟后侧的南杰嘉波，不知如何作答。南杰嘉波小声用藏族说了什么。

红笔师爷说，洮地天寒地瘠，物候诡异，番民衣褐食乳，射猎为生，虽淳朴质直，约信不欺，然官仓空虚。三年耕则有一年之食，九年耕则有三年之食，遇天灾，罗雀掘鼠，何足以延生，乞籴呼庚，亦难以立国。

大员说，洮岷美地，不在粮秣仓箱，在松柏，在美石。恢复正统，需边地各贡方物，以效诚尔，筹措资薪，共襄大业。

所有的人都听明白了。方物！方物！

直接摆驾喇嘛崖，意在绿漪石。绿漪石，又称鸭头绿、鹦哥绿，它深藏于喇嘛崖下面的洮水深底，是制作洮砚的石料。除端、歙二石外，北方最为珍贵。

大员生怕卓尼土司没有听懂，捋着长髯，晃着脑袋说，"洮河绿石含风漪，能淬笔锋利如锥"。洮砚石绿如蓝，润如玉，发墨快，研墨细，石质细腻，淬笔坚硬，贮水不耗，久不变质……

南杰嘉波看见大员的蟒袍下似有动静。蟒袍下的腿在踢打着什么。他看见几只硕大的塞隆在大员的腿脚间窜来窜去。这正是塞隆青黄不接最饥饿的时节，同时也是准备繁殖发情的季节。去年卓尼粮食绝收，人们挖掘地下的蕨麻虫草或者根茎类植物代粮，人吃了塞隆就没有吃的了。它们生存在潮湿阴冷的地下，一般很少到地面上来，除非洞口放置食饵，它们才从地下钻出来。由于长年生存在地下，它们的眼睛退化得聊胜于无，是瞎的。只要它们钻出地面，是天不怕地不怕的，它们东奔西突，凭着嗅觉寻找食物和配偶。塞隆的叫声很独特，对同类有很强的感染力，它们会凭着声音往一起聚拢，声音越多越大，聚集得越多。

身后的门兵短促地叫着"瞎瞎""瞎瞎"！卓尼人管塞隆叫"瞎瞎"。

南杰嘉波瞟了一眼旁边的江措大头目，江措大头目嘴角藏着笑，似乎忍俊不禁。南杰嘉波了解江措大头目，在这个时候他不应该笑的。几个时辰前一接到暗门值守的通报，江措大头目就在和青冈说着什么，似乎是在商量为来者准备膳食。大总管探头探脑地凑近，他们就不说了。随后青冈进了草药房，之后进了那扎那，同新来的汉人厨娘一起做酥皮点心。

南杰嘉波又看了一眼江措大头目，江措大头目的脸侧向南杰嘉波一边，凑近南杰嘉波说，酥皮点心、香油、迷迭……

大员显然有点慌乱，他们没见过如此硕大的老鼠。况且这些老鼠形状怪异，灰褐色，毛色耀眼，头是扁的，身子浑圆，最可怕的是有一对白森森的门牙露在外面，吱吱吱地叫，像一个女人在笑。大员们的表情烦躁，那些棕色的毛乎乎的肉钻进大员们的袍子里，瞎了眼睛的生灵在他们的裤裆里乱窜，甚至有的爬在了大员们的肩膀上，张开硕大的门牙啃啮着。有的跳进前面桌几上的酥皮点心上、酥油茶碗里，酥油茶溅在蟒袍朝靴上。大员忍无可忍终于放弃了斯文，站起来一掀蟒袍，对着瑟瑟发抖的红笔师爷呵斥道：

大胆边民，唤来妖鼠扰乱朝政！

红笔师爷眨巴眨巴小眼睛，他眼神不好，哪里来的妖鼠？

大员抖着蟒袍对红笔师爷说，不要装疯卖傻，速着一百名石工进喇嘛崖洞穴，采掘下层水下石料，即日开采，不得有误。另，土司官寨里的洮砚藏品悉数上供。违逆者斩！全部退下！

等红笔师爷三叩五拜抬起头来，身前身后已了无一人。塞隆们向他扑过来。红笔师爷从来没见过这么多的塞隆，塞隆通常只在地下生存的，怎么就都跑到上面来了。似乎要吃人的塞隆，从后颈部钻进衣裳里，红笔师爷从举人梦里醒来，吓得昏死过去。

喇嘛崖洞口有一个喇嘛石像，五百年前就站在这里了，多少年的风化，喇嘛面目全非。围着石像的是十几个卓尼大寺的肉身喇嘛，念山神共赞文经。喇嘛崖所在老奥什旗的藏民围着喇嘛崖转古拉。采石有着几百年的讲究，必须是在枯水期，必须以牛羊祭祀天地，必须有土司的尕书执照，这三个条件缺一不可，否则卓尼川将遭受天灾人祸。可是所谓的朝廷大员用"汉阳造"抵着石工，还胡乱敲击喇嘛神像。石工从洞窟步步凿石，深入水下取石。第一批洮河石取出来，鹦鹉绿，金黄膘，绿质黄章，滋润温嫩，肥而不腻，石之极品。一方方的洮河石装进马驮子，骡马喂足了料，运走。

所谓的大员们晨起要沐浴更衣，唱什么"巩金瓯承天帱"，说什么"奉天承运皇帝诏曰"。晚上还要笙歌把酒，三叩九拜，装神弄鬼，沐猴而冠。对着侍候他们的老奥什旗总管说，卓尼是个风水宝地，长着最适合皇宫里用的洮砚石。这些会唱歌的绿石头要进紫禁城，宫里的工匠做成上等的洮砚，乾清宫的皇帝要用呢。你们那个土司是个棺材瓢子，我们一纸诏书把他废了，让你做卓尼土司。老总管赶忙扑地，说，饶了小的。小的就是个"瞎瞎"，上不了天的。

一个早晨，一阵旋风刮过之后，天边拱起一团黄云。

有吱吱吱的声音从远到近，四面八方响起，似婴儿哭，旱獭笑。喇嘛崖的空气躁动了。

成千上万只"瞎瞎"从地里钻出来，从四面八方冲过来。没有长眼睛的"瞎瞎"们耳朵特别灵敏，呼朋引类，凭着声音往一起聚合。掉进喇嘛崖河水里的，起初还吱吱乱叫，后来就肚皮朝上漂在河面上，像一锅观音土包的饺子。

大员们带来的宫廷厨子正在做珍珠翡翠白玉汤，一揭锅盖，里边跳进一只塞隆。

这正是卓尼人说梦的时辰，人们都惊叫着"瞎瞎""瞎瞎"！草地上和牲口圈里的牛羊骡马张大了嘴。仿佛所有长着嘴的都在哈哈狂笑，喇嘛崖的空气恐慌而战栗。

热头露出半个脸时，隐隐的哭号从碉房里传出来。便有几具尸休从碉房的板房里抬出，天藏台上的秃鹫乌云似的会集。

老奥什旗总管口鼻出血，靠着喇嘛崖佛像捯气儿呢。

鼠疫！黑死！

大员们收起"汉阳造"翻身上马。一队随从拉着马驮子，贪婪地回望喇嘛崖洞口，恋恋不舍。其中一个大员隐隐感觉到事情有诈，不死心，传唤卓尼土司喇嘛崖问话。奥什旗的总管翻着白眼禀报，"白狼"来了，已兵临岷州，卓尼土司已经率藏兵前往岷州阻击。

这一消息算是点了死穴。大员们呼啦啦地上轿上马，猛踢马刺，一路向北，转眼间鬼影子都没了。

他们这么惧怕"白狼"吗？

过了藏巴哇，稍事喘息，发现路上跪着一个人。

此人正是卓尼官寨的红笔师爷。

这不是卓尼土司吗，你不是在集结兵力阻击"白狼"，何以至此？

我不是卓尼土司，我是卓尼土司的书记官。

大胆刁民，竟敢欺上，大刑侍候。

荒野之外哪里来的大刑。红笔师爷没有害怕，他说，我没有说我是卓尼土司，是大人误会了。

那卓尼土司是哪个呢？

是我身后的那个书记官。

呵呵，这个兔子不拉屎的地方必定长出这种刁民。你来这里不会只是告诉我们你不是卓尼土司吧？你是来送你的脑袋的吗？

都不是，我想告诉大人，我是光绪二十年的秀才。光绪三十一年如果不停止科举，我必为举人。我来此给大人们送驾，是要告诉大人，有朝一日恢复帝制，必不忘恢复科举，必不忘卓尼还有秀才应试。

大员听罢，仰天长叹。呜呼幸哉！民心所向！恢复正统指日可待啊！不由分说，三下五除二，把这个老秀才塞进一个马驮子里，一同向北。路上，闲着没事，一个大员抛出一个话题，三十年河东三十年河西，是出自哪一条河。红笔师爷把脑袋伸出来说，黄河呗！黄河发源于巴彦喀拉山北麓，穿越黄土高原。黄河沿途的地理环境复杂，河水携带的黄土泥沙沉淀，形成地上河，致使黄河经常改道。一个村庄今天在黄河之东，明天可能在黄河西边……

学问还没有抖搂完，折叠在马驮子里的老秀才开始放声呕吐，颠得太厉害了。一时大惊，才想起身后的那一场鼠疫。难道此人已染鼠疫，果如此，鼠疫跟着我们来了！

随从赶紧捂住口鼻，把老秀才连同马驮子扔进路边的一个壕沟里。十几个人掘了土往他的身上掩埋，埋到脖子时，老秀才的脑袋耷拉下来，脑后的一根一拃长的辫子猪尾巴似的翘起来——显然是辫子被剪掉之后重新留起来的。大员动了恻隐之心，摆了摆手，无限伤感地说，不要灭绝他吧，不然恢复正统的拥趸者又少一人。随从看了大员的眼色，扔下手里的工具，扬长而去。

红笔师爷把身上的土一掬一掬移开，这些土是朝廷的大员埋在他身上的，所以跟别的土不一样，不得造次。他从坑里爬出来。

整个藏巴哇庄子的人扶老携幼往西边跑，说是"白狼"从东边过来了，要杀回灭藏。红笔师爷跑不动，他浑身发热，身子抖得像一把筛子。他知道自己病了，但绝不是什么鼠疫，只是心情过于紧张积下病了，能喝上一碗热水就好了。他趴在地上，拽住匆匆走过的一个人的裤腿说，我是卓尼官寨的书记官，给我一碗水喝。那个人踢了他一脚说，呸，卓尼官寨的书记官是南杰嘉波的先生，看你这个尿样子连个旱獭都不如，旱獭都会给人作个揖呢，滚开！

红笔师爷爬进一个地坑院，里外都没有人。他一件长衫前襟铺着后襟盖着，歇缓着，就睡着了。睡到夜半，快冻死了。他像一个耗子一样在地坑院里爬来爬去，爬进一个土窑里，竟然找到一桶水，两张干羊皮，还有一堆洋芋。怀里摸出火镰和一张羊皮纸，手抖得厉害，好不容易才把柴燃着。喝了水，烧了洋芋填了肚子，身上有了一点力气，这才想起了他的南杰嘉波。

天哪，我这是做的什么事啊！南杰嘉波待我如父，我竟背叛红笔师爷这个官寨里重要的职位，跟着所谓的朝廷跑到这里差点被活埋。现在命若游丝，气息奄奄，即使能爬回船城，脸也没地方搁了。想到这里他老泪纵横。

他在地窖里昏睡，也算是找到个冬暖夏凉的好地方。到底死呢还是活呢，没想好，先缓着。

又过了几日，才想起喇嘛崖的那些塞隆。真是蹊跷呀！那些塞隆是哪里来的呢？一定是一种诱饵，把它们引出来。塞隆是瞎的，是凭着嗅觉涌到一个地方的。黑死病，是卓尼人做出来的假象。

再糊涂的秀才也是秀才。

看着朝廷大员仓皇离开喇嘛崖，那些去往天藏台的"尸体"便站了起来。拍了拍身上的尘土，咧着嘴对奥什旗大总管说，饿了饿了。其中一个叫得最凶的是船城里百灵掌嘎的喇嘛保。大总管伸手摸了一下喇嘛保的脑袋说，你还会说人话啊，我以为你叫了一个时辰就变成"瞎瞎"了呢。从袍子里掏出一只酥皮点心塞进喇嘛保的嘴里。酥皮点心太好吃了，还没沾着牙根就溜进肚里。喇嘛保在自己腮帮子上扇了一饼，后悔不迭。他还想要一只，就凑到总管跟前说，奇了怪了，这点心到底放了什么东西，"瞎瞎"嗅着味儿阿么就都钻出来，奇了怪了。总管又掏出一只点心塞喇嘛保嘴里说，最后一只了，快回船城吧，一支"白狼"从岷州方向过来了，据说要杀回灭番，南杰嘉波的羽毛信飞遍了卓尼川，快回去鞴马扛枪上阵吧！这次得活着回来啊，不然你没有后人领达汉尕书呢！

朝廷大员的退去，让南杰嘉波和江措大头目兴奋不已。上酒！心照不宣端起青稞酒一饮而尽。青冈在他们身后抿着嘴笑，手上还拿着香油和迷迭。

南杰嘉波和江措大头目披挂上阵，身后是三千藏兵。船城煨的是荤桑，天地一片混沌。红教的阿古们全部出动了，做血祭，脸上抹了猪血，披头散发，鼓钹齐鸣，震天撼地，声嘶力竭。

索郎四老爷不在船城。据四老爷说，他只要在船城待上一个月，身上就会发霉，这是他到处游走的理由。他的婆娘带回来的两个小子站在大车道一旁的炮筒子下面，手里牵着马，背上还没有枪。卓尼的男丁到了十六岁家里就要鞴马置枪，看来两个小子在等枪呢。

喇嘛保本来也是红教徒，他作法的时候脸上最狰狞，最狰狞者最真诚。可他此时不在血祭的阿古们中间，而是在嘉波身后的队伍里。喇嘛保有达汉尕书是可以免兵马的，可是他和当年的阿爸一样执意要打仗。原因是，前一阵喇嘛保爬上气象塔顶，要往下跳，他不活了。卓尼川有了这个稀奇古怪的东西就没有他看電人了。没有看電人就没有喇嘛保，死了算了。掌嘎里的人尤其是百灵掌嘎的看林家阿妈非常焦急，在气象塔下面摞了羊皮和牛毛褐子，救人一命胜造七级浮屠。闻声赶来的菩萨女儿把羊皮和褐毡扔开，指着塔上的喇嘛保说，你跳，你跳下来我马上送你到天藏台。你死了，卓尼少一个半茶汉。喇嘛保在塔上拧来拧去，哭天抹泪一番，下来了。他一着地，打算救他的人们就变脸了，对他吐口水，嗤之以鼻。喇嘛保丢人丢到了家，把菩萨女儿的脸面丢尽了。他向他的连手借了一匹马，要去打"白狼"。喇嘛保这次要挽回面子，给菩萨女儿争口气。

南杰嘉波与江措大头目率三千藏兵团离开洮河边的船城时，青稞刚从带着冰碴的地里冒芽。阿妈站在木楼上，一直望到眼眶里的泪水流干。身后的官寨渐行渐远了，口弦的声音，像头顶的那朵白云一直跟随着，直湮没到天际。

18

"白狼之战"打了一月之久。

藏族兵团与卓尼的插花近邻临潭回族兵团共六千人，在岷州进入临潭卓尼地区的野狐岭殊死决战。由于不熟悉地形的劣势，敌方死伤严重。可是"白狼"从河南打到西北，横扫半个中国，装备着先进的热兵器，战术狡诈多变。"白狼"军见一时不能取胜，佯装后退，藏回兵团断后追击。正是黄昏，风很大，天上飘下来亮晶晶的东西，在风中嗖嗖地响，之后掷地有声。一个士兵翻身下马，大喊，银子！银子！天上掉下银子啦！接着一些士兵也翻身下马，阵营大乱。"白狼"军杀了个回马枪，回藏兵团乱了阵脚，叉子枪长刀短剑难敌白狼军的枪械炮火，情况急转直下，藏回兵团一路败北。

危急时刻，突然从"白狼"侧面出现一股势力，枪声大作，"白狼"军一度哑火。原来是索郎大头目率领北山骑兵，从一侧斜插进来，把"白狼"逼进插花地带的一条沟壑。朱扎的护翼兵马早在这里埋伏，挖设陷阱，待"白狼"军塌陷后，滚落乱石，把"白狼"打得七零八落，解了藏回兵团之围。

聪明的索郎大头目借鉴红石崖的经验，现买现卖。他与南杰嘉波会合，激动得老泪纵横。他手里拉着他的两个儿子，背上都背着崭新的"汉阳造"，他背后的藏兵也背着崭新的"汉阳造"，英气十足。他扑上去拥抱南杰侄儿，把腰上别的驳壳枪塞到南杰侄儿的手里，又从袍子里掏出一把手枪塞进江措大头目手里。说，南杰侄儿啊，阿古到松潘弄回来了这些枪，不用官寨一个子儿，钱是阿古在外面倒买卖挣的。看看这些枪，看看这些枪，人靠衣裳马靠鞍，番家男人靠的就是刀和枪。我走了大半年不是游山玩水去了，我弄来了一百杆"汉阳造"，阿古我将功赎罪，将功赎罪，嘎嘎嘎！这话是对着南杰嘉波和江措大头目说的，便有了与江措大头目和解的意味。三个人六只手握在一起，几乎要热泪盈眶。四老爷就是这样一个人，无论他做什么不合情理的事，都让人恨不起来。

双方伤亡人数增加，藏族兵团退回三十里到卓尼地界藏巴哇休整，"白狼"军拥入临潭新城。

藏巴哇整个村落几乎没有喘气的东西，天上连个麻雀都没有飞过。藏兵们坐地休息，南杰嘉波和江措大头目、索郎四老爷进入一个地坑院，把伤员抬进来。由于伤员受的都是枪伤，跟随的曼巴无计可施。南杰嘉波已派人去请车巴沟的仁钦曼巴，在番地只有仁钦曼巴冒天下之大不韪使用手术。

暂时只能烧一口热茶，熬一些草药，再图后续。南杰嘉波在地坑院里走动，发现地上扔着一张羊皮纸，捡起来仔细察看，虽然经过了雨淋，依然可以看出这是一张卓尼官寨的羊皮纸。这里怎么会有官寨才有的羊皮纸？他好生纳闷，四周观察一下，把纸递给了江措大头目。

一个嘉波两个大头目，是卓尼的整个天。天黑沉沉的，像一块牛毛褐子压在头顶，伤员们沉闷的呻吟，不绝于耳。

下一步何去何从呢？他们隐约感觉到，此次出兵实属鲁莽。从金城派来的临潭知事并没有动兵，放出"白狼"军要杀回灭藏传言的是临潭知事，也就是金城方面。过了野狐桥的"白狼"军进了新城，临潭知事弃城而逃。而"白狼"军根本没有杀回灭藏，没有进入卓尼的迹象，没有抢占卓尼地盘的意图。藏回兵团为什么要出兵打仗，打的人是谁，为谁而打？双方死伤这么多人，到底为了个啥呀？不知道！

这是一次盲目的出兵。

地坑院的外面有马蹄声响起，岗哨来报，车巴沟的仁钦曼巴到了。说话间就风似的卷进两个人。青冈扶着老父仁钦曼巴扑倒在嘉波面前，一个沉重的药箱磕在地上咣当一声。青冈说，请嘉波应准，速速让阿爸给伤员医治枪伤！南杰嘉波扶起父女俩，青冈的手抓紧南杰的胳膊，一种疼痛掺杂了热乎乎的东西直抵南杰的内心。南杰捉住青冈的眼睛，真的，这个喜欢穿藏袍的戴着阔大狐皮帽子的小小女子，总能钻进他的心里，做他想做的事，说他想说的话。可南杰嘉波很少把她当成一个女子想起。南杰嘉波说，快动手吧！

快天亮的时候，伤员们的呻吟渐渐退了。草药的味道弥漫着地坑院，麝香刺鼻。

　　彻夜未眠的南杰嘉波看见青冈斜靠在墙上睡着了，她的怀里抱着一个受伤的娃子，最多也就十三四岁。阔大的狐皮帽子遮着青冈的半个脸，她的神态是安详的，身体饱满结实。这个脸上一半忧愁一半欣慰的人，将成为他的妻子吗？

　　可是在随之而来的新婚之夜，南杰从宿酒中醒来，看到身边的青冈，他大脑里第一反应依然是，这不是车巴沟仁钦曼巴家调皮的男娃子吗？雄兔脚扑朔，雌兔眼迷离，双兔傍地走，安能辨我是雄雌。真的，大多时候，青冈在南杰心里是雌雄不辨。唉，如果有这样的一个兄弟多好啊！南杰起身，光着脚走向木栏。口弦响起了，烟一样地轻，淡淡的，忧伤的，弥漫了整个官寨。南杰湿漉漉的眼睛掠过小经房，放眼整个船城——多年前，有一个女子逶迤而来。"你带得什么花儿来，我带得茉莉花儿来"。从此就有一个女子偎他的身边，她是他的头发，他的眼睛，他的呼吸，他的心跳，他的蓝天和空气。在暖如阳春的每一个黎明，他们依偎着，骨骼在拔节般地生长。望着船城外一坡的凤毛菊，南杰的心里有着挥之不去的沮丧。身后有人过来了，小心翼翼把一双皮窝子套在他脚上。什么都没说。这是一双新做的皮窝子，还不顺脚，南杰拧了拧脚踝。身后的人转身拿来旧皮窝子，给南杰换上。之后返身走进耳房。从耳房的门上可以看到她的后背。口弦依然放在她的嘴上，可是没有了任何声响。她的后背是单薄的，她耸着双肩，有着不可名状的悲伤。

　　又过了一天，重伤者大都脱离了危险，轻伤者起来喂马了。遗憾的是又死了一个人，死的人是个汉人。这个汉人刚到船城落脚，是个杂房子，经营着一爿店，生意不好。他是替当地的人出兵马，可怜衣裳里藏着五两银子，可能是代兵的命价。待兵官一查，他鞴的马用的刀是桃日掌嘎丛拉总管的。桃日掌嘎丛拉总管家族上下没来一个人，可想他是代丛拉总管出兵马的。一般情况，替人出兵马也就出几头牲口，五两银子着实是个大价钱。出这么大价钱代兵马大概两个原因，一个是此次出兵马风险很大，二是出钱者很有钱。南杰嘉波仔细察看了五两银子，成色很足的一个银锭，不是卓尼本地的货色。

　　从新城方向得来消息，"白狼"军非但没有伤民扰民，还给当地的私塾发放三千银洋，准备办一所学校。

　　在外躲避的人们开始返乡了。藏巴哇的卓尼番汉也赶着牛羊陆续回来了。南杰嘉波与两位大头目相对而坐，心里都明白，这一仗打错了。南杰嘉波回想起来，朝廷大员听到"白狼"来了，片刻不留离开卓尼，说明"白狼"军是对着过气儿了的那个朝廷的。而代表着另一个朝廷的临潭知县躲藏在后面，煽动藏回兵团堵枪眼，用心昭然若揭。他们被当枪使了！

如果在出征前，他请教他的红笔师爷分析一下形势，也不至于如此盲目，可是当时哪里都找不到红笔师爷，包括喇嘛崖的老奥什总管也不知道红笔师爷的去向。有人嘲笑说，红笔师爷在喇嘛崖做卓尼土司呢，做举人进士呢，舍不得回来呢！

索郎大头目手里拨弄着缴获的几杆步枪，爱不释手。他惦记着"白狼"军手里的枪械，还想找机会交战，多得一些武器，挽回藏兵伤亡这么多人的损失。他说，早知道不挪地方就能弄到枪，四老爷我何必下四川呢？！

南杰嘉波决定，裹兵秣马，打道回城！

离开地坑院的时候，江措大头目站在一个地窖口高声说，秀才不出门便知天下事，如果红笔师爷在，我们可能不会有此次的出征，红笔师爷也许能够阻止我们此次无谓的牺牲。

呜……呜……突然传过来哭声。起先以为是哪个伤员，后来发现哭声是从地下发出来的，循声而去，是从一个地窖里发出来的。从地窖里拽着一根辫子拉出一个人，此人面色惨白，身上都长出了绿苔。哦，是个还会流眼泪的活死人，正哭得死去活来。

红笔师爷把自己离开喇嘛崖追随朝廷大员的行为一五一十说了一遍，他说他觍着老脸见南杰嘉波是还想活着，活着才能帮助嘉波弄清楚，谁是我们的"加卡卜"。

南杰嘉波说，活着就好，师爷好好活着吧！

索郎四老爷看着这个老古董想笑，又觉得笑得不是时候。他揶揄他奚落他，说，锅小馒头大，碗小炒面多，卓尼放不下你这个活神仙！

红笔师爷自觉理亏，闭着眼睛不说一句话。弱得像一摊稀泥的红笔师爷被抬到伤员们的担架上，所有的人班师回朝。

南杰嘉波寻仁钦曼巴，仁钦曼巴已经离开。仁钦曼巴离开时给南杰嘉波留下一句话：一根草可能是一个宝。南杰嘉波听了叹了一口气。

南杰嘉波和江措大头目前面开拔，索郎四老爷殿后。

百灵掌嘎的喇嘛保被绑着手脚担在马背上。天上掉下"袁大头"的时候，一些士兵以为"白狼"军撤退了放松了警惕，不少人下马弯腰捡银元。接着"白狼"军杀了个回马枪，猝不及防的藏兵死伤惨重。知道银元惹了祸，忌惮责罚，藏兵纷纷把银元扔进草丛里。只有喇嘛保不明就里。天上飘下银子的时候他在后面，他没有强壮的兵马，也没有枪。他身上有刀，几乎从来没有拔出来过，他和他的父亲被船城人耻笑为拔不出刀的男人。看鼋人世世代代用的是铙钹，不是刀，所以看鼋人没有拔刀的习惯。没有好马也没有好枪，只能在后面接济粮草，他根本就没有在前面冲锋陷阵的资格，所以没有看到天上飘下来的银元。撤退的时候他看见草丛里有那么多银子，眼睛都绿了。他伸手摸了摸，凉的，凑上嘴巴吹了一下，嘶喽嘶喽地响。阿尼闹！袁大头！这么多银子能做多少阿珑银钱啊！菩萨女儿啊，绿度母啊，这一次出兵马太值了，至少捡回了三颗大金牙。我喇嘛保也有这一天啊，我喇嘛保是有钱汉了！于是老实人喇嘛保把所有的银元塞进自己的袍子里，一走路肚子里哗哗地响。

人赃俱在，有口莫辩，才知道犯了天大的罪。喇嘛保把屁股撅起来，请求领兵官打他的屁股。可是有那么多伤员危在旦夕，谁还能顾得上他的屁股。手脚绑了扔在马背上，回去了再拾掇。喇嘛保吓死了，不打屁股多半是要脑袋呢！

他看到索郎四老爷了，哭着喊道，天上的四老爷啊，天上掉下来的银子我没有拾啊，我不在跟前啊，我拾了人们扔在草丛里的银子啊！看见银子不拾那还是人吗？嘉波没有说过看见银子不要拾啊！佛也没说过看见银子不要拾啊！我把银子都缴出去了，饶我一条命吧！天上的四老爷啊，你给我指配了菩萨女儿，我连她的袖子都没碰上啊！四老爷给了我好婆娘，我不能再让她做寡妇油萨玛……四老爷最忌讳有人提起他给喇嘛保和菩萨女儿指婚，江措大头目听到了心里能窝曳么。索郎四老爷气得鼻子发紫，命他的戈什从地上抓起一把牛稀屎抹进喇嘛保嘴里。

喇嘛保的嘴算是塞住了，可是担架上的老古董红笔师爷竟然像旱獭似的喊着，如厕，如厕，从担架上滚下来。红笔师爷真是太迂了，整个卓尼川除了官寨，哪里蹲下哪里就是茅厕，在荒天野地，掏出来就解决的事儿，喊什么如厕啊。索郎四老爷心里正生着喇嘛保的气，正好找到了出气口。他一把拽下红笔师爷的裤子说，这天大的茅房还放不下你裤裆里的半两肉？如厕吧！红笔师爷惊叫一声赶紧像女人一样蹲下，护住露出来的臀部，脸埋进裤裆里。斯文扫地。

南杰嘉波和青冈齐头并进，经过喇嘛崖前的一片林地，突然看到一只林麝套在一棵树上，看见人本能地逃跑，又被绳套拽回来。林麝可能闻到了从对面人群里散发出来的麝香的味道，一双眼睛水汪汪地寻找它的同类。它失望了，没有同类，只有敌人。它无数次看到同类被长着两条胳膊的人割去麝香，它突然嘶鸣一声，伸出嘴咬下自己肚子上的一块肉。它的嘴上是一团血糊糊的东西，身下流着血，眼睛怒视如铜铃。

南杰和青冈被震惊了，仓皇地对视，迅速闪开。他们从林麝的眼睛里看到了他们自己的影子。南杰跳下马，摘开林麝颈上的绳套，麝奋蹄而去。

一路无话。

临近船城了。出来的时候三千人，回来时十个人里就少了一个。近乡情怯，素桑弥漫在船城的天空。没有炊烟，没有哭声。有那么一刻，卓尼嘉波看到船城的天与地倒置过来，地在上面，天在下面。天上开着发疯了的凤毛菊，清清的洮河从天上流淌着，没有一点声响。而一轮月亮被丢弃在草地上，像一口水井，深不见底。

阿妈站在风中，两个小儿站在风中，身后是绿茵茵的青稞，一片生机，全然不知人的悲伤。

在佛龛下供一碗净水，燃一炉素桑，天地静得像从来没有过天地一样。所有的嘛呢都在转动，晕眩的船城像一只陀螺在南赡部洲旋转。两个娇儿扑过来钻进南杰的怀里。南杰心里忧伤着，摸摸梅朵的头，摸摸坚赞的胳膊——到底应该怎么做才能守卫领地，到底怎么做才能保护亲人和属民，难啊！

阿妈拽着青冈的手放进南杰的手里。我的两个娃儿，成亲吧！卓尼川所有的年龄相当的人，成亲吧！卓尼需要人，需要男人和女人，生出更多的男人和女人。卓尼需要有人种青稞，有人放牛羊，有人捣酥油，有人织褐子，有人保护河山，有人保卫疆域。卓尼嘉波啊，我们不要悲伤，我们要的是人！

书记官！此时南杰嘉波的身后没有红笔师爷，整个队伍里没有红笔师爷。原来，受了索郎四老爷羞辱的红笔师爷和四老爷较上劲了，他坚持如厕，他跟跟跄跄地往远处走，走进一片林子，就再也没有看到他转还的影子。

19

藏历木兔年六月四，日月同辉日，卓尼第十九代土司南杰嘉波大婚。

早晨发生了一点事情，嘉波阿妈心里不窝曳。

前一晚上，遵照阿妈的吩咐，青冈洗了艾浴，驱邪辟秽。之后跟阿妈睡在一个炕上，把一匹缎子似的黑发垂在炕沿下。前半夜高兴得睡不着，后半夜阿妈打呼噜没睡着。快天亮了，青冈做了一个好梦，从梦中笑醒。她睁开眼，听到少爷和姑娘在吃吃地笑。她一骨碌起来，少爷和姑娘站在她眼前。少爷一只手拿着一剪子，姑娘一只手握着一把头发。她伸手一捋自己的头发，没了。青冈双手抱住自己的脑袋，头发没了！

少爷说，头发是我剪的，不是脸蛋儿嬢嬢让我剪的！

姑娘跟着少爷的话说，头发是我剪的，不是脸蛋儿嬢嬢让我剪的。

少爷说，我不想让你做我的新妈，我想让脸蛋儿嬢嬢做我的新妈。

姑娘像一只小鹦鹉又照着少爷的话说了一遍。

阿妈知道发生了什么，一只手拉着一个娃往脸蛋儿房里走。脸蛋儿正在做堆绣，怀里满是碎布头。她抬起头直视阿妈，等待阿妈的巴掌落在她的脸上。可是阿妈愣了一下，脸蛋儿脸上的表情是阿妈从来没有见过的，她的眼神凄凉、忧郁，紧紧抿起来的嘴角还有一份决绝。哦，脸蛋儿长大了，刚进官寨的时候，抱着一床汉人的棉花被子，只看到被子看不到人。那时她犹如一个青豆荚里的青豆，里边其实是一包水，嫩的。现在脸蛋儿长成一个大姑娘了，豆荚里长熟的一颗豆子，是饱满的甚至是坚硬的。阿妈很久没有正眼看过她了，不能不说她是个漂亮的姑娘。汉人姑娘的漂亮，白皙，单薄，唇红齿白，眼睛水汪汪的，随时会掉下露珠来。她的整个身休里都浸润着一种东西，垂一下眼睑，努一下嘴，躲闪一下眼光，含胸，绞指，手足无措，这所有的一切，前面的太太也有，那就是汉族女人身上让藏族男人致命的东西——娇羞。藏族女人的脸是一扇门，哗的一声就打开了，没有遮挡没有赧色，所有的都一览无余。而穿布衣的女人是门缝，近在眼前远在天边，让人极力想看清。

阿妈的手没有抬起来，甚至生出怜悯。

脸蛋儿给阿妈施了礼，淡淡地说，不是我让他们剪的。我只是个下人，少爷长大了，少爷做什么是少爷的事。问题的关键不是头发，头发还会长出来的，青冈早晚会成为官寨的太太的。其实不管有没有头发，都是阿妈喜欢那个人，而不是南杰老爷。

说到了阿妈的痛处。官寨里的人没有敢这样和阿妈说话的，阿妈的手不由得又扬起来。脸蛋儿伸出手抓住阿妈的胳膊说，阿妈，你也是个女人啊！

呃，阿妈把手抽出来，捶着胸说：我是个女人，更重要的我是官寨里的阿妈。我不是给自己挑儿媳妇，我是给卓尼官寨挑下一个阿妈。唵嘛呢叭咪吽，我的眼睛看不见了，不如意啊不如意……

官寨里的婚礼很简单，青冈的头发没了，没有梳辫，没有系阿珑银钱，没有鸣炮，没有酒曲。

卓尼刚刚经历了一场战争，走了的灵魂还游荡在中阴道上。

梳头婆子把青冈剩下的头发束在脑后，上面缀了一块镶银的蜜蜡，头上戴了珊瑚帽。两个新人装进裁缝菩萨女儿做好的两套锦缎藏服里，因拘谨而僵直。按照祖上的规矩，到家祠白石崖寺祭拜先祖。

马号头牵出琼雪，琼雪的身上披红挂绿，马背上是两只描金的马鞍，比主人还喜庆。不知从什么时候开始，土司和大头目上马已经不用娃子的脊背，改成了马凳。新娘先跨上马，新郎期期艾艾。阿妈过来敦促，南杰才上了马。女人在前男人在后，聪明的青冈把缰绳放进南杰手里，这样两个人只能前胸贴着后背了。

出官寨，船城热闹起来了。人们很快忘记了悲伤。念经，静坐，转古拉，磕长头，这是治愈伤口的最好良药。唵嘛呢叭咪吽，佛说，放下，一切将成过往。拿起这一个必须放下另一个。身子是轻的，转世的时候才能到达高处。

眼下人们关心的是官寨里的嘉波和太太。他们身子连着身子骑在一匹马上，他们的心贴在一起了吗？船城里有一个说法，官寨里的夫妻和睦相敬如宾开枝散叶，官寨外的百姓才能子孙昌盛。前些年嘉波形单影只性情忧郁，北山的牲畜都产子少，迭部林子里的獐子没有麝香，洮河两岸的青稞瘦得像燕麦。

洮河边的寺滩，男人们在扯跑牛（大象拔河），女人和娃们跳着脚加油。勤劳的汉人今天不再劳作，苦子房的门楣上贴着大红的喜字和对联。藏人的碉房也学着汉人的样子，不会写字，用一只瓦陀螺（碗底）蘸了牲羊的血扣在红纸上，一坨一坨。胡麻油的香味飘出来，碉房里的炸了油股，苫子房里的蒸了花馍，点了朱砂，木盘端着，邻里间互相馈赠。阿妈急着找盐呢，娃们乐得胡旋呢。磕长头的人在卓尼大寺的路上。磕长头的人里头也有汉人，穿着粗布做的裼子，怕磨破衣裳，身上套着褐子。初到船城时的"阿弥陀佛"，变成了"俺嘛呢叭咪吽"。

汉人和藏人的娃儿们混在一起，从穿着上说话上已经分不清汉番。

　　　新媳妇新媳妇裆里夹着块红布布
　　　新媳妇新媳妇裆里夹着块红布布

半靠在南杰嘉波怀里的青冈憋不住了，咯咯咯地笑起来。她看到看電家的喇嘛保穿着一件女人的粉红考子，手掌上托着两坨稀牛屎，被掌嘎里的人推搡着，调笑着。他不得不学旱獭叫，学马鸡叫，学驴叫，娃儿们往他身上吐口水，抹着脸羞他。喇嘛保哭不是哭笑不是笑，恼羞成怒，表情怪异，惹得人们笑得前仰后合。这是卓尼川的乡规民约，如果出兵马上战场做了逃兵，回来就要穿上女人的衣裳供大家羞辱。喇嘛保没有做逃兵，可是他贪财，等同于逃兵的惩罚。喇嘛保拿了银元的手上盛着牛屎，如果嘴上再不认账，嘴里还要塞上羊粪驴粪或者马粪。

菩萨女儿躲在一个白塔的后面，捂着脸哭。

菩萨女儿在官寨给青冈做衣裳的时候，给青冈说了很多船城里的事情，青冈同情这个苦命的女人。青冈侧过脸像是自言自语说，菩萨女儿真可怜。其时，她还不知道，自己也将是一个可怜的苦命女人。

白石崖寺坐落在白石崖大神山的脚下，青山翠柏流水叮咚。大经堂里藏有《甘珠尔》《丹珠尔》大藏经、精美的白海螺、唐卡、佛像、法器。例行的仪轨还没有结束，青冈看不到南杰嘉波了。她绕过坛城，看到南杰嘉波的背影。他在一尊绿度母前站定，痴迷地凝视。青冈慢慢地过来，学着汉人女子走路的轻飘飘的姿势，绞着两只手指头，站在南杰的身后。她希望南杰能转过身来，她将在绿度母前对他说，我心上的南杰，我会学着做一个好女人。良久，南杰还是没有转过身，他伸出手，在绿度母的脸上摩挲，摩挲，大拇指在绿度母的眼睛下面反复擦拭，仿佛那里有着揩不完的眼泪。他轻轻耸动的肩膀是那么忧伤，他的手是那么悲悯，他喃喃地说，沧海月明珠有泪……

就在昨天晚上，阿妈摸着青冈的头发说，娃儿啊，南杰最喜欢汉人说的两句话，上一句是，沧海月明珠有泪，下一句是，蓝田日暖玉生烟，你要记下呀！

哦，亲爱的阿妈，佛祖给了青冈一个机会啊！青冈激动得满脸通红，她颤巍巍地接着南杰嘉波的话，软绵绵地说——蓝田日暖玉生烟。

南杰猛然转过身来，从天而降的惊诧和喜悦出现在他的脸上，他的眼睛像绽开一道闪电，照耀了经堂里耀眼的白海螺。可是他没有看到他想看到的人，他看到的是青冈，原来是青冈！他的眼睛瞬间黯淡了。他绝望地垂下手，长长释了口气，闭上了双眼。

他不想让那个世界的眼泪流到这个世界来，他闭上眼睛逃避。死生契阔，与子成说，过去的誓言已经阴阳相隔。执子之手与子偕老的，应该是眼前这个人。这个人是无辜的。眼前的人有着一眼望不到底的清澈、明亮、率真、鲁莽，她调皮地笑的时候，有一些顽劣甚至邪恶。眼前的人是他的妻子，青冈。

青冈起先是懵懂着，即刻便从南杰的眼里看到了由惊喜变成的失望。她双手捂着嘴向后退着，为自己的弄巧成拙懊恼着，羞愧着。为了解脱窘境，她忍着眼泪，还给自己的男人做了一个鬼脸。这个鬼脸比哭都难看，眼泪流下来了。

返回进船城时，没有骑马，一前一后走着。江措大头目率随从跟在后面，天空中飞着数不清的风马。青冈时不时地向后张望江措大头目，希望江措大头目给她一些暗示，像第一次被南杰嘉波拒绝时，江措大头目暗示她吹口弦，并先行一步回官寨见嘉波阿妈。江措大头目会在她举步维艰的时候帮她。

戴着石榴帽的女人们散落在田野，拉伊传过来了，一起一和。

好马留在家里甚可怜，若说不怜也枉然，今遇好马如我马，我思我念向谁言？

好妻留在家里甚可怜，若说不怜也枉然，今遇好妻如我妻，我思我念向谁言？

路边跪着一个女人，是百灵掌嘎头人的女人。她手里托着一个婴儿，高高举过头顶。她把脸埋在胸前，不敢直视南杰嘉波。她说，嘉波老爷嘉波太太扎西德勒，我是百灵掌嘎的女人，我在吉祥的日子诞下一个女娃。十三年后她可以织褐子背水捣酥油，他可以种青稞嫁人生娃，她可以支持她的男人种田出兵马保卫卓尼官寨。请嘉波老爷和太太赐予娃儿一个吉祥的名字，让娃儿长得快一些吧。

南杰嘉波接过这个孩子，爱不释手。减少入寺人口后，船城尤其是百灵掌嘎人口增加。这个聪明女人的举动是在印证百灵掌嘎对南杰嘉波的俯首与忠诚。南杰嘉波左右端详着娃儿，爱不释手。他把娃儿递给旁边的青冈，说，取个名字吧。这个动作非常亲昵，让青冈热泪盈眶。青冈说，就叫青冈行吗？

人们欢呼起来，把孩子一次次扬在了天上，又用双手接回来。人们喊着嘉波太太，嘉波太太。之后让出一条路让嘉波、太太和身后护驾的江措大头目进官寨。

嘉波和太太刚过去，后面的江措大头目停下了。在他的眼前也跪下了一个女人。她没有把脸埋在地上，她直挺挺地跪着，直视着江措大头目，江措大头目已来不及躲闪。

她是百灵掌嘎的菩萨女儿。八年前她和牦牛江措有着一箭远的约定。八年里，她根据江措大头目的马蹄声调整二者之间的距离。他们仿佛一个太阳一个月亮，不能在目力可及的空间里见面。

菩萨女儿的脸上没有胆怯也没有悲伤。她说话，像八年前在掌嘎嘛呢康和牦牛江措说话，像送给牦牛江措獐子皮翘尖靴时那样说话。她说得很快，表达的意思大概是这样的：

尊贵的江措大头目，民女不再是口子下家人旗的菩萨女儿，民女不是从摇摇晃晃的木耳桥过来的，民女的手里没有提着窝奶。那个怀里揣着獐子皮翘尖靴的菩萨女儿已经不在南赡部洲，跪在你眼前的是百灵掌嘎看雹家喇嘛保的婆娘。喇嘛保也是人，是卓尼川世世代代的看雹人，虽然他没把雹看好，卓尼川遭了灾，但谁也不能说他不是看雹人。比如我们春天种了青稞，秋天让蝗虫吃掉了，谁也不能说我们没有种青稞，也不能说青稞不再是青稞。现在卓尼川有了气象塔，不需要看雹人了，掌嘎里的人嫌弃喇嘛保了。他不想成为一个没用的人，他去装死人吓走那些抢绿石头的人，他去打"白狼"，想给死去的老看雹人争一口气。他有达汉尕书，他的阿爸已经战死，本来不应该再去出兵马，他从一头牛身上扒下两张皮，效力尊贵的卓尼官寨。而换来的是穿着女人衣服遭受羞辱。喇嘛保是不争气，他的屁股烂了无数次，他住班房，可是过去他疼在屁股上，这一次他疼在脸上。他不男不女任人戏谑，打的是祖宗的脸，伤的是男人的心。他不争气，捡了草丛里的银元，他不是偷不是抢，只要是个人，看见银子能不捡吗？卓尼的乡规民约哪一条说啦，看见银子不要捡？是个人看见银子都是要捡的，银子不是牛粪，银子是银子！

天上飘来一片乌云，像飞起来的一片树冠，天地一片安静。一个曾引起两个掌嘎仇杀的"油萨玛"，从来没有在船城说上这么多的话。所有的人因惊诧都掉出了舌头。

远处的古雅山上传过来锣鼓铜钹的声音。那是看雹人喇嘛保自顾自恪尽职守。他一定是脸上抹了锅底黑，披头散发，奋力鼓钹，捶胸顿足，目眦尽裂，声嘶力竭。他为了有头有脸地活下去，垂死挣扎。

菩萨女儿流下了眼泪，起身离去，转眼不见了踪影。

南杰嘉波一行走进官寨，总管迎出来，弓着腰抬着手说，太太！南杰老爷更正说，青冈太太。总管赶紧改口说，青冈太太！

过去的女人才是太太，眼前的女人只是青冈太太。

索郎四老爷给南杰侄儿的礼物，是从"白狼"军那里得来的几杆步枪。阿妈给青冈的礼物，是一把锄头般大小的钥匙，她把义仓交给了青冈太太。最高兴的还是下人们，阿妈准许他们放开肚皮吃饱喝够，还说是新太太的恩典。南杰嘉波左右张望，江措大头目哪去了呢，下面的事有大总管张罗呢，江措大头目呢？

索郎四老爷与嘉波阿妈平起平坐，接受一对新人的跪拜，把敬上来的一碗奶酒吧咂得山响。他志得意满，踌躇满志，如果不是他四老爷半路杀出个程咬金，就不会击退"白狼"，那卓尼的兵马死得更多。他终于胜了江措大头目一筹，在上席坐得四平八稳，猜拳的声音大得吓人。

最先醉的是打酒的娃子。一个大烧锅立在那扎那，要用一根管子把酒接在坛子里，他在管子上吸一口，酒就淌出来接进坛子里。他左吸一口一坛子，右吸一口又一坛子，还没见着条肉就醉倒了。

半个时辰后，江措大头目带着掌嘎里的十二个老人来道喜，他们是长老议事会的老者。他们没有什么礼物送嘉波和太太，只有一个请求，他们一致请求宽宥喇嘛保，不再遭受戏谑，最好也像其他出兵马的人家一样，发放一份抚恤粮。于是南杰嘉波决定在大婚之日赦免班房里所有人的罪愆。看毡人喇嘛保已悉数上缴银元，既往不咎。念喇嘛保持有达汉尕书本没有出兵马义务，此次打"白狼"也算出了力，照例发放抚恤粮。

皆大欢喜，长老们依次入座，条肉，就着烧锅，马上就脸红耳热。凑到四老爷跟前，主仆不分，劈柴似的猜拳。

猜拳前要唱酒曲：

一定要高升，两眼大花翎，三星拱照，四季闹五更，六位要高升，七巧八抬，九字要公平，十全大美，划拳讲输赢。冷酒一口吞，喝得双眼红，忽听谯楼，鼓打一更……

鼓打一更之后，开始划拳，决出胜负，再唱酒曲，鼓打二更，如此反复，大半夜唱过去了。

索郎四老爷喝醉了，竟然搭着青冈太太的肩膀说，娃儿，当太太做什么，当女人做什么，能做男人谁做女人呢，还不如做四老爷的戈什呢。还有比四老爷的戈什更好的营生吗？四老爷吃的喝的耍的剩下一点嘴巴子就够你受用，哈哈！

实际上索郎四老爷一直疼爱青冈，他觉得青冈就是他的侄儿，和南杰一样的另一个侄儿，从来没有把她当成个女人，甚至为青冈能做男人却做了女人而遗憾万分。

青冈看到，南杰嘉波和江措大头目在说着什么，他们的表情很严肃，与这场看上去热闹的婚礼无关。他们谈论的事情一定很紧迫，不然不会在这个时候窃窃私语。后来他们似乎都醉了，四只手长时间地握在一起。唉，如果那四只手里有青冈的两只就好了，青冈有一些嫉妒有一些伤感，南杰嘉波的眼睛再没往她身上瞟一眼。

少爷和姑娘跑过来了，姑娘扑进南杰怀里，少爷旁边站着，几分腼腆。少爷已高过车轮，眉眼像极南杰嘉波。他们眼睛里有一种共同的东西，有时飘忽不定，但后面，深处，是刚毅。后面跟进来的是脸蛋儿姑娘。脸上笑盈盈的，酒窝深深的，画出来的一样。只有青冈能够看得出来，她的笑容里面掺着邪恶。她没有行大礼，只侧蹲道了万福，这是汉人女子行礼的方式。她用她的身体动作把自己从藏人中区分出来，她总是喜欢把自己从一堆东西里挑出来。她手里拿着一只卷轴，哦，是给南杰老爷送的贺礼。可是她转向青冈太太，面向青冈太太，她把卷轴的上端举起来，卷轴全部展开，这样她整个人都藏在后面。哦，她是给青冈太太送贺礼的。这是一幅南杰老爷的肖像堆绣，一个活脱脱的南杰站在南杰嘉波面前，从青冈的角度来看，一个活脱脱的南杰和脸蛋儿的身子贴在一起。就像是过去的那些日子，每次南杰嘉波外出，脸蛋儿的身子贴上南杰嘉波的后背，双臂环过去，给南杰缩腰带。

这幅堆绣南杰嘉波似曾相识。前面的太太曾给他做过这样一幅堆绣，只是还没来得及点眼睛，太太就死在了南杰的怀里。那幅堆绣与太太随葬了。此刻这幅一定是侍女脸蛋儿仿做的，几乎一模一样的，没有丝毫的分别。

仿佛与别处一个自己久别重逢了，南杰嘉波潸然泪下。

儿子的痛苦即刻传导到阿妈的心上，唵嘛呢叭咪吽……

脸蛋儿的举动让阿妈的眼睛里揉进一粒沙子，阿妈捂住胸口流眼泪。

姑娘看到阿爸哭了，伸出小手手给阿爸抹眼泪。说，阿爸你想我的姆妈了吗？

青冈咬着嘴唇。这幅堆绣，像一堵墙竖在她面前，她手足无措。她其实没有进入这个家门。

阿妈对脸蛋儿说，把这个礼物送我吧，我很喜欢这幅堆绣。

脸蛋儿迟疑了片刻，很无奈地把堆绣卷起来呈到阿妈手上，道了万福，转身离开。她没有像过去弓着身子退下去，是挺胸抬头离去，少爷和姑娘随着她离去。

嘉波阿妈捂住了下巴颏，牙疼。

夜幕降临很久了，或者天色快要放亮了。从官寨木栏上发出的口弦声缭绕了整个船城。口弦的音调是那么安详、慈悲、宽容，像一只手轻轻抚过十二个掌嘎，伸进人们的梦里。洮河边的河谷地，红桴麦正在拔节，掌嘎里的牲口圈里，一只小牛犊从羊水里颤巍巍地站起来。

第二天清晨，青冈太太与南杰嘉波给嘉波阿妈敬茶。

南杰垂着眼睛不看阿妈,敬完茶,匆匆离开。

相反青冈的眼睛一直在阿妈脸上,笑,嗔,憨,调皮,那是她的天性,与生俱来。在阿妈离开南赡部洲之前,无论经历多少苦楚,她都没有改变她的天性。阿妈伸出手摸青冈的胳膊,唉,青冈还是昨天的青冈,还没有成为南杰太太。

阿妈伸出手摸着青冈的脸说,娃儿,他让你受委屈了吗?

青冈抓住阿妈的手说,阿妈你真傻呀,我怎么能受委屈呢?卓尼川有多少碉楼,有多少牛毛帐篷,卓尼川有多少男人女人,哪个女人不爱卓尼嘉波呢?可是哪个女人能像我青冈一样,离嘉波没有一肘的距离。我给他穿皮窝子,穿獐子皮翘尖靴,穿袍子系腰带,我给他端汤添茶,给他填炕暖被,他受了风寒只有我可以把手放在他的额头上……阿妈啊,从我第一次看见南杰的那天起,我就想了个法子,我女扮男装做乌拉,修大车道,我混在朱扎人里头去沙楞码头出兵马,就是想看到南杰嘉波啊!谁做官寨里的太太我都不放心,凉了热了,软了硬了,薄了厚了,谁都不会像我,了解自己身上每根毛发那样了解南杰嘉波,像对待自己的心肝那样对待南杰嘉波……

嘉波阿妈的脸上一直淌着泪。她抱住青冈说,可怜的娃儿啊,以后的路还很长,路上不仅有凤毛菊,更多的是荨麻草,娃儿啊,有再多的苦也要咽下去,你是卓尼官寨的女人啊!

阿妈拉起青冈的手,上楼,站在最高一层的木栏上,指着整个船城说,阿妈总有一天会去天藏台的,那些挤奶的捣酥油的熬茶的做曲拉的切粪砖的女人,都由你来管,官寨里有什么样的太太掌嘎里就有什么样的婆娘……

20

卓尼嘉波大婚,掌嘎里有两个人不在船城。

看林家阿妈背对着船城,她要趁着人少到闭关洞去寻贝母,看林家阿妈有一个心病,那就是看好看林人的病。

一路上没有人,所有的人都在船城里做青苗会,给嘉波老爷贺喜呢。今年的青苗会和嘉波老爷的婚礼放在一起，四十八旗长宪总管头人汇报所属各地的青苗畜牧山林状况，顺便给官寨带来贺礼，有洛大的金子，花园的果子，车巴沟的骏马，卡车沟的酥油，喇嘛崖的鹦哥绿石头，船城一下子热闹得像天堂一样。

古雅山传来喇嘛保的鼓钹鸣声，唉，这个可怜的娃儿。看林家阿妈自言自语地说，官寨里有了嘉波老爷喜欢的太太，官寨里要添口了。官寨里添口船城也在添口了。听听，那些嘴，有的在楼上吃糌粑呢，有的在牲口圈吃草料呢，有的在吱哩哇啦地打圈呢。这都是因为啊，官寨里有了嘉波老爷喜欢的太太……

看林家阿妈去闭关洞后面的阴坡上挖药材。这个闭关修行的地方，掌嘎里的人是不允许涉足的，怕惊动洞里的伏藏和修行的上师。人畜不来，水源很干净。据说这里的草药药效特别足，所以她冒着危险，热头快落了才猫着腰踅过来。她想好了，万一碰到人，她就赶紧趴下磕长头，不看僧面看佛面，谁还会伸手打敬神的人呢。她很快找到了第三年长成的贝母"罗汉肚"。真是好贝母啊，指头肚大小，颜色洁白，嘴里一嚼，先甘后苦清香沁人。看林人终年精神恍惚咳嗽不止，阴坡上的贝母药劲足，和甜根煮在一起吃，一定能把身体里的病祛了。下了山坡，又拔了几枝甜根，天快黑了，一抬头，半箭远的地方有一块花石头。哦，哪来的一块花石头呢？看林家阿妈累了，心想，坐在上面歇口气就回去煮草药。她抬头看一眼古雅山，心想，可怜的喇嘛保娃该下山了，他若知道他也能领到官寨抚恤粮，一定会高兴得哭的，唉，可怜的娃儿。看林家阿妈往前挪着，想到花石头上坐下歇口气儿。

她动，那块花石头也动。是看林家阿妈眼花了吗，她揉了揉眼睛。突然，那块花石头就飞起来，掀起来的风呼呼地向看林家阿妈扑来——阿妈一屁股坐下，赶紧躺倒。

屏住呼吸，装死。

雪豹是不吃死了的动物的。看林家阿妈不敢喘气，快要窒息了。而周边没有一点动静了，死了一般。她眼睛睁开一条缝儿，没有看到雪豹。她坐起来，四下里看，哪里有什么花石头，哪里有什么雪豹。哦，吓死人了，虚惊一场。人老了眼花了，或者睁着眼睛做了个梦？

站起来，往前面走了几十步，眼前平展展的地上长出一个黑窟窿。阿尼闹，原来是个陷阱，那只会飞的雪豹掉进陷阱里了！她往边沿上蹭着，看到一双血红的眼睛。

船城人都知道索郎四老爷喜欢挖陷阱。野兽掉进陷阱后，他先欣赏野兽的疯狂和绝望，再欣赏野兽对他的哀求和谄媚，眼看着野兽的膘掉了，快饿死了，他就把羊扔进去。几次三番他厌倦了，野兽也疯了，从深阱里怒吼着一跃，四老爷的快枪一箭穿喉。四老爷喜欢它们完整的皮。嘉波阿妈椅子上的雪豹皮就是这么得来的。

真悬哪！看林家阿妈心想，自己多亏磕了几十年长头，才来了个替死的窟窿。赶紧给这个窟窿和里边的活物磕了几个长头，颤颤巍巍爬起来。天麻麻黑了，晕头转向的看林家阿妈定了定神，确定回家的路。蓦然看到，闭关洞的草丛里站着一个人。他头上戴着一截汉人的裤腿，一身黢黑。这个人的出现吓出看林家阿妈一身冷汗。船城里的人都害怕这个一截黑炭似的人。

看林家阿妈连滚带爬离开。回到掌嘎的碉楼里，发怔，后怕。

看林家阿妈心里惦记从古雅山上下来的喇嘛保。喇嘛保还在跟自己较劲呢，不管别人认可不认可，他还是执意到古雅山上去看雹。她知道喇嘛保上次就在闭关洞附近丢了魂儿，她要告诉他再也不要去闭关洞，再去可能丢了命。她去等喇嘛保。

可是下了山的喇嘛保没有过河，就直接去了位于木耳的福音堂。他从罗杰斯神甫手里接过面包，也接过《圣经》：

当一扇门为你关闭时，一定有一扇窗为你打开……他吞了两个面包，吃了第三个面包，看着第四个面包。

神甫说：敲吧，门一定会开的。你吃饱了？

喇嘛保有点羞涩地说，噢嘞！

他的嘴就着面包念完了经文，转身冲进夜色里。神甫没有唤他，并执着地认为，面包和《圣经》都会在他们的肚子里发酵的，他们会回转来的。他对着黑夜说，阿门！

可是把面包和《圣经》吃进肚子的喇嘛保，打了一个饱嗝。他望着卓尼大寺的金顶一遍一遍地念，唵嘛呢叭咪吽。

喇嘛保精气十足地回到船城。他踅近气象塔，仰头看着塔顶。他不明白，这个高塔虽然威武高大，但没有一点声响，没有一点张牙舞爪，阿么就把雹吓跑了呢？那个所谓的汉人气象官，每天到高塔顶层察看，还用羊皮纸记着什么，在喇嘛保看来是煞有介事，装神弄鬼。喇嘛保想，除非是雹子再不来卓尼川了，他才会相信它的魔力。

听到有人在呼呼地喘气，喇嘛保听出来是看林家阿妈。看林家阿妈从怀里掏出一只芫根说，喇嘛保娃，饿了吧，快吃了这个芫根，又止饿又止渴。娃儿啊，听阿妈的话，你阿爸出兵马之前把你交给我，你现在又是菩萨女儿的男人，也算是我的半个儿。儿啊，你得听阿妈的话。再不要去闭关洞附近，眼睛也不要往那儿看一眼。上次你就在闭关洞附近丢了魂儿，那儿有人收命呢。你记下了吗？给阿妈发誓你再不去闭关洞！

喇嘛保娃儿啊，南杰老爷已经赦免了你的过错，还要给你发抚恤粮，再没有人让你穿女人的衣裳也没有人给你手上抹牛粪了。明天开始，忘记自己是个看雹人，和掌嘎里的所有人一样，种田，荡牛，做乌拉，出兵马，吃糌粑，生娃。忘记天上的营生，做地下的事情。你给菩萨女儿争口气，菩萨女儿在掌嘎里的人面前承认她是你的婆娘啦。怕喇嘛保没听清，看林家阿妈把上面的话重说了一遍。

噢嘞！噢嘞！喇嘛保扑上来抱住看林家阿妈。哦呀！哦呀！

看林家阿妈回到碉楼，差点被什么东西绊倒。摸索着从地上拾起来，提到油灯下看。哟，是一篮子贝母。新鲜得很哪，刚从泥土里拔出来。是佛给我送来的贝母吗？是佛看到了我终年都在磕长头，像上次送狸子皮大氅那样，又给她送贝母了吗？她躺在炕上琢磨，最近这是阿么了，江措大头目没进船城的时候，她也会在碉楼门口或者牲口圈门口看见装在牛毛口袋里的青稞。她提着牛毛口袋到嘛呢康去问头人，是不是掌嘎里的老人公益金多给看林家发了一份。头人说，没有的事，那可能是佛送来的吧？！看林家阿妈一拍大腿说，哦啥就是，我到塔尔寺磕长头，在路上快要冻死了，我做了一个梦……头人打断他的话说，看林家阿妈，你都说了一百遍了。你看看这牛毛口袋，分明就是卓尼的么。哦呀哦呀，就是卓尼的，卓尼的女人织的褐子卓尼人一眼就能看出来。看林家阿妈回到碉楼，在油灯下端详那些贝母。是闭关洞的贝母。再看盛贝母的篮子，是鬼箭锦鸡儿编的，枝条还湿着，是现编的。看林家阿妈想到了在闭关洞看见的那个人。他是怕我再到闭关洞采药掉进陷阱里吧？船城人都说那是一个可怕的人，看林家阿妈觉得那是一个好人。

喇嘛保一口气跑到菩萨女儿的碉房。菩萨女儿做了一锅热腾腾的酥油茶，正一勺一勺地扬着，扬到第一百下的时候，喇嘛保跑来了，獒叫了。隔着獒，喇嘛保把自己的头顶上缠着的一头浓发拽下来，噼哩叭啦，掉下好几块银元。他弯下腰把银元捡起来捧在手上，磕磕巴巴地说，阿珑银钱，阿珑银钱！

菩萨女儿愣住了！原以为喇嘛保把银元缴出去了，不承想他还是把几块银元藏在头发里。菩萨女儿气得哭起来，她舀了热酥油茶就往喇嘛保身上浇。嘴里喊着，我刚把你这头黑牦牛洗白了，你就又往自己身上抹牛屎，我替你阿爸打死你这个不争气的东西！

喇嘛保把脑袋缩进羊皮袍子，蹴着一动不动。菩萨女儿拽着獒去撕咬喇嘛保，可是獒不听菩萨女儿的话，伸出舌头舔扔在地上的亮晶晶的银元，菩萨女儿放声大哭起来。

第二天吃了糌粑，菩萨女儿拽着喇嘛保进官寨。

嘉波阿妈和青冈太太正在木栏上晒热头。她们看到，有两个人从掌嘎里走出来奔官寨而来，走在前面的是裁缝菩萨女儿，后面跟着蔫头耷脑的喇嘛保，再后面是昂首挺胸的獒。他们不敢从官门上进，在偏门上跪下来。

阿妈打着哈欠对青冈说，青冈太太，掌嘎里的女人找你来了，以后这样的事情归你管了，我啊可以省省了，啊啊啊！

青冈太太下楼，在偏门上见了菩萨女儿和喇嘛保。她伸手把跪着的菩萨女儿拉起来，她喜欢这个巧手的裁缝。菩萨女儿乜眼看了喇嘛保，说，你自己给青冈太太说！

好像屁股底下有虫子，喇嘛保拧巴着身子，看一眼青冈太太看一眼菩萨女儿，最后在菩萨女儿的怒视下，从头发里抠出五块银元。

他说他藏下五块银元，想给菩萨女儿打一副阿珑银钱。阿爸用命换来十八头牛，他用十八头牛换了一只金牙，本来想用金牙换阿珑银钱，可是金牙被……他本来想打掉门牙肚子里咽，永远不说金牙的事，叵是一个小心说漏嘴了，想捣个鬼可是话出去了拐不过弯了，只好和盘托出。他说着伤心着，他不得不伤心，金牙没有了就什么都没有了，他和一无所有的在大车道上踢石头的连手们一样一样了。祸不单行，金牙没了，再想办法挣，可是做梦也想不到船城里长出个高塔，不用他看毡了，祖宗留下的手艺在他这儿完了，活命的细细扯断了么。喇嘛保从天上跌到地上，心碎了一河滩。好不容易出兵马碰上了银元，虽然屁股没有烂，可女人的衣裳也穿了，手上也抹牛屎了，嘴里也塞羊粪了，就偷偷藏下五块银元。那是狗日的白狼的东西，咋就捡不得？银元丢在地上不拾等于青稞烂在地里不割，天看见呢么，哦啥就是！万般伤心的喇嘛保哭得如丧考妣。最后他说，再让我进班房吧，菩萨女儿还能给我送糌粑。

还没听说有人主动要求坐班房，青冈太太知道喇嘛保就是个宝气，人孽障，心眼好着呢。她把五块银元接过来说，知道错就好，银元上缴了，没你什么事了，你去吧，我要菩萨女儿陪着去丛拉里逛逛。

喇嘛保说，那我去哪儿呢？

青冈太太说，菩萨女儿让你去哪儿你就去哪儿。

喇嘛保瞅着菩萨女儿不敢说话。菩萨女儿说，掌嘎里要寻个代牧的人，你去嘛呢康找头人吧。

喇嘛保一走，青冈就在菩萨女儿的耳边说了什么。大概就是丛拉里那个大腿上和面的女人，还有无所不能的银楼里的银匠，在嘛呢滩上有很大的猫腻。菩萨女儿和青冈说得有些兴奋，脸都红了。就在这时，她们看见钱粮总管带着丛拉总管向官寨走来了。丛拉总管穿着光鲜的袍子，红光满面，腮帮子亮晶晶的，仿佛一坨酥油。

后来青冈才知道，那一天钱粮总管是故意把丛拉总管带进官寨的，丛拉总管进了官寨就再没有出去。钱粮总管告诉丛拉总管，他管理丛拉有方，丛拉井然有序而且税银进项好，南杰老爷要赏他呢。他们进官门前，丛拉总管甩着一条袖子，掸净自己的衣裳，呸呸呸地把口水吐在手心里，洗脸。脱了帽子、靴子，光着脚进官寨。

一拌糌粑的工夫，女扮男装的青冈太太和菩萨女儿就出现在嘛呢滩。她们若无其事地抬头看气象塔，用手指指点点，好像她们是来看气象塔的。

河谷地和阳坡上的麦子快黄了，掌嘎里的头人和旗里的长宪与看守气象塔的汉人频繁接触，这个高塔替代看雹人，能预报天气的变化。据说这个高塔能告诉地上的人什么时辰雹子要来了，人们要赶在这个时辰之前，哪怕庄稼欠熟一点，赶紧收割。所以啊，人们都去提前请和尚念经了提前准备磨镰了。河边的"绒洼"还是学会了汉人的做法，越来越会种庄稼了。

所以丛拉冷清着。

青冈环视了整个丛拉，发现一点异样。银楼斜对面的稀油店半开着门，有个小子总是探头探脑，这小子有点脸熟。这小子认出青冈太太了，对着她躬了一下身子吐了一下舌头。想起来了，他在官寨里见过这个小子，大总管曾跟他很神秘地交代着什么。青冈从旁边的烧坊提了坛酒让菩萨女儿送过去，还说，太太赐你的酒。

青冈太太把五块银元换成银子，过了戥子，她们先进了银楼，眼睛却瞄着面馆。又新来了一个银匠，穿着粗布大褂，戴着小白帽，是个回族银匠。青冈穿着男装，挽着菩萨女儿的胳膊，银匠把银饰的样品往前推，让她们看。他看着两个人笑，心想，这个俊女人寻了个小女婿。

她们很快选定了样式，笑嘻嘻的回族银匠开始做活了。当着她们的面把银子放进泥罐子，熔银水，之后倒进选好的模子里。顺手把泥罐子扔进身后的筐笸里，罐子碎成了泥坷垃。

银楼的一侧是面馆，另一侧是客栈。面馆里边没有任何动静，房顶上有细细的炊烟，客栈后面似有马吃草料的声音。那个女人还在做臊子面吗，正悄无声息地在雪白的大腿上和面呢？

很快一个银耳环就出模了，好快啊！回族银匠用一只亮晶晶的杵子打磨一对耳环。身后的筐笸里泥坷垃不多，看来今天生意清淡。

青冈和菩萨女儿听到客栈的后院有马在打着响鼻。

银耳环很快做好了，付了手工，青冈把耳环放在手心里掂了掂。

回族银匠笑嘻嘻地说，少不得有些火耗，你们四只眼睛盯着做出来的，没麻达。赶紧给你的娜扎（新娘）戴上吧。

青冈的眼睛盯在银匠身后的一个筐笸上，里边是打烂的泥罐子。她给菩萨女儿使了个眼色，菩萨女儿绕过柜台一条腿迈近了筐笸，伸出手翻筐笸里的泥坷垃。

回族银匠大惊失色，他呼叫着说，掌柜不让动这些东西，这是银楼的规矩。他的声音很高，仿佛说给什么人听。

菩萨女儿已经掀翻了筐笸，把烂泥坷垃拿在手里看，扔在地上用脚踩，踹，搓。

回族银匠扑上来了，青冈一伸手，回族银匠就像一张皮影贴在一面墙上。

菩萨女儿看清楚了，泥坷垃里有很多的孔隙，搓碎后细碎的银屑露出来。

如果用筛子筛了，至少有一撮银子。

回族银匠蹴在墙根下，抱着头说，我只是个匠人，别的事都是掌柜说了算。

青冈把他提起来说，掌柜是谁？

银匠的眼睛瞟一眼面馆说，不知道不知道。他为什么会下意识地瞟一眼面馆，难道那个女人是银楼的掌柜？

几乎就在同时，面馆里的女人揭开门帘伸出一张脸张望——一匹马从客栈后面嘶鸣着腾空而起，"嗖"地飞过来什么，女人应声倒地。紧接着对面稀油店的马也腾空而起。仿佛整个银楼晃动了，房梁上的吊吊灰飘下来。

稀油店侍卫喝了一些酒，反应慢了半步。

从官寨去往闭关洞的路上尘土飞扬，遮天蔽日。望一眼官寨，青冈一时不知发生了什么，但她明白与她进银楼惊动了什么有关。青冈和菩萨女儿把扑倒在门口的女人翻过来，她的身上没有什么伤痕，额头上一个窟窿。她还活着，人中上扎了一针，慢悠悠地释了一口气。青冈提起那个女人想问出一些话来，可那个女人闭着眼睛闭着嘴，只管喘气，十足一个活死人。

掌嘎里的女人们消息真快，她们跑到面馆里来，有的说，自己的男人吃了那个女人一碗面，家里的一副阿珑银钱就没了。有的说，家里的男人看了那个女人一眼，身上的银嘎乌就没了。有的说，家里的男人天一黑就往面馆跑，牲口圈里的牲口一天少一个，现在那个挨刀货下身都流脓了……女人们愤怒了，蜂拥而上，从头发上拔出针扎那个女人，青冈和菩萨女儿拦都拦不住。女人被打累了，哆哆嗦嗦地摸什么东西。青冈发现她在够一面放在针线箩里的镜子。她把镜子抓在手里，歇了口气，放在眼前——她呻吟一声，闭上眼睛。从此再没有睁开。

官寨里的大总管骑着马来了，他像一坨肉从马背上滚下来，颤巍巍地说，青冈太太啊，你闯祸了，闯天大的祸了，这次阿妈也救不了你了！

大总管急得要哭了。女人们住了手，菩萨女儿也住了手，吓得脸色煞白。青冈愣怔片刻，马上意识到自己真的闯祸了。

后来，禁闭在官寨经忏房的青冈太太逐渐明白了：南杰嘉波把那个女人留在船城，是放了一个诱饵。选择在他们新婚第二天动手，是不想引起任何一方的注意。南杰嘉波传丛拉总管进官寨，阻断丛拉总管给目标传递信息。稀油店里的侍卫在最佳角度盯着客栈，一有指令马上出击。可是南杰怎么都没有想到，青冈会去丛拉。青冈进了银楼惊动了客栈里的那个人。由于青冈的鲁莽，那个受到惊动的人提前行动了，打乱了南杰嘉波的计划。

青冈跃上大总管的马，对大总管说，这个女人交给你了，留下活口！青冈直奔闭关洞。

天瞬间暗了，抬头看天上的太阳，金色的太阳变成了灰色的太阳，太阳不再是太阳，像蹲在半空中的一只棕熊。远处的田地草地和山峦都披上了一层褐衫，昏昏欲睡。一群群秃鹫从四面八方而来，呼朋引类，向着闭关洞方向会集，天地被搅动得一片昏黄。天上刮的是西风，一股浓重的血腥味漾过来，青冈一只袖子捂住嘴。

那个戴着半截裤腿的人连人带马栽进闭关洞后面的一个陷阱里。追赶他的稀油店的卫士酒醒了，他被眼前的场景吓呆了。他自言自语地一遍遍地复述已然发生了的事情的过程。

他说，那个人的马术高得很，他没有骑在马背上而是贴在马肚子上，看上去像没有人一样。一路上黄尘蔽日，到了闭关洞附近，目标转眼不见了。勒马一看，眼前是一个陷阱，里边传来雪豹的吼声。以前这个地方不曾有陷阱，那个把自己贴在马肚子上的人太自信，于是连人带马掉进陷阱里。天知道陷阱里正好圈着一只雪豹，也许好几天了没有人发现，正饿红了眼，雪豹发出了类似人的狂笑，转眼间就啖皮食肉。吃饱后雪豹踩着人和马的骨头跳起来，足有两匹马高，被赶来的索郎四老爷击毙。索郎四老爷手里握的是驳壳手枪，枪管都冒烟了。

船城的人从来没有见过那么多的秃鹫，它们的翅膀遮天蔽日，瞬间像一只黑锅把闭关洞严实地覆盖。秃鹫们一头扎进陷阱里，血肉飞扬。

门兵们站成一堵墙，阻挡污秽侵袭到南杰嘉波和两位大头目。掌嘎里的人们站在一箭远的地方，男女老少被眼前的景象吓呆了，纷纷抱作一团，嗷嗷地呻唤。大约一碗茶的工夫，秃鹫们离开了，扬起一顿血雨腥风。陷阱边沿有一截沾了血污和羽毛的裤腿，还有一只褡裢，里边放着一只硕大的弹弓，大小在弹弓和弓箭之间。陷阱里只剩下一些零碎的皮毛，一只白森森的马头骷髅，像龇着牙笑。

南杰嘉波面色凝重，江措大头目若有所思，索郎四老爷暴跳如雷，说谁这么大胆，敢在闭关洞附近挖陷阱！哦，原来陷阱不是索郎四老爷挖的。

　　唯一的目击者稀油店的侍卫认定，那个戴着半截裤腿的人连马栽进陷阱里。

　　江措大头目察看了马蹄的印迹，确实止步于陷阱边沿。陷阱边沿一人高的荨麻一直蔓延到闭关洞，洞门被青草覆盖着，仿佛一个没有出入口的城堡。

　　是谁挖的陷阱呢？各个掌嘎的头人都否认自己掌嘎挖了陷阱。

　　那有谁来过闭关洞附近呢？有一个人每天两次要到闭关洞，是卓尼大寺印经院的和尚，百灵掌嘎的小沙弥。此时，他正提着饭笼过来了，给闭关洞修行的百灵八班送晌饭。他说他每天两次到闭关洞送饭，修行者过午不食，都是上午来。他往返只走一条路，没有看到有人挖陷阱更没有看到陷阱。

　　如果陷阱让人看到了那就不是陷阱。

　　南杰嘉波说，除了寺院小沙弥，还有谁来过闭关洞？

　　喇嘛保搀扶着看林家阿妈站在人群中，喇嘛保的一条腿都迈出去了，被看林家阿妈拽回来。

　　南杰嘉波说，约定俗成的掌嘎里的人不到闭关洞附近来，是因为怕打扰修行的大师，并不是说闭关洞就不能来。谁来过闭关洞，看见了什么，说出来，奖励绿松石！卓尼嘉波奖励绿松石，是荣誉的象征。

　　喇嘛保和看林家阿妈对视了一下，向前迈了一步说，小的喇嘛保在半年前路过闭关洞。小的从纳浪回来冻得要死，想在闭关洞避个风，刚摸进洞口，没想到，没碰到人却碰到一个鬼，小的赶紧钻进一堆干草里。那个鬼往马背上放东西，好像是一个口袋，里边装的东西叮当响，好像是一些洮河里的麻浮。那个鬼长得跟人差不多，有身子也有脑袋，跟人不一样的是他的手上有一柱光，比天上的闪电都亮，在我的多脑上一晃，我的魂儿就从脑壳子上飞出去了。我的魂儿没了，但身子还是冷得要死，那匹马伸过嘴来拱盖在我身上的干草，我趁机把手伸进马脖子上的鬃毛里，这样马身上的热气传到了我的身上，我才缓过来。为了记住这匹救命的马，我用腰刀割下了一撮马鬃。后来那个手上带着闪电的人骑着马向着西边走了。

　　说完，喇嘛保从他的嘎乌里取出一撮马鬃，由百灵掌嘎的头人呈给南杰嘉波。

　　喇嘛保还想说什么，被看林家阿妈打断了。看林家阿妈迫不及待地说，老妇前几日到过闭关洞。老妇磕长头转了向，不知不觉磕到了闭关洞。正值黄昏，老妇心想，反正没有人看见，索性采一些贝母，闭关洞长年无人走动，水源好药材好。老妇正打算返回时，一头雪豹扑过来，老妇赶紧装死闭上眼睛。半天没有动静，原来雪豹掉进前面的一个陷阱里。老妇捡回了一条命，心里慌恐，赶紧离开，别的老妇什么都没看见。

看林家阿妈没有说他还看见一个人，站在半人高的草丛中。她也不知道她为什么不想说出这个人。

喇嘛保提供的马鬃与陷阱边沿上散落的鬃毛，是同一匹马身上的毛。

现在的问题是陷阱是哪来的。最有可能出自"裤腿"之手。可既然出自裤腿之手，他夺路而逃时应该避过陷阱，哪能自己掉进自己的陷阱呢？可是目击者官寨侍卫言之凿凿，裤腿连人带马掉进去了。

南杰嘉波与两位大头目从闭关洞的后面绕过去，因这里常年没有人畜打扰，周围的草长得茂密，几乎把闭关洞围得水泄不通，除了风吹着草沙沙响，没有任何声息。闭关洞里的百灵八班已修行一年，难道他修炼至深没有听到外面的动静吗？

当南杰嘉波和两个大头目再次走回闭关洞口时，却听到了念经声。先前并没有念经声，只有风吹动野草的沙沙声。

闭关洞洞口的石门露着一拃宽的缝隙。洞口坐着一个人，以荨麻蔽体，只露着一双手。他结跏趺坐，双目紧闭，双掌合十，口里念着经文：如露如电，玄之又玄……他露在外面的双手白得像剥了皮，他在超度刚刚消失了的那些生命。经毕，他站起身，身上的荨麻窸窸窣窣。他转身的瞬间，南杰嘉波从荨麻的缝隙里看到，他眼睛里射出的光如刀如剑。

南杰嘉波知道，深度修行的人是不能说话的，但对官寨忠心耿耿的百灵八班，在闭关洞修行怎么还修出了戾气？难道他还在为他的侄子百灵掌嘎的江措客死他乡抱怨南杰嘉波，或者对南杰嘉波削弱入寺人口削减寺院香火田地耿耿于怀？

那位给百灵八班送饭的小沙弥提着饭笼站在一边，不敢上前。

南杰嘉波从小沙弥手里取过饭笼，饭笼很沉，走到传递饭食的只有一只和尚帽子大小的窗口，把饭笼放在土台上。片刻之后，两只手取走了饭笼。这是百灵八班的手，白得像骨殖。取了饭食又用那双手把饭笼递出来，这是百灵八班的半月形大氅，上面绣着藏文：嘉波卓尼吉祥。在卓尼大寺，只有百灵家的八班袈裟上绣着这样的藏文，别的掌嘎的和尚不得效仿。

南杰嘉波再提那只饭笼时，觉得很轻。

南杰嘉波已经明白。那个戴着半截裤腿的人伪装成候商进了船城，那个所谓的"国代表"是他带进船城，里应外合以"加卡卜"的名义掠走古雅山上的木材。江措大头目深夜出城追赶通司，回城的"裤腿"知道事情败露，他制造了红石崖事件，企图消灭所谓的"国代表"，独吞已到达沙楞码头的木材。这个人打得一手好弹弓，关键时候就出手。那个女人和"裤腿"是同伙，裤腿把她送给麻秆儿，用女人和大烟麻痹他的脑袋。之后他们继续潜伏在船城，以开银楼和面馆为掩护，贿赂丛拉总管，大肆搜刮藏民钱财。把得来的银钱，通过闭关洞附近的一条没有人知道的路，避过隘口和暗门，运到外面，再从土门关返回卓尼。这就是为什么暗门的值守有接连两次他入境的记录而没有出境的记录。

闭关洞的陷阱是谁挖的呢？意欲何为？那个脑袋上戴着半截裤腿的人，真的在南赡部洲消失了吗？

丛拉总管下了地牢。他交出了所有的银子期望赎罪。南杰嘉波说，这些银子本来都是卓尼人的血汗，把血汗还给流血流汗的人，怎么能赎罪？按照卓尼的乡规民约，说假话的人嘴里不能吃饭只能吃羊粪。

那个大腿上和面的女人死了。卓尼人嫌她脏，把她扔进闭关洞附近的那个陷阱里，填了厚实的土。

四老爷磕着一嘴的牙齿说，是她自己作死的，不能怪我没有护佑她！可惜了的，不知道她大腿上和的臊子面到底有多好吃，阿噎！

闭关洞附近的水源脏了。掌嘎里的人说，等百灵八班闭关结束了，重新选一个地方做闭关洞，这个晦气的地方做铁匠铺子。在这个地方做铁匠铺子有两层含义，一是，铁匠铺子是打铁的地方，铁可以做成刀，而刀是杀人的，那铁匠是间接的刽子手。二是，这个地方的陷阱里埋着两个罗刹，必须用铁匠铺子淬火的铁器镇着。

即使是这样，这个女人还是没有死透。在她死后，卓尼与她接触过的男人身上都得了一种病。得了病的男人对自己的婆娘说，他们身上钻进了一种虫子，这种虫子咬烂了他们的下身，侵蚀他们的肌肤。

船城的女人们拉着他们得了病的男人，到铁匠铺子用烧红的铁炮烙他们身上的虫子，人肉的味道又引来秃鹫的盘旋。

拉毛草拉着他可怜的蒙古男人，去铁匠铺子烫虫子，路上碰着了喇嘛保。喇嘛保瞪着蒙古喇嘛说，你给拉毛草的阿珑银钱做了吗？蒙古男人说，呸，你还好意思说别人，你个哈尿。喇嘛保撸了袖子又要打人，拉毛草拉开了。拉毛草胀气着呢，对他的男人说，还是喇嘛保好，少只金牙不算啥，你身上的虫子恶心死人了。

21

青冈灰头土脸地进了官寨。给站在木楼上的阿妈磕了头，就径直走进曾经囚禁四老爷的经忏房。

阿妈跺着脚说，你又闯下祸了啊？不能进去啊，进去了没有南杰嘉波的话儿就出不来了。我给南杰说情，让你裹足，裹足，用裹足来惩罚你！在阿妈想来，汉人的裹足是对女人最大的惩罚。青冈看了一眼楼上的阿妈，心想，此次不是裹足能解决的问题了，阿妈你救不了青冈了。

青冈坐在经忏房，看四方窗子外方方的蓝天。她一直没弄清给他送饭的是哪个娃子。他从那扎那那边溜着墙根过来，把饭桶放在经忏房的窗户下面，又贴着墙根走了，只有一次青冈看到了他的半截子屁股。青冈几乎是笑出声来，她上次给索郎老爷送酒就是这么干的，以其人之道还治其人之身，现世报啊。

青冈从窗子上伸出头，看见窗洞底下饭桶里的粥，能照得见人影。

索郎四老爷是怎么喝了桶子里的酒的呢？

热头西斜了，青冈从窗子里伸出头，这个窗子很小，只能露出一颗头或者放进一桶粥。青冈伸着头看那桶粥，那桶清淡的粥快要馊了。阿妈的那只猫不知什么时候来了，蹲在窗子下面，先是打了一阵呼噜，后来醒了，盯着青冈看。它很快发现了桶里的粥，把嘴伸了进去。

第二天，青冈拖着虚弱的身子探头看窗子下的粥，粥里的米粒黄灿灿的，像一窝天上的星星。她的头发垂下去，唉，如果她的头发没有被剪掉，发辫上的阿珑银钱快能够着粥桶了。

突然她听到有"嘎嘎嘎"的笑声，她抬起头来，看到四老爷站在外面。他说，嘉波太太不是好做的吧？江措大头目和嘉波阿妈都在给你说情，可是，你这次麻达大了，四老爷觉得没有人能救得了你了。熬着吧，看你的命了。四老爷摇着头，大耳环甩在帮子上啪啪地响。

四老爷转过身走了几步，停下，把腰带解下来，提在手里上下晃了晃。他调过脸，给青冈挤了挤眼睛。

青冈的眼睛突然亮了，脑门上闪过一道亮光。她看到聪明的索郎四老爷解下袍子上的腰带，把腰带的一头从窗子吊下去，伸进酒桶里。他又把腰带提上来，吃腰带上的酒，咂咂咂！

青冈豁然开朗，哈哈哈笑出声来。

热头升起来，热头落下去。腰带吊下去，腰带升起来。腰带上的米汤真香！

经忏房的外面会发出很多声音，马鸡飞上桐树的声音，马号里的琼雪打响鼻的声音，少爷和姑娘背书的声音，阿妈责骂下人的声音，嘉波出入官寨的声音。

税收官来报税，义仓仓官在晒粮。

似乎一切都尘埃落定了。

两拨自称"加卡卜"的来了又走了，该拿走的拿走了，拿不走的还是拿不走。地拿不走，会长青稞，山拿不走，会长森林。嘉波在，卓尼川上的汉番还得活下去。

八月的青稞黄不黄都割过之后，整个船城似乎四平八稳了。

又该做换季的衣裳了，裁缝菩萨女儿进了官寨。她成了给青冈送饭的人，米汤换了炒面和酥油，从窗子下到了经忏房里。青冈吃了酥油糌粑精气像太阳一样升了起来，她把脑袋从窗子上伸出去，看外面。阿妈过来了，短短几天阿妈比过去苍老了，行动迟缓。青冈的眼泪流出来，嘴还是尽量笑，她的脸看上去很难看。可是阿妈没有看她，从义仓那边过去了。嘉波阿妈忘了青冈了吗？

大总管记起青冈了。他打开了经忏房的门说，青冈太太，嘉波阿妈吩咐了，以后你可以出来晒热头，但不能离开十步远。你可以和裁缝一起做衣裳。

大总管叫她青冈太太，说明她还是青冈太太。大总管一转身，青冈就笑出声来，她高兴死了，就在地上翻了个漂亮的跟头。

菩萨女儿抱来了布匹，她们一起给南杰嘉波做汉服。

菩萨女儿说，青冈太太，你为什么不做一幅南杰嘉波的肖像堆绣呢，要做到最好才是嘉波太太呢。要做到多好呢，最好是眼睛绣好了就能看到人，嘴巴绣好了就能说话。菩萨女儿是青冈的贴心人，她的意思是，青冈做的堆绣要比前面太太的好，要比脸蛋儿的好。

听了菩萨女儿的话，青冈兴奋得满脸通红。她重复着菩萨女儿的话，眼睛绣好了就能看到人，嘴巴绣好了就能说话，她的眼泪流出来了。

她开始准备做堆绣的材料。菩萨女儿发现，青冈太太把很多的布料都剪碎了，自己埋在一大堆布头里茫然失措。青冈闭上眼睛说，我想不起来南杰嘉波的样子，我不知道他长什么样，真的不知道他长什么样。菩萨女儿张大嘴，她不知道自己的男人长什么样？青冈太太带着哭腔说，我一共见过他六次，我真的想不起他长什么样。

青冈从窗子望出去，看到了方方的一块天，嵌着圆圆月亮。夜很静，洮河水声清脆，像一群光脚的娃儿跑过，黄口小嘴里念着"新媳妇新媳妇裆里夹着块红布布"。她的眼泪流出来。

她听到有脚步声经过经忏房了，穿的是一双獐子皮皮窝子。他步履沉重，他的叹息能拧出水来。他又在想心事了吗？他忘了青冈了吗？他不能跟青冈说说吗？青冈不是总和他想在一起吗？他不喜欢青冈，青冈又惹了祸，他一定是不要青冈了。青冈伤心得哭出声来。经忏房外的脚步声一直没有停歇，天放亮的时候，马鸡鸣叫着，她听到南杰嘉波自言自语地说，闭关洞，闭关洞，百灵八班，百灵八班……仿佛一个咒语，不断地重复。外面的脚步声停下了，听不到一丝声息，安静极了。南杰的脚步声呼吸声戛然而止，是南杰嘉波突然开悟了——他对着房科喊了一声"琼雪"！片刻之后外面的人离开了，他走得很急，马鸡们忽拉拉地拍打着翅膀。马号里的琼雪奔出官寨，侍卫们奔出官寨，整个官寨嗡嗡地响着，仿佛飞起一片蝗虫。

天突然就亮了，船城里传过来了喧嚣。东边的热头才露头，准确地说是西边大亮了，是火光，西边的闭关洞附近着火了。官寨相对寂静下来，嘉波阿妈念经了——莲花山的珍宝啊，莲花山的珍宝啊！少爷和姑娘念书了，他们的手挽在脸蛋儿的胳膊上，他们很快就长大了，快有脸蛋儿高了。脸蛋儿说，沧海月明珠有泪，两个孩子说，蓝田日暖玉生烟。嘻嘻嘻！

青冈急得头往墙上撞。

很快菩萨女儿带来了坏消息。

百灵八班坐化了！

百灵八班年事已高，在闭关期间圆寂也算是功德圆满。

可奇怪的是，卓尼大寺大茶房的总管，百灵江措的堂兄弟，在那个早晨也死了。他们叔侄一个在寺内一个在寺外，仿佛不约而同，就在那个大火的早晨同时离开了南赡部洲。

寺院里的百灵家几百年殚精竭虑，唯卓尼官寨马首是瞻，深得卓尼官寨的信任。寺院的香火田都是上好的河谷地，虽然南杰嘉波削减了寺院的一些土地，削减了入寺人口，间接地对百灵掌嘎也是大好事。百灵掌嘎顶立门户的人多了，人口噌噌噌地就上来了，娃们长得比青稞还快，这样百灵掌嘎的男丁很快就会追上牦牛掌嘎，这就改变了百灵掌嘎人丁稀少的状况，在人气上与牦牛掌嘎旗鼓相当了。而在寺院里百灵掌嘎的人依然控制着卓尼大寺的半壁江山，印经院日进斗金。总之百灵掌嘎五百年顺风顺水，始终站在牦牛掌嘎的上风头，站在所有掌嘎的上风头，一族之下千族之上，统治着整个卓尼川的灵魂。可是就在这个早晨，闭关洞的一场大火，让百灵掌嘎在最高峰时跌落神坛。

坐化了的百灵八班身上覆盖着荨麻，当人们摘开他身上的荨麻时惊呆了——他皮包骨头，几乎就是一副骨架了。身体上面爬满虫蚁，仿佛已经死了很久了。最可怜的是他的眼睛，流的不是泪，是白色的奶。

传说中，如果一个藏人流出白色的血，那是冤死的。

是谁发现他坐化了呢，还要从送餐的小沙弥说起。

自从百灵八班入闭关洞修行，小沙弥日复一日天不亮就从大茶房主管手里接过饭笼，去给百灵八班送餐。由于百灵八班在寺院里的特殊地位，百灵八班的饮食是百灵家的大茶房主管亲自备的。

闭关洞旁边陷阱里埋进去了两个该死的罗刹，小沙弥送早餐的时候就有点头皮发紧。于是他就张开嘴念经，一张开嘴念经下意识地就想闭上眼睛，这样，小沙弥不小心就摔了个马趴。饭笼摔出去很远，木曼前一只后一只撒着，饭食撒了一地。他赶紧把两个木曼两个馍捡起来。可是他发现，地上撒着两疙瘩亮晶晶的东西，仔细一看，是两疙瘩银子，摸一下，是温的。

阿尼闹！哪里来的银子啊！拳头大的两疙瘩啊！小沙弥从来没见过这么多的银子，四下一看，没有人，哪来的银子呢？天上掉下来的还是地里长出来的？顾不得多想，聪明的小沙弥赶紧在地上刨了个坑把银子埋进去，上面放了块石头，提了空笼子转身往寺院里跑。

进了寺院，绕过僧舍钻进大茶房，偷偷取了饭食，再往闭关洞跑。心里庆幸着，没被大茶房总管看到。还是那个饭笼，还是两个馍，跟前面一样一样的。只是饭笼似乎比以前轻。

把饭笼放饭口，和过去一样，有一双雪白的手取走了饭笼。片刻之后再递出饭笼时，里边放着前一天的木曼。

小沙弥松了口气，如果出了差错，少不了大茶房百灵总管的一顿皮鞭。卓尼大寺的和尚喇嘛们都知道，寺院里的百灵家是不好惹的。

第二天一切如常，百灵总管的脸色如常。小沙弥又接过饭笼，有点沉。小沙弥睁大眼睛往闭关洞走，路过那块石头，刨开看了看里边的东西，还在，他相信了那是真的银子。

可是饭笼放在饭口，没有手取走饭笼。他心想修行人可能在念经，忘了时辰。就蹲在地上等着，一拌糌粑的工夫，还没有人。正是贪耍的年龄，他就绕到闭关洞后面，听说那里的甜根好吃，一定还有攒熟了的蜂房，小沙弥的口水流出来了。

闭关洞四周的草长得太茂盛了，没看见什么甜根和蜂房，倒是发现一窝鸟卵，齐齐整整地摆着。他肚子饿得咕咕叫，于是摸出怀里的火镰。下面发生的事情就不用说了，眨眼之间整个闭关洞变成了一个火海。小沙弥撒腿就往寺院方向跑，叫人来救火，迎面就碰上了嘉波老爷的琼雪。琼雪嘶鸣着，一甩尾巴就把他掀向半空中，再跌下来时就人事不省。

卓烧光了，外面看闭关洞像一泡黑牛粪。石门被烧得发烫，里边丝毫未损，只是整个洞里有些闷热。送饭的洞口，盛饭的木曼和饭笼已烧尽，有两疙瘩黑乎乎的东西，像两只烧焦的洋芋，静静地放在上面。伸手一摸是硬的，在袍子上蹭了蹭，亮了。阿尼闹，又是两疙瘩银子！

洞内有些闷热，可是百灵八班已经死了，眼窝塌陷，身上爬满蝼蚁。

前一天还拿走了饭口上的饭笼，第二天就能腐烂？

魂魄出窍的小沙弥害怕死了，他给大总管指了埋银子的地方。他被带进官寨。

没有青草覆盖的闭关洞露出了真面目，洞的另一头一直通向山那边，有一个出口。

谁都不知道这个出口是哪里来的，什么时候有的。过去一直被树木青草覆盖着，没有人会认为这里有出口。

两疙瘩洋芋变成了银子！小沙弥撒了饭食的路上，地下也长出银子！

是百灵八班修成正果，他的骨血里有舍利子，他吃饭的木曼变成银子，他还没有入口的青稞饼子也变成了银子。百灵掌嘎里的人这么说，船城里的人就这么说，早晨起来，掌嘎里的人们不说梦了，他们说银子。

可是大茶房的百灵总管，百灵八班的侄子，也里应外合地死在僧房里。

寺院的活佛念经，给叔侄二人做荐亡仪轨。活佛看到了大茶房百灵总管的肚子里有一疙瘩银子，而百灵八班的肚子里有一疙瘩荨麻。一个是胀死的，一个是饿死的。

整个卓尼川笼罩在神秘的气氛中。进寺院转古拉的人少了，周围的信徒来寺院印经的人少了。

大总管在责打下人，喘着粗气像拉着一口风匣。柳条落在皮袍子上，嘭嘭嘭地敲着一面鼓。

嘉波阿妈对柳条打屁股的责罚厌倦了。娃子都是嘉波的娃子，长出百十来斤要吃多少青稞，不能犯点错就打死，可是不责打阿么知道改错呢？几百年来都是柳条抽屁股，太乏味了。阿妈皱了眉头，对总管说，脱了裤子，砸骨拐儿。

用一个榔头在脚踝骨上那么一砸，小沙弥身体一抽搐，疼得闭过气去。等他缓过来，抹着眼泪鼻涕还是一口认定，那些银子是从地上长出来的，他又埋进了地下。天可怜见，他没说假话，他真的认为地皮是银子的来处。

谁都不相信卓尼的地皮能长出银子。银子是好东西，因为它可以换来任何想要的东西，但也是坏东西，人为财死，它最终是人的掘墓者。但是人们都向往它，很少有人跟它结仇。

南杰嘉波说，别打了，不怪他！

船城里人心惶惶，官寨里噤若寒蝉。只有脸蛋儿咯咯咯地笑着，一只手里拽着一个孩子，阿妈似乎对她束手无策，她怀里拥着两个宝贝，这两个宝贝一闹阿妈的心就碎。

索郎大头目命人在闭关洞里掘地三尺，什么都没有。没有银子。

南杰嘉波在卓尼大寺内外明察暗访，顺藤摸瓜。大茶房总管与百灵八班的勾当昭然若揭，一个往出拿，一个接手。可是，经由小沙弥之手送进闭关洞里的银子哪去了？

那个死在陷阱里的候商，从闭关洞附近把掠夺来的银子运出船城，他知道闭关洞的出口。船城的人都不知道的，他怎么就知道呢？

他与闭关洞里的百灵八班有关联吗？

如果有关联应该是这样的：第一个进大车道上的人并没有连人带马掉进陷阱里，而是钻进了闭关洞。南杰嘉波看到的身上披着荨麻念般若经的百灵八班，已经被偷梁换柱。彼时才是百灵八班坐化的时辰。那个假冒身份的人在闭关洞起火的前一天，从小沙弥的饭笼里发现了异常，在闭关洞起火的当时或者前一天，斯人已从闭关洞的另一个出口离开。

银子随着这个人已经飞到了外面？

那么百灵八班是同谋呢，还是受害者呢？既是同谋又是被害人？

很快寺院里有了新的八班，是骆驼掌嘎的人，印经院也换了总管，是桃日掌嘎的人。印经院收的是印经费用，给多给少全在施主的用心，是一本良心账。印经院确有积银千余两。但不知道这是不是印经院收入的全部。清点寺院库存，收支平衡。只能理解为那些银子是百灵叔侄在寺院里的私存。

掌管卓尼人灵魂的百灵家族一手抓着神明，一手抓着银子，这完全出乎南杰嘉波和整个船城的意料。对自己作为卓尼大寺僧纲的严重失职，绝望的南杰嘉波摔了一只龙碗。

百灵掌嘎的碉楼里没有炊烟，没有煮茶，没有说梦，娃儿们也没有声息。

闭关洞后面的陷阱上面，是铁匠铺子和宰杀场，终日烈焰熊熊，磨刀霍霍。

索郎四老爷说，要我说，还是大车道惹的祸。

南杰嘉波几天没说话。

外忧内困，一只芜根从里头开始腐烂。

放眼看船城，掌嘎里的炊烟更细了。

卓尼人更穷了。

那个大腿上和面的女人，她人死了，可身上的那种虫子没有死，这些孽障不仅钻进那些男人身上，还钻到了男人家里的女人身上。这些男人和女人下身溃烂，腰都直不起来，不知从哪里得来的偏方，用烙铁烫溃烂的地方，这些人都跑到铁匠铺子里，结果很多人都让烫残了。寺院里的曼巴束手无策，寺院里的喇嘛都出动了，到各户念经，白经和黑经都念了，无济于事。南杰嘉波差人去请仁钦曼巴，仁钦曼巴到迭部采药一时寻不到人。

经忏房里的青冈听到这个消息后，就躺倒了。她水米不进，双眼紧闭，气若游丝。菩萨女儿赶紧通报了嘉波阿妈。阿妈过来一看，青冈已经死了一大半了，阿妈抹着眼泪说不出话。临转身时，阿妈的袍子被什么拽住了，一回头，青冈给阿妈做了个鬼脸。

没过几个时辰，仁钦曼巴就来了。仁钦阿爸见到青冈，伸手拿了脉。阿爸戳了她的脑门说，你好着呢，是想让我出现，给船城的人治病对吧？你都坐了班房，我哪有心情给人治病。青冈扑过来搂着阿爸的脖子说，这是经堂，哪里是班房。我是官寨里的青冈太太，南杰嘉波的岳父啊，亲亲的阿爸啊，赶紧开药吧！

船城里长了虫子的男人们泡在药浴里。月亮从下弦涨到上弦，男人们从浴瓮里爬出来，褪去了陈年的老垢，像一只只白条马鸡，白得耀眼。女人们不认识自己家的男人了，男人咧着嘴笑，说，原来一洗就没了么！

秋后船城里的那种虫子渐渐消失了。

但是南杰嘉波没有因此想起经忏房里的青冈。青冈的世界变得很小，只有换季的时候菩萨女儿进官寨，会给青冈带来船城的消息。彼时青冈已能做一手漂亮的针线活儿，由于慢工，她手下的针脚细得肉眼看不见，菩萨女儿把衣裳提起来就着热头看，阿尼闹，天衣无缝。

菩萨女儿一脸神秘，跪在青冈太太跟前附在耳朵上说，洮河边出现了一种奇怪的东西，这些东西装在袋子里，倒出来像柴灰，又像发了霉的青稞面。把这东西掺了砂子用水和起来，稀软软地抹在墙上。你猜咋了，那些灰扑扑的东西就变硬了，像石头一样硬，铁一样硬，刀都砍不动。我的青冈太太，你说这是什么东西呢？

22

南杰嘉波请了建气象塔的那个红狮子洋人修木耳桥。红狮子洋人还是用驼队驮来一些东西，这些东西是修桥用的。卓尼人知道了，只要洋人或者一些穿布衣的人进船城，总会带来卓尼人做梦都没见过的东西。他们拍打着袍子上的尘土，用袖子擦干净黝黑的脸，嘴上蹭一点上好的酥油，眨着明亮的眼睛，咧着雪白的牙齿，踅到嘛呢康。一定有稀奇的事情出现了，他们是愉快的，觉得日子是美好的。远远地就对任何一个人打招呼，乔德莫，扎西德勒，乔德莫。

洮河的枯水期一到，卓尼人就用稀泥变成石头的那种东西垒桥墩。据说这种东西垒成的桥墩像铁一样坚固，永远不会被水冲塌。这成了船城人茶余饭后的谈资。外面的世界究竟是什么样子的啊，阿么有这么千奇百怪的东西啊！

这种东西叫作“塞门德”。

每一种新鲜的事物进入卓尼川，都会激起人们对于美好生活的向往。人们终于明白，卓尼嘉波是想把卓尼人的日子过得好一点啊！

在修桥的过程中，喇嘛保在教会里混面包，他用藏语念“圣母玛丽亚”。吃饱了转过头就到洮河边修桥，到卓尼大寺转古拉。这时外面又有消息传过来，中原又有皇帝了！

卓尼土司领地历来是只认土司不认皇帝。土司是他们的天，皇帝离他们远着呢，是天外的天，八竿子打不着。卓尼人依然是早晨说梦，煨桑，转古拉，修桥，晚夕里念经，打呼噜，寺院里的阿克依然念着亘古不变的经文。

这时就有明白人点化说，这个皇帝与过去紫禁城里的皇帝没有一根牛鼻绳绳的关系。在人们的习惯思维里，皇帝是在紫禁城的。但听说新的皇帝不在紫禁城，在一枚银元上——就是官家银元上面的那个大脑袋。

卓尼人掉出了舌头。

阿尼闹，原来是那个人！离卓尼很近啊，就在丛拉铺子里的银元上面。没有辫子，没有皇冠，脑袋上的肉大约两指厚。人们奔走相告，皇帝啊，就是喇嘛保藏进头发里的那些个大脑袋。

不要五族共和了！又要山呼万岁了！

喇嘛保好生奇怪，这个皇帝没有辫子呀。他赶紧脱了靴子从底子上抠出两块银元。他除了藏在头发里，还塞进靴底子里两只。发大财了发大财了，他宝贝似的把两只大脑袋放进嘎乌里，趸摸个机会，换个大价钱，去银楼给菩萨女儿做阿珑银钱。

就在木耳桥竣工的时候，宝贝银元上的那颗大脑袋又死了！时间真短啊，变化得真快啊！有了新皇帝的时候，百灵掌嘎的一个婆娘刚怀了娃，此时她还在呕呕呕地吐着，害口呢，皇帝就又没了。

新皇帝的来去匆匆，与卓尼人确实没有一根牛鼻绳绳的关系。人们很快把他忘了。

木耳桥修好了。这座桥不同于以往的任何一座桥，五墩四孔，它像铁一样坚固，人在上面不慎摔倒，磕得骨头疼。船城人说，这是一座永远不会被水冲走的桥。人们穿了盛装拥向木耳桥，用手抚摸坚硬的"塞门德"，把洮河的水洒在自己的身上。

船城的人听到口弦的声音，从官寨的方向传过来。人们很久没有见到青冈太太了。

青冈太太没有做成一幅卓尼嘉波的肖像堆绣，无论睁开眼睛还是闭上眼睛她都不能想起来南杰嘉波长的什么样子。她学会了做衣裳，做靴子，做帽子。太阳照进经忏房，她站起来迎接这一片干净的阳光。她发现她身上的袍子短了，她长身体了，脑后的头发长了。她在铜盆里照了自己的脸，一个白皙的姑娘，脸白得像剥了皮的芫根，眼睛和头发黑得像夜。这是青冈吗？青冈还是青冈太太吗？阳光的味道像刚炒熟的青稞，她把脑袋伸出窗子，三尺长的黑发像一匹缎子垂了下去。她想，如果窗下有一桶酒，比如几年前她送四老爷的那桶酒，就好了，她就可以用头发喝那桶酒了，呵呵呵。

果然她闻到了外面的酒香。何止酒香，还有茶香、奶香、松柏香，官寨里有大事要发生了。船城所有的煨桑台都燃起了素桑，阿妈呼儿呼儿呼儿地往天上洒着牦牛奶。官炮响了，先是三声，接着又是三声，只有卓尼嘉波有非常重大的出行才会鸣放六炮。

恍惚中，一个念头突然升起，难道南杰嘉波是要迎娶新的太太了吗？青冈从胸口掏出口弦放在嘴上，弦音伴着她的哭声呜呜呜地在官寨上空盘旋，她不知道自己吹的什么曲调，她吹的是自己的哭声。可是官寨此时声音太杂了，她的声音根本没有人听得到。

一块方方的太阳照在她身上。有一只羊皮袍子窸窸窣窣地挪动着，散发着酥油茶的香味。身边暖烘烘的，是一只牛粪手炉靠近她了，金黄色的铜炉像正午的热头嗡嗡地响。一只手在她的头发上摩挲着说，娃儿快起来，娃儿快起来。阿妈拉着她的手走出经忏房，太阳刺得青冈睁不开眼。阿妈把青冈拽到一匹走骡跟前，把她摁进骡背上挂着的一辆胶轮车子里，塞进她手里一包银子。她絮絮叨叨地说，南杰十三岁的时候坐着这辆胶轮子车从临潭回来，江措就坐在他的对面，之后啊嘉波的位置就是南杰的了，江措就成了大头目。这个胶轮子车会给你带来福气的。阿妈忘记了，这辆胶轮子车是索郎四老爷从土门关捡回来的，当时上面还拉着一门废弃的炮筒，老爷把炮筒放在大车道旁为整个船城镇邪，胶轮子车孝敬嘉波阿嫂。那时南杰早已是卓尼嘉波，江措早已是大头目了。

几年的工夫，阿妈的头发就全白了，她经常把梦里的事情当成已经发生了的事情，早晨念经的时候她会说，义仓的后墙上又让老鼠钻出了一个大洞。人老一年马老一天，阿妈老了。她把缰绳放进马夫的手里，在青冈的耳边说，你男人在河州城里等你呢，你陪着你的男人一起到金城去寻"加卡卜"。现在马上出船城，挺胸抬头，你是卓尼官寨的青冈太太。娃儿啊，见了你的男人一定多动动脑子，要投其所好，他最喜欢金城里的照相馆子。记住啊我的瓜娃！

阿妈用一只手指头戳了一下青冈的脑袋。青冈的脑袋"轰"的一声，像一扇门开了。

南杰嘉波胯下的琼雪奔到土门关。琼雪吃了草料饮了水，就踟蹰不前。南杰的戈什很奇怪，在琼雪的身上前后摩挲，发现马脖子套缨子上别着一个尖利东西，是女人头上的一个簪子。取出来仔细辨认，是阿妈的。南杰明白了，这是阿妈担心他风餐露宿，夜里赶路危险，到了河州就不让他走了，让他在客栈的暖炕上歇息。

向后面的侍卫们传下话去，打尖！官寨的侍卫们都佯装成贩卖药材的脚户，都是汉装短打，马背上驮着驮子、架窝子，里边是扎实的药材，药材下面的隔层里是擦得锃亮的步枪。

土门关是藏回分界，一出土门关就是河州地界。这里藏回汉杂居，穿什么衣服的都有，基本可分两类，穿皮子的是番藏，穿棉布的是汉回。说什么话的都有，河州话、临潭话，汉话里掺杂了藏回口音，因此啊，这里的话谁都能听得懂。这里的汉回藏人都唱花儿，只要把左手放在耳朵上，出来的声音都是一样的。

这里的集市比卓尼的丛拉大得多，饭好吃是出了名的。油香馓子摞在木盘里黄得像金元宝，尕面片揪得像雀舌子，羊肉臊子顶风香十里。正赶上一对回族青年在对花儿，女的唱："小山羊儿跳塄坎，你的心好我看不见，刀刀割开看一看。"可能是歌词太奇绝，对手一时无言以对，于是他一拍腔子唱道："太巴勒坎兰因，比耶地黑里目里库，我把我的命豁出，看你阿么做（zu）了做。"聪明的回族青年把伊斯兰经文编进花儿里，咬着后牙槽握着拳头瞪着眼，在场的人笑得前仰后合。

南杰嘉波悄无声息地进了一家客栈，换了一身织贡缎的长袍马褂，尖口布鞋。转眼到了掌灯时分，麻油灯噼啪作响。他坐在木椅上品三炮台，想着心事。碗子里是碧绿的春尖配着红枣桂圆和冰糖，呷一口，钻心地甜。碗子刮得刺棱棱响，木桌上放着一枚银元。银元上的一个大脑袋，做了八十三天的皇帝就连同洪宪王朝一命归西。南杰若有所思，影子投在泛黄的土墙上，更像去金城赶考的秀才，清奇，孤寂。堂倌几次探进头来觑看，心里犯着嘀咕，从来没有见过这么风雅的人下榻，一点声息都没有，安静地喝茶。外面的随行虽然是生意人打扮，但一个个身形彪悍。心里思谋着，这是个好主，店钱一定要收成色好的银子。

戈什尝过了堂倌备下的酒菜，在主子身后侍候着。戈什今天可怪，一身汉服短打偏偏头上还扣着一顶烟筒帽，盖了半个脸。他烫了酒，手执酒壶满酒，南杰看到他的手抖着。他的手白皙纤长，瑟瑟地抖动着，酒浆漾到了酒杯外。南杰好生奇怪，顺着这只白皙的手沿着胳膊往上看，就看到了白净的颈项，浑圆的下巴，红扑扑的脸，黑丢丢的眼睛。

南杰愣了一下。他眼前的人不是他的戈什而是青冈。南杰仿佛才想起这个人来，她看上去消瘦了很多，眼窝深深的。她摘下了帽子，一匹长发泻下来。她似乎是鼓足了勇气，深深吸了口气，说："太巴勒坎兰因，比耶地黑里目里库,我把我的命豁出,看你阿么做(zu)了做。"本来板着脸的南杰不得不哈哈大笑,原来她也听过了这段花儿,就是说从卓尼起她就一直跟在他的后面。

青冈看到南杰的眼睛,一下子想起他长什么样了,三分高兴七分委屈,竟然哇的一声哭了。这一哭让南杰手足无措,他怕外面的随从听到,赶紧拽了拽青冈的袖子,示意她坐在对面的木椅上。南杰端起酒壶给青冈倒了一杯酒,压压惊。青冈抽搭着哭着,一饮而尽。青冈哭泣的样子很像个女人,让南杰心中升起了一丝惜疼。身在异乡为异客,上了三壶酒,熬了两灯油,推杯换盏,勾肩搭背,前嫌冰释。青冈扶着自己的男人上炕,脱鞋的时候,男人拍着她单薄的肩膀说:兄弟!在后来不算漫长的二十年间,南杰嘉波无数次对天慨叹,名字叫青冈的这个与他出生入死的人,如果是佛祖赐予他的一个兄弟多好啊!

天光放亮,市声渐起,青冈还在睡梦里。有什么东西压在她的腿上,她还伸出另一条腿踢了一脚。她睁开眼,发现两个人睡在一盘炕上,南杰的一条腿压在她的腿上,青冈的一条腿担在南杰的腰上。青冈仓皇抽回自己的胳膊腿儿,害羞得背过身子整理衣裳,溜下炕,瓦(跑)了!

离开土门关时,南杰嘉波望一眼身后几十号的随从,一个一个地看过去,没有看到青冈。他心里纳闷着,踢了马肚子,琼雪便子弹般射出去。

进入金城时,阳光灿烂。远远地便望见传说中的金城关嵯峨威严,进了西关城楼,镇远铁桥像一条龙横跨黄河两岸。南杰深呼吸,黄河的气味与洮河的气味相差无几,其实河床里流淌着的一部分就是洮河的水,只是一路上裹挟了黄土晕染了颜色。黄河边矗立着高大的水车,水磨吱吱呀呀。黄河两岸是金黄色的水烟,河面上羊皮筏子在摆渡,上面一个汉子甩开嗓子唱,脖子上突起蛇一般粗的板筋。

买了个破皮袄啊,虱子虮子多。
穿在个我身上呀,雀儿来做窝。
世上的穷人多呀,哪一个就像我。
娶了个大老婆呀,脸上的窝窝多。
买了一升面哪,倒搭去了一半多。
世上的穷人多呀,哪一个就像我。

　　盖了个破房房呀，窟窿眼眼多。

　　鸽子来踩蛋啊，倒把那梁踏折。

　　世上的穷人多呀，哪个就像我。

　　红笔师爷向他描述过的明朝肃王府即现在的督军府，督军府一旁的万寿宫赫然就在眼前。旁边一个官升巷，一个道升巷，像两只胳膊揽着督军府的腰。督军府的上空竖着一面旗帜，白布上贴着硕大的一个字：张。住在里边的是一位张姓的督军。督军府前面是辕门街，辕门上商铺林立，枣儿水、热甑糕、灰豆子、酿皮子，叫卖声此起彼伏。

　　乡里人进金城，爱浪个辕门，台沿子上一缓，枣儿水一碗。

　　人们虽然衣衫褴褛，但男人的衣裳都是对襟的，女人还是偏襟的。南杰身上这种偏襟的长褂已不复存在。赫然南杰嘉波看到一台绿呢大轿穿过官升巷，向着督军府过来了。这台轿子与麻秆儿"国代表"坐的轿子一模一样。南杰嘉波血脉偾张，一只手按了腰间的枪托，这把手枪来自这个祸害，应该用这把手枪结束他的性命。紧接着又一辆同样的轿子过来了，后面竟是一长串。到了督军府门口，轿里的人下轿了，一个个大腹便便，互相抱拳寒暄，说话喊喊喳喳，听声音个个都是"国代表"。原来这里有一窝这样的鸟人。后来他才知道这些人统称皖系，这些人坐着绿呢大轿来上朝，他们的帽子上插着令箭，衣裳硬得像个木头箱子，仿佛他们无论活着还是死了都住在硬邦邦的棺材里。

　　从西头的萃英门到东头的拱星墩也就两鞭子快马的路程。在药材市场做了交易，支走了侍卫，他要像哪一朝的皇上微服私访那样，到处走一走。

　　走了镇远铁桥，黄河边上水车哗哗地响，水磨坊嗡嗡地叫，磨面的人不多，蔫头耷脑地背着干瘪的粮食口袋。黄河两岸的水烟金黄，收烟叶的人们猫着腰，腚瘦得像三棱刀。羊皮筏子背在筏子客的背上，只见一只挨着一只的羊皮在移动，不见人。逛了几个市场，又见识了手动的织呢机器。这台机器太神奇了，转眼就能织出一庹长的毛褐，细得像布一样。

　　肚子饿了，远远地就闻到一种香味，翕着鼻子望过去，见一个挑着担子的人笑嘻嘻迎上来，说，姑舅，来一碗热锅面？这是金城人在打招呼，金城人说的姑舅相当于卓尼人说的连手。姑舅的担子上，一边是一锅牛羊肉和下水炖煮的肉汤，一边是一锅滚水。不知从哪里变出一团面来，两只手抻来抻去要猴似的，变成一把白棉线扔进滚水里，面上浇了肉汤，撒了青蒜香菜辣椒油。南杰从来没吃过这么香的面，几筷子就下了肚，情不自禁地念唵嘛呢叭咪吽……再抬头一看，旁边是一家照相馆，正撞在了自己最感兴趣的地方，抹了嘴巴兴冲冲地迈了脚就走。身后的姑舅提着扁担跑过来说，钱！钱！钱！南杰一摸口袋，哦，没有钱。南杰活这么大，从来没有花过钱。正在东张西望时，看到一个人从照相馆里出来，胸前捧着一张大照片，大照片挡着那个人的上半身，脚上是一双卷头藏靴。相片上的人是那么眼熟，仔细一瞧，是另一个南杰向南杰走过来。

这张相片是罗杰斯神甫给南杰嘉波照的。那时二十岁出头的南杰嘉波俊朗健美，玉树临风。那时南杰深爱着的女人犹在，他不在官寨的时候，那个女人就看着相片发呆。

这张相片被放大了，像个真人一样走到他眼前，他突然泪眼模糊。

捧相片的人一只手伸进口袋，摸了碎银子塞给卖担子面的主儿，挪开照片对他做了一个鬼脸。之后径直向东走。她把相片翻过来抱在怀里，像抱着她的心上人，还时不时用袖口擦拭落在上面的灰尘。南杰不由自主地跟在她的后面，仿佛他是她的仆人。南杰心想，如果她是他的一个兄弟，他一定非常喜欢。这是黄河南岸东西走向的一条街道，因为有了前面的这个人，他不觉得这是一个生疏的地方，仿佛就在洮河边的船城呢。她似乎很高兴，蹦蹦跳跳地走着，不时踢一脚地上的小石头，两边街头有小摊贩的，她就伸过头去看。突然她站住了，盯着一个地方看。南杰顺着这个方向看过去，看到一个迎风飘扬的幌子，上面有一个字：书。幌子的下面是一张断了一条腿的凳子，凳子上坐着一个人，佝偻着腰，白发乱得像一窝干草。他的脊梁比过去更加塌下去，他埋着头，悬腕写着什么，手里的笔看上去比他的手指壮实。

青冈趓过去，歪着头看。

那个干枯的人比过去更老了。他旁边是一个妇女，穿着打补丁的偏襟长袄，是求写信的人。他用蝇头小楷写下这样的字："我大尕蛋：天气炎乎凉乎，身子胖乎瘦乎……无论银子多乎少乎，尽早返还一家人炕头热乎热乎……"那个干枯的人余光看到眼前的人，手中的笔顿了一下，感觉到了什么。他的手抖动着，墨汁掉在信纸上。他哆哆嗦嗦地揉了，铺开另一张纸，重写。他不敢抬起头来，但他拗不过自己还是抬起头来，眼神迷离，稀疏的胡须瑟瑟发抖。他看到了一个人，在一张相片上，即刻老泪纵横。他伸出干枯的手，想摸到相片，随即放弃了，他缩回手抹眼睛，手上的墨汁糊了满脸。他哆哆嗦嗦地出溜下去，给相片上的人叩了一个头。之后他站起来，仿佛身体上注入了一股力气，他扔下手里的笔，转身就走，几乎像一捆柴火撞进一个柴门里。

南杰和青冈无论怎么敲门都不开，里边一片死寂。

看天快黑了，有一个地方突然轰隆隆地响起来，惊起一片乌雀，接着这轰响融进了落日中的城阙。这声音响过之后，一家一户的灯就次第亮了。督军府辖门附近特别亮豁，不明白他们点了什么油的灯，咋就亮得像白昼呢。两个人心里挂念着红笔师爷，心事重重走近客栈，侍卫已经在路两旁接应。隔着客栈的门，两个人被一只灯惊呆了！

这只灯从房顶上吊下来，像一只烧红的玻璃球，似天上的闪电那么耀眼。盯着它看，盯着它看，眼睛像得了雪盲，会流出泪来。这就是传说中的电灯！连着电灯有一根线，从房子外穿进来。青冈赶紧跑到房子外去看这根线从哪里来的，最终用眼睛找着了挂线的杆子，一根高高的杆子，难道电是从杆子里发出来的吗？

想必吊在头上的电灯让南杰和青冈都受到了震动，他们把兴奋压在心底，醉酒一般脸色酡红。一夜无话。南杰睡在炕头，青冈在炉膛前蹴着，填炕。半夜南杰醒来，炕尾蜷着一个黑乎乎的人仿佛一个包袱。早晨南杰醒来，炕尾空了。炕沿上放着一身细葛布夹衣，是对襟的。叠得整整齐齐的衣服上还放着一个盒子，打开了一嗅，清冽甘甜，是刷牙的牙粉。

口气清新一身新衣的南杰没走几步就和身上的衣裳熟了，他甩开大步循着电线电线杆一直找到了发电站，就是昨天轰隆作响的地方。他看到几个浑身漆黑的人往一个大炉子里铲煤，他凑上去想看个究竟。一个人呸呸呸在吐着嘴里的煤渣说，瞅啥呢瞅啥呢，煤能变成电，水也能变成电呢，想不通慢慢想去！红笔师爷说过，水可以变成电。如果洮河里的水能变成电，卓尼就会有电灯了。南杰的心跳加快了，往前凑了凑说，水又不能着火，怎么变成电的呢？那个人不耐烦地说，去去去，洋人能让水着火呢！

从前一天见到红笔师爷那一刻起，南杰的心就牵挂着。饱读诗书的红笔师爷不会是因为受了四老爷的一点委屈就离开卓尼。因四老爷而离开只是说服自己的一点理由。他不愿意见南杰，是怕坚持着的信念，在见到南杰时瞬间动摇。南杰想，红笔师爷寄居的那个柴房一定是在贡院的附近，贡院是清末科举考试的地方。红笔师爷在那里替人写信养命，就是在等待恢复科举那一天的到来。人各有志，南杰不应该强求。但是南杰牵挂着师爷，腿脚不由自主地移步到那条街上。远远地看到了那个幌子，但是下面没有人。他蹑到柴门口，没想到青冈已经在了，她跳着脚往柴院里看，把一包银子扔进院子里。不一会儿，那包东西像驴粪蛋一样被扔出来。青冈和南杰的心事是一样的，不想强求，但是希望师爷不至于穷困潦倒。

但他们总待在门外，师爷为躲避他们断了生路，这不就是晋公子重耳逼迫介子推的后果吗？正沮丧着意欲离开，便听到隔壁传过来琅琅的读书声，无处不在的青冈正倚在一堵矮墙上，脖子伸得像一只雁。矮墙的里边是一个院落，一些女孩子穿着月白色的短袄黑裙子，整齐划一地坐在木凳上，像一朵朵雨后的蘑菇。她们专注地看着一块黑板，黑板旁是一个小先生，这个小先生竟然是个女的。她背对着南杰，在黑板上写下：

锦瑟无端五十弦，一弦一柱思华年。

南杰脱口而出，"沧海月明珠有泪，蓝田日暖玉生烟"。

小女子蓦然转过身来，便看到了南杰。

多年之后，青冈想起了金城的那场急雨。金城的雨一般是慢性的，小脚女人一般，来得慢走得迟。可是那场大雨劈头盖脸就来了，雨水模糊了他们的视线，他们隔着贡院门前的几个柱子面面相觑。不远处的青冈一脸呆相，她忘记了应该给主子遮风避雨，她黄雀在后地看着——为什么汉人的这两句话在南杰的一生中都如影随形，为什么南杰一说这句话声音就悲伤得渗出水来。而此次南杰嘉波用手抹着脸上的雨水，他的脸上没有了过去的悲切，而是充满了喜悦。喜悦，是一束光从心底升起来，透过满是雨水的脸，青冈看到的是一脸的阳光灿烂。从南杰嘉波的脸上，青冈明白了喜欢一个人应该有的模样。这模样，从来没有人对着青冈出现过。多年之后，青冈说起藏历木蛇年金城的那场急雨，不到四十岁的青冈把一缕白发捋到耳后，带着从未涉足过男人的羞涩说，南杰喜欢就行了，南杰喜欢我就喜欢。仿佛她一生都不是南杰的太太，而是另外一个南杰。

青冈仿佛迷上了这个女人。每天天一亮她就跑到贡院，听那个女人说话，看那个女人写字。她跟着那个女人念"赵钱孙李周吴郑王冯陈褚卫蒋沈韩杨"，"人之初性本善性相近习相远苟不教性乃迁"。她着迷女人皂色的裙子，齐耳的短发，银铃子的声音，凤毛菊那般天然的笑脸。她甚至忘记了南杰嘉波。夜里，她自惭形秽，窝在炉膛前填炕，柴草烧着她的衣裳都不自知。她盼望着天亮。看到发呆的南杰，哦，南杰是她的男人啊，此刻他们二人想的是一个人，他们的心思一模一样。两个心思相同的人，因为迷恋着同一个人而变得亲近。

其间，倒是南杰嘉波再没有去过贡院。他知道贡院的那个女人在着，他们同在黄河边，离电站不远，他因此而气定神闲。一旁的"书"字幌子下，依然坐着一头柴草的师爷，他因为心中等待一件事情而看上去神情坚定。南杰远远地往这个方向看，青冈看得出来，他心中装着贡院这个地方，心中装着那个仿佛天上掉下来的女人。可是他身边还黏着个青冈太太，让他无所适从。一个多余的青冈让青冈真的无地自容。

23

表面上，南杰和侍卫们频繁出入握桥丛拉，当然当地的人叫集市，与那里的买卖人在袖筒里捏价钱。似乎要在这里也开一家商社，隐约听到他们在合计一些重要的事情，好像提到什么义利社，还有水烟药材和茶叶。

暗地里，他们在打探督军府里的事情。"国代表"与督军府有着千丝万缕的联系，卓尼官寨的那对乾隆皇帝用过的梅瓶正放在督军的卧室里。还有宗社党的大员也频繁出入万寿宫，与督军大人似乎已消除了前嫌。因着某一种利益，宗社党的脑袋们和督军府的脑袋们像一头大蒜凑在了一起。

黄河水流得很平静，但是难掩督军府里的焦虑。陇南地方兵团风云四起，河州马家势力磨刀霍霍。督军府的围墙上写着"害群之马，不得安良"，直指河州的马家军。拱星墩的驻军走马灯似的出入，刀枪上闪着血光。

但无论南杰在做着什么，他的眼睛里含着一种喜悦，或者从喜悦里渗出来的忧郁，那忧郁是如此动人，让青冈心疼得要落下泪来。青冈心事重重，为自己还是青冈太太而羞愧。她似乎忘记了阿妈对她说的话了，她又穿起了男装，做起了马弁，这样一来似乎青冈太太就不存在了。

辕门外太子寺的旁边有一家酒馆，会集了金城里的三教九流。向晚，南杰嘉波坐进酒馆，要了一壶金徽酒，四周看了一眼，几个侍卫坐在一个角落里，护驾。青冈穿着汉式长褂，头上还戴着一顶汉人的帽子。身上的长褂有点肥，一走路就在身上晃荡。头上的帽子有点大，罩住了半个脑壳，像顶着半个瓜皮。一副沐猴而冠的滑稽，引得南杰忍俊不禁。南杰向青冈招了一下手，青冈大摇大摆地坐在了南杰的对面，手伸向了酒坛。

旁边来了几个兵模样的人，姑舅长姑舅短地唤着，龇牙咧嘴地啃羊腿，也喝金徽酒，看上去还算斯文。一个说，还是我们河州的羊肉香，阿訇念经宰下的羊，就着酒吃上一扇肋巴，第三天放出的屁都带荤腥。第二个说，凭管是谁宰下的，刀都是一样的。我吃过最香的是安多的草地羊，人家那羊吃的是党参黄芪，喝的是雪山泉水。草地上的羊肉水开了撒把盐，羊肉汤一喝百毒不侵。第三个说，哎，还有一个关键的问题，羊是要现宰的不过夜的，一过夜肉就死了，就不香了。要说香还是蒙古的羊最香，我阿爷到紫禁城里赶过考，我阿爷说，老佛爷们吃的就是蒙古的羊。从蒙古到紫禁城有一条京羊道，一路上放着养着赶过来，从春天走到秋天，羊就肥了。血一放皮一剥锅里一涮，香死个人了。肉吃的就是个鲜，我是认得字的，"鲜"字就是半边"鱼"半边"羊"。

难道这几个兵是来说羊肉的吗？后来，他们东张西望了几回，一个个使了眼色，几个脑袋像一大把芫根捆在一起，很是诡秘。后来酒坛子空了，声音大起来了。青冈把脚下的一坛酒踢过去，一个拿起酒坛晃了晃说，酒还多着呢，喝酒喝酒！酒坛子底朝天的时候，一个个的大脚板踩在凳子上了。其中一个手里举着一根筷子，说，驻我们狄道的那个瘦狗，吃掉了我们多少军饷，还瘦得像一支筷子。用不了多久，我就把那狗日的撅折，咔嚓！另一个说，我们连过冬的棉衣都没有，他倒卖卓尼的木材岷州的烟土，他克扣军费吃空饷，在萃英门开窑子拿干股。没他几天好日子过了，中秋望日一到，他就脑袋搬家，让他狗日的脑袋垫咱沟子底下，我给他嘴里拉泡稀的。再一个说，嘘，皮话别说那么多，喝酒喝酒，五魁手呀！另外几个说，我们又不是猪脑子，记着哩，八匹马呀！

五魁手？八匹马？这应该是暗号。

没过几天，金城的大街上发生了一件奇怪的事情。首先是从万寿宫开始的。一大早，枣儿水的叫卖还没有响起，万寿宫的上空突然升起了一面旗帜，仔细一看，是黄底青龙旗。

难道又要有新皇帝了吗？银元上的大脑袋死了没多久，又要有新的"加卡卜"了吗？

有着一官半职的男人们敦促着自家的婆娘，女人们撅起屁股从箱底里拽出清朝时的补服朝靴，一脸懵懂地给男人匆忙套在身上。这些男人有些扭捏地走到大街上互相作揖，弹冠相庆。从万寿宫到官升巷道升巷，直到整个黄河南岸，弥散着樟脑的味道。古董店里的蟒服龙袍被抢购一空，还是供不应求。

曾经的卓尼官寨的红笔师爷，竟然把写信案子摆到了万寿宫门前，挤掉了一家卖热冬果的摊子。他的脸色一夜之间红润了，腰杆挺直了。他挥着大笔在画朝服，蟒龙海水，恣意汪洋，不一会儿一件灰不溜秋的袍子就变成了大清朝服。朝珠太少了，救急，用线穿了涂了漆的算盘珠。辫子，辫子，不可能一夜长出来，只得把牲口的毛编了挂在后面。

其间，贡院里的女子学校解散了。虚位以待，等待秀才们来这里乡试，写八股文章，考取功名。

据说宗社党的大员四处招兵买马，准备迎接陕西总督的顶戴花翎。不知道他有没有把卓尼的洮砚送进紫禁城。有一点很明确，一旦科考恢复，省城里的乡试，宗社党的大员是当仁不让的主考官。

在万寿宫里"吾皇万岁万万岁"声中，黄河两岸的水烟熟了。金城里的人们依然卖枣儿水，酿皮子里的麻酱香得遭不住，一个铜板的牛肉热汤面从早卖到黑。皇帝到底是哪个呢长什么样呢？管尿他，爱谁谁，肚子吃不饱是要死人的，爱谁谁。

金城的大街上还卖一种冰，放在一个竹筒里。金城的天气热，怎么会有冰呢？金城人管这冰叫冰棍。放在舌头上，甜得牙抽筋，咬一口，爽到脚后跟。

青冈买了冰棍，飞跑，去寻南杰。跑了半条街，这冰棍就化成一摊水。那卖冰棍的为什么冰棍就不化呢？她凑在卖冰棍的跟前，她发现了一个秘密。冰棍装在一个亮晶晶竹筒里，金城人管这个劳什子叫电壶！热水放在电壶里不会凉，冰放在电壶里不会化，乖乖。青冈不明白，电本来是天上的东西，怎么也可以从水里出来，还可以钻进竹筒里变成电壶，也可以钻进灯泡里变成电灯。阿尼闹，死活不明白！

过了大约十二天，老天又下起了雨，把平金蟒袍上的颜料冲了个七零八落。那些人站在雨水中，眼看着万寿宫上空的黄底青龙旗落入泥泞。人们不知道降了青龙旗应该升什么旗，姑且空着。万寿宫的上方空荡荡的，让全城的人心里慌得像揣了兔子。

年号为宣统的旧皇帝重新坐在龙椅上，屁股还没有坐热，就又一次逊位了。天哪，人不能死两次，可一个皇帝可以两次逊位。

人们褪下朝服哭天抢地。据说那个宗社党的大员哭得如丧考妣，死活不脱身上的行头，说顶戴是他的天，朝靴是他的地，他要死在蟒袍里。

"书"字幌子下，坐着一头枯草的老秀才。再次绝望的红笔师爷重操旧业，只是很少有人求他写信了。他从一个一个的梦里醒来，下一个梦还没有到来，双眼迷离。看到青冈站在他面前，他又一次老泪纵横，哭得像个没娘的娃儿。他提起笔，密密麻麻写在一张纸上，塞进青冈手里说，快去！

青冈听到了贡院里又有读书声，那个穿着皂色裙子的小女子不知在黑板上写了什么字。

南杰打开纸团，是红笔师爷给南杰的手书。大概意思是：速回官寨，这里没有"加卡卜"，只有各路军阀和匪患，你找不到你想要的"加卡卜"。官升巷里的"二阳公寓"酝酿又一轮血腥。世界潮流，浩浩荡荡，顺之者昌，逆之者亡……速返卓尼，韬光养晦，统辖卓迭五百多族，使十万僧俗食果腹衣蔽体。尽力保全土司之位极尽千户之责……

南杰寻到官升巷，见一独门小院，院门有对联一副：探卢孟以为学，羡巢由而立新。横联：浩浩荡荡。大概就是二阳公寓，此对联应是一个掩护。这个恬静的小院酝酿着什么浩浩荡荡的潮流呢？

南杰嘉波一行准备返回卓尼。临行前一夜，南杰徘徊在黄河边，望着白塔山上开始变黄的树叶，反复吟诵着一句诗："燕将明日去，秋向此时分。"离开客栈时，此客栈已经成为卓尼官寨设在金城的商号。这个地方已经被南杰焐暖了，临行时竟有莫名的不舍。原想南杰嘉波可能到贡院附近逗留，可是南杰一跨上马，马尾便成了一条线。

青冈催促着马夫急匆匆跑到红笔师爷写信的地方，红笔师爷趴在桌子上睡着了。青冈跳下胶轮车撒腿往贡院跑。学堂里的小女子看见她来了，赶忙用眼睛瞟看她身后还有没有别人。

没有工夫了。青冈开门见山说，我家老爷让我告诉你，"燕将明日去，秋向此时分"。

小女子低下头思忖了片刻，说，你家老爷是你的什么人？

青冈没想到她会这么问，仓促应对，说，我家老爷是我的老爷呀！

无奈，小女子又问，你是你家老爷的什么人？

哦，青冈转了转眼珠子说，我是我家老爷的戈什……

什么？

青冈明白了小先生不知道什么是"戈什"，马上改口说，就是你们汉人说的"丫环"。

丫环？你们汉人？可是这个"丫环"穿着一身男装。小女子掩着嘴笑了。

真的没有工夫了。青冈冒冒失失地说，我们老爷送你两句话，你记住了没有？那你送我们老爷什么呢？没等小女子回应，青冈一把把小女子手里拿着的一本书抢过来，转身就跑。边跑边喊，这个送给我家老爷了！

青冈抱起一捆柴似的红笔师爷，放在胶轮车上，胶轮车几乎是飞起来，去追赶南杰嘉波。

进入狄道地界，红笔师爷的老骨头散了架，虽然铺了毡子，骨瘦如柴的红笔师爷也是几乎五内俱碎。

在金城的几年时间，红笔师爷目睹了甘肃督军的皖系与地方汉回军阀的明争暗斗，各种势力争相刮地皮，寻常百姓走投无路。二阳公寓孕育的护法潮流暗流涌动，刀子随时会举起，首先捅破的，应该就是无恶不作的新建右军的皮囊。新建右军就驻守在狄道。

河水汤汤，是流经狄道的洮河，已经闻到了家的味道。唉，怎么有脸回去呢，没有功名没有锦衣，无智空活百年。红笔师爷愧对南杰嘉波，无颜见江东父老。

前面似乎设置了关卡，接着便听到了枪声。红笔师爷想直起身子提醒坐在车辕上的青冈，让她转告走在前面的南杰嘉波，速速离开是非之地。车子颠簸着，虚弱的红笔师爷胸口的一口气抽不上来，张着嘴发不出声，伸出一只干枯的手拍打着车身。

听得前面朝天放着枪，一个当地口音的士兵喝问道：五魁手！口令！便有自己这边的人回应道：八匹马！听得出来回应的声音是尖细的，那是青冈。望一眼前面，南杰嘉波的坐骑琼雪过了关卡进入了一个兵营。

说什么都迟了，完了，红笔师爷屏住了呼吸。

南杰嘉波穿过营地，勒马驻足，让人惊奇的一幕出现了——一个木偶似的人急匆匆地迎上来，双手作揖，嘴里说着长官驾到有失远迎有失远迎。当他看到来者是卓尼的南杰嘉波时，笑僵在脸上，嘴巴张成一个黑洞，能扔进去一只蛤蟆。

其实南杰嘉波也知道狄道是个是非之地，为了顺利通过狄道，早已安排两位大头目在狄道城外接应。

"国代表"的出现，南杰嘉波马上明白了，他误入了新建右军驻地的营地。正准备怎么脱身，更让人吃惊的事情瞬间发生了——跟在"国代表"左右的两个士兵互相使了个眼色，突然扑上去扭住"国代表"的胳膊下了他的枪械。"国代表"没有挣扎，眼光恐惧绝望，甚至都没有愤怒。原来这是个厾包，又没骨头又没肉。营地里所有的士兵骚动起来，撒开腿往营地的后面跑，那里可能是军饷库。

原来这是一场有预谋的哗变，就是太子寺酒馆里的那些兵说到的"起事"。两个士兵用眼睛征求南杰嘉波的意见，他们误以为来者是金城方面策划这次起义的领袖。南杰嘉波一时没了主张，他有一个习惯性的动作，挥手。南杰嘉波挥了挥右手。士兵似乎领会了意思，"国代表"被两个士兵拖着走，脸色死灰，他知道死期已至。他伸着脖子，喉结突得像一块骨殖。他哀求的眼光拽着南杰嘉波，说着什么，从他的口型看出来，他说，不就是一些树么……这狗日的竟不知道自己是咋死的。

身后的关卡出现了骚动，一方喊，五魁手，口令。另一方答，八匹马，快闪开。是真人现身了。

要迅速脱身！

军饷库的方向响起了枪声，南杰嘉波听得出来，那是索郎四老爷的枪法。南杰嘉波踢了马肚子，随着营地里的士兵一行人马冲向军饷库。

两个大头目正在剑拔弩张，索郎四老爷要对军饷库动手，江措大头目阻止。南杰嘉波朝天放了一枪说，撤退！

出了狄道，一马平川。青冈嫌胶轮车跑得慢，坐在另一侧车辕上与马夫一同驾辕。好一阵听不到车上的人呻唤了，回头一看，车上空空如也，不知道啥时候人已经被颠没了。

青冈急出一头汗，赶紧调转马头，好在没走出多远，红笔师爷像一张羊皮在路中央摊着呢。青冈把他扶起来，已经人事不省。脉还在，拔出针扎了人中。可怜的红笔师爷微微睁开眼睛，看了看黑将下来的天，弱弱地说：式微，式微，胡不归？

24

回到船城的南杰嘉波跟过去官寨里的南杰嘉波不一样了！船城里的人发现，南杰嘉波的眼睛里有了亮晶晶的东西。

阿妈穿着一件簇新的袍子，打量南杰，她看到儿子身上充满了云杉的苗壮。但凡从外面回来的人，眼睛里都会装回来一些新的东西，他的眼睛里消散了过去的迷茫和困惑，他眼睛里的亮晶晶的星星让阿妈充满了好奇。她甚至有些不认识自己的儿子了，她盯着儿子的眼瞳看，之后错愕地说，阿妈不在你的眼睛里了，阿妈阿么就不在你眼睛里了呢？

在阿妈看来，眼睛是盛着灵魂的地方，是灵魂的房子和帐篷。一个没有了灵魂的人，眼睛里空空如也。三十年来，几乎每一天阿妈都要在南杰的眼瞳里看到自己，直看到头发花白，她一直知道她和南杰在一起，两个灵魂从来没有离开过。

嘉波阿妈把青冈太太拽在自己怀里，手伸进青冈太太的袍子里，摸。青冈痒痒，咯咯咯地笑。阿妈在她耳边说，娃儿啊，里边装着肉肉了吗？青冈肚子正饿着，瘪瘪的。阿妈有点失望，又伸出手摸她肩胛，摸她的后背，她叹了口气。做了女人的娃儿全身筋骨都是柔的，像熟软了的牛皮，这样的身子才能把心爱的男人紧紧裹住。可青冈的骨头还是生的。娃儿啊，阿么做呢，我以为肚子里的肉肉快蹦出来了。娃儿啊，你这么笨让阿妈阿么做呢！

青冈从驮子里掏出一样东西——一只电壶送给阿妈。青冈说，阿妈啊，这是电壶，热奶茶倒进去，第三天倒出来还是热的。

阿妈端详着这只竹皮筒子，外表像一只奶桶，里边是亮晶晶的内胆。她百思不得其解，阿么就一直热着呢，里边到底是什么东西呢？

青冈说，电壶么，里边有电呢！

阿妈说，什么是电呢？

青冈说，就是天上的闪电啊。

阿妈一听吓着了，她最怕下雨闪电打雷啊。她说不要不要，赶紧扔了！

青冈说，阿妈啊，电其实一点都不可怕。人家金城的人家用的是电灯。电灯知道吗，就是把电装进一个玻璃瓶子里吊在房梁上，拴个羊毛绳绳一拽，比热头都亮。

电灯，电灯，阿妈摇着头不明白，南赡部洲哪里还有比热头更亮的东西。再说了，冒出这么多电灯，还要热头做啥呢。

看着阿妈不信，青冈急了，说，南杰老爷就要在船城发电呢，以后啊我们的房梁上都要吊个电灯呢。

阿妈揉着胸口说，阿尼闹，我知道南杰眼睛里是什么东西了，原来是电！

青冈太太除了肚子是瘪的，别的一切都是饱满的。她兴冲冲的，脸上挂满喜悦。她的驮子里藏着稀奇，两只拉洋片送给少爷和姑娘。就是好看的万花筒，眼睛上一放，里边色彩炫目，千变万化，即刻叫人心花怒放。两个孩子尖叫起来。给索郎四老爷的是一坛徽琼。四老爷咂吧着嘴说，哎哟哟烧酒里的尖尖，尖尖！给江措大头目的是一方水烟。江措大头目不善言语，放在鼻子下闻了闻。给大总管的礼物最神奇了，是一只手电筒，因为他要在官寨睡了之后，查看房科、那扎那、马号，最需要的是手电。过去用马灯，风大雨大时会熄灭。总管打开开关，试探着把手靠近发光的地方，哦，一点都不烫。晚夕里打开，一柱白光，比酥油灯清油灯胡麻油灯都要亮，把塞隆的洞都能照亮。最奇怪的是多大的风多大的雨都吹不灭。

总管如获至宝，捂在袍子里宝贝着，竟忘了喝酥油茶。晚夕里打着手电筒在官寨里巡看，值勤的门兵看到一个魂儿在飘荡，竟有一个吓得从官寨的墙垛上掉了下来。

还有脸蛋儿，青冈送她的是一盒香粉。脸蛋儿的脸上是一如既往的不屑，她接过香粉左右摆弄着，眼睛从头到脚把青冈细细捋了一遍。她说，说到底你只是嘉波阿妈喜欢的儿媳，不是嘉波喜欢的太太。前面的太太活着的时候不用抹香粉，人比香粉还香。

青冈说，凭它是什么，每夜我和南杰老爷在一个炕上睡着，铺着一块毡子盖着一条被子。香不香老爷知道。

脸蛋儿把手里的粉盒甩出去，咣当一声。她冷笑着说，别给自己脸上擦粉了，你连南杰老爷的毛都没摸着。

一整天，官寨里香气四溢，那盒扔掉的香粉引得马号里的牲口噗噗噗地打响鼻。

给南杰嘉波什么呢？青冈拿出贡院小女子的那本书。这是一本什么书，青冈不认识。书里还夹着一张纸，上面写着四行字，数了一下，二十二个。青冈横过来看竖过来看，放在鼻子底下，能闻到淡淡的墨香。她对这张纸很好奇，下了木楼，拿到红笔师爷处，想知道上面写了什么。

红笔师爷进了船城就没说一句话，一听到洮水的声音他就开始痛哭，嘴里还念叨着什么，类似于"男儿何不带吴钩收取关山五十州"等等云。又念又号，上气不接下气。他心中充满了愧疚，后悔自己没有干净利落地死在外头还要污染这里的水源。

索郎四老爷看到红笔师爷很是诧异，龇着牙说，呵呵，我以为红笔师爷已经投了胎了，我等着二十年后卓尼川再出个状元郎呢哼哼哼。一路上四老爷心里不窝曳，气直往天灵盖上冲。到了手边的武器弹药没捡回来，亏了先人呢。古雅山上的木材变成了某些人的银子，某些人的银子变成了枪支，那就是木材变成了枪支，原来是自己的东西么，阿么就不能拿回来。可是南杰侄儿说，那些东西不能动。江措大头目就是南杰侄儿肚子里的蛔虫，死活不让他碰那些东西。到嘴的酥油没有舔上，对于索郎大头目来说就是掉了一块肉，占不上便宜自然就是吃了亏，吃了亏自然就想撒气，正好就看到了红笔师爷。他说，红笔师爷啊，治大国若烹小鲜，天地不仁以万物为刍狗，书中自有黄金屋，书中自有颜如玉……四老爷在学红笔师爷说过的话。

红笔师爷耳朵没有听四老爷，眼睛没有看索郎四老爷，或者说他的眼睛里没有四老爷，他的眼睛里空空如也什么也没有。这目中无人的眼神令四老爷很是愤怒，四老爷最讨厌对手不出手。他尊敬对他奋起反击的人，如果有人对他的挑衅不屑，那就是钝刀戳在他的腔子上。他拉开架势要对红笔师爷奚落一番，但是旁边有个黑黢黢的东西杵着有点碍眼，他睨眼一看，乖乖呀，是他傻大黑粗的婆娘，正乜着眼看他，撇着嘴角嘲笑他呢。

索郎衙门的四老爷啊，你一人之下千人之上，你的胳膊都比别人的腿粗了，你还有必要跟一个行将就木的老叟争高下吗？一匹马老了，还值得你抽它一鞭子吗？一棵树就要倒下了，还值得你砍它一斧头吗？你的儿子也要做男人了，你是在给他做欺凌弱小的榜样吗？

索郎四老爷嘿嘿嘿干笑着，靠近老婆搭讪着：哎哟哎哟老乖乖，赶紧回索郎衙门。炕填了没有，茶熬了没有，好几天没睡你了。

红笔师爷颜面全无心如死灰，他决定从此不说话。青冈太太进了门行了礼，递上来一张纸让他过目。

红笔师爷看到，这纸半尺见方，是金城翰墨堂的宣纸，上面写着四行诗。难道是南杰嘉波写给青冈太太的？不对，字体出自一个女人之手。难道是青冈太太写给南杰嘉波的，不对，青冈太太除了黄芪独活党参贝母别的字不认识。青冈太太的大眼睛吧嗒吧嗒看着他，急切地想知道上面写着什么。红笔师爷不由自主地张开了嘴。"君住江之头，我住江之尾。日日思君不见君，共饮一江水。"

青冈太太说，这是什么意思啊。红笔师爷说，你反复念上十遍就知道什么意思了。青冈太太说，噢嘞。嘴里念念叨叨地走了。

红笔师爷说得真准，青冈念了十遍之后就明白了，汉人的字就是神奇。

一连几天，南杰嘉波和两个大头目都在洮河上逡巡。青冈知道，南杰嘉波想在洮河上修电站，像金城黄河边那样的电站。在金城时南杰嘉波经常站在黄河边的电站，听黄河水轰隆隆地响，他心里一定想要这么一座电站。修电站需要钱，南杰嘉波和两个大头目可能在为钱发愁。好在今年是个丰年，义仓的粮食冒尖呢。各个旗的长宪正在纳税的路上，钱粮总管正用羊皮纸记账，这是他一年最忙的时候。大总管拖着油腻腻的皮袍，牛一般，喘的气比以前更粗了。

青冈把这本书一会儿藏在毡子下面，怕炕热烫了；一会儿藏在佛龛后面，又怕佛怪罪。书成了一只烫手的山芋。

南杰嘉波回来了，她迎上去。脱靴子的时候，她说，南杰老爷，在官寨外面我是你的戈什，官寨里面是你的丫环……南杰打了个哈欠说，唔。

青冈是想试探一下南杰，可是这"唔"是什么意思青冈不明白。但是清油灯下，他看到南杰正想着什么，他的表情是焦躁的向往的痴迷的，他是在想念金城吗？是在想念金城里的电站、热锅面和照相馆，想念那么多新鲜的事物和那个女人吗？想念一个人的时候心是疼的，这时青冈就心疼南杰。如果南杰嘉波想要一个人的心，青冈也愿意从腔子里掏出来，说，嗟（给）！

还有什么不能给南杰呢？青冈咬着后槽牙走到南杰面前，双手放在身后，她嗫嚅着说，金城……

金城什么？

青冈把一本书从身后拿出来，放在南杰面前说，离开金城时，有人送老爷这个。

青冈说完转身就跑。直跑到阿妈房里偎在阿妈怀里，心还在扑咚扑咚地跳。她没有把那张纸夹进书里，那二十二个字，薄薄的，贴着她的胸口，放着。阿妈摸着她的肩胛说，娃儿啊你的心跳得好快呀，你跟以前不一样了。你和南杰跟以前都不一样了。

嘉波不一样了整个船城就不一样了。一进船城南杰嘉波就发现官寨的义仓比过去加高了一层，除了寺院金顶和气象塔，义仓是最高的物体了。

从金城回来的马驮子进了丛拉。船城人不一样的感觉，是从嘛呢滩的丛拉开始的。菩萨女儿把牛羊卖给了义利社，换回来一台手摇织毛机。过去一个女人一天最多能织一臂长的褐子，现在一台手摇织毛机顶十个女人用。织出来的褐子细密平整，就是汉人所说的毛呢。毛呢再卖给义利社，扳着指头粗略一算，很快就会把本钱挣回来。菩萨女儿的手是最巧的，用细毛呢做了袍子，天哪，绵细得跟身上的皮一样。掌嘎里的女人们围在菩萨女儿身边，喊喊喳喳，不一样的生活就从一台手摇织毛机开始了。

人们拥向丛拉，去看他们八辈祖宗都没有见过的东西，洋蜡、琉璃、电壶、牙刷、饼干、拉洋片，最神奇的是手电筒。

船城人说梦话的声音，洮水流动的声音，寺院里念经的声音，跟以前不一样了。新的一天开始了，挤奶的、煨桑的、荡牛的、转古拉的，放下手里的事，抬起头看，热头跟过去的也不一样了。掌嘎里的人们聚集在嘛呢康，谈论那些新鲜的东西，那些东西阿么就成了那些东西了呢？菩萨女儿把手摇织毛机搬到嘛呢康，边做活路边听闲传。喇嘛保也就凑过来，喇嘛保给掌嘎里做代牧，牛羊收了圈，就蹴在嘛呢康听大家谝旦工（说闲话）。男人女人们自然扯到他和菩萨女儿的关系，他就说好着呢好着呢，人就问阿么叫好着呢，他说，菩萨女儿是我婆娘就好着呢。

啥都好着呢，只是喇嘛保还是没有钱，给菩萨女儿做阿珑银钱的银子还没有攒够。可他还是愿意到丛拉里逛。这时就看到了那个名副其实的汉人地主。

这一年船城里还发生了一点变化，那就是汉人二后生不再是"孕房子"，而是成了卓尼川上第一个汉人地主。汉人地主似乎已不记得与喇嘛保一秤砣的恩怨，远远看到他就笑。汉人的心思总是深邃的，藏人看不明白是一笑泯恩仇还是笑里藏着刀。不管哪一种情形，从汉人脸上生出的笑容是真实的，因为他已经成了卓尼的地主，他还有必要跟一个肚子里没有二两香油的喇嘛保过不去吗？

过去的五百年，卓尼领地的每一寸地都是卓尼官寨的。洮河边的一处回水湾，过去既不长草也不长庄稼，牲畜和人路过都要绕着走。几年的时间，二后生一家人撅着屁股在这片撂荒地上翻地，上面的翻在下面，下面的翻在上面，从林子里搂一些腐烂的叶土，烧一些秸秆和土块，重复一遍，上面翻在下面下面翻在上面。起初人们嘲笑，吃多了，翻羊肠子呢。没过几年，掌嘎里的人发现，自己家的牲口老爱往一个地方跑。寻牲口时，眼前出现了一大片庄稼，苞谷麦子胡麻高高低低地长得正欢势呢。庄稼收了，开始给官寨缴十一税，看上去和所有卓尼人一样，纳皇粮。不一样的是，它不是官寨的衙门田、租粮田、兵马田、水夫田，也不是寺院的香火田，索郎四老爷的私家田。这块地姓王，从官寨里画了地契。

成了地主的二后生人们才知道他的官名，叫王十全。原来这狗日的不姓"二"，他姓王。

这块能跑乏一头牛的地，是王十全的！

狗日下（音哈）的，狗日下的！

这块地不同于他刚到船城时种下的河滩地。那是他的第一桶粮，尽管他后来在河边垒了石壁，虚无缥缈的地成了实实在在的地，可那地不是他的，只是他可以安心地种，除了种子，一半要进官寨义仓。可是这块地不同，这块地的主人是他，汉人地主王十全！

有些有心人，就给卓尼川上的男人排了个名。南杰嘉波，索郎四老爷，江措大头目，王十全！

王十全已不同于嘛呢滩上的居无定所的"尕房子"。他住的房子不是不尕了是太阔了。他的苦子房前院套后院，正房厢房牲口圈，掰着指头都数不清。套院里有足足十个粮仓。粮仓不很大，结结实实地蹾着。夜幕降临时，远远地从碉楼上看下去，像蹾着十个卖烧饼的武大郎。

家大业大心胸就大，他背着一袋子粮食去丛拉粜米，要给家里的老命婆娘买一台手摇织呢机。转眼间他的婆娘就老了，吃进去的饭已经长不出力气，两只胳膊摇不动纺车了。他的儿子倒是像灌了浆的麦子嗖嗖地往上蹿。他给他的儿子取了一个响当当的官名，叫王卓尼。

虽然王十全成了地主了，但他的爱好丝毫没有改变。他出门会顺手拎个柳条篓子，看见地上的粪，不管哪一种头口（牲口）的粪，都装进篓子里。他对人屎人尿尤其感兴趣。卓尼人碉楼都是两层，楼下是牲口圈、猪圈、伙房、煮猪食的灶台、柴房，楼上住人。楼上的后面做一个开间，下面是空的，楼下的房后挖一个大坑，那是茅房，茅坑过一阵就垫一层土。卓尼人是不用大粪做肥料的，嫌恶心。人们发现，等到碉楼里的觉得应该清理茅房的时候，茅坑已经空了。有人发现是汉人地主干的，这些大粪上到了汉人的大田里。阿尼闹，阿尼闹，汉人的粮食恶心死了！于是喇嘛保就编了顺口溜，汉人吃粮不吃屎，吃了粮来变成屎，屎变粮来粮变屎，不如当初就吃屎。

四老爷听到喇嘛保的顺口溜，从胡子上捋下一撮碎银子扔给喇嘛保。他鄙夷地说，汉人最感兴趣的是，嘴里吃进去的和屁眼里拉出来的。嘎嘎嘎，嘎嘎嘎，四老爷的胡子翘到天上去了。

喇嘛保看到王地主又要到丛拉粜粮，亲自背着牛毛口袋，哈着个腰，可头发梳得一丝不苟，抹了酥油似的，头顶乌黑，脑袋壳子像一只屎壳郎。喇嘛保想，再有钱也是个啬皮子。他雇人给河滩垒石头时，每天给人喝的粥能照见天上的云。狗日的地主是细下的。这驴日的王地主不念经但是运气太好了，他种哪里的地哪里的地就长苗，他几乎没失过手。十多年只有一次，他财迷转了向，在阳坡的河滩地种起了"羊毛"。他整天蹾在两棵树间的木阁子上，盼着热头再热一些，白雨不要来，他的脖子伸得像马麝，眼睛不眨地看我们卓尼老天的脸色。没想到卓尼的土地爷不买他的账，能收十石粮食的地，只长出五麻袋"羊毛"。哈哈，别以为他有日天的本领，在地上种羊毛，用我们卓尼的地种了吃的种穿的，嘿嘿嘿，以为财神爷和他是一个草洼的，哼！喇嘛保一动脑子肚子就有点饿，蝼蛄似的叫了几声。他冲着背口袋的屎壳郎啐了一口，呸！

王地主眼里没有喇嘛保这个人，旁若无人地向前走去。汉人都有这个毛病，他们看不上哪个人，哪个人连一缕风都不如，连一泡牛屎都不如，他们的眼窝空得像个洞。不像藏人，把什么事都要弄清楚，嘴能说清楚的用嘴，嘴说不清楚的用刀。

喇嘛保生气，踢飞了路上的两泡牛屎。谁的肚子饿了都会生气的。他到丛拉里做什么呢，没事做踢石头。他肩膀扛着多脑就走到丛拉的尽头，再往远走，过去的闭关洞附近，是屠宰场，远远地能闻到血腥。屠夫还是那个屠夫，他手里没有刀，肘子上夹着一个手动嘛呢，蹲在墙根打瞌睡。身边堆着猪下水，那是挣下的工钱。

在船城，屠夫、铁匠都是承袭的。铁匠是最令人不齿的，他们借刀杀人，屠夫次之，杀的是畜生。他们的先人做了这个行当，他们合该世世代代做这个，一旦老子做了，儿子就是屠夫的儿子，做别的行当会被排斥，只得死心塌地做这个营生才是屠夫家族的本分。喇嘛保分不清打瞌睡的是老子还是小子，屠夫刀动得多了，就满脸横肉，苦腮蛋子突出来，谁跟谁长得都一个屌样。

喂，那谁，没看见看霭人来了吗，你不会说"乔德莫"吗？

屠夫睁开眼，打了个哈欠，见是喇嘛保，懒洋洋地说，你荡你的牛羊我宰我的牲口，我们都是和牲口打交道的人，为什么要对你说"乔德莫"。

啊哈，我喇嘛保即使不是看霭人了，那也是百灵掌嘎的男人，是菩萨女儿的丈夫，你阿么就不能对我说"乔德莫"？

屠夫说，百灵掌嘎也在船城呢不在天上。现在管印经院的是骆驼掌嘎，你百灵鸟从天上落在地下了。地下的活计百灵掌嘎的也得做，你不就是在代人荡牛吗？

原来这是屠夫儿子，正年轻气盛。喇嘛保扑上去拽屠夫的胳膊，你说清楚，百灵掌嘎阿么就从天上落在地下了？

阿么落在地下，你去闭关洞问问神灵，可能是被银子拽下来的吧，呵呵！

银子，闭关洞附近出现的银子，百灵掌嘎一直讳莫如深。被一个屠夫说破了，喇嘛保的脸涨得通红。眼看着吃了亏，只能恶语相加："世间的屠夫和猎人，杀生的豺狼和猫……"这是一句藏谚，咬牙切齿地说了，还是不解气。

接着说，你们世代杀生死后只能转生畜生，你杀的哪一头牛哪一头羊可能就是你们的先人，你们自己杀自己，你们是罗刹，罗刹！

屠夫儿子对喇嘛保举起屠刀。

看林家阿妈正拉着羊过来，赶紧挡下，把绳子塞进小屠夫的手里就背过身子去，给了喇嘛保一个响亮的耳光。

你这个贪嗔痴的孽障，你这个呆来痴！

喇嘛保从来没见过看林家阿妈这么生气，她全身抖动着，眼睛里要冒出血来。喇嘛保不知自己闯了什么祸，不知所措，拉起阿妈的手往自己身上打，说，阿妈别着气别着气气坏了身子，你打喇嘛保你打喇嘛保！

阿妈说，我这一个饼是替你死去的阿爸打的。你这么恶毒地咒骂一个屠户，和你同喝一河水长大的乡邻，你死去的阿爸会让你气得不得安生。有了屠夫，才能有肉吃，人才能活着。人活着草场才能绿着，青稞才能黄着，我们才能供奉神灵。屠夫为我们承担了罪孽，为我们消除了业障，有了屠夫才有了活着的人，有了人才有了佛。可怜的屠夫，活着的时候身上背着业障，死了以后又转嫁给子孙，为了洗清罪孽，你看见他们吃过肉吗？他们就是佛啊，你这个睁眼瞎认不得好赖人。他们一世的愿望就是能有个女人接续香火，让这个手艺传下去，让人活着让佛活着。你应该是感恩啊！你这样咒骂不怕灵魂出窍吗？

噢嘞！喇嘛保知道自己又错了，低下了头，踢着石头走了。

25

说来也巧了，喇嘛保的连手，穷得叮当响，但就好个新奇物件儿。他在丛拉用十张羊皮换了一个手电筒，整个晚夕抱在怀里稀罕得睡不着觉，于是去找喇嘛保显摆。

喇嘛保在菩萨女儿碉楼的旁边扎了一个帐篷。旁边的碉楼里，菩萨女儿的老獒下了小獒，她怀里抱着小獒发呆呢。喇嘛保受了看林家阿妈的训斥，唯恐传到菩萨女儿耳朵里，他蜷在帐篷里闷着喝酒。

调皮的连手踅过来,把手电筒从帐篷的缝隙里照进去,逗他耍。不曾想到的是,喇嘛保看见一束光即刻惊叫起来,他光着屁股喊叫着就跑出了帐篷。他在前面跑,连手在后面追,这就更让喇嘛保受了惊。他跑遍了整个掌嘎,最后倒在地上人事不省。

连手闯了祸,不敢认账。没有人知道喇嘛保阿么了就把魂儿掉了。人们说,可怜的喇嘛保,阿么动不动就掉了魂,莫非是喇嘛保的多脑上开着一条缝子?如果喇嘛保的魂儿寻不回来了,还得到天藏台上借一个用呢。这时,菩萨女儿的小獒从菩萨女儿怀里挣脱出来,颤巍巍地就跑进了喇嘛保的帐篷里。菩萨女儿看小獒的眼神,特别像一个人。

这个消息马上在船城传开了,喇嘛保的魂儿投胎给了菩萨女儿家刚出生的小獒,人们管这只小獒叫喇嘛獒。阿尼闹,百灵掌嘎的喇嘛保宁愿投胎给菩萨女儿的獒,对菩萨女儿真正是一往情深啊。

性子急的汉人已经开始拔草贮青了,他们赶着牲口拉着车到远处的荒地上打草。卓尼人要在约定的时间内,把属于自己草场上的草收回来,支吾着就迟了,草籽就掉了。在过去,每个掌嘎是要控制牲畜繁殖的。长嘴的太多,草场不够用,牛羊们把草根都刨得吃光了,下一年吃什么。可是现在不一样了,头人们说,羊下得越多越好,开春一等草长出来,羊们就要出远门了。一路上边吃草边喝水边长肉,吃的是别人家的草喝的是别人家的水长的是自己家的肉。羊们经过的地方,就是卓尼嘉波说的到金城的活羊道。卓尼嘉波说,要想来世好,这一世要更好。嘉波说的话是金子!好日子在后头呢,好日子不是念经念来的,是双手做出来的。

几年的工夫,卓尼人的想法变了。他们亲眼看见汉人尕房子变成了地主,亲眼看见织褐子不再用手,而是用机器。尤其丛拉里有了手电筒之后,人们看到了永远不会熄灭的灯。卓尼人感觉到洮河流动的声音都跟过去不一样的,那些会唱歌的水会变成电,照亮所有的黑夜。卓尼人的心要跳出来了。

卓尼人和汉人一样撅着沟子忙乎到了入冬,正想伸个懒腰的时候,听到百灵掌嘎的喇嘛保投胎的事儿,船城沸腾了。

十二个掌嘎的头人把掌嘎里的人召集在嘛呢康,虽然说藏人都知道死后会转世投胎,但人没死灵魂就投了胎还是头一遭。难道看雹家的喇嘛保在古雅山的石庐里练就了往生夺舍法?嘛呢康里里外外都是人,水打嘛呢响着,嘴们说着，嗡嗡嗡。菩萨女儿引着喇嘛保，喇嘛保怀里揣着喇嘛獒，到了嘛呢康。人们拥上去仔细端详，人还是人，獒还是獒，只是人一离开獒，喇嘛保就目光涣散，又聋又哑，脑袋空得像个瓢。这两个得粘在一起，不然喇嘛保就是个活尸首。

这事儿也惊动了索郎衙门的四老爷，他醉着，甩着大胡子，戈什扶着摇摇晃晃的四老爷。四老爷看着这么多人，说，你们站好，摇晃什么！人们动都不敢动，是四老爷在摇晃。四老爷从胡子里捋出些碎银子撒出去，人们不敢去抢。他朝着喇嘛保的屁股踹了一脚说，白狼的银子你敢抢，四老爷的恩赐你不敢要，你这个呆来痴！

四老爷坐在嘛呢康，一通显摆。说他怎么去的狄道城接应南杰侄儿，怎么找到了砍了古雅山上松树的麻秆儿"国代表"。总之最后，是他扣了扳机揭了麻秆儿的天灵盖。嘛呢康的人全部怔住了，难怪这几日古雅山上的树在疯长，原来那个冒充"加卡卜"的盗贼死了。他的话音刚落下，人们就弓着腰频频给四老爷行礼。只见看林人从马凳上站起来，身子直着一动不动。

看林人半夜醒来，用桦皮吊子舀了水喝了，抹了嘴巴对看林家的说，老婆娘，给我烧茶，我要拌糌粑！今夕个高兴啊，我的仇人死了，我刚刚看到他投了畜生胎，是一只臭不可闻的狐狸。看林家阿妈摸着黑靠近男人，在他的身上嗅着，她闻到了男人身上松树柏树杉树的苦腥味。看林人说，我回来了！看林家的说，哦呀，你回来了，你真的回来了。茶滚了，看林人仔细拌糌粑，对他的婆娘说，我睡了一觉起来，卓尼就跟过去不一样了，我们好好活着吧。

吃了糌粑的看林人躺下了。热头出来后，看林家的伸手摸他的额头。他的身子凉了。

看林人曾对婆娘说过，他死了想埋进古雅山。船城里的人把看林人抬进古雅山，在他看林的牛毛帐篷里，有一个门板大小的坑。把人放进去，刚合适。原来看林人把自己的墓穴都挖好了，他怕自己死在冬天，地冻得生铁一般，镐都刨不开。

看林家阿妈成了孤寡老人，住进了掌嘎里的嘛呢康，专职手摇嘛呢。

这一年的卓尼川是"坐冬雪"，就是从一入冬就开始下雪，雪不大，可是一场接着一场。北山雪大，大片的松树上的雪片像汉人种的棉花。洛萨节（春节）没过，索郎四老爷就率人进了北山，牦牛驮子装满洮河两岸的干草，预防北山的白灾。所以，接下来的洛萨节和正月毛兰木节，船城里没有索郎四老爷，就有些寂寥。

可是船城今年比往年热闹。北山的卓瓜（牧民）们骑着马赶着牛羊到河边来躲避白灾（雪灾）。官寨里的大总管迎接了他们的到来，他挪动着虚胖的身子，手里提着蝇刷子给进了船城的卓瓜带路，把他们安顿到河边的土坯房里。哦，船城里的人才明白了，盖这些土坯房是为北山躲灾的人备用的。北山的一部分人畜迁入船城，人住进了已经盖好的土坯房，牲畜放进牲口圈饲养。那些土坯房是连体的，连锅炕也是连在一起的，只要烧火填炕，整串的房子都是暖墙热炕。可是北山的"卓瓜"不习惯这么热的土房，一个个嘴上长着火泡。住土坯房时长了不就是汉人了吗？不就是吃青草穿棉花死了住棺材的人了吗？不行不行，等雪化了再回北山去！是的，北山人大多不愿意离开自己的村庄，来的只是一小部分。

嘉波阿妈清早起来就不窝曳。

船城里每走一个老人，嘉波阿妈就眼珠子疼。她说，可怜看林人，死了以后都不给人添麻烦，这么好的人阿么会死呢？

说菩萨女儿做的衣裳不合身，说石榴帽做得像汉人的半截水瓮。说厨娘做的吃食不可口。厨娘给她端来一碗长饭，是清油焆的葱花，扑鼻地香。阿妈低下头用鼻子嗅，即刻大惊失色——她看到了一碗虫子，还蠕动呢。阿尼闹！阿妈把碗捽到地下，厨娘吓得头发根子冒出了汗。

青冈过来解围。原来厨娘做的是粉条汤，粉条是青冈从金城带回来的。

粉条？阿么像虫子一样？粉条是什么做的呢？洋芋做的？洋芋像芫根似的，阿么就能变成粉条呢？汉人阿么这么奇怪呢？洋芋阿么做得像魂儿一样呢？

粉条确实好吃，嘴里一放，吱溜就滑得没影了。吃上三碗跟没吃一样。新鲜了三分钟，嘉波阿妈又不高兴了。每天晚夕她都操心楼上的南杰和青冈，她发现总是卧房的灯先熄了，耳房的灯还亮着。这就是说两个人根本不在一个炕上睡着。但是青冈太太的脸上是喜悦的，她眼睛发亮，唇红齿白，胸部热烘烘的，随时都能跳出一只活兔子。她往红笔师爷的书楼上跑，她伏在木几上写字，嘴里咿咿呀呀地念着什么。阿妈认为一旦沾染上汉人的那些土坷垃似的字，还有那些酸得倒牙的诗，人就变得矫情，颓废，无中生有，故弄玄虚，总之就是没事找事。官寨里的太太是要相夫教子教调下人的，弄汉人的那一套做什么。总之她觉得青冈快要变成前面的太太了，她厌气得很。一生气就对厨娘说，再做一碗粉条汤！

青冈把那本书交给南杰后的第十三天，青冈清清楚楚地记得是十三天。南杰打开那本书，用手摩挲着摩挲着，之后对她招了招手。青冈正在耳房里。

从那天开始，南杰教青冈认书上的字。让南杰吃惊的是，青冈很快认识了书上所有的字，并且提起毛笔就会写。她临摹书上的楷书，"君""江""思""水"，形神皆备，几乎跟书上一模一样。南杰的脸上有了笑意，拍拍她的肩胛，没说"兄弟"，什么都没说。

青冈感觉到幸福离得很近了，只隔着薄薄的一层什么，类似于一张纸的距离。

正月十三浴佛，南杰青冈并肩走出官寨，去往卓尼大寺后面晒佛的山坡。
正月十四卓尼大寺金刚法舞大法会。金刚法舞，去魔除障，见即解脱。
掌嘎的碉楼里家家都在蒸面灯。女人们揉了面，做好很多小巧的面灯，边缘捏上十二个褶子，预示着来年的十二个月雨水丰沛五谷丰登。男人们安静下来，拿来芨芨草，搓灯芯。面灯上锅蒸，娃儿往炉膛里添柴，小脸儿映得通红。面灯出锅了，插上芯子，盛上清油，点着了。

夜幕降临了，月色清白。

给家里的每一个亲人点上一盏长寿灯，也要给家里的每一个牲畜每一件家什每一件农具都供上一盏灯。船城人倾城出动。手上端着一盏盏的灯，到寺院佛殿供奉神灵。

百灵掌嘎和牦牛掌嘎成了亲戚，不久前在南杰嘉波的主持下，两个掌嘎的人通了婚。百灵掌嘎的男人给牦牛掌嘎的女人做了阿珑银钱。水夫田与祖业田中间一人高的荨麻草也被两个掌嘎的头人铲除了。青稞长在一起了，人就长在一起了。稗糠和谷子风能把它们分开，乡亲邻里死才能把他们分开。但百灵掌嘎还是喜欢白褐衫，牦牛掌嘎依然习惯黑氆氇，他们前吃后喝，进寺院供灯转古拉，黑黑白白星星点点，疑是银河落九天。

梵音经呗萦绕下的卓尼大寺，仿佛琉璃净土。卓尼大寺点亮了千盏酥油灯，铙钹齐鸣。僧人们头戴曲加扎枝面具，身着七彩法衣，手持法器，舞动着身体，一招一式，每一个身形和手势都暗合着佛法的密意。僧俗众人争相观看金刚法舞，期望获得殊胜加持。双掌合十，热泪盈眶，祈祷他们今生和来世的幸福。

他们不知道，这些戴着傩面的僧侣里，有一个是他们的嘉波。

此时的第十九代卓尼嘉波已是而立之年。他怀里抱着船城，背上背着北山迭部四十八旗。身后是五百年卓尼土司兼卓尼大寺僧纲。他想要金瓯永固，得到"加卡卜"的册封，卓尼土司得以延续，五百多族卓尼土司领地僧俗得到嘉波的庇佑，安然存生。不仅要让僧俗众人生存，还要让他们得到现世的温暖——活着不能为了来世，最重要的是今生。

令南杰嘉波困惑的是，偌大的江山没有"加卡卜"。

南杰嘉波头戴沉重的傩面，宽大的描绘了世上所有色彩的法衣在剧烈的舞动中，像一道道抽向身体的鞭子。天离他那么近，月亮和星星穿过他的发肤，剑一般锋利。他疼痛着，呼喊着，在钟鼓铙钹的掩护下，他像狼一般嗥叫。整个卓尼川在颤动，南赡部洲在颤动，他停不下来，停不下来……

他觉得有人靠近他的身体，抚摸他，熨帖他，往他的怀里塞什么东西。在他轰然倒下的那一刻，一个柔软的怀抱接纳了他。仿佛温热的土地，可以生长万物的土地，让他心里踏实。

卓尼嘉波大汗淋漓，泪如雨下。慢慢睁开眼睛，他在一个女人的怀里，一只手，一只女人的手，在他的额头上摩挲着摩挲着，嘴里还嘶嘶在吹着气，仿佛在吹着一碗酥油茶。卸下傩面解下法衣，南杰怀里放着一个麻布娃娃——所有的僧侣怀里都抱着同样的娃娃。南杰嘉波站起来，从麻布娃娃的身上掏出五谷杂粮，向着僧俗众人扬撒。所有的僧侣效仿南杰嘉波，呼儿呼儿呼儿，把五谷杂粮向着卓尼川扬撒。人们匍匐在地，前额着地，触碰这些青稞小麦谷子燕麦胡麻菜籽蕨麻草籽。

所有的人都应该明白，他们嘉波的良苦用心——为了粮食和青草，为了今生，弯下腰来，才能直起腰来！为了繁育子孙，为了活得像个人，低下头来，才能抬起头来！

月亮在古雅山上，像一只母亲的乳房，渐渐丰满。

卓尼官寨的檀木风珠扑棱棱地响着。暖炕上的南杰嘉波翻了个身，又翻了个身。起身，脚伸进皮窝子。他要对青冈说一句话。

卧房与耳房只隔着一层门帘。

南杰撩开门帘一角，清油灯亮着。也许清油灯刚挑了灯花，格外地亮。青冈背对着门在暖炕上坐着，手里拿着一张纸，呆着。

青冈转过头来，愣怔着。南杰一只手打着门帘，一双眼睛看着她——眼睛里的东西是青冈从来没有见过的。青冈慌乱，心急，扑通一声从炕上掉下来。

南杰上前伸出手去扶青冈。便看到炕沿上放着的那张纸——"君住江之头……"。喜悦漫上心窝。他以为是青冈写的。

被扶起来的青冈又扑通一声跪下。

南杰……老爷，有一件事我一直没有说……

什么？

在金城……

金城怎么了？

离开金城时，在贡院……那本书……

那本书我知道……

不是书，是书里夹着一张纸……

南杰拿起这张纸。

宣纸，小楷，墨饱得要滴下来。

君住江之头，我住江之尾。日日思君不见君，共饮一江水。

南杰转身离去。

青冈怔怔着。想哭。

转身离去的南杰嘉波站在官寨的木栏上，一片银白向他扑过来。铺天盖地的白色风马旗搅动着卓尼川，远处的山峦像一群白牦牛奔腾着，一盘月亮像一块金属，清冽的寒光像一支支利箭，射向南赡部洲。

一场大雪来了。

南赡部洲太安静的时候，卓尼人是警觉的。树枝不动，旌幡不动，头口反刍听不到，世界上没有任何声音——那是一场大雪覆盖了一切声音。

船城的人们起来了，木勺搅动着木桶里结冰的水，不然水桶就胀破了。赶紧推开碉楼的门，不然就让雪堵上推不开了。清除草房、牲口圈、柳条房的积雪，不然就压塌了。白蜡杆子捅开烟囱，乌青色的烟飘起来了，一条，两条，鸡就叫了。草房里搬了干草放进牲口圈，牛们羊们马们甩开腮帮子，吃草了。

船城里各个掌嘎贮备了足够的干草和青草。北山的雪最大，草料已经告罄，白灾来了。接着就从北山传来消息，索郎大头目不见了。

洛萨节之前，北山遭遇了坐冬雪。南杰嘉波调配了草料，索郎四老爷率人携带草料援助北山卓瓜（牧民）。整个冬天北山的草地被冰雪覆盖，太阳出来表皮化了，接着冻成了冰，又覆盖了雪。冬窝子里贮藏的干草罄了，饲料没了，洮河边带来的草料杯水车薪。牲畜们跑到草地上，用蹄子刨，用嘴拱，蹄子和嘴巴都烂了，加上天气寒冷，牲畜开始死亡。索郎大头目的戈什提醒四老爷，南杰嘉波不是说，如果发生雪灾，就让北山人畜迁往河边吗？

索郎四老爷正在恰盖的桑吉村喝酒吃肉，听到戈什的话，用羊棒骨敲着酒坛子说，通知各旗长宪，一部分人和头口（牲畜）可以迁往船城河边，尤其那些怀羔的下驹的，还有怀着娃儿的女人。可是恰盖尤其桑吉村的儿子娃们不要动，婆娘娃儿和头口可以走了！

桑吉村里的儿子娃是北山最攒劲的。桑吉村里的骑兵队在北山骑兵队里以一当十。他们可以在一群奔跑的马背上行走，可以贴着马肚子睡觉，个个百步穿杨，弹无虚发。可是做他们的女人娃儿和头口就很苦。他们整天骑马打猎舞枪弄棒，冬窝子夏窝子的事从来不管。索郎四老爷说，我们北山人祖祖辈辈就活在风雪里，雪是死的，人是活的。北山的男人骨头是铁做的，肉是石头做的，如果连雪都挨不住，还能挨得住刀吗？我们像一群逃兵赶着一群头口去往船城河边，从船城的头口嘴里抢食，活得有什么劲么！南赡部洲有南赡部洲的规矩，长脑袋的们优胜劣汰，如果一茬一茬地都不死，不把南赡部洲挤塌了吗？一切都是天意，挨着！但是女人和娃儿们觉得自己家的男人靠不住，还是赶着牲畜避灾去了。

南杰嘉波带领五百门兵赶往北山，一路上，前前后后有北山迁往船城河边的牲畜，有的活着，有的伤着，有的死了。他们的主人伤心地久久不肯放弃它们。向桑吉村的人打听，有没有见到四老爷。桑吉村的女人说，过了洛萨节四老爷就带着桑吉的男人们进美日山了，临走时说，如果他们中的谁回来了，那就是铁打的金刚，如果他们中的谁没有回来，那就是"优胜劣汰"。

南杰嘉波到达北山，走了的人畜把粮食和草料留给剩下的人畜。可是牲畜死亡的还是很多，地冻得生铁一般无法掩埋，一堆一堆地用冰雪盖着。

把驮来的草料分散到北山各地，五百门兵帮助卓瓜们重建塌毁的帐篷和牲口圈，掩埋死亡的牲畜。

汉人说，家缠万贯，长毛的不算。北山的雪灾，三年一小灾五年一大灾，牲畜难逃劫数。

有一些周边陆续赶来的汉人和回族，收奄奄一息的赢牛弱羊。所谓的"收"，就是把即将饿死冻死的活不下去的牛羊带走，一串钱都不用给。它们把草料口袋支在牛羊嘴上离开北山，牛羊的主人为它们掉着眼泪。收了牛羊的人稍微务弄，羊就活了。没过两个月羊就肥了。一有白灾，那些精明人就往北山走，可是这些人里没有船城或者洮河边的卓尼人。那些精明人把肥羊卖给金城客或者河州客。贩子们来拉羊的时候，北山的人跑到他们必经的路口，他们能认出自己的牛羊。看到自己的牛羊要到陌生的地方掉脑袋，人们撵着自己的羊一路念经，一路掉眼泪。他们哀求着，把我的羊放生吧，佛护佑你们。

南杰嘉波带着十几个戈什去往桑吉村。

可是南杰嘉波怎么都找不到桑吉村了。奇怪，南杰嘉波很是熟悉桑吉村，就在美日山口向西一拌糌粑的马程，过去南杰嘉波和四老爷多次在此打猎。南杰胯下的马在原地转了几个圈，他抬头看了热头，确定了桑吉村的方向——那是一片高高低低的雪丘，没有一个人，没有一个帐篷，没有一间墙包房，没有一个牲口圈。天哪，桑吉村是被大雪掩埋了！

南杰嘉波与戈什们急驰桑吉村，积雪没了马腿。撬开墙包房牲口圈的积雪，有冻死的牲畜，没有伤亡的人，一个人都没有，更没有四老爷。看来能走的牲畜和人都走了，所有的人都释了口气。

可是四老爷还在山里吗？坐冬雪再加上昨晚一夜的大雪，索郎四老爷凶多吉少。

日头西斜，南杰嘉波心里焦急，决定绕过美日山去寻找，四老爷喜欢到美日山的背面去打猎，那里有肥硕的雪豹。绕到美日山的侧面，南杰嘉波觉得美日山跟过去有些不同，由于积雪增厚，侧峰不像过去那么陡峭，而是丰满了不少。南杰嘉波下了马，示意大家拉着马走，尽量不要发出任何声响，恐怕发生雪崩。他看了一眼西天，天空钢蓝，日头火红，这颜色让人触目惊心。突然就传过来一声枪响，在美日山的背后。侧峰上传来咔嚓嚓的声响——

索郎四老爷率领北山骑兵队的精英——桑吉村的六十多个男人进美日山练兵，索郎四老爷说，如果在这样恶劣的环境内活着回来，桑吉村骑兵队就个个是咬金嚼铁的角色，那北山几个旗的旗长就出自这六十多个男人里头。桑吉村的男人们野心勃勃，纷纷跨上了马。他们只带了很少的粮食草料和酒。他们进山打猎，练习马术，射击，不亦乐乎。可是山里的猎物很快没有了，他们带的粮食草料没有了，关键是酒囊空了。一夜的大雪过后，让他们的生存雪上加霜，有些人惦记村里的家小，想回去了。索郎四老爷望一眼白茫茫的天地，真的连一只麻雀都没有了，六十多个人大部分都得了雪盲。用镐刨开雪，让马们吃了一些草，准备回桑吉村。一路上肚子咕咕地叫着，索郎四老爷想念着肉与酒，嘴里的哈喇子不停地从腮帮子涌出。太阳马上就要落山了，远处的地平线上，天色钢蓝，热头血红。这对比强烈的颜色让索郎四老爷心惊。把眼光拉回来，就看到前面卧着一只羚羊。哈哈，我四老爷的马都掉膘了，这只羚羊倒是膘肥，四老爷的哈喇子流了出来。羚羊也要饿死了，一动不动，束手就擒。

四老爷翻身下马，吃"刀石合"。

"刀石合"是藏人在野外的美食。砍一些干树枝，刨开雪找一些干牛粪和卵石，用火镰点着干柴和牛粪，把卵石放在火里烧。剖开羚羊的肚子，把羊肚子拽出来，翻了。把腿肉用刀切了，撒一把盐，塞进肚子里，再把烧热的卵石塞进去，肉和肚子很快就熟了。

太阳马上就要落山了，四老爷饿极了。刀子划开肚子，他伸手揪一块肉往嘴里塞。不对，这块肉硌了他的牙。把这块肉放在眼前一看——是一只小羊头，还睁着眼睛呢。阿尼闹！这只羚羊怀着羔，天色向晚他们又得了雪盲，错把子宫当成羊肚子了，里头有一只小羊被烤熟了。

四老爷伸着脖子干呕，抬手就在一个娃子的脚下打了一发子弹——

天地突然安静了。美日山峰顶上传来咔嚓咔嚓的声音。

雪崩了！仓皇地把四老爷扶上马，所有的人跳上马，往山口飞奔。

铺天盖地的雪像从天而降的虎狼狮豹在身后咆哮。桑吉村的马真是好马，像风马旗似的飞起来。大概跑了半顿糌粑的工夫，身后的雪渐渐弱了。桑吉村的男人们看到暮色苍茫的前方，立着十几匹马，十几个人，其中一个是他们的嘉波。

捡回了一条命的男人们眼泪迸出来。

索郎四老爷呢？看不到索郎四老爷。点了一下人数，少三个。索郎四老爷和两个贴身戈什没有了！

人们看着身后白茫茫山丘似的积雪，傻了眼。一个男人说，就在他们看到前方人马的时候，他还瞥见四老爷的两个戈什左右护卫着四老爷呢。如果被雪埋了，就在不远处。

南杰嘉波一挥手，人们呼叫着扑向雪堆，用枪托用树枝刨雪，呼喊着天上的四老爷。

一声枪响，接着一串枪响，落在雪上的枪子儿哧啦哧啦响着。人们扑过去，眼前是一个雪坑。桑吉村的男人才想起来，原来这里是四老爷命他们挖的陷阱，本来有标志的，雪大盖住了。四老爷和他的戈什掉进陷阱里又被雪埋了，幸好手里有枪，用枪声报告了他们的踪迹。

把三个人从陷阱里吊出来。把奄奄一息的四老爷放在雪堆旁缓着。四老爷一直闭着眼睛，把脸别过去不看南杰嘉波——他掉进自己挖的陷阱里，把人丢大了。

南杰嘉波说，除了索郎大头目，全部撤回桑吉村。让天上的四老爷一个人"优胜劣汰"吧。

26

罗杰斯神甫进官寨，在照壁前站立，胸前画十字。门口迎接他的不是大总管，是红笔师爷。

大总管退在后面，指点那扎那的厨娘为客人煮一种茶，颜色像鸡屎一样，有一股刺鼻的怪味。这种又像鸡屎又像汤药的怪味道在官寨里弥漫开来，阿妈就闭上了眼睛，拍着胸脯说，那只红毛狮子要来了。阿妈管罗杰斯神甫叫红毛狮子。

迎接一只红毛狮子自然不同于迎接一只马鸡，自然不用一只绵羊尾巴似的油腻总管说"乔德莫"。而是红笔师爷不卑不亢地把右手放在左胸口微微颔首说，哈喽，好阿油！

嘉波阿妈说，我的先人啊，红笔师爷不说人话了！

与往日不同，不再是南杰嘉波坐正中，大头目坐两侧。他们与罗杰斯神甫包括红笔师爷围坐着一张漆木大圆桌。他们频繁地说着电、电站、银子、洮河，夹杂着藏话、汉话、洋话。最终归结到银子。

南杰嘉波要向洋人借银子修电站。

在卓尼官寨将有重要的事情发生时，嘉波阿妈就牙痛。青冈在楼上给阿妈做艾灸，阿妈拧着眉头嘴里念念有词，青冈知道阿妈是在用藏人的方式诅咒楼下的那只红毛狮子。身上长着红毛的人能真心对我们卓尼人好吗？他们在洮河南岸建了福音堂，收留孤寡，给生病的人吃白色的药片，给饿肚子的人吃面包。可天上不会掉下羊腿，水里打不出酥油。受了他们恩惠的人都要去信他们的十字架，哼哼，没有白吃的糌粑。一个人只长着一个身子，心里放了十字架，让佛阿么做呢。借钱借钱，借钱能不还吗？不仅要还本钱还要还利息，本利越滚越大，那就是张开嘴的狮子。嘉波阿妈揉着胸口说，不窝曳啊不窝曳。下人急着给阿妈倒热茶，不巧的是，毛手毛脚的侍女怎么就把阿妈屋里的电壶碰翻了，"砰"的一声，吓得所有的人汗毛直立。真是不可思议，一个小小的电壶，没有一只奶桶大，怎么会发出如此巨响。稍微动一下脑子就会知道，电壶里有电，这是电炸了，像天上的雷电炸了一般。阿妈终于发作了，她命下人把碎了的电壶扔得远远的，像汉人土葬那样，把这个劳什子埋进土里，上面再压了一块石头。一个电壶就能发出如此巨响，那如果是一个电站呢？

嘉波阿妈坐不住了，在青冈的搀扶下颤颤巍巍下楼，木梯发出的响声让阿妈牙痛难支。阿妈站在大堂的耳房，额上还顶着一只火罐，轻声呻唤，希望得到南杰的注意。

可南杰嘉波和大堂里所有的人浑然不知，他们忙乎着呢。讨价还价，写字画押。南杰彬彬有礼地与那个一身红毛的人握手，南杰的手像一只鸽子，那个人的手像一只塞隆。两个人笑容可掬，志在必得，仿佛都占了对方天大的便宜。他们看上去很激动，在阿妈想来，都是因为他们喝了那种散发着怪味的药汤，那种洋人的"鸡屎"让人魔怔。

江措大头目站在南杰身后，气定神闲面色安然。南杰身后江措大头目的神态让阿妈的心定了下来。从南杰十三岁那一年与牦牛江措坐进一台架窝子，走进临潭的私塾房，他们二者的意见几乎从来没有相左，并且他们同心合力做的事情一定是对的。

总管出了官寨，派人抬了义仓里的干肉和从金城运回来的粉条，在官寨外支起两口大锅。可以想象得到，总管正拖着油腻腻的袍子，指手画脚，掌嘎头人家的婆娘们做肉汤。将有一个重大的仪式在官寨外举行。

过去掌嘎里有人外出，乡邻们呼儿呼儿地在空中扬牦牛奶。这一次，不同了，这个仪式就是吃饭。两口天大的铜锅里煮着卓尼人从来没有见过的东西，细细的长长的滑滑的，不是长面不是麦索，是粉条。汤里面不知道调了什么东西，香得人直想打喷嚏。

嘉波阿妈打了个哈欠，转身到那扎那。那扎那里飘出香味，那是厨娘做的胡辣羊肉粉条汤的香味，阿妈嘴角浮起笑容。她已经深深迷恋上了滑溜溜筋道道的粉条，加上鲜香的羊肉，调上回族商人带来的调料，嘴里一放一吸溜就魂儿似的没有了。阿妈咂吧着嘴，唵嘛呢叭咪吽。

刚坐到那扎那前面的石几上，便听到了一点声音。只见一个下人窝在一个马凳旁，哧啦哧啦地打呼噜，睡得正香。之前阿妈以为马凳上苫着一张羊皮呢。

阿妈对青冈说，这是谁啊，皮紧了？

青冈说，回阿妈话，是看林家阿妈到官寨来向嘉波阿妈谢恩，等得久了，睡着了。

嘉波阿妈笑了，是有这么回事。早上喝了大茶，大总管说，看林家的来官寨向嘉波阿妈谢恩。嘉波阿妈纳闷儿呢。

嘉波阿妈很是喜欢这个自称是自己的儿子长在自己身上的老女人。可怜她腔子里跳动着的是儿子的心，虽然长皮的地方老得像个牛百叶，但是眼睛亮得像电壶里的电。她大部分的工夫在外面磕长头，可是盘缠总是在半路上花尽，她就折回来再攒盘缠。一辈子快过去了也没有走到拉萨。有几次马上就要到达目的地了，可是又转了向，等再抬起头来，看到了花尔干山。转向不转向是她自己说的，谁都没有看见，因此也没有人替她惋惜。她说，磕长头就是磕长头，拉萨就是拉萨，一下子就走到了，后面阿么活呢？

嘉波阿妈坐在石凳上，缓了一口气。厨娘端来一碗汤，嘉波阿妈大口大口地喝，之后抹着嘴笑了。厨娘端给她的是胡辣羊肉粉条汤。嘉波阿妈确实又老了一拃，以前的笑声是咯咯咯，现在是呵呵呵。

厨娘把另一碗粉条胡辣汤放在看林家的鼻子下面，老婆娘醒了。她边看着厨娘边喝着汤，喝着喝着就哭了。她说，喝了这碗汤就可以死了。嘉波阿妈突然放声咯咯咯地笑起来，吓得看林家的差点吐出来。

嘉波阿妈说，我一看到这个比我还老的女人，身上的病就没了，牙就不疼了。看林家的，你到官寨做什么来了？

看林家的眨眨眼睛哑哑嘴，说，喝汤之前我记得，喝汤之后忘了。

阿妈直想笑，忍俊不禁。说，你每天晌午进官寨陪我喝汤，怎么样？

回嘉波阿妈的话，在下不能再喝这种要命的汤，你也不要给官寨外的任何人喝这种要命的汤。吃了这要命的东西就不想吃其他的东西了，吃不着就整天想着，让人阿么活呢！

阿妈不高兴了，卓尼川上还没有人拒绝她的恩赐。

青冈给看林家的使了个眼色，看林家阿妈根本视而不见。她埋着头说，回嘉波阿妈的话，我又要磕长头去了。这次去的是一个以前没有去过的生地方，不知道还能不能回来。

哦？你不是去拉萨？

在下这次不去拉萨，是脊梁上背着热头往北走，跟着卓尼的羊们往北走。卓尼的羊们今天就要上路了，它们要从春天走到老秋，从羔羊长成大羊。它们是一岁羊，它们只有去没有回。再回来的不是羊们，是银子，一路上响着，一路上响着就回来了。我心疼卓尼川的羊们，它们没出过远门，它们认生，我怕它们被风刮跑，外面的风大得很。我怕它们吃上断肠草，外面的闹羊花跟卓尼的闹羊花不一样，它们辨不来。

青冈的眼睛突然睁大了。事先南杰嘉波已经派北山的羊把式基本选定了活羊道的线路，可是活羊道上可能有断肠草是谁都没有多想的，因为羊有辨别断肠草的本能。青冈的心一下亮了，卓尼川上谁是辨识良莠的高手，是仁钦曼巴。青冈是仁钦曼巴的女儿，是半个曼巴，这不正是她可以去一次金城的理由？

官寨外面的香气弥漫在整个船城。人声躁动，成百上千的羊们咩咩叫着。每一百只羊叫一个羊房子，大概有十个羊房子，由拉毛草的男人蒙古喇嘛当羊掌柜，带着羊把式浩浩荡荡离开船城。

看林家阿妈哭起来，说，嘉波阿妈啊，我想起到官寨做什么来了，我是来跟嘉波阿妈道别的，我跟着羊们磕长头去了。

后来阿妈才知道，那个牛魔王似的洋人借给卓尼官寨的银子是一张纸，这张纸就是几千两的银子。

掌嘎头人们走马灯似的进出，脸蛋上笑盈盈亮晶晶，仿佛抹了酥油。官寨外面的动静越来越大了，南杰嘉波和两个大头目一前两后出了官寨大门，外面即刻安静下来。

嘉波阿妈心里急了，她让青冈扶着他上楼，调过头来对看林家的说，起身吧，你会回来的，和银子、粉条、西洋镜、电壶一起回来的。哦，青冈，我的电壶呢，我要喝电壶里的热茶。青冈说，回阿妈话，我从金城回来再给阿妈送一只电壶。

嘉波阿妈站在木栏上，一只手搭在额头上，一只手放在耳朵旁边。她看不够听不够，官寨的墙外很少这么热闹啊。人老了爱热闹，嘉波阿妈即刻神清气爽，咯咯咯地笑起来。

人们并不像看林家阿妈那么悲切。男女老少围着大锅端着木碗，总管撸胳膊挽袖子，头人们吆三喝四，不停地往一只只木碗里盛食物。整个船城的人都来了，十二个掌嘎和汉人尕房子们，穿着过节的衣裳。尤其是那个领了达汉尕书的喇嘛保，生怕别人不注意他，他的袍子里揣着一只藏獒，据说那是他的魂儿。他散开一头长发，像一头狮子，他端着两只碗，自己吃獒也吃。人们几乎不说话，顾不上说话，娃儿们也不闹，嘴们离不开碗沿儿，吱溜吱溜地响。他们甚至没有发现他们的嘉波和大头目站在他们的后面。半个时辰汤水见底了，马勺刮得锅底哧啦哧啦的。

喇嘛们嗡嗡嗡地念经。

最后，女人们抚摸着自己家的羊，偷偷把眼泪抹在羊身上。

南杰嘉波把一条羊鞭子放进羊掌柜的手里。人们看到了自己的嘉波，呼啦啦仓皇下跪。总管甩着蝇刷子抽着人们的屁股说，站起来站起来，说了多少次了，南杰嘉波不要下跪，要躬身，像汉人那样鞠躬，说了多少遍都记不下。

羊掌柜手里的鞭子扬起来了，羊们叫起来了，头羊昂首走在前面，后面的羊乌泱泱地跟着。女人和娃儿们还舍不得，突突突跑着随在后面。只见看林家阿妈拦着女人和娃儿们，说，别舍不得了，别舍不得了，我会超度它们。它们会变成粉条胡辣汤，变成织毛机西洋镜手电筒电壶细洋布丝绸胰子和香粉。

人们不知道她说的是什么。

放眼望去，大车道变成白色的了，都是羊们。男人们举着箭牌奔往插箭台，女人们呼儿呼儿地扬着牦牛奶，天空中腾起风马，整个船城上下一片白皑皑。

嘉波阿妈看到南杰的坐骑琼雪了，金红色的马鞍十分耀眼。口弦声响起来了，那个吹口弦的人长得像青冈，她戴着一只火红的狐皮帽子，好像是出远门的样子。人们和羊们渐行渐远，上了上卓梁了，阿妈才反应过来，喊着，青冈青冈青冈太太。总管说，回阿妈的话，青冈太太走活羊道了，她让我告诉你，她会给你带来一只装热酥油茶的电壶的。阿妈自言自语道，哦，阿尼闹，青冈真是个好娃儿，原来她是给我买电壶去了。

青冈站在上卓梁，回头看过来。南杰嘉波站在一团飞舞的风马旗里，他向着她扬了扬手。青冈即刻潸然泪下。

去走活羊道只是青冈去金城的一个借口。活羊道上的草是良草还是毒草，羊们最知道。

南杰让他的坐骑琼雪陪她，派他的贴身侍从保护她。南杰嘉波啊，你知道青冈的目标是金城，金城里的贡院吗？或者不知道，或者只是佯装不知道？青冈再次回过头看，南杰嘉波仍然站在那里，向着她的方向眺望。青冈犹豫了，甚至调转了马头，她不想走了。

金城里贡院的那个女人还好吗？南杰嘉波与她仅说了几句汉人的唱歌一般的话，他们就交换了心。她给了南杰嘉波一张纸上的几行字，他们就交换了灵魂。

青冈犹豫着，便看到旁边的一个路口站着一匹马，一个人。

江措大头目说，青冈太太，你想好了吗？开弓没有回头箭，你现在还没有开弓。

青冈低着头说，那个女子在河的左岸，她就在那里。如果不让她到右岸来，南杰嘉波会永远想着她，把她放在心里。她是南杰嘉波想要的！

江措大头目说，她来了，你到哪里去呢？她也是你想要的吗？

青冈说，青冈是南杰嘉波的青冈太太，是南杰嘉波的贴心人，南杰嘉波想要的，就是青冈想要的。我哪里也不去，官寨里不多青冈一个女人。

青冈咬着牙踢了马肚子，琼雪金红色的长尾像一支箭指向船城——风很大，琼雪飞起来。开弓没有回头箭，风里飞着青冈的眼泪。

到达金城进入西关。为了不引起人注意，一俟进了城门，她就拉着马前行。琼雪如果跑起来，半个城是晃动的。路过辕门，抬头看那苍鹰般的旗帜，两年前的"张"换成了"陆"。青冈虽然不认识这两个字，但也能看得出来，现在的这个字不是以前的那个字，现在的这面旗不是以前的那面旗。衙门又换人了！

这些不关青冈的事。青冈先到集市买了个电壶，抱着这个竹皮筒张望着贡院的方向。辕门街上卖枣儿水杏皮茶的吆喝得欢，她从身上摸铜板。身边一个二十来岁的闺女领着一个七八岁的小子，闺女显然是个小脚，可是穿着一双大鞋，走一步趿拉一下，像个瘸子。她给小子买了杏皮茶，就先喝了一口。没想那小子翻了脸，对那个闺女拳打脚踢。青冈忍不住上去阻拦，不料那女子不领情说，你管不着，他是我男人。青冈一脸惊讶。卖枣儿水的姑舅戏谑着说，皋兰山上一棵树，树底下一个新媳妇，新媳妇抱着尕丈夫，尕丈夫的牛牛像个水萝卜……这是童养媳呀。青冈有些想不通，汉人咋这么多的怪毛病。男人要娶个娘当老婆，女人的脚要裹成个粽子，风一吹就跌倒了。

往贡院走，又看见了怪事情。一缕一缕的黑布条挂在一面墙上，人们捂鼻绕墙而过，嘴里骂骂咧咧。一队穿着白衣皂裙的女学生举着彩色的旗子喊着口号，要提倡女人放足，男女同校。原来那墙上挂着的是女人的裹脚布。难怪那个童养媳穿着一双大鞋，原来是为了掩盖缠过的小脚。

眼前就是贡院。旁边红笔师爷曾经坐着的地方，也坐着差不多同样的一个人。头上顶着一个"卦"字招牌，写信改成算卦了。那个人和红笔师爷一样衰老，正流着哈喇子打瞌睡。青冈听到贡院里边有吹吹打打的声音，还有男人女人嘈杂的声音，像是在办喜事。

那个女子应该还在这里。青冈脸热心跳，仿佛要见到的是她的心上人。青冈往贡院跟前靠，却看到一些端着枪的人站在大门两侧，旁人不得近前，没看到那个女子。青冈不敢造次，折回来到了"卦"字幌子下，揪了揪老汉的胡子。老汉睁开眼，吧唧着嘴说，算命不要钱，禳灾一块。

青冈说，打听一下贡院里边在做什么？

老汉又闭上眼说，河州镇守使的小舅子娶亲。

青冈说，娶的是谁？

老人说，一个非说我们住在皮球上的丫头片子。

啊？娶亲怎么还端着枪？

没有枪能抢走吗？

那没有王法了，有枪就能抢？

老汉打了个哈欠说，哪有王法，猴子刚走，麋子还没有来，枪子儿就是老子。别说了别说了，猴子还是猴子麋子还是麋子。老汉摆着手说，去去去，别挡了我的瞌睡。

青冈绕到后面跳上一堵墙，便看到，那个小女子被捆成了一只粽子，往轿子里塞。青冈一急就大喊，她不知道小女子叫什么名字，就喊"君住江之头，我住江之尾"。小女子挣扎着转过脸，眼睛揪着青冈不放。她的嘴被塞住了。那轿子不是花轿，是一抬绿呢大轿，转眼被三匹马拉着，驶出院子，奔向街道，向着西南颠簸而去。青冈跳下墙奔向马，给两个侍从使了眼色，尾随着绿呢大轿出城。

前后始终保持着一段距离。过了七道梁，再向前便是辛店，如果对方的目的地是河州的话，必在三甲集歇脚。果然他们在三甲集停下来，进了一家手抓羊肉的馆子，留两个人看着轿子。青冈勘察地形，正琢磨着下手，无奈怕有失手，寡不敌众。就在此时，在手抓馆子旁边的类似一个客栈的地方，青冈看到了一个膀大腰圆的人，正从马背上卸驮子呢。他一手提一只驮子进那个客栈，驮子看上去非常沉，压得他的一边膀子塌了下去。一个瘦骨伶仃的人摇摇晃晃扑向驮子，被他一脚踢开，羊皮一般单薄的身子打了几个滚儿。青冈看出来，滚在地上的人是个大烟鬼，他的鼻子闻到了驮子里装的烟土。

一碗茶的工夫，索郎四老爷提着牛毛褡裢从那间房子里出来，看见卓尼官寨的青冈太太站在他的马跟前。想躲闪根本来不及，惊得四老爷的大胡子扑棱棱地响。

卓尼人都认为四老爷的胡子里会生银子，那是卓尼人没几个敢近距离地靠近索郎四老爷，青冈看见四老爷的胡子上其实是拴着几个铃铛。

四老爷迅速瞄了一眼周围，看到了琼雪和南杰嘉波的两个戈什，以为南杰嘉波来了，即刻面如土色。

那个烟鬼又扑过来，用鼻子嗅四老爷手里提的褡裢，又被四老爷一脚踹远，这一脚有点狠，那个人不动弹了。四老爷把褡裢搭在马背上，褡裢里的东西响着。

青冈凑近索郎大头目，小声说，四老爷莫慌，只有我和两个戈什，南杰嘉波在船城。

索郎大头目干笑着说，哈哈哈我慌什么。

青冈说，我有一点小事要四老爷帮忙。看到那个轿子了吧，里边有一个人，麻烦四老爷帮我捡回船城，嘿嘿！

四老爷摸着胡子说，事儿是一件小事儿，可我赶路要到松潘买……买粮食，呵呵，或许是黑番，现在对捡东西不太感兴趣。况且卓尼川现在可不缺人。索郎四老爷的心确实不在捡东西上，他是急着去松潘买手枪。

青冈以为，四老爷是在拿捏呢。她说，四老爷举手之劳，事成之后，我今天可是没见过四老爷啊！这话说到四老爷心窝上了，四老爷想要的就是这句话，他高兴了。伸出手来在青冈的肩膀上拍了一巴掌，青冈咧了一下嘴。

四老爷一个眼色，两位戈什就放倒了看守绿呢大轿的两个人。四老爷把手里拎的罩子往轿子里的人头上一套，连人拽出来，撂在了青冈的马上。前后一眨眼的工夫，琼雪腾起了马蹄。

青冈在前，四老爷殿后，绕过河州城，过了土门关。到了卓尼土司地界，四老爷赶了上来。前面是一个岔路，一边通往卓尼，一边通往松潘。眼前出现了一队人马。

27

官寨的钱粮总管和寺院的大总管各自手里拿着一沓藏纸，给南杰嘉波报告税收。过去用的是羊皮纸，看上去很厚。今年江措大头目从岷州请来一个做藏纸的把式匠，用大峪沟的狼毒草做藏纸，官寨里用上了船城里生产的纸张。尤其是寺院，用了大量轻便的藏纸印经，人们背走经卷时省劲多了，于是来印经的人多了。今年是近年来少有的丰年，如果用羊皮纸记账，那得用车拉。

钱粮总管翻动着藏纸，嘴里念着，汉人王十全，河滩地十五税小麦五十石，纳浪私田十一税青稞五十石。哦，仅汉人地主王十全一户就上缴粮税一百石。

藏纸在钱粮总管手里哧棱棱响。在念到朱扎七旗时，南杰嘉波示意停下。

朱扎七旗一百六十户缴纳酥油一百驮，现银三百两。

车巴沟的犏牛，卡车沟的酥油，拉力沟的木头，喇嘛崖的石头，卓尼城里的丫头。朱扎七旗在卡车沟酥油是出了名的好。一般到了年下，把最好的酥油纳了卓尼官寨，除此之外，就是一百两银，还有上百石的粮食。今年为什么少了粮食而多了银两？

修电站需要银子，南杰嘉波应该高兴。可为什么朱扎七旗少了上百石粮食多出三百两银子？三百两银子对于朱扎不是一个小数目。

南杰嘉波与江措大头目并肩出了船城，过了大族，直奔卡车沟。

进了沟口，路没了，路被一堆药材挡住了。看到一个人，正在打磨一截骨头，可能是虎骨也可能是豹骨，在七彩的阳光下，灿烂如舍利。他埋着头，拖着厚重的袍子，听到马头上的铃铛声，并没有转过脸来。

> 卡车河的水来自天上的花尔干山
>
> 照过神明的影子
>
> 光盖山深处的白色火焰
>
> 不只是上师的福祉
>
> 大地左手给了青稞右手给了罂粟
>
> 青稞治愈饥饿
>
> 罂粟腐蚀骨殖
>
> 一切将停止轮回
>
> 这些贝母、川芎
>
> 不能挽回清洁的水源
>
> 只得还给天上
>
> 还给日月与光华
>
> 这些麝香和寒水石
>
> 不能化解贪嗔痴
>
> 只能还给树根

> 还给黑暗
>
> 用黑色韬光养晦
>
> 身后的马啊
>
> 老朽的眼睛已经腐朽
>
> 恕不能转身回眸
>
> 无论身后是尊贵还是卑贱
>
> 清者自清浊者自浊
>
> 天的归天地的归地
>
> ……

南杰嘉波和江措大头目下马，对着老人的后背施礼，凝望仁钦曼巴的瘦削的身子，琢磨他说的话。"白狼"之战后，南杰曾建议青冈接仁钦曼巴到官寨居住，一方面尽女婿的孝心，另一方面把藏医药精髓传承与寺院的曼巴。可是仁钦曼巴不肯，他说女儿嫁了人就是羊归了圈，跟父母隔着羊栅栏，两家人不喝一锅茶。

老人始终没有转过脸来，不愿意面对他们，不再说一句话。

南杰嘉波和江措大头目已经领会了老者的语意，向他鞠了一躬，他们绕道向一片浅滩借路。到了一个岔路口，南杰嘉波和江措大头目一合计，兵分两路。江措大头目率人进光盖山，南杰嘉波携索郎大头目的两个戈什进什哈村。此次索郎大头目只身出暗门，没有带两位戈什。得到房科的指令，让他俩陪南杰嘉波去朱扎。两个戈什知道，朱扎的屁股底下有索郎四老爷的屁屁，此次这么突然，恐怕不是两个戈什能够摆平的了。他们的心就提在了脑门儿上。

由于走的旁道，他们悄无声息地进了大总承所在的什哈村。村落周围的土地生着，灰突突，板结着，至少两季没有播种了。也有一部分稀稀拉拉的青稞和苦荞，虽然过了小满，穗子还是瘪着，蔫头耷脑地窝在地里。午后的村落安静极了，荡牛的女人娃儿们还没有返还。搭板房的牛粪墙下斜靠着一些牛毛口袋，细看却是一些男人。他们打着哈欠，流着鼻涕，像一堆被扔掉的下水。

有人看到了索郎大头目的两个戈什，先入为主地以为后面跟着的人一定是索郎大头目了。

听到索郎四老爷来了，有人调转了屁股赶紧往自己板房里跑。即刻，村落里的人都知道索郎四老爷来了，纷纷调转身子躲藏起来——除了大总承和他的一些心腹小总承，别的人是不敢和官寨的老爷照面的，所以很多人是没有见过索郎大头目的脸面的。

索郎大头目的两个戈什带路，迟疑着往大总承的衙门走。可怜大总承一早就喝得烂醉，挂在上马石上，瘦得像一副羊腔子。真没想到朱扎七旗最肥的一个差事，居然不养人，还把身子亏下了。

一锅茶还没有煮好，告状的人来了。所有朱扎的人都知道，索郎四老爷最喜欢断官司了。朱扎户大人多，东家的牛吃了西家的草，西家的男人拐了东家的女人，大总承除了秋后收租子，一年四季的活计就是断官司。百十多户上千众人，哪有勺子不磕锅的，几乎每天都有官司走在通往大总承衙门的路上。打官司就要出钱缴物，破财免灾么，大总承的衙门就是靠着打官司人的鞋脚钱供着。如果朱扎哪一阵消停了，大总承心里就有点急，这相当于养着一窝母鸡不下蛋了，谁都会急。于是放几个小头目在各个旗捣鼓一下，没过几天，铜板穿在牛毛绳绳上，像一尾尾的鱼游进了朱扎衙门。或者有了棘手的案子，被告还是个有钱汉，那大总承就拖着，等着索郎大头目来，索郎大头目可是断案的好手啊！

发起诉讼的受害的一方叫作苦主。南杰嘉波眼前的苦主是个女人。她从门槛外几乎是爬着进来，她把花白的头发苫在脸上，她从脖子上摘下一串铜钱，那钱被磨得锃明瓦亮。她哆嗦着好半天没说出一句话。南杰嘉波示意戈什给她端了一碗酒，酒灌进嗓子眼儿后，她哇地哭出声来——

索郎四老爷救命啊！

有了酒壮胆，她哭一会儿说一会儿歇一会儿，所有的人都听明白了——

两个月前什哈村里的男人们去山里割烟……

南杰嘉波的余光看到，站在两侧的四老爷的两个戈什在瑟瑟发抖。

女人说，女人的儿子和小总承的儿子是一组，两个人一组是相互监督，不可私藏烟膏。后来小总承的儿子起了邪念，他从怀里掏出一块油布，包了一疙瘩烟膏埋进做了记号的山洞里，说卖了私烟的钱两个人平分。如果女人的儿子不依，就威胁说，油布是女人儿子家的。大总承交代的活计做完之后，他们俩谎称到岷州买雪蜜孝敬大总承。他们从山洞里取了烟膏到岷州卖了个好价钱，路上分赃的时候，小总承的儿子烟瘾犯了，想独吞银子，再把烟膏买回来。两个人动手打了起来，女人的儿子就被小总承儿子捅死了。人死了不能复生，问题的关键是赔命价。一个壮年男子的命价至少是八十头牛，可小总承仗着手里有绿松石，是大总承的亲家，他只给女人家八十只羊就抵了一条人命。小总承的儿子整天还在死了儿子的寡妇母亲面前晃来晃去，该吃糌粑吃糌粑该抽大烟抽大烟，这就像一把刀插在了母亲的心上。

苦主陈情完毕，被告进了门。一个长着鬼脸的家伙，看不出年龄。他似乎很懂规矩，帽子和靴子脱在了门外，身上的一把藏刀放进一个盆子，挓着双臂让戈什检查了他的全身。他跪下来说，给索郎四老爷请安！

他埋着头几下就蹿到了南杰嘉波的身边。他抱住南杰嘉波的腿，念经似的说着什么。南杰嘉波感觉到他在往他靴子里塞着什么，冰凉，硌人。

南杰嘉波抬起一条腿，一脚就把他踢了个四脚朝天。这时酒醒了的大总承扑进来，看到眼前的人是南杰嘉波，不是索郎大头目，即刻昏死过去。

再醒来时大总承被倒吊在一棵树上。他的南赡部洲整个颠倒了，他看到的是眼前的黄土，是埋葬他的黄土，他一定是没有资格上天藏台了。他的身上糊满了稀牛屎，屎壳郎正往他的鼻孔里钻。他张了张嘴，还可以说话，他叹了口气，趁活着赶紧说话吧。

索郎四老爷从岷州带来了一些种子，说是一种药材叫阿芙蓉。他命令大总承撒在翻过光盖山扎尕那的一片林地里，果实成熟了四老爷用银子来收。大总承召集一些心腹，一些小总承家的男丁进山。进山的男人到贡巴寺发咒，对所做的事情守口如瓶。种子撒进一片四面环山的林地，这片地是四老爷亲自踩的点，山大沟深，周边的人几乎没有人知道它的存在。土地潮湿温润，经年的落叶使土质肥得像浇了酥油。花开之后，一片雪白，让深山的夜晚变成了白昼。药材一结果，男人们就进山，谎称到光盖山找一种让人起死回生的仙药。他们从蒴果上割出白色的液体，在容器里阴干，这时人们明白了，这不是大烟吗？过去他们知道大烟开着红花，没想到，开着白花的也是大烟！

卓尼川的人都知道，南杰嘉波禁烟，种烟就割头。可彼时已上了贼船，想调头也得死啊。第一年交了烟膏拿了赏银，想着以后洗手不干了，回去种青稞荡牛打猎挖药材。可是钱到手太容易，比种青稞砍柴荡牛轻省得多，收不了手啊！来得容易去得也快，稀里糊涂地，很多男人染上了大烟。第二年，又到了下种子的时候，鬼使神差地，双腿又迈进了光盖山。一旦做上这个事，别的事都不想做了，只得把脑袋别进裤腰里，活一天算一天。地荒了，人废了，女人们怀不上娃了，连牲畜的肚子都瘪了。

朱扎的女人们远远地站着，手里提着空牛毛口袋，而那些进过山的男人转眼没有踪影。

不知道是哪一个聪明人先反应过来的，来者不是索郎四老爷，是管着索郎四老爷的人，那不是官寨里的嘉波就是天上的神仙。他们肩膀上的多脑要先上天藏台了。一个人先往村外跑，所有的跟着这个人往村外跑。他们埋着头跑，跑得死去活来，直到太阳落山，他们跑到了目的地，他们把自己扔进那一片望不到边的白色花海——天哪，他们怎么跑到这里了，这是让他们醉生梦死的地方，孤注一掷的地方，缥缈如天堂的地方，但是此时，这不是往棺材里跑呢吗？他们还没来得及抱怨，就看到那白色的银子似的花不在茎上了，全部萎谢在地。

官寨里的人，传说中的江措大头目，它是卓尼嘉波的手臂，砍掉了所谓的阿芙蓉的多脑，白花花地铺了满地。仿佛他们自己死了，一个个抱头痛哭。这是一个世代安静的地方，没有过这么大的动静，鸟们扇动着翅膀，树上的叶子纷纷落地。

凡是种过大烟的抽过大烟的，都被倒吊在树上，像一只只猴子。他们的女人和娃儿碰撞他们，让他们晃动，荡着秋千，呕吐着，叫唤着。往他们的身上泼牦牛奶，奶是热的，烫得吱哇乱叫。据说这么一烫一吐一叫，腔子里的邪祟就从顺着喉咙眼儿飞了。

出卡车沟口，南杰嘉波与江措大头目会合。这里已经没有仁钦曼巴，没有晾晒药材也没有打磨虎骨，树枝上挂着一只篮子。篮子里边放着钩藤、羌活、附子、黄连、黄芪、当归、牛黄、鹿胎、鱼脑石、乳香……这是戒毒的藏药。仁钦曼巴给抽大烟的男人开好了戒烟的藏药。

女人们远远地站着，依然不敢抬头。一个女娃穿着破烂的袍子，脸蛋鲜红，她手里提着一只小桶，可能是一桶窝奶，小心翼翼地跟着。他们快她就快，他们慢她就慢。他们停下回过头看她，她放下手里的窝奶，摘下头上的帽子盖在桶上，转身跑了。她像一只小鹿跑得很欢快，恍惚间，不小心被树枝绊了一下摔倒了，她爬起来转过头冲着南杰嘉波的方向做了一个鬼脸。南杰的心像被什么戳了一下，隐隐地跳动。

这个女娃像极了青冈。

南杰的心中升起了一股暖流，类似于牵挂，想念。心里数着青冈离开的天数，哦，应该返还了。望一眼青冈归来的方向，心中涌起了期盼。

青冈应该快回来了。

红石崖附近的岔路口，南杰嘉波在等待青冈。远远地看到了琼雪，如一团火焰，在一朵白云下，向着卓尼疾飞。渐行渐近时，南杰看到与琼雪并驾齐驱的还有索郎四老爷的坐骑，一匹全身通黑的蒙古马，虎狼一般扑过来。

本来想就此和青冈分手，从岔路口去往松潘的索郎四老爷，看到南杰嘉波、江措大头目和自己的两个戈什，惊得差点从马上掉下来。他闭着眼睛冲过去，冲到去松潘的路口，可怜的四老爷此时必须孤注一掷，后面掉脑袋是后面的事，此时绝对不能停下来。可是冲了一箭远，他胯下的坐骑突然嘶鸣着站立起来，一扫尾巴就把主子抛下马去。它唊唊地叫着，五体着地，满地打滚儿。这时，褡裢里的银子被甩出来，像一场骤降的白雨纷纷落地。

天上的四老爷从地上爬起来，蒙了。他恼羞成怒，拔出腰上的剑，朝着马挥舞，一只马蹄带着血抛向半空中，又掉在了四老爷的怀里。那匹马长鸣一声，浑身抽搐着，翻滚着，哀嚎着，卷起蔽日的黄土。尘埃落定后，马终于筋疲力尽，一双眼睛吧嗒吧嗒地看着它的主人，淌下泪来。

四老爷扔开怀里的马蹄，长号着扑在马身上，捶胸顿足。他心疼死了，恨不得断足的是自己。索郎四老爷感觉到从身后围过来的人近了。不能悲伤，一个堂堂男人，卓尼领地的世袭大头目，卓尼嘉波的阿古，不能为了一只马蹄掉眼泪。

他得马上想出狡辩的理由。

这次他用的是转移视线法。他哗地站起身，气急败坏地抽出剑，指着江措大头目，说，我的坐骑怎么见了你就要上天入地呢？我知道这是你驯出来的马，比你生出来的儿子都听你的话。你再给它个口令，让它骑在我四老爷头上吧，让它张开嘴把我四老爷吃了吧！

江措大头目面无表情。他仿佛看着远方，若有所思。南杰嘉波冷笑着说，索郎大头目，头大的不是头人，声音高的不是歌手。不要说马，说点别的。咱卓尼川的水土好啊，地上又长出银子了？

绕不过去了，索郎四老爷嘿嘿两声。冷笑着说，皮火筒的声音再大，也按在人的手底下。在咱卓尼川，儿子比老子大！

南杰嘉波说，在官寨的炕头上你是我的阿古，可是在卓尼川，我是你的嘉波。咱们现在没必要说谁是谁的老子谁是谁的儿子，咱们说这一地的银子。

索郎四老爷梗着脖子说，我去狄道抢了镇守使的银子。他们抢我们的树，我们当然应该抢他们的银子。谁吃了我卓尼的谁给我吐出来！他向他的两个戈什挥了一下手说，把银子捡起来，交给官寨的银钱总管！啧啧，四老爷的话像刀子劈在木头上，一个字一个牙印儿，跟真的一样。

南杰嘉波说，这些大洋是朱扎七旗男人们身上的血，女人眼里的泪，是我卓尼川世风日下的罪恶渊薮……一听"朱扎"两个字，他的大胡子哆嗦了，胡子上的铃子叮当作响。索郎四老爷用眼睛瞟他的两个戈什，戈什低下头去。天上的四老爷的心咣的一声就掉进裤裆里。

南杰俯身抚摸着受伤的马，抹着它眼里的泪水，说，索郎大头目，你都容不下你胯下的一匹马，你怎么做十二掌嘎四十八旗一万两千户卓尼领地的大头目？

事到如今，头上的角再硬也硬不过斧头了。

索郎大头目一不做二不休，拧着木斗一般大的脑袋说，南杰侄儿长大了，在索郎阿古的肩膀上长大了，快快磨刀，削你亲阿古的吃饭罐子吧！

南杰嘉波说，割你的脑袋是我的不孝，不革你的官职是我对卓尼川的不负责任！

革职不割脑袋？索郎四老爷心里有数了。可是他不依不饶。我索郎本来应该是卓尼嘉波，结果帽檐子改成了鞋拔子，如果大头目也不让做了，爷还活着做什么？他把一颗多脑杵在南杰侄儿跟前，说动手吧——死猪躺在案板上了。

吃屎的把屙屎的箍住了。

南杰嘉波对身后的门兵说，赐剑，既然索郎大头目这么想死，就成全了索郎大头目，让天上的四老爷回到天上去！

索郎四老爷动作夸张地从腰上拔出剑来，在空中画出漂亮的弧线，把正午的一段阳光割得支离破碎，唰唰唰地响。

所有的人都闭上了眼睛。

他把自己头上的毛发、脸上的胡子，瞬间削了个精光。那些花白的头发，会长出银子的胡须，转眼被风刮走了。他喊着，此毛，身外之物，嘎嘎嘎！

他在剑刃上照了照光溜溜的脑袋。

他拽下腰带，用火烧成灰，捂在马的伤口上。他嘴里嘶嘶翕动着，嘴里说着乖乖，乖乖，他确实是心里在疼，抓了眼泪鼻涕抹在马身上。他满心的悲伤啊，从怀里掏出酒囊，一口气喝扁了，打了一个响亮的嗝儿。

他说，南杰侄儿啊，我得给南赡部洲留下一点声音。在河州城里逛八坊时，我听人说古今，说的是一个汉子，刀子架在脖子上临死时说了一句话，我听得是特别带劲。四老爷我心想啊，哪天我四老爷离开南赡部洲时说上这么一句话，也不枉此生。于是他摆了个马步，晃动了几下大脑袋，银质大耳环把腮帮子敲得生疼。他怒吼道：有心杀贼，无力回天，死得其所，快哉快哉！

索郎四老爷一连说了三个"快哉快哉"。

仿佛身前事处理完了，他看了一眼南赡部洲，咬着后牙槽，把一颗潦草的脑袋再一次伸给南杰嘉波，说，动手吧，我南杰侄儿不成全我我死不瞑目！

南杰嘉波拔出剑，哗的一声，在空中划出一道闪电。还没有挨着索郎大头目的脖子，四老爷应声倒地。

嘻嘻嘻嘻……

笑声从马背上传过来。

是两个女人的笑声。

马背上的两个女人一前一后，前面的拉着缰绳，后面的揽着前面的腰身，策马前行时像一对连体人。她们向着船城的方向走了。南杰嘉波只瞥了一眼后面的女人，即刻神情恍惚。

28

南杰嘉波给这个女人取了个名字叫青稞。

清晨，正是南杰嘉波去小经堂换清水供碗的时候。阿妈和青冈站在木楼上。他们听到楼下小经堂的窃窃私语。青稞和南杰一个经堂里一个经堂外，说话，说不完的话。他们是在说"君住江之头，我住江之尾"吗？隔着一条门槛，两只手拉着。阿妈不以为意，撇着嘴说，我的儿子喜欢哪个女人，必定拴在汉人的一句诗上，八成儿是我儿喜欢的不是女人，是汉人的诗啊，呵呵！

青稞住在小经堂旁边的客房，青冈住进阿妈的木楼。南杰嘉波不像过去对青冈视而不见，而是在躲闪。青冈想迎上去对他说什么时，他即刻转身走开。可是青冈不知道是从哪里来的兴奋，她一直对着阿妈笑。阿妈叹着气说，青冈太太，你去金城给阿妈买电壶，你带个电壶回来就行了，为什么要带个人呢？带个人回来也行，比如一个会做热汤拉面的厨子啦，会做丝绸汉服的裁缝啦，为什么要带回一个正好自己的男人喜欢的女人呢？我是卓尼官寨里的阿妈，嘉波的女人多了官寨里的人口就旺，阿妈自然高兴。可你是南杰嘉波的太太，拿着卓尼官仓的钥匙，你在官寨里位子不稳当，阿妈阿么能睡得着觉呢？青冈啊，你这么傻让阿妈阿么帮你呢？

又是一个娘乃节，船城里少了一个大头目。

船城里的人再没有看到索郎四老爷。索郎衙门田比过去缩小了一半，四老爷碉楼上烟囱的炊烟比过去瘦了。人们已经习惯了船城里有个跛趼的四老爷，那个骑着高头大马吆五喝六的人突然不见了，人们竟有些寂寞。他的两个戈什灰头土脸的，没有了过去的风光，给索郎衙门看家护院呢。

只见四老爷的婆娘一个人逛丛拉。人们赫然发现，此婆娘腆着个大肚子，还伸出两只手护着，生怕肚里的东西掉出来。阿尼闹，四老爷的婆娘怀上娃了。卓尼川的人都知道，四老爷年轻的时候娶来的老婆都不生娃，于是索郎衙门拴不住他的心，他到处乱逛，随手捡来女人，随手丢掉。四老爷的女人像走马灯似的，多半酒醉后黑灯瞎火的连人都看不清。自从捡来这个婆娘，带来了两个娃，索郎老爷找到了当爹的感觉，对此婆娘敬爱有加。进了索郎衙门，此婆娘的肚子一直瘪着，没生出娃来。在船城里的人很久没有见着四老爷的时候，此婆娘的肚子鼓起来了。人们左看右看，终于认定，肚子里不是酥油糌粑羊肉奶茶，是活着的喘气的，是个即将出生的娃。从此婆娘得意扬扬的神情可以看得出来这娃的出处，原来天上的四老爷回到人间烟火，躲在衙门里休养生息呢。只是这个娃来得迟了一点，他不一定是未来的大头目了，因为他的爹不是大头目了！这是铁树开了花，船城里的人预感到了一种好兆头。在卓尼人的心中，嘉波和大头目的好事情从来都是他们的好事情。尤其是喇嘛保，他们真的觉得卓尼如果没有四老爷，那人们会活得乏味的。

那个喇嘛保，日头还没出来，就把掌嘎里的牛羊吆了出来，吃坡上的新一茬草。牛羊吃草，他抱着命根子喇嘛槊，等人说话。他在等四老爷出来打猎呢，他要感谢四老爷把菩萨女儿给了他。他没有看到四老爷，他看到汉人地主了，汉人地主背着粪篓子过来了。

心地善良的喇嘛保不计前嫌地远远地迎上去，像对待一个亲房里的人那样，热乎乎地说，那个谁，你做梦了吗？没等王十全说话，他就说，我做了，我梦见索郎四老爷生儿子啦！

怎么说呢，喇嘛保总是和汉人作对，为此挨了不少柳条。其实没有人看透喇嘛保的心，他是羡慕呢，嫉妒呢，向往呢。

汉人地主王十全满脸堆笑，让喇嘛保受宠若惊。汉人信奉和气生财，银子是跟着会笑的人来的。王十全将了一下胡子，此时他有了胡子。汉人有个讲究，子女们长大要婚嫁了，即将升辈儿的男人就要蓄胡子了，以示威严。王十全的儿子也就刚刚开锁，他留胡子还早了点，可是汉人讲究先人一步。他慢悠悠地说，索郎四老爷生娃是个好事，我瞧着菩萨女儿也快给你生娃了。你如果也当了爹，我送一只老母鸡给你下红蛋，最后把鸡婆子还我就行了。

啧啧，听听，还要把鸡婆子还回去，狗日的啬皮子！可是无论如何，王十全说的话喇嘛保爱听，心里着实欢喜。他学着汉人抱着双手作揖，像个懂事的旱獭。虽然闻到了王十全背篓里一股一股的屎尿味道，他还是翕着鼻子说，哎呀王地主身上一股烤馍的香味。这话让他说着了，王地主从怀里掏出一块馍递到他手里说，嗟，大粪是臭的，馍是香的。喇嘛保附和着说，哦呀就是，大粪越臭馍越香，哦呀就是。喇嘛保说的也是心里话。起初卓尼人那么反感汉人种地上大粪，现在似乎已经接受了这个事实，上了大粪的馍就是香！其实人们接受一种做法很快，没几年的工夫。

这个娘乃节，船城里多了一个女人，空气中氤氲着一种神秘气息。身着盛装的女人们脚步很轻，卓尼大寺的经筒嗡嗡嗡犹如一片低飞的蜜蜂，连洮河水也流得敛息静气。到了夜晚，人们坚信，总会有一些祈盼的事情发生。官寨的高墙外燃起冲天的篝火，锅庄舞跳起来了。青冈和青稞手拉着手跳跃着，一个欢快一个羞涩。青冈敦厚亲和，浑身散发着活力。青稞并不是一个漂亮女人，但她是从外面来的，她的清新雅致，让人感觉在哪里见过似的。卓尼嘉波的两个女人如此亲密，带给船城人无比美好的想象。官寨的木楼上，南杰嘉波和嘉波阿妈向着跳舞的人们招手，青冈和青稞仰着脸看着她们的心上人，整个南赡部洲的天空豁然开朗。一切都是那么祥和，繁星满天，河水淙淙，青稞小麦豆子胡麻芫根蕨麻虫草，牛马羊猪鸡獒兔獭虎狮熊豹鹰鹫雁雀，万物生长。

阿妈端详自己的儿子。从儿子的眼神可以看得出来，南杰爱这个女人。这个女人跟前面的太太不一样，跟青冈太太不一样，跟嘉波阿妈见过的所有女人都不一样。这个女人会又一次摄取南杰儿子的魂魄吗？又一个危险逼近，嘉波阿妈又牙疼了，她捂着下颏，唵嘛呢叭咪吽。

看上去一切都是安静的，缓慢的。小经房里一对影子，说不完的话。脸蛋儿和两个孩子也很安静，他们出入官寨不再是脸蛋儿拉着两个孩子的手，两个孩子长大了，他们挽着脸蛋儿的胳膊，像兄弟姐妹。

脸蛋儿看了一眼青稞，心里就明白了，真正的对手来了。因此她绕开走，脸上带着莫名其妙的微笑。在一筹莫展无计可施的时候，微笑着，无可奈何地微笑，等待天黑或者天明，是最好的姿态。可是阿妈有点急了。南杰向她请安时，行过礼就匆匆离开，生怕阿妈用一句话拽住他。

嘉波阿妈拉起青冈的手，几步就到了楼下的小经房。小经房的门开着，竹索其玛才换了新鲜的五谷，金黄灿烂。看到南杰和青稞，阿妈还是愣住了——多么好看的两个人啊，天设地造的一对玉人。说什么都是多余的，阿妈只得直截了当。阿妈把青冈往南杰跟前一推说，我是嘉波阿妈，我有一句话必须说，有了新的女人也不能冷落旧的太太。卓尼土司官寨五百年十九代，有过近百个太太，都不得厚此薄彼。

轮到青稞愣住了。原来救她出虎口的恩人青冈，一会儿是戈什一会儿是丫头，一会儿女扮一会儿男装的青冈，是卓尼嘉波的太太！

南杰、青冈和青稞脸上都现出难色。嘉波阿妈装着没看见，继续说，南杰是卓尼嘉波，娶多少个太太他说了算，但是娶哪个太太我说了算。你们汉人不是讲究媒妁之言吗，我们卓尼人也是。青冈是明媒正娶的，是卓尼大寺的活佛择的日子，我们卓尼官寨不休妻。你们汉人讲究旧的不去新的不来，我们藏人讲究，谁家锅台上也不怕多一只木曼。青冈在先，山高高不过天，青冈是大的，就这样！

青冈挣脱阿妈的手向后退。从青稞惊诧的表情、南杰尴尬的表情，青冈意识到，原来有了青稞就不能有青冈！他们汉人三妻四妾，他们汉人的皇帝七十二嫔妃，而南杰嘉波的太太只能有一个？她的眼睛在他们的身上转换，天哪，他们一对璧人，一个江之头一个江之尾，江之头和江之尾合在了一起，他们就是整个的一条江，不能有别人！

但是青冈是卓尼土司官寨的太太，在白石崖寺他们双双对着祖宗跪拜。青冈喜欢南杰嘉波，因此南杰嘉波喜欢的就是青冈喜欢的，青冈也喜欢青稞。难道他们中间有了青冈就太挤了吗？这让青冈怎么办呢？青冈不想让南杰看到她的眼泪，她转身逃也似的离开，一头扑进那扎那，除了那里她不知道应该去哪儿。厨娘正在烧茶，青冈接过木勺，扬茶，眼泪不断地流。厨娘吓得赶紧蹶在地上，往炉膛里添柴，火太大了，茶从锅里溢出来。青冈终于哭出声来，她扔下木勺，抱住厨娘失声痛哭。厨娘自言自语地说，你是大太太，你怕什么？

船城的人们发现，过去的私塾院盖起了很多房子。聪明的汉人地主说，这里很快就变成一个学校了。

很快藏人也明白了，这个叫学校的地方，与新来的女人有关。

汉人地主对自己的婆娘说，给王卓尼缝个书包准备念书吧。婆娘拧着屁股说，都快说媳妇了念哪门子书啊。汉人地主王十全朝着婆娘的沟子（屁股）上踹了一脚说，你想让他也跟我一样戳一辈子牛屁股呀？

这个叫作学校的地方，被一片柳树包围着。两排汉式土坯房，墙壁上均匀地抹着一层掺了碎青稞衣碎麦衣的黄泥，在早晨的阳光下，墙面竟然闪闪发光。每一间房子里有木头做的桌子和板凳，门上写着"汉文教室""藏文教室"。"教室"，这个新名词卓尼人闻所未闻。更超出卓尼人想象的是，这些教室的窗子是水做的，从外面往里边看，一览无余。

首先进入教室的是官寨里的脸蛋儿。她一只手挽着少爷一只手挽着姑娘，她示意两个孩子给青稞鞠躬，之后自己也给青稞鞠躬。脸蛋儿一如既往地对着青稞笑，她笑得气定神闲，这是汉族女人对汉族女人的笑，笑得心领神会。

后面来的是青冈。她也对着青稞笑，眼睛水汪汪的。青稞的表情羞赧着，面对这样的眼睛谁都会觉得无所适从。

汉人的娃们是自己来的，有男娃也有女娃。卓尼嘉波说了，女娃上学免收学费。汉人的娃背上背着书包，里边放着二斤麦子或者蕨麻或者三尺细布。藏人的娃姆妈领着来的，姆妈不是送娃上学的，他们是来看稀罕的。看官寨里新来的女人什么样的，看水做的窗子什么样的。卓尼人除了经文是什么字都不想学的，学经文也是寺院阿克的事，普通人会念经就行了。他们认为，如果脑子里钻进别的东西，那人就会变成别的人，一个人变得不是自己了，那是十分可怕的事。

透过水做的窗子，女人和娃们偷偷地看青冈太太从外面带回来的女人，相亲似的羞怯。说不出女人有多好看，干净，明亮，轻盈。从外面来的人，一个人一个样，不像卓尼的人，个个都钻在袍子帽子里，一箭之外根本看不出谁是谁。这个女人眼睛里有好多他们不认识的东西，更让他们好奇。他们怯生生地靠近窗子，躬下身子抬起手，摸一下水做的窗子。触一下，又触一下。阿尼闹，哪里是水，分明是冰么！

掌嘎里头人的娃虽然拧巴着身子，大部分还是来了。他们不敢违背卓尼嘉波的指令，头目头人家的娃要带头上学。坐在板凳上的，大的大小的小，高的高矮的矮。没想到的是，脸蛋儿、青冈、菩萨女儿、喇嘛保，还有一只獒也坐在后面，他们也是来当学生的。

青稞看到，汉人地主家的娃官名叫王卓尼的，正在揪前面女娃的辫子，这个女娃是南杰嘉波的姑娘梅朵。二十年前的一幕重现了——十三岁的南杰在临潭的学堂里，他揪前面的女娃的辫子，女娃转过脸来——沧海月明珠有泪，蓝田日暖玉生烟。这是把他们挽在一起的绳子，可是绳子还是断了。脸蛋儿想结上这根绳子，可是这根绳子不可复制，南杰嘉波心里没有脸蛋儿。

好吧，第一天，青稞教的两个字是：玻璃。

少爷坚赞看着窗子上的玻璃，疑惑地问，玻璃是天上掉下来的还是地上长出来的？在卓尼人的认知里，云是天上长出来的，鸟是天上飞下来的，青稞种子是鸟嘴里衔来的，动物是神明派风马带到人间的，人是猴子与罗刹女生出来的，嘉波最终是要沿着天绳升遐的，山是石头里长出来的，河是水里长出来的，植物粮食是地里长出来的。一切都有因缘。

青稞耐心讲解了玻璃的特性和由来，并打了个比喻说，青冈太太的心就像是玻璃做的。

卓尼人恍然大悟。他们都喜欢青冈太太，那是因为青冈太太像玻璃一样纯净而明亮。

自从那天嘉波阿妈捅破了那张纸，青冈和青稞的心里都不能平静。她们彼此喜爱，却扮演着两个如此尴尬的角色。天知道她们以后应该怎么相处。练习用毛笔的时候，青冈写字的姿势很娴熟，她微微低着头咬着嘴唇，一笔一画地写着什么。青稞走到青冈身边，青冈把纸上的字捂住了。她抬着头眼睛吧嗒吧嗒地看着青稞，渐渐地溢满了泪水。

"君住江之头，我住江之尾。"

青冈深深地爱着南杰和青稞。

无论如何，柳林小学的出现在船城掀起了不小的波澜。从一个班扩大到几个班，南杰嘉波从岷州请来了秀才先生，红笔师爷也坐不住了，拖着二尺长的胡子教汉藏两种文字。大人们有事没事也到学校听先生讲课，他们坐在窗子下面，透过水一般的窗子看黑板上的字，用一根木棍在地上画着。

小鸟小

大鸟衔食来

给小鸟吃

小鸟大了

大鸟老了

小鸟衔食来

给大鸟吃

哦，人们明白了，人活着就是这么回事啊！老的喂小的，小的养老的，世代轮回，不一而足。在南赡部洲活着就这么简单。但是这个简单的事每天都要做，如何做，就不那么简单。做完了一辈子就完了，转世到下辈子，再从头开始。这么简单的事情过去阿么没有想到呢？

可是人们马上听到，我们吃喝拉撒睡的这个南赡部洲，不是在天地之间，而是在一个圆形的球体上，像藏人娃儿抽打的毛杂，圆的，还在不停地转着。

人在岸上望海船，见甲船全身时，乙船只见桅杆，丙船则全不见，可证地为圆形。

青稞拿出一个西瓜，上面画得花花绿绿，在手里转来转去，她说这就是我们生存的世界，佛教中称作南赡部洲。她伸出尖尖的手指指着一个地方说，这是卓尼，是地球上的一只芝麻。

阿尼闹！卓尼人晕了，天旋地转。看看上面的天，看看下面的地，除了嘛呢旗和树梢，什么都不动啊，怎么就像毛朵那样转呢？纵使说得天花乱坠，卓尼人打死也不信，南赡部洲在一个圆球上，并且在不停地转动。

中国。紫禁城。甘肃。金城。卓尼。在一张地图上。

在地图上，中国的版图是一片秋海棠叶。甘肃是整个倒着游动的金鱼。那卓尼在哪儿呢，哦，大概是一只金鱼的眼睛。

卓尼人想不通，人怎么一会儿活在一只西瓜上，一会儿活在一张纸上，汉人的事情让藏人摸不着头脑。

汉人的东西装进藏人的脑子里，相当于窝奶里掺进了辣椒，难受不难受舌头知道。百灵掌嘎头人的娃儿不来上学了，他晚夕睡着了总是梦见从那个皮球上掉下去。他哭喊，发烧，甚至口吐白沫。请寺院喇嘛来念了经，把脑袋里的东西驱除出去。至于喇嘛怎么把脑子里的东西清除出去，只有喇嘛知道。

骆驼掌嘎头人娃儿的姆妈说，她不想让自己的娃儿活在一张纸上贴在墙上，不想让娃儿睡在一只西瓜上，不想让脑子里装进砖头一般的汉字，最终变成一个汉人，死了进棺材，不能轮回转世。

学生越来越少，青稞有些心灰意冷。百灵掌嘎头人的娃儿被姆妈牵着进了学校，推搡到青稞先生跟前，说，求你把娃儿多脑里的魔障取出去吧。

"来，让我看看他脑袋里的魔障！"

女人抬头一看，一把把她的娃儿拽趴下，跪地叩头。

南杰嘉波从后面的书桌旁走过来，把娃儿拽在跟前。娃儿没有这么近距离地见过南杰，歪着脑袋看，不认识，袖口抹了鼻涕，傻笑。

你多大了？

十二。

想骑马打枪呢还是想进寺院当阿克呢？

娃儿搔搔头说，想当土司……活佛也行。

哈哈哈哈，南杰嘉波说，这个娃儿脑袋里装着神灵呢，以后可以给我当书记官！

青稞无意中收拾行李物品，青冈以为她要走了。

青冈闯进小经堂，眼睛看着青稞，吧嗒吧嗒地掉眼泪。这是青稞进卓尼官寨以来，她们第一次单独面对。

青稞妹妹，我们活在一只西瓜上，南赡部洲没有几个人能活过百年。也就一眨眼的工夫，我们很快会从这只西瓜上掉下去。这只西瓜太小了，盛下青稞就盛不下青冈，是吗？

青冈姐姐，不是这样的。我第一次逃婚，是从我的老家凉州逃到金城，我在那里见到了南杰。第一眼看到他，听到他的声音，我就渴望他成为我的归宿。第二次是被河州镇守使的小舅子抢婚，是你出手相救，不然到达河州的那一日便是我的死期。你救了我，是我的恩人，你把我带到心上人的身边，我应该报答你。可是我不知道你是南杰太太……

你做南杰太太就是报答我，南杰想要的就是我想要的！

可是你是南杰的太太，我伤害了你就是伤害了自己，伤害了南杰。

我做南杰的太太，你也做南杰的太太，我喜欢南杰也喜欢青稞，这阿么能叫伤害我伤害南杰？我们卓尼人有句老话，一个嘴里容不下两个舌头，一口锅里煮不下两颗牛头，但是，我的腔子里能放下两颗心，我要把南杰和你都放进我这里！

青冈拍着自己的胸脯。

青冈姐姐，我怎么说你才能明白，自由和平等……

我知道，自由就是想喜欢谁喜欢谁，平等就是一碗大茶要端平。你喜欢南杰就做他的太太不就是自由吗？南杰让我拿着官仓的钥匙让你拿着学校的钥匙，不就是平等吗？

这么说吧青冈姐姐，一夫一妻，一个丈夫只能有一个妻子，是每一个女人的尊严，自由和平等才能实现作为一个人的尊严。而我的尊严会伤害到你。

青稞姐姐，南杰他是土司，就是你们汉人的皇帝，你们的皇帝难道是一夫一妻吗？

现在是民国了，已经没有皇帝了。

可是我们还有土司……

厨娘进来送过一次酥油茶，转身时她不经意地碰了一下青冈的胳膊。

青冈向外面看了一眼，见脸蛋儿坐在木廊上，手里摇着一把扇子。卓尼的夏天不需要扇子，况且是深秋。脸蛋儿并不是热，而是让人知道她有一把绢丝的扇子，这把扇子是前面的太太留下的。脸蛋儿脸上的表情一如既往地淡定。过去她只有青冈一个敌人，现在第二个敌人出现了，反倒轻松了，她可以坐山观虎斗。

这个乍寒还暖的秋天下午，官寨里最后的一朵紫斑牡丹谢了，阳光照耀下的回廊上的砖雕暖烘烘的。阿妈扶着墙，用手摸这些热烘烘的砖雕，她自言自语地说，热头啊离我真近。

两个女人争执的声音不知道怎么就传到了官寨外面。木楼上晒热头的嘉波阿妈发现，掌嘎里的人们围坐在官寨外面，大部分都是女人和娃儿。船城里有个习惯，如果掌嘎里的人集体有话说的时候，人们就在官寨外面围坐，因为有很多人没有资格出入官寨，即使在船城活一辈子，有的人也从未进过官寨。因此他们隔着一堵官寨的墙，隔着两肘宽的夯土墙上不断走动的门兵，裹着袍子坐着，仰脸望着木楼。

这些掌嘎里的女人想说什么呢？

他们想要青冈太太，也想要青稞太太。不能有了青稞太太就没了青冈太太。一个藏人太太，一个汉人太太，番遇到汉，是酥油遇到茶，茶找到盐，这不就是南杰嘉波想看到的吗？官寨里的太太越多越好，地里的青稞越多，官仓的粮食越多。洮河边种小麦也种大麦，山坡上开着凤毛菊也开着紫斑牡丹……

活羊道上的看林家阿妈回来了。领羊房子的羊掌柜带着伙计们回来了。这些走过外面的人换了新的衣裳，褡裢里装着一张纸回来了。这张纸不是娃儿们写"小鸟小大鸟衔食来给小鸟吃"的纸，这是一张银票。

南杰嘉波正在给义利社新开的银号开张，这张银票是义利社兑换的第一笔银子。

女人们仿佛不认识自己家的男人了，有点羞怯地踅过去看自己的男人。哦，男人的眼睛不一样了，从外面回来的人眼睛都会变成这样。

看林家阿妈说，我给羊们念了经磕了头，羊们都超度了，投胎了，转世了，说不定啊又转到你家牲口圈里了，哈哈哈。人们发现，看林家这个老婆娘，每一次从外面回来都老一层皮，但说话的声音还像一头骟雌牛，仿佛腔子里装了外面的风回来了。

入冬了，汉人们翻不动地了，开始捡粪了。船城开始越冬。不是谁家的女人生了，就是谁家的羔落地了。女人们忙得脚后跟打着后脑勺，但她们的男人们懒洋洋地晒热头，并且碉房里米箱子里的粮食见底了。这个时候不应该没有粮食了啊！

一个戴着银狸帽子的年轻人，骑着一匹雪白的蒙古河曲马，从迭部方向飞驰过来，临近木耳桥，正在测量电站的江措大头目冻得满脸通红，看见儿子丹增向着自己跑过来。

29

姆妈做的狸子皮帽子，戴在阿爸头上。袍子里掏出几只鸡蛋塞进阿爸手里。丹增已经长成一个玉树临风的小伙子，由于与父亲在一起的时候少，看见父亲有一点局促。

阿爸快去迭部，迭部有人倒贩大烟，迭部的大烟已经流入卓尼了！

入冬以来，首先是菩萨女儿发现掌嘎里有人抽大烟。她有时把织毛机搬到嘛呢康，有女人们借用机器织褐子，收几个铜板的损耗，听到一些女人说家里的炒面没有了。或者织了呢子到丛拉里卖，有一些掌嘎的女人到丛拉里换粮食。这个时候不应该没有粮食呀，菩萨女儿很奇怪。紧接着，一个夜里，獒在叫，声音非常奇怪。她靠近帐篷，喇嘛保的帐篷里飘出奇怪的味道。她打开柳条门一看，喇嘛保和他的连手躲在帐篷里抽大烟，獒蹴在他们旁边打哈欠呢。獒不再是喇嘛保的魂儿了，改成大烟了。

掌嘎里的男人们冬天闲着，通常骑着马出去打猎喝酒交连手，哪一家的男人猫在碉房里不出门，说明活得孽障。而今年男人朝着纳浪的方向走得多，再往前走就是岷州。岷州其实是卓尼的女人们感到神秘的地方，有一句话说，岷州太小，女人太嫽，岷州的女人到了夏天露大腿。于是她们把岷州的女人和那个大腿上和面的女人联系在了一起。呸呸呸，岷州的女人都是那样的，两腿之间会生出虫子。她们起初以为家里的男人把粮食拿去换了女人的大腿，渐渐地她们发现不对，男人身上不是女人味儿，刺鼻的烟味直让人打喷嚏。男人在抽大烟！她们不敢对别人讲，传到官寨里吃柳条，软塌塌的男人遭不住呀！

菩萨女儿拽着喇嘛保进官寨。喇嘛保一见南杰嘉波，大腿上的毛就抖进了裤裆里，一眨眼就和盘端出。

今年碉楼里有粮了，手里有钱了，他们约着去岷州看女人的大腿。路过纳浪碰到迭部的人，请他们喝酒抽烟。等他们抽窝曳了，把烟膏换给他们。就这样卓尼的炒面跑到了迭部，银子和铜板跑到了迭部。碉楼里的米面箱子就空了。

大总管怒火冲天，把喇嘛保拉出去。喇嘛保哭天抹泪的，脱掉皮袍，塞给菩萨女儿。央求大总管道，柳条粗点。大总管说，打你糟蹋了很多柳条，今儿个不用柳条，把腿伸出来！喇嘛保战战兢兢伸出一条腿，闭上眼睛。大总管用一个尖头的锤子在他的踝骨上一砸，喇嘛保尖叫一声，像狗抖动着一条腿，没了气息。这是卓尼官寨最新的一种处罚方式——砸骨拐儿。

迭部的大烟从哪里来的呢？江措大头目和儿子丹增进了官寨。

丹增说，岷州和纳浪、迭部交界处的深沟里，有一块飞地，有岷州和迭部的人在那里种大烟。是索郎大头目进山打猎发现的，烟都割了，烟秆子在地里站着呢。四老爷把迭部种过烟割过烟的人找到了，吊在树上打，死了一个人。

南杰嘉波跨上了琼雪。

南杰嘉波在前，江措大头目和丹增随后，奔向木耳桥。过了羊化，发现青冈也跟在后面。南杰勒住马头说，回去，照顾阿妈和青稞！

进了飞地，四老爷已经严阵以待。他的身后是上下迭的长宪，像几个毛褐口袋蹲在地下，脑袋上有毛的地方都结了冰霜。

有一阵没见四老爷，四老爷的脸比过去黑了，瘦了。他新长出来的大胡子雪白，这让四老爷一下子变得慈祥了。看来四老爷最近辛苦了。

他给南杰嘉波施过礼，神情倦怠地说，阿古我不舍昼夜风餐露宿，终于可以将功赎罪了。他也眼看着江措大头目说，你的江措大头目只顾筹备什么电站，为的是投你所好，邀功领赏。迭部的人在山里种烟，种植的面积比朱扎的大十倍。可恶的是迭部的人跟江措大头目一样的心眼，他们只卖烟不抽烟，把大烟贩到了卓尼甚至进了嘉波眼皮底下的船城。现在卓尼人的粮食和银子进了迭部。现在卓尼的男人羸弱，迭部的男人强壮，呵呵，以后卓尼官寨要搬进迭部了。

南杰嘉波说，索郎大头目言过其实了，一团麻要理清楚了才能织白麻衫。无论如何索郎大头目打死人是不应该的。

四老爷争辩道，不是我打死他的，我的柳条还没挨着他的屁股呢，是他自己把自己吓死的！我已经派我的戈什去处理后事，还要怎么样，难道让我四老爷给他赔命价？

下迭的长宪像个碌碡滚过来，给南杰嘉波和江措大头目说明原委。

事情是这样的，一个河州的脚户经常出入岷州及其纳浪迭部地界，他是个走南闯北的人，非常会讲故事。他的身边老是围着周边一些游手好闲的懒汉，听他讲故事画饼充饥。开春，他给人们发了一些种子，包括一部分下迭的人，暗示人们种在岷迭卓交界处一条三不管的深沟里，说是撒了种子，靠天长着，熟了他来收烟膏。每十钱膏子一个银元，天知地知你知我知。秋天他来收烟膏的时候，他用的戥子跟我们的不一样，我们的戥子十钱到他的戥子上就成了七钱，他付的银元用手一掰就断，石头一砸就碎了。聪明一些的迭部人把烟膏藏了一部分，再不露面。迭部人想把这些烟膏变成银子或者粮食，不敢往岷州去，怕碰到那个人，就往纳浪大族卡车沟朱扎和船城去了。

那个吊起来就断了气的是朱扎前大总承多吉的儿子。多吉被削职之后，他的儿子不服，到处拉拢人想东山再起，正好碰到了这个好事儿，想筹点银子。割烟的时候他雇了人收获最多，他卖了大价钱。

四老爷打断长宪的话说，你嘴里牙岔骨多得很，都是你们迭部的人，朱扎的只有一个。你说，那多吉的儿子是不是我四老爷打死的？

长宪说，四老爷只是让我把他倒吊在树上，柳梢梢都没有碰着他。他是又贩烟又抽烟，身子弱得像个羊腔子，一倒吊起来，肠子掉进腔子里咕咚一声，就把他吓死了。

这回答让四老爷满意了。四老爷与朱扎的多吉有交情，本来是不想动多吉儿子的，可又怕不服众，也就做个样子把他吊起来。没想到他那么瓢，即刻就翻了白眼。

事情的来龙去脉清楚了，该着索郎四老爷不饶人了。我四老爷犯的错是个指甲盖儿，江措大头目犯的错是个拳头。并且这一事件导致了迭富卓贫，对官寨构成威胁。江措大头目在迭部根底深厚，迭部的人用大烟腐蚀卓尼人，江措大头目意欲何为?!

南杰嘉波说,索郎大头目辛苦了,但也不要扣这么大的帽子。孰功孰过回官寨再作评判,眼下重要的是尽快解决问题。

脚户是谁?他不是卓尼土司领地的人,种的又是三不管的飞地,卓尼土司奈他何?只有管理好自己人自己的地盘。迭部山大沟深,深山里的一些林地几年都没有人出没,春种秋收,就像鸟儿飞了个来回,根本无人知晓。

销毁迭部人手里的烟膏,五户一保,互相监督连保连坐。长宪总管部落里人口涉烟,收回兵马田和林地,永不得续任。迭山以北洮河以南的几个旗包括朱扎染了烟毒的人,用藏药方子和冰糖戒烟。

卓尼嘉波和江措大头目索郎四老爷同时出现治理烟乱,对整个卓尼领地产生了震慑。江措大头目过家门而不入,迭部的人知道了事态严重,担心累及江措大头目,心中惴惴不安。

离开下迭,天气寒冷,口干舌燥。看到前面雾气腾腾的,走近了,一个妇人正用三块石头架着一只铜壶,熬茶呢。旁边一个戴着狸子皮帽子的小子在添柴,火焰红得能灼伤人的眼睛。南杰一行下了马,妇人给来者行礼,始终没敢抬起头。

这就是陪了八十头白牦牛嫁给牦牛江措的女人。她端了第一碗茶先敬了索郎四老爷,之后是南杰嘉波和自己的丈夫。她低眉顺眼,嘴唇微微动着,听不到说着什么。四老爷显然是心里窝曳,喝着茶,响亮地吧唧着嘴。南杰嘉波喝了三碗酥油茶,临行时,走近茶壶又倒了一碗,敬了女人。女人没有惊慌失措,端过茶碗弯着腰背过身去,慢慢啜饮。再转过身时,三个男人准备起身了。南杰嘉波和江措大头目正值壮年,翻身上马。索郎四老爷拉着马想靠近一个树桩。女人给丹增使了个眼色,丹增跑过去躬下身子四肢着地。四老爷抬了一下脚,没忍心踩上去。他一下子变得高兴了,哈哈大笑,一只手扶起丹增,拍拍他的肩膀,指了指不远处的树桩。上马之后,还是夸赞了丹增一句:用不了多少年又是一个大头目,哈哈哈,好好孝敬你的阿妈!

江措大头目踢了马肚子,回头望了一眼,自己的女人张着嘴眼睛里溢出了眼泪。江措勒住缰绳调过马头,他从马上跳下来,跑到女人跟前说:好香的一碗酥油茶呀!这是他们每一次见面与分别时江措必说的一句话。女人嘴上笑着,眼睛里涌出泪水,把一双獐子皮卷鼻靴往男人袍子里塞。

在岷州打尖，暗中打听身材比屋檐还高的一个脚户。卖雪蜜的掌柜说，这几日应该到岷州，前面的风月楼的老鸨刚刚买了一个好人家的闺女。

出岷州，变天了，天色昏暗。在一个狭窄路段，一匹马驮着一个身形高大的人相向而来。路窄，对方并没有让路的意思，而南杰嘉波从来没有给人让路的意识，索郎四老爷从来没有给人让路的习惯，那匹马夹着风呼啸而过，彼此擦肩。南杰大头目看到了一个眼神——

傲慢，悍戾，跋扈，恣睢，眼睛里放着一支箭！

这支箭在十年后射向了卓尼的心脏！

一路上风很大，路两旁的树和石头像一头犟驴咴咴咴地吼。林麝和梅花鹿迅疾穿过林子，鹿角撞在树枝上。一群岩羊孤傲地站在山崖上，用羊角抵嶙峋的山石，终于失足滚进山涧，像跌进锅里的饺子。虽然是隆冬，一片旱獭乌泱泱趴在路上，发出婴儿般的哭叫。南杰嘉波和两个大头目放慢速度，心里发怵。索郎四老爷看了看天色，日头红得发蓝。四老爷看上去有点紧张，难道是朱扎多吉家的儿子在作乱吗？据他的戈什说，那个死人到了天藏台上，秃鹫在上面盘旋就是不下嘴吃。唵嘛呢叭咪吽，四老爷很少念经的，此时脱口而出。神鬼怕恶人，他向空中放了一枪，指着前方说，快回船城，热头不对了，可能要出天狗了。在四老爷小的时候经历过一次这样的天气反常，那一次就出了天狗。

进了船城日头西斜，大总管远远地迎上来，后面跟着掌嘎头人们。他们惴惴不安地望着天上的热头不敢说话。

大总管上前说，告诉嘉波大头目一个好消息，昨个晚夕，百灵掌嘎里接了船城里今年冬天第一千个羊羔子。还有，百灵掌嘎和牦牛掌嘎结亲的那对娃子，也在牛圈里产下一对双生子。卓尼人生娃要在牛圈里，生出来的娃像牦牛一般结实。

大总管总是报喜不报忧，南杰嘉波脸上还是现出笑容。大总管看了看南杰嘉波的脸色，拍了拍自己的多脑说，嘉波阿妈好着呢，青冈太太和青稞……侍候得窝曳着呢。今天是阿妈的生辰，那扎那做了羊肉粉条汤，温在锅里，等着南杰老爷呢！南杰嘉波心下高兴，一挥手说，准备百曳宴！

接近官寨，日头变成昏黄，像打散的一只蛋黄。阿妈站在寒风中，左右是青冈和青稞。看到南杰嘉波，青冈脸上掩饰不住的喜悦，青稞咬着嘴唇羞赧地往阿妈的身后蹭。

阿妈脸色苍白，伸出手抓住南杰的胳膊，贴在他的耳朵上说，儿啊，现在是白天还是黑夜啊？

南杰说，阿妈，是白天，只是热头有些昏暗，小得像一只鸡蛋，可能要下雪了。

阿妈仰起脸看日头，哪里有什么鸡蛋，分明是黑夜么。阿妈贴在南杰的耳朵上说，阿妈的眼睛看不见了，这次真的看不见了。不要给别人说啊，我不想让人知道我是个瞎子！

南杰端详了阿妈的眼睛，眼珠上蒙一层白翳。

索郎四老爷一只手指着气象塔说，那个汉人气象官呢，他不是能管得了天上的事呢吗，让他来见四老爷，看这天是阿么了！

今年的百叟宴，官寨里是酱炖牛腕骨。除了十二掌嘎的长尊，还请了船城的汉人地主王十全、四老爷临盆的女人、船城里的人称作索郎婶娘的，还有百灵掌嘎和牦牛掌嘎那一对新生儿，以及刚产下的第一千只羔羊。

官寨里早早就上了灯，几十盏清油灯亮如白昼，灯芯噼啪作响。官寨外，船城里的人们在官墙外围点燃了火把支起了烧锅。大总管有令，按人头每人发一个麦面大油股。因此全城出动，喝烧酒，吃油股，跳锅庄。虽然像过年一样热闹，可女人们心里慌慌的。拴好牲口圈，唤紧自己的娃儿，天上的月亮颜色变成深蓝，像一口深井。

唵嘛呢叭咪吽，总感觉有什么事情要发生。

青冈扶着嘉波阿妈甫一坐定，她放眼看青稞在哪里，寻了一遭，没有看到青稞，心里犯着嘀咕。木条盘里盛着的牛腕骨端上来了，小龙碗里斟满了酒。

南杰嘉波说话了：

活羊道为卓尼挣来了银子。金城的商社船城的义利社为卓尼挣来了银子。

我们向外国神甫部分贷款，在洮河边筹备电站。贷款三年内还清。

义利社有了第一家属于卓尼的银号。

洮河边的生地荒地有效利用开发，卓尼有了除土司家族之外的第一个地主，所纳粮税是十二个掌嘎的两成。

船城里有了柳林小学，是安多藏地第一所汉语学校。卓尼人从此知道三皇五帝孔孟之道，卓尼人逐渐认同我们生活在一个星球上。

寺院僧侣减少一半，卓尼人口增加三成。香火田连年丰产，义仓香火仓充实。

百灵掌嘎和牦牛掌嘎结亲后降生了一对双生子。就在今天，百灵掌嘎产下了今年冬天船城里的第一千只羔羊……

把娃儿和羊羔让大家看看！

羊和娃儿被举起来，羊儿咩咩地叫着，娃儿咯咯咯地笑着。娃儿还没有名字，等着南杰嘉波赐名儿呢。南杰嘉波想了想说，就叫江措吧，大的叫牦牛江措，小的叫百灵江措！

不知道为什么，南杰嘉波一天里两次想起曾经的两个江措。也许是今天天气波谲云诡，与十几年前那个血腥的夜晚暗合。看到两个娃儿的脸，"江措"脱口而出。那个走了的百灵江措如果活着应该已人到中年，他的聪明敏捷，他的暴戾凶残，在另外一个世界里得到改变了吗？南杰又看不到江措大头目了，江措大头目总是知道自己应该在什么地方，做什么事情。

南杰嘉波继续说：

朱扎七旗与迭部马滩附近人众受人蛊惑，私种大烟。两位大头目均已承担责任堵截后患。索郎大头目先知先觉先人一步，及时遏止烟毒由南向北蔓延。索郎大头目将功补过，因此恢复削减的索郎衙门田势在必行。江措大头目勤恳勤勉俭以养德，图谋卓尼土司领地之发展，奔走于迭卓两地，近期修电站宵衣旰食。对迭部深沟林地种植罂粟百密一疏，事态已及时控制，对江措大头目诚可宥恕。唯愿索郎四老爷厚德载物宽以待人，对卓尼僧俗施予舐犊之情，我官寨内外必将尽菽水之欢。

四老爷心里是相当地窝曳了！这是恢复索郎大头目的职务了！本来想好的，要求削减江措大头目两千藏兵的调兵权，可南杰侄儿话说到这个份儿上，如果再蛮横，那他四老爷就不是厚德载物了。

罢罢罢，喝酒！此时再生事端势必叫他的婆娘耻笑！他的婆娘虽然是他酒后从迭部"捡"来的一个半老婆娘，原以为天亮了她就跑了。没想到她只是跑到了索郎衙门的那扎那，给他亲手端了一碗长饭。此婆娘可不是一般的婆娘，她的眼睛一乜，他的心就软，腿就软。干柴，红火，绿水，一物降一物。四老爷偏过脸看一眼家里的婆娘，她可能酒喝多了，脸通红，表情怪异。四老爷心想此婆娘又要出什么幺蛾子了。不能怪四老爷，四老爷从来没有见过女人生娃，他以为女人生娃像牛屙一泡稀屎，脸红啥呢，咬牙瞪眼睛做啥呢。

南杰嘉波停顿了一下，嘉波阿妈趁机就哭出声来。呜呜呜，"加卡卜"再没有来，树好着呢，绿石头好着呢，粮仓好着呢，日子越来越好了。羊肉汤里放粉条呢，窝奶里搅冰糖呢。我的两个宝贝长大了，姑娘要上头了，少爷可以浪草房了。灯要吊在房梁上呢，不烧油了要烧电呢。天上的电，亮瞎眼呢。可是我的眼睛，我的眼睛……呜呜呜。

嘉波阿妈一掉眼泪，吃饱了打了一个嗝的看林家阿妈也跟着哭起来，她又想起了她的儿子江措。她有苦道不出来，捂着胸口说，苦啊苦啊，毡子上的土打不尽啊！

嘉波阿妈整天说自己看不见了看不见了，她老人家心想事成，真的狼来了。青冈哄着阿妈，照着阿爸曾经提示的手法，在鱼腰穴和瞳子髎穴，给阿妈扎了两针。阿妈仿佛眯了个盹儿，片刻工夫，阿妈平静了。听到有人在下面哭，嘉波阿妈不耐烦地说，这是谁呀，哭也不挑个时辰啊？

看林家的赶紧禁了哭声，抽搭着说，嘉波阿妈哭了我也伤心。

嘉波阿妈说，谁说嘉波阿妈哭了，我是嘉波阿妈我咋不知道自己哭了？

看林家的捂着嘴把脖子缩进袍子里。

嘉波阿妈挨个看坐在下面的人，哦，一个个都老了。去年来的今年不见了。那个汉人地主，来船城的时候身子壮得像一头骟牛，苦下在地里了，身子累塌了，像一张牛皮了。那是四老爷家的婆娘吧，年节来官寨请安见过几次，从来都看不出她的年龄。此时她穿着帐篷似的皮袍子一会儿跪着一会儿蹲着做啥着呢，难道是要生了？这么想着，就听到那女人喊了一声，接着便听到婴儿呱呱的哭声。四老爷嘴里啃着牛腕骨转过脸去，乖乖！他扔了手里的酒壶，扑过去，手伸进婆娘的袍子里一摸，天哪，是个带把儿的！嘎嘎嘎，嘎嘎嘎！

青冈赶紧过来，撩起女人的袍子剪脐带。四老爷一把抓起婴儿，在袍子上蹭了一遍，举起娃儿喊，又一个卓尼大头目降生了！

官寨里觥筹交错齐声欢呼，掩盖了官寨外的声音。

南杰嘉波闻到了类似硫黄的味道。嘉波阿妈揉着胸口喘不上气了。看林家阿妈太老了，可能是吃多了，竟然呕吐起来。第一千只小羊羔跳起来，咩咩叫着，撞翻了酒坛子。

此时南杰嘉波警觉起来。

气象塔的气象官扑进来，都没顾得上摘帽子，高喊，南杰嘉波，马上到户外，全部到户外！

南杰嘉波听到马号里怪异的嘶鸣，仿佛把天撕破了一个口子，有什么东西咕嘟咕嘟地涌进来。不远处结冰了的洮河咔嚓咔嚓地响，似乎在断裂。

南杰嘉波喊道：大家都站起来，把老人扶起来，马上退出大堂！

汉人地主把几个耄耋老人扶起来，一个拉着一个往门外退。青冈背起了嘉波阿妈第一个冲出前庭。四老爷把娃儿塞进老婆怀里，把女人连根端起来跑出来。南杰嘉波抱着小羊羔最后一个出来。

天上红光闪过。

天上蓝光闪过。

在墙垛上守值的家兵发现，起先是桐树上的马鸡吧唧吧唧掉下来，咕咕咕地咽气。牲口圈里的牲畜嚎叫着，像是全部长上了翅膀从栅栏里飞出来。轰隆隆的声音从地底下传来，越来越近，天边交替着闪过红光闪过蓝光，瞬间把黑夜切碎。跳锅庄的人们本能地感觉到了危险，恐惧地往一起聚拢。

大地像一把筛子抖动起来……

地动了！地动了！

之后的数月，从驿路上带来一份《大公报》，彼时的《大公报》断断续续，到了偏僻的卓尼，一年也没有几份。南杰嘉波看到，此次的大地动历史罕见，震动搅动了整个中国。断层，地裂，西北高原的地质地貌因此改变。死伤三十多万人，灾害影响半个中国。

人们坐在筛子上，被颠得东倒西歪。官寨的檀木风珠掉下来，砖雕掉下来，木楼咯吱咯吱地响着。官寨的木楼是榫卯结构，左右前后拧扭了好一阵。

江措大头目带着几百个藏兵，手里举着火把。官寨无恙，船城绝大部分的人在户外，女人娃儿跳锅庄，男人支烧锅喝酒。牛毛帐篷无碍，藏民的碉楼是夯土墙包房，也无大碍。倒闭的房子大都是汉人的土坯房。汉人王十全的婆娘在炕上给娃儿缝衣裳，从土坯里扒出来，手里还捏着针。

洮河北岸的船城人畜伤亡不大。南杰嘉波组织自救，江措大头目率藏兵去往洮河南岸及迭部，索郎四老爷去往北山。洮河边在建的电站竟然丝毫未损。南杰嘉波伸手摸着坚硬的"塞门德"，对着罗杰斯神甫跷大拇指。

青冈安顿好嘉波阿妈，把官寨搜寻了一遍，最后发现的是红笔师爷。他抱病没有参加百叟宴，南杰嘉波命大总管把牛腕骨送到他的房里。青冈推开他的门时，他睡着了，清油灯还亮着。他睡在一堆藏纸中，足有几麻袋的藏纸，上面密密麻麻地写着字，有藏文也有汉文。青冈把他摇醒。他看着青冈说，我的纸又没了，用我的官俸再换一些藏纸吧。

青冈没有见到青稞。青稞哪去了？百叟宴的时候青冈就没有看到青稞，青稞哪去了？青冈头皮发麻，腿都抽筋了。官寨里没有，官寨外也没有。她到处喊着青稞青稞。她想起来，青稞每天下了课要在教室的炉灰里埋个火种，第二天上课用火种生火，青稞一定到了学校里。青冈跑到学校，青稞讲课的教室倒塌了。青冈扑上去就扒，土坯，木椽，泥巴，扒也扒不完。她的手上碰到了一团东西，拽出来，是青稞的一条围巾。完了，青稞压在里边了。青冈大声哭着喊着，青稞，青稞，青稞，你活着，你活着！她哭着喊着扒着，因为有碎玻璃，双手都烂了。最后她没有力气了，跪在地上说，我是多余的，让我死吧，我是多余的，让我死吧！青稞，青稞，你要活着，没有你南杰会伤心到死⋯⋯

天亮了，官寨依然在，寺院的金顶在，高高耸立的官仓也在。青冈十指流着血，声音完全嘶哑。

有人唤她的名字，像几年前在康乐，帐篷里，发热中的南杰嘉波说，"青冈直上玄真观，即是人间小洞天"。

青冈转过脸来，南杰和青稞站在她的身后。

恍如隔世。眼前的这两个人是如此完美，东方的晨曦照在他们身上，青山的苍茫，绿水的旖旎。他们是汉语的上阕与下阕，是平平与仄仄，是藏语的拉伊和嘛呢，是神圣的插箭与紫斑牡丹。

南杰和青稞把青冈揽在怀里，三个人抱成一团。六只手血糊拉碴握着。南杰嘉波说，我们三个要在一起！我们不能分开！

他们的身后站着船城里活着的人。

他们盯着新来的女人青稞，看着她，都不说话。

一场灾难让他们全部喑哑。

青稞能够听到他们的心声：天上有太阳，也有月亮。地上有青稞，也有青冈。天下有藏人，也有汉人。你为什么就容不下一颗像玻璃一样的心呢？

30

卓尼的太阳照样升起来了。结了冰的洮河几处错裂，断裂面白得像刀锋。

过去的闭关洞倾斜了。铁匠发现，在过去掩埋两个罗刹的地方，那个陷阱的下面，露出一堆白花花的东西，在日头照耀下闪闪发光。那是一些簇新的骨殖，冒着寒气。铁匠觉得晦气，铁锨铲了土掩埋。可是他发现，那些骨殖发出金属的声响。

银子!

银子!

这是一堆银子，足有几百两。有的是私人铸的银锭，有的是求经人的布施，上面还刻着东家或者西家的族号。

真相大白! 印经院的银子! 银子长上腿跑到闭关洞的吗? 不是，是人的腿把它带过去的，这条腿长在送饭的小沙弥身上，小沙弥从大茶房总管手里接过饭笼，小沙弥把饭笼放在闭关洞的饭口。

把银子带出寺院，埋在地下，并以陷阱掩盖。

南杰嘉波深深自责。卓尼已不是五百年前的卓尼，百灵家族已不是五百年前与卓尼嘉波同生共死的血亲。财富是神仙，贪心是魔鬼，这个掌管着卓尼人灵魂的家族早已背叛了卓尼。卓尼川的大部分信徒把终身的积蓄布施寺院，以求来世的安宁，而作为卓尼嘉波兼卓尼大寺僧冈的南杰，对此疏于约束，以妇人之仁管理寺院，愧对整个卓尼僧俗人众。

同样深深自责的还有青冈，是她的莽撞和轻率打乱了南杰嘉波的行动，让事情变得扑朔迷离，结果无法挽回。

从外面传过来的消息称，这一场地动震中在六盘山，晃动了整个南赡部洲，天翻地覆。索郎大头目从北山传递消息，北山人员伤亡少，牲畜伤亡多。江措大头目从迭部传递消息，下迭比上迭人畜伤亡严重。一切都在自救和重建中。

红笔师爷从纸堆里爬起来，用小楷汉文和彩云钩藏文写下代表南杰嘉波的指令的文书:

四十八旗并十二掌嘎告知：

　　天灾未料，人畜并损。来年钱粮物租减半征收。官寨差役粮体均减半。

阿妈对大总管说，羊肉汤里不要放粉条了，不要从岷州买雪蜜了。

正月毛兰木节。卓尼大寺活佛给南杰嘉波钦定了大婚的日子，正是正月十五的酥油花会。

四十八旗的人们从四面八方走向船城。赶着驮子，推着木轮车，肩扛着，手提着。卡车沟的酥油，拉力沟的檩子，花园的果子，洛大的金子，青稞，胡麻，狼肚菌，麝香，虫草，蕨麻猪，野鸡，木炭，烧柴……嘉波阿妈说，人多就是好啊，什么都会有的。儿子啊，官寨里人口不旺，卓尼川人口能旺吗，没有人，你给谁做土司呢？

青冈和菩萨女儿赶着给新人做衣裳。穿针的时候，青冈的眼泪流得止不住。她想起那年正月十三浴佛节，他们互相依偎着，她的手放在南杰的胸口，南杰的心在她手掌里跳动，像一只羚羊。那一个夜晚，返回官寨的架窝子上，南杰的手握着青冈的手，天上的星星次第闪亮。如果没有那一纸"君住江之头，我住江之尾"的蝇头小楷，如果没有青冈要去活羊道察看闹羊花断肠草的借口，如果在三甲集没有碰到卖了大烟去松潘买枪的索郎四老爷……南杰和青稞的衣裳做好了，她用手抚平皱褶，捋匀每一个针脚，叠得齐齐整整。把青稞的摺在南杰的上面，不对。把南杰的摺在青稞的上面，不对。最后两套平放着，一个挨着另一个。她叹了一口气。

嘉波阿妈高兴之余又发愁了。藏人说，想要终身苦，就找俩配偶。两个太太住在官寨，一个左耳房，一个右耳房。南杰碍于情面，哪一方都不会跑得太勤，那太太的肚子什么时候才能鼓起来呢。或者，两个太太离得近，阿珑银钱上的十二个生肖免不了牛磕了羊马碰了鸡，会让南杰为难。

嘉波阿妈说，南杰儿啊，阿妈想让两位太太分别住在木耳的两个公馆，离官寨一河之隔，不远，你意下如何啊？此想法暗合了南杰的心意，南杰说，此意甚好，只是两个太太不能在阿妈膝前端汤敬茶，儿心里颇感不安。阿妈说，阿妈还没有那么老，她们敬茶的日子长着呢，望日朔日和年节来请安便是。

天地一片安静，阿乃日扎神山像凝固了的酥油。没有风，白色的桑烟、艾草、香柏、茵陈、香蒿、糌粑、酥油，向着四周的神山圣水弥漫。出官寨，官寨破例为两位太太鸣炮。船城的女人们穿着鲜艳的三格毛，男人们穿着兽皮领子的皮袍，寺院的阿克们席地而坐，从官寨到洮河对岸，似一条黄色的长龙。两抬汉人的轿子，一抬红色的，一抬绿色的，上木耳桥，下木耳桥。人们猜测着，哪一个是青冈太太，哪一个是青稞太太。

过了木耳桥，两抬轿子要分开了，轿子停下了。两位太太下了轿子。两位太太都是汉装，锦绣绸缎，梳着蝴蝶头，远处根本分不清哪个是青稞太太哪个是青冈太太。

青稞和青冈面对面站着，手都背在后面，她们含着笑，要送对方一个礼物。

青稞和青冈同时把手亮出来——手心里躺着一只金麒麟，一模一样。南杰送了她俩一模一样的信物！她们不知道金麒麟其实是三个，南杰分别送过三个女人。

仿佛要久别，她们相拥。青冈身材大，从后面环抱着青稞，像那一日骑在琼雪背上把青稞带回官寨时一样。

在以后的日子里，南杰拉着琼雪，上木耳桥，不惊动船城的静谧。下了木耳桥，跨上马，他总是先走向左边的青冈公馆。青冈公馆就响起口弦的声音。总是那么欢快，只要南杰在，青冈太太的口弦就不会断。口弦停了，右边青稞公馆的青稞太太知道，她心上的男人向她走来了。她用水一般的丝绸包裹着身体，把阿乃日扎取来的雪水温热，一瓢一瓢地舀进紫杉浴桶。娇羞是最深情的美丽，青稞像枝出水芙蓉坐在浴桶里，仰着脸看走近的男人，深深的酒窝里盛着喜悦的泪水。

渐渐地人们发现，口弦响起的时候，南杰老爷和青冈在一起。阿乃日扎神山上的雪水背进青稞公馆时，南杰老爷和青稞在一起。他们一起出行时，青冈和南杰老爷着藏装，青稞着汉装。南杰老爷和青冈像一对同胞兄弟，同时爱慕着青稞太太。

南杰又娶了一位太太，还不是脸蛋儿。

青冈第一次出现在官寨时，脸蛋儿只注意到了她的马。听说青冈要做官寨里的太太时，脸蛋儿嗤之以鼻。南杰老爷有可能爱上青冈的马，不可能看上青冈的人。可是，脸蛋儿从第一眼看到青稞，就知道南杰嘉波等待了十年的人来了。或者南杰老爷心中的那个女人根本没有走远，她临终时说，她会以另外一种样子活在南赡部洲，可以是白云、青山、凤毛菊、丝绸、紫斑牡丹，此时她是另外的一个人，来了。所有的一切都出现在了一个叫青稞的汉族女人身上，青稞注定已经在南杰的心里了。青稞的身上聚合了藏族女人的率真和坚韧、汉族女人的灵秀与节制，这让脸蛋儿很伤心，伤心到没有一点力气。

青冈从来不是她的对手，她甚至同情起了青冈。她总是闯祸，笨得像一疙瘩芜根。这个傻女人，南赡部洲再没有比她更傻的女人，她抢什么不行啊，偏偏抢回来南杰老爷爱的女人，天老爷啊！

这两个女人将互为对手，她可以怀里拥着两个孩子坐山观虎斗。但是她很快发现，这两个女人，非但没有互相排斥，还穿进一条裤子里。两股绳子拧在一起了，绳子拴在她的脖子上，她喘不过气。更让人匪夷所思的是，两个女人不住在官寨里，分别住在木耳的两个公馆，并分别命名为青冈公馆和青稞公馆。她的心掉进了洮河里，掉在了底子上，咣当一声。有一句谚语，只要你在河边活得足够长，仇人的尸体一定会从河里漂过！脸蛋儿没有任何办法，只能等着。两个孩子在梦呓，嘴里喊着姆妈。在他们的心里，脸蛋儿就是他们的姆妈，从他们失去阿妈的那一天起，十二岁的脸蛋儿就撩开衣襟，把刚刚发育的乳头塞进两个娃儿的嘴里。

她只能在河边等。

少爷坚赞把短剑插进镂银的剑鞘里说，姆妈，我给你报仇！不知从什么时候开始少爷管脸蛋儿叫姆妈，姑娘也就跟着哥哥叫姆妈。

姑娘梅朵说，姆妈，我给你报仇！

脸蛋儿把两个孩子搂在怀里。少爷坚赞已经高出脸蛋儿一头，梅朵也和脸蛋儿齐肩了。

脸蛋儿说，谁是你们的仇敌啊？千万不要说这样的话，也不要做这样的事。阿爸和阿婆都是你们最亲的人，坚赞以后是嘉波的继承人，梅朵会嫁给自己的意中人，一个长大了的女人嫁给意中人是最重要的事情。所有的这一切都是阿爸阿婆给你们的，没有他们就没有你们，就没有将来属于你们的卓尼领地。你们记住，你们永远对姆妈好就行了，你们对其他人的恶意，别人会以为是姆妈教的，听懂了吗？

两个孩子点点头。

少爷说，那青冈和青稞是我的仇人。

梅朵这一次没有学话。她说，青冈阿妈不是我们的仇人，青冈阿妈对我好，她送我的拉洋片是我最喜欢的宝贝，她把官寨分给她的最好的酥油给我拌糌粑。青稞阿妈也不是我们的仇人，她把我的手握在她的手心里教我画画，她给我的洋蜡笔也是我最喜欢的宝贝，她给我梳头，她给我扎的胶皮头绳真好看啊。她们俩长得都不像仇人，她们的眼睛都好看，眼睛那么好看的人怎么会是我们的仇人。她们俩嫁给了自己的意中人，难道她们有错吗？姆妈不能嫁给意中人，所以难过是吗？

脸蛋儿叹了一口气。两个孩子已经能体味姆妈的苦楚和无奈。

少爷坚赞说，姆妈，你等我长大，等我当土司，我要娶姆妈做官寨里的太太！整个卓尼领地就是姆妈的！

脸蛋儿脸吓得煞白，赶紧捂住少爷的嘴说，坚赞，我是你的姆妈，你如果再说这样的话，我就让你永远见不到姆妈！脸蛋儿急得眼泪掉下来，坚赞把脸蛋儿搂在怀里掉眼泪。

少爷坚赞开始浪草房了。他腰佩装饰华丽的短剑，脚蹬獐子皮卷鼻靴，看哪家搭在草房上的独木梯还没有过脚印，他就堂而皇之地上去。他在草房里唱拉伊。卓尼的规矩是，拉伊情歌大多在山野唱，不能在村庄里有人尤其有长者的地方唱。可坚赞是故意的，扯着嗓子，生怕洮河两岸的人听不见。

> 马当旁牙三年，正是骑的时候
> 牛当六口牙，正是驮驮子的时候
> 女人十五六岁，正是相好的时候

他从马号里牵出琼雪，让大总管给他鞴鞍。大总管说，小祖宗啊，南杰嘉波的镂金马鞍别人是不能使的啊。

坚赞不是别人，是土司的儿子，是土司以后的土司。

以后的土司以后再使镂金鞍子，现在不行。

坚赞举起鞭子就抽在大总管身上，说，这鞭子是南杰嘉波的，我替他抽你一鞭子，心里委屈就跟你的主子去说。他把自己的马鞍鞴给琼雪，琼雪腾空跃起，甩掉马鞍，几次三番。坚赞拔出短剑，刺在琼雪的屁股上，血喷了他一脸。大总管一看，要出人命了，就把马鞍交了出来，让门兵赶紧通报洮河边电站上的南杰嘉波。

坚赞跨上琼雪，鞭子不停地抽，琼雪淌着血在洮河两岸跑，初春的河岸洒着殷殷的鲜血。

南杰给坚赞准备了柳条。大总管、衙役、班头，你推给我我推给你，都不敢下手。

南杰嘉波让所有的人都出去，反堵了门。

唰唰唰的声音让整个官寨晃动了，但是听不到坚赞少爷的一点动静。大总管跪在门口喊，老爷息怒啊，少爷骨头还嫩啊，绳子断了就接不上了啊！总管去求助嘉波阿妈，慌乱中踏空木梯，一头栽了下去，顿时没了气息。

嘉波阿妈的耳朵背了，从人们惊慌失措的表情看出来出大事了。姑娘梅朵扑在嘉波阿妈身上说，阿婆啊，阿爸把阿哥坚赞打死了。嘉波阿妈全身颤抖着，用头撞门，门开了。

南杰嘉波正在用柳条抽自己的身子，已经皮开肉绽。阿妈长号一声，昏死过去。

可是少爷坚赞哪去了？房子里没有少爷坚赞，少爷坚赞被南杰老爷打出南赡部洲了吗？姑娘梅朵睁着一双大眼睛看，她盯着墙角的一只条形的樟木箱子看。姑娘过去揭开盖子，阿哥坚赞躺在箱子里，闭着眼睛，装死。梅朵拽他，他仍然闭着眼睛说，我死了，让阿爸埋了我吧。梅朵哭着说，你没死，阿爸要死了。坚赞听说阿爸要死了，从箱子里跳出来，看到阿爸浑身是血，才知道阿爸的鞭子是抽在了自己的身上，他以为阿爸在抽打总管出气呢。坚赞知道闯下祸了，这才醒悟过来，扑过去抱住阿爸说，阿爸你打我吧，阿爸你打我吧。南杰嘉波掉着眼泪说，我对不起你的母亲，你在我的身边长成了一匹凶残的狼！

卓尼官寨怎么能盛得下一匹狼！他总是会从官寨里神不知鬼不觉地溜走，官寨几米高的墙垛上有门兵值哨，可坚赞少爷总能像鸟儿一样飞走。因为他敢对别人举起剑，而别人不能。

他说，卓尼川的男人都能浪草房，坚赞为什么不能，就因为我是卓尼嘉波的儿子吗？卓尼嘉波的儿子以后也是卓尼嘉波，谁敢阻止我就让谁先死一百年。

坚赞对梅朵说，阿爸最疼的人不是我们兄妹，而是那个叫青稞的女人！

姑娘梅朵想试探一下南杰阿爸，她是不是阿爸最亲的人。

早晨在官寨里处理公务之前，南杰阿爸最重要的事情是到小经房给清水供碗换上阿乃日扎神山上取来的清泉水。梅朵在小经房前面打毛朵，毛朵抽进小经房，她故意把清水供碗打翻了。这在官寨里是没有过的事情，梅朵抬着头看着父亲，等待着发落。南杰阿爸伸出双手把她抱起来，转了一圈。梅朵赶紧闭上眼睛，阿爸可能要把她扔出墙外。梅朵被转了几圈，最终落在阿爸的大腿上。阿爸说，以后阿爸不在官寨的时候，你来换清水。姑娘大了，有什么话你就对阿爸说。

梅朵说，我长大以后能嫁给自己的意中人吗？

南杰点点头。

青冈阿妈和青稞阿妈都嫁给了自己的意中人。脸蛋儿姆妈的意中人就是阿爸，阿爸为什么不能娶她呢？

因为，脸蛋儿不是阿爸的意中人。

哦，阿爸我明白了。那如果我的意中人是王卓尼，王卓尼的意中人正好也是我，那王卓尼就会娶我，是吗？

是的，梅朵。

那王卓尼什么时候娶我呢？

你长大了以后。

我什么时候就长大了？

十三岁上头之后。

梅朵掰了两下手指头，还有一年。她在阿爸的脸颊上亲了一下，跑了。

31

藏人传说中，口弦是催生万物的天籁之声。洮河南岸的口弦，让雪水融化，草木发芽，百鸟啼鸣，万物生长。阳气上升，洮河开河了。洮河一夜之间就开河了，洮河年年开河，仿佛河边的人夜夜从梦中醒来，不是奇怪的事。可是船城的人们发现，汉人地主开荒得来的纳浪的几百亩私田，由洮河南岸到了洮河北岸。阿尼闹！真真的，真真的，所有的人都揉了自己的眼睛，想看得再清楚一些，洮河南岸的地真的到了洮河北岸。汉人地主的地跟别的地不一样，上面打了塄堰，远远看上去像六子棋盘，一共几百个网格，一个不多，一个不少。

闻讯赶来的南杰嘉波到河岸上一看，洮河河道向南移动了几百步，过去南岸的土地都到了洮河以北，河床成了河滩。是那一场地动，抬高了洮河河床，春天开河后，水顺势向南边的低洼处移动。洮河的这一段改道了。

洮河改道在历史上有过多次，但是南杰嘉波亲眼看到的还是第一次。从他来到南赡部洲，流经卓尼的洮河就是这样的，水大的时候河滩小些，水小的时候河滩大些，它不曾长大也不曾变老。

发源于西倾山的洮河流到卓尼时还是清泠泠的，拐一个弯向南，像一只胳膊揽住岷州，仿佛走了个亲戚，就一路向北，卷起黄土汇入黄河。甘南是青藏的屋檐，卓尼在这个屋檐下，背靠青藏高原，面向黄土高坡，西边是乳酪，东边是麦秸，而在卓尼既有乳酪又有麦秸，有腥膻味又有土腥味，有佛祖也有关公，这里而下，大地由青变黄，糌粑变成锅盔。

一个俊朗的小伙子拉着一匹骏马，远远地给南杰嘉波行礼。他穿着藏服，别着腰刀，行着汉礼，他是王十全家的王卓尼，一个亦藏亦汉的大后生。马上坐着他的姑娘梅朵，脸笑成一朵凤毛菊，两只小手向着阿爸舞动。

她越来越像她的母亲，那个沧海月明珠有泪的女人，那个说汉字像块砖头藏文像朵彩云的女人。那个女人从来没有走远，她像官寨里的一匹丝绸，在青冈的身上，青稞的身上，梅朵身上，阿妈的身上，在他爱戴的所有女人的身上。那个俊朗的小伙子拉着骏马，驮着心爱的梅朵，向着洮河边去了，他们可能是去看洮河边上的电站。梅朵整天盼望着，她听青冈说，有了电灯，黑夜跟白天一样亮。

那个俊朗的小伙子，南杰羡慕他，他多像当年的南杰！

洮河边上的电站已见雏形。赛门德土，世界上最神奇的土，和了泥是软的，抹在墙上就硬如磐石。那些印有洋文标志的散发着怪味的机械，将造就洮河上的第一个电站。

汉人地主王十全开出来的几百亩平展展的土地，稳当当地铺在洮河北岸。王十全再到他的地上犁地下种时，不用再踏上木耳桥，也不用过大族的浮桥，他省下力气用在麦子上豆子上油菜上，他的收成更好了。他的长工多半是汉人，那些跟着他来卓尼的汉人又生出了汉人或者半番子，还有周边慕名而来的汉人，大多是寻口的，在他的地上寻到了吃的。到了抢收的季节，他的长短工黑压压一片，地头上支了大锅做饭，一天要用掉一桶盐。嘛呢滩上卖盐的掌柜是个回族婆娘，他学着卓尼人的口气说，阿呢闹，把盐当炒面吃呢呗！在他地里干活的长短工爱他又恨他，爱他是干活的时候有饭吃，收场后能得到半口袋粮食。恨他是给他干活太累了，几乎不让人睡觉，只能挨着麦垛子互相倚靠着眯两个时辰。结工时都想多要一升粮食，蹭在他跟前不想走。王十全吊着脸，手指往他的地的方向一戳说，把地里的穗子拾了，够吃半年的。天哪，他地里收得那个干净呀，连麻雀的嘴都没留下，还能给人的嘴留下？所以人们都知道王十全是个啬皮子，自己吃都嫌肚大呢，吃都不舍得，当屎个啥地主呢。他的牲口屁股后面吊着屁兜子，一回家门，先把屁兜子里的粪倒进粪坑里。卓尼人就说，他人的屁股后面阿么不吊个屁兜子呢？他从来不在外面屙屎，他总是急急燎燎往家走，那是憋着一泡粪呢！

更有一些有心人，是来跟着他学种地的。汉人有一句俗话说，三年学个买卖人，半辈子学个庄稼人，意思种地可比做买卖难多了。据说临潭一个男人跟着他开了三年的荒地，回到家里如法效仿，竟成了临潭的一个小地主，逢年过节提着烫面油香来看师傅。

王十全披着里外新的贡缎夹祆在卓尼走一遭，头发梳得像胡燕的脊背，太拽了！可惜他的婆娘走了，不然她跟在后面一口一个"掌柜的"，王十全会多么窝曳。

在洮河边的两棵树之间，两棵树之间的木阁上，经常站着汉人王十全。卓尼虽然有了气象塔，可以观测一些天上的事情，可是洮河的事那个高塔还是管不了，王十全更看重自己的眼睛和鼻子。他像一只鹰蹴在木阁子上。两棵树还是两棵树，木阁子还是木阁子，只是他的地过去在洮河南岸现在到洮河北岸了。人说三十年河东三十年河西，没想到一夜之间天摇地动，洮河南岸就成了洮河北岸。开春一开河，又形成了新的河滩，新的河滩地的形态跟以前大不相同，还想种河滩地，他得重新摸清它们的脾性了。

洮河南岸河沟纵横，地气湿润。北岸空气和土质偏于干燥，遇上干旱，洮河水白白地从两岸的庄稼地旁边流过。有水不浇地，那不是傻子吗？

他身披一件细葛布棉袄，这棉袄也许就是地动的那个晚上婆娘为他赶作的，所以风一刮过来，他就用手掸掸上面的土。双手叉着腰站在木阁子上，抻着脖子眺望上游。他要在几个节气的当口观察水量的大小，预测一年的旱涝。他眺望洮河两岸的地势高低，如果修一条渠，如何走向才能既省力又畅通，同时灌溉的土地面积大。长年的劳作让他有些驼背，但是有了地的人身板儿像青冈木一样坚挺。地，是一个男人使不完的底气。日子越来越好了，想起他死了的婆娘，心中酸楚，漾开喉咙，唱一段《光棍哭妻》。

> 正月里来锣鼓响，想起我的妻儿好凄凉
> 年年月月一个炕上睡啊，不知道我的妻儿在哪搭，娃的妈呀！
> 二月里来刮春风，老妻留下两条根
> 人家的娃娃有人疼，咱们的儿女谁照应，娃的妈呀！

他这么一唱，引得正在背水的一个卓尼女人哭开了。这个女人刚刚死了丈夫，丈夫是个临潭的汉人下巴子，入赘到卓尼番家的。虽然卓尼女人对男人不怎么满意，因为这个男人跟藏人男人一样懒，还比藏人男人多一点东西，那就是心眼。但也无奈，谁要卓尼的男人那么少不够用呢？那男人是怎么死的呢？还得从地动后闭关洞里震出银子说起。

闭关洞里震出了银子，让百灵掌嘎里的人全部低下了头塌下了身子。卓尼藏人把闭关洞弃之如敝屣，连旱獭和鼠兔都不会往闭关洞附近走，只有铁匠铺子整日叮叮当当，淬火的声音嘶嘶啦啦。可是汉人尕房子们却动了心思。既然闭关洞里震出了银子，那些银子可能不是银子的全部。

于是尕房子们就往闭关洞附近蹅摸。闭关洞因那场大火，周围的植物都烧光了，新长出来的还不够茂盛，没有可以掩身的，只有黑天了，人们的脑袋才往那个地方伸。你也蹅摸，他也蹅摸，你回避他，他回避你，谁都不好下手。终于有一天人们等不及了，脑袋们像一只大蒜凑到了一起，合计。一个月夜，给铁匠灌了一坛老烧锅，趁铁匠酒后呼呼大睡，后半夜钻进闭关洞附近。周围风声鹤唳，阴森恐怖，人们战栗觳觫，多有退却之意。既然来了，硬着头皮上吧。操了铁锨,埋头挖掘。地气回升,土质松软,可是没有听到一丝摩擦到金属的声音。两个时辰过去了,连一块铁都没有挖到。几个人凑到一起,相互摸了彼此的身子,没有一块发硬的东西。洞里不敢进,一方面是地动之后闭关洞摇摇欲坠,怕进去了出不来;另一方面是,传说中百灵八班死相难看,在这样惊悚的黑天,会把人吓死的。人为财死,死了财有何用,作罢!几个人死了发财的心,猫着腰回船城。卓尼女人的男人走在最后面,说要屙泡屎,把肚子里的阴气屙出去。第二天天亮了,他们该捡粪的捡粪该饮驴的饮驴,死了发财的心,心里也宽敞了。可是女人却没见到自己的男人。第三天,大晌午,铁匠正在啃羊腿,听到闭关洞方向有叫唤的声音,再看闭关洞,不知道什么时候塌了,变成一堆废墟。铁匠手里有铁什么都不怕,靠近闭关洞,有一只手从墟土里伸出来。拉着这只手,这是一只人手,但已经冰凉。整个人拉出来,已经死了大半截,身子凉得像一只蟾蜍。他说了一句话:里面有一只狗。之后就死了。死了人,几个汉人尕房子的丑事兜不住了,这几个人的名声一夜就臭了。

王十全哭自己的女人,卓尼女人哭自己的男人,仿佛一唱一和。路过的人就说,一个没婆娘,一个没汉子,不正是一对儿吗?女人听了说,呸,还敢寻汉人下巴子?闭关洞都敢去挖银子,保不齐都敢去金顶上刮金子,天杀的!

王十全听到这话很不高兴,他抖着一只手说,我王十全是卓尼川上的地主,在卓尼有地的人,除了卓尼嘉波,不超出这个。他意思是一只手五个手指头,卓尼有地的人不超过五个人。他接着说,我给我儿寻的后妈必须是大闺女,大闺女知道吧?这大闺女还要带着牦牛和阿珑银钱来。我有地我有钱,油是往油瓮里淌的,明白不明白?

便有人调笑说,你和你儿子同时娶大闺女,到卓尼大寺择一个日子,又省钱又省力,入洞房的时候别走错了门,哈哈哈!

说着,便看到,王十全的儿子官名王卓尼的拉着一匹好马过来。在卓尼拉一匹好马不算显摆,关键是马上坐着一个姑娘。马上坐着一个姑娘也不算显摆,关键马上坐着的姑娘是官寨的姑娘梅朵。卓尼人看到梅朵,马上捂上自己的嘴,一旁避让。

这昔日的尕房子王十全,刚来的时候叫二后生,拉着一头瘦驴,驴腚上割不下几斤肉,一辆破木轮车,咯吱咯吱地要散架,十几年后成了地主。这父子俩扯旗放炮的,是要和卓尼嘉波攀亲家了吗?狗日哈的!

卓尼人看到，他们眼前日夜流动的洮河向南拐了一个弯，过去的河床变成了一块平展展的地，又是一块河滩地。南杰嘉波和汉人地主王十全站在这块地上，几乎是肩并着肩。与卓尼嘉波可以肩并着肩的大抵只有索郎四老爷和江措大头目，这汉人王十全是鞋拔子变帽檐子，直接升上去了。王十全还挖着手指指画画的，甚至还爬上他的那个上吊木阁子，站在嘉波的上面指指画画。之后，他们竟然盘坐在地头上，像一对亲家那样，说着什么。说到激动处两个人还站起来，眉飞色舞。说了很久，仿佛有着十八辈子的交情说不完的话。

他们到底说了什么呢？

秋天以后，粮食入仓了。夏窝子里的人们拾掇家当赶着牲畜随时准备回冬窝子，要回到洮河边的家了。人们发现，船城外的铁匠铺子红火起来了。叮叮当当的声音昼夜不绝，铁锤砸在铁砧上，火花喷溅，淬火的声音尖锐得能揭掉天灵盖。汉人们在做白蜡木杆子，个个摩拳擦掌的，又不知道要出什么古怪。最后白蜡木杆子和铁嵌合在一起，原来是铁锨。

地主王十全要修一条渠，从洮河上引水，灌溉洮河北岸的土地。同时，还从临夏请了一班匠人，在洮河边修两个大水车，一个磨碾，一个榨油。这狗日哈的汉人真会省力气，把人省下还把驴省下，狗日哈的汉人这么聪明咋不去紫禁城当皇帝！

人们猜想，那一日王十全与南杰嘉波面对面坐在地头上说的可能是这样的话：

你整日看洮河，看出了洮河的脾气。河滩地能下种的毕竟是很少的一部分，大都是沙砾，不适合耕种。还是要把眼光放在两岸的河谷地上，提高产量是根本。

卓尼地区历来旱涝无常，靠天吃饭，洮河水眼睁睁地从我们眼前流过。洮河流进黄河进入我的老家，老家的人在河两岸开渠，地在哪里渠就开到哪里。用水的时候放开渠口，不用水的时候关闭渠口。水是庄稼的命，有了水，地才能旺，才能旱涝保收啊。

金城的黄河边到处都是水车，水车提起来的水进入两岸农田，河边的烟叶长得茂盛饱满。一亩水地就能养活一家人，我知道水是个好东西。

用水车的地方大多是河床低两岸高，用提水灌溉，可我们卓尼有着得天独厚的条件。洮河北岸地势低，地动后又出现了一些壕沟。利用壕沟做基础，挖掘，畅通，修缮，用不了几年的工夫，完全可以修一条灌溉北岸河谷地的水渠。水地种麦子，坡地种杂粮。卓尼领地的主食得以解决，辅以肉乳。仓廪实而知礼节，衣食足而知荣辱，十九代卓尼土司五百年精勤精进，不就是为了这个吗？

汉人就是聪明。王十全也没有开过渠，但是没吃过猪肉还没见过猪跑吗？秋天雨水多，一下雨他就披了氆氇往外跑。选定一条天然的壕沟，水往低处走，看地上的积水往哪个方向流，几次三番，确定了开渠的线路。开工的那一天，从铁匠铺子打好的铁锨插在渠口上，长长的一排。卓尼大寺的阿克们穿着盛装，鱼贯而来，像去哪个好人家走布施那样，法帽整齐划一，一尘不染。

在这个清洁的早晨，洮水泠泠经声袅袅。

这必定是一件庄严的事情，南杰嘉波拿过一把铁锨，挖了第一铲土。汉族男人们脱掉身上的衣裳，拿起铁锨。一直躲在后面袖手旁观的卓尼男人们你看着我我看着你，也一个个拿起了铁锨。

又过了一个毛兰木节，又跳了一回羌姆，又做了一次娘乃，一个响亮的晌午，热头红得像一只火狮。从古雅山俯瞰船城，洮河水流进水渠里，水渠像一只巨蟒在北岸蜿蜒。葱绿的青稞和麦子正在拔节，扬着头噌噌噌地长。原来洮河的水可以流进青稞地里啊，原来麦子一茬应该浇三遍水啊。今年想吃糌粑吃糌粑，想吃锅盔吃锅盔，日塌！

洮河流进水渠的兴奋还没有过，"塞门德"做成的灰突突的房子发出轰隆隆的响声。几乎是同时，官寨里突然像着了火一样，一片通明。还有气象塔顶上，也亮着一颗星星。

喇嘛保从帐篷里出来，看到官寨火光冲天。他号叫着向着官寨跑。他刚戒了烟毒，身子虚得像一张藏纸，他飘着，摔了几跤，没有疼痛。临近官寨，船城里的人围着官寨跳锅庄。在耀眼的灯光下，官寨的雕砖熠熠生辉，檀木回廊犹如虚幻境界。篝火，酒坛，妙舞曼音，影影绰绰。喇嘛保脚底软着，在闪烁的火光中，怎么都走不到官寨的跟前。他的怀里揣着达汉孞书，心里呼唤着阿爸。阿爸……阿爸死了，再也看不到变了样子的卓尼，变了心思的卓尼人。阿爸啊，活着好啊！

他抬头看着看电人最讨厌的气象塔，高远的塔顶上亮着所谓的电，像天空中悬着一颗巨大的星宿。

他的脚步不由自主地转了向，他走向气象塔。轻盈的身子翻过栅门，一级一级地上去。他盯着一盏灯看，看。他试探着把脸凑上去，用嘴吹，再吹，不灭。他伸出手来，靠近，有点热，并不烫。咬着牙闭着眼，用手触了一下，像碰了菩萨女儿的肌肤，赶紧缩回来。哦，原来就是这么个东西，从木耳的"塞门德"房子里拉出一根线，架在一根根的木杆上，再接上一个玻璃泡子。洮河水轰隆隆一响，电就从水里通过电线传过来，灯就亮了。但是，水阿么就变成了电，阿么灯就亮了，喇嘛保还是不明白，想得脑壳子疼。他盯着灯看，眼睛不停地流泪，不是伤心，是亮光刺激的。阿么才能让它灭掉呢？风吹不灭，袖子扇不灭，那阿么才能让它灭呢？喇嘛保掏出身上带的木曼在上面敲了敲，嘣嘣地响。他又抽出腰刀，在上面磕了磕，一声清脆的响动，灯灭了。哦，原来这东西这么不经磕。

喇嘛保又闯祸了，害怕死了。短暂的黑暗之后，他想看一眼官寨，那里有美丽的菩萨女儿唱着歌跳锅庄呢。可是他找不到官寨了，官寨外面的歌舞声轰轰烈烈，他就是看不见。难道他的眼睛瞎了？他用耳朵听远处的古雅山，那里有石庐、铜钹、铁锤，有天籁之声，他想念那里。再听菩萨女儿的碉楼，牲口圈里犏牛在反刍，獒在黑暗中伸着舌头。一个人如果什么都看不见了，那就跟死了一样了。可是他不舍得死，他有菩萨女儿，有獒，有怀里的达汉孕书，他不想死。他嘤嘤地哭泣，像一个无助的女人。

下面，传来微弱的声音。

喇嘛保娃，快下来，不要跳啊，你阿爸看着你呢。

是看林家阿妈，阿妈知道他在这里。看林家阿妈从春天到秋天都在活羊道上，超度那些在半路上离开或者在路的终点离开南赡部洲的卓尼的羊。她老了，有走不动的那一天，要别人超度呢。他要给看林家阿妈送终呢，他不能死在老人的前面，也不能死在那些可怜的羊的前面，阿妈会伤心的。

喇嘛保娃，阿妈的袍子衬在地上着呢，袍子上面是阿妈，你要是想跳，就跳在阿妈身上吧……

喇嘛保摸索着一步一步地下来，他钻在阿妈的怀里，呵呵呵，呵呵呵。他的声音很怪异，像哪个山涧里发出的风声，不是悲伤也不是恐惧，是绝望！

32

喇嘛保的眼睛像是得了雪盲，是电灯泡子刺的。没多久就好了。

卓尼突然就有了这么几年的安然。

没有打仗，没有同族间的殴斗，没有异族的寻衅，没有所谓的"加卡卜"的盘剥，卓尼川日出日落，万物生长。

一到晚夕，一种叫电的东西，过去在天上，现在在水里，从高处落下的河水虎豹似的冲进"塞门德"做成的房子。随着轰隆隆的巨响，叫作电的东西通过木头杆子上的一条线飞进船城。船城亮如白昼，这样的夜晚是让人心里踏实的。

老人们说，不想死呢！后面的日子不定什么样呢，不想死呢！

减少入寺人口后，一茬娃儿长成人了，男娃一车轮高了，女娃上头了。一个又一个新搭建的草房散发着艾草苦香的味道，半搂粗的柏木均匀地砍出阶梯，崭新的独木梯子架上了草房。没多久又有一茬娃儿呱呱坠地了。线往低处捻，烟往高处走，卓尼人早起第一件事，就着风刮响的嘛呢，说着没有走远的梦。撩起袍子上房顶，燃起香柏和着糌粑的素桑，抬头望着官寨，望着金顶，盘算着好日子。

牦牛掌嘎和百灵掌嘎经过二十年的起起落落，庄稼的蔓秧蹿过地堰，交颈搭背纠缠在一起，亲热得谁也离不开谁。牛羊马骡们放在一个坡上，吃草的吃草打圈的打圈，羔子和驹子说不清哪个是谁家的。牦牛掌嘎的厚道，向百灵掌嘎的提亲的时候，彩礼厚一些。百灵掌嘎底子厚，也对牦牛掌嘎给足了面子。掌嘎里哪家杀了蕨麻猪，炖了香喷喷的肉，挨家挨户给牦牛掌嘎的送。对于百灵掌嘎，二十年前死了一个人的委屈，与闭关洞发生的糗事，似乎相互抵消了。船城的人们在背水的路上，在丛拉里，看见百灵掌嘎的人就笑着说"乔德莫"。善良的本性，还有对佛的记忆，原谅了这个家族的荒唐。总之，十二个掌嘎仿佛一把插箭，相互偎依在一起。

卓尼官寨最乐意看到的就是人心与人心手心与手心相合。

官寨的厨娘，在尝试着做了牛羊肉热锅面、胡辣粉条汤、河州包子、麦仁杂碎汤、羊肉糖包子、陇东糖油糕后，时值嘉波阿妈六十寿辰，在两位太太的怂恿下，试着做冰激凌。

请了个河州的匠人做了一大一小的两只木桶，大桶底上有漏洞，把两只木桶套在一起。把四岁的牦牛奶加了冰糖在锅里熬稠，再加洋芋粉增稠，放凉后加香草粉，装入小桶。从河底下凿了冰，塞进大小桶之间的空隙里制冷，用褐子捂好。冰化了从下面流走，再加冰，直到小桶里的东西冰冻凝固。

像一个谜底要被揭开，官寨上下都很兴奋。少爷和姑娘用牙粉再一次洗了牙。阿妈换上了一身汉人的新衣裳，织贡呢的大襟袄，绑了腿带，让两个太太给她梳了蝴蝶头，抹了薄薄的清油。

那个后来被卓尼人亲切地称作"才巴洛"的洋人已经到了洮河南岸。在洮河边的电站驻足良久。他在隘口值哨的引领下，穿过木耳桥用了一阵工夫。他歪着头看木耳桥，俯下身子看木耳桥，用手击打塞门德。

从彩云之南经由四川到达洮岷。一路上到处是兵燹，到处是从这个尸体飞到那个尸体的苍蝇。他和他的十个纳西族仆从把十一个脑袋别在裤腰上，能够抵达卓尼算是一个奇迹。

他是一个植物学家，名字叫约瑟夫·洛克。他想去阿尼玛卿山寻找一种治疗麻风病的"大风子"药材。显然他此时到中国不合时宜。一个军阀把紫禁城里的皇帝赶到了马路牙子上，情形一定非常急迫，皇妃们都没来得及穿裤子。可是紫禁城里逊位的皇帝毕竟见识长，这个剪了辫子的皇帝早已未雨绸缪，借赠送胞弟的方式把宫内的东西倒腾得差不多了。很多的洋人跑到逊位皇帝居住的天津，收购紫禁城里的珍宝。洛克对珍宝不感兴趣，他只在意植物。虽然到处混战，但来了就没有退路，他必须先找到一个安全的地方栖身，再图后谋。他听说在白龙江和洮河之间有一个独立的土司王国，一个香巴拉。土司本人开明，开化，属民没有繁重的税役，并且那里植物多得如天上的星星。之前他从来不知道地球上还有这样的所在，就是中国的很多人也不知道在海棠叶地图上的这样的世外桃源。

他即刻给卓尼土司写了信。邀请他们一行去卓尼的回信马上就来了。真没想到，两张薄薄的信笺一见如故！

他仿佛忘掉了阿尼玛卿山和大风子，他的目标就是卓尼土司王国。他和他雇用的十个纳西族仆从举步维艰地从白龙江往洮河走，盘缠很快就花光了。只有一架相机，一套崭新的西装还没来得及上身，一个小小的地球仪，这些都无法变卖。还有就是几个防止雪盲的太阳镜，也许能换一口袋炒面。没想到一到岷州便有卓尼土司的人接应，身上背着炒面和酥油。

从电站到塞门德孔桥，这个地球仪上没有的地方竟然有石灰有电站！

一个高大的寺院金碧辉煌。

一个说不上雄伟但足够精美的官寨迎接了约瑟夫·洛克。金黄色的寨墙足三英尺厚，上面有哨岗。墙面上的砖碉沉稳大气，檀木层楼，绿杨深院，碧藓回廊。在照壁前，燃着一堆香柏，外面的人进官寨要熏香。洛克脱下大檐帽绕着香柏转了几圈，长长释了口气。看看身后的十个纳西族仆从，衣衫褴褛，自己也好不到哪儿去，一件皮夹克都馊了。第一次见卓尼王，真是难为情。

进了官寨红漆大门，院落里的一朵牡丹吸引了洛克的目光。洛克的心跳加快了，经历过几万种植物标本的洛克，从来没有见过如此这般的牡丹。雪白的花朵，朵芯鲜艳的紫色，这种紫只有在雨后的彩虹中见过。洛克弯下腰凝视，几乎热泪盈眶。

一身汉地丝绸的高大俊朗的男人，不到四十岁，传说中的卓尼土司站在他的面前。卓尼土司后面佝偻着一个长髯长者，在用英语跟他打招呼。

洛克站在一院的紫斑里，恍如隔世。在群山围绕的一个锅底似的化外之地，有如此时尚之人，他的书记官会说英文，My God！

正值壮年的南杰嘉波，仆人们称呼他为南杰老爷。两房太太看上去很年轻，皆汉服，梳得油光锃亮的头发上妆有银饰。还有一个女人不知道是什么身份，比两位太太年龄大一些，看上去更加妖娆，用眼睛笑着，神情捉摸不定。她被南杰老爷的一儿一女分别拽着一只胳膊，论年纪不可能是亲娘，三个人看上去十分地亲密。嘉波阿妈身着藏服，裹挟着裘皮的味道，她不苟言笑，也许是在她寿辰之时不愿意一个身上长着毛的人打扰。她不时地捂着鼻子，担心门口熏燃的香柏没有把生人身上的瘴疠祛掉。还有一位特别好笑的人，人称四老爷。他给嘉波阿妈祝寿，给寿星作揖，甩动着比耳朵还要大的耳环，嗓门儿大得如铜锣。他从绵羊尾巴似的大胡子里捋出一把银子捧给老寿星，嘎嘎地笑着，像飞起一片老鸹。

南杰嘉波是十分友好的。他的眼光亲切，坦然，率真，让人舒服。这个五百年土司王国的继承者，和传说中的一样，对外来的一切充满了好奇与善意。他摆弄洛克的相机，也拿出自己的相机，向洛克讨教冲印的技术问题。他的相机不比洛克的差，他照相的技术让洛克对他更是刮目相看。

洛克拿出了那件唯一的家当，一套纤维质地的西装，配着一件凡尔丁的衬衣，他目测了卓尼王的身材，他高大魁梧，正是这套衣服的主人。南杰嘉波是高兴的，即刻两位太太前来为嘉波老爷试穿，可是肩部总是不合适，仿佛一个架子。洛克近前一看，原来西装的塑料撑子垫在肩部，没有取下来。人们哈哈笑着，简直是兴高采烈，于是洛克的肚子更饿了，叫得像一群蝼蛄。他左右看了一下，没发现厨房，也没有闻到食物的香味。

洛克拿出地球仪，又拿出太阳镜，太阳镜每人一个。几乎所有的人都试着放在眼睛上，惊叫着，阿尼闹！阿尼闹！终于，肥胖的总管进门了，后面是一个厨娘，木盘上端着食物。先呈给客人洛克，之后是寿星和所有的人。

哦，黏糊糊的，似乎是冰激凌。洛克没有客套，木勺直接放进嘴里。天哪，味道简直就是劣质牙膏。两个孩子吃得哇哇叫，还要来两碗。洛克难以下咽，但是饿了，又出于礼貌，还是吃完了。接下来就是羊肉、牛肉、鸡肉，甚至还有一道鱿鱼，张牙舞爪的，放在嘴里是苦的。

洛克敢保证，除了南杰嘉波和其中的一个太太，所有的人都以为地球仪是孩子们抽着玩的陀螺，只是个头儿太大了一些。其中的一个太太仔细端详着地球仪，最后用手点着一个地方说，咱们卓尼应该在这个地方！

卓尼嘉波送给洛克的是一套镶豹皮的藏袍。

学校又重建起来了，窗户上还是水一样的玻璃，整个船城整个卓尼领地只有这所学校有水一样的玻璃。地球仪放在木桌上，娃儿们好奇地看，不能相信他们居住的这个地方就在这个圆圆的冰杂上。那个猴子似的洋人从这个冰杂的背面来，坐着船也要走上半年六个月——当然要坐船，洋人是从海洋里钻出来的么。船城里的人永远不相信他们住在这个冰杂上，但嘉波说是，青稞太太说是，那就一定是。人们有事没事蹭摸到学校，隔着玻璃窗看地球仪。喇嘛保终于有了一个机会靠近地球仪，伸出手来转动，那像得了雪盲的眼睛马上好了，他惊呼道，我感觉我在地球上了，我感觉到头晕了。

洛克被南杰嘉波安顿在卓尼大寺的拉章（活佛住所）。

不知道是哪一个人把这个洋人称作"才巴洛"的。"才巴"是吉祥的意思，

"洛"是这个人的名字。也许是因为他的友善，他的与众不同，他的不把自己当外人，船城很快就接纳了他。有一个人这么叫，所有的人也这么叫了。这个才巴洛和所有的洋人都不一样，他不传教，不说"阿门"，不画十字架，不给藏人送白药片也不送面包。他到处转悠，盯着植物看，采集种子。他照相，照寺院僧侣，照高山树木，照骡轿架窝子，他想把卓尼所有的东西装进他那个匣子里。人们也没有抵触他，因为这是卓尼嘉波给他的特权。南杰嘉波还把掌嘎里刚刚成婚的一对男女叫来，拍他们盛装的样子，羞得两个加起来都不到三十岁的新人几乎要哭起来。才巴洛脱掉了他的洋服，穿上能应对卓尼一天有四季气候的藏袍，也开始吃糌粑，嘴唇上抹酥油。有时候半夜他突然出现在某个碉楼的院子里，仿佛他是穿墙而过的，把主人吓一跳。卓尼人完全接纳了他，人们知道他客居卓尼不想做什么，只是想看看卓尼的花草，看看卓尼的人。

他带来了新鲜的东西，每一样都让卓尼人兴奋不已。掌嘎里的嘛呢康茶余饭后总是挤满了人，青稞太太把地球仪放在了嘛呢康。所有的人都到嘛呢康看稀奇，用手摸，转，转古拉那样。终于有一个人明白了，说，这不就是个经筒吗？

才巴洛自己也没想到他会在卓尼待两年。在船城里人们看到，才巴洛和南杰嘉波像一对连手出双入对。可笑的是，才巴穿着藏袍，戴着狐皮帽子，腰里还挎着短剑。而南杰嘉波穿着西装，戴着礼帽。当有佛事活动的时候，南杰嘉波也换上藏袍，与洛克对视，神秘地笑，像一对真正的连手，心照不宣地微笑。

在洛克眼中，虽然南杰嘉波倾向于汉式的生活方式，但是在他的心目中，政教合一的体统是不可动摇的。卓尼大寺因土司家族的大力支持而得到发展；卓尼土司政权因卓尼大寺在精神文化层面的支持而得到巩固。卓尼大寺在五百余年的发展中和土司家族唇齿相依相存。

洛克根本不把自己当外人了，他除了在掌嘎里乱窜，他还穿上僧服学经，他一会儿用英语念经，一会儿用藏语念经，惹得正在打坐的喇嘛嘎嘎嘎地笑出声。有一天他钻到印经院，看到了大藏经刻版，即刻跳起来喊，我的上帝，我的上帝！他给码放齐整的整整几个经房的大藏经经版鞠躬，转着圈地鞠躬。他觉得天暗下来了，这些历经多少代卓尼僧俗的心血的经版向他涌来，他有些目眩。藏传佛教的经典大多是木刻版印制的长条经文，而卓尼版《甘珠尔》《丹珠尔》是历代土司及僧俗呕心沥血的结果，是佛教文化的集大成者，它的精美让洛克咋舌。洛克萌生出了印刷一套大藏经的愿望。而要实现这个愿望，需要五十个熟练僧工三个月才能完成。

所有的人都是友好的，唯有那个世袭大头目四老爷。每每在船城碰到，他肩膀上一边骑着一个小孩子，一边蹲着一只鹰，乜着眼睛看他的腰部。后来洛克知道，这个四老爷嗜枪如命，他惦记他腰里的驳壳枪。洛克其实很喜欢这个滑稽的长辈，他的大耳环像个法轮在粗糙的腮上甩来甩去，他胡子里摸出银子的魔术是如此拙劣，但没有人计较他的拙劣。人们像对一个孩子那样原谅他，甚至喜欢他的装模作样。他嘴里嚼着松胶，扑哧扑哧，像一群麻雀，踩着节奏，扑哧扑哧拉屎。他眼睛里的童真与邪性，正契合了化外之地男人的气质，让洛克真的心生喜欢。

有一次索郎四老爷对寺院的总管大声地说，这个毛子和那几个猴子，猴子指纳西族随从，吃我们卓尼的糌粑缴银子了吗？他们捋我们地上的花籽草籽，做我们蓝马鸡的标本，他们掏银子了吗？

他看上去的跋扈，是装出来的。他绕着纳西族仆从看一圈，之后在一个年纪较轻小伙子肩膀上拍一巴掌，说，小子，睡过几个女人？其实他是个心里柔软的人，他隔一会儿就把肩膀上的儿子拽在眼前，盯着看，吧唧吧唧地亲，惹得娃儿咯咯咯地叫，仿佛母鸡要下蛋。洛克想，这个可爱的彪悍的藏族男人，如果他能带着我安全抵达阿尼玛卿山，我可以送他一支枪。

洛克看到他的十个纳西族仆从脸腮上有肉了，拉标本的骡马毛色发亮，这才想起了他的初衷。他发现从卓尼到阿尼玛卿山最便捷的一条线路是由卓尼向西北走，穿过草原，到达黄河岸边的拉加寺，乘羊皮筏子过黄河。生活在阿尼玛卿山的果洛人，以彪悍和抢掠之风闻名安多，还有一路上经过的草地如何保证不受到袭击。洛克寻求卓尼嘉波的帮助。

洛克随后见到的是卓尼官寨的一个重要人物江措大头目。他从上卓梁上风尘仆仆回来，南杰嘉波迎接了他。他带回来的都是坏消息，卓尼一时的平静就要过去了。卓尼虽然小如鸟卵，但也在一个大鸟巢里，覆巢之下无法保全，南杰嘉波面色凝重。

国民军入甘，各镇守使地方势力受到威胁。陇东陇南已与国民军交火，同时镇守使之间也兵戎相见。先前所有的旗帜都倒下了，在另外一面旗帜升起来之前，都会引来一场血腥。近在眼前的邻居拉卜楞寺已经和西宁方面交战，跨到卓尼就是煮熟一锅老牛肉的工夫。和所有的地方势力一样，卓尼这个独立王国也会倾斜，土司被流官取代。五百年的大厦将倾，那些刚刚能够果腹的番汉人家，将接受沉重的粮税和兵役，再没有地方躲避。

在洛克的眼里，江措大头目比卓尼嘉波年长几岁。他言语不多，与卓尼嘉波的交流多用眼神。按道理讲，同时身为带兵官的江措大头目，应该是厉兵秣马，以备后患。可是不然，江措大头目马尾向北过了木耳桥，他的前方是迭部。难道卓尼嘉波考虑到偏僻的上下迭以退为守？总之，江措大头目是卓尼嘉波的另一半，是卓尼的腿和胳臂。

洛克长着一个脑袋，根本没有把握进入阿尼玛卿山后还长在脖子上。此时卓尼还是最安全的，洛克准备在卓尼越冬。卓尼暂时的安全得益于交通的困乏，只有一条大车道通往外面，外面的人们也不能短时间进来。牦牛走得慢，骡马也没有多么快，任何物体在这个世界的角落都不会移动得太快。这是一个慢地方，太阳升起来慢腾腾，落下来慢悠悠，夜似乎很漫长。因为藏人习惯日落而眠，一到天黑，除了洮水流动，牲畜反刍，嘛呢旗响动，就不会有别的声音。

世界也许把它遗忘了。

此时的南杰嘉波甚至渴望世界把卓尼遗忘，"加卡卜"把卓尼遗忘。

洛克祈祷卓尼的安静。

洛克喜欢南杰嘉波容貌的俊美、眼神的忧郁。

洛克常常看到卓尼嘉波身穿华丽的藏装，站在卓尼的某一个地方。他的仪式感来自对卓尼山川树木的景仰，来自对劳作着的牛马及僧俗人众的悲悯。一块土地，一片河山，一个小小的土司，早晚会像一滴水融入大河，犹如洮河之于黄河，黄河之于大海。可他就是放不下，如一个家长之于他的孩子，他的家。

卓尼嘉波与洛克一同看羌姆。戴着骷髅面具的舞者从明暗交替的隐蔽处出现，身上是累累白骨，胸前一个跳动的血红的心脏，舌头掉在下巴上，手脚全部是利爪。四个如此这般的活物一出现，舞蹈铿铿，声音刺耳，接着观看者厉声尖叫，一片狂躁之后，所有的灯都灭了。天地合二为一，一切复归平静，平静到一切都空了，像南赡部洲从来不曾出现。

这也许是一场死亡的预演。洛克和卓尼嘉波脸色苍白，黑暗中南杰嘉波摸索着一只手找到洛克的手，握在一起。这是一个只经历了三十六个寒暑的世袭土司，比起五百年的历史，他是那么年轻。五百年的风云际会，走到此时，已危如累卵。他的心已经是一个老人了，他的孤独和恐惧，如他冰凉的手，想抓住什么。

过了毛兰木节，他们又去卓尼大寺看酥油花的制作。一个盲人喇嘛，做了五十年的酥油花。坐在冰冷的房间，为了酥油的凝固，每捏一块酥油，要不断地在把手指蘸在水桶的冰碴上。他眼睛看不见，靠的是心。他感觉到他的身边有人，还不是一般的人，他闻得出观看者的气味。他没有慌乱，嘴角挂着笑和慈悲。洛克看到，有一刻，卓尼嘉波迅速把喇嘛的手捂住，喇嘛张大了嘴。一双温暖的手，更重要的是这双手与所有喇嘛触过的手不同，人的肢体和气味暴露一个人的气质。喇嘛跪下来，前额着地，把卓尼嘉波的手触在自己的顶上。卓尼嘉波眼里蓄满泪水。洛克理解他。他真的放不下！

精美绝伦的酥油花做出来了，南杰嘉波自言自语地说，此花不凋谢！

洛克是在第二年的春天到达阿尼玛卿山的。卓尼嘉波派藏兵护送，又写信给嘉木样活佛派喇嘛关照，藏区是没有人敢对喇嘛不敬的。可以说历尽艰辛到达阿尼玛卿山，这条贫瘠的山脉让洛克大失所望，道听途说的关于阿尼玛卿山主峰可能高于珠穆朗玛峰的说法是子虚乌有，这里所有的植物在卓尼全部能找到，洛克拿起相机只拍摄了阿尼玛卿山上面湛蓝湛蓝的天空。洛克的兴趣不在蓝天而在植物，卓尼土司领地才是他真正的目的地，于是义无反顾地随藏兵原路回卓尼。

又一个春天来了，洛克和十个纳西族仆从在藏兵的护送下进入迭部，春夏采集标本，秋冬采集种子。他翻山越岭，走遍洮河和白龙江之间卓尼嘉波的所有领地。云杉、刺柏、红豆杉、铁杉、冷杉、黄毛杜鹃、黄绸子花、紫斑牡丹。

在下迭的达拉沟，他们误入一个深沟。回过头看，竟不知道从哪里进来的，从哪里出去。不巧的是，他们在扎尕纳采撷的一口袋植物球茎掉进一个山隙里。跟随的藏兵走失了，正无奈惋惜之时，来了一个藏族小伙子。他很健壮，十八九岁的样子，身上背着枪。洛克有些紧张，忙递上一根纸烟。小伙子摆着手没有接，他满口雪白的牙齿，笑得熠熠生辉。他把一根牛毛绳子拴在腰间，踩着山壁下到山隙里，一根烟的工夫，就带着口袋蹭着岩石上来了。他说这是达拉沟，要送洛克和纳西族人出沟。拐过一个山涧，看到一条小径，小伙子努努嘴说，前面是九龙峡，就此下去就可以出去了。就在此时洛克无意中一回头，便看到崇山峻岭中，闪现着一个高大的建筑物——一个藏式楼房，似乎比卓尼官寨的木楼还要大。在荒野之外，此建筑在夕阳的照耀下不能不引人注目。洛克只眨了一下眼，对方的枪口就对准了他的嘴。洛克赶紧举起双手。小伙子又把枪眼从嘴上挪到他的额头上，意思是，如果不能管住嘴就要你的脑袋。洛克下意识地在胸前画了十字，把右手放在左胸上。这相当于发誓，小伙子相信了他，相信他会守口如瓶。他伸出手来与洛克合了一下手掌。

走远了，他才想起来这个小伙子长得像一个人。

回到船城的才巴洛，还是百思不得其解，九龙峡里那个堪比官寨的庞大木楼是做什么的呢？

在卓尼的第二个冬天很快又到了。才巴洛卜居卓尼大寺的活佛拉章。卓尼嘉波差人送来木炭，这个拿来木炭的人全身包着氆氇，露出脸来，洛克看到来者是卓尼官寨的书记官。他们围着火盆促膝而坐。红笔师爷会汉藏两种语言和文字，还会简单的英语，相谈甚欢。红笔师爷痴迷洛克从兰州购买的木浆纸，他放在眼前看，用鼻子闻，苍老的手摩挲。他向洛克打听印刷机器，洛克告诉他有活字和石印，但是价格不菲。这个寒冷的冬天，洛克根据自己两年来在洮河和白龙江之间的考察，绘制了卓尼嘉波领地洮河流域、白龙江流域图。红笔师爷复制了藏文版。

当藏汉两种版本的卓尼两河流域图挂在了卓尼官寨，卓尼嘉波领地，此时挂在卓尼嘉波的墙上。它属于卓尼嘉波，但不会永远属于卓尼嘉波。这个小小的领地，早晚会走向他们的远方，对着五百年的家族华丽转身。

五卅运动风起云涌，卓尼已不是久留之地。洛克离开卓尼时已是两年之后的一个春天。紫斑牡丹和黄绸子花还没有开放，它们的种子早已寄到了地球的那一端。

全套卓尼版大藏经全部印毕，装成九十二个木箱，从卓尼运往西安。此时镇嵩军十万大军围困西安，卓尼版大藏经的邮包一直停放西安城外，解围后运往上海，两个月后到达地球仪上卓尼的背面。

离开应该就是永别。

洛克带着十个纳西族仆从，索郎四老爷带着十个藏兵，过木耳桥，准备从迭部进入松潘。洛克一步一回头，与南杰嘉波挥手。两年多的时间，卓尼嘉波的眼睛里多了沧桑。最后在洛克的眼睛里消失的是雄伟的官寨、富丽的卓尼大寺。进了博峪沟，回望船城，官寨上空没有旗帜。不知道这样相对安然的日子还有多久。

迭山的雪大得没过马肚子，四老爷走得有点不耐烦，一路上举着酒囊，喝得晕晕乎乎。过九龙峡的时候，四老爷正好清醒了，说有一条小道是个捷径，可以穿过达拉沟。洛克辨认了一下方向，四老爷说的所谓的捷径就是他们把植物球茎掉进山隙的那条小路，如果从那里过去，人们一定能看到那个庞大的木楼。为了信守诺言，洛克以纳西仆从的马驮子太大，不能穿过山洞为由拒绝了四老爷的建议。四老爷有些不高兴，洛克提前兑现承诺，把两杆半自动骑枪赠送了他。半自动骑枪比步枪短小，可骑在马上连发四十弹。四老爷把骑枪抱在怀里像抱着亲儿子，即刻嘎嘎大笑，往洛克的袍子里塞了一坨什么。过了洋布山就出了卓尼领地。

洛克回看重峦叠嶂的山脉，想起九龙峡里神奇的木楼，冥冥中他感觉到，这个神秘的九龙峡与卓尼嘉波的未来有着巨大的关联。他把右手放在左胸上，微微闭上眼睛，长长叹了一口气。

中国西北兵连祸结，土司王国周围已经烽烟四起，危险在步步逼近。卓尼王国也是一个鸟窝里的蛋。

洛克爱着卓尼的一草一木，爱着卓尼的人，他一步一回头，眼里蓄满泪水。再见了，卓尼！平安，亲爱的卓尼嘉波。

扎西德勒！

33

欢天喜地的索郎四老爷返回，路过岷州，天将黑了，四老爷拉紧了缰绳。我四老爷又给官寨挣了两杆骑枪，何不到岷州城里耍一耍呢？

一进岷州城，四老爷就趸摸吃的。四老爷嘴馋，想起黄焖紫羔羊，口水就从腮帮子下面涌出来，咕噜咕噜咽了两口口水。对下面的戈什指着一家有名的黄焖紫羔羊的门头说，到那儿吃肉！可是走近这家老门头，发现这里人挺多，但已经不是吃紫羔羊的地儿了，改窑子了。一些似乎是兵的，穿得不伦不类，军装上套着民服，花花绿绿的女人上来拽他们的胳膊，他们捏女人的屁股，掐女人的脸蛋，醉醺醺地说，美不美，看大腿！

　　四老爷肚子正叫着，看到那些女人有些厌气。看到这些女人，四老爷就会想起船城里那个大腿上和面的女人，脏，呸！对面有一家叫"鸡汤冻冻"的馆子，四老爷走了进去。十个藏兵两个戈什加四老爷十三个人，四老爷对堂倌说，把门锁了，这场子我们包了。

　　吃了黄焖羊羔肉，喝了鸡汤冻冻泡油麻花，空酒坛子五六个蹾在墙根上。四老爷毕竟老了，拿不住酒了，昏昏欲睡。这时就出现了一个满脸横肉的家伙，四方脸，平顶子，一嘴黑牙。他说，哞……这不是天上的四老爷吗？要不是当年老土司老糊涂了，你不就是眼下的卓尼嘉波吗？你如果是卓尼嘉波，洮河边上能有那么多下巴子刮卓尼的地皮，还成了卓尼的地主吗？卓尼土司五百年哪一寸地不是卓尼家族的，汉人孬房子是哪个裤裆里的毛啊？

　　话糙，理端，句句说在四老爷心坎儿上。二人一见如故相识恨晚。前半夜交杯换盏，后半夜勾肩搭背。大红公鸡引颈长鸣时，四老爷发现自己睡在一口棺材里。兀自惊起，环顾四周，原来是一张三面围住的木床，脚底下还缩着一个女人。摸摸身边，枪没有了，大惊，踢一脚女人说，我的枪呢，我的枪呢，滚开，滚开！四老爷自从有了亲儿子早已对外面的女人失去了兴趣。

　　四老爷遇到了知音人。临洮统领宋有才部团长卢某刚吃了国民军的败仗，退守岷州休养生息以图后续。

　　"改土归流箭在弦上，下一个目标就是卓尼。到时候土官换流官，你们这些土官上哪儿去呢？如果甘肃的地方势力不能齐心合力，最终会成为国民军手里的麻雀。"

　　接着昨夜的话题，卢某对索郎大头目赞赏有加。他说索郎四老爷是南杰嘉波的阿古，山高高不过天，儿大大不过爹，亲爹没了，阿古就是亲爹，哪有亲爹做不了儿子的主的？儿子的主好做，恐怕同时身为领兵官的江措大头目不好办，常备兵两千人在江措大头目的手里。当即索郎四老爷就跳起来说，我是官寨里的人他是掌嘎里的人，他是个外人，说他是领兵官就是领兵官，说他是娃子就是娃子。况且他现在总是钻在迭部扶持他的儿子做仓官，官寨里没有他的一席之地。

索郎四老爷与卢某一拍即合，卢某护送四老爷回卓尼，同时拜访南杰嘉波，赠送卓尼官寨十杆步枪，共谋岷卓长远未来。索郎四老爷即派戈什通报南杰嘉波，他附在戈什耳朵上说，告诉南杰嘉波，索郎四老爷我安全送走了才巴洛，顺便从岷州捡了人和枪回来了，请南杰嘉波备酒备菜。

卢某不是第一次来卓尼，做脚户的时候，他拉着骡子架着驮子不止一次到卓尼。可是作为临洮统领的团长进卓尼是第一次。卓尼的山林郁郁葱葱，遮天蔽日。迭部丛林里的空闲地带最适合种罂粟，深厚的落叶腐土是罂粟最喜欢的肥料，迭部生长的罂粟割出烟来带着十足的油性，价格翻番。洮河两岸适合种粮食，让人活下去的东西不是罂粟而是食物。此时洮河两岸麦菽飘香，自洮河开口的一条人工水渠蜿蜒在北岸的谷地，像另一条洮河，就在庄稼地的身边。接近木耳桥，一座隆隆作响的电站迎接了他，隔河相望，卓尼官寨沉静华美，卓尼大寺庄严沉静，香火缭绕，印经的磕长头的转古拉的信徒不在卓尼大寺就在去卓尼大寺的路上。这个地方是安多绝无仅有的风水宝地，他张大了嘴，心里的欲望像一条芯子伸出来。

南杰嘉波用藏人的礼节迎接了客人。当客人接过哈达抬起头时，南杰嘉波感觉到哪里见过这个人，他的眼光像一把锥子，让南杰嘉波心头一颤。

阿拉善烤全羊出炉了。二齿羯羊，去毛净身，开五处口填充密制调料，入炉添炭，续炭，为时两个时辰，进行四十二道工序。

第十一代嘉波迎娶阿拉善公主香曼，公主带来了贴身厨子，在卓尼官寨用红胶泥砌了坛子形状的烤炉，从此烤全羊成了卓尼官寨的看家菜，只要重要的客人莅临，卓尼官寨的厨子就焚香净手，烤全羊。

长条木盘上放着金红软熟的全羊。徽州的烧锅，盛满一碗，一碰明火，马上燃烧起来。割一条羊尾，在着火的酒碗上炙烤，放进客人的碗里，还在刺啦刺啦地响。如此具有仪式感的款待让客人非常受用。

客者为上，与南杰嘉波并排而坐，一侧是可爱的索郎四老爷。卢某频频举杯，四老爷杯杯相和。卢某知道，南杰嘉波虽为藏人，可从小受前清秀才开蒙，读的四书五经，满肚子仁义礼智信，在他面前少不得要装点斯文。可是几碗酒下肚，原形毕露。撸胳膊，抹袖子，脚踩凳子，反客为主。仿佛他是这里的主人，这里是他的官邸了。

他观察席下的亲眷，嘉波阿妈坐在一张豹皮椅子上，旁边坐着两个女人，交头接耳。两个女人应该是两位太太，靠近嘉波阿妈的健壮几分的是藏人太太，文弱几分的是汉人太太。二人都是汉装，梳着蝴蝶头，脸上搽着香粉。看来两个太太关系不错，这种角色还能做到真心和睦相处，要不是虚情假意，要不就是圣人。还有一种情况，二者都非常爱南杰嘉波，或者二者都不爱南杰嘉波。大总管和房科也在下座，眼里充满机警，随时听任调遣。那个老得像一张牛皮的瘦子可能就是官寨里的老秀才了，他竟然一直闭着眼睛，对着临洮统领的带兵团长视而不见。卢某皱了下眉头，心想，老得都夹不住屎了，还戳在眼前，真是日眼。不见卓尼官寨另一个重要人物江措大头目，据说他常在迭部鲜少在卓尼出现，只要卓尼需要出兵，他与卓尼官寨的常备兵马上出现在现场，传说他们都长着飞毛腿。他的儿子已接任下迭仓官，刚刚拽了敬神索。江措大头目的儿子任下迭仓官，大有深意，这一定是南杰嘉波的意思。江措大头目避亲不可能举荐，这说明南杰嘉波对江措大头目的信任无以复加。这个以一当十的大头目见缝插针地关心粮食，粮食只是表面，其实是在未雨绸缪，在囤积后防，秣马厉兵。

大酒大肉，大快朵颐，渐入佳境。

烤全羊骨肉啖尽，唯剩一颗狰狞羊头，露着森森牙齿。

卓尼土司好啊！五百年卓尼土司仍然气象万千，虽整个西北鸡飞狗跳，可洮河白龙江之间物阜民丰，条理井然，没有皇帝没有"加卡卜"，南杰嘉波一手遮天，仍为十万人之上。

卢大人吉言！卓尼土司五百年弹指一挥间，世代忠于"加卡卜"，接受封土司民，家国相望，守护相助。无奈历史潮流浩浩荡荡，泥沙俱下，虽殚精竭虑，已无力以国家利益为上，唯佑土安民微小宏愿，亦不得保全。

哎，南杰嘉波，身为土司，一方土官，保家才能保国。卓尼领地，卓尼与临潭插花，迭部与岷州毗邻，犬牙交错，难舍难分。临潭以北临洮设置防御，迭部以南设置退守，洮岷作为安多心脏地带，只要我们勠力同心，洮岷百姓免受战乱之苦，安享天命，指日可待。为表真诚结盟之意，特赠予南杰嘉波半自动步枪十支，南杰兄弟笑纳笑纳！

南杰嘉波成了南杰兄弟，即刻说生辰换八字，结成金兰之好。

西北地区的镇守使和统领不下五人曾和卓尼嘉波结好金兰，张兆钾、马廷襄，利害相关，分分合合。结交金兰俯拾即是，非常时期，情谊已经很廉价了，也不多这一个，应酬而已。

那个瘦弱的红笔师爷已拂袖而去。

既为金兰之好，此一时意味着已换过脑袋。卢大人拜了义母，呈上岷州点心。嘉波阿妈中间还眯了一觉，睁开眼看到岷州点心，连说好好好。拜过两位太太，呈上岷州雪蜜。左右而顾，求见侄儿侄女，以求叔侄相认。此时天色向晚，总管把吊在墙角的牛毛绳绳一拽，电灯亮了，卢某下意识地眯了一下眼睛。

亮如白昼。此时，他想见到的人出现了。

一双儿女挽着一个女人走了过来。在炫目的灯光下，此女人白皙得像一团刚刚醒好的面团，或者在地窖里藏了一冬的芫根。美目盼兮，巧笑倩兮，不是巧笑，她的嘴角挂着冷笑，柔桡轻慢。她道了万福，她永远道万福，表明她汉女子身份。她说，见过大人，少爷和姑娘过于娇惯，有失礼之处还望大人海涵。

哈哈哈哈哈哈哈！只知道卓尼官寨藏龙卧虎，没想到还金屋藏娇。这个女子不是人，九天仙女下凡尘，哈哈哈哈哈哈哈哈！即刻送少爷十发半自动步枪的子弹，送姑娘两盒香粉。看来卢大人是有备而来，滴水不漏啊！

南杰嘉波说，这是两个娃儿的孃孃，小名脸蛋儿。她与少爷和姑娘的生母姐妹相称，八岁随少爷和姑娘的母亲来到卓尼官寨。她无亲无靠，官寨就是她的家。少爷和姑娘命苦，幼小丧母，为养育两个娃儿，脸蛋儿姑娘待字闺中，耽搁了青春……

哦哦哦，可敬可敬！我想赠送美人一个名字，其主，怎么样？美人如果认可，就笑一笑？好好好，美人笑了，谢谢美人抬爱。这样吧，尊敬的南杰嘉波，本人不妨高攀一下，向其主姑娘提亲。汉女子讲究父母之命媒妁之言，南杰嘉波表个态啊？！

南杰嘉波错愕。脸蛋儿姑娘……贵公子年龄……

四老爷本不是个会察言观色的人，他的眼睛往卢某的脸上一扫，就看到了卢脸上的瞬间尴尬。他即刻站起来，拍着双手说，好事一桩，好事一桩。卢大人只有一房妻室，至今未生养。卢大人一团之长正值盛年，娶了其主姑娘，定会儿女满堂。其实卢某有几房妻室有无子女，索郎四老爷也不清楚，信口胡诌。

原来是自己给自己说媒啊！

南杰嘉波的目光转向脸蛋儿。脸蛋儿低下头，面露羞赧。

首先是梅朵姑娘听明白了索郎四老爷的意思，此时少爷坚赞注意力在十支步枪上。梅朵拽拽阿哥的衣襟，阿哥说，好枪啊，能连发四十弹。梅朵说，阿哥，脸蛋儿孃孃……

片刻的尴尬之后，南杰嘉波说，脸蛋儿自小在官寨长大，官寨把她当家人对待。婚姻大事我们不能替她做主，即使是以后坚赞和梅朵的婚事也由他们自己来决定。

卢某干笑着说，呵呵呵，呵呵呵，其主同意我送她的名字，自然也会同意我送她的婚姻，哪个女人不想有个家呢？不过啊，其主是个大闺女，咋好意思说自己想嫁谁呢？这样吧，其主姑娘，给本大人敬个酒，一回生两回熟，其他的事情日后再议，日后再议！

所有人的眼光都扑在脸蛋儿身上。倒是脸蛋儿很镇静，她端了酒往这个样子颠顸的人身边走，嘴角依然挂着冷笑。走近了又道了万福，半蹲着把酒敬上去。卢某赶忙起身扶住其主，附在她耳边说了一句话。其主听到这句话，睫毛抖动了一下。卢一饮而尽。其主垂着眼睛向后退，一直退出门去，迅速转身，少爷坚赞和梅朵跟了出去。

按照汉人的礼节换了庚帖，择了日子，卓尼官寨陪嫁了船城的一处公馆，其主被明媒正娶。

脸蛋儿离开官寨时，愤怒的坚赞杀了一只马鸡。梅朵在呜呜地哭，把心爱的拉洋片塞进脸蛋儿手里。嘉波阿妈为脸蛋儿备了两匹丝绸，对面无表情的脸蛋儿说，官寨嫁姑娘也就这个礼数。

起轿的时候，官寨里的人听到，脸蛋儿的房子里传来嘶嘶嘶的声音。脸蛋儿在撕扯那两匹丝绸。仿佛十年前那个早晨，脸蛋儿撕扯前太太丝绸衣裳的声音，像一支箭，从远方射回来。阿妈即刻气得捶胸顿足。孽障啊，孽障啊，她记仇啊，养不熟的狗，狗都不如！

过去太太的陪嫁丫头脸蛋儿，已不是抱了一床棉花被子走进卓尼官寨的那个女娃。出了卓尼官寨进了卢公馆，她就变成了叫作其主的女人。

少爷和姑娘呼叫着追出去，仿佛生死离别。他们扑在脸蛋儿的怀里，唤着姆妈姆妈。十几年来她替代着这个角色，她替那个已经死去十几年的女人喜欢穿丝绸喜欢盖棉被的女人活着，做着两个孩子的姆妈，但不是做着嘉波的女人。卓尼嘉波不喜欢她，准确地说不是不喜欢，是谈不到喜欢也谈不到不喜欢，南杰嘉波从来与她无关。

迈出卓尼官寨的门，那个叫脸蛋儿的女人就全部彻底地死了。

坚赞抱着她不撒手，梅朵往她的怀里钻。脸蛋儿流着泪，有一刻她改变主意了，从花轿上跳下来，抱住两个心肝说，不要来找姆妈，记住不要来找姆妈！卢公馆不是我们的家，千万不要来找姆妈！其实此时，脸蛋儿不知道变成其主后，是天堂还是火坑，或者各占一半。她看一眼官寨，楼上的木栏，墙上的雕砖，檀木风珠，这些风珠每天早上把她唤醒，她醒来的第一个心思就是，南杰嘉波在哪儿，两个娃在哪儿。走出去就永远回不来了。她希望有人唤住她，哪怕是那个老好人的大总管，甩着蝇刷子说，少爷姑娘离不开脸蛋儿嬢嬢……哪怕有人挽留一下也好啊！

她看到南杰嘉波站在照壁前，一直在目送她。他像过去了的每个清晨，青盐清洁了牙齿，他站在木栏前向远处看，阳光照耀下的他高大的身躯，一半是火焰一半是青山。他在目送她，十几年来，他从来没有在她的身上放过这么长时间的目光，而她时刻就在他的眼皮下。

脸蛋儿突然转身往回跑，披金戴银的身子叮当作响。她扑向南杰，顺势跪在他脚下，最后用手触摸他的脚——他今天穿着织贡呢的布鞋，脚冰凉。

南杰嘉波仓皇地伸出手来扶起她。她看到他曾经明澈的眼眸，一年一年地一天一天地染上了四季的风霜，他的鬓角甚至有了白发。

她亮出手心，又迅速握住。

南杰嘉波看到了她手心里躺着一只金麒麟。

这只金麒麟在脸蛋儿的手上，脸蛋儿不想隐瞒，她就是想拥有这只金麒麟，不管是怎么得到的，不关乎人品，只是热爱，热爱，热爱！热爱一个物件或者一个人，不需要任何人做任何评判。她的眼睛盯住南杰嘉波，南杰被硌了一下，下意识一躲闪。

脸蛋儿转身跑进花轿，再没有回过头来。

到了夜晚，卢公馆里张灯结彩，倒映在洮水里的星光彻夜未眠。可是卓尼官寨里的少爷和姑娘不见了，倾城出动，没有坚赞和梅朵的影子。嘉波阿妈在大经堂里念经，她相信她的经能把少爷和姑娘唤回来。不知不觉地，她发现自己念的是咒语，她诅咒今晚成为娜扎（新娘）的那个叫作其主的女人。她有了自己的男人，应该把少爷和姑娘从她的手掌里放出来了。官寨无眠，没有了少爷和姑娘的官寨空荡荡的。嘉波阿妈砸了那扎那，小龙碗，冰激凌桶，马奶酒杯，铜锅，茶壶，沸反盈天。

南杰嘉波闭着门，用狼毫写字，没有一个人敢敲响他的门，包括嘉波阿妈。直到深夜，他听到马号里琼雪打响鼻的声音跟平时不一样。他提了马灯走进马号，见琼雪卧着，马肚子上靠着少爷坚赞和姑娘梅朵。坚赞的袍子盖在两个人的身上，已经睡熟了。怕惊动他们，南杰偎着他们，摸摸这个的手摸摸那个的脸，泪如雨下。

阿乃日扎神山啊，卓尼大寺的金顶啊，我怎么才能保护我的两个娃儿，保护官寨，保护船城，保护洮河与白龙江之间的属民，让他们免受战争之苦，饥寒之苦，离乱之苦，我怎么样才能让他们把这一世安安生生地活下来啊！

东方发白了，有人说梦了，掌嘎里的女人开始烧茶了，挤奶了，男人开始煨桑了，切粪砖了……露水打湿了梅朵的眼睫。她睁开眼，看到阿爸搂着她和阿哥，皮袍盖在他们的身上。梅朵钻进阿爸的怀里。坚赞也醒了，但他不好意思看阿爸，用袍子盖住了自己的脸。

夜总是要醒来，天总是会亮的。洮水在流着，青稞在长着。

夜来风很大，把风马旗刮得七零八落。早晨船城人说梦的时候，雾气清冽，六月天里，人们感觉到了阵阵寒意。到了晌午，天上涌过来大团的黑云，细心的人们看到，黑云里夹着红云黄云，越积越大，像漫山遍野的格桑花开在浓黑的天上。

汉人气象官跑向官寨通报天气。房科和总管们通知头人们，保护夏窝子里的牲畜，把坡上的牛羊赶回牲口圈。

喇嘛保呼叫着往古雅山上跑。他脸上抹了锅底黑，头发披散着，手里的铜钹震天价响。没等他跑到山上的石庐，碗口大的雹子如天兵天降，船城顿时一片喑哑。

又是白雨，又是白雨！天神啊，单等青稞要熟的时候，白雨就来了，你让卓尼人啊么活呢，天神啊！喇嘛保抱着头张着嘴哇哇大哭。

气象塔顶端的电灯和上面的铁帽子让雹子砸掉了，黑魆魆地杵在洮河边。曾经的看雹人喇嘛保站在下面冷笑。他看到汉人气象官过来了，上去拽住他的脖领子就是一拳。说，你领着我们卓尼官寨的粮饷，让雹子把我们卓尼长多脑的都打了，你咋不去死呢？

秋天以后，官寨的义仓和寺院的香火仓又看见底子了。曾经的看雹人喇嘛保又开始在丛拉里踢石头了。看到掌嘎里的人就说，今年是典型的红黄雹子，没有雹路，说来就来说走就走。六月天一早冷得像头九，喝过大茶，热头就烫得像火炭，天上的云像一群豹子凑在一起，起红黄线，这是典型的红黄雹子，能把牦牛打死。我祖传的看雹本领就是降这种雹子的，让我喇嘛保看雹，就不会出现这场灾祸。人们不一定信服喇嘛保说的话，但是所谓的气象塔确实没有看住雹子，差点还把塔也砸塌，人们见了看塔的汉人就吐口水。掌嘎里的人又开始管汉人叫"下巴子"。

索郎四老爷与卢大人打得火热，隔三岔五到公馆拜访，从大胡子里给其主太太捎银子，惹得其主太太非常开心。其主呢，也正儿八经做起了卢太太，提着岷州点心回官寨看嘉波阿妈。嘉波阿妈说，脸蛋儿啊，多大的姑娘不嫁人还是不懂事，一旦成了太太，才成了真正的女人，如果做了阿妈，那才成为一家之主。这话其主太太不爱听，她说，不要叫我脸蛋儿，我是其主。这下阿妈又不高兴，说，把你的岷州点心拿回去吧，官寨里的点心太多都吃腻了。可是少爷和姑娘看到嬢嬢很是高兴，姑娘黏在嬢嬢身上，少爷长大了，总是坐在嬢嬢对面，低着头，红着脸。

江措大头目并没有在船城露面，可他的戈什出入官寨，与南杰嘉波频繁会晤。

卢公馆的主人对索郎四老爷说，江措大头目从未拜访本团长，是嫌本团长送卓尼官寨的枪支不够多呢，还是他认为自己是一人之下万人之上而对本团长不屑呢？

四老爷即刻把八大锦烟枪掼在地上，骂了一句脏话。

卢大人看四老爷的火上来了，又火上浇油说，他躲在迭部可能做大事呢，四老爷不得不操心。哪一天迭部成了牦牛掌嘎的了，你们卓尼领地就失去半壁河山。

四老爷不以为然地说，他就是躲在家门口守望着婆娘看着下迭的两个粮仓，能有多大的出息。

卢大人说，天上的四老爷啊，人没有枪可以活着，可是没有粮就活不成了。你手下的兵吃饱肚子给你去打仗，若空着肚子，快饿死了，枪就会打向你四老爷了。什么都能忍得住，就是饿忍不住啊！

四老爷慢慢把一口烟吐出来，眨巴眨巴眼睛，有道理啊！

说起粮食，索郎四老爷就想起地主王十全。船城遭了灾，地主王十全虽然也遭了灾，可他纳浪有私田。纳浪的粮仓不算大，可是有十来个，像汉人的坟堆一个接一个。就是遭了十年的饥荒他也饿不着。这些粮食是卓尼的地皮上长出来的，凭啥卓尼人饿肚子，他的粮食还吃不完？

真让四老爷说着了。地主王十全开始考虑他的粮食安全。一朝被蛇咬，十年怕井绳，如果船城断了粮，他粮仓里的麦子青稞还能安然无恙吗？他圪蹴在墙根上，穿过高大的院墙往外看。天是蓝的，日头是红的，但这狗日的动不动就翻脸，防不住啊！他啪啪啪地敲打旱烟锅子，咔嚓一声翡翠玉烟嘴碎了，他惊出一头冷汗。

打他到船城已近二十个年头，他凭着一头瘦驴和半口袋红䅟麦种子起家。他包租香火田，赌河滩地，开荒地，最终成了卓尼的地主。他的儿子王卓尼长成了十八岁的大后生，可是他的婆娘走了。男人没有老婆不行，他想续一门亲，可是十八岁的儿子和官寨里的姑娘出双入对，爷俩到底谁先娶呢，说起来都不好意思。如果儿子看上一个普通人家的闺女，拿出一个粮仓做聘礼，三下五除二，那还不是手到擒来的事情。可是儿子看上的是官寨的姑娘，全卓尼只有一个。那是七仙女下凡，能住进他的苦子房吗，真的高攀不起啊！要不这样，把仓里的粮食借给南杰嘉波，放进官寨的义仓就是进了保险箱。等以后官寨还他粮食或者银子，都没麻达。不行，卓尼官寨对于卓尼领地就是朝廷或者衙门，跟衙门打交道做生意那不是死赔么？谁听说进了衙门的东西还能拿出来，那跟塞进狗嘴里一样，有的进没的出啊。再说了，地是嘉波老爷给的，粮食是卓尼的地里长出来的，拿进去了，哪有再拿回来的道理。再说了，万一南杰嘉波开明，把梅朵下嫁王家苦子房，那彼此就成了顶头亲家，那粮食不就成了聘礼，哪里还有拿回来的道理？

思来想去，思来想去，罢罢罢，干脆把粮食卖了！岷州离纳浪近，粜到岷州去，换成银子，埋进地里，不显山不露水，先苟且一阵？但是，两百石粮食运到岷州不可能没有响动，动静大了定会再生事端。老天爷呀，叫我王十全如何是好？

人算不如天算，老天爷下凡了。王地主在纳浪迎来了一个籴米的人。一个商人打扮的人声称从岷州来，是岷州大有粮行的掌柜的。他说大有粮行要囤粮，听说王地主的粮食是粮食里的尖尖，要花现洋籴粮。看到王地主有些疑虑，他就策马带王地主到岷州的粮行探访。王地主心落了地，即刻拟执把，准备画押。王地主伸出手，又有一些犹豫。掌柜的喝退了伙计，在王地主耳边说着什么。

没过几天，船城里传出大消息，地主王十全在纳浪的粮食被陇南的官兵抢了。陇南的官兵是谁，过去是镇守张兆钾，现在国民军收复了陇南，那官兵就是国民军。国民军已经抢到了卓尼嘉波领地。据目击者说，王地主纳浪的粮仓风卷残云一片狼藉。王地主本来是个啬皮子，晚上都不舍得吃稠的，吃顿肉放屁都要堵筛子，怕荤腥露出去。那么多粮食没有了，估计人已死到脚腕子上了。

34

年景不好，粮价高抬，粮价一高，别的物品水涨船高。临潭的驼队和河州的骡队同时做卓尼的生意，两家比着抬高物价，卓尼官寨的义利社为平抑粮价做蚀本的买卖，很快就撑不住了。

临潭回族商队本来与南杰嘉波私交甚好，过去卓尼人经常赊货，大到马匹农具，小到针头线脑，头人和长宪作保，来年还本付息。与临潭回族商队常年对峙的是河州商队。临潭商队一赊货，河州商队就绷不住了。两家一起赊货，头人长宪的担保是口头的，卓尼人都不认字，也不能写字画押，或者只是做个记号：比如喇嘛保家马桩上挂根牛毛绳子，拉毛草家门头上挑一条干肉，一部分人届时至少能还本，也有一部分人装着辨不来，不认账，牛毛绳绳让风刮走了，干肉条让鹰叼了，你说咋做呢。

一个叫侯赛因的做小本生意的回族小伙子，本来想赚点钱说个媳妇，可是年年做年年赔，最后扛不住了，一生气，把驮子几脚踏烂，把驮驮子的走骡杀了，表明他再不做生意的决心。侯赛因伤心死了，找了个地方把骡子埋了。他边出船城边唱：

> 太阳没了，月亮没了
> 再不来了，再不来了
> 骡子没了，媳妇没了
> 再不来了，再不来了

后来做藏人买卖的就不赊账，遇上年景不好，买卖就更难做了。

是时已深秋，好在活羊道上的银子很快能回来了。官寨有了现银洋，可以到周边地区籴粮。船城的丛拉里粮多了，两个商队的价格就下来了。

唉，屋漏偏遇连阴雨。活羊道上的羊把式们回来了，蒙古喇嘛皮肤晒得黝黑，咧着一嘴白牙对自己的婆娘拉毛草笑。可是没过一拌糌粑的工夫，他就咧着嘴哭了。他带回来的银元是假的，用手一掰就成了两瓣，里边露出了砂子。

这是刚刚出现在金城的砂板银元！

蒙古喇嘛不相信全部是假的，他敞开装银元的口袋，一个一个地掰，掰不过来，就取来一块石头，咣当咣当，一个一个往石头上摞——都破了，天哪，都是砂板！

卓尼的活羊道开通之后，金城里最好吃的羊肉不再是河州的栈羊岷州的紫羔，而是卓尼北山的跑羊。卓尼的羊是用大半年的工夫跑到金城的，一路上吃百草，喝雨露，经风雨，见世面，整个一个春秋，淘汰病弱，到了金城，已练就肌肉强壮百毒不侵之身。据说当年紫禁城里的老佛爷根本不吃圈养的羊肉，老铜锅涮羊肉非跑羊不可。跑羊火了，河州的临潭的羊也纷纷效仿，也是从远方迢迢而来，带着一路的风尘。金城里的跑羊就有点鱼龙混杂，价格大不如前。当一个生意大家都知道了都来做的时候，这个生意就到头了。

蒙古喇嘛做这个已是轻车熟路。到了三甲集，离金城就是几天的脚程了，就是羊走得慢一点，十几天也就到了。眼下十个羊房子还有八个，算是大功告成了。这时就有几个当兵的来跟他们做生意，说是国民军进驻临洮，要做军备，这些羊他们都要了，价格只比金城的低百分之十。蒙古喇嘛一算账，羊反正是要换银子的，金城的银子和三甲集的没有两样。去金城还有十几天的路，去掉脚费，损耗，风险，也差不多。蒙古喇嘛是把式头儿，和另外几个羊把式一合计，就成交了。现场验了白花花的银洋，摸也摸了闻也闻了吹也吹了，没麻达，第二天就打算雇镖局，返回卓尼。

也许问题就出在这一夜。蒙古喇嘛很有经验，他进了客栈，把银元藏进炕头的炕洞子里，炕上铺着毛毡，他睡在毛毡上。

事关重大，四老爷审问蒙古喇嘛。拉毛草知道男人闯下大祸，可能须臾就掉脑袋，一起跪在大堂，寸步不离。

你确认你一夜没有离开客栈？

没有离开客栈，也没有离开炕头，一觉睡到大天亮。

中间有什么人来过？

没……有……

没有？别的羊把式都招了！

哦，天上的四老爷，没有男人来过，只有一个女人……手无缚鸡之力……唱花儿喝酒……

拉毛草转过脸看着男人，横眉立目。

就是喝酒唱花儿……

四老爷一拍桌子，拉出去，揭掉天灵盖！

蒙古喇嘛一头杵在地上，说，真的没离开炕头，真的没离开过炕头！

四老爷觉得蒙古喇嘛脑袋杵地的样子很可笑，不由得想多让他多出点丑。

在炕头上还做啥了？

炕头上，炕头上，就是，就是睡觉么……

睡觉？几个人睡的？

天上的四老爷，两个人么，就是睡了个觉么……

说得轻松，就是睡了个觉？

四老爷，这与银元没关系么，就是嫖了个风么……

四老爷忍不住嘎嘎嘎地笑起来。

拉毛草听不懂男人说的话，但知道男人没干好事。前些年他钻那个大腿上和面的女人的房子，下身长了肮脏的虫子。现在他又招惹唱花儿的女人。那些女人白唱呢吗不花银子吗？他到现在都没有给拉毛草补上阿珑银钱，一年出去大半年把钱花在别的女人身上。拉毛草伸手就给了他一个饼（耳光）。

你们都喝醉了，你咋知道还有什么人来过？

四老爷，喝醉了以后就不知道了……

蒙古喇嘛让老婆打了耳光，还不如让衙役抽柳条子。他的眼泪流出来，哭诉着说，早起从炕洞子里拽出银元口袋，我还解开口袋摸了银子，还抓出一把看了一下，真真的银子啊。镖局的装了封条，一路上没麻达么，怎么银子就变了样子。谁知道这世界上银元里还有砂子，长生天啊，我们蒙古人是老实人啊！

四老爷鄙夷地看着他。难怪人说，番子穷在头上，靼子穷在屁上。藏人把全部家当花在寺院和磕头的路上，蒙古靼子就是贪裤裆里的东西，都从下面流走了。这么一想，就又嘎嘎嘎地笑，收都收不住。

听说四老爷胳肢窝长着旱獭肉，一动就止不住笑。四老爷的笑把蒙古喇嘛和拉毛草吓坏了，看来是死到临头了。两个人突然抱头痛哭。女人说，你个死人，说好的阿珑银钱呢？男人说，以为可劲儿活着呢，慢慢攒么。再寻个好人家吧，你长得那么漂亮，手脚那么麻利，下一个男人不给阿珑银钱你就不要嫁。拉毛草说，我不要阿珑银钱了，我只要你，嫁给你之后我还没挨过打。牲口圈里的牛快下犊子了，咱们回包房吧，呜呜呜，呜呜呜……

四老爷唤来房科，交代了什么。衙役拽起蒙古喇嘛往外拖。蒙古喇嘛扭过头来，用眼睛拽着四老爷，突然想明白了——天上的四老爷啊，我还有话说，我不是失职我是让人骗了！银元从那些兵的手里接过来的就是砂板的，我拿到银元的时候长了个心眼儿，用生漆在上面做了记号，不仔细看看不出来。你们现在看一下银元上有没有生漆？

蒙古喇嘛说的是对的，银元不是被换了，是被骗了！

天上的四老爷啊，我怎么能知道天下还有砂子做的银元，我们的长生天没有告诉我们蒙古人啊！

出了官寨的门，掌嘎里的人乌泱泱站着一片。喇嘛保瘦胳膊叉着细腰，说，杂疙瘩，杂尿，杂巴尿，一千只羊白白送了命，还我们的羊，没有羊还钱！一只羊抽一鞭子，抽！掌嘎里的男人们扑上来。衙役把枪托一挡说，官寨有令，谁动蒙古喇嘛一家一根毫毛就动谁的多脑！

活羊道上的羊换回了砂板银元的消息马上传遍洮河两岸。

地主王十全纳浪的粮食遭受强人抢劫后，就很少在船城露面。砂板银元的消息还是像蜢子一般钻进他耳朵里。砂板银元？银元里掺了砂子？王地主想到了自己家用粮食换来的银子。他掌着胡油灯下了地窖，掏出用油布包扎的银元，双手使劲一掰，断了，两只相互磕碰，又断了。

天哪！天老爷哪！王地主一下子蒙了。连夜赶到岷州城，拍开大有粮行的门。掌柜的睡眼惺忪，说，什么？砂板银元？我们什么时候给你付过银元？你的粮食不是遭抢了吗？

地主王十全哑巴吃黄连。这下真的躺下了，人真的死在脚腕子上了。

卓尼的粮食断顿了。

北山闹牛瘟了，牛们晚上还在反刍，太阳没出来就死了。

江措大头目正从迭部调济粮食，南杰嘉波到大族远迎。江措大头目见了南杰嘉波，行礼，之后向他伸出三个手指头，南杰嘉波会意地点头。江措大头目的三个指头意思是迭部现在有三个粮仓，上下迭两个粮仓是明仓，而崔古村一个暗仓，没有人知道。

南杰嘉波和江措大头目看到，洮河两岸的属民陆续往卓尼大寺走，磕头，转古拉，背上背着牛毛褡裢牛毛口袋，牛毛口袋沉甸甸的，里边似乎是粮食。南杰嘉波和江措大头目很是奇怪，这个时候他们哪里有粮食布施寺院？

即刻召集长宪和头人总管，来者都说，前几日收到青稞麦子和干肉，有的说是官寨送的，有的说是寺院送的。可是那些人看上去眼生，不像是卓尼人，可粮食是我们卓尼的粮食，我们认得的。

南杰嘉波问道，什么样的青稞什么样的麦子？头人长宪说，青稞是肚里黄，麦子是红矬麦。哦？肚里黄在安多地区都有种植，可红矬麦只有卓尼境内的洮河两岸种植，是汉人王十全育的种子。

南杰嘉波很是纳闷儿，地主王十全纳浪的粮仓遭土匪抢劫，而这些粮食以冒充卓尼官寨的方式，出现在了卓尼属民的粮柜里。绕这么大的弯子意欲何为？

官寨房科突然传卢公馆的主人进官寨拜访。

来者有点性急，房科禀报了，南杰嘉波和江措大头目还没来得及迎接，他就风似的卷进来。卢大人一身戎装，满面红光。他对南杰嘉波和江措大头目抱拳，没有说寒暄的话，开门见山说，洮河两岸遭了天灾，卓尼官寨又遭了人祸，得知南杰兄弟受灾了，兄弟感同身受。即差部下北上询查，活羊道上的欺诈果然是国民军所为。国民军头目刘郁芬号称"留一份"，雁过拔毛，人人头上摸一把，已经开始对卓尼土司动手了。兄弟已从岷州调动部分军备粮食接济大族纳浪卡车沟等受灾属民，解除南杰兄弟后顾之忧。此时国民军已经在临洮以南磨刀霍霍，随时会跨过临潭直逼卓尼，进而直捣岷州。此时我们兄弟若不联手防御，恐迟早被个个击破身首异处。

原来是卢大人暗中施以援手。

卓尼嘉波此次被动出兵实属无奈。卓尼领地又遭受了白雨，经济虚弱，打仗打的是实力和民心，此时的卓尼经不起战争。简单地说，卓尼领地人口刚刚恢复，南杰嘉波的职责是保护这些生命，而不是牺牲这些生命。但是不牺牲一部分人的生命就不能保护另一部分人的生命……南杰嘉波与卢大人结为兄弟，卢大人拿出自己的粮食接济卓尼，还以卓尼官寨的名义，心地诚实天地可鉴。兄弟已为卓尼极尽所能，他若无动于衷，便陷于不仁不义之地。若卢翻脸，那更是雪上加霜，卓尼便陷入北边国民军南面卢团长的两面夹击，情势更加严峻。

偏偏北山牛瘟肆虐。索郎四老爷派人到车巴沟请仁钦曼巴，可是车巴沟的人说一年没见到仁钦曼巴了。可能除了青冈太太，谁都不知道仁钦曼巴到底在哪里了。

青冈去找仁钦阿爸。她站在车巴河尾的一个河汊上，眺望那个林木掩映的黑牛毛帐篷。涉河，水太深。走向渡口的索道，铁索突然从河的那一边断裂。

阿爸，阿爸，你不想见青冈吗？

阿爸啊，南杰嘉波遇到困难，他是你的女婿，你要帮他啊！

阿爸，你还在抱怨南杰吗？他是嘉波，他拥有两个爱他的女人，官寨需要为他生儿育女的女人，从来都没有错啊！

心掏出来不过是块肉，泪掉在地上不过是滴水，这些都是青冈愿意的啊！

阿爸说过，骏马的头扬高了威武，女人的头抬低了好看，青冈就是这样做的啊……

青冈娃儿啊，大千世界犹如太阳和月亮，一会儿是牛角，一会儿是坛城，什么时候是牛角什么时候是坛城，天说了算。

牛的病，人的病，天地的病，不死不生。药治了此时治不了彼时，一切皆为气数，一切皆为轮回，刻意则为虚妄。

掏出来的心是热的，再放回去就凉了。阿爸都替你心寒呀！

你是一块金子，总有识货的人，只是不要在此生把金子放生锈啊！

阿爸垂垂老矣，见与不见都会离你越来越远。走得了无牵挂，是我给我们父女下的一服最好的药。它是风毛菊、蒲公英、茵陈、贝母，是清晨的热头，晚夕的星宿，是车巴河的水，是西南的风……

青冈没有哭。阿爸帐篷的炊烟升起了，阿爸在喝茶。她把给阿爸做的衣裳挂在一棵树上，转身离开。

她沿着车巴河往下走，风吹着她冰冷的眼泪。她的命是阿爸给的，阿爸已把命给了她，阿爸不管她了。

回头再看一眼车巴河，看到河里漂过来什么，随着泛着金光的河水起起伏伏。近了，靠岸了，是两捆草药，拴在一起。青冈拿起一捆仔细一看，夜交藤、合欢枝、延胡索、缬草。这些草药是烈性的催眠药。拿起另一捆，大茶药、野八角、红毒茴、北乌头、钩吻、鸡血七，此捆草药全部是断肠草。

仁钦阿爸开的药方竟然是催眠药和断肠草。

青冈到达北山，疫区已被封锁，索郎大头目正在捕杀染病的牛。牛的主人们看着可怜的牛，牛们在掉流泪，人们也在掉眼泪。看到捕杀的人来了，主人哀号着，牛们即刻拖着沉重的病体，挤作一团。青冈挡住四老爷说，南杰嘉波有令，谁都不许再动刀。仁钦曼巴开了草药，我们现在全部动手，把草药切碎，和着水喂牛，快，要快！

牛们在喝下草药后，安静下来了，很快它们的眼睛就不流泪了，它们睡着了。主人们用手合上了它们的眼睛。

疫区所有的牛都安然地死了。人们默默地挖坑，掩埋。四老爷伸出大拇指夸奖青冈，真是神药啊。

自从上次四老爷帮助青冈从三甲集抢回了青稞，四老爷见了青冈就摇头。他到死也想不通，这个青冈么咋那么背，抢回来个女人么，正好是自己男人喜欢的，啧啧啧！

索郎四老爷说，青冈侄儿啊。他从来都是唤青冈"侄儿"。青冈侄儿啊，当什么青冈太太啊，你就长着男儿的骨头，还是做阿古的戈什吧。阿古实在是看上你这个人了，全卓尼川的尖尖！

青冈憨笑着不说话，或者凑到四老爷跟前摸一下他的胡子，叔侄俩哈哈大笑。

四老爷操劳过度已经病倒，青冈也是精疲力竭。青冈在帐篷里枕着一捆断肠草正要昏昏睡去，便听到阿爸说，牛们已转世，就是漫山遍野的断肠草。断肠草生生灭灭，不生不灭，此乃佛缘。

官寨里，江措大头目与南杰嘉波顾虑重重。如果让北山骑兵一起出兵，四老爷生性鲁莽，极有可能被卢左右利用，四老爷与卢部形成铁板一块，恐江措大头目不能控制。最终南杰嘉波决定，以北山牛瘟严重，以封锁人畜出入为由，把索郎大头目固定在北山。江措大头目率内外步兵两千赴康乐。北山还有青冈，等于为限制四老爷加了一道门槛。

直到出兵的那一刻，南杰嘉波仍然犹豫。陇东镇守使也曾是他换帖兄弟，几日前也向他借兵，他拒绝了。此次卢部出兵与陇东陇南有关联，很可能是甘肃地方势力南北夹击国民军的一次行动。

红笔师爷从故纸堆里爬出来，作为书记官，他在藏纸上写下四个字：孙子兵法。

南杰嘉波把带兵官江措大头目一直送到上卓梁，最后他对江措说，防御为主，见机行事，如果卢部用第三计，我们就用第四计，卢部用第七计，我们就用二十一计。

进入防御地带，江措带兵官与卢部发生分歧。卢部变防御为出击。其实卢部从来都是要出击，防御只是对卓尼藏兵的说辞。而卓尼步兵的装备根本不具备出击的条件，卓尼官寨也没有出击的理由，国民军并没有越过临潭向卓尼进犯的意图。

两千藏兵一离开南杰嘉波的视野，南杰嘉波就意识到自己做了错误的决定。他不应该意气用事，在外部情况不明了的时候应该以静制动，养精蓄锐。盲目树敌可能引火烧身。

出兵后十天来报，卢部北上与国民军接火，我部做后方接应，按兵不动。

索郎大头目接到南杰嘉波的指令，北山原地待命，不得突破封锁线。如若国民军进犯北山，严防死守，保卫北山以南卓尼领地。

眼看得卢部与卓尼步兵同时出兵北上，战事如火如荼，少了他索郎四老爷，令他心急如焚。

十五天后，前方来报，卢部溃败向岷州方向辙退。国民军追击卢部，与我部遭遇。江措带兵官巧妙应对，佯称在此防御卢部进犯。藏兵未与国民军交火，无死伤。

索郎四老爷认为自己将坐失一个天大的机会，他跳起来，命令北山长宪招集北山骑兵队，整装待发。他认定，如果有他四老爷出兵，连同卢部定能出奇制胜。可是北山的男人们刚刚死完了牛，不愿意接着死马，死人。他们你看着我我看着你，犹豫着。索郎四老爷以为青冈会阻止他，他拍着青冈的肩膀说，将在外，要依军情定夺进退，我是南杰的阿古，是卓尼的大头目，是北山骑兵带兵官，我与南杰嘉波的心跳在一个腔子里，为了卓尼王国，谁也别想阻拦。

匪夷所思的是，青冈响应着索郎大头目，说，天上的四老爷，此时我不是青冈太太，我是四老爷的戈什，唯索郎四老爷马首是瞻。只是北山的兵马们身处牛瘟疫区，被瘅疬包围，必须服下一服仁钦曼巴开的驱病的藏药，才可以出封锁区。

嘎嘎嘎！索郎四老爷太高兴了，有青冈大侄子助力，他一定所向披靡。几口大锅煎了驱瘅去疬的汤药，所有出征的人都用桦皮吊子扡了汤药灌进肚里。

官寨里的南杰嘉波得到消息：北山牛瘟得到控制，北山骑兵按兵未动。青冈太太与索郎四老爷相处甚好。

一切都在南杰嘉波的掌握之中，他在等待江措带领藏兵回归，等待四老爷和青冈回归。

可下面的情形急转直下。国民军旅长命江措大头目率藏兵追击卢部。江措大头目受国民军胁迫，不能脱身，不知如何是好。

盟军要变敌军，始料不及。事已至此，南杰嘉波速派人至岷州向卢团长通报，让卢部先离开一步。卢大人立马翻脸，说卓尼藏人不仁不义，金蝉脱壳，出卖同盟，讨好敌军，当即决定离开岷州。

卢差人接其主太太去岷州，南杰嘉波差人送其主太太到岷州，为的是节省时间，让卢部快速脱身。

坚赞少爷得知卢某要把脸蛋儿姆妈带走的消息，他带着他的连手王卓尼策马持枪追赶。在卓岷交界处，向着前来接应的卢某射击，连发十弹，都没有击中。

卢某从一棵冒烟的树干上抠出了几枚子弹，正是他送给坚赞少爷的子弹。他愤怒，目眦尽裂，向着这棵树连发数弹，把一棵树打成了蜂窝。他向着卓尼的方向说，卓尼嘉波，你演的好戏！

转身向南，进川。

南杰嘉波心怀愧疚。一个远去的背影，一个黑洞，渐行渐远。

坊间传说，岷州卢部打了败仗，卓尼江措大头目打了胜仗。紧接着，远在金城的国民军的委任状到了。任命南杰嘉波为洮岷路游击司令，卓尼嘉波领地的四十八旗分为两个支队，索郎、江措两个世袭大头目为第一、二支队长。

卓尼土司改游击司令。游击司令？这是个什么官职，闻所未闻。司令还是土司？换汤不换药？

一场无聊的出兵又引来了一个"加卡卜"。

是福还是祸？

南杰嘉波对卢某兄弟愧疚着！

35

最后醒来的是青冈。她知道她是无力阻挡索郎四老爷的，只得出此下策。怕引起索郎四老爷的怀疑，她仰着脖子喝了几大瓢汤药。看到真诚的索郎四老爷也喝足了汤药，她对索郎四老爷呵呵呵地傻笑着，还做了鬼脸，才扔了桦皮吊子。

她看到头顶是一只电灯。青冈第一次见到电灯是在金城，他和南杰嘉波在一起。在那里他们碰到了青稞。

她听到青稞说，醒了醒了。

她躺在官寨里，嘉波阿妈的腿上，阿妈的手在她的额头上，暖得像木炭乃宝。青冈长长地叹了一口气。对面坐着南杰和青稞，青稞向她伸过手来。

阿妈说，青冈这娃儿这么傻，阿么做呢，为娘阿么能闭上眼睛呢！

青冈从阿妈的眼里看到怜悯，从青稞的眼里看到疼爱。南杰低着头，青冈没有看到他的眼睛，只看到他的一只手放在腿上，手指在轻轻颤动。

嘉波阿妈看了青稞一眼，青稞的脸白嫩得像剥了皮的洋芋。她规规矩矩放在前襟的一双手，像一把嫩葱。她和他的儿子看上去是那么般配。南杰看了青稞一眼，青稞低眉顺眼退了出去。

嘉波阿妈其实根本没有想回避青稞，隔着一扇门，阿妈的声音清清楚楚的。阿妈说，青冈为了卓尼把命都可以放下，为娘我不能不为她做主。你冷落了她就是冷落了我嘉波阿妈，冷落了卓尼官寨，冷落了卓尼土司领地。从今天开始你每天到青冈公馆陪伴她，这不是你做丈夫的应该做的吗？青冈的声音很微弱，阿妈，我愿意做他的兄弟……阿妈说，太太是太太，兄弟是兄弟！

身后的这扇门里的人，是一家人，他们关起门来说话，别的人不容置喙。有人从官门上进来了，脚步声咚咚咚，只有四老爷才不用房科通报直入官寨内室。他哈哈哈地笑着，心情非常之好，睡了一觉起来，不动一兵一卒就打了胜仗，还加封了官职，天上掉下了油锅盔，正好套在了脖子上。他与青稞擦肩而过，看都没看她一眼，推门而入。他说，神仙阿嫂啊，南杰侄儿娶了个白度母啊……

大总管迎上来搀扶青稞太太，厨娘端上酥油茶。青稞对大总管说，起轿，回木耳。

青稞公馆是一个汉式的四合院，口子家人旗的女眷轮流侍奉，里边陈设应有尽有。巧手的裁缝菩萨女儿做的绸缎衣衫放了一个樟木箱子，几季都穿不完。

天终于黑下来了，马鸡跳上了桐树，树枝在打战。一个人牵着一匹马上了木耳桥，过木耳桥大概要一千步。所有的人过木耳桥都不能骑在马上，要用脚走过去。一个人上了马，那匹马是嘉波的坐骑琼雪，这个人穿着獐子皮卷鼻靴，踢了马肚子。马蹄声很急促，敲动着洮河南岸，河里的麻浮你推我涌，漫上堤岸。马蹄声渐远了，一百下，两百下，一千下，两千下，没了。没了马蹄声，只有麻浮碰撞的声响，撞痛了堤岸。那双獐子皮卷鼻靴跳下马了吧，青冈太太是出来迎接他还是倚在门上等他进来？往常的此时，口弦会响起。可是此次没有。一夜都没有。直到清晨，马蹄声再次响起，敲打着洮河南岸，到了通向青稞公馆的路口，连一下停顿都没有。上了木耳桥，渐行渐远。

一连十天。

每天上午，南杰嘉波派人到青稞公馆向青稞报安。一个健壮的或者一个瘦小的门兵跳下马，说，青稞太太，南杰嘉波安好！青稞忍着眼里的泪水，回道，禀报南杰嘉波，青稞安好！

第十一天，琼雪铿锵的足音响起时，青稞站在通往青冈公馆的路上。这是望日的前一天，天空很低，月亮很近，琼雪像一阵风卷过来，青稞身上的衣衫水一般哗哗地响。青稞站在路中间，闭上眼睛，眼泪流出来。琼雪在靠近哗哗作响的青稞时，突然前身直立，鸣叫。马惊了，转眼之间，连同马背上的人扑进洮河里。

青稞尖叫着，尖叫着，南杰，南杰，琼雪，琼雪……尾随的侍从们像一群饺子扑通扑通跳下去，溅起一河的流珠。

太阳升起来了，琼雪驮着背上的主子上了岸。琼雪被河水洗得毛色鲜亮，抖动着漂亮的鬃毛，打着响鼻。眼光涣散的青稞看到，琼雪是琼雪，但琼雪背上的人不是南杰，是少爷坚赞。他一脸嘲笑地看着青稞，手里的马鞭在青稞面前甩动着。

青稞太太，南杰老爷去为国民军筹集粮草。国民军收复了汉族镇守又要打回族镇守，唯我卓尼土司一直立于不败之地。南杰阿爸在外，把他的坐骑留给坚赞。琼雪鞍上的人就是官寨说话算数的人！

原来南杰一直不在官寨。他怕青稞担心，每天都向她报安。琼雪每天出现在洮河南岸是坚赞少爷的恶作剧。青稞的一颗心放下了。她对身后的丫头说，央吉卓嘎，你给少爷做的豹皮袍子做好了吗？早晚天凉，给少爷送过去吧！

坚赞少爷一下子噤了声。他看到央吉卓嘎从青稞太太身后闪出身，埋着脸匆匆行了礼，又赶紧躲在青稞太太的背后。

央吉卓嘎是口子家人旗的姑娘，菩萨女儿是她的孃孃。洮河两岸的人都知道，央吉卓嘎跟她的孃孃一样，长着白度母的脸庞，长着七仙女的手，是这一茬女娃里的尖尖。她上头以后，父母给她搭了草房。这草房盖在半山腰上，用了七天七夜，比一般的草房高出一倍。掌嘎里的小伙儿只抬头望草房，没有人敢走近，因为草房从来就没放过独木梯子。

坚赞少爷对王卓尼说，咳，汉人尕小伙儿，口子家人旗那顶新草房不会是在等本少爷吧？于是坚赞邀请王卓尼一同去口子家人旗浪草房。王卓尼说，少爷糊涂，浪草房哪能两个人去。坚赞少爷哈哈大笑着，朝着口子家人旗打马而去。

月光下的央吉卓嘎的草房散发着茵陈的香味。谁说没有梯子呢？一个云杉梯子架在草房上。浪过无数草房的坚赞少爷竟有一丝胆怯。他仰头望着迟疑着，便看见一只小手挥动着，像一只雪白的鸽子。坚赞甩掉翘尖靴，光着脚走上云杉梯子，树心的苦腥扑过来。云杉还没落过人世的脚印，像没过人影的湖水。月亮西沉，坚赞想离开，可是云杉梯子没有了。只有半山腰的草房，没有了梯子。太阳出来后，他看到草房里只有一只白鸽子，她躲在一个角落里，织着一条五色的腰带。三天三夜，日暮晨昏，央吉卓嘎织好了一条长长的腰带。一头扎在坚赞的腰上，一头拴木梁上，坚赞少爷恋恋不舍地离开。坚赞把最心爱的雪豹皮送给央吉卓嘎姑娘，离开草房时说，央吉你等着，等着坚赞把你娶进官寨。

坚赞少爷浪过央吉卓嘎的草房后，就没有浪过别的草房。

可是之后央吉卓嘎连同她的草房消失了，半山腰上长满了艾草，仿佛从来没有过铺满茵陈的草房也没有过雪白的鸽子。

坚赞为此失魂落魄过。官寨少爷的自尊不允许他到处去找央吉。他最亲密的连手王卓尼看出了他的心思，要去口子家人旗打听她的下落，被坚赞制止了。他的骄傲不允许他去寻找一个故意躲避他的人。口子家人旗历代都是侍奉官寨主子的下人，下人敢觊觎主子，就是芫根想长到天上去，早晚会掉多脑的。央吉卓嘎自然是躲开坚赞少爷逃命去了。

此时，坚赞看到了央吉，她粉红的小脸缩在袍子里，他依然能嗅得到她蓼绸了花的香味。原来央吉姑娘躲在青稞公馆，还向青稞太太吐露了心思。她把珍贵的雪豹皮给他做了袍子，并且青稞太太支持她这样做。爱屋及乌，他对青稞太太心生出好感。其实他不讨厌青稞太太，甚至喜欢青稞先生，她手把着手教他画马的时候，他想起了她的母亲，闻到了姆妈的味道。

坚赞跳下马，难为情地给青稞太太施礼。青稞太太浅笑着，伸出手来招了一下，她招手的姿势像一位母亲也像一个调皮的姑娘。坚赞不可抵抗地靠近了青稞。青稞小声说，央吉姑娘喜欢坚赞少爷，央吉姑娘在梦里喊坚赞少爷的名字。

坚赞经常梦见自己的母亲，青稞说话的声音和神情像极了母亲。汉族女人的味道和眼神风一般吹在他的身上，坚赞眼里涌出泪水。为了掩饰他的窘迫，他突然哈哈大笑，骄傲地说，整个卓尼领地的姑娘都喜欢坚赞少爷，还有畓土司家的姑娘寻死上吊地要嫁给坚赞少爷。青稞太太，劳您和南杰阿爸说一下，不要让我和一个不喜欢的人住在一个木楼上啊。

大总管气喘吁吁赶来了，脸色煞白地说，少爷祖宗啊，老爷回官寨了，招你问话呢！

坚赞少爷冷笑着说，告诉卓尼嘉波，不劳烦他老人家处罚我了，本少爷在闭关洞附近寻了地皮，画地为牢，自己惩罚自己了。从此，他有他的领地，我有我的地皮，卓尼五百多年的祖地不是他一个人的，也有我坚赞少爷的份儿。

在南杰嘉波每天都派人向青稞太太报安的时候，他的心里极度不安。陇东陇南地方镇守使被打垮，狄道宋有才部的卢某溃逃，国民军已把在甘汉族势力瓦解。而那个信奉上帝的把皇帝赶出家门的将军，以地瘠人贫的甘肃为大后方，与直奉军阀打得如火如荼。他射出的所有子弹用掉的所有粮秣，都是甘肃民众的血泪。那些被抓去的壮丁，身穿军服，军服上写着"真爱民不扰民"的字样，在枪林弹雨下像肉包子打狗有去无还。前面用的是借回驱汉，汉族势力被瓦解。接下来卸磨杀驴，对准的是回藏。

自从被国民军任命后，差事不断。不是要钱要粮要林，就是借人修路修工事。属民们前所未有地不满，已经有部分部落弃兵马田而走。

几百年来种兵马田的属民对卓尼土司形成人身依赖，虽然田地所有权不属于属民，但是可以世世代代种下去，他们尽属民的义务也享受属民的权利。遇到灾难接受土司的庇护，孤寡老人或者领有达汉尕书者领取官寨的公益金。还有草洼、亲房、邻里，都是他们割舍不下的亲情。除非绝户更替，很少有人放弃。

他们的祖宗以及以后的他们自己，都要轮回转世，他们走了亲人们回来就找不到他们了。因此人们除了"避凶"没有人离开世代生活的土地。眼下，走的原因很多，有的是缴不上租子，有的是出不起兵马，或者怕没完没了地派丁，总之生长于斯的土著能拔起根出走，日子一定是过不下去了。

这让南杰嘉波汗颜。大车道开通以来，接纳了外面无数的人。而眼下，生于斯长于斯的人们，走了。

厨娘给他端来点心时，他一抬手就打翻了，背着身子说，出去出去出去！

税收总管手里的账本越来越薄。竟不断有旗内的长宪总管请辞，理由千奇百怪。朱扎的大总承请辞的借口是，贡巴寺的活佛说了，他家婆娘的脚后跟流脓，就是因为他纳粮招兵，让苦不堪言的朱扎族人咒的。于是不得不重新按照过去的规矩选举。朱扎的七个旗上千人选出自己的大总承，选举的方式，选谁家就往谁家的门口放一块神山上的白石头。白石头没有绿松石那么金贵，人手一块，朱扎的人对着神山上的石头不能做违背内心的事情。让卓尼官寨想不到的是，几乎所有的白石头都到了多吉家的门口，垒得像一个嘛呢堆。老多吉自从大儿子死了之后，就一病不起，直到看到家门口小山似的白石头才闭上了眼睛，寻他的长子去了。朱扎的人们尤其是女人们并不是忘记了老多吉的恶，而是老多吉恶到底了，物极必反，小儿子阿旺晋美是从淤泥里长出的金莲花。他从小有仁义有善念，在贡巴寺里研修，十八岁突然开悟，决定还俗。一个人此生此世太短，必须抓紧时间做一个更有用的人。多吉家的小儿子阿旺晋美如此人心所向，南杰嘉波尊重了朱扎人的权利，为阿旺晋美发了尔书。

春天下籽的时候，墒情不好，人们想起来去年一冬无雪。遥望阿乃日扎神山，山顶上的积雪堆成的白牦牛较之前少了一些。哦，唵嘛呢叭咪吽，刚刚过去的牛瘟，让山上山下的牛都投胎到了什么地方了呢？牛们走了，人们还在，人在就要吃糌粑，就要下籽，去冬无雪，今年不会少雨吧？

怕处就有鬼啊。迟迟地，种子不发芽，人们巴望着，握着拳头使劲。拱出地面的苗稀稀拉拉的，秃子头上的疮。不知从什么时候开始的，不约而同地，船城种地的绒洼（农牧为生者），一只眼看地里的苗，一只眼看地主王十全。王十全今年很是惜籽，靠近渠的地里下籽，河滩地下籽，远离河水的坡地闲着呢。人们明白了，不能再抱侥幸了，今年干旱无疑啊！

船城的人知道，王十全自从婆娘死了，纳浪的粮仓又遭强人抢劫，他就吊着半条命活着。有的人同情他，说汉人的苦白受了。有的人嘲笑他，吃独食就是这样的下场。还有船城人不知道的事，才是他心里最深的疼。他下地窖看那些砂板，才可以放开声音大哭一场。自作自受，孽障啊！

在卓尼快二十年了，后生受成了老汉，挣下了见不得人的一麻袋砂板。

他佝偻着腰爬上独木梯子，站在洮河边的木阁上，脖子抻得像只马鸡。天没下过一丝丝的雨，热头亮得像铁匠铺子的熟铁。种子不冒头，冒了头不长苗，地干得呛嗓子哩。洮河一下子就瘦下了，像一个病重的身子，越来越薄了，轻了。活了四十多年没见过这样的天哩，这样的天是要死人的。王十全呻唤着，蹴在木阁子上，仿佛自己就要死了，流了几滴泪，转眼就风干了。

阿弥陀佛，阿弥陀佛，咋弄了么！

婆娘没了，纳浪的大粮仓也没了，最亲的就是一个儿子。儿子和土司的姑娘对了眼儿。儿子一蹦一蹦地想当驸马哩，让他半辈子挂着锄头的老子阿么做呢么。上门提亲，拒绝了脸比腔难看。不上门提亲，难道等土司登你门呢么？你家的大门跟土司家的那扎那的门一样高，拿啥配人家金莲花呢么。要是以前，用纳浪的大粮仓下聘礼，可现在不是变成砂板了么。王十全冲着自己的脑袋砸了一拳，顿时天旋地转。必须把这些见不得人的砂板兑出去，能换回三成的银元也好，几百个大洋当聘礼即使被拒绝了也不会过于遭受船城人的嘲笑。

他先是腰里揣了几十个，进了丛拉的银号，四周看了没什么人，蹅到柜台上。伙计迎出来，一脸的笑，说，王大人，存银子吗，定期息厚。王十全把银元从怀里摸出来，一个，两个，放在柜台上，手放在衣襟上，迟迟疑疑。伙计把银元拿在手上一掂，皱了眉头。王十全马上伸手想把银元收回去。伙计说，王地主，你这是砂板啊，你哪来的砂板啊？王十全满脸通红，说，十个兑三个行吗？伙计马上不高兴了，敢情是你知道这是砂板啊，如果我们没看出来你就当"大头"存了啊？王十全连连摆着手说，我没说要存呀，是你说的呀！掌柜的听到动静从里边出来，对伙计说，阿么了，阿么了，阿么对王大人说话呢？王十全趁机脸一沉，把两块银元往怀里一塞，转身走人。听得掌柜在训斥伙计，王大人要和官寨攀亲家了，你想早一点换脖子上的多脑吗？

地主王十全怀里揣着烫手的洋芋，心里窝囊透了。他心想，等我的儿子王卓尼长壮实了，等我和卓尼土司攀上亲，就一把火把岷州的粮店烧了。

36

少爷坚赞和王卓尼在闭关洞集结了一百个愣头儿子娃，自称飞刀队。他们炼铁，打刀，骑马，射箭，他们个个能一只手倒立在马背上甩刀，也可以贴在马肚子底下百步穿杨。铁匠铺子再度红火起来。老铁匠死了，小铁匠练就了好手艺。他从小打铁，臂力好，身手高，也加入到了坚赞少爷的队伍里，还被坚赞少爷提拔为副队长，另一个副队长是王卓尼。坚赞少爷说，人都是爹妈生的，铁匠的儿子也是爹妈生的，都活在地球上，地球上的每一个人都应该是平等的。"平等"这个词是从青稞先生那儿听来的。小铁匠说，少爷以后就是土司，我们就是戈什，少爷在马上，我等在马下，这就是平等。少爷坚赞说，对对对，对对对！

卓尼人似乎忘记了闭关洞的阴霾。一帮生龙活虎的男儿把整个船城搅热了。只有一个女娃，那就是梅朵，她马驮子里放了奶桶，给阿哥们送窝奶。分窝奶的时候，王卓尼的碗底下埋着一块冰糖。王卓尼嘴里含着冰糖，抿着嘴笑。坚赞少爷说，王卓尼，南杰阿爸要把梅朵嫁到昝土司家了，提亲的人带来一百条哈达！王卓尼一惊嘴里的冰糖就掉了出来。待他反应过来，他就揶揄坚赞少爷，你是在说自己吧，昝土司家倒趿拉着鞋往卓尼官寨送哈达，是要把俊姑娘说给你哩。昝土司家的姑娘谁不知道啊，朝天的鼻孔入地的牙，腔上能放一只花……

坚赞拉着王卓尼和梅朵的手去找地主王十全。

王十全蹴在木阁子上打盹儿呢，就听得下面有人喊他爹。少爷坚赞和儿子王卓尼姑娘梅朵仰着脸望着他。少爷坚赞骑着南杰嘉波的琼雪，王卓尼和梅朵姑娘骑在一匹马上，前胸贴着后背。王十全不是没见过儿子与梅朵骑在一匹马上，他是没有这么近距离看见他们骑在一匹马上，而且还同时仰着脸叫他爹。

王十全应该从独木梯子上下来，和坚赞少爷说话。他站起来，腿麻了，没法动弹。其实他也是有点不好意思下来，那样，他离贴在一起的两个人就更近了。他咳嗽了几声，向坚赞少爷梅朵姑娘说，少爷姑娘乔德莫！乔德莫！

日塌！

坚赞少爷说，地主阿古扎西德勒！您就在上面坐着，我们是晚辈，我们应该在下面听您说话。

坚赞少爷如此客套，让王十全冒了一头冷汗。无故献殷勤，凶多吉少啊。他呵呵着，又蹴下来，这样能看上去矮一点。他从后脖子上够烟袋。

坚赞少爷说，地主阿古啊，你是我的阿古，可你是王卓尼的爹啊！王卓尼喜欢梅朵姑娘你还看不出来吗？你等着昝土司家把我阿妹娶走你才来官寨提亲吗？

王卓尼和梅朵同时做了一个鬼脸。

哦，原来是这样！他听说昝土司家的个闺女想嫁到卓尼官寨来，没听说昝土司还有个儿子想娶梅朵姑娘。昝土司早已被改土归流，已经不是土司了，好汉不提当年勇，眼下充其量也就跟他一样，靠百十亩地活着。如果是这样，他娶得，我也娶得。粮仓变成砂板不要紧，地在呢么，渠在呢么，洮河在呢么，热头在呢么……王十全又站起来，信心十足，把烟袋杆子甩到脖子后头，嘿嘿着，呵呵着。说到底，人家昝土司瘦死的骆驼比马大，昝土司娶梅朵那是门当户对，我王十全家就那几百亩地还是卓尼土司给的，阿么张口呢么！

坚赞看到王十全蔫头耷脑的，有点急了。地主阿古啊，你咋不说话呢，你咋这么肉头呀！

哦，好心的坚赞少爷，一家女百家求，应该提亲呀，我们不自量力也要提亲呀。一家女百家求，何况是梅朵姑娘这样的闺女，求不上也不丢人呀。汉人的规矩，提亲是要请媒婆的，可怜王卓尼的娘死了，让我这当爹的上哪儿请媒婆呀？日塌！

坚赞少爷说，你们汉人真正地颇烦。你想船城里的哪个婆娘敢到官寨提亲呀？她们见了卓尼嘉波腿肚子都是朝上的，她们是要跪着的，怎么到官寨提亲呀？这样吧，我来牵个线，你带着聘礼到官寨来，有我帮忙，事情就成了。

王十全点着头说好好好，坚赞少爷是未来的土司，说话算数的。

听到他们的对话，王卓尼和梅朵头埋在一起笑呢。

火候到了，王卓尼说话了。他说，爹呀，那坚赞少爷就是我们的大媒人，大媒人这么辛苦，我们怎么感谢呀？

王十全不歇气地点头说，感谢感谢应该感谢！

爹呀，你不能嘴上说呀。

王十全咬着牙根着说，那你说，只要咱家有的，感谢坚赞少爷！日塌！

爹呀，坚赞少爷的飞刀队缺少粮草，咱家院子里的粮食拿出一部分支持坚赞少爷，支持坚赞少爷就是支持卓尼嘉波……

王十全张大了嘴……

爹，张嘴就是同意，闭嘴就是不同意。就这么定了，粮仓的钥匙我知道放在哪里。爹，你就在上面缓着哇！

说完，王卓尼就把靠在大树上的独木梯子推倒了。两匹马带着三个人走了。坚赞少爷实在忍不住笑，他知道央吉卓嘎草房的梯子是谁拿走的了。哈哈哈，我的尕连手啊我的尕连手啊啊啊……

王十全一屁股坐下了，木阁子年长了，木头糟了，没想到竟一屁股坐斜了，吱吱吱地响着，就往下沉。在木阁子往下沉的过程中，王十全的心也往下沉。他在喊，祖宗啊，使不得啊，就那点粮食了，马上就要大饥荒了，要死人了……

跑出去几百步，梅朵觉得不妥，梅朵从马上翻下来，往洮河边跑。远远地看不到木阁子了，心里就一惊。原路跑回来，看到木阁子掉在地上了，已经散架了。王十全躺在树底下闭着眼睛，下巴提着脖子像公鸡打鸣那样，提气呢。她扑上去就摇他的身子，树底下有个水囊，拔开塞子就往他嘴里灌水。王十全睁开眼睛了，看看天，没有一丝云彩的天，说，娃儿啊，我小的时候在老家就见过这样的天，颗粒无收，要死人了……娃儿呀，告诉他们，还弄什么飞刀队呀，谁还来抢一个喂不饱老鼠的官寨呀。有力气赶紧挖渠，有水的地方就长粮食，长草也行啊，不然牲口也要饿死了。快拦住他们，粮仓里留的是籽种，籽种没了就啥都没了，要死人了……日塌！

王十全双手拍着地皮，一遍遍地说，南杰嘉波啊，赶紧挖渠啊，南杰嘉波啊，留下籽种啊！

还好，坚赞少爷和亲儿子王卓尼的良心还没有泯灭，给可怜人王十全剩了半仓粮食，红矬麦的籽种留下了。

形容枯槁的王十全到卓尼官寨去提亲。在这个时候他不是想提亲，他是不得不提亲。还剩下半仓的粮食，大部分都是籽种，如果不和官寨攀亲，饥荒来了，就连这一点也保不住了。卓尼的人要饿死了，抢你一点粮食算什么，保不齐把你大腿上的肉吃了。与其这样，不如赶紧结亲，把自己家的当成土司家的，不就保险了吗？如果被拒绝了呢，不知道，不知道。王十全一路摇着头，晃着身子，心里是空的，腿是绵的，手里提着四色礼像提着四块石头。官寨的木栏上，嘉波阿妈和两位太太在看天，这样的天让她们唏嘘不已。正是望日，土司官寨里除了坚赞少爷人齐了。坚赞少爷在闭关洞给自己盖了个炮楼，当起了儿皇帝。

近来官寨里的人很少，不仅是官寨，船城里的人也很少。江措大头目带领四十八旗男丁到南边修松潘公路，国民军持枪监工。三个人一组，跑一个另外两个遭殃，三个都跑了，江措大头目遭殃。索郎四老爷到北山收集草料，可怜北山新草不往出长，旧草枯如牛毛，去年牛刚死完，今年羊也一片片地蹬腿，人们只得往河边跑。洮河两岸的河谷地庄稼像癞痢头。只有开了渠的地方，引水浇地，青稞和麦子抽了穗儿。船城的人后悔渠开得少了，谁能想到天会不下雨呢？打从娘胎掉下来就没听说天不下雨，天不下雨要天做啥呢！女人和娃儿们瞭着官寨的义仓，肚子叫唤着。官寨的义仓寺院的香火仓到底还有多少粮食？那么多男人在南边修路，要多少糌粑饲嘴呢。

王十全看到，官寨那扎那的炊烟也细了，大总管的腰带比过去多绕了一圈，晒热头的嘉波阿妈身上的袍子晃荡着。

王十全向南杰嘉波鞠躬，向嘉波阿妈鞠躬，向两个太太鞠躬。阿妈看惯了磕头，对鞠躬很新鲜，呵呵笑着，她看上去很高兴。翕着鼻子说，这是什么香味儿啊。阿妈眼神儿不好使了，东瞅瞅西看看，不停地翕鼻子。四色礼上盖着大红的双喜字，两个太太应该都看见了，这是汉人的习惯，至少青稞太太能懂。王十全赶紧从四色礼中掏出岷州点心，捧上，忙不迭地说，是岷州点心，孝敬嘉波阿妈的，孝敬嘉波阿妈的。阿妈手里捧着点心放在鼻子下闻了闻，伸手摸索两个太太，她抓住青稞的手说，青稞娃儿，快吃点心。青稞太太挺着大肚子，这可能是嘉波阿妈如此高兴的原因。阿妈说，快赐坐，快赐坐，这个汉人地主我知道，他带人挖的那个水渠最好，今年就用上了，只是挖得太少了。

南杰嘉波赐了座，王十全哆哆嗦嗦地坐下。下人奉茶，官寨里的酥油茶也没几星油花了。

怎么开口呢？没进官寨门，王十全就感觉到了此行的不合时宜。他手里提着徽州烧锅、陇南绿茶、兰州水烟、岷州点心，一路上人们的眼睛盯着他的手，跟着他走，直到官寨门口。进了门就看到，南杰嘉波平日里踱步的一条小径，陷下去那么深。南杰嘉波心里有多难肠才能把路都走塌了？

唵——嘛——吽……阿妈吃着点心，一只手支在下巴上，把手心里的渣都舔干净了。她闭着眼睛，一脸安详。这时她想到了什么，可能是吃点心的时候就会想到她的两个孙儿，她张着嘴半天没合上。她说，这么好吃的点心，莫不是，莫不是来提亲的吧？阿尼闹，这一天还是来了，我舍不得呀，我舍不得呀！

王十全尴尬地站起来，南杰嘉波示意他到正堂。从耳房去往正堂，听到青冈太太说，梅朵姑娘喜欢王家少爷，天生的一对。青稞太太说，大少爷喜欢央吉卓嘎，不如给大少爷也把亲定了，年景好转一些同时完婚，喜上加喜，阿妈你高兴不高兴？嘉波阿妈说，听说昝土司家的姑娘长得丑。青冈太太说，阿妈，少爷喜欢的是央吉卓嘎……

大总管躬着不再浑圆的身子，给王地主让座。王地主看到大总管脸上的笑有点怪异，讥笑吗，诌笑吗，都不是。窝奶里搅辣子，真不知道是啥滋味。心里纳闷儿，偏偏凳子又坐歪了，一个趔趄，老实人王十全脸红了。大总管退下去，翻起眼皮又看了他一眼。

王十全拘谨地坐着，想端起碗喝一口茶。就在此时，他赫然看到，木几上放着一摞银元，准确地说，是一摞砂板银元。过去王十全看到一头穗子就知道有多少颗粮食，现在他看到银元就知道是什么成色。王十全愣住了。

南杰嘉波说，把你那些银元到官寨的银号兑了，我给掌柜的说好了，十兑七。亏得还不算多，吃一堑长一智吧。你在卓尼有了地，有了家，你是卓尼人了，作为土司，属民有冤应该帮助申冤。可是参与此事的卢姓大人已经离开，大有粮行已更名易姓，本土司是爱莫能助……南杰嘉波说话的声音很小，生怕一旁的人听到了，他是给王十全面子的。

原来南杰嘉波什么都知道了。王十全抬不起头来，身子缩小了一截，面如鸡冠。

南杰嘉波说，谁没有糊涂的时候呢？兑了银子还应该籴米，今年的年景你应该看到了。多亏你提议挖了几条渠，派上大用场了，如果有人手，赶紧挖渠，聊解燃眉之急，眼下水比油贵啊！

对啊，庄稼不出苗，不能干等着啊。家里还有长短工，赶紧挖渠啊。王十全仓促站起，致谢，鞠躬，退出。不知道自己进官寨做啥来了。刚转身，从屏风后面跳出一个人来，她扑在南杰嘉波身上说，阿爸，阿爸，我定亲了吗？父亲把女儿从身上往下扒拉，小声说，下来下来，别让人家笑话……

大总管把王十全送到门口，跨门槛时，他不阴不阳地说，你拾了个跌果，偷着笑吧。今年的中秋节是个好日子。

37

藏历十六绕迥土蛇年，民国十八年。

掌嘎头人、四十八旗长宪接到官寨羽毛信：今年取消船城青苗会。四十八旗兵马田户不得弃耕，尽可能地储存粮食，节约食物，细水长流。草地牧户尽可能转场较远地方的夏窝子，储备干肉羊腔以备冬用。

各旗长宪头人看到，官寨用的是紧急出兵的羽毛信，可见南杰嘉波已是心急如焚。

看林家阿妈坐在洮河边，提着一只奶桶，看天。她说，南赡部洲从来没有过这样的年景，天上不长云了，地上就不长苗了。连风都没有啊，世间万物都是风带来的，风哪里去了啊，阿么就把风丢了。

女人和娃儿们把奶桶茶桶水桶都提出来，从洮河里舀了水往田地里浇，跑上几十遭，人就累瘫了。喇嘛保瘦弱难支，拍着地皮说，地就不是这么种的，这不是人种地，是地种人，早晚把人种到地里去。天变成这样了，阿么不想想原因，告状问因呢，流脓寻根呢。天变成这样就是因为来了那么多穿布衣裳的人，吃草的人。十几年的工夫，他们变成地主了，成有钱汉了，他们的娃长得比我喇嘛保都高了，他们的儿子要娶官寨里的姑娘了，所以啊卓尼的天变了。看林家阿妈在他后脑勺上扇一巴掌，你这个孽障，菩萨女儿阿么能看上你呢？你光长着嘴，没长着手，要不是菩萨女儿，要不是菩萨女儿，唉，说不成，菩萨女儿人里头的尖尖，倒了八辈子的霉。喇嘛保肚子饿了，脾气大得如一只风匣，梗着脖子说，看不上也是我的婆娘，四老爷做下的大媒，白天想咋看就咋看，晚夕想咋睡就咋睡。人们已经没有力气嘲笑他了，朝他吐一口口水。口里没有水，天真的是旱啊！

七月流火，九月授衣。

洮河两岸谷地收了粮食，靠着水渠的滩地收了粮食，坡地山地颗粒无收。上下迭几乎颗粒无收。北山草地上的草没有青就黄了，牛早已死光，马和羊啃地上的草根，嘴上磨出血，草地上到处是黑色的血迹。旱獭和塞隆在草地上婴儿般地啼叫，竟像猴子似的吊在树上，树皮也被牲畜啃光了。洮河两岸的绒洼再一次体现了河边人的优越性，他们收了粮食。

卓尼川上共有四个粮仓，官寨义仓，寺院香火仓，上下迭两个粮仓。松潘修路的民工几乎耗尽了上下迭两个粮仓的粮食。

索郎四老爷一摊手说，北山除了山和树，什么都没有了，连旱獭和塞隆也没有了。

南杰嘉波派洮岷路司令部支队长索郎四老爷进金城，要求国民军政府停止卓尼领地派工修路，停止在卓尼领地收集粮草，速派大员察看卓尼灾情，发放救灾物资，从速从快刻不容缓。南杰嘉波派北山旗长麻周携二十精骑兵护送，对麻周再三嘱托，阻止四老爷莽撞行事，不许一个人掉脑袋。

十二掌嘎的长老们互相扶持着围坐在官寨外面，东倒西歪地像一只只空牛毛口袋，支不住立不稳。看林家阿妈坐在里边，他们说，等待一个消息的时候，肚子是不会饿的。

索郎四老爷的消息没有来，江措大头目的消息来了。国民军突然宣布松潘公路停工，顺便劫持了丹增送来的下迭仓的最后一批粮食，令卓尼兵马民工后退两千步，仓皇撤离。

随后四老爷回来了，证实了江措大头目的说法。四老爷对着南杰嘉波和江措大头目拨浪鼓似的摇着脑袋，国民军陆续撤走了，带走了所有的带响儿的东西。近一年来西北大旱，赤地千里，颗粒无收，"匪似梳子梳，兵似篦子篦，政府抽筋又剥皮"，金城一片萧条，大街上几乎没有女人，据说是因为没有裤子穿。一路上饿殍遍野，积尸梗道，狼曳狗肠，不忍目睹。前面封咱的那个孽障司令应该不作数了吧。唉，路也白修了，粮也白抢了，我们又被刮了一层地皮。

南杰嘉波的心又一次沉了下去。卓尼土司五百年来都是"加卡卜"的一个手指头，一遇调遣，鞲马裹粮，奔走效命。可是卓尼的疼，手指头的疼，"加卡卜"从来都不知道吗？呵呵，跟他们要救济，等于与虎谋皮。

先是北山卓瓜（牧民）涌进洮河北岸。北山卓瓜背着一两只没有咽气的羔羊往洮河边走，路上就不得不动手了。自己是屠夫也是阿克，干裂的嘴念着经，炒面口袋捂住了羔羊的嘴。放了血破了肚，女人们摸着羊头呜呜地哭，俺嘛呢叭咪吽，嘎旦，早点转世吧，记得回家的路，北山上冶土乔族洛桑——嘎旦可能是羊的名字，洛桑是家里男人的名字。之后把热乎乎的肉塞进娃们的嘴里：先吃上吧，嘎旦是佛送来的，救我们的命的。

接着大量逃难的人拥进船城。像一群蚂蚁，不知从哪里进来的，暗门和隘口形同虚设，一夜之间就钻进了洮河两岸。他们不是从一个地方来的，是从四面八方来的，口音不同，但表情是一样的。天哪，他们是欣喜的，仿佛找到了人间天堂，呜哩哇啦叫着，毡子似的铺向长着植物的地方。蕨麻、虫草、珠芽蓼、地莆、蘑菇，掘地三尺，底朝天。

索郎四老爷说：我说不能修大车道，你看你看难民们蝗虫一样进来了，阿么做呢，不能用枪打死他们吧，子弹比糌粑都贵呢。二十年过去了，索郎四老爷还在纠缠大车道。

船城里的人慌了。一天早晨起来，发现船城里的两个粮仓看不见了，过去船城里除了官寨和寺院，两个粮仓是最雄伟的建筑，现在看不见了。

喇嘛保饿得睡不着半夜在船城游荡，发现王十全家里的长工往官寨里运粮食。第二天人们发现，地主王十全院子里过去的粮仓没有了，只有一堆土坷垃，冒着烟呢。到这种时候了，地主王十全还不忘了，把土坷垃烧成肥料。地主王十全不放过卓尼地皮上的任何一块土坷垃，阿弥陀佛！

那些上天入地的人天上地下的吃光了，河边石头上的苔都舔光了，人们转身回来围住了官寨。

索郎四老爷在官寨墙垛上支起了枪。

此时，朱扎七旗来报，朱扎七旗粮食告罄，已有部落宰杀牲畜充饥。其时，官寨给属民的救济粮已经送不出去。围着官寨的人越来越多，从木楼上往下看，一个个的脑袋像一堆烧焦了的荒根。人们仿佛别的地方都死了，只有鼻子活着，他们就是闻到官寨里有粮食，死也要死得离粮食近一些。如果此时从官寨里往外运粮，一定会刺激得所有人发疯。

船城里所有的碉楼都闭上了门，门口挂着腰刀、短剑，在月光下寒气逼人。

南杰嘉波在木楼上来回走动，木楼咯吱咯吱地响着，这响动让阿妈坐卧不宁。官寨那扎那几天不敢有炊烟了。阿妈说，我想喝茶，酥油茶真香啊！

彼此对峙着。没有声音。

前几日烧焦的"芫根"们还立着呢，后几日倒下的就多了。最后，几乎所有的"芫根"都杵在地上了。太阳升起来很慢，落下去更慢，南杰嘉波撑不住了。这么多人危在旦夕，更有朱扎七旗上千族几千属民陷于困顿。南杰嘉波对大总管说，人命比天大，支几口粥锅吧！

令南杰嘉波没想到的是，从上卓梁上，顺着风飘来粮食的香味。原来是少爷坚赞的调虎离山计。

人们突然从梦中惊醒，大口吸着气，眼泪哗哗地流着。他们摇摇晃晃爬起来，往上卓梁跑。真的，人们都站起来了，迈开双腿在跑。里边也有掌嘎里的人，他们也闻到了米粥的香味。

喇嘛保背着看林家阿妈，菩萨女儿搀扶着喇嘛保，总之长着鼻子的长着腿的都冲着一个方向跑。而就在此刻，官寨派人把粮食装进马驮子，由坚赞少爷和王卓尼带领飞刀队护送去往朱扎，已经过了大族。

艰难时刻，已经长大了的坚赞少爷不知不觉中与父亲和解。他带领飞刀队出发，跨上马后，回头朝着父亲摆了摆手，意思让父亲放心。

南杰嘉波看到，女儿梅朵一直跟在王卓尼后面，目送着过了大族桥，直到什么都看不见了。

阿爸，我什么时候能和我的心上人成亲呢？

梅朵，天下雨的时候你就和你的心上人成亲吧。

阿爸，天什么时候下雨呢？

可怜的梅朵，阿爸不知道。

到达朱扎七旗快马也就两个时辰。

朱扎七旗，几百年来与卓尼土司分分合合。一千户属民种兵马田，出兵马，做乌拉，与其他四十一旗一样。只是由于大总承制度，属民的税赋由大总承管理一并向卓尼土司缴纳。到了南杰嘉波时代，形成了稳定亲密的从属关系。南杰嘉波在远近亲疏上对朱扎七旗尤为关照，在兵马战争中，朱扎七旗兵马承担护翼，作为卓尼嘉波的护驾，得到属民的尊重。南杰嘉波也受到朱扎七旗属民的爱戴。

可是此次不同。进入朱扎什哈村，隔着一条卡车河。河面上常年有一条浮桥，是进入什哈村的必经之路。坚赞少爷听到卡车河的流水声，浮桥不远了，可眼前的路却被一个石头关卡挡住了，石头垒得像个嘛呢堆，马过不去。

坚赞少爷很是焦急，送粮食是救命的，不容耽搁。王卓尼性子更急，带了几个人攀过关卡，跑到河岸，便看到卡车河的对岸站着很多男人。他们背上背着叉子枪，手里握着短剑，像一片铁的丛林。

王卓尼双手卷成喇叭向着对面喊，卓尼嘉波给朱扎七旗送粮食来了，快让你们的大总承接应，赶紧把关卡撤了。

对面的一个人也卷成喇叭喊，我就是朱扎大总承，你们会给我们朱扎送粮食？洮河两岸的部落全部收到了官寨的红矬麦，除了我们朱扎七旗。

他们说的是卢部以卓尼官寨的名义给洮河两岸部落送红矬麦，唯独没有朱扎的。

另一个说，现在牲口圈里长嘴的都杀光了，该人吃人了。大总承的阿妈刚刚饿死，还没有下葬，你们说给我们朱扎送粮食？你们的粮食在哪儿呢？你们是来抢粮食的吧?! 我们要脱离卓尼嘉波，我们再不会缴粮租再不会出兵马再不会做乌拉……

这是要造反了吗？王卓尼一挥手，十来个儿子娃亮出飞刀，几步就跨上浮桥，刀子便飞起来。浮桥晃动得很厉害，到了中腰时，对面的人慌了。对坚赞少爷的飞刀队朱扎人有所耳闻，据说是上天入地无所不能，这如果冲过来他们还不得人头落地？情急之下，合力拔掉了固定在石崖上的铁索。浮桥掉下去了，桥上的人像饺子一般掉进了河里。往年，水大河深，索道并不高，人掉下去扑腾扑腾就上岸了。可是今年天旱，河水浅，河里乱石嶙峋，即刻河水里就翻起红色的血。朱扎岸上的人大骇，死人了，闯下大祸了，人们一哄而散。只有一只木排在河中逆流而上，把落水的人往排上拽，之后顺流而下。

等坚赞少爷到了河岸，只见卡车河白哗哗地流着，没有浮桥，此岸没有人，彼岸也没有人。从此岸到彼岸，似乎什么都不曾有过，静悄悄的。十来个弟兄不见了。

王卓尼呢？王卓尼呢？

天骤然就暗了，天上聚集着红色的云，越来越多，越来越厚，变紫了变黑了。坚赞闻到了土腥，闻到了血腥。雨来了，久违了的天上的甘霖，像水桶往下浇，奶桶往下浇，浇得儿子娃坚赞少爷无法站立。他头晕目眩，仿佛天地倒置了，是整个洮河到了天上，从上往下浇。秋雨冷彻骨，坚赞少爷大口喘着气，呼喊着，连手啊我的连手啊……

三天后，卡车河岸，卓尼嘉波的两千步兵大军压境。

此次，与以往不同，索郎大头目主和，和江措大头目意见一致。饿死那么多人，再自己人杀自己人，那卓尼土司从此休矣。

南杰嘉波三天没有说话。

岷州大有粮行用砂板骗走了王十全的粮食，王十全的那些红牿麦怎么就到了卢某手里？而卢某又以卓尼嘉波的名义送给洮河两岸卓尼部族，可单单没有给朱扎。

还有，卢某在迭山飞地种罂粟，死了的是朱扎大总承多吉家的男人。朱扎属民把这笔账记在官寨名下。

朱扎粮食告罄，大总承的姆妈都饿死了。作为他们的嘉波，没有及时送达救济。卓尼官寨只享受了他们尽的义务，而没有尽嘉波的责任。

打呢，两败俱伤，死人越来越多，活人越来越少。和呢，梅朵的心上人生死不明。南杰嘉波承诺过梅朵，天下雨的时候她就嫁给自己的心上人。

木筏大排连在一起，是过河的工具。坚赞少爷眼睛通红，只等待南杰嘉波一声令下，就划到对岸，刀枪出动。

可是，南杰嘉波下令，把粮食放上木排，四个壮汉划向河心。

对岸出现了一个人。是新的大总承阿旺晋美，多吉的小儿子。

他身材高大，面貌俊美，肩膀如塔，目光如炬。他把一只木筏向河心推了出去，向着对岸鞠了一躬。木筏上坐着人，坐着几个人呢，南杰嘉波和所有的人睁大眼睛。到河心时，看清楚了，是八个人，只有八个人！

梅朵的心上人没有回来！

梅朵没有掉眼泪，三天三夜她一直站在卡车河的岸边，望着对岸，她的眼睛流出了血。

回来的八个人中有老铁匠的儿子小铁匠，他眼光涣散，在南杰嘉波脚下长跪不起。他说，不能打，阿旺晋美是人里头的尖尖。

拔掉浮桥铁索的不是阿旺晋美，是曾经被南杰嘉波吊在树上戒烟的人们。他们对于罂粟的记忆不能磨灭，他们有多想念罂粟就有多憎恨南杰嘉波。他们不想劳动，不想风吹日晒，他们只想念一缕青烟的日子。阿旺晋美的姆妈死了，姆妈是阿旺晋美在南赡部洲唯一的亲人了，没有了，他在给姆妈下葬。阿旺晋美得知浮桥断了船城的人掉进河里的消息，赶紧到下游接应。王卓尼的伤势很重，几度昏迷。阿旺晋美到车巴沟里寻仁钦曼巴，雨太大了，等他把仁钦曼巴接回来，他的身上没有一块囫囵的肉了。三天三夜，他守着王卓尼，他们彼此看着，握着手，他们仿佛一见如故，怕丢了，怕转眼没了。王卓尼说着梅朵姑娘，梅朵姑娘是天上的星宿，是绿度母，是珊瑚，是凤毛菊，是露珠，是金顶，是拉伊，是冰糖，是窝奶，是王卓尼心尖尖上的一块肉……王卓尼醒来过三次，第一次说的是梅朵，第二次说的是梅朵，第三次，把嘎乌交给阿旺晋美，里边是梅朵的一缕头发。

你叫阿旺晋美吗？你如此俊美，眼神善良，嘴角刚毅，你能让我的梅朵不悲伤吗？

阿旺晋美跪在仁钦曼巴的脚下抱着他的双腿。仁慈的仁钦曼巴，救救他，救救他！能不能把我的命给他？我的阿爸没有了，兄弟没有了，姆妈正在走远，我什么都没有，我在南赡部洲了无牵挂。可是梅朵姑娘不能没有他，他和梅朵姑娘是长在一起的一只冬虫夏草，他们会一起死去的。

仁钦曼巴摇头，再摇头。他的脸转向远处的山坡，草黄了，凤毛菊凋谢了。人如草木，草木一秋，时辰到了。

王卓尼最后说的话是，不要让梅朵和我的父亲看到死去的我，把我埋在朱扎，就那个山坡，凤毛菊的旁边……

南杰嘉波一回头，梅朵站在身后。

她一句话不说，眼睛里流着血。

阿爸，我什么时候能和我的心上人成亲呢？

梅朵，天下雨的时候你就和你的心上人成亲吧。

38

坚赞少爷知道王卓尼确实是死了，他像一匹狼嗥叫着，他的飞刀队也跟着他嗥叫。饥饿的山水经不住如此伤悲，山上的石头滚进卡车河，仿佛三天前飞刀队的儿子娃落进卡车河的姿势。

坚赞少爷说，必须惩戒朱扎那些企图脱离卓尼嘉波的人。

铁匠儿子说，朱扎的人应该差不多跑光了，留下的是奄奄一息的老弱。

坚赞少爷说，闻到糌粑的香味，他们就回来了，跑了和尚跑不了庙，本少爷不相信他们想饿死在外头。

卡车河边是蘑菇群般的帐圈。最中央的一个帐篷里，南杰嘉波一夜无眠。索郎四老爷把南杰的脑袋放在自己的腿上，摩挲着摩挲着，天快亮时，摸到了大把的眼泪。

天亮了，茶热了又凉。南杰嘉波不进食，所有的人都不敢沾水谷。终于卡车河的对岸升起了炊烟，一户，十户，一百户，南杰嘉波的眼睛湿润了。朱扎的人回来了，他们没有抛弃卡车河，没有抛弃卓尼嘉波。

南杰嘉波端起了酥油茶，索郎四老爷和江措大头目也端起了奶茶。南杰嘉波说，朱扎七旗六七千人口，粮税占整个领地十分之一。朱扎兵马作为官寨步兵护翼，辎马裹粮，不惜牺牲。官逼民反，民反是由于官逼，官寨之于朱扎，犹如加卡卜之于官寨，杀鸡取卵，竭泽而渔，被逼迫之苦，本人感同身受。作为他们的嘉波，我有失职之咎，我没有体察民情，没有以苦为苦。粮食送到了，我们给他们一个休养的工夫，喘口气。阿旺晋美是朱扎七旗男女老少选出来的大总承，一定不会让朱扎失望，也不会让卓尼官寨失望。

索郎大头目喝了一口奶茶半晌才下咽，他不好意思了，捋着日渐稀少的胡须，此胡须已遮盖不住他老人家苍凉的下巴，更摸不出带响儿的银子了。他垂着眼睛说，天地不仁，以万物为刍狗，阿古明白你的良苦用心。朱扎与官寨的积怨，与阿古有关，是阿古做得不好，为老不尊，阿古知错了。索郎四老爷自从有了儿子，仿佛得到了重生，虽然年过六旬，眼睛纯真得像个孩童。

江措大头目没有说什么，他已经起身出了帐篷。江措大头目知道自己应该做什么，传递号令，拔寨起营，返回船城。安排工匠修复浮桥，修复官寨与朱扎的关系。

坚赞少爷很不情愿地撤离。几天来，坚赞少爷没有勇气面对梅朵，想起梅朵心如刀割。回头望一眼卡车河，那是他的连手消失的地方。

一百个儿子娃少了一个。

九十九个儿子娃望着卡车河：我的连手啊我的连手啊啊啊……

南杰嘉波走在前面，到了大族，没有过洮河，继续前行，就是汉人地主王十全的私田。他去见一个刚刚失去儿子的父亲。

深秋的田野一片肃杀，逃荒的人把洋芋的根蔓都刨出来啃了一遍，土地凌乱不堪。几天前有过一场雨，迅速被干涸多时的土地吸收，秋后的雨是哄人的。远远地，南杰嘉波看到空旷的田野里，有一只蜗牛在蠕动。走近，父亲王十全头发白了，他身子蜷在地上，手里拿着一把锄头，把土剖开再掩上，掩上再剖开，像一只蜗牛往前拱着，隆起的脊梁瘦骨嶙峋。他一直往前拱着，重复着一个地主一生中最寻常的姿势，一直到把自己也埋进土里。

南杰嘉波没有叫醒他的沉默。一个沉默的人最大的声音是心里滴血的响动。没有任何苍白的语言可以阻挡他心里的鲜血的流淌。

近木耳桥，心里空荡荡。那些逃难的人跟着粥锅走，离船城越来越远。一阵马蹄声传过来，南杰嘉波看到青冈骑着马迎上来。她的脸像一轮满月，欣喜而忧伤。近了，她从马上跳下来，向着南杰嘉波跑过来。南杰嘉波看到青冈向他跑过来，看见亲人，一股暖流涌向他的眼窝。

青冈，姑娘梅朵的心上人没有了——

他听到婴儿的啼哭声，仿佛十八年前梅朵的哭声，仿佛二十年前坚赞的哭声，仿佛四十年前南杰的哭声，南杰的眼睛潮了。青冈向他扑过来，热腾腾地，她抓住他的手臂，用袖口抹掉他脸上的泪水。她笑得那么好看，在正午的阳光下，她脸颊上的绒毛清新如初。青冈从自己怀里掏出一个襁褓，一个婴儿哭声嘹亮，让洮河里的水溢出堤岸。青冈说，亲爱的南杰，青稞为我们生了一个儿子，一个响当当的儿子！

父亲南杰嘉波把响当当的儿子举过头顶，向着阿乃日扎神山呼喊——班玛旺秀。

这是孩子的名字。班玛旺秀，父亲南杰嘉波是从他身上蜕去的一层皮，他是父亲的瓢。

六年之后，一个收纳了天地精华的秋后，班玛旺秀从父亲的身体上站起来，擦掉额头上的血迹。抬头看去，一只断了翅膀的雄鹰扑向阿乃日扎神山的谷底，惊起铺天盖地的风马。

南杰嘉波命船城里的巧木匠在两棵云杉的中间修了崭新的阁楼，比过去高大，宽敞，两棵树上都搭了独木梯子，一边的倒了，还有另一边的。在纳浪为王十全盖了双层粮仓，天不可能总是不下雨的，下一年也许会五谷丰登。

每当太阳落山时，汉人地主王十全站到洮河边，往河的上面望。坚赞少爷给他磕头说，爹，我以后就是您的亲儿子。王十全对着河水说，我什么都不要，我就要我的儿子王卓尼，我什么都不要，只要我的儿子王卓尼，我什么都不要……

——当村庄里走了人的时候，洮河里的水会倒流。

倒流到碌曲，到卡车沟。他听到儿子小时候玩耍时说，新媳妇，新媳妇，裆里夹着块红布布，新媳妇，新媳妇，裆里夹着块红布布……

黎明前，九十九个儿子娃背着卓尼官寨过了洮河，向着卡车河飞驰。他们放不下他们的汉人连手王卓尼。

朝霞映衬的卡车河像一个分娩中的母亲。

河边的马蹄声惊天动地，卡车河的水沸了。

彼岸，回到了朱扎的男人们，浸润了水谷精华又活了的朱扎的男人们，望着船城，愧疚，胆战。一场血腥已经不能避免。

此岸，坚赞少爷与九十九个儿子娃举起箭，拉满弓，对准对岸的男人们。

阿旺晋美没有躲闪。

儿子娃们等待着坚赞少爷放出第一箭。

坚赞的手抖了一下，他看到，一个戴着鲜艳珊瑚帽的姑娘张开双臂挡在阿旺晋美的前面，她声嘶力竭地喊着，坚赞阿哥，坚赞阿哥！

梅朵姑娘的出现，平息了一次流血。

梅朵在山坡上的凤毛菊一旁守了七七四十九天。之后的中秋节，梅朵成了阿旺晋美的娜扎（新娘）。

一身汉服的梅朵坐着一抬花轿出了船城。

坚赞少爷截住去路，质问阿旺晋美，你凭什么娶我的梅朵阿妹，你在卡车河里照照你的影子，你凭什么娶卓尼官寨的姑娘！

阿旺晋美给坚赞少爷施礼，神情恬然，说，梅朵姑娘是我的心上人，正如央吉卓嘎是坚赞少爷的心上人一样。我让我的心上人不悲伤了，你能让你的心上人不伤悲吗?

少爷跨上马,驰过木耳桥,冲进青稞公馆。青稞正在给班玛旺秀喂奶,央吉卓嘎在给青稞太太揭奶皮。坚赞少爷抱起央吉卓嘎,翻上马,甩了马鞭,沿着博峪沟直冲而下,绝尘而去。

39

藏历土马年,民国十九年。

一只苍鹰盘旋在天空。它俯瞰着迭山,碌曲,洮河水倒映着它苍凉的翅膀。没有人听到它鸣叫,也许它已经喑哑。

它看到红石崖下一只铜锅已经生锈。红土地上散落着嶙嶙白骨,如白石山上被丢弃的石头。上卓梁看上去如此疲惫,垂垂老矣。冰冷的土地一片瑟瑟,草没有苏醒,虫没有惊蛰。

它看到,下迭的山谷里,站着一个悲伤的男人,他怀抱里的妻子说了最后一句话:好香的一碗酥油茶啊!那个带来八十头牦牛的女人对他笑着,笑着,走了。

船城的女人们把口弦放在嘴边,吹出悦耳的声音,这声音在滋润干燥的土地,唤醒地下的昆虫和草籽。女人和土地一样,等待着播种。

穿布衣的汉人们总是先动手的。刨开田里的土,寻找墒情。去洮河里凿冰,放进驮子里,放在木轮车上,或者担在箩筐里,背在背上,把河往地里挪。太阳出来后,土地吃了冰。汉人总是想,闲着也是闲着,说不定就管用呢。就这样到了惊蛰,河开了,地下的水位上升了。小心翼翼地犁地,把种子埋进去,埋得深一点,阿弥陀佛,唵嘛呢叭咪吽,天上的神灵啊!

拉合拉卓……拉合拉卓……播种的号子此起彼伏。拉合拉卓,从雅砻河谷到迭山洮水,从来没有间断的神曲,附着在卓尼川生灵的心上。

梅朵出嫁后,船城里发生了一件事情。

太阳落山时,从木耳桥上走来一对穿布衣裳的妇人。老的老一些,少的也不年轻了,互相搀扶着,摇摇欲坠。船城的人以为又是寻口的,赶紧关了碉楼的门。可是这两个妇人并没有寻口，而是打听一个叫二后生的人。年轻一点的人不知道二后生是谁，年老一点的人记性不好，记不得谁叫二后生。

喇嘛保正靠着菩萨女儿的牲口圈打瞌睡，听到有人找二后生，即刻睁大了眼睛。他死都不会忘了那下巴子二后生，他用一头瘦驴换了他的一口袋粮食，他靠喇嘛保的一口袋青稞把命接上了，后来他摇身一变成了卓尼地主了。哈哈，地主王十全名声大了，连逃荒的都知道他家有粮食。他径直把两个寻口的引到王十全家，说，他家有的是粮食，住在他家，放开肚皮吃！

地主王十全坐在门槛上，看麻雀。就看见门上进来三个人，两个蓬头垢面的妇人，后面是嘻嘻傻笑的喇嘛保。他对来人摆摆手说，去去去，我家的粮食都放进官寨义仓了，上那儿讨吃去。

两个妇人听出了王十全的口音，上前仔细端详，之后老妇人一拐杖甩在王十全身上——二后生，你这个挨枪子的，你娘快死了你都不知道回家吗？老妇把身后的女人拽到王十全跟前说，你媳妇等了你二十年，你连一两银子都没捎回来，你的良心让狼吃了吗？

王十全扶着墙站起来，他的腰是弯的，头发是白的，眼睛是红的，他全然成了一个老人，一个没有装满粮食的口袋，立不住。

老妇人看着儿子的衰样，即刻大放悲声——娘的二后生啊，你咋比娘都老啊！这么些年你就没说个女人？看这屋子乱得像个羊圈。娘的二后生啊，你当年遭了人命，你跑就跑哇，咋就能跑这么远？跑这么远就这么远哇，咋就能不要女人生个娃呢？现在你媳妇都腰干了，你们连个后都没有，你们怎么活人呀哇！

七天后，梅朵和阿旺晋美回门。回到船城，他们直接走进王十全的苦子房。阿旺晋美提起笤帚扫院子，梅朵撸起袖子引火烧茶。王十全蹴在墙上晒热头，他闭着眼睛什么也不看。两个妇人从厢房里出来，看到一对天上人，惊奇得说不出话。梅朵和阿旺晋美端了茶对王十全说，爹，喝茶吧。

两个女人一屁股坐在地上，哭泣。

老的是喜极而泣。少的正好相反。

坐在塄干上的地主王十全最先看到绿芽拱出地面。他呵呵呵地笑着，更像一场痛哭。他的女人，离开了二十多年突然出现的女人，仿佛是前世的一个物件，他对她是陌生的。他低着头想，哪里见过这个人。这个女人也是不争气，只要男人的眼光落在她身上，她就不停地打喷嚏，鼻涕眼泪，涕泗交流，这让快要想起她是谁的男人，再次别过脸去。

王十全多半在两棵云杉之间的木头阁子里发呆。他眺望洮河上游，眺望卡车河，朱扎山坡上的凤毛菊。有一只鸽子从那里飞过来，落在他的身边，天就下起了雨。他看着那只鸽子，嘴里念叨着，老命，老命。

大车道是冷清的，正午时走进来一个男人，灰头土脸的。他的背架上背着什么东西，高过了他的头顶。他的脸上带着羞怯，但不是陌生人，路过索郎四老爷二十年前用胶轮车捡来的大炮筒，伸出手来摸了一下，又缩回去，初春，冷如铁。他的身后渐渐地跟上来一拨人，男男女女，花花绿绿，统统瘦得如行走的柴火。他们身上背着什么长着嘴的家伙，风一吹，嗖嗖地响。他们靠着黑炮筒歇息了片刻，便看到船城里的一些人向他们张望，迎风送来酥油茶的香味。他们大口吞咽着口水，胃囊抽到了嗓子眼儿上。有一个老者喊了一嗓子，这也许是一声号令，顷刻之间，男男女女们从行囊里拽出行头，生末净旦丑，琴笛鼓钹笙，粉墨登场。奇怪的是套进行头里的人，男的变成了女的，女的变成了男的，唱腔也阴阳颠倒，让人真假难辨。

阿尼闹，天下阿么会有这样的人啊。原来这是一个京戏班子，跟着返乡的蒙古喇嘛寻口来了。

蒙古喇嘛让砂板银元骗了之后，羞愧得在卓尼待不下去了。在一个晚夕拉着婆娘拉毛草走出碉房。他说，走吧，卓尼的年景不好，我们又欠着卓尼人的钱，让别人戳脊梁骨活得没意思。我们蒙古人欠下别人的钱，世世代代都是要还的，我要是还不了人家的钱，我的子孙后代都抬不起头来。拉毛草说，我不想走，我们藏人只能跟牦牛在一起才能活着。蒙古喇嘛说，出去挣点钱，回来给船城里的人还人情，咱们才能和牦牛一起活着。拉毛草说，你去挣钱吧，我们都走了，船城的人以为我们躲债跑了。拉毛草把碉房里仅有的几串钱塞进男人的褡裢，把男人向外推了一把。蒙古喇嘛一步一回头地走了，看到拉毛草躲在草架后面抹眼泪。蒙古喇嘛一路往漠北走，那是他的老家，他想去老家挣点钱。可是一路上没有吃的，到处是饿死的人，才知道整个南赡部洲都不下雨，人们在经历着一场前所未闻的大旱灾。蒙古喇嘛可怜价的，翻过一千道梁，走过一千座桥，又想拉毛草又想卓尼，差点把命放在外头。好不容易混进一个戏班子，他力气大，帮人家背家伙，戏班子的一个家都扛在他的肩头上。

此时他才知道最好活人的地方是卓尼。他给戏班子出了个主意，我们往回走，沿着黄河往上走，有一个地方到处都是蕨麻和芫根和牛羊下水，吃都吃不完。戏班头张大了嘴。于是他们翻过一千道梁，走过一千座桥，来到了卓尼。近乡情怯，没挣上钱，把拉毛草塞在身上的几串钱也花光了，只把自己的影子带回来了。空裆裤在肩膀上甩来甩去，像两条驱赶牛虻的牛尾巴。

拉毛草听说自己的男人回来了，还带回来一帮二尾子。她不清楚男人是不是又拈花惹草了，是不是又把挣来的钱花给别的女人了。她躲在船城人的后面，偷觑。可是男人却从一群人里一眼看到了她。他把背架扔在地上向她跑过来，把一个东西往她嘴里塞——那是一块很甜的东西，男人说这叫麻糖。两个人羞着，谁也不好意思看谁。

可是男人没有挣上钱，只领回来一个戏班子。即刻喇嘛保和他的连手们一干人围上来——躲了初一你躲不了十五，你在外面混不下去又觍着脸回到卓尼了。拉毛草的碉房是客栈啊，你想来就来想走就走啊？你说，你给拉毛草的阿珑银钱呢，男人说话不算数嘴里应该吃羊粪。这话是喇嘛保说的，虽然他也没有给菩萨女儿做阿珑银钱，但丝毫不影响他指责蒙古喇嘛的失信。

拉毛草眼泪汪汪地上去护着自己的男人，夫妻俩难为情地抱在一起。大家看着夫妻俩头埋在一起哭，也就讪讪地背过脸去。虽然蒙古喇嘛是个骰子，拉毛草还是卓尼人呢，况且蒙古喇嘛是被骗了，又不是他骗人了。拉毛草擦了眼泪抬起头来，做了一个决定，让人们吃了一惊。

拉毛草要替蒙古喇嘛"宣债"！

这起初是车巴沟人的做法，一个人或者家族欠了别人的财物没有可能还清了，就拿出家里或者家族所有的财产偿还债务，宣布清债，叫作"宣债"。散尽所有的财产后，不管还清还不清，此债一笔勾销，债主与债务人的纠葛一风刮了。清债后，债务没了，曾经的债主也不会再提这档子事，可是宣债的人背上曾经宣债的名声，也可能会给后代儿孙留下了骂名。但是后代儿孙如果励精图治惠及乡邻，就能洗清先人的耻辱。这样做的人往往有两种情形：一是自己时日不多，不能把债务带到下一世，影响轮回进入善道。二是时日还有，但不想弯着脊梁活着，债务变成耻辱，知耻后勇。拉毛草意在后者。

拉毛草是个爽利的女人，把掌嘎里的债主全部唤来，不来的表明自动放弃债权。把碉楼里所有的东西亮出来——一座碉楼，一个牲口圈，三间柳条房，木轮车一辆。九头犏牛，三十一只羊，一匹马，一只獒。一窝蕨麻猪，还不在猪圈，出去吃野食，秋天才能回来，回来时也许多一些也许少一些，多些的可能性大。牛毛毪氇三卷，羊毛毡子五块，酥油半个羊肚子，曲拉半口袋。粮食没有。铜锅、马勺、奶桶、茶壶，还有一些家什。

请来掌嘎里的长尊，按照债权比例，分割这些财产。怕人们不好意思拿走，蒙古喇嘛和拉毛草躲走了。

这些东西不够分的，喇嘛保不想来。可是看林家阿妈说，你去拿点东西吧，哪怕一些牛鼻绳绳、一个奶钩、一个柳筐，或者用木碗喝碗大茶。如果不拿一点东西，宣债人就觉得没有宣清债务，那他背着耻辱宣债做什么呢？

躲出去的拉毛草夫妇其实不用回来了，所有的，包括一根牛毛，都不是他们的了。他们在洮河南岸偏一点的地方搭了柳条房，喝了一点山泉水，挨着身子睡下了。第二天早晨起来，准备找些艾草，好赖煨个桑。一出柳条房，看到很多东西摆在眼前——铜锅火镰毪氇龙碗大茶糌粑曲拉皮子羊毛牛毛绳绳奶桶奶杵子……在卓尼，掌嘎村落里的人因各种原因陷入困境时，邻里之间会竞相帮垫。送来的东西绝对不会是清债时拿走的。还的是还的，帮的就是帮的。放下东西就走了，不让看到哪一样东西是哪家给的。

拉毛草开始烧茶。她对男人说，赶紧想办法挣钱，还情。

蒙古喇嘛带回来的戏班子让船城人兴奋了好一阵子。据说他们中的班头是给老佛爷唱过堂会的，身上带着老佛爷赐的玉牌。那个被人们忘记了的紫禁城，曾经的"加卡卜"，一下子就离卓尼近了。他们的到来，给船城带来声音，带来了外面的气息。船城人又开始早早地起来，煨桑，挤奶，荡牛。刚刚经历了灾荒，有一点气短，但只要有一点希望，只要热头又从东方升起，人们又从丹田抽起一口气，睁开眼就说梦，说青稞，说牛犊子，说天气，说年景。当然，说京戏。

南杰嘉波听到船城里的动静，说，旧时王谢堂前燕，飞入寻常百姓家。

嘉波阿妈正在晒热头，阿妈除了睡觉所有的工夫都在晒热头。她说，我没了之后热头就没了，所以她不歇气儿地晒热头，不让热头有片刻的闲暇。听到儿子的话，瘪着嘴说，燕子，长着翅膀的，秋天走了的肯定会来。果实，心里有核的，秋天走了的春天肯定会来。

这山高来那山高，桃子树上结小桃。这山高来那山高，桃子树上结小桃……

　　旱灾过去之后，卓尼土司领地又有了片刻的安宁，而这安宁更像一场回光返照。

　　国民军走了，旧的在离开，带走能带走的，像割一茬茬的韭菜。新的正在来，已在路上了。只要天和地在，镰刀在，韭菜还会长出来。

　　官寨里的阿妈在祷告：什么都不要来了，白雨、旱魃、号纸、加卡卜，都不要来了，不要来了。京戏班子多来几个倒是挺好的，热闹！

　　坚赞和梅朵离开官寨后，南杰嘉波就有了白发。好在阿妈的眼睛不好，看不见，不然会伤心呢。头发白了，人就老了，人老了性子就有点急。于是，今年的青苗会提前开始了。卓尼大寺上空行走着彩色的云朵，这些久违的云朵会带来雨水。四十八旗的长宪总管仓官，十二掌嘎的头人，如约而至。密密匝匝的帐圈如蘑菇围绕着船城。船城有了戏班子，青苗会上先搭个戏台子，唱上三天的戏。

　　索郎四老爷立在帐圈的中心，脖子上骑着一个壮硕的儿子，两个人叠起来看上去很高大，只是索郎四老爷的身板缩了水，走动的时候竟如门板松了，咯吱咯吱地响。他一个个地数着四十八旗的人头，笑呵呵地说，四十八个一个不少。可是江措大头目和丹增没有到。长宪总管们给他施礼，礼毕，他说，再来一次！人们不明白，行礼阿么还两次呢。于是索郎四老爷指了指他脖子上头，脖子上的那个滚瓜溜圆的家伙手里捉着鸡鸡就往前面滋尿。

　　江措大头目还没有到。

　　南杰嘉波看到，朱扎大总承阿旺晋美拉着梅朵姑娘的手向他跑来。美丽的梅朵穿着汉装，长裙裾，凤头鞋，鬓角插着一朵凤毛菊，胸前挂着一只口弦。

　　　你带得什么花儿来
　　　我带得茉莉花儿来

　　二十年前的时光扑面而来，模糊了南杰的双眼。

　　梅朵成了一个女人，眼睛里盛着一碗清水，从一碗清水里看到她的母亲。"我会以另一个样子活在南赡部洲"。女人梅朵亲吻了嘉波阿妈的额头，亲吻了青冈的额头，亲吻了青稞的额头，羞涩地亲吻了南杰阿爸的额头，她的一碗清水里能容得下这些人。

南杰嘉波拥着四个女人，对着卓尼大寺双掌合十。他从青稞太太手里接过班玛旺秀，托着班玛旺秀，他的掌心上站立着班玛旺秀，这个孩子向上生长着，会离天空越来越近。南杰嘉波抬头，看到了飞翔的苍鹰，对着天空说，你又来了，又一个南杰来了。

都来了，江措大头目亲手放进驮子的粮食来了。总是在青黄不接的时候，炒面袋子空了的时候，碉楼的烟囱上没有炊烟的时候，粮食从一个神秘的地方来了。唯独江措没有来。

索郎四老爷看到，南杰嘉波眼里充满担心和焦虑，他一直在朝着迭部的方向看，脸色凝重。那个曾经叫牦牛江措的人，几十年来，需要率兵就打仗，需要下马就农牧，他只长着手不长着嘴，他是卓尼川任何人无法取代的。

有这个人在，四老爷心里自然也是踏实，但也同时忧心忡忡。作为卓尼官寨的大头目，嘉波的长辈阿古，索郎大头目知道上下迭的两个粮仓有多少粮食，也知道大灾之年给上头筹集粮草，加上给上头修路民工吃掉粮食，上下迭粮食不可能是无底洞，取之不尽。一定是还有一个地方，一个神秘的地方，储存着粮食。这个地方，南杰嘉波不会让任何人知道，除了江措大头目。

索郎四老爷感觉自己成了外人，心里着实不舒服。

和往年一样，青苗会上，四十八旗长宪总管通报各旗农牧林状况，人口增减，草山纠纷，自然灾害。之后是敬山神，插箭，赛马，大象拔河。当然还加了一个新的项目，听京戏。仍然在饥饿中的人们，身形消瘦，面色憔悴。表演马术时，南杰嘉波摆了摆手，他不忍心看到瘦弱的马匹消耗体力。男人们牵着马站在南杰嘉波面前，他们不舍得吃分到碗里的炒面。

僧人们念经的声音滴滴答答的，如一场即将来临的雨。南杰嘉波看到人群里有喇嘛保，那个曾经的看雹人，跪在僧人们中间祈雨。他没有了鼓钹齐鸣的力气，像被天压塌了，佝着腰像一把锄头。终于他晕倒了，总管赶紧着人扶起他，动他的炒面口袋。他捂住口袋说，不能动，不能动，炒面要留给菩萨女儿和看林家阿妈……南杰嘉波对大总管说，再给他一份炒面。

终于听到了急促的马蹄声，南杰嘉波迎了上去，索郎四老爷跟在后面。走近了，翻身下马的不是江措大头目，而是仓官丹增。丹增神情悲切，黑色的褐子腰带系在前面。四老爷心下一惊，难道江措大头目……丹增看一眼左右，示意借一步说话。

丹增随南杰嘉波和索郎四老爷进入帐内，急促地说，阿爸问候南杰嘉波和索郎四老爷吉祥。阿爸打探到，有大约两千号人马由松潘方向过来，意在借道迭部入岷州，疑为两年前离开的卢部。阿爸请示南杰嘉波和索郎四老爷，放进来还是挡出去，丹增将速速返回报信。

南杰嘉波和索郎四老爷对视了一下。索郎大头目说，卢某与南杰侄儿是金兰兄弟，也把我四老爷当长辈孝敬。眼下国民军撤离甘肃，新来的上头定会任用与国民军对立的势力，卢部便是。他带两千人马回岷州，对卓尼也不会构成威胁。岷州是卓尼的近邻，不可与之交恶，关系处好了，说不定还会成为后靠。

南杰嘉波沉思着，不说话。索郎四老爷继续说，卢部离开时和我们有些误会，看得出来，南杰侄儿心里一直是愧疚的。此次放他进来就算是拿出一次诚意，再见面，一笑泯恩仇，也就放下了你心里的一块石头。

索郎四老爷说得都对，索郎四老爷说得都不对。那个人离开的时候，卓岷交界处的一棵树，被愤怒的子弹打得千疮百孔，随后的一场风把这棵树拦腰折断。

南杰嘉波闭着眼沉思。他感觉到眼前的丹增，一双眼睛吧嗒吧嗒看他，迷离，忧郁。南杰嘉波睁开眼，看到了丹增皮袍上的黑色腰带，交叉着系在前面。南杰嘉波一只手放在丹增的肩膀上说，丹增，你阿妈好吗？听到"阿妈"两个字，丹增突然抱住南杰嘉波放声大哭，我的阿妈死了！

那个连同八十头白牦牛嫁给牦牛江措的女人死了！他的死与下迭的九龙峡有关系，与九龙峡的一个粮仓有关系，这个粮仓叫崔古仓。

崔古仓是一个暗仓，由下迭的崔古族看护。此一族人居山洞，不和外面有任何交往，迭部人也不知道粮仓的存在。秋天，下迭的一部分粮食交到仓官丹增手里，丹增送进崔古仓。它是卓尼领地的后盾，不到万不得已，崔古仓的粮食是不能动的。上一年大旱，上下迭粮仓告罄，官仓告急，崔古仓的粮食向北运送。过了年的春天，粮仓渐渐地空了。崔古仓上空聚集的麻雀都飞走了。可是只有江措大头目一家知道，粮仓的下面，藏着用油布包裹的籽种粮。这些籽种，死活是不能再动的。

开春几乎所有的人家都断粮了，崔古族的人完成了使命，也不得不离开空了的粮仓到外面找吃的。可是丹增阿妈不放心，她知道粮仓的下面还有粮食种子，她一个人进沟守着崔古仓。她带走了家里的两碗青稞，牵着一只羊陪伴她。三天前的一个傍晚，江措大头目父子去朱扎送粮食籽种返回，远远地就看到崔古仓的上空盘旋着秃鹫，叫声怪异。他们想，可怜的丹增阿妈饿了，把羊杀了，秃鹫闻到血腥就来了。他们心里焦急，急忙翻过只能容下一匹马的沟口，下了山涧。一眼便看见那只羊，羊身上没有了毛，没有了毛的羊瑟缩着身子，咩咩地叫着。羊活着呢，羊活着呢，可是阿妈死了。可怜的阿妈把两碗青稞吃完了，没有了粮食，她太饿了，就吃羊毛。她抱着羊头，舍不得杀羊。她饿晕了，爬在羊身上睡着了。天亮的时候，她突然意识到自己要死了，再见不到丈夫和儿子了，她疯了！她爬进粮仓，扒开木板，解开油布，大把大把地，把粮食塞进嘴里塞进胃里。她口吐鲜血，嘴里喊着丈夫和儿子的名字。丈夫和儿子到来时，她的眼睛睁开了。江措抱起妻子，女人身子瘦得像一张桦皮。她偎在丈夫怀里，二十多年来，他没有和丈夫依偎过多少次，只有不断地烧酥油茶，双手端到丈夫手里，她抿着嘴对着丈夫笑，笑着笑着，等着丈夫说，好香的一碗酥油茶呀……

索郎四老爷脱口而出，她是胀死的么！说完他自己愣了，怎么又说错了？果然还有一个粮仓，他四老爷不知道。尴尬地一捋胡子，一把胡子就掉在了他的手心里。拿在眼前看了看，不认识一般，如一把枯草。他呵呵了两声，自嘲，他不敢看南杰侄儿。那个在他的背上撒欢儿的娃儿长成了一座山，而自己成了山下的一块石头，越来越老了，小气，狭隘，刻薄。而这些毛病都有惯性，一不小心就从身上蹦出来。他叹了口气。

南杰嘉波说，丹增的阿妈是守着粮仓饿死的！着红笔师爷拟定达汉尕书，本人将亲自送往丹增阿妈的坟前。南杰左右一看，没有红笔师爷。哦，红笔师爷已经不能上马外出，只有房科立于身后，毕恭毕敬地说，哦呀！索郎四老爷跟着说，哦呀！哦呀！

南杰嘉波内心纠结，江措大头目的想法其实是明了的，他一定是主张把来者拒之门外，他正在川迭交界处严阵以待，不然他不会缺席一年一度的青苗会，即使是他的妻子离开了南赡部洲。

古雅山上乌云聚集，那只苍鹰穿梭在云层里忽隐忽现。僧人们念经的声音，俗人们祈祷的声音，经幡舞动的声音，一浪一浪地卷向空中，哗哗哗，像飞起来一条河。好大一场风啊，黑牛毛帐篷呜呜地吼叫，马尾巴甩得像一条条的鞭子。人们欢呼起来，呼儿呼儿呼儿，风马遮天蔽日。风来了雨就要来了！看雹人喇嘛保顶着风往古雅山上跑，像一块石头被刮下来，又爬起来，往上跑。终于鼓钹响起来了，披散开一头花白的头发，学豹子叫，学老虎叫，学狮子叫，学熊叫，学麝叫，学狗叫，学鸡叫。人们这才发现，那个看雹人的后代，那个怀里时时揣着达汉尕书心里装着菩萨女儿的人，那个嘴里讨厌汉人心里羡慕汉人的看雹人，那个把棉花当成羊毛的船城人眼里的活宝，他竟然老了！他的老不是头发白了，腰弯了，目光迟了，而是他的身子小了。谁都没有注意到，他的身子缩回到了几十年前，他的阿爸第一次把他带到古雅山上，把铜钹放在他手里说，你来到南赡部洲，就是为了看雹！他匍匐在山坡上，他像一副剔了肉的羊架子，或者一根牛腿骨。哦，原来，可怜的喇嘛保长回去了，正如热头早晨从地里长出来，晚上又落到地里一样，他返回去了。人们从喇叭保的身上看到了自己的明天，不禁唏嘘。他又站起来了，以看雹人的身份敲响了铜钹。可能是没有力气了，铜钹不甚响，或者因为他早已被铜钹抛弃，彼此之间早已疏离，已经没有了相互碰撞的勇气。总之铜钹是哑的。他沮丧的样子那么令人心痛，他咧着嘴呜呜呜地哭，样子真的丑陋。人们不忍心看他，更不忍心嘲笑他。后来人们看不见喇嘛保了，让风刮到山那边去了。

好大的一场风啊，吹得南杰嘉波心神不定。这似乎是几年前的那场风，南杰嘉波从岷州返往卓尼，一匹马与琼雪擦肩而过，马上的那个人，傲慢，悍戾，跋扈，恣睢，眼睛里放着一支箭！

这支箭五年之后射向了卓尼！南杰嘉波甚至听到了箭镞乘风而来的鸣镝！

天上的那只苍鹰急遽地坠落，消失在古雅山的那一边。

南杰嘉波此刻做出了决定，调动两千官寨步兵南下，阻止卢部经过卓尼领地。他把一封羽毛信交到丹增手里，对着已经上了马的丹增说，告诉江措大头目，按照他的想法行动！

索郎大头目知道，南杰嘉波的决定不可逆转。他率兵入岷卓边界，做第二道设防。南杰嘉波目送着他，那么远了，从南杰的口型看出来，他在唤着"阿古"！索郎四老爷向南杰摆摆手，唤着"南杰侄儿"，不禁老泪纵横。索郎四老爷老了，每一次离开官寨，都会步步回头，看官寨，看义仓，看金顶，看索郎衙门，他的相貌丑差的婆娘头上顶着他的儿子，站在高坡上，乜眼瞅着他。索郎四老爷呵呵呵笑着——乍看不觉得俊，久看不觉得丑。

丹增随两千官兵奔赴川迭交界处，江措大头目已率三千上下迭兵马压境。渐行渐近的卢部声势很大。靠近迭部时，站在山头上的江措大头目在望远镜中发现，卢部在使障眼法——几百号人跑步靠近隘口，之后悄然退后，再次扯旗放炮跑步靠近隘口，再悄然退后，如此反复，仿佛有进不完的人马，其实就那几百号人，百十匹马。江措大头目心里有了数，令大部分兵马后撤，进入第二防线。只用一千人马，佯装不知对方身份，以保卫本土的名义，将对方驱逐。卢部选择卓尼土司领地进入，一定是别的地方无路可走，江措大头目负责把卢部逼向他方，自生自灭就是他们的事情了。

就在带兵官发动号令的当口，江措大头目抬起手紧急阻止。他从望远镜里看到了一对人，骑着一匹高大的红色骏马，两眼急切地张望着迭部的方向。那两个人是坚赞少爷和央吉卓嘎，胯下那匹高大的红色骏马是琼雪！

就这样，眼睁睁地，江措大头目看着卢部的几百人马，随着坚赞少爷的九十九个儿子娃大摇大摆进入迭部。卢某与其主太太在坚赞少爷和央吉卓嘎的左右，看上去关系甚密，其乐融融。

坚赞少爷下马给江措大头目行礼。报告江措大头目，坚赞携九十九个儿子娃入川寻找姆妈，现在姆妈随坚赞回来了。并且告诉江措大头目一个好消息，美丽的央吉卓嘎肚子里装上了坚赞的种，官寨里要四世同堂了。请江措大头目速派人给官寨南杰嘉波报喜，坚赞少爷要带着央吉卓嘎回官寨，向阿爸和阿婆请罪。坚赞少爷真的是长大了，学会说话了，本来是邀功说成是请罪。

其主太太坐在一匹马上，居高临下看着众多兵马，对江措大头目说，尊敬的江措大头目，你想杀鸡还用举牛刀吗？

记得卢部离开时，坚赞少爷竭尽全力要置卢某于死地。他们的和解应该归功于其主太太，还有就是央吉卓嘎的肚子。一个要做父亲的男人，必须放下仇恨。纯净的坚赞少爷以为能化敌为友，纯净的坚赞少爷没想到会引狼入室。

站在迭部的土地上，卢某摸了摸脖子上的脑袋，对江措大头目说，尊敬的江措大头目，你恭候在此地，是在迎接卢某吗？

颠沛流离损兵折将的日子，仍没有消除卢某的戾气。他从马上把其主太太抱下来，说，要不是其主太太太想念她的娘家了，卢部不会率兵到卓尼领地的，这里是我卢某的伤心之地。卢大人说得跟真的一样，他的太太频频点着头附和。江措大头目微笑着不语，看这出戏怎么收尾。

接着卢部穿过下迭去往岷州，江措大头目护送。卢部走在前面，江措大头目的兵马在后，坚赞少爷和儿子娃们穿插在卢某左右前后。经过九龙峡的山涧时，受到惊动，山的后面飞起一片麻雀。卢某勒马伫立，看了看周边的环境，他看到了一棵合抱粗的紫杉，他抬起手对着树干就是几枪。其主太太一惊，迅速用身子挡住了坚赞少爷。后面的卓尼士兵举起了枪。卢大人转过马头对身后林子似的枪杆，说，哈哈，各位受惊了，我的枪走火了。

卢某根据麻雀飞起发现了什么情况，他用一棵打出弹孔的树做了标志物。

终于卢部出了迭部进入岷州。卢某与江措大头目拱手道别，卢某说，感谢江措大头目相送，转告南杰嘉波，稍事休整，卢某将拜访卓尼官寨，致谢他的知遇之恩。顺便转告索郎四老爷，不用把守卓岷边界了，卢某近日不去打扰。

坚赞少爷与脸蛋儿姆妈下马道别。脸蛋儿拍打着坚赞肩膀上的土，凑在他耳边轻声说，不要到岷州来找姆妈，保护梅朵妹妹，姆妈想你们了会来卓尼看你们！

坚赞看着脸蛋儿走远，与江措大头目道别，转头向卓尼。近纳浪，远远地看到一顶珊瑚帽如盛开的红牡丹，红破了。妹妹梅朵站在洮河边，踮着脚向他招手，身后站着阿旺晋美。四个人见了面有点欣喜，有点羞涩，央吉卓嘎和梅朵都腆着肚子，坚赞和阿旺晋美靠近了拉拉手，憨笑。

阿哥坚赞，阿嫂央吉卓嘎，梅朵和阿旺晋美想你们。

妹妹梅朵，妹夫阿旺晋美，阿哥阿嫂也想你们。

阿哥要做阿爸了。

梅朵要做阿妈了。

阿哥啊，阿爸想你头发都白了。

梅朵啊，阿哥错了。阿爸喜欢他心爱的女人，犹如我喜欢央吉卓嘎，犹如你喜欢王卓尼，喜欢阿旺晋美，别人是没有权力强加的。

阿哥坚赞，你跟我想的一样，我们都长大了，阿爸看到我们会高兴的。

过了河，就看到了汉人地主王十全，很明显他是在等待坚赞少爷和梅朵姑娘的，因为今天几拨快马出入卓尼官寨，船城的所有人都知道，坚赞少爷和梅朵姑娘要回船城了。可是看到坚赞少爷和梅朵姑娘过来了,他赶紧转过身蹴在河滩地上务弄麦子。他的小脚女人过来拽他的胳膊,阿嚏阿嚏地打着喷嚏说,来了,阿嚏,来了,阿嚏!他执拗地甩着手说,我什么都不要,只要我的儿子王卓尼。少爷坚赞和梅朵过来了,俯下身子叫爹。王十全停下手里的活计,他慢慢站起来,搂住坚赞和梅朵,眼泪鼻涕糊在了他们的袍子上,嘴里还在说,我什么都不要,只要我的儿子王卓尼⋯⋯

官寨的门口站着南杰嘉波和嘉波阿妈。南杰的头上有了白发,他伸开双臂迎接了四个孩子。嘉波阿妈的眼睛上蒙着一层云翳,她捏捏这个摸摸那个,最后手停在梅朵和央吉卓嘎的肚子上——呜呜呜地哭。

嘉波阿妈说,阿乃日扎神山上的白牦牛少了。

南杰嘉波望着迭山横雪,积雪比过去稀薄了,那些奔腾的白牦牛比过去少了。迭山这一天的动静有点大,有的地方发生了雪崩。

40

青稞公馆的门前有一棵马尾松。

五年以后,父亲走了,这棵马尾松被风连根拔起,沿着天绳向天而去。

班玛旺秀来到南赡部洲,南赡部洲是倒立着闯进他的眼睛的。洮河水在天上,泠泠一响,岸边的格桑花就开放。崭新的小旺秀看到阿爸是一棵马尾松,他茂盛到一叶蔽日,华盖遮天,他身上散发着清苦的味道。他的母亲青稞是一只羚羊,她的眼睛温柔得如胡麻上的菟丝,一直都纠缠在父亲的身上。大阿妈青冈是一只雌兔,她站在门外,不敢看门里面的一家三口,她的谦和,她的卑微,总是让班玛旺秀心疼得放声啼哭。

小人儿班玛旺秀仰头望着树上的松塔,伸着小小的手指,数着上面一个一个的小房子,声音似银子般清脆,一望二三里,烟村四五家⋯⋯

青稞和青冈看着小旺秀,脸上漾着喜悦,两只手伸出来握着。一只手纤细,一只手宽厚,总是青稞太太的手放在青冈太太的手心里。阿爸不在的时候,青稞太太看青冈太太的眼神充满温情,充满依赖,仿佛她就是南杰的化身，她们的手心相合一心一意。

小旺秀跑过来抱着青稞和青冈的腿说，大阿妈，小阿妈，我想阿爸了。

自从有了班玛旺秀，青冈公馆到青稞公馆路上的草就被青冈走平了。过去小路上青草没马蹄，现在成了一条真正的路，在月光下像一条白色的哈达。小旺秀喜欢大阿妈。大阿妈把他裹进袍子里，他们一起骑在马背上，他贴着大阿妈的胸口，一颗热爱他的心脏在扑腾扑腾地跳动着。马儿奔跑的时候，大阿妈把缰绳塞进小旺秀的手里。风从小旺秀耳边呼呼地叫，小旺秀仿佛飞起来了，他离天上的白云那么近。大阿妈说，我的小旺秀啊，只有这样的风才能让你长成你阿爸的样子。

小旺秀喜欢小阿妈。她是那么安静，那么柔软，她笑的时候，洮河里的水就哗哗地响。她坐在木椅上，手里捧着书，热头照在她的身上，金色的火苗挪动着，挪动着。她打个哈欠，看看天色，她在等一个人，等马尾松上的金光掉在地上了，天要黑了，小阿妈催促小旺秀睡觉了。小阿妈说，我的小旺秀啊，睡觉才能让人长大。睡在小阿妈的胳膊上，夜色就浓了，天上缀着星星，马尾松上的知更鸟叫了。小阿妈会唱歌，一声高一声低，像一群多舌的画眉。"江—南—可—采—莲—莲—叶—何—田—田—鱼—戏—莲—叶—东—鱼—戏—莲—叶—西"……只要小阿妈一唱这个歌，阿爸就来了。

小旺秀喜欢阿爸。阿爸就是门前的那棵马尾松，壮硕，明亮，参天。他把小旺秀抱起来抡到天上，又落在他手里，小旺秀尖叫着，骨头在咔嚓咔嚓地响，像一地的青稞在拔节，咔嚓咔嚓地响。他嗅到了父亲身上苦腥的味道，像一棵马尾松刚刚剖开，世界上最新鲜的颜色，新鲜的苦味。小旺秀深深地吮吸着父亲，他睁不开眼。父亲亲着他的脸蛋，亲着小阿妈的头发，嘴里说着"诺布""诺布"。"诺布"是唤他的也是唤小阿妈的。阿妈的眼神，阿爸的声音，都表明小旺秀和小阿妈是阿爸最爱的人。长大以后，小旺秀明白了很多事情。"诺布"是藏语，相当于汉话里的"珍宝"，小旺秀和小阿妈是阿爸的珍宝。可是阿爸本来说的是汉话，为什么说"珍宝"的时候就说成藏话了呢？那是因为阿爸害羞。像一棵马尾松似的父亲，会害羞。

缀满星星的夜晚，阿爸和小阿妈总是像糌粑一样捏在了一起。他们的温情，他们的软语，让整个洮河南岸流光溢彩。早晨小旺秀是被香味惊醒的。阿爸手里端着饭，嘴上吹着，那是胡麻油炝葱花的香味，阿爸把雪白的面条挑起来，旺秀的肚子尖叫了。阿爸喂旺秀一口喂小阿妈一口。小阿妈说，你去看看青冈阿姐吧，她连个娃儿都没有，真可怜。阿爸说，看过了。这时小旺秀看到小阿妈就有点失落，她眼睛潮红，把脸别过去。小旺秀不明白，小阿妈究竟是想让阿爸看青冈呢，还是不想让阿爸看青冈呢？

青冈是大阿妈。小阿妈总是敦促阿爸去看青冈阿姐，时间长了，说的可能是心里话。小旺秀总是看到两个阿妈坐在一起说话，做活计，有时她们说着什么，掉眼泪，两个人紧紧抱在一起。小旺秀能感觉到，小阿妈对大阿妈有很复杂的感情，依赖，愧疚，嫉妒，自责。大阿妈来的时候，小阿妈很高兴，像阿爸来了那么高兴。拿出最好吃的东西，肩膀挨着肩膀坐着，拉着手。她们或者面对面坐着，小阿妈盯着看大阿妈。大阿妈仿佛另一个阿爸，小阿妈爱着他们两个人。爱是会让人消瘦的，钻在小阿妈的怀里，就不如钻进大阿妈怀里那么温厚。

小旺秀是大阿妈的宝贝，他经常被大阿妈塞进袍子里带回青冈公馆。大阿妈把小旺秀当成自己的命了吧，小旺秀一钻进她的怀里，她就活了。大阿妈欢喜得像春天刚开河的洮水，一天到晚笑个不停。她摸着他的耳朵、鼻子、嘴巴，喃喃地说，南杰，南杰。小旺秀就喊道，南杰是阿爸的名字，南杰是阿爸的名字！

阿爸也会骑着马过来，把马拴在马桩上。外面的马打着响鼻，他们喝着烧酒。他们有说不完的话，他们长时间地握着手。有时他们不说话了，大阿妈泪眼婆娑。

旺秀长大以后才明白。阿爸和青冈大阿妈那么好，为什么没有像炒面和酥油糌粑那样捏在一起？那是因为，阿爸南杰给青稞小阿妈的一个承诺。阿爸南杰一诺千金，因为阿爸是卓尼嘉波。

这个早晨，在青冈公馆，跟平时没有什么异样，酥油糌粑、胡麻油炝葱花长面。大阿妈坚持让小旺秀吃糌粑，她说吃糌粑才能长成一个藏族男人。这个早晨，只是木几上多了一个物件。小旺秀伸手摸了一下，凉的。大阿妈看上去很兴奋，她把小旺秀拽到那个物件跟前说：想阿爸吗？一会儿就能从这个匣子里听到阿爸的声音了。哦，这是个匣子，小旺秀又伸出手摸了摸，还是凉的。突然这个匣子响了，炮仗一般响亮，小旺秀捂上了耳朵。长大以后，小旺秀知道，这个匣子叫电话。

大阿妈拿起听筒，果然里边阿爸在说话。阿爸的声音很急，大阿妈即刻惊慌失措，话筒掉在地上。

阿爸总是在做一些事情，一件接着一件。阿爸给小旺秀说过，我们是井底之龟，小旺秀不想知道什么是井底也不想知道什么是龟，他饿了，要吃冰糖，要吃窝奶加冰糖。但是小旺秀能感觉到阿爸想让井底之龟过上好日子，都能吃上窝奶加冰糖，过上井底之外的日子。因此他总是想把井底之外的东西弄到井底里来。

电话匣子给他们带来了噩耗。从那天起小旺秀就害怕电话匣子。

大阿妈三下五除二把他塞进袍子里，跨上马，马就飞起来。那一天是阴天，黑云就在头顶。小旺秀被捂在大阿妈的袍子里喘不过气来，于是他就在大阿妈的乳房上狠狠地咬了一口，大阿妈才想起来袍子里还有一个人。她把他掏出来，从后面的领子插进袍子里，小旺秀就看见小阿妈站在路口，脸白得像一张奶皮。下人们一个个如丧考妣，大阿妈靠近他们喊道，快上马！小旺秀觉得他们真没出息，又不是天塌下来了。他扒着大阿妈的肩头，使上吃奶的力气呵斥道，慌什么！

可能是因为居高临下，小旺秀的声音是那么威严。一个下人反应过来了，应道，噢呀，噢呀，赶紧扶青稞太太上马。又调过头给小旺秀鞠躬，说，小少爷吉祥。小旺秀不喜欢下人对他的称谓，说，你躲开，我是班玛旺秀，不要叫我"小少爷"！

旺秀不喜欢"小少爷"这个称谓。

大阿妈在电话匣子里听到什么啦？阿爸在电话匣子里说：青冈，快带着小旺秀回官寨，阿妈走了！青冈你听到了吗，快带着小旺秀回官寨！

阿爸的阿妈就是阿婆。阿婆爱喝窝奶，她有一股母牛的味道。阿婆爱晒热头，她晒眼睛，晒牙齿，晒舌头。她不停地说话，不停地念嘛呢，她自言自语没完没了。她想给南赡部洲留下更多的话，这些话像青稞种子越多越好。热头一落山，她就闭了嘴，因为她睡着了。

阿婆活着的时候说，她走了，热头就跟着她走了。小旺秀看一眼天上，热头还在。父亲把小旺秀抱在炕沿上，让他看一眼阿婆，阿婆闭着眼睛睡着了。小旺秀心里想，阿婆的雪蜜不知道放在什么地方了，这样她就睡着了？

一个人死了，藏人就说这个人走了。走了，就是要回来的。再回来时，有可能是一头牦牛，有可能是一只羊，有可能是邻居家的娃子，有可能是活佛，正在荡牛玩尿泥时，被人指认了。如果是汉人，就说这个人没了。没了就不会回来了，变成了风，变成了尘，后来就什么也没有了。

小旺秀指着外头的热头说，阿婆没有走，阿婆没有走！

阿爸对小旺秀说，最后亲亲阿婆吧。小旺秀俯下小小的身子，在阿婆额头上亲了一下。他看到阿婆睁开了眼睛，她的嘴在动着，不是说话，是在笑。

阿妈脸上浮着笑，彻底走了。细心的人发现，阿妈脸上的表情跟刚才不一样了，阿妈笑着呢。官寨鸣炮了，小旺秀捂住了耳朵。

可是热头没有走，还挂在天上，像一面铜锣，随着人们的哭声，阿克们的经声，那铜锣嗡嗡地响。

小旺秀想：阿婆的雪蜜放在哪里了？

大少爷把小少爷抱起来，捏了一下他的耳朵说，你想吃雪蜜了！

小旺秀不喜欢大少爷坚赞阿哥，他身上有羊血的味道。坚赞阿哥看到小旺秀，就捏一下他的大耳朵。小旺秀长着一双招风耳，像一对皮大肉厚的饺子。坚赞阿哥对他有点不屑，说，你是小少爷，你生出来得太迟了。小旺秀不知道他说的是什么意思，他不高兴坚赞阿哥得意的样子，冲着他吐口水，呸！我不想要大少爷，我不想要大少爷！

果然五年之后，卓尼川再没有了大少爷，大少爷走了，阿爸也走了。

五年后的那一个秋日，官寨的义仓比过去还要高还要大，卓尼的人除了朝拜卓尼大寺的金顶，就是仰望官寨的义仓。官寨里枪声大作时，小旺秀瞬间被卷进身子下面的毛毡里，翻滚下地。那一天阿爸和阿哥坚赞走了。阿爸和阿哥坚赞走了就再没有回来。旺秀想念阿爸，他从每一个新出生的孩子身上寻找阿爸的影子，他盯着看一只小羊，一只牛犊，一朵紫斑牡丹，一朵黄绸子花，一只经过卓尼的鹰，洮河里的一尾鱼。其实小旺秀也很想念阿哥坚赞。坚赞威武，骁勇，他特立独行目空一切的眼神，实在是令人动心。

阿婆走了，所有的人都在哭，只有一个人在呵呵地笑。

这个人的前世是一颗文曲星。他的样子很是可笑，脑后吊着一根猪尾巴，身上的长袍都馊了。看不清他的脸，脸上似乎长了蓝毛，发霉了。他好像是从地窖里出来的，看见热头赶紧眯上眼睛。他在晒一大堆纸，怕风刮走，用木头和石块压着。他盘腿坐在地上，抬着头，张着嘴，像走了的阿婆一样晒他的牙齿和舌头。他呵呵呵地笑，呵呵呵地笑。小旺秀从后面抓他的小辫子，没想到小辫子到了小旺秀的手里，他的头上光了。原来是一把牛毛绳绳，他的头发早就先走了。

红笔师爷呵呵笑着，拽一下小旺秀的大耳朵，说，有的人头发先走了，比如我。有的人牙齿先走了，比如看林家阿妈。有的人胡子先走了，比如索郎四老爷。有的人灵魂先走了，比如看雹人喇嘛保。有的人肉体先走了，比如神。他说神的时候，指着阿乃日扎神山上的白牦牛。他说，妙达相本，本自俱足，观察本始，转悲为喜。无出有，有还无，安然返归，憩卧天地，何悲之有？之乎者也，呜呼呜呼！

小旺秀不关心这些，雪蜜在哪儿呢？

起风了，晒在热头下的纸哗哗地响，被风刮乱了。阿爷顾此失彼，有一些被风刮走了。阿爷号叫着去追那些纸，他的双手在空中抓着，仿佛那些纸是他的魂魄。索郎四老爷正好过来吊孝，命他的戈什把那些纸追回来。

索郎四老爷说，红笔师爷啊，别晒纸了，晒晒人吧，骨头上都长癣了。红笔师爷看都没看索郎四老爷一眼，仿佛他是虚无。他把那些纸在他脸上贴了贴，一脸喜悦。红笔师爷的无视让四老爷有些恼怒，非要掏出他一句话来。于是又凑近红笔师爷说，哟，这些纸比女人都亲啊，这些纸晚夕跟你睡觉呢吗？给你生娃呢？

红笔师爷遇到索郎四老爷舌头就先走了，腰刀也不可能撬开他的嘴。四老爷挑衅的话像扔进了洮河，打了水漂。四老爷怒了，扬起了鞭子抽在那些纸上，即刻一些纸像鸽子一般飞起来了。小旺秀看到，那些纸不是白纸，上面有密密麻麻的字，有的像方肉，有的像油股，有的苍蝇一般，有的虫草一样。

当小旺秀长到坚赞阿哥的年龄时，他才知道，阿爷热头底下晒的小山一样的纸，最后变成了一本书。书上有字，有云彩似的藏文，有砖头似的汉字，这本书叫《卓尼汉藏词典》。

先不说词典，先说超度阿婆的那些僧人。他们坐在官寨的回廊上，嗡嗡嗡地念经。他们张着一样的嘴，发出一样的声音，他们没有眼睛。嗡嗡嗡，嗡嗡嗡，小旺秀昏昏欲睡。其中一个突然噤了声，所有的跟着噤了声，睁开了眼睛。官寨外响起马蹄声。在这种时候官寨里所有的人都噤声，只有经声和经筒嗡嗡地响，此时响起马蹄声，一定发生了一件紧急的事情，或者走近了一种危险。一个暗门的值守进了官门，撞进大总管怀里，撞得消瘦了的大总管前心贴着了后心。

岷州卢大人进卓尼地界！带着全副武装的二百号人！

小旺秀希望阿克们的诵经声转为咒语。

卢大人并不是第一次进卓尼官寨，几年前就在卓尼官寨曾与南杰嘉波结为金兰。有关他们的误会，冲突，以及随坚赞大少爷借道迭部回到岷州，并在安多迅速扩张，大概在卓尼官寨内外都是一个敏感的话题。南杰嘉波与两位大头目在官寨上说起，每每是表情和语气比较复杂，似乎卢姓的这个人是逡巡在卓尼领地周边的一匹狼，已经向着卓尼鼓吻奋蹄。

班玛旺秀首先嗅到的是一股味道，是他经历过的不多个寒暑中从来没有闻到过的气味，腐朽的尸体，畜类的杂碎，小旺秀捂住了鼻子。

小旺秀看到一副黑色的骨架立在他眼前。他只有骨架，没有皮毛，没有血肉。小旺秀看到的是一具黑骷髅。在他的身后是一个女人，正好相反，女人只有皮毛，没有骨头，她像一个软体动物，随时准备改变她的形态。她一出现，大少爷便扑上去叫"姆妈"。而这个姆妈很是矜持，提起嘴角似笑非笑说，请叫我其主太太！

南杰嘉波还沉浸在丧母的悲痛中，他有些木讷。心地笃实的南杰嘉波以为兄弟卢某是来吊丧的，他双手作揖，还在为几年前的误会愧疚着。江措大头目依然站在南杰身后一言不发。性子急躁的索郎四老爷迎上去，可是卢大人像不认识他似的，转过了身子，对着坚赞大少爷说，大侄子，你想我的其主太太了吗？窝了面子的索郎四老爷一时想不通，这狗日的阿么长的狗脸，说长毛就长毛。

卢大人看南杰嘉波的眼神是陌生的，居高临下的，他是来给卓尼官寨发号施令的。他指天画地，不可一世，仿佛上面的天和下面的地都是他的。

他说，走了个"刘捣板"，来了个"马不管"。意思是制作砂板的国民军走了，来了个马姓的三不管。

现在的"加卡卜"是谁你们知道吗？

南杰嘉波表情漠然。记得二十年前，那个什么"国代表"，也是这么指天画地，也是这么趾高气扬。中间这二十年里，不知换了几茬"加卡卜"，卓尼五百年土司领地从一头牛瘦成了一只虫草，谁是"加卡卜"还那么重要吗？

某某军新编第十四师师长是谁你们知道吗？现在我是你们卓尼土司领地的"加卡卜"！

没有人接应，更没有人捧场。半晌，从大堂一侧耳房里传过来苍老的声音：狗粪变金子了吗？鞋拔子改帽檐子了吗？

这声音像极了嘉波阿妈，所有的人都大惊失色。

在过去嘉波阿妈常坐着的豹子皮椅子上，坐着看林家阿妈。她头发雪白，身子抽巴得像个旱獭。她自言自语地说，树砍光了，青稞也抢光了，"加卡卜"难道能把洮河背走吗？

小旺秀捂着鼻子钻在一个桌几下面，离那对狗男女很近。黑骷髅把骷髅头凑近那个女人说：

乖乖，你不是想要整个卓尼吗？

其主太太似乎并没有领情，鄙夷地说，第一次见到我时你就这么说了。

只有小旺秀听到了他们说的话。他扑上去咬住了一只狗腿。卢某惊叫着把小旺秀提在了手里。两个嘉波太太扑过来把小旺秀往怀里揽，一只黑手趁机在小阿妈的胸上摸了一把。

南杰嘉波向身边的戈什使了个眼色，官寨里的所有电灯都亮了，接着官门上三声炮响，官寨内外的卢部已被江措大头目和索郎大头目控制。

南杰嘉波与某某军十四师彻底反目。

隔三岔五地打仗，卓尼藏兵几乎是屡战屡败，官寨门兵和四十八旗兵马的武器与对手的相比，和顶门棍子差不多。糌粑打没了，牛羊打没了，但土地还在，还会长青稞和青草。

待小旺秀长到五岁的时候，卢部地盘已扩大到除卓尼领地之外的大部分安多地区，只等待时机对卓尼领地黑虎掏心。

春天的船城，羊羔们咩咩地叫着，被蒙古喇嘛赶上了上卓梁。女人们呼儿呼儿地扬着牦牛奶，眼睛拽着自己家的羊，流眼泪。重复的日子是好的，表明还可以活着。卓尼官寨还在，卓尼嘉波还在，日子还能过。

小旺秀扒在官寨的木栏上数羊，一只羊，两只羊，三只羊……看林家阿妈正坐在官寨外的一个卡垫上，晒热头。过去嘉波阿妈在哪里坐着她就在哪里坐着，过去嘉波阿妈做什么她就做什么。头发已经花白的南杰嘉波把看林家阿妈当成自己的阿妈，阿妈在，热头就在，家就在。

羊们刚离开上卓梁，就有马蹄声响进了船城。

一队信使，挑着一杆旗帜。"刘捣板"走后，看来"马不管"也走了，现在的"当局"是"青天白日"。在苍茫的阿乃日扎神山下，在麻浮汹涌的洮水边，在连接天地的光辉金顶下，青天白日旗看上去有点苍白。

这一杆苍白的青天白日满地红的旗帜插上卓尼官寨，卓尼嘉波被任命为洮岷路保安司令，坚赞少爷被任命为副司令。所谓的卓尼保安司令部收到了"加卡卜"发放的二百杆步枪，两挺机枪。准许保安司令部设三千常备军，分成三个团，江措大头目和索郎大头目为第一、第二团团长，第三团团长由"当局"派任，不日将到达卓尼。

南杰嘉波在小经堂前踱步。也许是卢部势力扩张太快，"当局"利用卓尼土司与之抗衡，避免一家独大，威胁到"当局"的控制。坚赞少爷被任命，给人一个感觉，卓尼所谓的司令部既是流官衙门也是土官衙门，那卓尼嘉波既是流官又是土官。坚赞少爷有可能是卓尼土司的继承人，但也可能是土官到流官的过渡。

坚赞少爷冲着楼上的旺秀少爷做鬼脸，学着小少爷的口气说，雪蜜放在哪儿了，雪蜜放在哪儿了？

41

洮河两岸依然长出了青稞。这依然是卓尼的盼头，热头一出来，素桑飘向天际。

与之相邻的岷州大地被罂粟覆盖，腥甜而糜烂的味道顺着东南风飘过来，旱獭们直立着身子吱吱地叫唤，传递着惶惶不安的不可预知的讯息。

那个遥远的金城，四天马程的金城突然离卓尼川近了。钱粮税赋，劳工摊派，来的是号纸印信，走的是粮食马料。

第一拨刚离开，第二拨又来了。这一次不要粮食马料，要的是真金白银——他们打着"烟亩罚款"的幌子，收银子。收烟亩罚款的和春天放罂粟种子的竟是同一个。美其名曰"烟亩罚款"，真是天大的笑话！

罂粟长在岷州的地皮上，卓尼土司领地没有种植大烟！

南杰嘉波太健忘了，过去岷州飞地大草滩民国三年已成卓尼土司属地。岷迭相邻地带大面积的罂粟，把迭山都映红了！

岷州卢部把罂粟种进岷迭相接的飞地，还有多少年前归顺卓尼土司的大草滩，一直延伸到迭部沟里。肥沃的落叶林地是罂粟生长最好的土壤。之后他把种植罂粟的罪名栽到卓尼的头上。

秀才遇见兵，百口莫辩。那些所谓收"烟款"的官差荷枪实弹，不是来要钱的是来要命的。

匪似梳子梳
兵似篦子篦
政府抽筋又剥皮

迭部沟里的部落因此藏进深山老林里。五百年里，他们纳钱粮只对着卓尼土司，别的爹娘老子都不认。迭部沟里藏几千户人家像林子里藏几千只麻雀。有的地方住了几辈子的人都没有去过，找到他们比登天还难。

官差转身进船城。大车道旁架着大炮，木耳桥上架着机枪，洮河两岸三千常备兵，口内十二旗五千民兵，飞刀队一百个儿子娃，做好防守的准备。寺院里的僧人放下经卷，妇女和娃儿手里握着鞭子和奶杵。整个洮河两岸铁板一块，连地里的青稞和山上的马尾松都闪烁着金属的寒光。

你能折断一把筷子吗？

卓尼衙门飘着青天白日旗，安静得如一盘石磨。但是所有的人都感觉到了，下面是一座火山。

官逼民反，哀兵必胜。

官差向后退去，怕钻进一个死窟窿。他们其实是退到了岷州，静观其变。甘南藏区为什么唯独卓尼土司没有改土归流，是五百年沉淀的血性，让侵入者望风披靡。

妥协和退让到底子上了，无路可退。洮河与白龙江之间，如果大面积种植阿芙蓉，近墨者黑，人性趋利，世风日下，卓尼土司领地将走向地狱。

记得那个马鸡怎么都跳不到桐树上的夜晚，第十八代卓尼嘉波走到了南赡部洲的尽头。他秉承五百年的土司家族意志，一根小小的手指必须依附于高大的"加卡卜"的身躯，皮之不存，毛将焉附。可此时，庞大的躯体已经溃烂，手指头不能幸免。

十万卓尼嘉波属民没有生路了。

卢部的大烟种进了卓尼领地，金城的"加卡卜"收了钱粮收烟亩。此时的卓尼就是一只羊，狼们已经张开了嘴。跟虎狼不能说仁义礼智，只能把自己也变成虎狼。

卓尼不能坐以待毙！

南杰嘉波说话的声音很高，整个衙门的人都听到了，包括正往官墙上练甩刀的坚赞少爷。

子夜时分，坚赞少爷的飞刀队出船城，一路向东。两天后从漳州方向以秦州商客的身份进了岷州城。

坚赞少爷的目标是大有粮行。他要拿回卓尼地主王十全的一千块大洋，一个子儿不多要，一个子儿也不能少。过去的大有粮行改成了烟馆，门头上挂着一面狗牙旌旗，上面是四个字"清水净烟"。呵呵，真是滑稽至极，想必那让人变成鬼的东西像清水一般，干净出鸟来。掌柜的还是那个掌柜的，他曾用一千块砂板银元买了王十全两个粮仓的粮食。

看着大买卖来了，掌柜的迎出来，满脸堆笑，合拳作揖。

宝号？贵姓？

坚赞向身后的伙计们使了眼色，旁若无人地进去。双手开弓，眨眼工夫，烟馆里插满了刀子。

其主太太到瑞蚨祥看料子，身后不远不近地跟着两个侍从。对面的清水烟馆看上去有点异常，大晌午的，门口换上了"打烊"的牌子。平时这是最热闹的地方，芙蓉土药，川西膏子，交换烟土，络绎不绝。卖儿鬻女，换烟膏子，鬼哭狼嚎的。此时这里安静得有点瘆人。烟馆前后散落着闲散的人，汉装短打，面色黝黑发亮，一看便知是吃酥油乳酪的藏人。这引起了她的警觉。赫然发现不远处的一匹马，枣红色，壮硕得如一个铁塔——琼雪，是琼雪！这时他看到坚赞从烟馆里出来，身后是随从，手里提着牛毛口袋，沉甸甸的。他到烟馆做什么？他到烟馆不是做买卖的，做了买卖，掌柜的至少是伙计会送出门来，作揖道别。他的身后没有烟馆的人。

其主太太猜到了坚赞做了什么。大有粮行的幕后是卢公馆，是卢公馆种下的摇钱树。大有粮行用砂板换了卓尼地主的粮食，卢某用一部分粮食离间了朱扎与卓尼官寨的关系，致使坚赞的连手王卓尼葬身卡车河。其主太太了解坚赞少爷，他是来为卓尼地主王十全讨回公道的，他们拿走了烟馆的银子。

坚赞上了马，又转过脸来。其主太太躲闪不及。

坚赞看到了他的姆妈。他调转马头，向他的姆妈扑过来。

其主太太看到，卢某的士兵向着大有烟馆方向会聚。

其主太太迎上去，压着嗓门喊，赶紧离开，赶紧离开！

坚赞的眼泪喷出来，喊着姆妈姆妈，不得已调转了马头。琼雪的尾巴像一支箭远去了，马背上的坚赞还在喊，我想姆妈，我想姆妈……

其主太太站在路中央，张开双臂阻挡追击者——

我是其主太太！我是其主太太！

大有粮行的砂板败露，恼羞成怒的卢部开拔到岷卓交界，与上万卓尼藏兵对峙。卢部出击，藏兵防守，藏兵利用地形优势迂回，时进时退，仿佛在消磨时间。卢部没经历过这样的战法，也不敢插入卓尼地界太深，怕刀鞘太紧，拔不出来。几个回合下来，卢方不胜疲惫。

正是万物成熟的季节，天热地燥。一场透雨之后，天上刮起南风，便一阵一阵传过来异样的味道。起初是恶香，香得人脑门囟疼。后来是刺鼻的腐臭，所有的人都阿嚏阿嚏地打喷嚏，要把脑浆仁子嚏出来。

这味道来自迭部。由于山里的罂粟还没有到收割的季节，没有必要严加防守，再加上与卓尼土司的拉锯战，卢部的注意力都在岷卓交界。

等卢某回过神来，种在迭部沟里的美丽的阿芙蓉全部香消玉殒。一个鲜花变成银子的梦想胎死腹中。

卢大人不是说卓尼土司在迭部种了大烟吗？好了，卓尼毁的是卓尼人种在自己土地上的罂粟，就像打了自家灶火里的一只碗，关别人的事吗？既然大烟没有了，还有哪门子烟亩罚款？

卓尼官寨以为卢部哑巴吃黄连，有苦说不出，就会变本加厉。可是卢部撤兵了。岷卓边界空荡荡的，连一只麻雀都没有。

藏人的多脑里放着藏人的思维，犹如僧人的木曼里放着糌粑。比如凡事必有因果。卓尼土司是"加卡卜"的土司，为"加卡卜"护土司民，保持一方稳定，求得边地安宁。上头要求缴钱粮，土司衙门责无旁贷。上头要收烟亩罚款，卓尼领地没有种大烟。可是在迭部沟发现了烟苗，那不是卓尼属民种的，是驻岷州的卢部种的，跟卓尼没有关系。可是上头说不行，跟着娃寻妈，在你的地上就是你的，你就得缴罚款。那么我的地我做主，把烟苗铲了，地上没有烟了，何来罚款？我关起门来打我的娃娃，关别人何事？

这是卓尼人的道理，是他们的天经地义。

可是坚赞少爷内心焦灼，他担心姆妈的安危。

其主太太在黄花梨卧榻上吸烟，一双水牛皮战靴橐橐橐橐地进来，就在她低垂的眼睛下面。

不得不承认，卢大人是喜欢其主太太的。纵然有天大的怨气，一看到她，不由得叹了口气，气消了一半。

其主太太说，稍等一下，我再抽一泡。你想弄死我如捏死一只塞隆。我想再抽一泡，死的时候不至于很疼。

卢大人摘了一泡烟放进其主太太的八大锦，擦着了火。

其主太太抬起眼睛，火光照亮了男人的脸。这张脸虽然阴晴不定，但也曾经给她温情。不管当初彼此出于什么目的穿进一条裤腿里，她凭着一个女人的本能，因恐惧而依赖。她伸出手来摸了一下他的脸。

有时候讨好也算爱。

其主太太，其主，就是欺主。我当初给你取这个名字，是为了"欺主"的谐音。你嫁给了我，可是你的心还在那边的主子那里。

其主太太很诧异。他没有大发雷霆，显然他把自己伪装了，像一把刀藏进了鞘。

其主太太知道男人喜欢她什么。机敏，放荡，柔情似水，惊世骇俗。都不是。他喜欢她的邪恶！

她期期艾艾地直起身子，偎在他怀里说，你知道我离不开你，死在你的前头是我的福气。但是我不想让坚赞死得更早。坚赞叫我姆妈，虎毒不食子。坚赞长着一颗鲁莽而善良的心，有了他我们才得以顺利进入岷州，才有了你今天的卢部十四师。你是安多地区的卢师长，你能容下大半个安多，不至于容不下一个孩子。我们现在两清了，扯平了。

哈哈哈，我卢某有这样的胸怀！可是，你不是想要整个卓尼吗？它是树上的一颗桃子，我会摘下来送你！

不！我要卓尼做什么！我只是想做一个太太，而不是碉楼里切粪砖的婆娘。我有你就够了！

他们看上去是那么相爱，眼波如蜜。他们不是各怀心事，而是彼此成就，惺惺相惜。

卢大人说，可是，我一沟的银子没了，你欠我的！

其主太太说，我一无所有，从头到脚上下里外都是大人的，实在无法补偿大人的损失。如果大人量大，给我一些工夫容我给大人生个娃儿……

哈哈，我只需要你到卓尼的公馆小住几日，你就把欠我的还清了。

其主太太说，其主是大人的，全凭夫君安排。只是……其主算不得一个筹码了，因为大人有没有其主无关紧要。夫君让我去我就去，死在岷州还是死在卓尼，对于一个早晚会死的人无所谓。

世上竟有如此聪明的女人，不禁让人倒吸一口凉气。

其主太太打扮得是一个真正的太太。她穿着汉人的绿罗裙，梳着油光水滑的蝴蝶头，脚蹬凤头鞋，露着岷州女人的纤细的脚踝。穿过岷卓边界，过了羊化，进了纳浪。

她回船城住娘家，身后没有一兵一卒，只有两个侍女。

其主太太回娘家让整个船城噤若寒蝉。

其主太太此时回船城，引起一些人的猜测。第一个人说，是不是其主太太帮助坚赞少爷脱险，被主子休了？另一个人说，被休的女人有如此派头吗？她没有带什么兵马，但带着几柜子吃穿用度，把走骡的背都压弯了。第三个人说，她肚子里怀着种，回来显摆！

谁说其主太太怀了种？其主太太没有说，她走路的姿势让船城人想到她怀上了娃儿。

其主太太从洮河的那边进船城，几乎同时，从上卓梁上进船城的是当局的号纸——洮岷路保安司令部长官五日之内抵达金城，调停边地防务。周边的地方政权包括岷州一定也接到了这样的号纸。调停边地防务？难道上头是针对卓尼和岷州的龃龉或者其他？据说川西出现大量中央兵团，此地或有重大防务？

眼下其主太太来了。

她被迎接进她熟悉的官寨。人们簇拥着她，显得很亲近，心中其实是惧怕。就连坚赞少爷也毕恭毕敬，不敢造次，敬畏着。他不敢叫姆妈，也不愿意叫其主太太，一脸的羞怯。总管弯下去的腰直不起来，他的身子老得不听他使唤了。

雪蜜的味道沁人心脾。

小少爷旺秀长得奶杵子那么高了。他喜欢新鲜，他蹭在其主太太的腿上，端详她的脸，说，孃孃长得真好看呀！孃孃是从天上来的吗？

其主太太把他抱在怀里，在额头上亲，眼泪汪汪。这眼泪想必是真的。穿一身卓尼嘉波太太的衣服，怀里抱着卓尼嘉波的儿子，曾经是脸蛋儿梦寐以求的理想。这个理想从很远的地方折回来撞在她的胸口上，依然痛得钻心。

看林家阿妈不看其主太太，她吃着雪蜜，呷吧着嘴，说，颜色不一样，颜色不一样。

只有南杰嘉波能听得懂阿妈的话，看林家阿妈见过官寨里前面的太太。

是的。脸蛋儿或者其主太太与南杰嘉波的女人颜色不一样。她的神情，她嘴角的笑，她迷人的邪恶，永远不能与前者混淆。

南杰嘉波根据上头的指令准备去往金城。江措大头目在临洮附近护驾，索郎大头目北山接应，坚赞少爷守护船城，丹增与阿旺晋美驻守迭部。一切准备就绪。

其主太太似乎没有走的意思，她出入官寨，说着冠冕堂皇的话，一只手时不时抚一下肚子。她笑盈盈地说，就想吃船城的麦索和油股，想得晚夕睡不着觉。这么一说，人们觉得她是亲的。卓尼人是相信人的嘴的。

南杰嘉波派人给卢公馆送去燕窝，其主太太回敬水烟。嘉波送狼肚，其主太太回敬紫羔皮。相敬如宾，相安无事。

没有人会感觉到卓尼受到岷州的什么威胁，其主太太在船城呢！其主太太怀着卢某的娃呢！

去金城需要三四天的马程。前一个晚上，其主太太拜访官寨，为南杰嘉波送行。卓尼官寨虽然面对着不可预知的明天，可是有了其主太太的加持，就显得格外庄重，而且轻松。

一个嘉波，两个大头目，还有一个气息奄奄的红笔师爷。一直以来都是卓尼官寨的栋梁。

索郎大头目掉了两颗门牙，嘴里刮风似的呼呼地响。他的毛发越来越少了，脾气越来越小了。想抱怨一点什么，突然看到南杰侄儿已经头发花白，他惊诧着张着豁嘴，眨巴着眼睛，他想不起来自己今年多大岁数了。想到侄儿头发都白了，当阿古的自然时日不多了，竟有壮志未酬身先死的况味，禁不住咧着嘴哭泣起来。

人一悲伤就看上去慈祥。红笔师爷也就对索郎四老爷不计前嫌，伸出手拍拍他的肩膀说：

"南杰嘉波和江措大头目渴望的是文明，索郎四老爷追求的是强大，都没有错。"

红笔师爷苍老，喑哑，孱弱，在死了和活着之间。有时候总管以为他死了，要给他换寿衣。他吧唧一下嘴说，我要吃饭……

四老爷第一次听到"文明"这个词，不甚理解何谓文明，但他知道，文明指的是装进南杰嘉波和江措大头目脑袋里的汉人的玩意儿，是仁义礼智信，是学校、照相机、西洋镜、电灯、电壶、手电筒、气象塔、羊肉粉条汤、烤全羊、冰激凌、面包、织毛机、细葛布、锁子、洋火……一切让人活得像个人的东西。索郎四老爷还是撇撇嘴，说，"加卡卜"已经不让你活了，命没了，学校、照相机、西洋镜、电灯、电壶、手电筒、气象塔、羊肉粉条汤、烤全羊、冰激凌、面包、织毛机、细葛布有什么用，嗨！

红笔师爷说，生命本来没有用，有用的就是学校、照相机、西洋镜、电灯、电壶、手电筒、气象塔、羊肉粉条汤、烤全羊、冰激凌、面包、织毛机、细葛布，这些生命之外的东西让你觉得活过。

四老爷说，师爷一辈子说的都是没用的虚话，没打死过一个敌人，没收割过一苗青稞，之乎者也，善哉善哉，圣人不贤，百姓刍狗，治大国若烹小鲜，呵呵，你可要活着呢，还要看卓尼川文明呢！

红笔师爷喘口气说，强大不是野蛮，野蛮的强大不如弱小。

其主太太想到，这句话说的可能是卢姓的夫君。

四老爷不耐烦了，磕着小龙碗的盖子说，藏人的多脑里进了汉人的东西，像窝奶里调了辣子，你说阿么做呢，等死吧！

在这个时候说死太不合时宜，坐在角落里雪豹皮上念经的看林家阿妈大口地打着喷嚏，阿嚏阿嚏，把嘴里的六字真言切得粉碎。

只能用别的打断他们永无休止的争执。大总管请了京戏班子。

台子上的电灯一亮，锣鼓便开场。外面的人一定想不到这里是边地藏区。电灯，京胡，锦绣华服，曼妙腔韵。

客人其主太太点了《将相和》。卓尼嘉波点了《霸王别姬》。

当演到虞姬刎颈时，其主太太看到，南杰嘉波微微抿着嘴，鼻翼翕动着。他的眼睛深邃，明亮，一如当年，脸蛋儿抱着一床棉花被子走进卓尼官寨时，他伸出手来，在八岁的脸蛋儿的脸上亲昵地拍了一下。那只拍过脸蛋儿的脸蛋的手，向下人招了一下。其主太太的贴身侍女就端着一碗汤，放在其主太太的手里。

是一碗红枣姜汤。其主太太啜着碗沿，姜辣，眼泪从脸颊上淌下来。汤喝完了，碗到了侍女的手里。就在侍女转身的一瞬间，其主太太拉了一下侍女的手，侍女的手心里就有了一包小小的东西。

42

早晨的第一缕晨曦抹上卓尼大寺金顶，船城桑烟弥漫。南杰嘉波用青盐洗牙后，一只脚还没伸到獐子皮翘尖靴里，人就昏迷了。

寺院的曼巴赶到了，青冈太太赶到了，是曼陀罗中毒。前一日在阿乃日扎神山上，南杰嘉波祭神山，敬山神，接触过曼陀罗。可是曼陀罗为什么偏偏在早晨出发前发作？青冈检查了南杰嘉波的所有用品，水烟、茶碗、青盐，跟过去没有两样。

青冈太太和青稞太太轮番用冷敷为南杰解毒，慢一点，尽量减少二次伤害。

南杰嘉波飘荡在一个明澈的世界里，没有风火水土，没有前世今生，没有鸟语花香，也没有污浊瘴疠，只有漫漫无边的虚空。他感觉到两个女人的手，在麻浮里浸透，放在他的身体上，手由冰冷慢慢变得温热了，再一次重复。一双手细腻如膏，一双手宽厚坚韧。他想说，我爱着你们，没有亲疏远近，一个在前胸一个在后背，一个是双臂，一个是双手。

他听到官寨里大总管忙乱无头绪。看林家阿妈和嘉波阿妈念着一样的经，晒着一个热头。那扎那的炊烟凌乱，断断续续。

马们嘶鸣着，等不及了。

两个大头目迅速调整计划，由江措大头目代替南杰嘉波去金城，索郎大头目河州三甲集接应。

三四天的马程到达金城，必须马上出发。南杰嘉波睁不开眼，张不开嘴。青稞太太说，两位大头目，南杰嘉波让你们多保重！

南杰嘉波能感应到江措大头目忧心忡忡，江措久久地握着他的手，很用力，南杰嘉波感到了疼。他是他的手足，从十三岁那一年起，他们坐着一个架窝子去临潭，那一个芳香得如一块奶酪的清晨，他们的心挽在了一起。挽住他们的那根绳子是肉做的，在迭部与卓尼，在迭部与卓尼之外，常常牵动着彼此的心，常常疼。他们的心同时愧对领地的五百多个部落，没有做好他们的王和首领，没有减轻他们的饥饿、寒冷、劳役、恐惧、无望，没有让他们感觉到活着的安心死去的安详。他们的心里都愧对着一个女人，这两个女人是古雅山上的两块金子，都被他们放生锈了。南杰的眼泪流出来了，他有好多话想对江措说啊！江措连手啊，你为什么从来没有抱怨呢？你为什么从来没有与南杰相左的意见呢？你为什么总是做在前说在后呢？你一直都在为卓尼为南杰出生入死。为了卓尼，为了女人老人和娃儿们，好好活着，我的江措连手啊——南杰嘉波睁不开眼睛，他张着嘴，宽大的胸脯起伏着。

青冈太太对江措大头目说，南杰嘉波让你们早点回来。

江措大头目的坐骑海骝马，黑得像卓尼的夜色。这匹六月天在氆氇里发汗，秋天在洮河的麻浮里浸泡，如此几次三番驯出来的马，壮实得如一座青山。江措大头目按照上头的要求，带着四十兵马，这是上头要求的进城的兵马数量极限。

上了上卓梁，路边站着一个人。她戴着珊瑚帽，手里拿着一双獐子皮翘尖靴。江措大头目下了马，把脚伸给菩萨女儿。菩萨女儿跪下来，脱下旧靴子，穿上新靴子。江措大头目跺了跺脚，里边是绵软的胡麻秸。江措跨上马，回过头来对菩萨女儿笑了笑，用一双崭新的獐子皮翘尖靴踢了马肚子。

跑出一箭远，牦牛江措突然倒立在马背上，一双獐子皮翘尖靴插入云霄——三十年前的一幕出现在了菩萨女儿的眼前。

——菩萨女儿大声呼喊着：牦牛江措牦牛江措，一定要回来啊……菩萨女儿突然意识到，这可能是最后的一次见面了。他什么都没有对她说啊！他什么都没有对南赡部洲说啊！菩萨女儿甩开绣花连巴鞡子鞋向前跑着，跑着，热头在天上，青稞芒子似的光在她眼前跳跃着，像二十多年前她从木耳桥上过来，怎么都走不到牦牛江措的跟前来。地下的青草把她绊倒了，窝奶泼在草地上，像一场突如其来的霜。

江措大头目出土门关，进河州，从三甲集进临洮境内。

临洮也是卢部驻地，索郎大头目所率护卫兵马不能再进前，只能送到三甲集。江措大头目返程时出金城会过临洮地界，料卢部不能明目张胆在自己驻地下手，索郎大头目就在三甲集接应。

况且其主太太还在船城。其主太太就在卢公馆，其主太太怀着孩子。

六天之后，南杰嘉波醒来。南赡部洲醒来。马蹄声像一把铁锤敲击着大车道，洮河里麻浮碰撞，聚集成山的冰凌，涌出河岸。

南杰嘉波从病榻上惊起，滚身下床，跌进青冈太太的怀里。青冈靠着木榻守护已经六天六夜了。

江措走了！

牦牛江措走了！江措连手走了！江措大头目走了！

在金城的边防会上，卢部依然咬着卓尼的烟亩罚款不放。可是上头却摆着手说，国民政府禁止种大烟。既然国民政府禁止种烟，江措大头目就如实揭露了卢部在迭部种大烟的真相。上头看上去很愤怒，弹着桌子说，种大烟者一律上缴烟亩罚款。他的愤怒不知道是因为卢在迭部种了大烟，还是因为卓尼在迭部铲了大烟，最终江措大头目还是没有听明白，上头到底是禁止种大烟还是准许种大烟。

上头很烦躁，拍着桌子说，不要说什么大烟了，"赤匪"已经离开江西靠近四川，有可能进入洮岷地区。中央军已在川西布防，现在命令迭部藏兵在川迭地区做第二道防线，卢部十四师死守腊子口天险，步步为营，让他们插翅难飞。洮岷路保安司令部迭部离川西近，上下迭的粮食草料要补给中央军。迭部地区要坚壁清野，藏兵要严防死守，不能给敌人一颗粮食，不能让一个敌人经过藏区！

"赤匪"是谁？为什么让当局如此惶恐？难道是来抢"加卡卜"的位置的吗？让迭部的藏兵在川迭堵截，这不是让藏兵当炮灰吗？迭部的粮草补给中央军，那藏兵能喝着西北风打仗吗？藏兵送上自己的脑袋，那卢部从身后抄卓尼的老窝，卓尼马上土崩瓦解！

江措大头目带着当局的指令离开金城。离开时他还掏出身上的银子买了一台石印机，带回卓尼。看到女人用的雪花膏，买了一个放进怀里。他知道卓尼面临着艰难困苦，甚至是万丈深渊，他得赶紧赶回卓尼，与南杰嘉波商量对策。

可是返回途中，江措大头目连同四十个精锐藏兵消失在临洮辛甸洮河边。

在三甲集，已过了约定的时间，四老爷预感到了情况的危急。急忙向临洮过来的商客打听。商客说，这次生意做赔了，在辛甸遇到了土匪，连本带利被打劫了，幸好脑袋还在。有几十个倒霉的藏兵都被扔进洮河了，洮河被血水染红了……

四老爷跨上马，一口鲜血就喷向马头。

南杰嘉波带藏兵进金城，奔走呼号。可是那个会拍桌子的"上头"，三天前离开金城赴陕，那把交椅上暂时还没有人。卢部一定提前知道这个消息，利用了这个空当对卓尼江措大头目下手。或者，根本就是卢部与上头双方心领神会，对不俯首帖耳者杀一儆百？

接着绥靖公署对南杰嘉波大发雷霆——敌人逼近川西向甘川移动，国难当头，身为国民政府任命的保安司令，不以国家利益为重，却计较几十号属民性命，岂有此理！要精诚团结，不得内部争斗，不能自相残杀。军事上听卢部十四师指挥，速速返回边地为国效力！

苍天啊！为国效力！国是谁啊？我们是谁啊？我们哪里是"加卡卜"的手指头！土司，边民，是他们抢占地盘时的马和卒，是他们战场上的废墟和血污，是他们巧取豪夺占山为王后拉出的粪便！

调头返回卓尼，身后是所谓的"加卡卜"。南杰嘉波愤怒，绝望，透心凉。

走到辛甸，洮河边，江措和四十个藏兵消失的地方。地上是黑色的血。一双獐子皮翘尖靴，里边塞着柔软的胡麻秸。还有一台石印机，是江措大头目给红笔师爷带的。这些东西都在，人不在了。

风刮着南杰嘉波过早花白了的头发，像一面破旗。

没有保护好江措大头目的索郎四老爷羞愤交加，头发和胡子全部掉光了。他怒吼着，朝着天打了一梭子子弹。

河畔上有一个女人，穿着鲜艳的三格毛，头上的珊瑚帽红破了。她像一个正要嫁人的娜扎（新娘），跪着，摘下珊瑚帽，把地上沾着血的土，一捧一捧地装进帽子里，放进怀里。把那双亲手做的獐子皮翘尖靴挂在河边的一棵树上。她俯下身子，掬起洮河的水，喝，喝，喝，恨不得把一河的水都喝到自己的身子里！她匍匐着，给南杰嘉波磕了头，给索郎四老爷磕了头。她说，我跟他不用隔着一支箭了！回家，活着！和喇嘛保过日子，生娃儿，大的顶立门户，小的进寺院……

索郎四老爷心里愧疚啊！他不应该把这个巧手的裁缝许给看雹人啊！可是从来没有一个大头目给下人娃子道歉的。他张着嘴，露着一嘴豁牙，呵呵呵地哭号。

就在这时，一群羊走过来了。羊们不叫，稳稳当当地走着，像突然泻落的一场雪。大概有十个羊房子，一千只羊，里头站着蒙古喇嘛和几个羊把式。蒙古喇嘛看到南杰嘉波，扑过来叩头：南杰老爷啊，别让羊们上金城了，凶多吉少啊！他们把人的脑袋都砍下来了，何况是羊，让羊们死在卓尼吧！蒙古喇嘛放声大哭。羊们突然呼啦啦地向南杰嘉波围过来，咩咩咩地叫着，像一群穿着白羊毛褐子的娃儿，仰头看着他——南杰嘉波心如刀割，向着卓尼的方向摆了摆手。羊把式们扬起了鞭子，头羊调转了身子，所有的羊转身朝卓尼的方向，咩咩咩，一路叫着回家。

过了红石崖，进了上卓梁。南杰嘉波下了马，看着前面的船城。船城里是空的，没有桑烟，没有炊烟，没有风吹嘛呢，也没有风。所有的掌嘎碉楼里的人，尕房子里的人，苦子房里的人，坡上的牛羊，牲口圈里的牲畜，乌压压地，都站在大车道的两侧。洮河两岸的人，牲畜当孩子养，人住楼上，牲口住楼下。如果有人问哪一家，家里有几口，指的不单纯是几口人，还有多少牲畜。船城的男人女人把牲畜和娃儿都带来了，所有长着脑袋的，站在大车道两侧，等他们的嘉波。

没有声息，羊们不叫，娃儿们也不哭，男人女人，装在袍子里的身子都是那么瘦弱。

他的两个女人拥着看林家阿妈，互相倚靠着，少了哪一个都会塌陷。总管的腰全弯了，像一把锄头。红笔师爷身子抖得像一张藏纸。

所有人的都站着。这些人里少了四十个人。他们的母亲，妻子，牲口圈里的牲口等着他们回来。

山在水在石头在，人家都在你不在。

白塔旁，跑过来一个人，火狐皮帽像着了火。江措的儿子丹增跑过来了，他张开双臂扑向南杰嘉波。呼喊着：我的阿爸呢？我的阿爸呢？

风吹着南杰嘉波脸上的泪水，飞扬。

可怜的娃儿，你的阿爸回不来了！

虚弱的索郎四老爷已经下不了马，他塌在马背上，深陷的眼窝像两个窟窿，能钻进去麻雀。

丹增转向索郎四老爷，摇着他的身子呼喊：天上的四老爷，我的阿爸呢？我的阿爸呢？你不是去护送我的阿爸吗？我的阿爸呢？

羞愧的四老爷抬起头来，喷出一口鲜血，一头栽进丹增的怀里。

阿尼闹……阿尼闹……不让人活了。人们跪下了，所有的人都跪下了。

洮河里的麻浮泛出堤岸。

南杰嘉波说，起来，站起来！以后谁都不许下跪！

站起来！活着！站着活着！

看林家阿妈怀里抱着喇嘛獒，一步步挪过来。她伸出手摸着索郎四老爷，摸着南杰嘉波，摸着丹增，摸着菩萨女儿。她对着菩萨女儿说，娃儿啊，你不要难过，那个不争气的喇嘛保走了。他脑子里进了风了，非要看看洮河水阿么就变成了电。天刚亮，男人们煨桑时，看到了电线杆上有一个黑乎乎的东西。一炉桑没尽，人们就看到，电线杆子下面，喇嘛獒叫得凄惨。再往上看，原来是喇嘛保挂在电线上，像一只烤焦的山羊……菩萨女儿啊，不要难过，他解脱了，你也解脱了，各自放一条生路吧。可怜的喇嘛保死就是他的生路。

菩萨女儿怔忡着——可是，可是，阿妈啊，我下决心要跟他过日子了……我要生两个娃，大的立门户生娃，小的进寺院做阿克……

看林家阿妈拍着怀里的喇嘛獒说，苦命的喇嘛保娃儿啊，他活着的时候错了，死了的时候也错了，都不是时候啊。他死得这么孽障，让活着的人阿么做呢！

南杰嘉波身上背着四老爷，回船城。四十年前，年轻的索郎背着南杰侄儿，他飞跑，近处是紫色的胡麻，远处是钢蓝的天。几次他咬紧了后槽牙，想把飞起来的南杰甩向钢蓝的天空。他眼见着车轮高的一个娃儿长成一棵云杉，他的儒雅与伟岸，和割不断的那根肉做的绳子，让索郎四老爷无法仇恨。他作对，只是妒忌，抱怨自己在南赡部洲活一回，倒让侄儿骑在阿古的脖子上。四十年后，倒过来了，南杰背着阿古。眼前莞葵燕麦，百鸟喑哑。他的后背洇湿了，四老爷伏在他背上哭。

四老爷抹掉嘴上的鲜血，说，那个卢公馆的女人呢？我要把她碎尸万段！

其时，坚赞少爷的飞刀队已经包围了卢公馆。让人想不通的是，大功告成的其主太太还没有走的意思，难道她想死在船城吗？坚赞少爷包围卢公馆是为了保护姆妈。如果不是他的姆妈，死的就是南杰嘉波，那卓尼的天就塌了。但是看到总是在人后头偷偷抹眼泪的丹增，坚赞低下了头。

其主太太不再微微弯腰，用手抚她的肚子。她站在南杰嘉波面前，不卑不亢，视死如归。

你为什么这么仇视卓尼呢？

你从哪里看出我仇视卓尼了？没有啊，我热爱南杰嘉波！

你没有爱过任何人！

是吗？但我也没有侮辱过任何人！你告诉我，嘉波阿妈为什么那么讨厌脸蛋儿呢？就因为她是卓尼官寨的女人，就不允许她不喜欢的人成为卓尼官寨的女人？而南杰嘉波什么时候体谅过我的情感？什么时候正眼看过我一眼？我是一个下人，你们高高在上，你们是主子，我是娃子，我在嘉波阿妈面前受尽凌辱。

心慈则貌美，你很丑陋！你没有真心爱过任何一个人，包括少爷和姑娘，他们只是你手中的筹码。

哈哈，请不要对我这样说话，我已经不是陪嫁丫头了，我是卢家的其主太太，我已嫁作人妇。你们藏人不是讲因果吗？因为我是他的女人，一个女人帮助自己的丈夫天经地义。

那你已经大功告成了，怎么还不回去领赏呢？

我做得不尽如人意。我用曼陀罗帮了你，不然站在我面前的就不会是南杰嘉波。

如果是毒蛇，不分粗细。你还想让我感激你吗？

不，感激有什么用呢？我在这里是死，回去也是死，我没想好死在哪里更妥当一些，不遭人嫌弃一些。我在权衡，如果死在卓尼，卢部必然以此为借口，再次挑起争斗。卓尼与卢部已不能势均力敌，我怕失去坚赞和梅朵。如果死在岷州，坚赞必定穿过羊化与卢部殊死一搏，为他的姆妈报仇，我还是怕失去坚赞和梅朵。我用了曼陀罗也是因为不想让坚赞和梅朵伤心。如果卓尼土司还有未来，坚赞和梅朵是未来，而南杰嘉波是尽头！既然是尽头，让你自己亲自走向尽头好了，何必结此孽缘？

你们杀了我的大头目，我的连手，杀了卓尼四十个母亲的儿子妻子的丈夫！

没有我他们也会死的，磨道里等驴早晚的事。但是南杰嘉波还活着，是我很快要死了。聪明的南杰嘉波，你说我到底死在哪里好呢？

你死在哪里，那些死了儿子的父母死了丈夫的妻子说了算！

到底让这个女人死在哪里？这个难题抛给了卓尼。

卢公馆里的那个女人再不走，卓尼人会用牲口圈里的粪把她掩埋。

人们看到坚赞少爷跨上琼雪。她头上戴着坚赞少爷最喜欢的火狐帽，身穿一件羊皮大氅，整个裹住其主太太。琼雪向着船城外飞奔。

后面跟着百十号人，呼号着，向着坚赞少爷的两侧放枪。

裹在大氅里的其主太太说，坚赞，这不是去岷州的方向。

姆妈，不要在卓尼，也不要去岷州，我送你到一个地方，你就在那里活着。等你老了，坚赞和梅朵孝敬你。

坚赞，岷州是我的家。刀要有个柄呢，人要有个家呢。

姆妈，岷州对你很危险。

坚赞，如果我消失了，卢部定将进入卓尼要人，一场血腥会再次来临。我必须回去，我会化险为夷，你如果爱姆妈，送姆妈到岷州！

坚赞调转了马头。

直到卓岷边界，坚赞发现，只有两个人一抬轿子来接应其主太太。卢部已开拔腊子口，其主太太已不很重要。

母子告别。

姆妈……我永远见不到姆妈了吗？

请叫我其主太太!

就记住一句话,永远不要来找其主太太。如果分开是活着,相见是死,那我们选择前者。

我想知道,我想知道,我的母亲长得和你一样吗?

我和你的母亲很相像,我们都是汉人,一块水土养大的。我们爱着同一个男人,我们看上去确实很相像。不同的是,她在死后仍有人爱着,而我活着,却不被接纳。所以在南杰的眼里,我们一点都不像,她是酥油,我是曲拉。她不是天生的酥油,我也不是天生的曲拉,她被赋予爱戴而成为酥油,我被赋予轻蔑而成为曲拉。

我想知道,你此次来船城是有预谋的吗?

我是别人手里的六子棋。我起初是陪嫁丫头,是侍女,是你和梅朵的嬢嬢,是嘉波阿妈对另外一个人撒气的出气筒,是其主太太,是卓尼人心里的罗刹,是从来没有走进南杰嘉波眼里的人。我到哪里都是别人的预谋。我此时回岷州,也是南杰嘉波的意图,他如果想让我死在卓尼我能死在岷州吗?我回岷州是暂缓岷州与卓尼官寨的矛盾冲突,给卓尼喘息的机会。你们以为南杰嘉波赐了我一条命吗?他是用我的命救卓尼!坚赞,答应姆妈,好好活着,不然姆妈的一切都白做了。

你还爱我和梅朵吗?

我爱着你和梅朵。爱着我自己。爱着我的家。

坚赞转过脸来,对着卓尼人一张张愤怒的脸。

船城的父老们,放下你们手里的枪!

她是一个受人支配的女人,她来不来船城,事情都会发生。退一步海阔天空,让她自己走向自己的归宿。

失去亲人的悲痛,我坚赞感同身受。现在我们要积蓄力量,不能再次结怨,我们要保存实力,不能再次牺牲生命,我们要寻求活下来的途径,靠智慧,不能靠鲁莽,不能图一时之快。

坚赞看到其主太太远去,在坚赞眼中消失,没有回过头来。

这一定是与姆妈最后的相见。眼泪流出来。

坚赞指着洮河说,只要我们长久地活着,敌人的尸体一定会从河面上漂过!

南杰嘉波就这样放走了其主太太。忍，一忍再忍，争取与卢部与绥靖公署迂回的时间和机会，是保全卓尼土司领地一万多户属民的不二选择。

只是在南赡部洲再没有了牦牛江措。

在木耳桥，南杰嘉波把一副崭新的马鞍放在丹增的马背上。说，丹增，迭部就交给你了，迭部的粮仓对卓尼官寨很重要。我没有给你的阿爸报仇，你抱怨吧，心里的怨恨说出来！此刻，我不是卓尼嘉波，我是你阿爸的兄弟，你的阿古。

丹增垂着眼睛掉泪，说，走了的人已经走了，活着的人还得活着。阿爸还没有走远，保护更多卓尼活着的人，一定也是阿爸的愿望。如果阿爸能看得见我们，他一定认为南杰嘉波做的是对的。

十三岁那一个早晨，南杰被塞进两头骡子的架窝子，离开临潭的汉人学堂。牦牛江措凑在他的耳朵上，学着阿妈的语调说"那个小羊羔还是个小羊羔呢"，嘻嘻嘻嘻。南杰在江措的胳肢窝里捅了一下，两个人嘎嘎地笑。骡子的腿迈开了，南杰的眼睛还是往那个女娃的身上瞟。骡子的腿阿么走得那么快呢？骡蹄子嗒嗒嗒的声音直敲在南杰的心上。一路上，江措看着南杰的脸色，为了给他开心，江措把嗓子挤细了，学着女娃的声音，高一声低一声地喊："沧海月明珠有泪，蓝田日暖玉生烟。"

牦牛江措走了，他看不见卓尼了，看不见南赡部洲了。南杰嘉波泪如雨下。

丹增像他的阿爸一样，拉着马过了木耳桥，从那一端跨上马，马尾向着船城是一条直线。

那个鲜艳的三格毛娜扎（新娘）菩萨女儿走进嘛呢康，手里牵着喇嘛獒，身上的阿珑银钱叮当作响。她请摇嘛呢的长老给她做婚。她把喇嘛獒抱在怀里说，我要嫁给这只獒！

43

卓尼川上的青稞长得不紧不慢，没心没肺。像一个怀胎十月的女人，等着瓜熟蒂落。

岷州卢部十四师有令，卓尼官寨义仓香火仓粮食补给卢部十四师。

金城绥靖公署有令，迭部粮草补给川西中央军。

宁可舍弃一些粮食，能够求得卓尼属民性命平安。四十八旗青壮年兵马只有两万人了，他们身后是八万父母妻儿，不能让他们成为鳏寡孤独，不能让他们骨肉离别。粮食没了可以长出来，人死不能复生。一个土司，没有让属民失去生命的权力。

绥靖公署令：

　　赤匪向若尔盖班佑、巴西方向移动，极有可能进入迭部。特令洮岷路保安司令坚壁清野，速调集兵马把守达拉沟各峡谷关口，不得疏怠。

绥靖公署令：

　　绥靖公署已派季姓汉兵团长率精兵二百辎重若干，奔赴洮岷协同作战。汉兵团由洮岷路保安司令统领。

　　……

呵呵，这是打进来一个楔子，插入卓尼心脏。一定是一个咬金嚼铁的狠角儿，由洮岷路保安司令统领只是一个说辞。

一支箭镞，鸣镝已在路上。

来者会是一个什么样的人呢？

绥靖公署需要一个熟悉卓尼土司领地的人，进入洮岷，协调十四师卢部与卓尼的冲突，督察卓迭藏兵，与十四师卢部齐心协力，在川迭交界消灭"赤匪"。

听到这个消息，驻临洮的一个连长季某正在沙楞码头下赌注。他的赌注是一根手指头，他的手上多了一根手指头。奇怪的是他总是赢，赢得对方红了眼。他对对方说，你们把我的一根手指头砍了吧，我把银子还给你们。他把血淋淋的手塞进口袋里，调头就走。可是后面的人跟着他，说他是一条汉子，要跟着他一起混江湖。

他连夜赶往金城，用五十两银票买来了这个头衔。

季姓的汉兵团团长带着绥靖公署的两百兵马两挺机枪两百杆中正步枪，沿着洮河溯流而上。

辛甸的洮河边，依稀可见褐色的血迹。河边的树上，挂着一双獐子皮翘尖靴，里边垫着的胡麻秸簇新如初。牦牛掌嘎的江措死了，那个女人依然爱着他。她有多么爱他啊，靴子里头塞的胡麻秸柔软细腻，是用手一遍遍搓揉过的。当他走到生命尽头的时候，他心里想着这个女人。他倒立在海骝马的马背上，把一双獐子皮翘尖靴插入云霄了吗？

既生瑜何生亮，南赡部洲为什么会有两个江措啊！

进入红石崖，两侧高耸的嘛呢石依稀夹杂着桐油的颜色。红石崖上与生俱来的咒语，离开它时，护佑你一路平安，接纳你时，祝福你顺利归来。在这里他用两皮囊的桐油和一支弹弓，让"国代表"人仰马翻哭爹喊娘，让索郎四老爷险些丧命。他抬起头看那些嘛呢石，哑然失笑。

近乡情怯，裹马不前。就要看到阿乃日扎神山，看到金顶和官寨，看到丛拉和闭关洞，看到百灵掌嘎和牦牛掌嘎，看到阿妈和菩萨女儿。只是看不到他的连手牦牛江措了。他习惯性地在身上摸了一下，他与牦牛江措玩耍的两只羊骨拐，一直放在他的身上，一只在一次濒临死亡的时候，他放进嘎乌里，托付一个好心人交给卓尼的阿妈，另一只还放在自己的身上。他已经是一个年近半百的人了，在卓尼都可以称作老者了，甚至阿妈都不会认出他了。关键是他在船城人的心目中已经死了两回了——船城里的人见到他的嘎乌时，死了一回。闭关洞的陷阱连人带马掉进去，死了一回。只是他们不知道这是同一个人，是卓尼川的百灵江措。他摸着脖子上的刀疤，怆然泪下。

最重要的是他要看到南杰嘉波了，那个一再决定他生死的人。

南杰嘉波举棋不定，进退维谷。

坊间传说，红汉人，人吃人。南杰嘉波没有看到红汉人，更不相信人吃人。倒是二十多年来，屡次以"加卡卜"的面目出现的人，巧立名目，把卓尼土司领地抢掠殆尽。

让"当局"如此惧怕的红汉人，一定是与"当局"不同的人。

如果出兵，藏兵区区两万人，阻击可以从若尔盖草地走出来的红汉人，那不就是瞬间的炮灰吗？卓尼藏兵的力量消耗了，那岷州的卢部用上一股风的力气就可以越过羊化，直捣卓尼的老窝。

如果不出兵，军令如山，必将严惩不贷。上头派来的人马上就到卓尼领地，稍有不慎剥夺土司袭位，褫革司令之职，卓尼领地一万户属民分崩离析。

整个卓尼川乌云密布，人心惶恐。阴雨连绵的八月，船城里听到轰轰隆隆的声音，不像是枪炮，也不像雷电，空气中有很怪异的油烟的味道。姆妈把娃儿裹进氆氇里，把炉膛里的牛粪扑灭。那个轰隆作响的东西在官寨前停下了，男人们探出头去窥视。阿尼闹，是一个庞然大物，像个房子，像个轿子，比轿子多四个轮子。有轮子的，自然是个车子。与四老爷从外面捡回来的胶轮车子不一样的是，轮子上面是一个铁皮做的房子。这个房子里发出洮河边上电站的声音，轰隆隆的。哦，里边有电，有火，不然屁股后面不会冒烟！

雨天有点冷，人们缩着脖子远远地看，不敢靠前。船城里的喇嘛保刚刚死于一根牛毛绳绳粗的电线。

车上下来一个年轻人，穿着油布似的衣服，闪闪发光。以后人们才知道，这个年轻人坐的是汽车，跑得比马快得多，马吃的是草，汽车吃的是油。那个年轻人身上穿的也是羊皮，只是把上面的毛薅了，涂了油。卓尼人就傻笑，笑那个人傻，穿皮子把毛薅了，等于啃羊腿把肉剔了，你说傻不傻？

来者与南杰嘉波一见如故。他们促膝比肩彻夜长谈。南杰嘉波了解了红汉人的来龙去脉，来者对卓尼土司处境深感忧虑。大总管探头探脑地想知道来者是谁，红笔师爷拖着发了霉的棉布袍子，指了指南杰嘉波经常看的一张《大公报》，戳着上面的一个名字说，就是这个人！一个报纸上的人到卓尼官寨了，就在他们眼前呢，阿尼闹！

这个人走后，南杰嘉波深深释了口气。

就在他们谈话中间，绥靖公署再次来电：

"赤匪"过松潘向达拉沟移动，将经过洮岷地区向东部转移。令迭部藏兵全部出动，把"赤匪"消灭在藏区。

索郎大头目率北山骑兵团守卫船城，坚赞少爷率飞刀队把守岷卓交界的羊化。南杰嘉波率两万藏兵集结卓迭交界的花尔干山。

季姓团长眼前的船城几乎是空的。

大车道被二十年来的人马走得坦坦荡荡。车道旁那筒黢黑的大炮，是他曾经回到卓尼的道具。上卓梁的松柏依然翠绿，下马驻足，眼前的船城扑过来，撞得他的眼睛生疼。官寨和金顶，是他一来到南赡部洲就向往的地方。藏谚说，一个人不能娶媳妇又当和尚，边吃炒面边吹箫，但他就是什么都想要。他想念这个叫作"卓尼"的地方，在这里才叫活着，脖子上的多脑最终放在这里，才算死去。他长长释了口气，对着船城说，我回来了！

船城不是过去的船城了。船城有了电线杆，气象塔，船城里有了外面的东西，外面的人，有了汉人下巴子种的星罗棋布的庄稼，整齐得画出来的一样。不变的是洮河，不急不缓，不清不浊。汉人地主在两棵树之间的木头阁楼上打瞌睡。他虽然有了大面积的私田，但还是不放过河滩地。只要有土的地方，他就想下种子。汉人对土地的贪婪不能停歇。

洮河岸边，牦牛掌嘎的水夫田和百灵掌嘎的祖业田都种了麦子，中间没有了墙似的荨麻，麦浪荡漾着，分不出彼此。两个荡牛的娃儿，嘴唇上还拖着鼻涕，下六子棋。他们光着脚，不远处扔着四只獐子皮翘尖靴。一个喊着，牦牛江措，你不能悔棋。另一个也喊着，百灵江措，你不讲理。其中一个恼了，用脚踢了棋子，两个人鼓吻奋腮地吵，四只胳膊扭打起来。看到生人，一齐伸出了舌头。

他伸手摸了他们的脑袋，其中一个脑袋上长着两个旋儿，和他的一模一样。

百灵江措，你想娶媳妇呢还是想当阿克呢？

你阿么知道我的名字呢？是不是南赡部洲的人都知道百灵掌嘎呢？我是百灵掌嘎的百灵江措，我又想娶媳妇又想当阿克！我喜欢牦牛掌嘎的万玛措，又想做卓尼大寺的八班掌管印经院……

他转向牦牛江措说，你想进寺院呢还是想娶媳妇呢？

牦牛江措脸红了，提起皮靴子就跑。边跑边喊：

我想做一只羊啊……

我想做一只羊啊……

他看到一个女人背着水，身后跟着一只獒，倚在一棵红桦上歇息。这个女人老了，佝着腰。她抬头看远处的电线杆，她不明白，那一根细细的绳子，阿么就能把人烧焦。喇嘛保究竟到电线杆子上做什么去了？他想知道电到底是个什么东西？他想攀上高处瞭望菩萨女儿从上卓梁上回来了吗？她骑着马离开船城时，还看到喇嘛保和他的驴跟在她的后面呢。驴实在是太老了，晚上卧下就起不来。喇嘛保一眭眼就把草料放在驴的嘴巴上，等驴吃饱了，把驴扶起来。他拉着驴出去晒热头，他们相互依偎着。喇嘛保变了，仿佛驴不是他的牲口，而他是驴的牲口，驴趴下的时候，他扶着拽着，想把他的驴背起来。他和它活颠倒了，他想让驴骑着他。喇嘛保虽然顽劣，但心是绵的。在南赡部洲，只有喇嘛保是爱她的，他爱她不顾男人的面子，不要尊严，他什么都不要，只爱她。女人看上去虚弱，悲戚，卑微。突然看到一个生人，慌忙把身子背过去。

这个可怜的女人，又一次做了油萨玛！她的身子还是新的，像一棵树，从来没有被一把刀剖开，像深山里的泉水，从来没照过人的影子。

我想讨一口你木桶里的水，行吗？

女人的后背慢慢直起来，微微侧过耳朵，想听清楚他说的话。她在甄别这个声音，在哪里听过。

我想讨一口你木桶里的水，行吗？

陌生人从桦树上剥下一块桦皮，舀了桶里的水，吱溜吱溜地喝。也许是喝水的声音，也许是气味，也许是熟悉的声音从遥远的地方折回来，历久弥新。女人的身子抖动着，抖动着，桶里的水溢出来。她跌跌撞撞地往前走，桶里的水一路洒着洒着……

……其实他从来没有爱过这个女人。他想起这个女人的次数不如想起他的连手的次数多。

船城里几乎没有男人。男人们此时集结在前线。南杰嘉波不可能让他们的血肉之躯当炮灰，大兵压境不过是一种姿态。南杰嘉波不可能消耗自己的力量，让垂涎已久的卢部乘虚而入。

船城里有他的百灵掌嘎，有他的阿妈，有百灵阿古的尸骨，他当然也不想看到卢部鸠占鹊巢。世界潮流浩浩荡荡，土司制度早已土崩瓦解，只有卓尼还隐藏一隅，负隅顽抗。未来的卓尼是谁的？嘿嘿，指不定是谁的呢！他再一次放眼船城，真的空荡荡的。他便有了锦衣夜行的惆怅。

南杰嘉波驻扎在花尔干山，前胸是川迭，后背是卓尼，二者皆顾。

上下迭及口内两万藏兵做出随时出击的样子。他们背上的枪其实是个摆设。

丹增频繁出入花尔干山官帐，官帐里的清油灯长夜不熄。

达拉沟尼傲峡旺藏寺一线所有部落均进入深山老林，碉楼是空的，田里只有麻雀。不许对红汉人放冷枪，不许拆除栈道，不许发生任何冲突！红汉人如果向东出迭部，必经腊子口，卢部十四师重兵把守，必有一场恶战。红汉人后有追兵，前有阻击，他们的软肋是没有粮食。

九龙峡谷深处的崔古仓隐藏在一个山洞里，站在山顶可以看到它的存在。崔古仓，墙外装满了红铜做成的经筒，顶上是五彩经幡，看上去是一个庄严的经房。周围和它同样的寺院还有好几个，最著名的是旺藏寺，就在九龙峡口。

麻烦的是，汉兵团的两百人如果穿插在藏兵中间，就会给卓尼土司的行动带来很大的阻碍。

上头派来的人马上就到了，该来的就来了。

丛拉里的客栈和银楼改成了粮店，对面的稀油店还在。曾经在这里，他从整个卓尼女人的阿珑银钱上剥了一层皮。神奇的泥罐子里面是密实的针眼，渗着碎银子。模子更神奇，从模子里倒出来的银饰是空心的。在卓尼人的多脑里从来不会有这样的想法，银耳环里头可以是空的！藏谚说，集针打成锥子，集锥打成刀子。一把把的银子集成一个个银锭，名副其实的"白老虎"，积攒多了，通过闭关洞后面的一个出口通到山那边去。

可是针集成刀、刀集成"老虎"太慢了，他的眼光伸进寺院，落在大茶房总管百灵堂兄弟的身上。他假传百灵阿古的手谕，把百灵掌嘎积在寺院里的私银通过送饭的小沙弥送到闭关洞，百灵阿古闭关期满就把八班位子传给他。大茶房总管上当了，他也太想当百灵八班了，于是把银子放进饭笼里。

他在一个月夜撬开了闭关洞的石头门。洞里，淡淡的藏香味道，一块方方的月光照在打坐的百灵八班身上。闭关洞靠近船城方向，有一个能容一个身子的方方的洞口，平时荨麻覆盖着，用手轻轻拨开，用来晒太阳，看月亮，呼吸新鲜空气。

来人是百灵江措吗？

阿古，我是侄儿百灵江措，侄儿想念阿古。百灵江措甩掉头上的半截"裤腿"，伏在百灵阿古的膝头上，泗泪交流。

可怜的娃儿，你从大车道上回来，我就听出了你的声音。

阿古，侄儿在外面吃尽了苦头。

侄儿啊，你不该那么狠啊，不该对着你的连手下狠手。被敌人伤害伤的是身，被连手伤害伤的是心啊！

阿古，他爱我的菩萨女儿，他是在掏我的肝花儿！

娃儿你说错了。说好你是要进寺做阿克的，牦牛江措喜欢菩萨女儿，你就要抢。是你又想吃炒面又想吹骨笛。

我本来是要入寺院的，我要继承阿古的寺院八班。如果菩萨女儿喜欢的是另一个人，也就算了。可她喜欢的是牦牛江措！为什么最好的就是牦牛江措的呢？

贪，嗔，痴。你不要抱怨了，念念经，离开吧！

阿古啊，我在外面受尽了苦。你看看我脖子上，牛毛绳子粗的刀疤。我替有钱人做壮丁，我去做背子当脚户，我受尽凌辱，九死一生。我想念船城，想念阿古和阿爸阿妈，想念掌嘎里的人。我的苦，是毡子上的土打也打不净啊！

你必须离开卓尼领地！你不遵守番规，牦牛掌嘎的人看到你可以取你的性命。牦牛掌嘎和百灵掌嘎是官寨的左膀右臂，两个掌嘎冤冤相报，船城永无宁日！

南杰嘉波心长在西边，他偏向船城西边的牦牛掌嘎！

向人向不过理！牦牛掌嘎的人踏踏实实忠心耿耿，牦牛江措已经是官寨大头目，南杰嘉波是卓尼的嘉波，不会收回成命！

阿古，你不可怜你的侄儿吗？我隐姓埋名，头上戴着一截裤腿，像狗一样地活着。暂且让我在船城待一些日子，我在丛拉里开银楼挣一些钱，先放在阿古这里，之后我就带着这些钱离开船城。阿古总不能让侄儿饿死在外头吧？

百灵江措在闭关洞里翻东倒西，他以为百灵阿古在闭关洞藏了银子。

百灵阿古说，不要翻了，我白天都找不到的东西，你在晚上能找到吗？

每天小沙弥提来的饭笼里，都有少量银子。但是后来银子越来越重。一家小银楼能挣这么多的银子？百灵八班心存疑问。终于有一天，百灵八班看到了寺院里的银子——上面刻着布施者的族号。

他们发生了激烈的争执。百灵江措把银子抢出来，在洞外挖了一个陷阱，把银子埋进去。他贪心不足，希望再多一些，一并带走。

事情败露的那一天，他跨上马向闭关洞飞驰。为了掩人耳目，他把身子贴了马肚子上。在马落进陷阱的瞬间，凭着惯性，他从马肚子上脱身，滚进一人高的荨麻丛中，从四方洞口钻进闭关洞。

外面沸反盈天。洞里发生了激烈的争吵。

你必须出去给南杰嘉波给船城的人承认你的罪恶！百灵掌嘎掌管印经院上百年，从来没有把布施装进自己的口袋！

噢……嘞阿古啊，我都知道百灵家在寺院里存有私银，看见银子不动心的人就不叫人。我如果进了寺院做了印经院总管，这些银子就是我的！我只是拿走了应该属于我的东西！

住嘴！印经院存有的私银是供卓尼官寨应急用的，我入关前对南杰嘉波有所交代。印经院的布施属于整个卓尼土司领地，百灵八班从来没有动用这些财富。你是要把百灵掌嘎置于死地吗？

百灵八班，你别忘了，是你亲手从饭口上取回小沙弥的饭笼，是你要把百灵掌嘎置于死地！

你！

百灵八班浑身颤抖，身上的荨麻瑟瑟抖动。他闭关修行，本来是想给百灵掌嘎消除罪孽，没想到自己尘心未了，助长恶念，用一只手把五百年的百灵掌嘎推向深渊。他看到百灵江措穿了他的僧衣，身上盖了荨麻走向洞口。他想说，放下屠刀……可是他张不开嘴，四肢麻木，说不出话来。额头上一片光亮，头顶上渐渐开了一条缝隙，身上的气息从上面徐徐升腾……

百灵侄子穿上阿古的袈裟，身上披着荨麻，坐在洞口，念般若经。

他放下屠刀了吗？

他伸出和阿古一模一样的手，把饭笼从饭口端进来。袈裟上绣着藏文：嘉波卓尼吉祥。

偷梁换柱，天衣无缝。

阿古结跏趺坐，再没有睁开眼睛。阿古坐化了。他用荨麻掩盖了阿古的肉身。

等待离开的机会。他想找到一匹马。他知道闭关洞附近已被严密看守。

终于有一天，小沙弥送来的饭笼里没有了银子！一定是寺院里发生了什么事情！必须铤而走险，离开！他从一个只有他知道的洞口像一条狗似的爬出去，仓皇地逃走，竟没来得及再看一眼自己的阿古。

离开后的第二天，闭关洞浓烟滚滚。四年后的一场地动，闭关洞坍塌。

过去的闭关洞看不见了。原来闭关洞的地方叮叮当当地响着，一个铁匠铺子，一个宰牲的地方。这里的水源脏了，几乎寸草不生。那里埋着百灵八班和百灵掌嘎的耻辱。还有那个大腿上和面的女人，阴魂不散，夜深人静时，他能听到她咬牙切齿的声音，如咀嚼着一块生铁。他从土门关为她赎身，他从她身上一百倍地赚回来了。她死得真痛快，举手之力，一颗弹弓上的小石子，就结束了她的性命。

他一直惦记着陷阱下面的银子。可是地动之后，从卓尼传到外面一个消息——船城的闭关洞被震得底朝天，一个铁匠看到了白花花的银子。

他摸了摸别在裤腰上的弹弓，几寸长的一节榆树杈，在他的手里，四两拨千斤，附着着他的仇恨和意志，总是可以百步穿杨，万无一失。此时，作为绥靖公署委派的汉兵团团长，带着两门大炮和机枪，他仍然不会丢掉弹弓，他手里的弹弓杀一个人的时候，没有一丝响动。

到卓尼大寺磕长头的人如蝼蚁般走在路上。他们卑微到尘埃里，只为了下一世的高贵。他们不愿意离开出生的地方，怕转世后路太远，找不到回家的路。

他回家了！他一直都在回家的路上！他的仇恨像尘埃铺在回家的路上。

船城东边的百灵掌嘎碉楼多了，但是没有了过去俨然的气象。天上的百灵不再掌管灵魂，背水的背水，背柴的背柴，他们落在地下了。他们背了黑锅，百灵八班背了黑锅。

他望着官寨，檀木风珠和过去一样，风一刮就响。记得小时候睡在连锅炕上，风马旗响，经筒响，风珠响，洮河响，一茬人在长大，一茬人在老去。小小的百灵江措想着：我到底进寺院呢还是娶媳妇呢？

官寨的木楼上，站着一位白发阿妈。她在看坡上的羊，晒热头。她的手搭在额头上的姿势像极了他的阿妈。

阿妈怎么会在官寨里呢？

阿妈……

阿妈，好好活着，卓尼官寨如果成了百灵江措的官寨，这里就是阿妈的家。

44

迭山山脉，群峰交叠。迭山横雪，千峰嵯峨。

花尔干山上苍松翠柏，郁郁蓊蓊。苏鲁花开得汪洋恣肆，红尾伯劳鸣叫得百转千回。

花尔干山是卓尼与迭部的分界，南杰嘉波在此驻兵可以卓尼与迭部前后兼顾。

南杰嘉波看到眼前的男人，瘦，高，直，像古雅山上的哪一棵树。他神态镇定，谨言慎行。他见到南杰嘉波，脸上有一丝与他的身份不相匹配的羞怯。

他抱拳行礼，说，尊敬的南杰嘉波，久仰久仰。季某风餐露宿人困马乏衣衫不整多有冒犯，请南杰嘉波多多海涵。

被称呼为南杰嘉波，而不是南杰司令，南杰还是有点意外。

南杰嘉波回应道，卓迭蛮荒之地，大人鞍马劳顿，甚是辛苦。藏兵游兵散勇，装备简陋。卓尼领地四个官仓粮食无几，藏兵马自带粮秣，统共两万余人已布防达拉沟沿线。现在贵兵神降天勇，以一当十，材优干济，百举百捷。在下定当心无旁骛，奉命唯谨。

南杰嘉波抬举了。季某不才，率区区二百兵马前来助阵，前后进退，唯南杰嘉波马首是瞻。

南杰嘉波伸手把客人让进牙帐，上酥油茶，青稞酒，为客人解乏。

客人三个手指卡着茶碗的动作，南杰嘉波看在眼里。喝酒时，他伸出拇指和中指祭天地，分三次喝尽。来者是汉兵团长，可此人深谙藏番风俗。

茶酒一端，距离就近了。

客人盯着南杰嘉波身后看，南杰嘉波侧过脸，看到狸子皮大氅。他笑呵呵地提起大氅说，这是百灵掌嘎的百灵阿妈送给我的狸子皮大氅。临出官寨，阿妈从楼上下来，给我披上大氅，说这是她去塔尔寺磕长头的路上佛祖赐的衣裳，穿上它百毒不侵，战无不胜。瞧瞧，还有这个护身符，是一只二十多年前的羊骨拐。借阿妈的吉言，我是须臾不敢离身呀，哈哈哈！

季团长目光游离，也干笑着说，南杰嘉波仁爱，对掌嘎属民视如亲眷。

南杰嘉波叹了口气说，可怜他没有了儿子，我没有了阿妈，我们住在官寨里相互照应彼此慰藉。

南杰嘉波看到，来者的眼睛红了，脖子上的一条刀疤变得通红。

南杰嘉波若有所思。

南杰嘉波试探着说，形势紧迫，"红汉人"已向达拉沟靠近。自达拉沟口往东，高吉、尼傲、旺藏、九龙峡，皆为要害。腊子口已由十四师卢部重兵把守。请问季大人意欲在哪一段布防？

南杰嘉波想，九龙峡靠近腊子口，是达拉沟至腊子口扼襟控咽的要地……

季团长不动声色地说，在下虽然人少，可是装备精良。喝了这碗茶，在下就率部入达拉沟口，驻守第一道防线！

暗合南杰嘉波的意图。太顺利了，令人生疑。

晨曦微明，"红汉人"进入达拉沟。

达拉沟因南北穿越岷山的达拉河而名，山之南麓为若尔盖，北麓为迭部。达拉沟绝壁耸立，达拉河蜿蜒激荡，自古为"一谷通甘川"的险道。秋天的达拉沟，雾锁松岩，云荡山涧，鸟惊幽谷，翠染山泉。

一个身形高大消瘦的汉子拄着一根木棍，看着眼前的达拉沟，被美景震慑。他孩子般地笑了。

据稔熟迭部地形的丹增侦察到的情况，直到目标进入达拉沟中段的高吉村，都没有听到第一道防线的汉兵团阻击目标的动静，只是不时放野枪，仿佛在打一只鸟或者一只野兔。

南杰嘉波想，难道汉兵团是来坐山观虎斗的吗？螳螂捕蝉，他想做在后的黄雀？如果卓尼藏兵不做螳螂呢？相持下去会是什么结果呢？谁是螳螂，谁是黄雀呢？

汉兵团长的长相和口音太像一个藏人了……

"红汉人"到底是一些什么人呢？

南杰嘉波派丹增扮成做买卖的进了高吉村。

"红汉人"原来是一些衣衫褴褛的人。他们有八九千人，衣裳烂得辨不出颜色，脚上的草鞋没有囫囵的，八角帽上一颗红色的五角星。个个身形瘦弱，面目黧黑，有缺胳膊少腿破脑袋的，有躺在担架上呻唤的，还有怀孕的女人和娃儿。他们相互扶持着拄着枪倚着墙，气息奄奄。

他们在田里捡拾一些没来得及收割的秋粮，这些都不够喂麻雀的。他们进了藏楼房，翻出一些陈粮干肉，在粮柜里放了钱。他们掘地三尺，挖蕨麻摘蘑菇，煮皮绳嚼树皮。晚上他们住在屋檐下，牲口圈里。白天他们给当地走不掉的老弱病残背水，劈柴。这些命悬一线的人究竟要到哪里去？他们要干什么？丹增知道，他们在此地只能坐以待毙，拖延一天就会死去更多的人。要想摆脱困境，只有两条路，一是冲出腊子口一路向东到达汉地平原，一是返回松潘草地。显然后一条是死路，后面还有追兵，他们已没有返回的能力。

其实他们也不知道要到哪里去。爬雪山过草地进迭部，是因为除此之外无路可走。攻打腊子口，打开向东进发的道路，是他们眼前唯一的活路。可是腊子口是一道鬼门关。

两天后他们到达旺藏寺，离腊子口更近一步。

藏族兄弟，你是干什么的？

一个身长鹤立的中年男人向丹增招手。丹增趁机靠近他们，支吾着说，收猪毛的！

收猪毛的？身长鹤立的男人哈哈大笑，对旁边的警卫说，呵呵，连咱们的藏族兄弟都知道我姓毛，朱老总姓朱，哈哈哈！好，收猪毛，收猪毛！

丹增装疯卖傻，拿出一把猪毛递上去。

身长鹤立的男人看着身后担架上的人，说，这猪毛不能吃啊，我们现在需要的是粮食和草药。

几个时辰后，丹增带着七八个"挑子"来到旺藏寺的藏阁楼。挑担里装着草药，走在最前面的是仁钦曼巴。

那个身长鹤立的男人露出了笑容，一步跨向前双手握住了仁钦曼巴的手。

仁钦曼巴给担架上的人切脉。

仁钦曼巴说，你们鸠形鹄面，瘦骨嶙峋，到底是要做什么到哪里去呀？你们也有父母妻子，他们不担心你们吗？

身长鹤立的男人说，我们的父母妻子生活在黑暗里，我们是在夸父逐日，蹚出一条路，把他们带出黑暗，走向光明。

仁钦曼巴叹了口气说，都是饿的。饿是一种病，要用粮食来治。身体里有了水谷精微，头脑里有了坚定的信仰，才能进入化境。

身长鹤立的男人说，我们必须尽快走出达拉沟，冲过腊子口，拖延一天就会增加一分危险，关键是粮食，粮食……

如果有了粮食，你们就可以在此休整几年，以图后续……

哦不，必须尽快东移，不然会有前后夹击全军覆没之虞。

唵嘛呢叭咪吽……向东半个马程是九龙峡。峡口有白色的嘛呢石，里边是一个寺院，到寺院转一下古拉，运气会好转。

向东半个马程？九龙峡？白色的嘛呢石？寺院？这个曼巴真是神秘！

仁钦曼巴转向病人，看到病人脸色蜡黄，皮肤水肿，右腹隆起，发热寒战。仁钦曼巴对着身后一个挑子说：苦参、蒲公英、田基黄、一见喜……

身长鹤立的男人看到，那个挑子听到曼巴的吩咐，弯着腰配草药。他戴着狐皮帽子，身上的褐子看上去有点小，不合身。他动作不算麻利，好像是个新手。就这样，神情专注的旁观者就看到了他的一双手——

这不是采草药的手，不是放牛羊的手，不是拔青稞的手，这双手温润细腻，柔中有刚，指甲干净得像新剖开的树心。他看不清他的脸，他的脸埋在狐皮帽子下面。往下看，他脚上蹬着一双登云翘尖靴，鞣制得十分精细的皮子，镶镶什字花靿子，针脚一丝不苟。这是一双好靴子。

药配好了，曼巴嘱咐着什么，身长鹤立的"红汉人"给曼巴塞钱。七八个挑子放下草药担子，匆匆离开。那个配药的人站起来——嚯，一个汉子，高大魁梧，虎虎生威。他身上穿着的破旧的褐子有点短，可能是借的别人的。走了十几步，他猛地回过头来，与身长鹤立的"红汉人"眼神碰撞——他们炯炯的目光，他们身上特有的气质，让他们同时明白了，对方是谁。

十几筐草药下面，是炒熟的花青稞，扑鼻的香。

正午，他们站着，凝视，中间隔着一轮太阳，在空气中跳跃着金色的光芒。身长鹤立的男人举起右胳臂，向着南杰挥动——

南杰嘉波见到的"红汉人"，与以往进入卓尼土司领地的人完全不同。他们不扰民，不掠夺，他们只是借道，没有长久滞留的意思。他们即将走出黑暗，把黑暗里的人带向光明。

南杰嘉波对丹增说，抢修栈道，开仓避之！

可是，沉寂得几乎让南杰嘉波忘记了的季团，突然转折向东，进入九龙峡，直接揿入腊子口的必经之处。他的身后就是崔古仓。

季团似乎熟悉九龙峡的山路，他站在九龙山涧的高处，被装饰成念经房的崔古仓就在眼前。身后跟随着的丹增心提在了嗓子眼上。

季团从身上摸出一支弹弓，拾起一颗石子向着崔古仓弹过去，即刻飞起一片麻雀。

麻雀是不会骗人的！

念经房里存放着粮食！

丹增的脸红了，又白了，手握成拳头。

季团看着丹增。从第一眼看到丹增，他就知道丹增是谁。他玉树临风，眉目如画，他的腼腆，赧然，眉宇间的刚毅，像极了他的父亲。他羡慕牦牛江措，给南赡部洲留下了一个和他一样的人。而自己漂泊半生，形影相吊。他下意识地摸了一下军装的口袋，里面放着一只羊骨拐。他伸出一只手放在丹增的肩头，这是牦牛江措的骨头，牦牛江措的血肉，那个带来八十头白牦牛的女人为他生儿育女，他们生活在温暖的人间烟火里。他生出了难以言表的羡慕。

丹增镇定下来，用腼腆的笑回应对方。他感觉到，这个外表生硬的长官眼睛里的一丝温情，他偶尔带出来的口音，让丹增不禁想到，这个人似乎与卓尼与他自己有一点关联。

你想进寺院呢还是想娶媳妇呢？

丹增愣住了。在卓尼川，一个儿子娃长大后，就面临着这样的问题。在九龙峡之巅，在隔着一条沟壑的崔古仓，他怎么问了一个卓尼的每个男人都要遇到的问题？

没等丹增回答，他把手从丹增的肩头上拿开，突然背过身子说，言归正传，请速去请示南杰嘉波，是阻击，是避让，还是放粮？看得出来，南杰嘉波从来没想过要阻击，眼下他一直在避让。可是如果不放粮，那些个空空如也的肉身去挡枪林弹雨，只能葬身天险腊子口了。如此，打了胜仗的卢部必定把枪口对准卓尼。如果南杰嘉波命令放粮，请带手谕来。口谕无凭，恕季某拒绝接受命令！

此人对卓尼对南杰嘉波对眼前的形势了如指掌。

季团从身上掏出一个东西,委托丹增转交南杰嘉波。

花尔干山上的南杰嘉波打开这个物件,惊呆了——是一只羊骨拐,一边涂着蓝色,一边涂着红色,和百灵阿妈给他的护身一模一样。

他是百灵江措!他还活着!他以这样一种方式回到家乡。难怪他对卓尼的境况了如指掌。

他真的是感念父老乡亲的情谊想解救卓尼于危难之中吗?

二十多年过去了,他还恨南杰嘉波吗?即使他怨恨南杰嘉波,船城里有百灵掌嘎,有草洼里的亲房,有他的阿妈,有菩萨女儿,他不应该与卓尼为敌。

南杰嘉波帮助"红汉人"心意已决。他对他看到的那些艰难困苦中的人充满了同情,他对那个身长鹤立的人充满了钦慕。夸父逐日,走出黑暗,寻找光明,这难道不也是南杰嘉波想要的吗?

可眼前的季团,过去的百灵江措,是真心还是假意?他执意要他的手谕,为什么非得是"手谕"?这手谕白纸黑字会不会授人以柄?

"红汉人"很快会接近九龙峡。如果没有粮食,他们会葬身腊子口。没有时间犹豫,必须铤而走险了。

南杰嘉波把亲笔手书折叠成一个弹丸,连同两只羊骨拐交给丹增说,交给季团,开仓放粮,事不宜迟,越快越好!

丹增看着南杰嘉波,犹豫不定。南杰催促丹增上马,把缰绳塞进丹增手里。

秋雨连绵,山路泥泞,赶到九龙峡日色渐暗。丹增下了马,在军帐外徘徊至黄昏。

达拉沟昼夜温差大,加上雨天,黄昏时军帐里应该点火取暖。进了军帐,果然扑过来一股热气,一只火盆炭火正旺。

丹增把南杰嘉波手书和两只羊骨拐交给季团,就假装啥都不知道,傻乎乎地蹲在火盆前烤淋湿的衣裳。

季团看了南杰嘉波的手书,端详两只羊骨拐,面无表情。沉吟良久,对丹增说,估计明天早晨,"红汉人"抵达九龙峡。遵照南杰嘉波命令,开仓放粮。但要做得不露痕迹,不然我们死无葬身之地。

我们?这个来挟制我们的人和我们站在一起了?

丹增表情很惊诧，说，南杰嘉波当真命令开仓放粮？

季团把手书递给丹增说，你自己看。

丹增拿着一纸手书，他不识字，正过来看，倒过来看，一失手，纸掉进火盆里，瞬间化为乌有。

季团大怒，手枪抵在丹增的额头上。

丹增看到了一双狰狞的眼睛。果然他要手书是为了证据，丹增毁灭了证据使他非常愤怒。

丹增看上去很无辜，说，季团何以如此呢？"手谕"你不是看过了吗？

季团咬着后牙根说，你和你的父亲一样，你们真是亲父子。

丹增说，哦？你认识我的父亲？那你就是我的阿古。说完就给"阿古"鞠了一躬。

季团很无奈地把枪筒拿开。背过去身子说，我不想失去洮河边的船城和船城里的百灵掌嘎，我不想鹬蚌相争渔翁得利。请你转告南杰嘉波，你们都要记住，九龙峡我季某从来没有来过，我只防守达拉沟口。明日拂晓我团向西撤退一个山头，放冷枪，打猎，烤黄羊！请你们记住，我不想失去我的阿妈。

第二天"红汉人"如期抵达九龙峡。峡口有一堆堆醒目的白石头，顺着白石头，跨过一个山涧，看到一个寺院。他们的脚步惊起一片麻雀——足有五十万斤粮食，飘着诱人的香味。让他们更加想不到的是，青稞是炒熟的。

经年之后，仓官丹增回想腊子口战役，依然心潮澎湃。刀削斧劈万夫莫开的腊子口，下面翻滚着腊子河。过腊子口，就是要在悬崖绝壁和湍急的河水上像一只只猿猴攀到对岸。腊子河对面是卢部十四师的层层碉堡，卢部声称连一只鹰都不可能飞过去。纵然那些衣衫褴褛的人骨头是钢铁做的，但人是铁饭是钢，他们的肚子空空如也，葬身腊子口是他们的命数。超出人类想象的是，"红汉人"在枪林弹雨中拿下了腊子口，他们炸毁敌人的碉堡，卢部的铜墙铁壁瞬间坍塌。他们过了腊子口，走出岷山，进入汉地哈达铺。腊子口战役的胜利堪称人间奇迹。丹增始终守护着一个秘密：从九龙峡谷里的一个山涧，有一条通往腊子口后方的隘口，只容一个人一匹马通过。从小在九龙峡长大的丹增，熟悉九龙峡的每一个蚁穴。传说中的天兵天将就出现在卢部碉堡工事的后方。卢部十四师真的没有想到，连一只鸟都站不住的地方居然有了人，有了机枪和手榴弹。正面强攻四次都无果的关键时刻，"红汉人"从后面捣毁了坚固的碉堡，前后夹击掏了卢部十四师的心窝。

进入哈达铺后，他们从一张旧报纸上发现了一则消息，看到陕北有一个红色根据地，之后他们头上顶着闪闪的红五星一路向东，向着另一条河流走去。

打了败仗的卢部疯狂搜捕遗落在迭部的"红汉人"。他们有的受了重伤无法前进，有的是老弱病残掉了队。南杰嘉波把他们有的藏进深山里的藏民家里，有的转移到卓尼。卢部没有进犯卓尼，但是在疯狂追剿季团，至少表面上看是这样的。

季团携二百人马经花尔干山过洮河，他们只得暂时躲进卓尼。卓尼嘉波迎接他们的到来，曾经的百灵江措依然给南杰嘉波施以叩首礼。他的这一举动让南杰嘉波很不自在，又让他想起二十多年前两个掌嘎的那一场血腥，南杰嘉波皱了一下眉头。

到家了，去官寨见你的百灵阿妈吧，她在梦里都想着你呢。已是黄昏，季团执意驻扎在闭关洞附近的开阔地上。依番俗，焚香煨桑，消除外面带来的瘴疠。之后才能进船城，入官寨。

守城的飞刀队坚赞少爷发现，季团的人里边有两张面孔，仿佛在哪里见过。这两个人看到他，急忙把脸背过去。坚赞想，这两个人在哪里见过呢？

南杰嘉波还迎接了转移到船城的老弱伤病的"红汉人"，他们被扶上了碉楼里的连锅炕。有一个车轮高的儿子娃断了一条腿，他坐在木轮车上，怀里抱着一个包袱，脸伏在包袱上。听到南杰嘉波的声音，他抬起头来，眼睛里噙着泪水。他把怀里的襁褓递给南杰嘉波说，从马上掉下来的孩子，她的母亲过了腊子口，还不知道自己的孩子丢了。南杰嘉波把襁褓抱在怀里说，飞进怀里的雀儿啊！

南杰嘉波的身后跪下了百灵掌嘎的菩萨女儿，她说，把这两个娃儿赐给我行吗？我会把他们当成我的娃儿疼爱。

在洮岷交界的羊化，索郎大头目的北山骑兵把守边界，这里是卢部进入卓尼的隘口，不得大意。索郎四老爷坐镇，青冈协助供应粮草。卢部打了败仗一时不得首尾相顾，暂时还没有力量进犯卓尼，索郎大头目整日喝酒吃肉，不亦乐乎。后晌，突然下起了大雨，前方的侦探报告，发现一个运送辎重的马队，似乎是卢部的人。由于雨大路滑，他们改道卓岷边界，要过野狐桥。

四老爷即刻扔了酒坛，跨上了马。

北山骑兵一个时辰就回来了，劫持了四个马驮子。打开一看，不是四老爷想要的枪支弹药，是整板的川西膏子。索郎四老爷也许有些失望，但也是特别兴奋，这些东西可以换枪弹呀。

也许是累了，四老爷靠在碉堡里的一个草垛上歇息。

索郎四老爷彻底成了一个老人，毛发全无。健壮和力气没有了，像一个萝卜糠了，像一只包子没了馅儿，剩下皮囊。他靠在草垛上歇息，脸色煞白，赶着捯气。

青冈跪在四老爷面前，端着一碗热茶。她突然发现，四老爷身子下面的草垛浸透了血。

四老爷受伤了！

四老爷赶紧给她摆手，意思不要声张。

青冈赶紧扶起四老爷，他后背的皮袍上一个窟窿。

四老爷虚弱地说，把我放下，不要对任何人说，我是被打死的。

青冈忍着眼泪，把热茶放在四老爷嘴上。

四老爷说，酒！

喝了一碗酒，四老爷咂吧咂吧嘴，说，不挨枪子儿也是该死了，死在索郎衙门里哪如死在这里好，蓝天，白云，格桑花，草垛，呵呵，都是我的！

青冈哭着说，四老爷啊，你不应该去抢这该死的川西膏子！

四老爷捯了两口气说，不叫抢，是捡！不从外面往卓尼捡东西，那还叫什么索郎四老爷？捡来的东西那才叫个香。婆娘是捡来的，儿子是捡来的……

青冈知道，四老爷救不活了，呜呜地哭。

大侄子，能做男人谁当女人呢？你咋不是我的戈什呢？

四老爷好好活着，现在起我就是四老爷的戈什。

四老爷摇着头说，老了，大胡子没了，里边长不出银子了。人生一世，草木一秋，黄了……四老爷闭上眼睛。

青冈大声哭喊着，天上的四老爷啊，聪明的四老爷啊，不要闭上眼睛！你告诉我啊，那一年，在经忏房，你怎么把放在窗子下酒坛里的酒喝了，告诉我啊，聪明的四老爷不能死啊……

四老爷摸索着，把氆氇腰带提起来，在青冈眼前晃了晃，晃了晃，嘴角笑着，眼睛慢慢合上。

青冈不依不饶，抓着他的手说，四老爷，不要死，侄儿陪你猜个拳：

> 一定要高升，两眼大花翎，三星拱照，四季闹五更，六位要高升，七巧八抬，九字要公平，十全大美，划拳讲输赢。冷酒一口吞，喝得双眼红，忽听谯楼，鼓打一更……

四老爷流尽了身上的血，身子看上去小多了，像干枯了的一捆柴。

青冈给四老爷换了新的皮袍，干干净净的，像从来就没有受过伤。他不是被别人打死的，是自己死的。

子时，青冈跨上马，进船城，报告索郎四老爷去世的噩耗。近木耳桥，听到官寨里枪声大作，惊慌失措的青冈从马上栽了下来。

45

这是一个月夜，月光如水。

卓尼嘉波站在官寨的木栏上，他穿过皎洁的月色，遥望北山牧场，眺望迭山横雪。从洮河到白龙江，从喇嘛崖到九龙峡。一只头上拴着红牛毛绳绳的羊在悠然吃草。这是放生羊，偶尔回头望一眼过去的羊圈。

转场的人回来了，夏窝子的人回到冬窝子。人们把干牛粪装进驮子，吱吱呀呀地，和春天走向野外的蕨麻猪一起回家了。牦牛身上驮着藏民全部的家当——帐篷、茶壶、铜锅、奶桶、女人和娃儿。女人身上的阿珑银钱是全家最值钱的东西，如果一个女人没有阿珑银钱，是碉楼里的男人活得不如人。藏民世世代代身无长物，把大地天空当成自己的，把山水树木当成自己的，把一切有生命的东西当成自己的。夏天不把冬天的吃了，冬天不把夏天的吃了，每一处生活过的地方，临走时打扫得干干净净。他们几乎不轻易离开他们生活的地方，怕走远了，亲人转世后寻不到家。

太阳明天要升起来，早晚煨桑，捣酥油，切粪砖，晒牛粪。姑娘"上头"后就要嫁人了，儿子娃到了年龄要么进寺院，要么买枪鞴马顶门户。

"和尚进寺，边哭边念经"。

"姑娘出嫁，边哭边找镫"。

"我的婆家者有钱汉，三年没给我一条线"。

活着就是欢喜和抱怨。

太阳明天要升起来，四十八旗十二掌嘎的人们，背水，烧茶，拌糌粑。炕烧得真热啊，活着真好啊！

今夜，在南赡部洲，在卓尼，在船城，南杰嘉波背靠青藏，面向黄土，扑面而来的大车道，给卓尼土司属民带来了对美好生活的向往。糌粑是好的，锅盔更好，氆氇是好的，纨绮更好。他终其一生就是想让四十八旗十二掌嘎过上好日子。

大车道带来汉人、洋人、外面的世界，也带来一拨又一拨的"加卡卜"。他们扛着青龙旗、五色旗、青天白日旗。他们说着"巩金瓯，承天帱"，说着"废除专制，人民民主"，说着"真爱民不扰民"，说着"精诚团结，为国效力"。但是他们共同的行动就是对卓尼土司领地罗雀掘鼠，乞浆呼庚。他们没有把卓尼人当成他们的"人民"。

他心里想着那些冲过腊子口的"红汉人"，想着他们头上红色的五角星，想着那个英气又和蔼的身长鹤立的汉子，想着他们举起的鲜红的旗帜——他们已经到汉地平原哈达铺。他们夸父追日，他们寻找光明。罗杰斯神甫说："上帝说：'要有光'，于是就有了光。上帝把光和暗分开，把光称为白昼，把暗称为黑夜。夜晚过去后，清晨接着来临，这是第一天。"

他们会有光明的第一天，只是南杰嘉波看不到那一天了。

他看眼前的船城，洮河上游的流珠来得有点早，月光下窃窃私语，像堆雪，像梨花，像叮叮当当的卓尼"三格毛"的阿珑银钱。

百灵掌嘎和牦牛掌嘎一东一西，像两只合围的臂膀，碉楼上的炊烟，大炊烟变成小炊烟，小炊烟变成没炊烟——藏人是以碉楼上炊烟的粗细论贫富的。卓尼越来越穷了。

两棵马尾松的洮河边上，住着他心上的女人。她们一个憨实，一个温婉，她们梦见他了，她们在睡梦中喊着他的名字。明天早晨太阳出来，她们走过木耳桥，手里提着雪蜜和窝奶。她们在金色的阳光下灿烂地看着他，像凤毛菊次第盛开。他遥望卡车河，河边住着朱扎七旗和他的梅朵。梅朵爱着汉人王卓尼也爱着藏人阿旺晋美，她用冰雪般的纯美化解了一场撕裂和血腥。在这个夜晚，南杰嘉波还想起嘉波阿妈、看林家阿妈、菩萨女儿、拉毛草，以及碉楼连锅炕上给男人和娃儿盖好褐子的女人们。五百年来，她们坚韧而美丽，辛勤而刚强，她们护佑着这一片土地，是卓尼川上的格桑梅朵。

大儿子坚赞少爷在偏房里发出了熟睡的鼾声，他轻手轻脚地进去，掖好被子，熄了灯。百灵阿妈的灯还亮着，他拐进百灵阿妈的房间，阿妈在木榻上打盹儿。南杰把狸子皮大氅盖在阿妈身上，心想，做个好梦吧，天亮了你的儿子就会出现在你的眼前，好好活着吧，百灵阿妈！

小儿子班玛旺秀跳在他的背上，要他的两个阿妈。南杰把儿子拽进怀里说，明天一早两个阿妈就进官寨，带着雪蜜和窝奶呢。

连日劳累的坚赞少爷刚一睡着，就一个挺儿跳起来。他想起来了，那两个人，面熟的那两个人，似乎是他进岷州见到姆妈时，追赶他的侍卫。他趿拉着鞋往父亲房间走，他要告诉父亲，季团的营里有卢部十四师的人！

此时，枪响了。

枪声大作。子弹雨点般地射在木楼上，坚赞少爷应声倒地。

卓尼官寨摇摇欲坠。

有一个人在喊，不要用机枪打，不要用机枪打，楼上有我的阿妈！不要打了，不要打了……

南杰嘉波听到噗噗噗的声音穿过自己的身体。没有疼痛，只有古雅山的风呼呼呼地穿过肉身，他像风马一样飞起来。他想起那些跟着他征战而死的四十八旗的兵马，他们一个一个倒下时，没有疼痛，只有如此的绝望。他使尽全身的力气，把身下的毡子一卷，裹着班玛旺秀，推到床下。

百灵阿妈在木栏上趴着，他听出了儿子的声音。她一直不相信他的儿子死了。她甚至感觉到她的儿子就在她的周围，时远时近。磕长头的路上，他给她披上狸子皮大氅。他给她的碉房里放下粮食。他给她送来干净的贝母，装在一个鬼箭锦鸡儿编的篮子里……她真的感觉到了，他在黑暗里，做着不能见人的事情。但是她不敢触碰，不能靠近，更不能说，她存有私心。她宁可相信眼前这个丧心病狂的人不是他的儿子，他的儿子死了！她绝望地伸着一只手，手里举着儿子百灵江措的嘎乌——你不是我的儿子，你不是我的儿子！我儿子长得不是你这样，我儿子的心长得不是你这样……我给了我儿子古雅山那样的骨头，洮河水那样的眼睛。你不是我儿子，你的心变成了另外的一个心，狼的心，豺的心，你就不是我的那个儿子了……

此时，她的儿子真的后悔了。他用手捂着脸说，姆妈呀，姆妈呀……

百灵阿妈呜咽着，江措啊，我的江措啊，让姆妈看你一眼啊，天快点亮啊，让姆妈看你一眼啊……

青冈把南杰抱在怀里，像哄一个娃儿睡觉，一只手一下一下地拍着他的肩膀。她俯下脸嗅他的气息，他已经没有了气息，他的身体散发着马尾松的苦味。她仔细端详他，抚摸他，早晨的第一缕阳光照在他身上，一半是雪豹一半是青山。

青稞找不到她的儿子班玛旺秀，声嘶力竭。她像一匹母狼嗥叫着。

百灵阿妈蜷缩着，身子窝在官寨正房的床榻旁。她身上紧紧裹着狸子皮大氅，像一块黑石头。她身上没有枪伤，已经气绝。她的手里攥着一只嘎乌，嘎乌还温热。人们扯开她的大氅，掰开她的双臂，小少爷班玛旺秀跳了出来。

十二掌嘎的人奔走呼号，船城里的人奔走呼号。四十八旗藏兵从四面八方扑来。船城晃动，仿佛要驶进河水里。天旋地转，洮水倒流。船城里有神灵离开时，洮河会倒流回去，回到西倾山、代富桑草原的源头。

谁都没有看到六道轮回，可轮回流转就在此生。那个眼睛里都是银子的百灵家的江措，贪求无度，永无餍足。当他知道自己的阿妈住在官寨里被当成嘉波阿妈供养时，他心里升起过感动。可是面临更大的诱惑——有人向他承诺，杀死南杰嘉波，他就可以取而代之——他就像一个饿鬼，吃相难看。最后他吃饱了愤怒的子弹，脑浆涂在草地上，像打翻了的窝奶（酸奶），像当年美丽善良的菩萨女儿走过木耳桥给他送来的窝奶。人们从他的身上搜出一支弹弓，两只羊骨拐，恍然大悟——他从出走卓尼到进入卓尼，从丛拉、银楼到寺院、闭关洞，他已完成了人到饿鬼到畜生的轮回。

最后，他给南赡部洲留了话儿：

凡是得到了的东西我都不喜欢。有了父母我想要连手，有了连手我想要女人，有了女人我想要银子，有了银子我想要权力。有了权力想要什么，我不知道，因为我从来没有拥有过权力。

有了权力你一定想要天和地，那就让你上天入地吧！

让我再唱几句花儿行吗？

> 哎哟——
> 打马的鞭子闪断了
> 阿哥的肉呀
> 走马的脚儿乱了
> 阿哥出门者三天了
> 一天么赶一天远了呀
> 前半夜想你者没瞌睡
> 后半夜想你者天亮了呀

躲在白塔后面的菩萨女儿怀里抱着羚，把一张已经老去的脸伏在喇嘛羚的身上。

百灵江措葬身于闭关洞自己挖掘的陷阱，上面终年倾倒着头口下水。

> 蓝天长在，日头要走了。
> 森林长在，虎豹要走了。
> 我们像兄弟姐妹遇上，又像一窝蜜蜂分开。

一轮火红的太阳在洮河与白龙江之间升起，阿乃日扎神山的雪峰站立成白牦牛的模样——南赡部洲醒了！

一朵白云像一朵棉花一直跟着他，那是他上一世的姐妹，始终活在他目力所及的地方。十三岁那一年，"沧海月明珠有泪，蓝田日暖玉生烟"，他坐在架窝子上，一回头，她就像一个楔子嵌入他的心里。她是白云，是口弦，是黄绸子花、凤毛菊、紫斑牡丹，是风马，是洮水，是阿妈，是青冈，是梅朵，也是青稞，甚至脸蛋儿——他爱过很多女人，他爱着一个女人。

他的连手牦牛江措，他的手足，他的肋骨，是奔走于白龙江与洮河之间的一匹骏马，从来不知疲倦。他倒立在南赡部洲，是为了回望那一箭远的距离，他喝下最香的那碗酥油茶，是想保全活着的诺言和尊严。他的死，是下一场死的预演，是南杰的一部分已提前离开。他们一点点地抽身，像鱼一点点沉入水底。嘉波阿妈总是说，肉在不生不熟时吃最香，人在不老不少时死最好。他们在最好的时间里死去了。这是一场必然的结果，比如一个土司，一个心爱的兄弟，像花开了就要谢，太阳升起就要落。白龙江与洮河，终将归于大海。天地嬗变，万物式微。

天上的四老爷终于到了天上！四老爷太爱说话了，以至于边走边喋喋不休：

嘿，我最喜欢断官司，我的靴子里会塞满银子！财富是神仙，财迷是魔鬼，我的银子通过我的胡子都散了出去——从胡子里长出银子的感觉真是太好了！娃子们称呼我是天上的四老爷太窝曳了！

嘿，那个不是我的婆娘吗？乍看不觉得美，最后不觉得丑。她身上背着我的儿子，他们都要成别人的了。汉人说，天要下雨，娘要嫁人，真他妈混账，汉人，下巴子！

嘿，猜个谜语：根如鸡爪，身如竹节，头如宝塔——麦子，呵呵，白面锅盔就是比青稞炒面好吃。电灯就是比松亮亮堂。

嘿，这辈子啥都好，酒喝了不少，肉吃了不少，女人睡了不少，够了。就是做了个大头目，如果做个嘉波就更窝曳了，嘎嘎嘎！

嘿，娃子们，我走了。牛睡了，角醒着呢！多给爷念个嘛呢，多给爷供几坛酒啊！

青冈就是不哭！她对着多情善感的汉族女人青稞说，你给我起来，站起来！把眼泪擦掉！她手上拉着青稞，背上背着班玛旺秀，后面跟着叫作“青冈”的一个侍女，她是百灵掌嘎的女娃，出生在青冈嫁给南杰的那一天，青冈给她取的名字。可怜孤儿寡母，上了大车道茫然四顾。从这条大车道上，来过会种地的汉人、红桦麦种子、织布机、望远镜、电壶、手电筒、红珊瑚、香粉，来过海洋里来的人、气象仪器、天上的电、塞门德、电话机、地球仪，来过一拨一拨自称“加卡卜”的人，以及加卡卜的号纸印信。青冈穿着南杰生前的衣裳，有点大，身子在袍子里晃荡着。她背着旺秀，与青稞面面相觑，她们彼此端详着，伸出手来抚摸对方。她们通过深爱南杰这个男人而深爱着对方。她们抱在了一起，她们从对方的身体上感受到那个男人的温情与力量——她们活下来了。后来，活下来的她们知道，那些"红汉人"走出达拉沟穿过九龙峡越过腊子口，肚子里装了青稞和信念的他们，成了后来真正的"加卡卜"。可是此时，青冈和青稞把班玛旺秀举过头顶——水里头打不出酥油，鱼身上剪不下羊毛，他们无处申告，在大车道上茫然四顾。

脸蛋儿，其主太太，抱着一床棉花被子，手里握着金麒麟。她站在卓岷交界。哪里都不是她的家，哪里都回不去了。

> 想给我的嘎乌找个伴啊
> 想给我的嘎乌找个伴啊
> 我的心上人啊，心上没有我
> 我的心上人啊，心上没有我

那个看雹人喇嘛保装疯卖傻，非说植物上长出了羊毛。他那么排斥下巴子，其实是羡慕和嫉妒啊。他羡慕人家的勤劳，人家的粮仓，人家身上穿着的棉花，嫉妒人家日子总是能过好。他穷，但就是抱残守缺，就是不想弯下身子劳动。在他死后，他给嘎乌找到了伴儿，他的心上人心上有了他。菩萨女儿把他可怜的骨殖放进一个篮子里，挂在古雅山上的石庐旁的一棵杉树枝上，与他相伴的是一只铜锣一只钹，还有埋在树底下的老驴。菩萨女儿经常到石庐去看他，远远地，那棵杉树上，仿佛吊着一只猴子。藏人说，人太懒了会变回猴子。作为"猴子"的喇嘛保在死后才得到他想要的，菩萨女儿手里拽着一个娃，怀里抱着一个娃，那是"红汉人"的后代。菩萨女儿指着喇嘛保说，他是你们的阿爸，给他磕个头吧！

红笔师爷那些小山一样的纸变成了砖头一样的书，里边有藏文也有汉字，叫作《卓尼汉藏词典》。红笔师爷完成了自己的夙愿，与大总管在官墙下晒太阳。大总管说，你费劲巴拉地弄什么词典，谁认识那里边的之乎者也啊，我看啊给我当枕头刚合适。红笔师爷说，你个老朽，一辈子就知道吃了睡睡了吃，活得跟个头口（牲畜）差不多。你和很多人一样，活一辈子不知道活了个啥，死了三天之后，阳世上的人就不记得你了。人活着才有多少年，最重要的是要在死后还活着，那活的时间才长呢。啧啧啧，大总管很是诧异，赶紧喝了一碗酥油茶压压惊。他往红笔师爷跟前凑凑说，你肯定比我先离开南赡部洲，那我倒要看看，你死后是阿么活着的，是不是还要我每年给你派口粮？红笔师爷呵呵笑着，指着那本书说，我就是那么活着的，不用吃你的五谷杂粮了，也不用开口说话。大总管似乎明白了。他像往常那样，把酥油茶敬到红笔师爷的跟前说，趁你还能开口说话，我想知道，你总说的那个"刍狗"，到底长啥样？红笔师爷忍俊不禁。刍狗，是草扎的狗。"结刍为狗，用之祭祀，既毕事则弃而贱之"。大总管听懂了，拍着红笔师爷的大腿说，刍狗，刍狗，我们就是"上头"的刍狗，哦呀就是！这一世啊，跟没活人一样样。

曾经的二后生，现在的汉人地主，依然站在两棵树之间的木阁子上，他关注土壤风向和雨量，关注卓尼川的墒情。他来到卓尼之后，把五桶地种成了五十桶地，就是撒一桶种子，收五十桶粮食。卓尼人变得格外关注粮食，什么时候播种什么时候收割，看气象，而不是请佛。卓尼人也知道种地要倒茬，要施肥，要拔草，你对它多好，它就对你多好。今年地里种什么呢？听王十全的。王十全说，麦地塄干上种些菜，尿事不碍。一个面朝黄土背朝天的汉族男人，有了地再有了墙根下的棺材，死在哪一天都是踏实的，日塌！逢年过节，从洮河的上面，他望来了姑娘梅朵和阿旺晋美。他们拉着手，背着娃儿，远远地叫爹呢，叫爷呢。他依然起早贪黑，依然弯腰撅腚，他就喜欢受，不受他活得就难受。在他垂垂老矣之后，他的地给了梅朵和阿旺晋美。卓尼人就捂着嘴笑话他，受了大半辈子，他的地又回到土司家了么！日塌！

百灵江措和牦牛江措，一个穿着白氆氇，一个穿着黑氆氇，在坡上放羊，谝旦工（说闲话）呢。

江措，你到底做阿克呢还是娶媳妇呢？

我没想好呢，我又想做阿克又想娶媳妇，你说阿么做呢？

你要不做阿克，要不娶媳妇，阿么能啥都想做呢？

那你想做阿克呢还是娶媳妇呢？

我又不想做阿克又不想娶媳妇，我想做一只羊呢！

做羊有什么好呢，你阿么就想做羊呢？

刚刚走了的百灵阿妈说，每只羊的下巴底下都有一把草呢！

在车巴沟与迭山之间，行走着一味藏药。他不食人间烟火，他满腹的人间烟火。最好的佛是人中的佛，最好的人是佛中的人。他一只脚在地上，一只脚在空中。那是在南赡部洲游走的姿势。粮食是治饿的，药材是治病的。这一切都来自大地，大地是人间的天堂。

仁钦曼巴说：

"是谁带来了死亡的噩耗，是雄鹰冠上的羽毛。"

山崖上站着一只老鹰，一只似曾相识的老鹰——

记得藏历第十五绕迥木虎年——

藏历木虎年的卓尼川，黄绸子花吵吵闹闹开过后不久，凤毛菊汹涌而至，坡地和谷地一路金黄绽放，浸染了半个天地。自从那些穿布衣的汉人在船城多起来之后，船城就像一箩被孵化的鸡蛋，每天都有新鲜的事情冒出来。让船城人奇怪的是，整天在洮河畔上楚摸营生的汉人二后生，他在一块时有时无的河滩地上种了一种花木，刚发芽像洋芋的叶子，后来开了花，有淡粉的，有淡黄的，后来结出了桃子，娃的拳头那么大。哦，卓尼人明白了，原来这是一种果木，结果子了。有人摘了一颗尝了一口，呸呸呸，又苦又涩，哦，原来不是吃的。船城人纳闷了，果实不能吃，种这玩意儿做什么？人们一直在猜测这到底是一种什么东西。

藏历木虎年的这个仲秋，南杰嘉波在官寨的木廊上，看到古雅山上站着一只鹰，正在石壁上甩它的喙。一只鹰活到四十岁的时候，鹰喙长得又长又弯，直抵前胸，鹰爪子长出厚厚的茧。翅膀上的羽毛又浓又厚，沉重得无力飞翔。它必须在岩石上甩打它的喙，鲜血横飞，直到完全甩落，在静静地等待新的喙诞生。当新喙长出来，拔掉爪子上的老茧。新的指甲长出来，拔掉翅膀上的羽毛。历经半年的疼痛和等待，一个新的生命浴火重生，鹰又开始后半生的飞翔……二十年后，卓尼嘉波躺在血红的卓尼川上，回想木虎年仲夏的这个早晨，大总管扬着柳条鞭打掌嘎里的看電人，因为这个看電人仇视会种粮食的汉人，卓尼嘉波用一根柳条鞭杀一儆百。就在看電人号叫声中，一个新的"加卡卜"从大车道上走来，飘着经幡一样的旗帜。从那天起飘着各样旗帜的"加卡卜"走马灯似的光顾卓尼川，拿走森林、粮食、牛羊、药材、石头，古雅山太沉了，不然他们会把山搬走。剩下的这片河山逐渐空洞乃至破碎。二十多年后，南赡部洲还在，他躺在血泊中，最后看一眼卓尼川，看送山上越来越稀疏的林木，零散的骨头已经握不成拳头。他站在南赡部洲的尽头，环视他的河山，同样看到了古雅山上的一只鹰，在石壁上甩它的喙。它是那么决绝那么执意，带着血把自己从自己身上甩出去，为的是再次的新生。而做了三十多年卓尼土司的南杰嘉波，只剩下一点闭上眼睛的力气。洮河水倒着流回去了，流向五百年前他来的地方。他的身边有急促的脚步声经过，有红色的旗帜猎猎作响。他永远不知道，那些过了腊子口的"红汉人"才是后来真正的"加卡卜"，才是他想要的"加卡卜"。他们绕过他的身体，绕过洮河，向着另一条河流走去……

这只鹰是藏历十五绕迥木虎年的那只鹰吗？他们在此时再次彼此对视，卓尼土司已经历了五百年的沧桑。他与这只鹰再次擦肩而过，走到南赡部洲的尽头——他向往外面的世界，热爱自由的灵魂，渴望人间的光明，期望他领地上的人们活得像个"人民"。

在南杰嘉波走后，地球的那一端，盛开了卓尼的紫斑牡丹。那个被卓尼人亲切地称呼为"才巴洛"的洋人，在美国地理杂志发表《在卓尼喇嘛寺的生活》。他带到卓尼背面的九十箱卓尼版大藏经，成为在这个世界上的绝版。

五百年来，船城像一只船那样漂泊，直到公元一九三五那一年，青稞长满了洮河两岸。

"一尺之棰，日取其半，万世不竭。"

一群羊又走出船城了，女人们把不舍的泪水抹在羊身上。羊们上了上卓梁，对身后的青草一步一回头——多少年后，人们谈论着卓尼，谈论着一个土司，谈论着腊子口，谈论着"加卡卜"，谈论着一九三五年的青稞。

南杰的名字没有多少人知道。

（完）

图书在版编目（CIP）数据

青稞　青稞 / 向春著 .—北京：作家出版社，2022.12
ISBN 978-7-5212-2126-8

Ⅰ.①青…　Ⅱ.①向…　Ⅲ.①长篇小说—中国—当代
Ⅳ.① I247.5

中国版本图书馆 CIP 数据核字（2022）第 224643 号

青稞　青稞

作　　　者：向　春
特约编审：懿　翎
责任编辑：徐　乐
装帧设计：丁奔亮
出版发行：作家出版社有限公司
社　　　址：北京农展馆南里 10 号　　　邮　　编：100125
电话传真：86-10-65067186（发行中心及邮购部）
　　　　　86-10-65004079（总编室）

E-mail:zuojia @ zuojia.net.cn

http://www.zuojiachubanshe.com

印　　　刷：唐山嘉德印刷有限公司
成品尺寸：170 × 240
字　　　数：390 千
印　　　张：24.25
版　　　次：2022 年 12 月第 1 版
印　　　次：2022 年 12 月第 1 次印刷
ISBN 978-7-5212-2126-8
定　　　价：56.00 元